王水照編

歷代文話

第九册

復旦大學出版社

古今文派述略

陳康黼　撰

《古今文派述略》

陳康黼 撰

陳康黼字次農，號慷夫，寧波（今屬浙江）人。光緒丁酉（一八九七）中鄉試，丁未（一九〇七）授雲南恩安知縣，辛亥革命後還鄉，任教於浙江第四師範學校。

此編乃其講授古文之講義，以「辭勝」、「理勝」概括駢散二體，依體立派，由派及人，時而由人及其名文，並依時代爲界劃，梳理周秦至清古今文派，頗見清晰。民國十九年（一九三〇）張振騄爲之作注，大致注出人物字號、里貫、著作等項。

有一九三六年張壽鏞所刻《四明叢書》（第四集）本。今即據以録入。

（朱　剛）

序

壽鏞少時，有志學爲文，顧以齒稚，於里中之賢豪，往往慕其名而欲與之接，無間也。歲丁酉初應秋試，始識陳慷夫先生。是科先生以拔貢膺鄉薦，而壽鏞以不文罷。迨癸卯，壽鏞預鄉選，先生極論吾文有春氣，自此相交，在師友間者，十有餘年。

歲丁未，壽鏞再役漕務於燕，而先生方銓授雲南恩安縣知縣，同寓城東鄞縣館。一日方盥沐畢，忽相語曰：「理學、經濟、文章，將屬於子，子其勉之。」壽鏞瞿然曰：「何先生戲我如斯？」先生曰：「子讀陽明書不釋手，又留心朝章國故，時時思學古文，吾望於子深矣。」壽鏞曰：「三者乃先生之所志，先生著述，其可示我乎？」則答曰：「吾平生爲文，隨手散漫，不留稿。非惟不留，即有存者，將一一焚之矣。」壽鏞曰：「此先生憤言也，意者以爲儒冠誤我乎？」先生笑曰：「我必如此，我必如此。」

戊申抵任，未三年而歸，吏畏民懷。歸而主吾郡中學及師範講席，病時欲焚詩文稿，果如其所言。其後忻君紹如輯《四明清詩略》，多方求之，始得詩二首，紹如謂未足其盡長者，是也。

壽鏞景仰先生，求其遺著而輒不可得。一日，弟子張令杭忽以其父振騋先生所注《古今文派》來，曰：「此慷夫先生在浙江第四師範學校編以教學子者也。」得之狂喜，因謂令杭曰：「先生不欲存其稿，而今竟得之，奇矣！」盡讀其所述，曰周秦、曰兩漢三國、曰兩晉六朝、曰唐及五代、曰宋及金元、曰明、曰清，斷代論文，一一溯其源流，治理學、經濟、文章爲一鑪，而以理勝、詞勝判爲兩塗，其意尤獨重理勝。此豈僅示學文者之塗徑？雖老師宿儒，取爲借鏡之資，無不可也。乃知先生所以勉壽鏞者，固平日所自勉者矣。

昔歐陽子以一生盡心文字爲可悲，壽鏞則以爲可樂。先生欲焚其稿者，以爲可悲者也；今取其稿刻之，以爲可樂者也。有時悲，有時樂，樂變而爲悲，悲變而爲樂，古今文士莫不皆然，又豈獨壽鏞與先生哉！起先生於九原而問之，以爲何如？先生未焚稿，有《磨兜鍵室詩文鈔》藏於家，他日更將刻之。悵懷夙昔，因書爲序，且屬令杭告其父：向非手録焉而爲之注，欲求斯稿，豈可得耶？

民國二十五年二月後學張壽鏞

陳慷夫先生家傳

公諱康黼，字次農，號慷夫，世居鄞城西郊之方伯第。早歲失怙，年二十爲諸生，乃設家塾，授徒奉母。光緒丁酉，以拔貢中式浙江鄉試。勤治舉子業，冀得禄以養親，又好訓詁詞章之學，有文名。嘗數試禮部，不獲售。

歲辛丑，太夫人棄養。時方戊戌、庚子之後，睹外侮日逼，國勢亟亟，乃幡然自悔，因慷慨曰：「士生斯世，安能復以文人自待而終其身耶？方今和議初定，舉國遑遑，彼士之扼腕抵掌而談時事者，惟知懾於外人之勢，畏之，懼之，欣之，羡之，於是競創標新領異之説，徒求聳動當事，固未能洞明機勢，而自操其應付之術者也，可謂失其本矣。」乃求古人經世之書，及西歐政法史地之學，悉心研治，考求治亂得失之道，以蘄適乎時會，而期諸設施。數年，頗有所得，發爲文章，詞雅義正，尤能切中時敝。

旋任鎮海鯤池書院山長，及儲材學堂，其後改爲寧波府中學教席者數年。丙午，如京師，更與二三同志相切礪。居一年，授雲南昭通府恩安縣知縣，戚友頗有以蠻荒僻遠止其行者，不顧，毅然往。

戊申，抵任所。其地漢、苗雜處，風俗凋敝，號稱難治。其民尤好興訟，聽訟者率意爲之取斷，而民之不平更甚，往往連控不已，致有累數年而不結者。其地多盜賊，出没羣山中，有司憚於捕治，而盜風益熾。公既至，周審民情，嚴肅政令，盡洗玩泄之習。凡有控案，必虚心研鞫，既得其情，即斷其是非曲直，無不敬伏，羣頌神明。凡有報盜者，必速捕而嚴懲之，耳目爲之一震，凶頑於以斂迹。行之數月，獄訟清簡，境内敉平，民大悦服。

次年，兼護昭通府篆。里有惡霸，廣植黨羽，氣焰張盛，吏懼反噬，莫敢窮治，控牘累累，輒置不問。公既攝行府事，乃詳爲訪察，擬有以治之。會有以殺牛滋事，惡霸率其黨與鄉民械鬭，且縶鄉民數人投控。公立逮之，數其罪。有爲緩頰者，告之曰：「某在，不欲令民之受彼魚肉也。今日釋之，彼且上下結納，以求漏網，是縱獸而噬其民也。」或謂宜先詳省，從而定讞焉，曰：「不請命，將獲譴，然爲民除害，何畏一身譴也？」卒殺之，鄉民亦各按律治罪。是歲之秋，交卸府篆。

其明年，鄰封以苛征滋事，土匪蠭起，奉命赴下邑，乃誡其令曰：「亂起矣，當有以弭之。城尤不可無備，以防不虞，慎毋忽也。」遂返郡，而其令顧以爲不足爲患，比抵郡而其縣失守之報至矣。急設守禦，而賊已臨城下矣。乃閉城，與知府、提督率衆拒守，日夜登陴督戰。其地教堂林立，亂既起，外人乃以保護教堂相聒，因告之曰：「城若守，教堂何害？若以兵衛教堂，是自擾也，民且滋疑焉。相處不以誠而欲假之以威，徒取禍耳。賊烏合，圍必不久。守城吾責，城決無虞，無用保護爲也。」外人感其誠，深相信仰，並願效力焉。圍數日，賊不支，潰去，散匿山中。統兵提督某，更率軍出城搜剿，遂獲三十餘人，返城，欲以俘賊衆及獲酋邀功，遽擬奏報。公察知皆係良民被誣執，不可。某恚曰：「是輩非賊，賊當若何？」應曰：「此百姓也，民命不可輕。期某三日，當執賊歸。」某遂不能屈。次日率衆往，果獲其魁，並其羽黨數人，械之歸，一鞫盡服，立釋先被捕者。某滋不懌，訟其過於省，會臬司素忮公能，因議譴。

事既平，公以正道直行，輒撓其志，決竟棄官，遂攜篆晉省。離郡之日，民遮道焚香，涕泣相失曰：「吾民何幸，得此賢父母，今何不幸，捨吾而去耶？安得重莅斯土，復牧吾民耶？」至有請建生祠者焉。既抵省，力求辭卸。時總督合肥尚書李經羲識其才，知非其罪，語人曰：「若陳某者，固書生本色耳，顧乃欲爲吏於今日，非其時也，其不協也宜矣。」因留省，任高等學校及法政學校教席。辛亥之春，復以文字因緣受知於合肥尚書，邀之入幕，任爲文案，司奏牘，多所建白，稱相得焉。是年秋，民軍起義，滇垣於重九日響應，一夜而事定。時革命者多高等、法政諸生，咸欲推公出而任事，不允。月杪，棄衣物，乘間離省，人無知者。經海道返鄞，遂居家不復問世事。

公居官清廉，家素貧，而處之怡然。繼應浙江第四中學及浙江第四師範之聘，主經史古文講席，採擷精要，闡明源流，以啓迪後進。卒年五十有五，著有《古今文派述略》、《摩兜鞬室文鈔》，遺言不許刻集，今皆藏於家。

古今文派述略目録

古今文派述略

陳康黼 編
張振騋 註

周秦時之文派

古今文派，自羣經子史外，其源皆導於戰國。屈原、李斯，其最著也。

屈原名平，楚之同姓，爲楚懷王左徒。上官大夫名靳尚。忌其能，譖於懷王，放之長沙。屈原憂傷抑鬱，乃著《離騷》一篇，又有《九歌》、《九章》、《天問》、《卜居》、《漁父》等篇，其文多取美人香草以爲比喻。屈原弟子有宋玉、景差之徒，皆效其師爲文。宋玉有《九辯》、《招魂》諸作，景差有《大招》諸作。後人彙集其文，名曰《楚詞》。此文之以辭勝者也，駢體以辭勝。世所謂「美文」也。

李斯，楚上蔡人也。其先師事荀卿，荀卿名況。漢宣帝名詢，後人改荀爲孫。兼學縱横之術。縱，約縱，爲蘇秦。横，連横，爲張儀。西入秦，見始皇，拜爲客卿，後以爲丞相。二世即位，具斯五刑，斬於咸陽中。斯工篆書，善爲文，秦《泰山》、《琅邪》諸石刻，皆李斯筆也。其初入秦時，有《諫逐客書》一篇，至今人多傳誦之。此文之以理勝者也，散行以理勝。世所謂「用文」也。

兩漢三國時之文派

西漢文人工爲美文者，如淮南王劉安、鄒陽、枚乘、朱買臣、嚴忌、嚴忌本姓莊，東漢明帝名莊，後人改莊爲嚴。東方朔、枚皋、司馬相如、楊雄、楊雄，《漢書》作揚。王褒、班婕妤之倫，皆取材屈、宋，華藻繽紛，爲後世詞賦家、駢文家之所祖，而司馬相如、楊雄尤爲一時之傑。

相如字長卿，蜀郡人。有《子虚賦》、《上林賦》、《長門賦》、《大人賦》、《難蜀父老文》、《封禪文》諸作。所列諸文，除《大人賦》外，皆見昭明《文選》。梁昭明太子蕭統纂《文選》。統字德施，武帝太子，早卒。

雄字子雲，蜀郡成都人。少好學，慕司馬相如之爲文。有《甘泉賦》、《長楊賦》、《羽獵》、《解嘲》、《劇秦美新》諸作。

東漢之世，文尚辭華，其最著名者，若班固、傅毅、張衡、馬融、崔駰、蔡邕，皆能遠追屈、宋，近擬卿、雲，爲一代之冠冕。

班固字孟堅，扶風安陵人。父彪，字叔皮。著《漢書》未竟而卒，固續成之。

傅毅字武仲，扶風茂陵人。少博學。建初中，東漢章帝年號。爲蘭臺令史，與班固同爲竇憲府司馬。有《舞賦》一篇，見《文選》。爲時所稱。

張衡字平子，南陽人。精天文曆算之學，嘗擬班固《兩都賦》見《文選》。作《西京賦》、《東京賦》，均見《文選》。構思十年而成。

馬融字季長，扶風茂陵人。通羣經，鄭玄、盧植皆其弟子。有《長笛賦》一篇，見《文選》。體物最工。

崔駰字亭伯，蔡邕字伯喈，二人齊名一時，稱爲「崔蔡」。駰有《達旨》一篇，見《後漢書》本傳。樵同模。東方朔《答客難》、見《文選》。楊子雲《解嘲》見《文選》。而作。邕工爲碑版之文，兼工隸書，一時達官貴人、名儒碩德誌墓銘碑皆出其手。皆東漢文之以辭勝者。

西漢文之以理勝者，以賈誼、司馬遷爲之最。

賈誼，雒陽人。其文善於論事，有《治安策》，見《漢書》本傳。出入儒、墨、名、法、縱橫、詞賦之間，故其所作淋灕酣恣，變化排宕，氣盛而詞無不宜。同時與之相敵者，如鼂錯之《論兵》，見《漢書》本傳。峭厲精悍，庶幾如晉、楚之爭霸。

司馬遷字子長，河內人，太史令談之子。其畢生精力全注於《史記》一書，凡百二十卷，上起黃帝，下訖天漢。漢武帝年號。後世紀傳之史，莫能出其範圍；唐宋以後古文名家，得其一體，即已不凡。二千年來不多覯也。

楊惲字子幼，司馬子長之外孫。其文亦酷似子長，試觀其《報孫會宗書》，與子長《報任少卿書》，二書皆見《文選》。神氣骨力，如出一手，亦西漢之傑也。

此外則推劉向父子。劉向，楚元王之後。向字子政，歆字子駿。子政文雍容和雅，油然經籍之光；子駿更加以凌厲，幾可步武賈、鼂。

董仲舒文筆不逮子長，董仲舒著《春秋繁露》，又對《天人三策》，見《漢書》本傳。而入理最深，氣亦純茂，粹然有儒者氣象。西漢之世，一人而已。

東漢之世，崇尚經術，學者爲文，樸茂者多，縱橫者少。然其間如王充、王符、桓譚、荀爽、崔實、仲長統、姓仲長，名統，高平人。諸葛亮姓諸葛，名亮。等，議論時政，條達疏暢，猶有西漢之風。

王充字仲任，著《論衡》八十五篇，二十餘萬言。王符字節信，著《潛夫論》三十餘篇，《後漢書》採其《貴忠》、《浮侈》、《實貢》、《愛日》、《述赦》等五篇，足以觀見當時風政。桓譚字君山，世祖時即漢光武。上書言時政，極論圖讖之非，其所著書號曰《新論》。荀爽字慈明，荀淑之子，延熹漢桓帝年號。九年對策言時政，其文絶似董江都。崔實字子真，駰字亭伯。之孫，瑗字子玉。之子也，桓帝時以三公辟不就，著數十條，名曰《政論》，指切時要，言辯而確。仲長統字公理，著《昌言》三十四篇，有《理亂》、《損益》、《法誡》等目。諸葛亮字孔明，有前、後《出師表》。皆東漢文之以理勝者，雖不及西京之奔放，要亦一時之傑也。

漢之季年，曹氏柄政，人才輻湊。輻湊，通作輻輳，聚也。曹子建《與楊德祖書》見《文選》。曹子建名植，即陳思王。楊德祖名修。曰：「昔仲宣獨步於漢南，孔璋鷹揚於河朔，偉長擅名於青土，公幹振藻於海隅，德璉發跡於北魏，足下高視於上京。」北魏，《文選》作此魏。王仲宣名粲，陳孔璋名琳，徐偉長名幹，劉公幹名楨，應德璉名瑒，加以阮文瑜瑀、吳季重質，所謂「建安七子」者也。建安，漢獻帝年號。曹氏兄弟子桓、名丕，即魏文帝。子建，並工爲文。此外如孔融、字文舉。繁欽、字休伯。應璩、字休璉。潘日勖、何晏、字平叔。王延壽字文考。之倫，莫不文采斐然。於綺藻豐縟之中，運簡質清剛之氣，蓋將結兩漢散體文之局，開六朝駢體文之先者也，謂之辭勝可也。

兩晉六朝時之文派

兩晉即西晉、東晉。文人，尚曠達，賤名教，其學以老莊爲宗，如阮籍、字嗣宗。嵇康、字叔夜。向秀、字子期。劉伶，字伯倫。旨必柱史，官名，謂老子。詞必《太玄》，粃糠六經，塵垢兩漢，自謂寄託幽深，然文氣苶音涅，疲貌。爾衰矣。自二陸陸機、陸雲。振采於江南，三張孟陽、景陽、季陽。挺秀於河北，文氣爲之一振。士衡、名機。士龍，名雲。體大思精，爲晉初之冠冕。張載、字孟陽。張協、字景陽。張亢，字季陽。亦皆抗志曹、王，曹植、王粲。追蹤枚、馬，枚皋、司馬相如。不屑拾老莊之餘唾。與二陸同時者，有潘安仁岳。與安仁齊名者，有左太沖思。太沖所作《三都賦》，見《文選》。雖未能方駕班、張，然能令士衡閣筆，班固作《兩都賦》，張衡作《東京賦》、《西京賦》。亦一時之傑作也。郭璞字景純。之箋《山經》，博雅多聞；葛洪字稚川。之著《抱朴》，有內、外二篇。遒麗善喻，干寶字令（叔）〔升〕，撰《晉紀》及《搜神記》。擅記事之長，劉琨字越石。工章奏之體，木華、字元虛，有《海賦》。孫綽字興公，有《天台山賦》，見《文選》。木華《海賦》亦見《文選》。善賦山水，張翰、字季鷹。陶令名潛，一名淵明。寄意田園，皆典午即司馬，爲晉之姓。之作者，富於辭而儉於理。自是以還，美文大盛。所謂理勝之文，若賈誼、司馬遷之倫者，絶迹於天下，且數百年。

一代文章，必有一二人爲之提倡，而後風氣乃成。東漢之世，以班孟堅、張平子爲巨擘，其文學相如、子雲，同鑪共冶，融化而成一體，故東京之文淵源藻雅，勁氣內含，則班、張之力也。建安七子，體格不越東京，氣韻力追西漢，子建才氣無雙，直欲上溯周秦，當塗之季，典午之初，雖文以辭勝而氣尚不靡者，則子建之力也。晉初，士衡、太沖名滿天下，綴學之士競相摹仿，於是風氣大變，駢文之體格始成。渡江而後，稚川、即葛洪。景純即郭璞。爲兩大家，宋之顔、顔延之，字延年。謝謝靈運，後人稱爲康樂。聞風而起，延之典麗，靈運緜密，繼之者有王僧達、鮑明遠，名照。皆文詞贍逸，爲世所宗。范蔚宗名曄。崛起其間，所作《後漢書序、論》，閎偉似子長，淵懿似孟堅，雖文氣不能上媲西京，要之高情遠韻，固晉宋以來之傑作也。

齊梁以後，文體益趨整贍，而氣則靡矣。其間若謝玄暉名朓。之清麗，王元長名融。之博雅，江文通名淹。之俊秀，沈休文名約。之疏雋，丘希範名遲。之悽婉，任彦昇名昉。之工穩，不可謂非深叢孤羆。繼之者如温子昇、字鵬舉。徐孝穆、名陵。庾肩吾父子，庾肩吾字子慎，子名信，字子山。遂以集駢體之大成。後有作者，蔑以加矣。其時北方文人，如蘇綽字令綽。之摹《大誥》，謂之優孟衣冠則可，謂之寢饋周秦則未也。

隋承周後，徐陵、庾信之風大盛。徐陵字孝穆，徐摛字士秀。之子。庾信字子山，庾肩吾之子，仕梁爲散騎常侍，聘於魏，遂留鄴下，後歸北周。文章豔逸，爲世所宗，號「徐庾體」。隋文帝獨不善之，開皇隋文帝年號。四年詔天下：「公私文翰，務崇質朴，章奏有過於浮華者，付所司治罪。」於是風氣爲之一變。然如盧思道字子行。之《勞生論》，李德林字公輔。之《天命論》，許善心字務本。之《神雀頌》，薛道衡字元卿。之《老氏碑》，皆冗衍寬緩，無徐庾之藻采，有齊梁之卑弱，既非理勝，又非辭勝。文運漸衰，國祚亦促矣。

唐及五代時之文派

唐興，而辭勝之派勢燄又熾。蓋唐初文人，如虞世南、字伯施。李百藥、字重規。岑文本字景仁輩，皆生於隋代，耳濡目染，猶是齊梁風氣，故所作多沈博絶麗之文。及太宗投戈講藝，師法徐、庾，詔令之文亦華藻聯翩，秀氣成采，臣下望風，競相摹效，初唐之文派遂成。

咸亨、調露均唐高宗年號。之際，有「四傑」者出，學徐、庾爲文，而恢廓過之。王勃字子安，龍門人。楊炯爲盈川令，世稱曰盈川。盧照鄰字昇之，幽州人。駱賓王，義烏人，嘗爲武功主簿，人多以其官稱之。「四傑」齊名，而王、楊尤爲傑出。楊盈川炯曰：「愧在盧前，恥居王後。」盈川文如《少姨廟碑》、《孔子廟碑》，清新典麗，突過前人。子安文以《乾元殿頌》爲最著，洋洋數千言，珠玉璀璨，仍有遒宕之氣以鼓舞之，《滕王閣序》乃其少作，非極聖也。

崔融、字安成。李嶠字巨山起於垂拱之世，垂拱，唐睿宗年號，其實武后則天僭位時年號。蘇頲、張説興於景龍之間。景龍，唐中宗年號。説字道濟，洛陽人，封燕國公。頲字廷碩，長樂人，封許國公。中宗時並掌制誥，能以兩漢之氣骨，運六朝之詞藻，時人稱爲「燕許大手筆」。其後有蕭穎士、字茂挺。李華、字遐叔。常兖、楊炎，字公南。與燕、許代興，而常、楊之名尤著。

興元初，唐德宗年號。有陸宣公贄者，字敬輿。其所作制誥章奏，排比之中，行以灝瀚之氣，於駢體文爲別調，然不可謂非以辭勝也。

貞元、唐德宗年號。元和唐憲宗年號。之際，有令狐楚、字慤士。李德裕二人，李德裕字文饒。以牋奏鳴於時。李商隱字義山，號玉溪生，著有《樊南文集》。辟令狐楚幕府，工爲書記之文，其體亦導源徐、庾，而加以工整，無魏晉六朝以來疏宕之致。蓋駢儷之變，至斯已極，辭勝之文，將自此而絶響矣。

自魏晉以來，至於初唐，其文大抵以辭勝。貞元、元和之間，有韓愈者起，而古文之道乃大昌於世。愈字退之，鄧州南陽人。父仲卿，爲武昌令，有美政，終祕書郎。愈生三歲而孤，隨伯兄會官嶺表。會卒，嫂鄭氏撫養之。七歲能文章，及長，盡通六經之旨。年二十五，登進士第，出陸宣公之門。諫宫市，貶陽山令。諫迎佛骨，貶潮州刺史。後召還，歷官監察御史、國子博士，遷刑部侍郎，轉兵部侍郎，終吏部侍郎。長慶唐穆宗年號。四年卒，年五十七，贈禮部尚書，謚曰文。愈始游京師，聞獨孤及、字至之。梁肅字敬之。倡爲古文，愈從其徒游，鋭志鑽仰，欲自振於一代。每言文章自漢司馬相如、太史公、劉向、揚雄後，作者不世出，故深探本原，卓然樹立，成一家言。其《原道》、《原性》、《師説》等數十篇，皆奥衍宏深，與孟子、揚子揚雄，撰《法言》。相表裏，可以左右六經。至於他文，造端置詞，必務去陳言，戛戛獨造，不肯蹈襲前人字句。宋蘇老泉名洵。稱其文「如長江大河，渾浩流轉，魚黿蛟龍，萬怪惶惑，而遏抑掩蔽，不使自露。而人望見其淵然之光、蒼然之色，亦自畏避，不敢逼視」，語見《上歐陽内翰書》。魚黿或作魚鼈，遏抑或作抑遏，逼視或作迫視。可謂善狀其文矣。東坡謂其「文起八代之衰」，語見東坡《韓文公廟碑》。洵不誣也。

與退之同時，爲古文，而力足與之相敵者，有柳宗元子厚，解州人，登進士第，中博學宏詞科，拜監察御史，坐王叔文黨貶永州司馬，徙柳州刺史，卒於官。子厚初好爲駢體文，及貶永州，始摹韓愈爲古文。其文幽峭秀削，如巉巖深谷，石骨盡露。在柳州時，山水諸記，幾欲奪退之之席，他文或不逮也。

從退之遊者，有皇甫湜、李翱。湜字持正，淳安人，元和中登進士第，仕至工部郎中。退之愛其才，厚禮之，與李翱、字習之。張籍字文昌。齊名。裴晉公度辟爲判官，度修福先寺，求碑文於白居易，字樂天，號香山。湜曰：「柰何舍近而求遠？」度使湜作之，援筆立就，度酬以千縉，湜怒曰：「碑文三千字，一字一縉，不得減也。」裴笑而足之。其爲當時所重如此。

翺字習之，爲潭州刺史，退之姪婿也。其文章得退之之奇。持正一傳爲來無擇，再傳爲孫樵，字可之。習之文則最爲北宋人之所宗。

大抵韓柳之文，導源於經，取材於史，極其詞華筆勢於諸子百家，摹漢人之神而遺其貌，擷六朝之秀而删其蕪，説理必精，樹論必當，措詞必堅，鍊字必淨，千辟萬灌，然後下筆，故文品尊而學術端也。

宋及金元時之文派

五代干戈之際，文士道消，辭、理兩派均無足稱。宋初有楊億、劉筠，楊億字大年，劉筠字子〔億〕〔儀〕，其詩號「西崑體」。能爲四六之文，天下號爲「楊劉」。其後如歐陽修、王安石、蘇軾之倫，亦有駢儷之作，然古意浸失，不如其散文遠甚。

古文自韓柳以後，至於宋嘉祐、宋仁宗年號。元祐宋哲宗年號。時，凡三百年，而其道一振。當北宋之初，西崑盛倡駢儷之時，有高錫、字天福。梁周翰、字元褒。柳開、字仲塗。范杲字師回。四人，獨有志復古，追摹秦漢，惟柳開仲塗私淑昌黎，文筆較爲嚴整，餘子不及也。

王禹偁、蘇舜欽、穆脩繼之，旨近正矣，而力勿逮。禹偁字元之，鉅野人，太宗朝舉進士，爲右拾遺，獻《端拱箴》及《禦戎十策》，爲當時所稱。

蘇舜欽字子美，參知政事蘇易簡之孫。少有大志，好爲古文。范文正公名仲淹，字希文。薦其才，召試爲集賢校理。後寓吳中。與梅聖俞梅堯臣字聖俞，有《宛陵集》。齊名。在蘇州作滄浪亭，自號滄浪翁。文章敏贍，爲世所宗。

穆脩字伯長，師陳摶號希夷。傳《易》學。祥符初宋真宗年號。中進士第。時學者從事聲律，未知古文，脩家有韓、柳集，極意鑽仰，冀得其精，又醵金鏤板，售於京師。以文學爲天下倡。脩一傳爲尹洙，字師魯。再傳爲歐陽修。

修字永叔，廬陵人。父名觀，字仲賓，爲泗州司理。修生四歲而父卒，母鄭教之，家貧，以荻畫地作書。舉進士甲科，仁宗時爲諫官，出知滁州，還爲翰林學士，年六十即乞謝事。及徙青州，請止青苗錢，與執政忤，執政謂王安石。安石字介甫，號半山，神宗時相，封荆公。乃以太子少師致仕。卒贈兖國公，謚文忠。自五代以來，文章卑微，修遊隨州，得唐韓愈遺稿，讀而心慕之，苦心探索，至忘寢食，遂以古文名天下。晚年自號六一居士，謂「《集古録》一千卷，藏書一萬卷，琴一張，棋一局，酒一壺，吾老其間，是爲六一也」。語見《歸田録》。平生著書甚富，而《新五代史》尤爲畢生精力之所萃，識者謂其上追《史記》，無愧色焉。

蘇明允名洵。《上歐陽公書》，稱其文：「紆餘委備，往復百折，而條達疏暢，無所間斷。氣盡語竭，急言極論，而容與閒易，無艱難勞苦之態。斷然自爲一家之文也。惟李翺之文，其味黯然而長，其光油然而幽，俯仰揖讓，有執事之態。陸贄之文，遣言措意，切近的當，有執事之實。而執事之才，又自有過人者。蓋執事之文，非孟子、韓子之文，而歐陽子之文也。」其論洵不誣矣。

與永叔同時，而善學韓文者，莫如王荆公。荆公名安石，字介甫，臨川人。有《臨川文集》。安石號曰半山。神宗時爲相，行新法，卒謚曰文。荆公爲文，好爲曲折瘦硬，盤旋一氣。後人狀其文，謂如孤松百仞，斷岸千尺，秋高氣爽，健鶻摩空，非過譽也。永叔門下士，則推曾子固、蘇子瞻爲之最。子固名鞏，南豐人，易占之子，致堯之孫。曾致堯子二：易簡、易占。易占子三：鞏、布、肇。性嗜書，家藏至二萬餘卷。爲文章，爾雅深厚，擬之漢人，在劉向父子之間。劉向字子政，劉歆字子駿。所著有《元豐類稿》五十卷，學者稱南豐先生。

子瞻名軾，號東坡，謚文忠。洵之子。洵字明允，號老泉。蜀之眉山人，嘉祐間，宋仁宗年號。與二子軾、轍至京師。歐陽公得洵所著《權書》、《衡論》二十篇，上之，除校書郎，名動京師，蘇氏文章遂擅天下。一時學者以其父子俱知名，號爲「老蘇」以别之。

子瞻舉制科，歐陽公知貢舉所得士也。弱冠博覽經史，爲文操紙筆立就，嘗自謂「平生無快意事，惟作文爲悦意事」，「如萬斛泉源，不擇地湧出」。又其文如大海汪洋，一望無際，風水相激，漣漪自生。至於天風怒濤，波洶洶湧，行乎其所不得不行，止乎其所不得不止，蛟龍翔躍，騰踔其中，誠天下之壯觀也。

轍字子由，號潁濱，有《欒城集》，謚文定。明允次子。與兄軾同登進士，以阻安石新法，斥居外郡。哲宗朝召爲右司諫，進户部侍郎，爲翰林學士，權吏部尚書，進門下侍郎。以言事落職出外，以大中大夫致仕，築室於許，號潁濱遺老。子由爲文，初以父、兄爲師，後乃自變成體。其才氣不逮子瞻，而持論純正，氣息深穩。序、記諸作，與曾子固相頡頏，宋文之傑也。

明朱右稱韓、柳、歐、曾、王、三蘇爲古文八大家，茅鹿門名坤。有《八大家文選》行於世，於是八家之名遂爲文家之通稱，世皆知其稱始於鹿門，而不知開其先者朱右也。清儲欣，字同人，又有「唐宋十家」之稱。十家者，八家而外，復加李翺、孫樵也。論理之文，自西漢以來，至此爲極盛焉。

南渡以後，國勢變，而文亦不振。周子充名必大，號平園，封益國公，廬陵人。之寬廓、陳君舉名傅良，號止齋，瑞安人。之空疏、葉水心名適，一字正則，永嘉人。之平實、陳同甫名亮，號龍川，永康人。之麤豪，當時號稱能文者，尚不免此弊。惟東萊吕祖謙，字伯恭，婺州人，人稱東萊先生。文筆俊爽，頗能步武東坡。第

《博議》一書，乃其少作，未免有掉弄虛機之誚。朱子亦謂：「伯恭之文，失之纖巧。」誠不易之論也。故南宋之文，必以朱子爲大家。

朱子名熹，字元晦，婺源人。天姿粹美，讀書務躬行。父松，字喬年，初爲尤溪尉，後知饒州，嘗誦《大學》、《中庸》，用力於致知誠意之地。朱子幼承家學，慨然有志於聖賢。紹興中紹興，宋高宗年號。舉進士，爲泉州同安主簿，累遷煥章閣待制，進侍講。初從劉子羽名翬。居崇安，後從延平李侗字願中，人稱延平先生。學，盡得河南二程子之傳。程顥字伯淳，人稱明道先生。程頤字正叔，人稱伊川先生。所著有諸經傳解、《四書集註》、《通鑑綱目》、《小學》等書。卒謚曰文，理宗朝贈太師，明封徽國公，從祀文廟。爲文師法韓、曾，一出自然，可謂南宋以來卓然一大家。然後進效之，理不足以舉其詞，未得其精深，徒得其柔緩，於是冗沓萎苶音涅，疲貌。之弊起矣。

南宋陸游，字務觀，號放翁，山陰人，有《渭南文集》。文亦高華朗暢，有大家風。

金代之文，以蔡珪、趙秉文、元好問爲三大家。蔡珪字正甫，松年子，文章亦有名。趙秉文字周臣，號閒閒居士，有《滏水集》。元好問字裕之，有《遺山詩文集》。三家之中，惟元遺山最爲傑出。而姚燧之《牧庵文集》，元姚燧，字端甫，號牧庵，洛陽人，有《牧庵文集》。才氣亦相似，然法律未嚴，非正宗也。

自戴表元以清深和雅元戴表元，字帥初，奉化人，有《剡源文集》。振起斯文，姚燧繼之，袁桷、元袁桷，字伯長，慶元人，有《清容居士集》。馬祖常元馬祖常，字伯庸，光州人，著有《石田集》。又繼之，至「四傑」起而元文一振。「四傑」者，虞集、字伯生，號邵庵，有《道園學古録》。楊載、字仲弘。范梈、字亨父，著有《德機集》。揭奚斯字曼碩，諡文安，富州人。四人也。四人之中，自以虞道園所詣爲最深，然核其所得，亦遺山、牧庵之流耳，不能上繼韓、歐也。

明時之文派

明初之文，以宋濂爲稱首。濂金華人，字景濂，號潛溪。金華先有黄溍、吴萊、柳貫三人，黄溍字晉卿，諡文獻，有《黄文獻集》十卷。吴萊字立夫，直方之子，有《淵穎集》。柳貫字道傳，有《待制集》。倡古文於元季。潛溪幼從鄉先生游，聞其緒論，慨然思自振於一代。卒其所詣，出道園之上。方正學即方孝孺，字希直。學於潛溪，而文筆與大蘇爲近。方正學寧海人，有《遜志齋集》。

成祖、仁宗之世，政治皆推楊士奇、楊榮、楊溥，世稱爲「三楊」，楊士奇名寓，以字行，江西泰和人。楊榮字勉仁，福建建安人。楊溥字宏濟，湖廣石首人。當時文字亦以「三楊」爲宗焉。其爲文昌明博大，雍容揄揚，時號爲「臺閣體」。後進效之，漸流爲敷泛，李東陽起而救正之。李東陽字賓之，茶陵人，諡文正，有《懷麓堂集》。

茶陵文派，以李東陽而得名。東陽字賓之，茶陵人，以戍籍居京師。四歲能作徑尺大字，作文操筆如夙構。弘治、孝宗年號。正德武宗年號。間，上《沿途目擊疏》，一時名動輦下。又稱輦轂之下，即謂京師之下。東陽病當時文體萎泛，思欲以韓、蘇一派挽救之，而吳寬、吳儼等爲之羽翼。寬字元博，長洲人，官至詹事，又東閣典誥敕。儼字克温，官至南京禮部尚書。二人亦以文章宗伯，有志矯臺閣體之弊。同時又有王鏊、號守溪。羅玘，號圭峯。玘音起。以唐宋文爲世倡。鏊字濟之，吳人。玘字景明，一作景鳴。南域人。南域一作南城。濟之學東坡，景明學昌黎，與二吳、吳寬、吳儼。東陽遥相應和，於是茶陵文派勢燄始盛。當茶陵主盟壇坫時，有以復古爲宗旨，與茶陵相抵抗者，則有北地李夢陽、信陽何景明，教天下學者無讀唐以後書，爲文務光怪奇麗，規模秦漢，其流弊至於鉤章棘句，不可句讀，學問雖博，文體壞矣。李字獻吉，自號空同子。何字仲默，自號大復山人。故世稱何、李爲大復、空同。與何、李爲羽翼者，有康海、字對山。王九思、號漢陂。徐禎卿、字昌穀。王廷相、字子衡。邊貢，字華泉。世號爲「弘治七子」，弘治，明孝宗年號。亦名「前七子」。繼「前七子」而起者，有李攀龍、王世貞、徐中行、字子與。宗臣、字子相。梁有譽、字公實。謝榛、字茂秦，號四溟山人，臨清州人。吳國倫，字明卿。世號爲「嘉靖七子」，嘉靖，明世宗年號。亦名「後七子」，而以王、李爲之魁。

李字于鱗，山東歷城人，有《滄溟集》。王字元美，江蘇太倉人，有《弇州四部稿》。于鱗早卒，元美主壇坫者數十年，王世貞字元美，號鳳洲。《題震川像》云：「千載有公，繼韓、歐陽，余豈異趨，久而始傷。」天下學子靡然從風，勢燄之張，比空同、大復爲尤甚。

當時獨有崑山歸有光，起而與之抗，至詆世貞爲「庸妄巨子」。見《項思堯文集序》。然當太倉主盟之時，風氣既開，天下之信崑山，終不如其信太倉。古文正派，不絶如綫。

有光字熙甫，官至太僕卿，有《震川集》。其爲文由子固、介甫以上溯韓、歐，由韓、歐以上溯《史記》。熙甫於《史記》致力最深，讀之凡數過，手加評點，頗能得其要領，今所傳《歸氏評點史記》是也。

與熙甫同時，以唐宋文名者，有茅鹿門坤。在熙甫之前者，則王伯安守仁、唐應德順之、王道思慎中。伯安謚文成，學者稱陽明先生。應德有《荆川集》。道思自號遵巖居士。皆能於「七子」外自樹一幟，而歸氏所詣爲最深。

有明一代，能直接《史》、《漢》、韓、歐之派，爲文章正宗者，必推熙甫焉。至於公安三袁，宗道、宏道、中道，與夫竟陵之鍾惺、字伯敬。譚元春，字友夏。矜其私智小慧，輕薄佻巧，傳至今日，海上江湖派宗之，不足與於文章之數也。

清時之文派

清初，自黄棃洲、顧亭林、王船山三先生以文章氣節彪炳東南，而文氣爲之一振。清初四大儒，即黄棃洲、顧亭林、王船山、李顒是也。李顒字中孚，盩厔人。黄棃洲弟子有萬斯同者，字季野，浙江鄞縣人，亦當時之大儒也。

梨洲名宗羲，字太沖，浙江餘姚人。清初修《明史》，詔徵先生，命督撫以禮敦遣，以篤老辭。所著有《明儒學案》、《明文海》、《南雷文約》等書。

亭林名炎武，原名絳，字寧人，江南崑山人。康熙戊午詔開博學宏詞科，諸鉅公爭欲致之，先生以死辭。次年修《明史》，又欲薦之，先生貽書葉方藹，誓以身殉。所著有《音學五書》、《日知録》、《肇域記》、《天下郡國利病書》等作。

船山名夫之，字而農，湖南衡陽人。著書甚富，有《薑齋文集》十卷，而《讀通鑑論》三十卷、《宋論》十五卷，近時學子尤家置一編焉。

然三先生不欲以文章名也。其以文章名者，則有寧都在江西省。三魏、侯雪苑、汪鈍翁。

三魏者，伯子名祥，字善伯，改名際瑞；叔子名禧，字冰叔；冰同凝。季子名禮，字和公。而叔子之名最著，文亦最工。易堂九子：魏祥、魏禧、魏禮、林時益字確齋、彭士望字躬庵、邱維屏字邦士、李騰蛟字力貞，曾燦字青藜，一字止山，彭任字中叔，一字遜七。其爲文，導源於《韓非》、《國策》，所詣與老蘇爲近，似縱橫、名、法家言。

雪苑名方域，字朝宗，河南歸德人。侯方域卒年三十七歲。文思飈起風發，有駿馬下坂、不可羈勒之勢，惜其年促，未能極其至也。商邱侯方域，與宜興陳貞慧、如皋冒襄、桐城方以智，當時稱爲「四公子」。

鈍翁名琬，字苕文，江蘇長洲人。順治乙未進士，舉康熙己未鴻博，改編修。文體婉折，雅近歐、曾。

與三家相先後，而以古文名者，吴縣則有計東甫草，號改亭，慈谿則有姜宸英西溟，號湛園，鄞縣則有萬斯大充宗、萬斯同季野，安溪則有李光地晉卿，號榕村，吴江則有潘耒次耕，長洲則有韓菼慕廬，武進則有邵長蘅子湘，烏程則有夏駰宛來，秀水則有朱彝尊竹垞，宣城則有施閏章愚山，漢陽則有熊伯龍次侯，黄岡則有劉子壯克猷，而四川夔州唐甄鑄萬，唐甄著《潛書》。巽軍蒼頭突起，亦文陣之雄。

諸家之文，根據經史，馳騖百家，直抒胸臆，不僅規橅同模。韓、歐，才氣固壯，法律未嚴。蓋清初承明季古文衰弱之後，力以讀書萬卷矯公安、竟陵空疏纖佻之弊，故儒墨並競，漢唐迭主，所謂萬里黄河，泥沙同下，才多之患，所不免也。

至乾隆、嘉慶之間，而文體乃正。先是，清初及乾、嘉諸儒，病明季學者空談心性，心性，道學也。俚言臆説，荒經蔑古，於是倡爲學説，用漢人治經實事求是之法，爲天下倡。其最著名者，如德清胡渭朏明、胡渭初名渭生，字朏明，學者稱爲東樵先生，浙江德清人。著有《禹貢錐指》二十卷、《易圖明辨》十卷、《洪範正論》五卷、《大學翼真》七卷。太原閻若璩百詩、閻若璩字百詩，山西太原人。著有《尚書古文疏證》、《四書釋地》、《潛丘劄記》、《毛朱詩説》、《日知録補正》、《喪服翼註》等書。吴縣惠士奇天牧、惠士奇字天牧，一字仲孺，江蘇吴縣人。父周惕，字元龍。天牧生時，元龍夢貴人來謁，視其刺，則東里楊文貞公，遂以文貞名之。康熙己丑成進士，官至侍讀學士。著有《易說》、《禮說》、《春秋說》等書。所著詩有《紅豆齋小草》、《詠史樂府》及《南中》、《採蓴》、《歸耕》、《人海》諸集。晚年自號半農居士，學者稱紅豆先生。士奇之子惠棟定宇、號松厓。江聲艮庭、字叔澐，江蘇吳縣人。嘉慶元年詔開孝廉方正科，江蘇巡撫費文恪公首舉先生，賜六品冠服。嘉定錢大昕竹汀、字曉徵，號辛楣，江蘇嘉定人，著有《潛研堂文集》。大昕之弟大昭竹廬、字晦之，著有《後漢書補表》，嘉慶初舉孝廉方正。休寧戴震東原、著《戴氏遺書十五種》。金壇段玉裁懋堂、字若膺，著有《說文解字注》、《經韻樓文集》。陽湖洪亮吉稚存、著有《左傳詁》等書。孫星衍淵如，著有《續古文苑》、《問字堂文稾》。皆研究註疏，考訂名物，以許叔重名慎。解字之法，通鄭康成名玄。詁經之旨，宗漢祧宋，力矯空疏之弊，非讀書萬卷，不能通其一字。

而其時居高位者，如秦尚書蕙田、字樹峯，號味經，金匱人，著有《味窩文集》。王尚書引之、江蘇高郵王氏，王安國字書城，號春圃，官至吏部尚書，謚文肅。子念孫字懷祖，學者稱石臞先生，官至御史。孫引之字伯申，官至禮部尚書，謚文簡。高郵王氏自文肅公以清正立朝，以經義教子孫，至石臞、伯申，三世相承，而其緒益拓。畢修撰沅、字纕蘅，一字秋帆，自號靈巖山人，鎮洋人。阮協揆元、字伯元，號雲臺，儀徵人。王侍郎昶、字德甫，號述庵，學者稱蘭泉先生，江蘇青浦人。著有《春融堂詩文集》六十八卷，《湖海文傳》七十五卷。朱學士筠、字東美，一字竹君，號笥河，大興人，文正公珪兄也，著有《笥河文集》。翁閣學方綱、字正三，號覃溪，順天大興人，著有《經義考補》、《復初齋全集》等書。盧學士文弨，字召弓，號抱經，其先自餘姚遷杭州，著有《鍾山札記》、《龍城札記》等書。又皆宏獎風流，推轂士類。於是海內樸學之士，各以心得，著書立説。達而在上者，鼓吹休明，潤色鴻業；窮而在下者，亦獨抱遺經，藏之名山，傳之弟子。而著書者乃專以考據爲事矣。

然考據之文，務在徵實，《史》、《漢》之詞華，韓、歐之波折，工於彼者必絀於此。惟方望溪抗心《史》、《漢》，獨以韓、歐爲宗。望溪名苞，安徽桐城人，康熙丙戌進士，官至禮部侍郎，著有《望溪集》。

望溪之邑子劉大櫆，字才甫，號海峯，始以文謁方侍郎，侍郎爲延譽於公卿間曰：「如某者何足道？邑子劉生，乃今之韓、歐也。」於是海峯之名乃大著。

海峯一傳爲姚鼐。鼐字姬傳，桐城人，乾隆癸未進士，改庶吉士，散館改禮部主事，遷刑部郎中，著有《惜抱軒文集》。

姬傳始受古文法於其伯父範。範字南青，乾隆壬戌進士，官編修，著有《援鶉堂文集》，學者稱薑塢先生。又受業於海峯。其爲文，宗法韓、歐，於望溪所云「人品在程朱之間，學問繼韓歐以後」二語，爲終身之祈嚮，故其詞旨雅潔，晚年有出藍之譽。歷城周永年書昌爲之語曰：「天下之文章，其在桐城乎！」一説二語出於程魚門。魚門名晉芳。由是學者多歸向桐城，號桐城派。

姚先生晚年主鍾山書院講席，門下著籍者，上元有管同異之、梅曾亮伯言，桐城有方東樹植之、姚瑩石甫，四人者，稱爲高第弟子。

巽之，道光五年舉人，著有《因寄軒文集》。伯言，道光二年進士，以知縣用，改郎中，著有《柏梘山房文集》。植之，增廣生員，著有《儀衛軒文集》。石甫，範曾孫，嘉慶十三年進士，由知縣官至廣西按察使，著有《東溟文集》。四人各以文法傳授弟子。在桐城者，有戴鈞衡存莊，號蓉洲，著有《蓉洲集》。一作著有《味經山館集》。事植之最久，精力過人，自以爲守其邑先正之法，傳之後進，義無所讓也。

其不列弟子籍，同時服膺者，有新城魯仕驥絜非，魯絜非名九皋，原名仕驥，著有《山木居士集》。宜興吳德旋仲倫。有《初月樓集》。絜非之甥爲陳用光碩士。著有《衲坡録》、《太乙舟文集》。碩士既師其舅，又親受業姚先生之門，鄉人化之，多好文章。碩士之羣從，有陳學受藝叔、陳溥廣敷，而南豐又有吳嘉賓子序，著有《五經説》、《四書説》、《求自得之室文鈔》。皆承絜非之風，私淑於姚先生。由是，江西建昌有桐城之學。

仲倫與永福呂璜月滄交友，呂璜字禮北，廣西永福人，著有《月滄文集》。月滄之鄉人有臨桂朱琦伯韓、字濂甫，著有《怡志堂文集》。龍啓瑞翰臣、號輯五，著有《經德堂文集》。馬平王拯定甫，著有《龍壁山房文集》。一説王拯原名錫振。皆步趨吳氏、呂氏，而益求廣其術於梅伯言。由是，桐城宗派流衍於廣西矣。

姚先生嘗典試湖南，湘中學者聞風興起，武陵則楊彝珍性農，善化則孫鼎臣芝房，湘陰則郭嵩燾伯琛，漵浦則舒燾伯魯，湘潭則歐陽勳子和，其文章皆以桐城爲宗，探原經史以厚其基，出入百家以極其變。乾、嘉、道、咸以來，作家萃於此矣。其時有巴陵吳敏樹者起，字本深，號南屏，著有《柈湖文集》。不屑建一先生之言以自隘，意欲脱桐城之範圍，以自樹一幟。究其平日之所服膺，在震川歸氏。震川固桐城所自出，故其所詣，卒與方、姚爲近。蓋方、姚文章正軌，自非背道而馳，未有不臻其域者也。

惟湘鄉曾文正公國藩，字伯涵，號滌生，著有《詩文集》、《奏議》、《劄記》各種。私淑姬傳，就其法而更擴張之。桐城主《史記》，湘鄉則兼主《漢書》；桐城師歐、曾，湘鄉則兼採《文選》。嘗謂作文當用賈、馬、許、鄭之訓詁，賈逵、馬融、許慎、鄭玄。發爲遷、固、卿、雲之文章，司馬遷、班固、司馬相如字長卿、揚雄字子雲。故於羣經子史而外，兼採漢賦。其作文宗旨，大略見於《復右銘太守書》與《聖哲畫像記》二篇。

其書云：「竊以爲自唐以後，善學韓公者，莫如王介甫氏，而近世知言君子，惟桐城方氏、姚氏，所得尤多。因就數家之作，而考其風旨，私立禁約，以爲有必不可犯者，而後其法嚴，而道始尊。大抵剽竊前言，句摹字擬，是爲戒律之首；稱人之善，依於庸德，不宜褒揚溢量，動稱奇行異徵，鄰於小説誕妄者之所爲；貶人之惡，又加慎焉；一篇之内，端緒不宜繁多，譬如萬山旁薄，必有主峯，龍衮九章，但挈一領，否則首尾衡決，陳義蕪雜，滋足戒也；識度曾不異人，或乃競爲僻字澀句，以駭庸衆，斲自然之元氣，斯又才士之所同蔽，戒律之所必嚴。明兹數者，持守勿失，然後下筆造次皆有法度，乃可專精，以理吾之氣，深求韓公所謂與相如、子雲異曲同工者，熟讀而氣探，長吟而反覆，使其氣若翔翥於虛無之表，其詞跌宕俊邁，而不可以方物。蓋論其本，則循戒律之説，詞愈簡而道愈進；論其末，則抗吾氣以與古人之氣相翕，有欲求太簡而不得者。兼管乎本末，斟酌乎繁簡，此自昔志士之所爲，畢生矻矻，而吾輩所當勉焉者也。」

其記云：「西漢文章，如子雲、相如之雄偉，此天地遒勁之氣，得於陽與剛之美者也，此天地之義氣也；劉向、匡衡〔之〕淵懿，此天地温厚之氣，得於陰與柔之美者也，此天地之仁氣也。東漢以還，淹雅無慚於古，而風骨少穨矣。韓柳有作，盡取揚馬之雄奇萬變，而内之於薄物小篇之中，豈不詭哉！歐陽氏、曾氏皆法韓公，而體質於匡、劉爲近。文章之變，莫可窮詰，要之，不出此二途，雖百世可知也。」

故其所作，高華典貴，實大聲充。集中諸作，如《楚軍水師昭忠祠記》、《金陵官紳昭忠祠記》、《金陵陸師昭忠祠記》，江忠烈、羅忠節、李忠武、李勇毅諸公神道碑銘，皆能以浩氣英光，表揚忠烈，藉百世之雄文，垂一朝之實録，擬以班孟堅《燕然山銘》、韓退之《平淮西碑》，有過之無不及也。晚年益創爲古文四象之説，分太陽、太陰、少陽、少陰爲四類，手鈔目次，藏之於家，未及鐫板。自謂持論高古，恐非初學所能領會，與及門之士商榷再四，蓋將藏之名山，傳之其人耳。

其弟子最知名者，如遵義黎庶昌蒓齋、著有《拙尊園集》。桐城吴汝綸摯甫、著有《桐城吴先生文集》。武昌張裕釗廉卿、著有《濂亭文集》。無錫薛福成叔耘，著有《庸盦全集》。皆篤守師説，而求合於方、姚氏之軌範。四人之中，蒓齋官最高，摯甫名最盛，廉卿文最雅，叔耘文亦雅。後有作者，皆聞風興起焉。

當姬傳盛倡古文之際，吴人有錢魯斯者，字伯坰。嘗誦其師説於友人，於是陽湖惲敬子居、著有《大雲山房集》。武進張惠言皋文，有《茗柯集》。皆輟其詞章、訓詁之學，而從事於古文。同時相和者，有秦瀛小峴、字淩滄，號遂庵，無錫人，著有《小峴山人集》。陸繼輅祁孫，陽湖人，著有《崇百藥齋集》。世稱之曰陽湖派。其源並出於《史》、《漢》，其法並啓於韓、歐，近世古文之正軌也。皆所謂理勝者也。

駢文至宋而衰，至清而復盛。清初，承明季諸老之後，如張天如、名溥。陳卧子名子龍。二先生，皆以沈博絶麗之文，提倡後進，於是六朝、初唐之餘乃復振。天如名溥，搜漢魏六朝百三名家文彙爲一集，刻以問世，於是學者始得窺見兩晉南北朝諸家之文體。

卧子名子龍，天才卓越，文藻特盛。吴兆騫、字漢槎，吴江人，著有《秋笳集》。陳維崧，由諸生授檢討，著有《湖海樓詩文詞集》。其繼起者也。維崧字其年，號迦陵，宜興人，其爲文導源庾信，才力富健。與之齊名者吳綺園次，號聽翁，江都人，著有《林蕙堂集》、《宋金元詩選》、《嶺南風物記》等書。次焉者章藻功豈績也。浙江錢塘人，著有《思綺堂集》。園次追摹義山，整秀而失之於弱；豈績步武孝穆，華贍而失之於囂。唐李商隱字義山，河内人，舉進士，官至檢校工部員外郎。詩文瑰邁奇古，世號其詩爲西崑體。著有詩文集，行於世。六朝徐陵字孝穆，東海郯人，仕梁，官御史中丞。時安成王頊權傾朝野，陵奏劾之，朝廷肅然。官至太子少傅，卒，謚曰章。著有《徐孝穆集》六卷，《玉（堂）〔臺〕新詠》十卷。故迦陵主持文壇者凡數十年。

繼其年而起者，以山陰胡天游稚威爲之最。稚威原出初唐，胡天游字稚威，號雲持，山陰人，著有《石笥山房集》。典麗喬皇，雅似燕、許。錢塘袁枚云：「吾於稚威，則師之矣。」然袁文雖極沈博，而俗調僞體汰除未淨。至昭文邵齊燾作，而文體始正。齊燾字荀慈，一字叔宀，宀音綿，交覆深屋也。所著有《玉芝堂集》。其作文宗旨，欲於綺藻豐縟之中，運簡質清剛之氣。見叔宀《報王芥子書》。自斯言出，一時風氣爲之大變。

同時如王太岳之蒼老，字基平，號芥子，定興人，著有《清虛山房集》。劉星煒之華貴，字映榆，號圃三，武進人，著有《思補堂集》。孔廣森之典重，字衆仲，又字撝約，號顨軒，曲阜人，著有《儀鄭堂駢體文》。如華岳三峯，一覽而衆山皆小。

其有博涉羣書，兼工駢儷者，則有陽湖孫星衍淵如、著有《問字堂文稾》。洪亮吉稚存、自號更生居士，著有《卷葹閣》、《更生齋》等集。李兆洛申耆、武進人，著有《養一齋文集》。儀徵阮元芸臺、芸臺一作雲臺。阮元字伯元，號雲臺。儀徵相國著有《揅經堂集》。或作《揅經室集》。武進張惠言皋文也。著有《茗柯文集》。

其專以駢文名者，吳錫麒穀人、字聖徵，著有《有正味齋集》。曾燠賓谷、字庶蕃，著有《賞雨茅屋集》，又選有《駢體正宗》。吳鼒山尊、山尊名鼒，又字及之，號抑庵，安徽全椒人，著有《夕葵書屋集》。劉嗣綰芙初、字醇甫，無錫人，著有《尚絅堂集》。樂鈞蓮裳、樂鈞初名宫譜，字元淑，號蓮裳，臨川人，著有《青芝山館詩集》。楊芳燦蓉裳，無錫人，著有《吟翠軒初稾》。或云著有《芙蓉山館》，待考。而以彭兆蓀甘亭、字湘涵，江蘇鎮洋人，著有《小謨觴館文集》。王芑孫惕甫號鐵夫，字念豐，又號楞伽山人，江蘇長洲人，著有《淵雅堂集》。風格爲最適，氣體爲最雅。

至於劉開孟塗、字方來，桐城人，布衣，著有《孟塗文集》。梅曾亮伯言，上元人，著有《柏梘山房文集》。其始致力駢儷，其後專力古文，不僅以詞勝著矣。

道咸以來，陽湖則有董基誠、祐誠兄弟，基誠字子詵，著有《移華館集》。祐誠字方立，著有《蘭石齋集》。皆效法其鄉先輩洪稚存之所作，而加之以工整。而大興則有方履籛彦聞，著有《萬善花室集》。泗州則有傅桐味琴，長沙則有周壽昌荇農，著有《思益堂集》。秀水則有趙銘桐孫，會稽則有李慈銘愛伯，著有《湖塘林館集》。湘潭則有王闓運紉秋，著有《湘綺樓集》。長沙又有王先謙益吾，著有《虚受堂集》。亦能簡質清剛，確守玉芝矩矱。斯皆詞勝之文之正軌也。

跋

吾兒令梯，曩就學於浙江第四師範學校，得有《古今文派講義》，爲教師陳次農先生康黼所手編，詞旨簡明。學者得此，其於古今文派，庶可由流溯源矣。惟苦無註釋，未免美猶有憾。爰不揣檮昧，撮要註之，讀者或有取焉。中華民國十九年五月一日，四明張振騋跋。

國文大義

唐文治 撰

《國文大義》二卷

唐文治 撰

唐文治（一八六五—一九五四），號蔚芝，晚號茹經，江蘇太倉人。光緒十八年（一八九二）進士，官至農工商部尚書。曾出使日本、歐美。光緒三十三年（一九〇七）去官，任上海高等實業學校（后爲上海交通大學）監督十四年。又創辦北京實業學堂、吴淞商船學堂。一九二〇年創辦無錫國學專修館，主持並講學十七年。有《茹經堂文集》等著述多種。

在西學東漸、國文受到冷落之時，作者編著此書目的在於引起國人對國文應有之重視。共選古文一百二十一篇，借以闡述作文宗旨。作者提倡任天下之事，應立誠行文，力去陳意陳言，切戒浮滯迂闊。强調作文須綫索分明，平中有奇，文體清澄，疏節闊目，和聲妙蘊。認爲文應可誦，並説：「近世作者如方、姚之徒可謂能矣，顧誦之而不能成聲。」論及「情」與「才」時，認爲情乃文之根源，情之至者纔能善用其才；才則由後天學而得之，情居才之先。於文之「神」，所論尤爲詳致精到。他説古人論「神」，多從虚處着眼，「虚者難知，實者易學」，故從實處將文之「神」大體劃分爲陽剛和陰柔兩大類，並從正反兩方面論述了「十二神」的特點、寫法，所包含的人物類型。

此書原係作者執教於上海高等工業專科學校期間的講義，於一九〇九年編定成册。今據一九二〇年無錫國學專修館刊本整理。删去選文，録入其評論部分。

（聶巧平）

國文大義序

余少時讀《論語》，孔子之贊堯曰：「巍巍乎其有成功也，焕乎其有文章。」心嘗疑之，以爲文章何爲在成功之後。又嘗讀曾子之言曰：「出辭氣斯遠鄙倍矣。」心又疑之，以爲出辭不鄙倍，何遽爲道。及長，稍稍與世周旋，默考政治學術之升降，人心世道之根原，爰知文章與制行相爲表裏。凡品行之近於鄙倍者，必其文之無序者也。凡品行之遠於鄙倍者，必其文之成理者也。又推而驗之，凡爲文之博大昌明者，必其行之光明磊落者也。凡爲文之精深堅卓者，必其行之温厚篤實者也。至尖刻險巧，則行必澆薄。叫囂紛呶，則行必桀驁。凡人之血氣心知，不能不寄之於言，言不能掩其行。而文辭者，語言之菁華也。即其言以考其文，即其文以考其行，百不失一二。天生烝民，有物有則。惟出鄙倍之辭，斯滋鄙倍之行，言不順則事不成，事不成則秩序混淆，而禮樂不興，刑罰不中。是以「成功」、「文章」，實爲一事。《尚書》載堯以來，首曰：「欽明文思安安。」蓋巍乎焕乎，唐虞之所以爲郅治。而歷代以來，所以一治而一亂者，實一文一野之所由判也。上下數千年，縱横億萬里，文化美者，則其國必强焉盛焉存焉；文化微者，則其國必弱焉衰焉滅焉。

此天地之常經，世界之軌範也。自元會遞遷，歐化西漸，綴學之士醉心科學，土苴國文，甚且謂國粹之存亡無足輕重焉。嗚呼，抑何其見之偏也。芸芸倮屬，芒芒禹州，廣谷大川異制，民生其間者異俗，修其教不易其俗，齊其政不易其宜。凡人情風會之變更，歷史掌故之紀載，禮教法律之沿革，胥惟國文是賴。今乃一切掃除之，綱維政治者將何所措其手？況我國近紀庠序，盈門瑰奇踔躒之輩，大都有志西游，方冀其輸入文明，以開顓蒙而通閉塞。倘概以國文膚淺之士，負笈而歸，文不能傳其意，筆不能述其所見聞，我國民豈能盡通譯鞮，與之相質問？是則文明者徒擅文明，而輸入者終無望其輸入，統一教育者將何所措其手？矧夫文字者，世道人心之要鑰也。我國文字之與語言，雖判若兩端，而實有息息相通之理。藉令文化日漓，脩辭立誠之要義淘汰而靡遺，我國民之心思將日以粗，志氣將日以浮，知識日以卑淺，氣象日以萎薾。其於萬理之判析，萬事之綱紀，更茫乎其若迷，格乎其不相入。主持人心世道者，更將何所措其手？文治鑒斯，瞿然惄然。爰本此拳拳欵欵之忱，編成《講義》以餉學子。竊維俗之通塞，時也；道之顯晦，遇也；而國粹之存亡，則人也，非天也。斯文之繼續，天不得而主之者，惟恃人力以斡維之，補救之。我國文之功用，於古則足以經經緯史，貫串百家；於今則足以陶鑄羣倫，開物而成務。茲者新學洊興，衆流騰躍，殫精竭思之徒，蒐羅剔抉，紛然而俱進，雜然而並陳。舉凡農家、兵家、法家、工家、商家之學，其隱契乎古者，胥將大顯於世；其權輿於今者，正賴精研國文之達人碩士，薈而斠之，溝而通之。本形聲之文，以合佉盧之誼，小之則判析毫芒，大之則鴻賅庶彙，通神合微，表著萬物，網絡百科，於是焉在。然則後之讀吾書者，必將知功業、文章，要歸一貫。異日者黼黻河漢，追琢菁莪，備哉燦爛文明之式，而有以成巍乎焕乎之郅治，是余之所厚望也夫，是余之所厚望也夫。太倉唐文治自序。

附録交通部公函

逕啓者：准教育部函字第一千零二十一號公函内稱，准貴部函稱上海工業專門學校唐校長文治函稱：「竊維國家之强弱，人類之存滅，其惟一根源，端在文野之判。曠觀世界各國，其競進於文明者，則其國家其人類强焉存焉。否則，其國家其人類弱焉滅焉。我國文化胚胎獨早，溯自書契之造，以讫孔子纘修删定，微言大義，闡發靡遺。二千年來歷代相承，皆得奉爲依歸者，悉賴此文字之遞嬗不息。是以聖門四教首文，而孔子自言『文不在兹』，厥誼可證。自西學東漸，恂愁之士穎異標新，以爲從事科學，我國文字即可置之無足重輕之數。用是十餘年來，各處學校於國文一科，大都摭拾陳腐，日就膚淺。苟長此因循，我國固有之國粹行將蕩焉無存。再歷十餘年，將求一能文者而不可得。曾子曰：『出辭氣斯遠鄙倍矣。』國民既多鄙倍之辭，安得不滋鄙倍之行？科學之進步尚不可知，而先淘汰本國之文化，深可痛也。本校長有鑒於斯，爰就本校國文一科，特加注意。并於公餘之暇，輯有《高等國文講義》全部，首論『國文大義』，次及古人論文，探厥本源，及乎陰陽剛柔各義。雖未敢信爲足以問世，而就本校行之數年，固已略著成效。」查是項

《國文講義》，前年刷印之初，業經先後咨送大部在案。方今民國代興，政體改革，學制更新。按之學校系統固已無高等之學級，是項《講義》似將不適於用。然就目前國文程度，以之餉大學生徒，恰爲合宜。當此斯文絶續之交，或不無細壤涓流之助。相應檢齊《講義》八册，函達大部察核教正，轉送教育部審查，見復施行等因。相應將附到《國文講義》八册函送貴部查照，希即見復，以便轉復該校長可也等因。前來查該《講義》，博稽遠引，鎔鑄羣言，於斯文之能事發攄殆盡。《國文大義·論文之才氣》等篇均極精當，惟《論文之神》分爲十二，又附以力、夢、鬼、怪四神，似稍泥形迹，然用以爲下學説法，指點較易，亦出於教授之苦衷，不爲病也。《論文大義》選録前賢論文之作，可謂擇精語詳。《陰陽剛柔大義》引曾文正之緒而大暢之，亦多獨到之處。近日國學衰微，學者憚於深造，得此書爲指南，洵於文學大有裨益。惟查本部審定教科用圖書規程，審定之書，以中學校以下爲限。本書不在審定範圍之内，應由編者自由出版，聽各學校自爲採用。原書留本部用備參考。相應函復貴部查照轉知等因，前來相應函知貴校長查照可也。

中華民國二年十二月二十六日。

例言 此係三種總例

余編《國文講義》，共成三種：一《國文大義》，二《古人論文大義》，三《國文陰陽剛柔大義》。初意尚擬編「鉤玄録」、「致用録」二書。「鉤玄録」僅成《周情》、《孔思》二編，因過於艱深，遂不果成。「致用録」本擬選纂公牘函件等，後擬改輯中國政治學，爰中輟焉。

是編程度係在專門學校以上，惟中學秀穎之士亦可適用。且或有在中學中已肄業及之者，蓋兹編命意所重，在比類合誼，則仁者見仁，智者見智，雖百回讀，益有味也。

是編所選諸作，俱係略舉一隅。即以《神》篇而論，所列「十二神」，古書中隨處皆是，全在讀者觸類旁通。若膠柱鼓瑟，以爲文章之妙盡於是焉，則陋矣。是以學者之神明，貴日擴而日新也。

評點本非古法。自歸氏、方氏評點《史記》，治古文家遂有評點之學，曾文正所選《經史百家雜鈔》，分段圈點，最爲謹嚴朗析。近吴摯甫先生，亦謂開示始學，莫過於此。兹編圈點不概從古人。大抵《才》篇則注重於才，《氣》篇則注重於氣，《神》篇則注重於神。此外則全在精神線索之處，讀者當分别觀之。

古人論文大義，係以古人之文章爲我之講義，最易闚見門徑。惟近代文家，或不免囿於宗派，且辨析豪芒，則才氣日以漓薄。承學之士，所貴觀其大意。莊子所謂「出於涯涘，觀於大海」，幸勿爲所纆索也。

陰陽剛柔之説，創自姚氏，至曾文正益大暢厥旨。所選《四象古文》雖未成書，然其渺精入神實已敻絶千古。余意所以别爲一部者，以國文臻此，實係登峰造極，蔑以復加之詣，學者倘能闚尋斯義，歎觀止矣。

治古文者不外五大部分：《左氏》、《公羊》、《穀梁》、《國語》、《國策》爲一部；《史》、《漢》、韓、歐爲一部；屈、宋、馬、揚爲一部；賈、董、晁、劉爲一部；老、莊、荀、韓爲一部，其餘皆支與流裔耳。方望溪先生謂：「退之、子厚讀經子，永叔史志論，均出於《史記》之世表、年表、月表序。子固序羣書目録，介甫序《詩》、《書》、《周禮義》，均出於《漢書》之《藝文志》、《七略序》。」近曾文正又謂：「退之之文，取源於《尚書》。」蓋祭海先河，未嘗無崖略之可尋也。至退之之文，不盡出於《尚書》，讀《進學解》「上規姚姒」以下十二句，足徵退之之師，不外九家，學者進而求之，能自得師可矣。

國文大義目録

國文大義上卷

唐文治　撰

論文之根源

國文關係國粹，而人品學問皆括其中。故凡文之博大昌明者，必其人之光明磊落者也；文之精深堅卓者，必其人之忠厚篤實者也。至尖新險巧，則人必刻薄；圓熟浮滑，則人必鄙陋；傲很怪僻，則人必悖謬。諸生學作文，先從立品始。立品先從忠孝二字始。能忠孝則人有愛情，有愛情則文之至情涵結於中而流露於外矣。

孔子有言："「修辭立其誠。」誠者，盡性之本，修身之源，而即文家之萌柢也。《中庸》云："「不誠無物。」吾國人謂之誠，西國人即謂之精神。人惟有精神，斯有理想。理想日新，而文明之象生焉。文惟無精神，斯無理想。理想日窒，而腐敗之象著焉。夫爲人不可以腐敗也，爲文而獨可以腐敗乎？伊古以來，周公、孔子、曾子、孟子之文，修辭之最能立誠者也。下逮司馬遷、董仲舒、劉向、班固、諸葛武侯、陸宣公、韓文公、歐陽文忠公、范文正公、司馬温公、朱子、王文成公，以及本朝之陸尊道、湯文正、陸清獻、張清恪、胡文忠、曾文正、左文襄諸家之文，亦均能立誠者也。惟其誠意有深淺，故文字亦有深淺。下是而飾僞敷衍，有終身腐敗而已矣。

大凡各科學皆以人工補天工之所不足，惟文亦然。天地温厚之氣，春夏氣也，惟仁人能得之。天地嚴凝之氣，秋冬氣也，惟義士能得之。天不言而四時行，百物生，文之至者實足以包舉萬彙，能開物而成務，所以補天之所不言也，而非至誠則不能配天。

《中庸》云：「惟天下至誠爲能化。」文達於誠之至，而變化生焉。譬之於風，滲滲刁刁，文之聲也。譬之於雲，夭矯離奇，文之態也。推而至於山之崔巍，川之澎湃，日月之所以昭明，陵谷之所以遷變，草木鳥獸之所以繁殖飛翔，人事老少生死存亡之理，禮樂食貨戰鬬號令之具，皆由文焉刻畫以象其變化。更有進者，凡宗教之傳嬗，道德之權輿，忠臣孝子之事蹟，一載之於文，百世而下，讀者或廉、或敦、或歌、或泣、或感動奮發以思私淑，若是者皆文章變化之所爲，實文章至誠之所爲也。諸生但知國文之爲國粹，盍一探其本乎？

論文之氣

孔子云：「人之生也直。」孟子云：「浩然之氣，至大至剛。以直養而無害，則塞於天地之間。」顧亭林先生云：「凡作文之氣，須與天地清明之氣相接。」是三説有不相謀而相感者，何也？

蓋自來正大之士，必有清明正直之氣。宋文文山先生所謂「天地有正氣，雜然賦流形」、「於人曰浩然，沛乎塞蒼冥」是也。下愚之士，困於己私，邪曲之念蟠結於中，平旦之氣梏亡已久。如是而作文之時，求其有清明正直之概，庸可得乎？故凡學作文，先從養氣始，養氣先從正直始。孔子云：「將叛者其辭慚，中心疑者其辭枝。」孟子云：「詖淫邪遁，知其蔽陷離窮。」若此者爲其辭之不直也，即爲其氣之不直也，而要由其性情與品行之不直也。

養氣之功尚矣，諸生不能驟幾也，則下而求之於鍊氣。鍊氣之法尚矣，諸生不能驟幾也，則下而求之於運氣。先儒論運氣之法，當一筆數十行下，亦諸生所不能驟幾也，則下而求之於一筆十數行下，或一筆數行下。然作文之時，所以能運氣者，要在讀文之時先能運氣。運與練者，乃繁與簡之别，縱與斂之别，粗與精之别。此中消息程度，惟善讀者乃能知之。昔曾文正初見張廉卿先生，爲讀曾子固文一首，而廉卿先生文因以大進。今鄙人品詣文章，不能勉希文正之萬一，而諸生之志行，則必高於廉卿先生無疑也。爲口授讀法如下數首：

賈生《過秦論上》

韓退之《張中丞傳後叙》前半篇

曾滌生《孫芝房侍講芻論序》

論文之情

文之神貴能精騖八極，文之氣貴能周流六虚，文之才貴能涵蓋九區，文之情貴能感孚萬彙。前言養氣之法，今再爲諸生言文之情。

天下惟有真性情者乃能爲大文章。昔左文襄有言：「世人統稱才情，若人而無情，才於何有？」此語可謂千古名言。文襄係才士，而其言如此，世之講修身者不可不知此言，講文學者尤不可不知此言。孟子云：「乃若其情，則可以爲善矣。」又云：「若夫爲不善，非才之罪也。」情居才之先，情之摯者乃能善用其才。故凡人之霸才無主而無真性情者，其人決無結果。凡文之霸才無主而無真性情者，其文決無成就。吾校中愛敬之情，最爲欠缺。諸生學作文，宜於涵養性情一事，先加之意焉。

遂古以來，文情之至者當以周公爲最，《鴟鴞》、《七月》之詩是也。《論語》、《孟子》中亦多情至之文，如「回也視予猶父」一節，「長沮桀溺」一章，孟子「去齊尹士語人」一章是也。《詩經》、《離騷》爲千古言情之祖。司馬遷亦善言情，惜其性質稍嫌粗雜，如《報任少卿書》情至而詞不免於蕪。至諸葛武侯《出師表》幾於字字血淚。惟其遭闇弱之主，有以宣難達之情，乃成絶調。陸宣公爲德宗撰制詔，專務引過罪己，以感人心，故聞者雖武人悍卒，無不揮涕，即叛逆之流，亦皆迴心喻旨，惟其文之感情厚也。故知文之用情，無論對於君，對於民，對於友，皆須委曲周至，或有皷舞激昂之致，方能動人。而欲學奏疏文字，尤須先從情字注意。

雖然，情不可以僞爲也，要須語語從天性中流出。如李密《陳情表》，措詞非不沈摯，然中有云：「臣少事僞朝。」其人之始終失據如此，故其鄙陋之情，不覺流露。且其文氣亦復淺薄，而論者乃欲與《出師表》並稱，實則非其倫矣。

情根於天，有時因地而異。天有六氣，陰、陽、風、雨、晦、明。此六者，皆足以動人之感情。故古人以六情配六氣。六情者，喜、怒、哀、樂、好、惡是也。人含六情或有所偏至，而遂成爲風氣。漢翼奉言：「北方之情好，南方之情惡，東方之情怒，西方之情喜。」此殆漢時風土，歷朝而後變遷不同矣。風氣者，皆人情之所爲也。昔季札觀樂，能知民風。鄙人謂觀文亦足以知民風。何者？以文皆人情之所爲也。是以燕趙多慷慨之音，吳越多靡曼之調。惟豪傑之士，其情能與時消息，張子《定性書》所謂「聖人之喜以物之當喜，聖人之怒以物之當怒」是也。其文亦不爲地方風氣所限。昔人論詩云：「愁苦之音易入，歡愉之詞難工。」文亦頗有此景象。惟黄鐘大吕金石之音，則能超出乎此。大抵有愉悦之情者，文多發揚蹈厲之象；有哀怨之情者，文多鬱伊紆結之象。而於叙事中述情尤屬不易，蓋欲傳其人之行誼，必須肖其人之性情。惟情各不同，故文亦迥異也。

有激烈之情，如《國策》豫讓復讎事是也；有悲壯之情，如《國策》荆卿入秦事是也。誠於中者形於外，惟情不可以僞爲。今日諸生要以培養忠孝之情爲先務。爲口授讀法如下數首：

《史記・屈原列傳》　鬱結悲怨之情

《漢書・蘇武傳》　雄奇慷慨之情

諸葛孔明《出師表》　纏綿悱惻之情

歐陽永叔《瀧岡阡表》　天真孺慕之情

論文之才

上言情居才之先。雖然，才之爲用，廣矣、大矣。《易傳》稱天地人爲三才：天之才，雨露涵濡，雷霆精鋭；地之才，山川焕綺，五穀繁殖；人之才，含五行之秀，經緯萬端。故惟能盡人性、盡物性，而其學無不通者乃謂之才。昔人謂作文須令諸子百家皆騰躍而出其腕下。鄙人惟蘄諸生異日作文，能令各種科學皆騰躍而出其腕下，則盡乎才之能事矣。

才有極難以體狀者，惟劉彦和《文心雕龍》云：「神思方運，萬途競萌，規矩定位，刻鏤無形。觀山則情滿於山，觀海則意溢於海。我才之多少，與風雲而並驅矣。」斯言刻畫最當。才能與風雲並驅，方爲絶才。而其得力處全在「萬途競萌」四字。「萬途競萌」，所謂萬象在旁，羣言爭赴是也。

昔人論文有「天馬行空」四字，此言才之變化也。有「韓潮蘇海」四字，此言才之闊大也。鄙人嘗謂才思之横溢者，用筆須如雷電風雲，一時並至。又須如鐵騎突出，刀鎗皆鳴。乃能縱横億萬里，上下數千年，開拓萬古心胸，推倒一時豪傑，斯爲天才。然此雖由於天資，未嘗不可學而致，道在勉之而已。

以上所言，於何徵之？程子嘗言「才須學」。故鄙人謂文才亦出於學。學之之道奈何？在先得其門徑而已。如左氏賅博之才也，讀者宜學其左宜右有；《國策》縱横之才也，讀者宜學其騰踔離奇；子雲、相如聲悦之才也，讀者宜學其組織之工；司馬遷豪宕之才也，讀者宜學其縱恣之趣；班固質實之才也，讀者宜學其樸茂之致、方整之形。韓文公得於司馬遷爲多，故才亦豪宕。三蘇得於《國策》爲多，故才亦縱横。下此如宋之陳龍川，明之王弇州，才氣非不凌厲，然近於霸才，即不足學矣。

由是而推言之，則有奇才、雄才、逸才之分。奇才者何？破空而來，不知其所始，不知其所終，是謂奇才，如《國策·宋玉對楚王問》是也。雄才者何？氣吞雲夢，又如能負山嶽而趨，是謂雄才，如韓文公《送孟東野序》是也。逸才者何？其境翛然絶俗，若翔翥於煙雲之間，是謂逸才，如蘇東坡《前赤壁賦》是也。至於有辯學而後有辯才，縱横機變，雖以無理之辭而若有至理寓乎其中，是謂辯才，如《莊子·駢拇篇》是也。其他鴻紛瓌瑋、驚采絶艷之文，兩漢而後，代有作者。

然華藻之辭無裨實用，概可弗學。

人在三十以前，其才與年而俱進；在三十以後，其才與年而俱退。若少壯不學，則才思日窒，才氣日歛，深可痛也。昔人曾目江文通「江郎才盡」，是即才思日窒之明驗。是以才字之本義，爲木甫萌達，未成木者，故曰才。諸生今日天才未露，正如未成木之時，宜輪菌連卷，養成棟梁之器。倘斲而小之，甚或因循不學，則老大徒傷矣。戒之勉之。

凡人才氣之大者，亦須有法律以範圍而收歛之。蘇東坡謂「吾文如萬斛泉，隨地涌出」，斯言比喻固精，然要知東坡文亦自有法律，觀其《韓非論》可見一斑。兹特一併口授如下：

《國策・宋玉對楚王問》　奇才

韓退之《送孟東野序》　雄才

蘇子瞻《前赤壁賦》　逸才

《莊子・駢拇篇》　辯才

蘇子瞻《韓非論》　才之能以法範者

論文之志意與理

孟子言：「士貴尚志。」志者，文之幹，而因之覘識度焉。朱梅崖云：「先高其志，然後有以自置。」自置者，思慮屏而心漸同乎古人也。漸同古人，則必漸異今人，人亦必漸怪之。懼其怪而從志易心，則至古人也無日矣。故學文必先辨志。志之卑者，文不能高也。志高則識亦因之高，而氣度自然宏遠矣。

周子《通書》曰：「志伊尹之所志。」夫自古以來，聖賢豪傑夥矣，而周子獨推伊尹之志者，惟其能任天下之事也。能任天下之事，斯知覺速而魄力宏。其爲文也，乃能通天下之志，狀天下之情，舉天下之事，窮天下之變。近世以來，俗尚推諉，人格日卑，而文氣因以日茶，文體因以日雜，文品因以日俗，扶衰起廢，非吾輩之責而誰？

昔人云：「志大者乃能言大，此狂者之事也。」鄙人又爲推演一説云：「志清者乃能言清，此狷者之事也。」諸生平日於學問之道，當以狂者之志爲志；於取與之事當以狷者之志爲志。能狂則其文大，能狷則其文清。

前爲諸生講鍊氣。要知鍊氣之先，尤貴鍊意。蓋氣者意之輔，意者氣之主也。故孟子曰：「志至焉，氣次焉。」志與意相爲維繫，此係因作文而溯及於養心。諸生不可誤會，以爲聖賢之言，爲作文而發。鍊意當奈何？曰：凡人意之淺者，我宜鍊之使深；凡人意之舊者，我宜鍊之使新；凡人意之平者，我宜鍊之使高。必用意能比人深一層，新一層，高一層，而後我之文乃能吐棄一切，包掃一切。韓文公云：「惟陳言之務去。」要知去陳意，迺能去陳言，此爲學文之命根。諸生宜第一注意。

至於入手之方，先宜研究題之虛處與實處。其法須令題中每字在胸中一過，如論人則將其人生平事事在腦中一過。某處是實，某處是虛。虛實明則賓主緩急之分、離合詳略之故，自能瞭然。大抵運意必須在虛處，能至他人屐齒所不到之地。則所謂深與新與高者，即在於此。劉彦和云「意翻空而易奇」是也。故理與事不宜蹈空，而用意則貴翻空。

文有言在此而意在彼者，古人譎諫多用之。司馬遷《封禪書》迷離惝怳，其意皆在言外。近吳摯甫先生謂「司馬相如《封禪文》亦主譎諫」。鄙人素薄相如之爲人，竊謂未必有此意。要而言之，譎諫之文，譎中亦須有直體。項莊舞劍，人皆知其意在沛公。如用意過曲，以爲他人後世尋我迹而窺我意焉，庸詎知紙上之文未能開口以告人也。學奏疏公牘時，尤宜注意。

理者，細言之爲治玉，粗言之則道里經緯。精粗兼賅，斯謂之理。《莊子·養生主》篇庖丁解牛「十九年而刀刃若新發於硎」，所謂純乎天理也。故文筆能中理，而後能如刀鋩之新。

理忌窒，窒則不能通。理忌晦，晦則不能顯。理忌空，空則泛濫無所歸，而辭必流於遁。善言理者，如春冰之融，泥滓盡去；如并州之剪，劃然分解；如月之當空，澄瑩朗徹；如泉之始達，曲暢旁通。朱子之文，原於南豐，而理則遠勝南豐，至矣、盡矣，天地間之至文也，然非學道不能以幾。諸生可先取《正誼堂叢書》及《乾坤正氣集》二書，擇性之所近者讀之，則漸得理解矣。

説理之精深者，必當於諸經中求之。宋周子《通書》、張子《西銘》亦可與經書並讀。曾文正《雜鈔》中均經選録，諸生皆當熟誦。下此如陸桴亭先生《思辨録》，近賀氏《經世文編》，皆足爲文家説理之資料，性理家書極夥，須博觀慎取，方能不墮玄虚。均不可不讀之書也。今選文數首，略示志意與理之概。

韓退之《伯夷頌》　觀其志

范希文《岳陽樓記》　觀其志

蘇明允《辨姦論》　喻其意

曾滌生《送唐先生南歸序》　察其理

《重刻周忠介公文集序》　文治丙卯年舊作　察其理

論文之繁簡

爲文繁簡之異，即能者與劣者所由判也。如叙一事，劣者叙數千字而始明者，能者可以數百字括之。劣者叙數百字而始明者，能者可以數十字括之。即説理亦然。故後世文之複雜無翦裁者，若以司馬遷、班固、韓文公爲之，雖數萬言，可删作一二千言。而左氏之文，其簡潔者尤妙絶千古。

或曰：然則文必以簡爲貴乎？曰：是不然。昔仲弓有言：「居敬行簡，可以臨民。」故善爲治者，必以疏節闊目爲主；善爲文者，亦必以疏節闊目爲主。是理有固然矣。然善爲治者，能執簡御繁而不畏繁；善爲文者，亦能執簡御繁而更善用繁。即如左氏、司馬遷、班固之書，何嘗無繁文，特繁而使人不厭耳。且層巒複疊，伏波瀠洄，有愈繁而愈俾人喜者。故繁又譬如春之華，簡又譬如秋之實，各有佳處。要而言之，善爲文者，能繁而益使人喜；不善爲文者，雖簡而亦使人厭。其中階級之分，殆不可以尋丈計矣。

或曰：然則繁簡有序乎？曰：有之。文必由繁而進簡，未有先簡而後繁者也。諸生試細推之。凡才氣之盛者，其文必繁；理想之富者，其文必繁；紀事之委蛇而曲折者，其文必繁。故諸生今日正求繁之時也。求繁而吾以兩法並示之，毋乃躐等而陵節乎？曰：是又不然。凡文才氣之盛者，節目必求其晰；理想之富者，詞句必求其工；紀事之委蛇而曲折者，叙述必求其有序而有條理。晰也，工也，有序而有條理也，皆非簡不可。故鄙人以兩法示諸生者，欲諸生之由繁以進簡，非欲先簡而後繁。若入手先求其簡，則必至於局小、詞澁、氣窒、理障，而文且不可通。

蘇秦説秦惠王，其文散漫特甚，此所謂繁而使人厭者也。厥後得太公《陰符》，伏而誦之，簡鍊以爲揣摩。曰「簡鍊」，知簡非鍊不可。鍊非特鍊詞之謂，凡鍊氣、鍊局、鍊意皆有其簡之法。

如氣之散者，一簡鍊則遒；局之緩者，一簡鍊則整；意之晦者，一簡鍊則明。諸生多讀古書，作文時自能心知其意也。

經書中之至簡者，以《論語》爲獨一無二，而《孝哉閔子騫》一章尤爲《論語》中之獨一無二。近世之學批牘電稿者，宜從此入手。柳子厚有言：「參之太史以著其潔。」知太史以簡潔勝者。然鄙人嘗以太史與左氏較，則知太史猶有未逮也。茲特示簡法六，繁法一，繁簡比較法分别講讀如下：

《論語·孝哉閔子騫章》　簡法

《論語·子路問政章》　簡法

《左傳》「祭仲專」一段（祭仲專鄭伯患之）　簡法

《左傳》「辛伯殺周公黑肩」一段（周公欲弑莊王而立王子克）　簡法

《左傳》「齊侯與蔡姬乘舟」一段（齊侯與蔡姬乘舟於囿）　簡法

《國策》「三國攻秦」一節（三國攻秦）　簡法

《國策》「莊辛諷楚襄王」一節（楚辛謂楚襄王曰）　簡法

《左傳》「周襄王不許晉文公請隧」　繁簡比較法

《國語》「周襄王不許晉文公請隧」　繁簡比較法

《左傳》「齊姜遣晉公子重耳」一段（及齊）　繁簡比較法

《國語》「齊姜遣晉公子重耳」一段（桓公卒）　繁簡比較法

論文之奇正變化

行文猶行軍也，文陣猶兵陣也。司馬遷曰：「兵以正合，以奇勝。」言之者出奇無窮，奇正還相生，如環之無端。奇正還相生者，言奇之中有正，正之中有奇，所謂變化無方是也。如此者乃可言文。

吾國歷史叙兵事者，如高歡、宇文泰、朱温、李克用，皆好用整隊惡戰，蓋非具有實力者，不能用扎硬寨，打死仗手段。西人用兵，其初亦好用整隊。迨普法之戰，始悟整隊之失，改用散隊游兵。學者惟能悟散隊之妙，乃能通變化之恉，而因應不匱。曾文正謂：「用兵之道，隨地形賊勢而變，無可泥之法。」鄙人謂行文之道，隨題神題理而變，亦無可泥之法。善爲文者，臨時或默運精心，或任自然以縱其所之，道在行乎其所不得不行，止乎其所不得不止。而用奇用正，迺各歸於至當。

奇者何？古人所謂恢詭之趣是也。諸生欲得入門之訣，請析言之，曰理想之奇，曰格局之奇，曰比喻之奇。理想之奇，《莊子》中爲最多；格局之奇，《左傳》、《史記》、韓文中爲最多；比喻之奇，《國策》中爲最多。學者求文之奇，先從理想入手。理想不新，文字不奇，此一定之理。理想奇則格局與之俱奇，而比喻之奇隨時供我之驅使矣。至理想之奇，固由於平日之積學與閱歷，而臨時則以放膽爲第一要義。

正者何？古人所謂方嚴之象是也。諸生欲得入門之訣，請析言之，曰格局之正，曰義理之正，曰造言之正。格局之正，剏自大禹、周公，《尚書·禹貢》、《無逸》二篇是也。《周禮》一書文體最爲嚴整。《孟子》文亦好用正局，《莊暴論樂》、《牛山之木》、《北宮錡問》諸章是也。韓文公《原毀》用兩大段，是爲兩翼包抄法。王紫翔先生《李傅相壽序》前用四段，後用四段，四奇四正，是爲布方陣法。此皆鍊局之宜研究者也。至於義理之正，造言之正，諸生宜於諸經及諸名臣諸先儒集中求之。朱子集爲最要，惟諸生今日程度，尚未能讀朱子書耳。茲先舉《大戴禮記·曾子疾病》一篇以爲例。

桐城吳摯甫先生云：「道貴正而文者必以奇勝。韓公得揚、馬之長，字字造出奇崛。歐陽公變爲平易，而奇崛乃在平易之中。後儒但能平易不能奇崛，則才氣薄弱，不能復振。」又云：「曾文正所選叙記類，指《經史百家雜鈔》而言。左氏高文略盡，其變動出奇，有若鬼神造化。」鄙人嘗以此説取此數書覆按之，洵係確有經驗之言。而《左傳》中尤以齊連稱作難、齊晉鞌之戰、楚靈王乾谿之難尤爲恢奇。諸生日後讀叙事文，於此當格外注意。

文之奇者，大抵在因心構象，而出以突兀。譬諸偏師所以能制勝者，要在出其不意。然諸生果能神會此言，仍須守定奇正相生四字。若一味逞奇，其弊之小者爲偏鋒，弊之大者則成僞體，不可不慎也。

變化之法，貴在任天而動，而實則不外乎主客之易位，虚實之相乘。故有時客者疑變爲主，如《史記·孟荀列傳》叙鄒衍事一大段是也。有時實者盡化爲虚，如蘇東坡《後赤壁賦》以一夢作結是也。此等變化之處，純乎天機。昔人論變化，每欲以義法繩之，鄙人竊謂論義法愈密，則文氣愈卑。故諸生中凡具有才氣者，祇須讀古人之文，至臨文時任天而動，變化自生，不必空言義法也。惟有時句法必須變化，如前講之《蘇武傳》：「子卿尚復誰爲乎」，「陵尚復何顧乎」，「願聽陵計，勿復有云」，「願勿復再言」。此皆字句重複處，若以司馬遷爲之，必加變化矣。孟堅之所以不如子長，即在變化之法較少。茲將奇正變化之法，約選十篇，爲分别講解口授如下。

《莊子·秋水篇》一段　理想之奇

《國策·江一對荆宣王》　比喻之奇

《國策·蘇秦説李兑》　比喻之奇

《國策·蘇代説趙惠生》　比喻之奇

韓退之《答陳商書》　比喻之奇

《史記·孟子荀卿列傳》　格局之奇

韓退之《送李愿歸盤谷序》　格局之奇

《大戴禮記·曾子疾病篇》　義理、造言之正
韓退之《原毀》　格局之正
王紫翔《合肥李傅相六十壽序》　格局之正

再論文之奇正變化

前爲諸生講奇正變化，皆粗迹也，今再言其精者。韓子有言：「《易》奇而法。」鄙人嘗沈潛反覆於《易》，求所謂奇而法者。《繫辭傳》云：「參伍以變，錯綜其數，通其變，遂成天地之文。」旨哉，斯言！天之文，一陰一陽而已；地之文，一經一緯而已。鳥獸蹏迹，天下之至奇也，而聖人取之以爲文，取其迹之縱橫而交錯也。故明乎參伍錯綜之數，則知變化矣。知變化則文奇矣。然而尤有進焉。蓋奇而法者，非法不能奇也。《易》之道至正，故其文爲特奇。如「見龍在田」，庸言庸行爲之藴也，而其爻辭則曰「見龍」。「鳴鶴在陰」，居室出言爲之主也，而其爻辭則曰「鳴鶴」。由是推之，惟義理之正，乃能爲比喻之奇，聖人之道不外是，聖人之文亦不外是。是以學者求奇，根於積理，反是而非法以矜奇，縱堅辯博澤，決爲大雅之所不道。

如此者以理言之也，試更以事言之。蓋自古豪傑之士，無不好奇，其不奇者殆非傑士。故惟得奇人，乃得奇事，叙奇事，乃得奇文。瑰瑋豪邁，性質之奇也；任俠獨行，行止之奇也；卉服渾

敦，風俗之奇也。廣谷大川異制，民生其間者異俗，推而極之，至於無垠，其爲離奇，胡可勝道？方今世變愈嬗而愈新，則文字亦當愈嬗而愈奇。鄙人所以謂國文非特不廢，當因而轉盛者，以國文包天下之奇象也。

如此者以事言之也，試更以神氣言之。劉海峰先生謂：「文有奇在字句者，有奇在氣者，有奇在神者。字句之奇不足爲奇，氣奇則真奇矣。神奇者古來亦不多見。」又謂：「《史記·伯夷傳》可謂神奇。」余謂作文須至線索迷離惝怳之境，而實則極分明，方爲神奇。《伯夷傳》之所以爲神奇者，惟其綫索之惝怳而實分明也。能悟入此境，叙奇人奇事，乃益生色。茲再約選《史記》、《漢書》、韓文數首以舉一隅。《史記·封禪書》應全讀，茲選不過略示一斑，實則節録不可爲訓。

《易經·文言傳》一段　義理正，爻辭奇

《易經·繫辭傳》四段（鳴鶴在陰。不出户庭無咎。易曰憧憧往來。善不積不足以成名）　義理正，爻辭奇

《史記·封禪書》三段（自齊威宣之時。漢興高祖之微時。今上初至雍。）　事奇神奇

《史記·伯夷列傳》　神奇

《漢書·陳遵傳》一段（陳遵居長安中）　人奇事奇

韓退之《試大理評事王適墓志銘》　人奇事奇

國文大義目録

國文大義下卷

論文之聲

往者張廉卿先生謂：「學古文，其始在因聲以求氣，得其氣則意與辭因之而並顯。」吴摯甫先生亦謂：「才無論剛柔，苟其氣之既昌，則所爲抗墜、詘折、斷續、斂侈、緩急、長短、伸縮、抑揚、頓挫之節，一皆循乎機勢之自然，無之而不合。」蓋文章之道所以盛者，實在於聲，所以和聲乃可鳴盛也。敢道所得，質諸能者。

韓文公《答李翊書》云：「氣盛則言之短長與聲之高下皆宜。」顧其論聲之處極尠，獨於《送孟東野序》推論聲音之道云：「以鳥鳴春，以雷鳴夏，以蟲鳴秋，以風鳴冬，夫四時之聲固微渺而難知也。」則又曰：「周之衰，孔子之徒鳴之。其聲大而遠。」云「大而遠」，迺有迹象之可尋。蓋凡文之提綱挈領，包舉各節處，其聲宜大；文之排奡震動、頓挫結束處，其聲宜遠。此鄙人節取韓子之言，然未足以盡聲之藴也。

歐陽文忠公狀秋聲云：「初淅瀝以蕭颯，忽奔騰而砰湃，如波濤夜驚，風雨驟至。其觸於物也，鏦鏦錚錚，金鐵皆鳴；又如赴敵之兵，銜枚疾走，不聞號令，但聞人馬之行聲。」蓋讀情韻之文，宜淅瀝蕭颯，如波濤夜驚之聲。讀氣勢之文，宜奔騰澎湃，如千軍萬馬之聲。又其狀琴聲云：「大者爲宫，細者爲羽。操絃驟作，忽然變之。急者悽然以促，緩者舒然以和，如崩崖裂石，高山出泉，而風雨夜至也；如怨夫寡婦之歎息，雌雄雍雍之相鳴也。」蓋讀悽惋之文，宜悽然以促，如風雨夜至之聲。讀華貴之文，宜舒然以和，如雌雄雍雍相鳴之聲。此鄙人節取歐陽子之言，然未足以盡聲之蘊也。

莊子之狀風聲云：「大塊噫氣，其名爲風。是惟無作，作則萬竅怒呺，山林之畏佳，大木百圍之竅穴，激者、謞者、叱者、吸者、叫者、譹者、宎者、咬者，泠風則小和，飄風則大和，厲風濟則衆竅爲虚。」蓋和風安舒之聲也，厲風激烈之聲也。日月之明，容光必照。聲音之動，有竅皆通。故文之感人與風之動人無以異。激、謞、叱、吸諸聲與夫小和大和，文聲之千變萬化亦如之。此鄙人節取莊子之言，然未足以盡聲之蘊也。

文聲之妙蘊，通於天而協於律。《虞書》曰：「聲依永，律和聲。」是爲言聲律之祖。律十有二，陽律黄鐘爲之首，陰律大吕爲之首，用以變動周流，統氣類物。文之陰陽猶是也，文之陰陽之聲亦猶是也。班孟堅《律曆志》云：「樂者諧八音，蕩滌人之邪意。全其正性，移風易俗。」惟文亦然。人惟秉中和之德，迺能爲轉移風俗之文。至治之世，天地之風氣正，十二律定。故盛世文字，多含渾淪之元音，廉直闡諧而民氣樂。迨其衰也，粗厲猛奮，纖微憔悴之聲並作。先王憂之，故作樂之蘊，要在陽而不散，陰而不集，剛氣不怒，柔氣不懾，夫然後能安其位而不相奪。蓋不散不集、不怒不懾者，樂律之本原，而亦文聲之秘鑰也。是故文之聲貴實而戒浮，實則沈，浮則散。文之聲貴疏而戒滯，疏則朗，滯則集。文之剛者其氣宜直而勿暴，暴其氣則聲怒。文之柔者其氣宜和而勿餒，餒其氣則聲懾。世有好學深思，心知其意者，能取古今人之文聲一一以細辨之，若者爲廉直，爲闡諧，若者爲粗厲猛奮，爲纖微憔悴，則於氣運之升降與其人之性情、氣質、善惡、貴賤、壽夭可歷數而不爽矣。

昔吳季札觀樂審聲，於《王》曰：「思而不懼。」於《鄭》曰：「其細已甚。」于《齊》曰：「美哉，泱泱乎大風！」于《秦》曰：「此之謂夏聲，能夏則大。」于《魏》曰：「美哉，渢渢乎大而婉。」于《大雅》曰：「廣哉，熙熙乎曲而有直體。」于《頌》曰：「直而不倨，曲而不屈，節有度，守有序。」于《韶》曰：「至矣大矣，如天之無不幬，如地之無不載。」學者宜循是以求之。于讀六經、諸史、子集時亦求其所謂泱泱、渢渢、熙熙、曲直、倨屈、細大之致，而並求其所謂節度、守序者，並進者求所謂聲滿天地者。庶知大雅君子之文，決不爲纖纖之細響。而承平雅頌之聲即寓於此。反是則靡矣細矣，不足以輔世矣。知音者可不慎耶？

孟子之贊孔子曰：「金聲而玉振之。」朱子謂：「獨奏一音，則其一音自爲始終，而爲一小成。若並奏八音，則先擊鎛鐘以宣其聲，後擊特磬以收其韻，則合衆小成而爲一大成。」凡文製局之小者，其聲如獨奏一音，而爲一小成。製局之大者，其聲如並奏八音，而爲一大成。而入門之始則宜先辨聲之短長。大抵文之震蕩茹吐處，宜多用平用長。辨難奥衍處，宜多用仄用短。于重陽之中而伏以一陰，則陽者不散，于重陰之中而間以一陽，則陰者不集。用奇用偶亦如之，則其聲參差而有致。至於首尾段落之處，其聲皆須有宏大遠到之致，或如波瀾之瀠洄，或如異軍之突起，能神明于此，則其幾于大成也不遠矣。《國策·李斯諫逐客書》最爲聲調鏗鏘之作。中云：「隨俗雅化，佳冶窈窕，趙女不立於側也。」試以「雅化」改同風二字，又以「佳冶窈窕」倒作窈窕佳冶，則聲便不響切而不可讀。又如賈誼《過秦論》：「九國之師，逡巡遁逃而不敢進。秦無亡矢遺鏃之費，而天下諸侯已困矣。」俗本去「遁逃」、「諸侯」四字，亦遂不成聲。劉海峯先生云：「音節高則神氣亦高，音節下則神氣必下。」故音節爲神氣之跡。一句之中，或多一字，或少一字。一字之中，或用平聲，或用仄聲，則音節迥異。故字句爲音節之矩，合而讀之，音節見矣。歌而詠之，神氣出矣。此皆所謂錬聲法，亟宜研究。

聲莫盛于《詩》、《書》。《尚書》之聲，以《呂刑》、《秦誓》爲最；《詩經》之聲，以《商頌》爲最。曾子居衛，讀《商頌》淵然有金石聲，能細讀之自悟。司馬、揚、班、韓子之文，其聲皆取源于《詩》、《書》。如韓子之《平淮西碑》叙事之聲出於《書》，碑文之聲出於《詩》，其顯見者也。曾文正謂古人文皆可誦，近世作者如方、姚之徒，可謂能矣，顧誦之而不能成聲。張廉卿先生亦謂姚氏于文，未能究極聲音之道，蓋惟其求聲于古人之文，而不知求聲于古書，所以其聲日卑。由是陽而散，陰而集，剛而怒，柔而懾者，比比而見矣。此微論方、姚。宋以下作者亦多昧于此也。茲略發其微，特舉剛聲一，柔聲一，剛聲而近于怒者一，柔聲而近於懾者一，近世號爲桐城派者，此弊尤多。可以配黃鐘之聲者二，可以配大吕之聲者二，剛質柔聲、柔質剛聲而音調最鏗鏘可愛者二，宫聲商聲徵聲各一，諸生熟讀而推之，可隅反焉。

蘇明允《樂論》　聲之剛者
曾子固《寄歐陽舍人書》　聲之柔者
惲子居《原命》　聲之剛而近於怒者
劉孟塗《荀卿論》　聲之柔而近於懾者
《詩・長發》　黃鐘之聲
韓愈退之《平淮西碑》　黃鐘之聲
《詩・鴟鴞》　大吕之聲
歐陽永叔《豐樂亭記》　大吕之聲
《左傳・晉侯使吕相絶秦》　剛質柔聲
《國策》李斯《諫逐客書》　柔質剛聲

《史記》「高祖還沛」一段　（十二年十月）　宮聲
《史記》「項王軍壁垓下」一段　（項王軍壁垓下）　商聲
《國策》「荆軻入秦」一段　（於是太子豫求天下之利匕首）　徵聲

論文之色

方望溪先生謂：「古文氣體，所貴清澄無滓。澄清之極，自然而發其精光。」余謂文體固宜清澄，而修辭尤貴精采。昔人所謂「負聲有力，振采欲飛」是也。若爲文不務精采，則文境日即於枯澁。近人之文，所以讀之了無興味而不足以傳世行遠者，惟其枯耳。爰進而論文之色。

日月麗乎天，日之出于海也，紛綸晻靄，其光曄曄然，不可逼視。及其没也，赤霞擁現，波譎雲詭，千態萬變，此所謂矞皇之色也。是惟秦漢之文，若相如、子長、揚、班始能爲此色。月之升於天也，皎潔晶瑩，洞澈林薄。俄爲黯淡，萬彙蕭然，此所謂寥廓淒清之色也。六朝以來，騷人詞客亦類能爲此色。文中以此二色爲最貴。至如草木之麗乎土，爲春爲秋爲紅爲紫，鬱鬱菲菲，照爛離靡，大抵華而無質，因時菀枯，此則藻繢之色。大雅君子蓋無取焉。

《易》曰：「觀乎天文以察時變，觀乎人文以化成天下。」又云：「賁無色也。」乃知《易》之文皆潔白之色。孔子之贊堯曰：「焕予其有文章。」乃知唐虞之書皆焕乎之色。孔子之贊周曰：「鬱鬱乎文哉。」乃知周代之書皆鬱鬱之色。韓文公贊《詩》云：「詩正而葩。」乃知詩多正色。蘇老泉贊韓文云：「抑遏蔽掩，不使自露，而人自望見其淵然之光，蒼然之色。」乃知韓子之文皆蒼老之色。由此見學者之采色，務在三代、兩漢之間，庶其色澤古而可珍。而入門之始，要在熟讀《說文》、《文選》，識字愈多，著色愈工。若求之于唐以下，則不免雜諢囂之美矣。

盡文章之始事與終事，其色約有五端。李習之《答友人書》云：「摛章稱詠，津潤怪麗。」津潤怪麗，爲精采之最著者。初學古文，宜先求有津潤之色，俾不至于枯窘。迨才氣日擴，筆下有汩汩乎來，繽紛陸離之致，當有怪麗之色。然怪麗不足爲文章之能事，折于衷焉，乃爲絢爛之色。由是而與道日腴，則爲平淡之色。平淡之極，精光内斂，美在其中，則如白賁之無色，是爲潔白。五端層次，大概如此。然亦有因天禀所賦，限于一端而不能變者。亦有兼擅衆美而因題以施者，則亦勿庸拘泥以論之也。

五端之外，厥有四忌：一曰雜凑。譬諸用秦漢人之典故，而雜以六朝人之詞句；用八家之格局，而間以詞賦家之藻飾，是謂雜凑。雜凑者不倫。二曰塗附。文之所貴必依於質，若不問理之是非，詞之當否，而强以字面剽竊點綴，丹文緑牒，其中空空，是謂塗附。塗附者無理。三曰晦黯。知用色而不知選擇之法，致詞不能與意相比附，則浮溢黏滯，令人費解，是謂晦黯。晦黯者其色不能昭。四曰庸俗。譬之名園芳沼，萬卉爭妍，若僅獵取其俗豔，則不啻東施效顰，適以增厭，是謂庸俗。庸俗者其色不能正。凡茲四忌，有一於此，悉爲文家之大疵。學者必先去此四忌，乃能善用五端。望溪先生所謂「澄清之體」，實示學者以先河。《論語》云：「繪事後素。」乃千古不易之理也。

津潤之色，有由用典者，有生於自然者。茲獨録《左傳》一首及子雲《解嘲》以見例。怪麗之色，以荀子《賦篇》、屈子《天問》、景差《大招》，及宋玉《招魂》、《大小言》、《文選·江海》諸賦爲最。茲因其文繁，又未易通其故，故僅録韓文公《南海神廟碑》以見例。諸生有志文學者，當別進而求之也。絢爛之色備於《文選》各詞賦及七類，茲僅録相如《封禪文》以見例。平淡之色，以荀子《成相篇》爲最，學者亦須讀其全文。茲獨録相如《難蜀父老文》，見平淡之色，生於收斂蔽掩，又不用典，與津潤之色迥不同也。又先儒説理之文多平淡，茲並録韓文公《送王塤序》以見例。潔白乃圭璋之色，君子比德於玉，其品尤未易幾。學者多讀《易·繫辭傳》或可窺見一斑。茲特録韓文公《畫記》一首。相傳此文歐陽公嘗愛重之，以爲不可及。學者誠能熟復而深思之，則異日描寫科學之精神，當能處處細緻而其色自然不雜矣。

《左傳》「周鄭交質」一段　津潤之色

揚雄《解嘲》並序　津潤之色

韓退之《南海神廟碑》　怪麗之色

司馬相如《封禪文》　絢爛之色
司馬相如《難蜀父老》　平澹之色
韓退之《送王塤序》　平澹之色
韓退之《畫記》　潔白之色

論文之味

自近代文家好多用虛字，專以吞吐夷猶，爲文之旨味，而文味遂日以漓。不知古人所以吞吐夷猶者，不過言外之意耳。此須工夫至極深處、極平淡處，乃工爲之。若初學而以是爲指南，自以爲餘味曲包，而實則了無意味。曾文正所謂「浮芥舟以縱送于蹏涔之水耳」。故吾往者論神，以爲宜實不宜虛。今者論味，亦以爲宜實不宜虛。

劉海峯先生謂：「文貴遠，遠則味永。或句上有句，或句下有句，或句中有句，或句外有句，說出者少，不說出者多，乃可謂遠。」又謂：「意到處言不到，言盡處意不盡。」凡此皆所謂言外之意也。如《戰國策·甘茂攻宜陽》一段之「息壤在彼」；《蘇秦說秦惠王》一段之「人生世上，勢位富厚蓋可以忽乎哉」；《史記·伯夷列傳》之「非附青雲之士，惡能施于後世哉」皆是。然此等俱是空處，非初學所能到，且天下之事理萬有不齊，文題即萬有不齊，意味所到，要在純任自然，若胸中必有一主宰，則亦滯矣。故文味之淡者，可以爲終事，而不可以爲始事，可以因題而施，而不可强題以就我。

《禮記·禮運篇》云：「五味六和，還相爲質。」鄭君注：「五味，酸、苦、辛、鹹、甘也。」昔人評酒謂辣爲上，苦與酸次之，甘斯下矣。爰謂文味亦如之。余獨以爲不然。凡文之辛、酸、甘、苦、淡諸味，俱當因題而施，詎能强分高下？兹特推而論之。

韓文公云：「百物朝夕所見者，人皆不注視。及覩其異者，則共觀而言之。」夫人之所珍愛者非常物，所珍食者亦必非常味。故文以異味爲貴。然高論之深恐又涉于虚，且口之于味有同嗜，孟子嘗言之矣。凡善爲味者如易牙，豈能出乎五味之外，惟配製適其宜耳。爲文何獨不然？兹特就五味言之。

曷謂酸？《禮記》云：「春多酸。」蓋果實之味也。其味生于澁，文能深思乙乙而出者如此味，宜于諸子中求之。莊子、韓非子之文多澁，而韓非《説難》一篇爲尤顯。曷謂苦？《史記·商君傳》云：「苦言藥也，甘言疾也。」《左傳》臧孫云：「孟孫之惡我，藥石也。」凡藥石之箴，其味多苦。古人忠告，不憚苦口。曷謂辛？辛即辣，辣以《國策》爲最。其味在一字一句之間，令人不敢嘗。韓文公能效之。曷謂鹹？《洪範》潤下曰鹹，知潤極則鹹，故海濱多鹵地。文家絶少此味。然鹹則終斂于淡，司馬子長最能爲淡味。兹故以淡易鹹，韓文公知此意，亦能造此味。曷謂甘？《左傳》郤芮曰：「幣重而言甘，誘我也。」人生嗜甘者多，故甘言足以爲餌。此味《左傳》中爲多。自吾發明此文之五味，乃益徵五味宜因題而施，且益徵論味宜實而不宜虛。

酸味應由苦思而出。凡遇題之結轖處，宜解難者用之，而其味宜回于甘，俾人大適。苦味用于盡言，惟善人能受，否則殆，其味且爲人所廢棄，故用之深淺宜詳酌。辣味于檄文最宜，辨駁亦多用之。如韓文公《諱辨》末段即係辣味。友朋書牘中用之者，宜依物以譬，令人嘗之而不覺。甘味宜于奏疏之文。及書牘之須婉轉以達其意者，亟防其弊，勿流于脆，勿入于滑。淡味爲無上上品，並非太羹玄酒之謂。蓋文中之味，有出于譏刺者，有出于寄慨者，有出于自況者，有出于悲憤者，有出于希望者，雖千變萬化，要須挹之而不能盡。此其妙可以意會而不可以言傳。欲領略斯味，宜熟讀《史記》，惟必須攬其全。茲故僅録韓歐文數篇，講晰如下：

《韓非子·說難篇》　味之酸者

《左傳·叔向遺子産書》　味之苦者

《後漢書·馬援誡兄子書》　味之苦者

《莊子·徐無鬼篇》一段（有暖姝者）　味之辣者

《國策·魯仲連義不帝秦》一段（秦圍趙之邯鄲）　味之辣者

韓退之《答呂毉山人書》　味之辣者

《左傳》「鄭伯使許大夫奉許叔」一段(秋七月)　味之甘者
韓退之《送董邵南序》　味之淡者
韓退之《送王含序》　味之淡者
歐陽永叔《送徐無黨南歸序》　味之淡者

論文之神

論文之神,微矣,渺矣,若不可以方物矣。然顯而言之,則當前而立悟。何也?凡聖賢有聖賢之神,豪傑有豪傑之神,明君賢相有明君賢相之神,奸雄大滑有奸雄大滑之神,鄙夫俗子有鄙夫俗子之神。諸生試取班氏人表所分九等人物,以求之於《二十四史》、《通鑑》中,譬諸鑄鼎象物,取鏡鑑形,其人之神無不畢露。故文之神雖微渺,而吾得軒然以言之。

《易傳》曰:「神也者,妙萬物而爲言者也。」周子云:「神應故妙。」韓文公言:「養叔治射,庖丁治牛,師曠治音聲,扁鵲治病,此其技皆進乎神者也。張旭善草書,於日月列星,風雨水火,雷霆霹靂,歌舞戰鬬,天地事物之變,可喜可愕,一寓於書,皆神之所爲也。惟神故入於妙。」然以上所謂神者,自其虚而言之。蓋凡文與技之進於神者,必有所以能神之故,是爲由實而虚。故吾所謂神者,自其實而言之,虚者難知,而實者易學也。

何謂實？《易傳》云：「陰陽不測之謂神。」由陰陽言是爲實。何謂陰陽？文依於形而達於氣，毗於陰而發於陽，氣陽而形陰也。陰陽闔闢，形氣變化，於焉生神。故文宜鍊形，形茹則神恖。文宜養氣，氣散則神失。吾嘗論文有六氣、陰、陽、風、雨、晦、明。五形金、木、水、火、土。而十二神生焉。自陽剛之美者言之，曰至誠之神，曰豪邁之神，曰靈警之神。自陰柔之美者言之，曰淡遠之神，曰悽惋之神，曰泠雋之神。自陽剛之惡者言之，曰驕奢之神，曰强梁之神，曰放誕之神。自陰柔之惡者言之，曰柔佞之神，曰依違之神，曰惷野之神。以上皆以文之神分陰陽，非以文之質言。有十二神是生三法：曰自然，曰點綴，曰白描。用三法以寫十二神，於是無人不有神，無事不有神，而天下文章之妙盡於此矣。

至誠之神　惻怛誠懇，字字從血性中流出，權輿於《尚書·金縢》一篇。凡傳忠臣孝子事蹟，宜用此神。皆生於自然，無庸點綴。講式二：

《書·秦誓》

韓退之《張徹墓誌》

豪邁之神　倜儻權奇，須如赴敵之兵，有奔騰疾走之勢；又須如太原公子，英姿颯爽，有裼裘而至之形。凡傳名將任俠，宜用此神。生於自然，亦宜點綴、描畫。講式四。雄辯者括焉。

《史記·項羽本紀》一段（項羽已殺卿子冠軍威震楚國名聞諸侯）

《史記·高祖本紀》一段（高祖以亭長爲縣送徒酈山）

《史記·淮陰侯列傳》一段（信乃引兵遂下）

《史記·陸賈列傳》一段（高祖時中國初定）

靈警之神　應機立變，感覺絶速，須如疾雷警電，呼吸千里，不可端倪。傳靈智之士，宜用此神。以白描爲貴，講式四：

《左傳》「士會還晉」一段（晉人患秦之用士會也）

《史記·范（雎）〔睢〕列傳》一段（當此時）

《史記·張耳陳餘傳》一段（漢七年）

《漢書·李陵傳》一段（昭帝立）

淡遠之神　博覽物態，瀟灑閑適，敻絶塵寰。以白描爲主，而點綴以輔之。曾文正所謂「若翔翥於雲表，俛視而有至樂者」是也。柳子厚工爲之，講式四：

陶淵明《桃花源記》

柳子厚《始得西山宴游記》

《小石城山記》

歐陽永叔《送楊寘序》

悽惋之神　情溢於中，悽入心脾，專以白描勝。如韓文公《祭十二郎文》，柳子厚《寄許孟容》、《與蕭翰林、李翰林書》，歐陽文忠《瀧岡阡表》等，皆是也。至近人優爲之者，震川爲最。講式三：

歸熙甫《先妣事略》

歸熙甫《項脊軒志》

張皋文《先妣事略》

冷雋之神　料峭雋永，味之無窮，着語不多，務在超脱。以白描爲貴。尚譎諫者，宜用此神。講式五：

《左傳》「師慧過宋朝」

《左傳》「張骼致師」一段（冬楚子伐鄭以救齊）

《國策》「左師説趙太后出質」

《史記·滑稽列傳》兩段（威王八年。優孟者）

驕奢之神　禍福將至，動乎四體，敗之所由，恒在驕奢。驕則愎，奢則靡。扁鵲見齊桓侯，所以望而退走者，惟其有驕恣之神也。然繪其神，要在生動。范蔚宗叙梁冀之侈，刻畫倍至，而卒無神者，少生動之致也。講式二，法皆用點綴，所以狀權奸跋扈之徒。

《左傳》「楚靈王乾谿之難」一段（楚子狩於州來）

《史記・魏其武安侯傳》一段（灌夫有服）

强梁之神　蒙茸陸梁，皆有猛鷙之象，則皆有神。深山大澤，實生龍蛇。其神未嘗不可怖。其法宜白描，用以狀虓豁無術之徒。講式三：

《左傳》「白公之難」一段（楚太子建之遇讒也）

《國策》「聶政刺韓傀」一段（聶政母死）

《史記・刺客傳》一段（荆軻嘗游）

放誕之神　箕踞清譚，晉代所崇。及其弊也，囚首喪面而譚詩書，非毁典謨，蕩滅行檢，而名士之爲禍亟矣。傳其神，所以戒其行也。其法用白描，參點綴，用以狀狂誕靡紀之徒。講式三：

《左傳》「御叔飲酒」一段（二十二年春）

《晉書・阮籍傳》一段（籍嘗於蘇門山遇孫登）

《晉書・嵇康傳》一段（初康居貧）

柔佞之神　柔佞之人，言宜甘也，而有時殺人，則用辣；宜邪也，暱也，而有時害人，則用直用莊。吁，可畏哉！凡鄙夫得志，稔於爲惡，咸操是術。傳其狀者用點綴，傳其詞者兼用點綴、白描。講式二：

《孟子》「魯平公將出」一段（魯平公將出）

《國語》「優施教驪姬」一段（優施教驪姬夜半而泣）

依違之神　依違敷衍，惡之漸也。曾子云：「與惡人居，如入鮑魚之肆，久而不聞，則與之化。」依違之極，是非於焉不明，世界之敗壞實胚於此。法宜用點綴、白描。世之秉性較柔而不敢發言執咎者，尚其有鑒於斯。講式三：

《左傳》「王叔陳生爭政」一段（王叔陳生與伯輿爭政）

《左傳》「穿封戌爭囚」一段（楚子秦人侵吳）

《史記·魏其武安侯傳》一段（魏其銳身爲救灌夫）

惷野之神　文而言之曰惷野，質而言之曰野蠻，由其無知識未開化也。唐虞之世擊壤謳謌，中國以爲盛事，東鄰詫爲奇聞，乃知渾沌之竅不可不鑿。法宜用白描。講式二。凡山嫗里婦鄙俚之狀括焉。

《國策》「蘇秦説秦惠王」一段（説秦王書十上而説不行）

《史記·陳涉世家》一段（陳涉少時。陳勝王凡六月）

自有天地以來，此十二神者，日流行於世界之內；迨經文人學士書以狀之，而此十二神者，又流行於《二十四史》、《通鑑》之中；迨經吾表而出之，而覺古今世界之人，亦尠有軼乎此十二神範圍之外，可謂瑰已奇已。然則神也者，自其虚而言之，則惝怳而難知；自其實而言之，則淺近而易見。

吾又論神者體物而不可遺，故先儒論文曰神理，曰神氣，曰神味，曰神情，曰神思，曰神志。蓋天下之事物，萬有不齊，而於萬有不齊之中，各有一神以爲主，由是而理純焉，氣凝焉，味旨焉，情長焉，思不滯焉，志不雜焉。神所以爲理與氣、與味、與情、與思、與志之骨，而理、而氣、而味、而情、而思、而志又藉神以發其微，然後栩栩而欲活焉。故曰神體物而不可遺。得神則文生，失神則文死；神聚則文生，神散則文死。

古人云：神動天隨。又曰：神與天俱。蓋神尸於天而運於人，不可强而致焉。韓文公云：「機應於心則神完而守固。」曾文正評詩有「機神」之説。自論者以爲神生於機，不知神有自有機生者，有自無機生者。以吾所論十二神言之，自然之神，無機者也；點綴之神，有機者也；白描之神，介乎有機無機之間者也。由是知神不盡出於機，惟天與人參而神全焉。諸生得吾説而益充之，更取《二十四史》、《通鑑》旁參之，則於叙事之法，終身用之有不能盡者矣。

十二神講演既畢，列附四神：曰力，曰夢，曰鬼，曰怪，用以極文心之變化，開學者之竅突，庶幾益以窮奇。顧皆聖門家法所不語，非常用能之者勿沾沾焉。

力　神

《左傳》「晉荀偃士匄請伐偪陽」一段（晉荀偃士匄請伐偪陽）

《三國志·張遼傳》一段(陳蘭梅成以氏六縣叛)

《三國志·許褚傳》一段(許褚字仲康)

夢　神

《左傳》「晉侯夢大厲」一段(晉侯夢大厲)

《左傳》「聲伯涉洹」一段(初聲伯夢涉洹)

《左傳》「穆子去叔孫氏」一段(初穆子去叔孫氏)

蘇子瞻《後赤壁賦》一段(時夜將半)

鬼　神

《左傳》「晉侯改葬共大子」一段(晉侯改葬共大子)

《左傳》「鄭人相驚以伯有」一段(鄭人相驚以伯有)

韓退之《送窮文》

怪　神

《後漢書·費長房傳》一段(費長房者)

《後漢書·左慈傳》

論〔文之〕戒律

《周易》有言：「師出以律。」近西人組織公事，評騭理由，動稱法人。文亦猶之法人也，一端有虧，全體減色。故行文之律，如行師之律，不可不嚴。矧當今之世，文體日益詭雜，涇渭不分，莠苗並長。一入俗流則終身不能以自拔，良可惜已。亟爲諸生講戒律。

柳子厚云：「吾每爲文章，未嘗敢以輕心掉之，怠心易之；未嘗敢以昏氣出之，矜氣作之。」輕心、怠心、昏氣、矜氣，是爲戒律之第一。凡文之浮夸無當者，輕心怠心爲之也。晦澁多疵者，昏氣矜氣爲之也。治輕心怠心之法，莫如主恭敬；治昏氣矜氣之法，莫如節嗜欲。主恭敬則其心廓然而大公，節嗜欲則其氣清明而不雜。

吾輩爲文章，原將以信今而傳後，此作史之所以有取於三長也。然縱具三長，而或以私意參乎其間，則是非毁譽即不免有失實之處。是非毁譽失實，尤爲律之所必戒。孔子曰：「誰毁誰譽，如有所譽，其有所試。」斯民也，三代之所以直道而行也。自來惟直道而行之人，其文斯能行遠。今之爲文者，褒揚則動稱夔龍，貶斥則幾鄰檮杌，至於諛墓叙壽，累牘連篇，更多率意。先民有言，信言不美，美言不信。諸生異日非特負修史修志之責，宜字字謹慎也。即尋常毁譽之間，務宜守孔門直道而行之恉。亦非特論今之人宜語語謹慎也，即論古人亦宜守孔門「其言也訒」之箴。

尤有進者，曰砭俗。孔子曰：「惡鄭聲。」恐其亂雅樂也。雅鄭之分於文律中尤爲競競。往者吳摯甫先生謂：「近世之文實化雅以入於俗。」又謂：「世人編造俚文以便初學，此廢棄中學之漸。」痛哉言乎！夫修辭而不雅，何遽爲廢棄中學？所以逆知其漸者，恐人皆束古聖賢之文而不讀也。且方今報館之文，何嘗不透快閎肆？小説之文，何嘗不奇險幽深？然大雅君子或不道者，惟其俗爾。古人云：「高文典册用相如。」諸生今日程度尚淺，於高文典册或且懵焉，則莫如求先識字與多讀古書。（識字以《説文》爲要，讀書以三代、兩漢爲先。）

尤有進者，曰鍼僞。言僞、行僞，王制所禁。故爲人而行僞，爲法律所不容；爲文而飾僞，爲文律之大戒。夫「周誥、殷槃，詰屈聱牙」，此由字訓之不同，與方言之互異。陋者不察，第求人之不解，於是襞績僻字以爲古，摭捨奮典以爲奇，而按之並無實理、真氣運乎其間，譬諸東施效顰，優孟作劇，在無識者或驚怖其言，而識者早有以窺其底蘊之所存。故如明之七子，（前七子爲李夢陽、何景明、徐禎卿、邊貢、王廷相、王九思、康海；後七子爲王世貞、李攀龍、徐中行、宗臣、吳國倫、梁有譽、謝榛。内以李夢陽、王世貞爲最。）本朝之龔定盦，（名自珍，有《定盦文集》。）學者當慎擇焉，而不可爲所惑也。

此外更有宜慎者，若首尾横決，雜亂而無章，是謂無序。無序者宜戒。（若有頭無尾，結處毫無精神，更爲大忌。）或空疏婞淺，漫衍而鮮理，是謂無物。無物者宜戒。又若性質寒儉，浸成蕭索之象，是謂村夫。村夫失態度宜戒。或則舉止粗率，僅成獷悍之形，是謂武夫。武夫尚野戰宜戒。以上各端，譬諸課心之學，不可不隨時惺惺，嚴自檢點也。

由前所陳戒律大端已具。若瑣屑言之，則更累牘不能盡。要而言之，諸生如爲本原之計，惟有多讀古書，日以明理而養氣。讀書既富，理氣既充，則一切錮習，不距自遠。譬之人身正氣既充，外感自無由而乘。韓文公言：「荀與揚大醇而小疵。」夫文家之有疵纇，亦文律所宜禁也。荀與揚且不免，況我輩乎？醇之又醇，是在有志學文者。

國文經緯貫通大義

唐文治 撰

《國文經緯貫通大義》八卷

唐文治 撰

此書選歷代文章二百三十七篇（含《詩經》三十八篇，唐文治文十一篇），作爲「國文」範本，並以求古今文法之通則。「大義」即講義。「經緯」乃此書之關鍵，取自《易經·屯卦》「君子以經綸」，此爲作文規則、法度等義。

全書列四十四法，每法下均説明適用何種文類，及寫作要點。所講諸法，涉及文章立意、布局、綫索、詳略取舍、進退緩急、虛實收放、順逆轉折、詞法句法、音韵格律、格調境界、叙事、描寫、議論、抒情等等，周全詳盡，深切細微。

唐氏深於經學，頗重理學，推尊韓、柳、歐、蘇、朱（熹）、曾（國藩）之道德文章。其評文，常及於作文和做人兩方面。於作文則「專在開示門徑」，期望學者「神於法而不拘於法」；於做人則意在「通人情，達物理，正人心」，「有益於世道」。

此書有一九二五年無錫國學專修館單行本，后經其門人彙編於《茹經堂全書》中。今據一九二五年刊本，删去選文，録入其評論部分。

（張海鷗）

國文經緯貫通大義序

往者余詢桐城吳摯甫先生：「公交游遍天下。今世作者共有幾人？」先生憮然有間，曰：「凡握管爲文者夥矣。以云内家，吾未之見也。」余訝其言之過高，且意所謂内家者，審命意爾，辨性質爾，析理與氣爾。厥後課徒二十年，稍有閲歷，忽豁然有悟，知吳先生之言啓我。乃編讀文數十法，名曰《國文經緯貫通大義》，用以開示諸生，指撝奥義云。聖人既竭目力焉，繼之以規矩準繩，以爲方圓平直，不可勝用也。既竭耳力焉，繼之以六律，正五音，不可勝用也。此政治學之大原也，而文學亦荄滋於此。蓋規矩者，形也。通於形之變化離奇，則進於神矣。音律者，聲也。通於聲之抑揚徐疾，則歛於氣矣。文字者，經天而緯地者也。吾日求古文之綫索，則知古書之經緯與其命意。於是，我之精神與古人之精神，訢合而無間。乃借古人之精神，發揮我之精神。舉並世之孝子忠臣，義夫烈婦，一切可驚可駭、可喜可悲之事，宇宙間形形色色，怪怪奇奇，壹見之於文章。於是我之精神，更有以歆動後人之精神，不相謀而適相感，奮乎百世之上，百世之下聞者莫不興起也，而況於親炙之者乎？質諸鬼神而無疑，俟諸後聖而不惑。吾道一以貫之，無非求之經緯而已。文之所重於人間世，豈非以其然哉？且夫人之居處適其宜，而築室始有結構之法。迺左迺右，迺疆迺理，執事之法度也。殖殖其庭，有覺其楹，匠氏之秩序也。入其門，堂奧顯於前，餘屋歛於外，其不知法度可知也。登其堂，非三楹，非五軒，茅茨以爲牆，幾筵以爲户，其不知秩序可知也。惟一區一徑，一庭一壺，一草一木，皆得其所，而後謂之胸有丘壑。若是者何也？經緯而已矣。如是而推之於文，則讀《易》可以悟《書》也。如是而讀《書》，可以悟《詩》也。如是而讀《詩》、《禮》，可以悟《春秋》也。孔子五十學《易》，作《十翼》，傳法無一同者，經緯之變化也。《論語》二十篇，都凡數百章，篇法章法無一同者，經緯之變化也。《左傳》、《史記》之文，經緯千端，牢籠萬有，而每篇體製面貌，亦無一同者，變化多也。韓柳歐蘇諸子，則具體而微。下焉者，當以經緯之多寡，辨其所造之等次。晉以下之史書，宋以後之文集，幾於千篇一律。覽其前而即知其末者，變化少也。近世以來，「桐城」、「陽湖」，號爲宗派者，頗能學古人之經緯，稍稍運用於其間，而其氣體或苶弱而不能振。天資耶？人事耶？抑時代爲之耶？學者欲窮理以究萬事，必讀文以求萬法，又必先潛研乎規矩之中，然後能超出乎規矩之外，而又扶之以浩然之氣，正大之音。格物致知，所以充其用也；閱世考情，所以廣其識也。至於化而裁之，「從心所欲不踰矩」，所謂過此以往，未之或知也。由是而成經成史，成子成集，成訓詁家，成性理家，成政治家，成大文學家，豈非通乎經緯之道而然哉？然而更有其本焉。天下惟謹守規矩之人，乃能爲謹守規矩之文；惟胸羅經緯之人，乃能爲胸羅經緯之文。緊古作者，吐辭爲經，行爲世法，表裏交正。子思子曰：「惟天下至誠，爲能經綸天下之大經，立天下之大本。」《禮記·月令篇》曰：「無變天之道，無絶地之理，無亂人之紀。」天道地理人紀者，造化之文章，天下之大本。變之絶之亂之而國以傾。嗚呼，宣教明化，觀乎人文。陰消陽息，蠖屈龍伸。雲雷屯難之會，「天造草昧」，「君子以經綸」，盛德大業，至矣哉。乙丑夏五唐文治自序。

例言

孔子有言：「知之者不如好之者，好之者不如樂之者。」學道如此，學文亦然。所以少樂趣者，由於不知門徑耳。苟得門徑，自然駸駸日上矣。是編所録，專在開示門徑。惟須程度較高者讀之，方能獲益。至讀文之法，柳子厚所謂「激而發之欲其清，固而存之欲其重」，曾文正所謂「字字若履危石而下，而其氣則翺翔於虚無之表」二説盡之矣。任意亂讀，徒費時光，甚或襲庸俗之調，卑陋不能自拔。惜哉。

學者讀文，務以精熟背誦，不差一字爲主。其要法，每讀一文，先以三十遍爲度。前十遍求其綫索之所在，劃分段落，最爲重要。次十遍求其命意之所在，有虚意，有實意，有旁意，有正意，有言中之意，有言外之意。再十遍考其聲音，以求其神氣，細玩其長短疾徐、抑揚頓挫之致。三十遍後，自不知手之舞之，足之蹈之，雖讀百遍而不厭矣。能得斯境，方能作文。然實各有其性之所近，至易而無難也。

圈點之學，始於謝叠山，盛於歸震川、鍾伯敬、孫月峯，而大昌於方望溪、曾文正。圈點者，精神之所寄。學者閱之，如親聆教者之告語也。惟昔人圈點所注意者，多在說理、鍊氣、敘事三端。方、曾兩家，乃漸重章法句法。近時講家，多循文教授，或炫博矜奇，難獲實益。是編精意，專在綫索，而綫索專在於圈點。如「局度整齊法」，則專圈整齊處；「鷹隼盤空法」，專圈騰空處；「段落變化法」，專圈變化處。學者得此指點，並詳玩評語，舉一反三，畢業後可得無數法門矣。

余嘗教學生讀文作文，必須辨陰陽剛柔性質之異。惟辨性質尚易，而得用法較難。是編於每法下，注明適用於某種之文。學者用心潛玩，觸類旁通，自有因時制宜之妙。嘗謂文人作十數題，倘能俱有精采，各極其勝，此神手也。次焉者十得八九，或十得六七。至程度卑淺者，十題中不過能作一二題，其餘不足觀矣。今得是編讀之，盡得應用之法，豈復有難題乎？

讀是編者，要在按照編目，循序漸進，由淺入深。而尤要者，在推廣諸法。譬如讀《詩經》即可悟《詩經》各篇之文法，讀《左傳》、《史記》即可悟《左傳》、《史記》各篇之文法，讀韓、歐文即可悟韓、歐集中各篇之文法。則是編所選雖不多，而推類以及其餘，則盡通諸書無難矣。善弈棋者，悟得路路皆通，方成國手。善讀文者，悟得篇篇有法，方成能手。進而益上，則行乎其所不得不行，止乎其所不得不止，神於法而不拘於法，則成文中之聖手矣。

原編尚有「精探理奧法」，選目爲周子《太極圖說》、張子《西銘》、朱子《仁說》《觀心說》等篇。

又有「條陳事理法」，選目爲孫文定《三習一弊疏》、林文忠《燒鴉片煙疏》、李文忠《請減蘇淞太浮糧疏》、曾惠敏《收回伊犁辨事艱難情形疏》等篇。後因篇幅過多，且學者必須讀余所編《性理學大義》、《政治學大義》，方爲得窺全豹，故將是二目删去。然若謂法盡於此，則大謬矣。又余前編《讀文法十品》，係爲程度較淺者而設。是編則程度甚深，宜俟《十品》讀畢，再從事於斯。選文偶有一二重複者，講法亦截然不同也。

國文經緯貫通大義卷一目録

局度整齊法普通適用。以意義分明、不板滯爲主。

《書・無逸篇》　《詩・蕩篇》　《左傳・長勺之戰》　韓退之《進學解》　王紫翔先生《李傅相六十壽序》

轆轤旋轉法適用於意義繁雜、由淺入深之文。以善變化爲主。

《詩・文王篇》　《既醉篇》　《莊子・繕性篇》　《國策・莊辛諷楚王》　曾子固《寄歐陽舍人書》

格律謹嚴法適用於論古及説理之文，條陳事理亦用之。以莊重爲主。

《左傳・取郜大鼎於宋》　歐陽永叔《伶官傳論》　《瀧岡阡表》　范希文《岳陽樓記》

鷹隼盤空法普通適用，辯論文尤宜。以善學到題法爲主。

《孟子・齊桓晉文之事章》　《許行章》　蘇子瞻《韓非論》　《論始皇漢宣李斯》　惲子居《辨微論》　《續辨微論》

奇峯突起法普通適用，紀事尤宜。以緊切本題、有關人心世道爲主。

《易·繫辭傳下》一段　《詩·小毖篇》　《左傳·鄭厲公自櫟侵鄭》　韓退之《柳子厚墓誌銘》

《試大理評事王適墓誌銘》　《圬者王承福傳》　唐蔚芝《〈論語微子篇〉大義》

國文經緯貫通大義卷一

唐文治　撰

局度整齊法 普通適用。以意義分明不板滯爲主。

《書·無逸篇》

《尚書》文中之整齊者,如《堯典篇》「咨十有二牧」以下是也。此篇則一變其面貌,以「周公曰『嗚呼』」五字作綫索,叙事錯落,而其意愈轉愈深,亦愈轉愈緊。前言無逸則天命歸,逸則天命不永。後言無逸則人心順,逸則人心怨詛。深嗟永嘆,反復丁寧。學者宜日三復也。余嘗謂讀《書》讀《詩》,務宜留心周公之著作,如此篇可師可法,尤宜注意。「君子所其無逸」一段,是「翕如法」。「殷王中宗」以下數段,是「純如皦如法」。末段是「繹如法」。「嗣王其監于兹」一段,爲總結束,「醒出命意法」。「自時厥後立王」一段,爲小結束。「厥亦惟我周」一段,爲「提筆法」。「無皇曰今日耽樂」數語,爲「抑揚響亮法」。篇中五「不敢」字,亦係綫索,所謂敬畏天命也。王伯厚先生曰：「《無逸》多言『不敢』，《孝經》亦多言『不敢』，堯舜之兢業、曾子之戰兢，皆所以存此心也。」

《詩·蕩篇》

《詩經》中有以一語作全篇綫索者，如《皇矣篇》之「帝謂文王」是也。此篇以「文王曰咨，咨女殷商」作全篇綫索，其意愈轉愈深，亦愈轉愈緊，音調鏗鏘，亦千古無匹。命意固在末章結二句，而實在一「命」字。玩首章「其命多辟」，「其命匪諶」，及第六章「大命以傾」可見。

《左傳·長勺之戰》(莊公十年)

凡文局度之整齊者，妙在天然綰合。若以斧鑿爲之，則呆滯不靈矣。此文以「公曰」、「對曰」三段爲第一整齊法，以「公將鼓之，劌曰『未可』」，「公將馳之，劌曰『未可』」爲第二整齊法。以「故克之」「故逐之」爲第三整齊法。皆天然綰合，非出人爲。然非得「肉食者謀之」一段點綴在前，則此文便索然無味。此等處學者宜善自領會。

韓退之《進學解》

何謂《進學解》？言進學而解嘲也。與《獲麟解》不同。先解明題旨，方知文之妙蘊。或問此篇宜入「洸洋詼詭法」，茲編入「局度整齊法」何也？曰：東方朔《答客難》所以不及子雲《解嘲》者，以《解嘲》文局度較爲整齊也。子雲《解嘲》又不如《進學解》者，以《進學解》局度更爲整齊也。昌黎此文，實從《客難》、《解嘲》脱胎而來，而能一變其面貌者，惟其整齊也。前半以「先生之業可謂勤矣」四段作「整齊法」，後幅以「先生學雖勤而不由其統」四句作呼應，後半以「匠氏」「醫師」「宰相」三段作「整齊法」，後路以「宰臣不見斥」結處，以「匠氏」「醫師」作呼應。人但覺其參差錯落，而不覺其整齊。要知惟其整齊，所以更覺詼詭。如《孟子》「矢人豈不仁於函人」章，上言矢人函人，後又言「弓人而恥爲弓，矢人而恥爲矢」，逸趣横生。昌黎即隱用此法。「記事者必提其要」二句，爲讀書要法，「沈浸醲郁」二句，爲用功要法。此蓋昌黎精言其心得處。玩「上規姚姒」一段，可見昌黎平日所學在《易》、《書》、《詩》、《春秋》、《左氏傳》、《莊子》、《離騷》、《史記》、子雲、相如共九家，此蓋昌黎精言其師法處。吾輩欲學昌黎，求之於是數書足矣。選韻極精，且在有意無意之間，此法余別有論。

王紫翔先生《李傅相六十壽序》

此文爲「四整四奇法」，余於《國文大義》中已詳論之。前半「衆曰」四段，已隱括李公生平事實，此爲叙事最要之法。中段乃「化實爲虚法」。後半「春秋」四段，乃將來希望於李公者，而以「衆皆曰善」結之，則堆垜皆化爲煙雲矣，是布局法之最易學步者。

轆轤旋轉法

適用於意義繁雜、由淺入深之文。以善變化爲主。

《詩·文王篇》

《孝經》云：「宗祀文王於明堂，以配上帝。」此詩之作，當在其時。蓋周公所作也。首章言天命之維新作總冒，第二第三章述文王之所以興，第四第五章言商孫子之誠服，第六第七章申儆成王，中以天命作綫索，而以「轆轤旋轉法」出之，用意愈轉愈緊，於此可悟「潛氣内轉」之法，實自周公創之也。首章言「於昭于天」、「在帝左右」者，非徒以神道設教，蓋言配天配帝之義。下文言「殷之未喪師，克配上帝」，則言殷亦配天。「宜鑒于殷」，用以申儆成王也。

《詩·既醉篇》

此篇與《下武篇》略異。蓋《下武篇》用旋轉法，兼用提筆法。此篇則純用旋轉法也。亦與《文王篇》略異。蓋《文王篇》以天命作主，愈轉愈深，結出命意。此篇則以頌禱作主，五福平列，無淺深之可分也。於此可悟法同意異之妙。

《莊子·繕性篇》

此篇前後兩小段相應，中間一氣滚下，包無數小段。其每小段住處皆官止神行，似住非住，起處皆用提筆。司馬子長及韓昌黎文妙處皆出於此。首段言講學而不善治性者。二段言繕性宜知與恬交相養，逌枝葉多則天下亂，由於己之蒙冒，故物失其性。三段徵實二段之意。古之人混芒澹漠，是最善治性者。逌燧人伏戲後，民智日開，民性日失，心性識知，民益惑亂。然在上者導民以文博，而士君子在下者，宜求所以繕性之方。於是以「世喪道」，「道喪世」，潛氣内轉至隱士，「隱故不自隱」句，收束特奇。此爲「似頓非頓」之法。四段「時命大謬」句，接得尤奇。要知世人之迷亂其性，皆由不安時命。「反一無迹」，「深根寧極而待」，與上至一遥應。繕性至此，乃能存身。《易傳》龍蛇之蟄以存身也。五段「不以辯飾知」三句，是繕性功夫。「反其性」三字，與上

「反其性情」相應，是繕性宗旨。「反其性」者，反其混芒澹漠無有之天也。「正己」與上「彼正而蒙己德」相應。夫人正己，物正而後樂全。「樂全之謂得志」句，神氣直射至末「倒置之民」句。六段軒冕之樂，與上正己之樂相反，樂而荒則性益迷。故古之繕性者，先在不以儻來之物動其心。末段以「己性」二字雙結，與首段句法呼應，然而倒置之民，尤不如蔽蒙之民。蔽蒙者，以講學而失其性；倒置者，以軒冕而失其性也。以上皆就此文之迹象言，而神氣之妙，學者須處處善自領會。姑舉一二處言之：如「文滅質、博溺心」、「世喪道」、「道喪世」等句，唯神氣奇，故句法益奇。又如三段「其德隱矣，隱故不自隱」，六段「今寄去則不樂，由是觀之，雖樂未嘗不荒也」，皆虛頓法。而「其德隱矣」下，疾速以「隱故不自隱」一折，「去則不樂」下疾速以「雖樂未嘗不荒也」一挽。一折一挽中，包無限餘意。此皆文之神髓，凡學古者務於此等處學步。

《國策·莊辛諷楚王》

此文因家弦户誦，讀者疑爲程度較低，不甚措意。不知此文每段均有綫索呼應，且段末句法無不變化，是分段中最應學步者。末兩段結語，筆鋒尤生辣可畏。起處見兔顧犬，亡羊補牢，點綴最有趣味。若將此段删去，即從蜻蛉説起，便索然無味。

曾子固《寄歐陽舍人書》

本法又兼兩法：一曰「逐層脱卸法」，如《莊辛諷楚王》篇，每段脱去上一層，直接下一層是也。一曰「剥繭抽蕉法」，意義紬繹之而不窮是也。孟子曰：「不成章不達。」子固先生文，其妙全在曲折而達，透迤周至，既逐層脱卸，復兼剥繭抽蕉之趣。其態度之從容鎮静，自朱子而外殆無有能及之者。末段萬壑千巖，神迴氣合，全篇意義作一總結束，所謂繹如以成也。凡文之結束處，俱應如此。

格律謹嚴法

適用於論古及説理之文，條陳事理亦用之。以莊重爲主。

《左傳・取郜大鼎於宋》（桓公二年）

左氏文長篇多出以雄奇，小品多出以詼詭，至周規折矩者頗不多見。此篇以「德」「違」二字作主，上半篇言德，下半篇言違，中間以「今滅德立違」五字作轉關，末又以「君違，不忘諫之以德」作封鎖，文法周密之至。凡文之格律謹嚴者，一反一正，一曲一折，最易板滯。要須出於自然，如本書所選皆自然之法也。

歐陽永叔《五代史·伶官傳論》

此文以「盛衰」二字作主，首段總冒，中間一段盛，一段衰，末段以「方其盛也」、「及其衰也」作封鎖。所以不覺板滯者，由歐公丰神妙絶千古，一唱三嘆，皆出於天籟，臨時隨意點綴，故能化板爲活耳。

歐陽永叔《瀧岡阡表》

此文首段總冒以「吾于汝父，知其一二，以有待於汝」一句，引起「能養」、「有後」二意，中間一段「能養」，一段「有後」，後以「養不必豐」四句作封鎖，天性忱摯，字字血淚，更不可以法繩之，而法度自然精密，至哉文乎。首段「非敢緩也，蓋有待也」八字，丰神最宜細玩，當與《出師表》「親賢臣遠小人」一段同讀。倘改去「也」字，即失神氣矣。

范希文《岳陽樓記》

凡端人正士之文，必周規而折矩，所謂誠也。此文與前數篇同一格局。首段以「覽物之情，得無異乎」開出憂樂二意，中間一段憂，一段樂，末段以「先天下之憂而憂，後天下之樂而樂」作封鎖，浩然正大之氣，隱躍行間，而才鋒絶不外露，格局自然警嚴，望而知爲端人正士之文。雖不能至，心嚮往之矣。「先天下之憂」二句，實隱用孟子「樂以天下，憂以天下」之意，而造語則更深一層，此可悟「襲古變化」之法。

鷹隼盤空法

普通適用辯論文，尤宜以善學到題法爲主。

《孟子・齊桓晉文之事章》

凡文之當擒題而不遽擒者，必先盤旋作勢，左右縈繞，所謂「鷹隼盤空法」是也。孟子最善用此法。如此篇「是心足以王矣」下，本可直接「是乃仁術也」節，乃偏以「百姓皆以王爲愛也」，推開作「盤空法」。「此心之合於王者何也」下，本可直接「老吾老」節，乃偏以「有復於王者」兩節作「盤空法」。「王請度之」下，本可直接「制民之産」，乃偏以「抑王興甲兵」節一跌作「盤空法」，内又以「肥甘不足於口」、「鄒人與楚人戰」作小「盤空法」，「今王發政施仁」節作大「盤空法」，然後結出「恆産」，便格外有力矣。善用心者覓此等綫索，自能領悟。一經一緯，即一縱一横也。孟子熟於縱横學，故其文特妙。此章以「王」字作主，第一段泛言不忍之心，第二段言省察擴充不忍之心，第三段言行不忍人之政之效驗，第四段言行不忍人之政之實際，皆係直下，所謂經也。其他譬喻盤空，皆係横放，所謂緯也。古人有言經天緯地謂之文，如孟子者，始足以當之。而其所以異於策士者，在道理之純正耳。故學文之本，尤在學道。

《孟子・許行章》(節録)

此文比前篇更緊。「許子必種粟」節不倫不類，是「盤空法」之最奇者，《國策》中亦多此法。此游説學也。下節「豈爲厲農夫哉」下，本可直接治天下不可耕且爲，乃又以「許子何不爲陶冶舍」推開，作「盤空法」。陳相一答，極爲呆鈍。「然則治天下」句，便直接擒題，有千鈞之力，下文便如千弩齊發矣。故文之善者，莫過於蓄勢。能蓄勢自無迂緩空泛之弊。以上兩章均係「設喻盤空法」。此外尚有「魚我所欲」章，以「生亦我所欲」數節，盤出「非獨賢者有是心也」，以「一簞食」數節，盤出「此之謂失其本心」。則純以清空之義理，曲折盤旋，宜參考之。

蘇子瞻《韓非論》

此文祇是言刑名原於道德。首段言「聖人之所爲惡乎異端」，用「盤空法」，落到「而不知老聃莊周之使然」，爲「擒題法」。第二段申言精義，以「仁義之道」、「禮法刑政之原」作「盤空法」，落到「是以敢爲殘忍而無疑」，爲「擒題法」。第三段暢言餘意，以「今夫不忍殺人」作「盤空法」，落到

「老莊之後其禍爲申韓」，爲「擒題法」。用意一層深一層，筆陣縱横，而秩序絲毫不亂。子瞻自道其文，謂「如萬斛泉隨地湧出」。此乃英雄欺人之論，實則其文自有法度也。

蘇子瞻《論始皇漢宣李斯》

此文祇是論始皇之不智。首段叙事即揭出命意。第二段以「然天之亡人國」一折作「盤空法」，以漢宣陪始皇之不智。第三段以「或曰」推開作「盤空法」，以商鞅作主，推論秦之不智。又以「忠恕平易」作「盤空法」，以漢武陪始皇之不智。縱横捭闔，變化無方。學者熟讀此文，於「操縱離合」之法，可以思過半矣。

惲子居《辨微論》

《易傳》曰：「臣弒其君，子弒其父，非一朝一夕之故，其所由來者漸矣。」此文祇是論曹操之篡，非一朝一夕之故。乃抉其心術之隱。命題曰《辨微論》，用無數「盤空法」，落到「若是者勢也，而其中有至微之機焉」，又用伊尹、周公兩層作「盤空法」，折到「皆於心之至微形之」。曲折愈多，則盤旋之勢愈遠。然其文勢雖極騰空，而其命意極爲緊醒。若不善學之，則成一片荒塲矣。凡文到題處，最宜注意。即如《史記・伯夷列傳》，用無數「盤空法」，落到「伯夷叔齊雖賢，得夫子而名益彰。」《平淮西碑》用兩段「盤空法」，落到「蔡人立其子元濟以請」。此文一起「有天下之實」，「篡天下之名」，「盤空法」也。惟空論不宜多糾纏，學者不可不知。文氣雄駿，可與《過秦論》並讀。而先正多不道之者，殆以其多用排比偶語，且措詞有欠穩處耳。然其鍊氣之法，專在空際盤旋，如天下雷行。擒題處有霹靂應手神珠馳之妙，豈以小疵而忽之。

惲子居《續辨微論》

此文一變前篇格局，用兩小段一大段法，以是非功罪利害親疏互相穿插，作大「盤空法」。后又以唐太宗、明代宗陪襯，作「盤空法」。結處又以「唐明皇有功」、「宋王成器能讓」作小「盤空法」。自「先王之所以治天下」起，文氣純在空際，夭矯震盪，而計功之念，則心術之微也。並不點題，尤見高老。

奇峯突起法普通適用紀事，尤宜以緊切本題、有關人心世道爲主。

《易・繫辭傳下》一段

韓子云：「《易》奇而法。」此文自「八卦成列」起，至「吉凶者，貞勝者也」，皆言《易》之原理。

而下文忽以「天地之道」一節奇峯突起，實則言乾坤坎離歸於既濟定爾。此所謂「奇而法」也。「聖人之情見乎辭」句，官止神行。下文忽以「天地之大德」一節奇峯特起。聖人之情安在？大德大寶而已。聖人非覬大寶者，能欲行仁義以宏天地之大德，則固其情也。此所謂「奇而法」也。《文選》所謂「潛氣内轉法」，曾文正所謂「茹字法」，皆在「聖人之情」一句内。

《詩・小毖篇》

此詩八句，意四轉。「予其懲」二句，「奇峯突起法」也。「莫予荓蜂」二句，一轉又爲一峯。「肇允彼桃蟲」二句，一轉又爲一峯。「未堪家多難」二句，又爲一峯。而三峯却收攝於首二句總峯之内。周公之文奇特如此，亦純矣哉。學者得其意而擴充之，則臨文時自有奇妙之境矣。

《左傳・鄭厲公自櫟侵鄭》（莊公十四年）

此文「納厲公」下，應直接「厲公入，遂殺傅瑕」，乃忽插入「蛇鬭」一段，奇峯突起，天外飛來，可悟穿插變化之妙。左氏敘趙盾弒晉靈公，内敘宣子見靈輒一段，評家以爲奇峯突起，其實非也。宣子見靈輒，不過追敘，並非穿入，文法迥異，讀者宜辨。後半段以「貳」字作綫索，原繁之辭委婉可誦，而其情極可憫，身既將死，焉用文之。

韓退之《柳子厚墓誌銘》

此文奇處，專在「士窮乃見節義」一段。若删去之，便了無精義矣。近來桐城派傳授，皆用此法。或突然叙於篇首，或於中間，或於結處，或叙天時，或叙地理，或叙人情，或用陪襯，或感慨時事。讀王益吾先生《續古文辭類纂》，便知其妙。然欲追昌黎之奇氣，則能者鮮矣。「子厚前時少年，勇於爲人」一段，以議論法行之，亦係奇峯突起。有此一段，概其生平，精神團結。故銘辭即可不甚注意。此亦文體之當知者。爲文辭有法度可觀。子厚文章之法度，《荅韋中立論師道書》論之最詳，學者求之於此書足矣。

韓退之《試大理評事王適墓誌銘》

惟奇事乃能有奇文，然非昌黎之奇氣，亦不能曲折以達。凡墓誌閥閱，或叙在前，或叙在後，未有叙在中間者。此文因侯處士事，用「奇峯突起法」，附叙於後，全篇文頓覺生色。《史記》中常用此法，昌黎實脱胎於子長也。銘辭奇古，亦係奇峯突起。

韓退之《圬者王承福傳》

中間以「吾操鏝以入貴富之家」一段，作「奇峯突起法」。所謂風行水上，焕爲文章，風定波息，與水相忘，蓋篇中獨到處也。凡文必須有獨到處，有關於世道人心及勸善懲惡，然後可傳。而此文借王承福口中叙出，尤爲奇特。「食焉而怠其事，必有天殃」，精理名言。昌黎所謂「其言有可以警余者」，殆即此二語。此文蓋寓言體，大半叙本人之言，亦傳中創格，構局者宜注意。

唐蔚芝《〈論語·微子篇〉大義》

《微子》一篇，本有烟波無盡之概。此文以「天風浪浪」一段作「奇峯突起法」，旋接以「昔者孔子與於蜡賓」推開，另作一峯，結處神廻氣合，俯仰身世，無限痛淚。自「天風浪浪」以下十數行，一筆揮洒，其氣不斷。竊擬此文當在永叔、南豐之間，不識知言者以爲何如也。

國文經緯貫通大義卷二目録

兩扇開闔法 適用於義理之文。以不板滯爲主。

《孟子・莊暴章》　《牛山之木章》　韓退之《原毁》

段落變化法 普通適用，尤宜於詼詭恬適之文。

韓退之《送李愿歸盤谷序》　《張中丞傳後序》　唐蔚芝《英軺日記序》

一唱三歎法 適用於感喟情景之文。以反復抑揚爲主。

《詩・卷耳篇》　《鴟鴞篇》　《常棣篇》　《小宛篇》　《史記・游俠列傳序》　李遐叔《弔古戰場文》　歐陽永叔《送徐無黨南歸序》　《送楊寘序》　唐蔚芝《〈論語・雍也篇〉大義》

逐層駁難法 適用於辯駁事理義理之文，於函牘亦宜。以和平簡辣爲主。

韓退之《諱辨》　柳子厚《駁復讎議》　蘇子瞻《屈到嗜芰論》　王弇州《讀楚語論》　蘇子瞻《論項羽范增》　王弇州《書蘇子范增論後》

空中樓閣法普通適用，最宜於恬適之文。以天然爲主。

《詩·斯干篇》　《史記·留侯世家》　陶淵明《桃花源記》　蘇子瞻《後赤壁賦》　尤西堂《反恨賦》　顧金城《愚公移山賦》

國文經緯貫通大義卷二

兩扇開闔法適用於義理之文。以不板滯爲主。

《孟子·莊暴章》

兩扇法創於《論語》，於「令尹子文」章及「定公問一言興邦」章均是。惟係竝列，「子文」章尤係合傳體，並非一開一闔。自孟子始用開闔法。此文以「獨樂樂」兩段作兩小隊，「今王鼓樂於此」兩段作兩大隊，文氣排奡震盪，實爲韓文所本。兩節「今王鼓樂於此」，均是凌空法，惟凌空故能盤旋震動，若沾實則滯矣。

《孟子·牛山之木章》

此文以譬喻作開闔法。「苟得其養」四句爲封鎖法。義理之精，無過於此，文法之妙，亦不易得。學者當日三復此章。文氣之緊，全在數「其」字，此以虚字作綫索法也。本經中尚有「宋牼將之楚」章爲兩扇開闔法，「伯夷非其君不事」章、「今之事君者」章爲兩扇平列法。又《禮記·檀弓篇》亦多兩扇竝列之文，如「喪欲速貧」、「杜蕢揚觶」章之類，兹不復録。

韓退之《原毁》

此文格局雖係兩扇，實則四扇。蓋「古之君子」一段中分兩扇，「今之君子」一段中又分兩扇也。「嘗試語於衆曰」兩段，爲封鎖法，用筆全在虚際，故能理實氣空，且曲盡人情物理。要知此等文，係從諸子中得來。不善學之，則局板而氣滯矣。

段落變化法普通適用，尤宜於詼詭恬適之文。

韓退之《送李愿歸盤谷序》

首段序地理，次段「愿之言曰」，三段「窮居而野處」，四段「伺候於公卿之門」，均爲硬接法。首段「友人李愿居之」，爲突入法。次段「不可幸而致也」，爲推開法。三段「我則行之」，爲攝入法。四段「其於爲人賢不肖何如也」，爲比較法。可知作文不獨布局當變化，凡每段之起訖處皆應變化；不獨段落當變化，即句法亦皆當變化。此篇之法，最便初學。次段若將「愿之言曰」删去，改「嗚呼」二字，下「我」字均改「李君」，末段改「昌黎與之飲酒而爲之歌」，亦無不可。乃插入「愿之言曰」一句，全篇遂覺格外生色。不知韓子布局時已有此意耶？抑潤色時點綴成之耶？要知此乃畫龍點睛法也。歌詞起處，均與首段相應。

韓退之《張中丞傳後叙》

此文綫索當注意者二：一、先議論，後叙事，布局之奇也。二、「遠雖才若不及巡者」以下三段，文氣震盪已極，乃以「愈嘗從事於汴徐二府」數語作一結束，見許遠事之非誣也。南霽雲一段，文氣激昂已極，乃以「愈貞元中過泗州」二語作一結束，見南霽雲之事非誣也。此從《史記·伯夷列傳》「太史公曰：予登箕山，其上蓋有許由冢云」脱胎而來。綫索之最當着眼處，結尾「張籍云」一段，已於首段「愈與吴郡張籍閲家中舊書」先行伏筆，故不獨不嫌其突，且不覺其煩瑣，此段落變化最妙法也。余嘗有最俗之比喻：譬諸觀電光影戲，當研究其製電光之法。若不探其本，則永爲觀影戲之人，而不能爲製影戲之人矣。讀古人文章，須處處求古人綫索，至作文時乃有把握。若不揣其本，則永爲讀文之人，而不能爲作文之人矣，深可惜也。首段雷萬春確爲南霽雲之誤，否則中間南霽雲兩段無着落矣。末段專以張籍語作結，亦叙文中之奇特者。

唐蔚芝《英軺日記序》

凡鴻紛瓌瑋之文，段落尤宜講究。此文以「倫敦在西海之壖」一段作總攝法。次巴黎，次美利堅，次日本，皆用硬接法。而每段結束處無不變化，尤妙者「倫敦旋軔之初，先至比利時國之博聞賽都城」作藏過逆溯法，遂開「民生而有血氣則爭」一大段文字。紆廻震盪，極行文之樂，實皆從段落變化而來。每段中「其」字俱宜注意，爲虛字作綫索法。此文予作草稿後，請先師沈子培先生删改十之五六。今先師歸道山久矣，反復此稿，輒爲黯然。

一唱三歎法

適用於感喟情景之文。以反復抑揚爲主。

《詩·卷耳篇》

《禮記·樂記篇》一唱而三嘆有遺音者矣。三歎者，言其曲折而有序。曲折愈多，則愈婉轉，聲情畢達，餘音嫋嫋然也。此詩爲文王囚羑里，后妃思之而作。首章言「嗟我懷人」，而二三章則言「不永懷」、「不永傷」，蓋自慰之辭，所謂哀而不傷也。末章則嘆息而不置矣。凡詩文中有疊用「矣」字及「也」字，均有無限感慨、無限丰神。玩此及《旄邱》詩可見。

《詩·鴟鴞篇》

此管蔡作亂後，周公託爲禽言以曉成王也。精神全在一「予」字，言辛苦者獨有予耳。欵欵深情，千古獨絶。唐李漢云「周情孔思」，殆韓子心得之言，而漢述之耳。

《詩·常棣篇》

此管蔡作難，周公作詩以感之，厥後召穆公述之，遂爲燕兄弟之樂歌。上七章皆言兄弟，所以唤醒其良心也。第二章兩言兄弟，末章卻不言兄弟，曰「是究是圖，亶其然乎」，作爲正言亦可，作爲反言亦可。一往深情，苟有良知，無不下淚矣。第一章「凡今之人」二句，大聲疾呼。第五章「喪亂既平」四句，則淒然欲絶矣。

《詩·小宛篇》

此大夫刺幽王之詩也。朱子以爲大夫遭時之亂，而兄弟相戒以免禍之詩。第四第五章感慨遥深，丰神獨絶，兩「我」字與首章「我」字遥應，至「哀我填寡」，則離憂已極矣。歸結至「戰戰兢兢」，所謂怨誹而不亂也。此詩曾文正選入《鳴原堂論文》中，謂生平最喜讀此。蓋編中孝親慈幼敬天勤學愛民意義甚廣，無所不備也。「明發不寐，有懷二人」，即良知之發，孟子所謂「平旦之氣，好惡與人相近」者也。凡人於明發之時，善念必多，涵養而擴充之，希賢希聖之道在是矣。《禮記·祭義篇》引此二句，以爲文王祭祀之詩，深得聖人之意，旨哉言乎。

《史記·游俠列傳序》

司馬子長作一傳，皆有傳外之意，故能牢籠萬有，傲睨古今。此文因自悲身世，不遇游俠，故其推崇如此，至以爲在季次原憲之上。其義雖不可訓，而其文之丰神，古來得未曾有，永叔諸序皆出於此，不可不熟讀也。第一段以儒俠相比較，折到游俠之足多。第二段見人世不可無游俠，云季次原憲不同日而論，則贊游俠更勝於儒者矣。第三段歎游俠之不傳，故特竭力表揚，「儒墨皆排擯不載」四句，與首段「學士多稱於世」相應，神廻氣合。讀此文要在抑揚吞吐四字留意，而頓挫處爲尤要。曾文正所謂「其氣若翔翥於虛無之表」者是也。讀此文宜遲不宜速，宜婉轉不宜驟，方能得其唱嘆之致。後歐文倣此。

李遐叔《弔古戰場文》

所貴乎作文者，欲其感動人心耳。此文因痛當時爭城爭地殺人衆多，而託於古戰場以諷之。

末段淋漓嗚咽，雖善戰者讀之，亦當流涕。賈君房《罷珠厓對》、蘇子瞻《諫用兵書》，與此文可稱三絶。吾輩今日正宜推廣此等文字。《易》所稱「利武人之貞」者正在於此。方存之評《論語・子路從而後章》云：「上數節將隱者氣象寫足，中間點出『隱者也』三字，爲『畫龍點睛法』。後來《弔古戰場文》、《秋聲賦》、《方山子傳》皆用此法。」其説極精。此文首段先將古戰場景象寫足，下接「此古戰場也，常復三軍」數句，遂格外有力。「傷心哉」數句，格外有神。第二段用「吾聞夫」，第三段用「吾想夫」，第六段用「吾聞之」，句調重複。「牧用趙卒」一段，時代倒置。然其鍊字選韻，備極精能，且用意忠厚，溢於言外，雖有小疵，不足掩大醇也。

歐陽永叔《送徐無黨南歸序》

此文極爲清淡，而丰神千古不減。後一段精神更覺不磨。何者？以其脱胎於《史記》者深也。吾嘗論史公於數百年後，得門徒數人，韓柳歐曾是也。韓柳得其陽剛之美，歐曾得其陰柔之美。譬諸奕棋，史公爲國手，韓柳等則四手也。此文則駸駸乎入三手矣。《孟子・尹士章》，一唱三嘆，丰神摇曳，亦爲歐文之祖。宜熟讀之。

歐陽永叔《送楊寘序》

《秋聲賦》滿紙皆秋聲，此文滿紙皆琴聲。「桃花流水杳然去，別有天地非人間」，文境彷彿似之，神乎技矣。琴説在結末點出，高絶，此亦自然天籟也。歐公文最善唱歎，以多有選入別法者，故本法僅録二首。學者但求其神足矣。

唐蔚芝《〈論語·雍也篇〉大義》

此文雖不敢比擬古人，而一唱三嘆之致，或有契乎聖心。至於操縱離合之法，迴環往復之神，務望學者熟讀而深思之。

逐層駁難法

適用於辯駁事理義理之文，於函牘亦宜。以和平簡辣爲主。

韓退之《諱辨》

筆致夭矯，凌厲無前，自從《穀梁傳》得來。凡辨駁之文，不宜多説，多則支離，轉爲人所駁詰矣。至於直窮到底，尤爲要法，如此篇末段是也。

柳子厚《駁復讎議》

子厚固深於《穀梁》學者，剖析爽利，莫攖其鋒。凡老吏斷獄詞，及爲公牘文字，均當以此爲法。治天下之道，明是非而已。是非茫昧，而人心於是乎亡，旌與誅並用，使民惑於是非矣。此文深有功於世道。

蘇子瞻《屈到嗜芰論》

以「陋」字作綫索，引事嫌煩，文氣亦較平。

王弇州《讀楚語論》

樹義正大，能直窮到底，結處尤有趣味。知此理，則彼亦一是非，此一亦是非，可以息矣。屈到不囑其子而囑宗老，則屈建平日不能善承父命可知。文以「生不得志於鼎俎」爲言，讀書得閒，令後人無從翻案矣。

蘇子瞻《論項羽范增》

以義帝爲賢，殊失事實。惟文氣特雄快。結爲神龍掉尾法，蘇氏父子常用之。

王弇州《書蘇子〈范增論〉後》

切中事理，文筆亦犀利無比。蘇子瞻《荀卿論》，謂李斯以荀卿之學亂天下，姚姬傳駁之，劉孟塗又謂子瞻實指王荆公而言，語頗中肯。此等駁辨文尚多，不復詳録。

空中樓閣法

普通適用，最宜於恬適之文。以天然爲主。

《詩・斯干篇》

此詩爲宣王考室而作。君子將營宮室，宗廟爲先。故第二章言「似續妣祖」，爰因承先而思啓後，乃啓後之義。忽以「下莞上簟，乃安斯寢」兩章作空中樓閣法，閒閒布置，可謂異想天開。能悟此法，則堆垛皆化爲烟雲矣。海市蜃樓，空明境界也。人心中忽現一空明之境界，何等安舒。文字中忽現一空明之境界，何等恬適。冰壺秋月，朗澈無遺，惟胸襟高曠者，方能悟此。

《史記·留侯世家》(節録)

此空中樓閣法，皆留侯計也。四人者，僞飾耳。夫使四皓而果賢者，何以肯爲太子出，且客建成侯所？一可疑也；太子既不廢，厥後何以絶無建白？二可疑也；四人皆匹夫，非如伯夷太公，爲天下之大老，又無兵柄，漢高何以畏之？三可疑也。大抵漢高欲羅致四皓，惟張良知之。至是時優孟之衣冠，忽隨太子後，漢高問之，知留侯之助太子也，則大驚，故曰「羽翼已成，難動矣」。此以僞應僞，以智鬥智，心心相印之術也。乃子長並不點出所以然，但循文叙去，令後人自悟，可謂高絶。後世知此法者鮮矣。凡作事不可爲今人所愚。爲今人所愚者，入今人之空中樓閣者也。讀書不可爲古人所欺。爲古人所欺者，入古人之空中樓閣者也。故作事在隱約之間，切宜注意。讀文在隱約之間，亦切宜注意。我自有靈官知覺在也。

陶淵明《桃花源記》

此文係真境耶？抑幻境耶？海市蜃樓，可望而不可即，惟聰明智慧人始能到此，不足爲外人道也。陶公胸襟中有此境界，遂不覺成此絶妙文字。其隱約處，全在「此中人語云」二句，及「後遂無問津者」句。

蘇子瞻《後赤壁賦》

《前赤壁賦》如冰壺朗徹，空明已極，後賦如何作法？迨既有上半篇重游之妙境，更如何結法？不得已乃以一夢作結。既有夢境，乃以孤鶴横空而來布置於前，此所謂空中樓閣法也。子瞻自道其文如萬斛泉隨地湧出，要知此乃到窘極處，用無中生有之法，逃於空虛。此國手弈棋之最後著也。聰明人讀此，自有靈妙悟境。

尤西堂《反恨賦》

李次青云：「恨海終填，情天易補。不必有是事，不可無此文。」余謂此文奇情壯采，可謂絶才。首段凌空，尤爲得勢。惟題係反恨，當先悲後樂。末段尚有未合。

顧金城《愚公移山賦》（以天鑒其誠，佑以神力爲韵）

李次青云：「題本寓言，無庸刻舟求劍。此作舉頭天外，用筆如活虎生龍，脱盡排比窠臼。行氣布局至此，可謂盡態極妍。」余按：此寓言而歸於虛境，可以開發心思，故列入本法。文如看山不喜平，空中樓閣，須有無窮變化之妙。若膠柱鼓瑟，則樓閣即成呆滯物矣。願學者善會之。

國文經緯貫通大義卷三目録

匣劍帷燈法適用於叙事之文。劍光燈彩須至結處一閃爍方爲神妙，有竟體不露者亦高。

《書·金縢篇》《詩·燕燕篇》《論語·儀封人章》《夫子爲衛君章》《左傳·祭仲殺雍糾》《連稱、管至父弑齊襄公》

萬馬奔騰法適用於議論之文。以衆意紛紜、縱横馳驟爲主，貴在錬氣，切忌囂張凌亂。

《書·牧誓篇》韓退之《送孟東野序》蘇明允《項籍論》《春秋論》

凄入心肺法適用於哀戚弔祭並銘誌之文。以發於真性情爲主，用白描法亦可，惟忌寒儉俚俗。

《書·微子篇》《詩·柏舟篇》《緑衣篇》《谷風篇》《黍離篇》《鴇羽篇》《蓼莪篇》諸葛武侯《出師表》韓退之《祭十二郎文》歸熙甫《先妣事略》

説經鏗鏗法適用於釋經解字之文。貴簡錬精當，宜明古經師家法，忌凌雜無序。

《易·繫辭傳》《孟子·小弁章》許叔重《説文解字序》潘鳳洲《倉頡作書始於甲子説》唐

蔚芝《孟子大義序》

逸趣橫生法　適用於紀人叙事小品之文，大文中偶爾插入亦可。以天然爲主，忌俚俗。

《左傳·大棘之戰》　《楚子伐蕭》　《史記·滑稽列傳》　唐蔚芝《〈孟子·滕文公篇〉大義》

國文經緯貫通大義卷三

匣劍帷燈法

適用於叙事之文。劍光燈彩至結處一閃爍方爲神妙，有竟體不露者亦高。

《書·金縢篇》

此文妙訣，全在「納册於金縢之匱中」一句。設以後人爲之，必謂「告諸史與百執事曰：毋以告人」，如此則以下文章皆失勢矣。惟以「匣劍帷燈法」出之，不着絲毫痕迹。以下「天大雷電以風」，及「對曰：信噫，公命我勿敢言」，乃有千鈞之力。悟得此法，則布局鍊氣，自然處處得宜矣。先儒以此篇爲周公所作。余謂周公無自贊之理，當係史官所記。「秋大熟」以下，或據《史記》爲周公已没之事，新逆謂逆周公之匶，其説尤非。上文明言周公居東二年，其時尚未營洛邑，何得謂爲已没。後儒當據《尚書》以糾正《史記》，不當據《史記》而疑《尚書》也。至讀「王出郊天」爲句，尤謬。上文「天大雷電以風」，「天」字可屬上句讀乎？説經好事穿鑿，最當切戒。或問「匣劍帷燈法」，與「空中樓閣法」奚以異？　曰：「空中樓閣」者，本無其事，虛設一境界。「匣劍帷燈」，則實有其事，而故意隱藏之，後乃忽然呈露。其法迥然不同，未可誤會爲一也。

《詩・燕燕篇》

讀此詩者，皆傷其離情之鬱結，音調之淒楚。乃入本法何也？　此詩蓋大有深意存焉。案桓公爲戴嬀所出，陳國之甥也。州吁如陳，陳人因石碏一言，遂執而殺之，其必有内綫明矣。戴嬀大歸于陳，莊姜蓋切託以報讎之事，曰「其心塞淵」，見其人之篤實也。曰「淑慎其身」，見其人之謹慎也。如是則恐其忘先君之讎，故曰「先君之思」，乃不直言戴嬀之思先君，而轉言戴嬀之勗莊姜，「匣劍帷燈」，囑其勿忘報讎之意。絲毫不露，可謂神矣。此説余得之門人李君頌韓。李君説《叔于田》詩，謂「將叔毋狃，戒其傷女」二句，即指鄭莊而言。亦深得詩人之意。

《論語・儀封人章》

儀封人與夫子問答之辭，本經所未詳。乃出而言曰「天將以夫子爲木鐸」，則當時之問答，其救世傳道之心可知矣。夫子之木鐸，不行於一時，而傳於萬世。封人固非常人，而實由《論語》用「匣劍帷燈法」以記載之，特爲奇妙也。

《論語・夫子爲衛君章》

衛輒拒父之非，聖門大賢，亦當知之。而冉有以爲疑，子貢以爲問者，蓋蒯聵用趙鞅之師，挾大國以壓本國，實爲國人所不容，故衛人奉輒以拒蒯聵。《公羊傳》所謂以王父命拒父命，亦是一理。當時爲輒者惟有逃之而已，故子貢曰「伯夷叔齊何人也」，夫子答曰「古之賢人也」。其不爲衛君已可知矣。乃又問曰「怨乎」？將以窮夷齊之心理也。夫子答曰「求仁而得仁，又何怨」，則衛輒之心術顯，罪案定矣。故出曰「夫子不爲也」。聖門言語之科，可謂精妙無倫，而文筆記載實有生龍活虎、不可捉摸之致。《史記・朱虛侯列傳》，欲鋤諸吕氏，乃曰「非其種者，鋤而去之」，此「匣劍帷燈法」也。《武安侯列傳》，魏其欲言武安陰事，卒不可得，至末乃揭出上曰：「使武安侯在者，族矣。」則劍光燈彩畢露矣。《封禪書》言武帝之迷信，窮形盡態，而不著一按語，均是「匣劍帷燈法」。因文繁不録，學者宜參考之。

《左傳・祭仲殺雍糾》（桓公十五年）

此文爲「簡曼不支法」，實係「匣劍帷燈法」。其機括包在「雍姬知之」四字内。所以知之者，雍糾與之謀也。「父與夫孰親」一問，其母已知其有變，而故爲不知，直答以「人盡夫也」三句，是何異禽獸之聲也。雍姬告祭仲，稱其夫曰「雍氏」，數其罪曰「舍其室」，稱其父曰「子」，自稱曰「吾」，是不啻聞禽獸之聲也。「祭仲殺雍糾」，「公載以出」，文氣極緊迫。至「謀及婦人」八字，則圖窮而匕首見矣。此等生辣文字，本傳中亦不多見，使司馬子長爲之，必得數百字始能暢快。

《左傳・連稱管至父弑齊襄公》（莊公八年）

方望溪先生云：「左氏之文，有太史公不能及者。如此篇謀亂之始，連稱、管至父與無知交何由合，何以深言相結而爲亂謀，連稱如何自言其從妹何由通無知之意於宮中，而謀伺襄公之間，若太史公爲之，曲折叙次，非數十百言莫備。此但以『因之作亂』及『使間公』二語隱括，而其中情事不列而自明。作亂之時，連稱之妹如何告公出之期，無知、連、管何以部署其家衆，何以不襲公於外，而轉俟其歸，何以直入公宫而無阻閒，非數十百言莫備。此則一切薙芟，直叙公田及徒人費之鞭，而以走出遇賊於門，遥接作亂，騰躍而入，匪夷所思。費入告變，襄公與二三臣倉皇定謀，孟陽如何請以身代，諸臣如何伏公於户下，費與石之紛如如何相誓同命以禦賊，非數十百言莫備。此獨以伏公而後出鬬一語隱括，而其中情事不列而自明。其尤奇變不測者，後無一語及連稱之妹，而中間情事，皆包孕於『間公』二字，蓋弑謀所以無阻，皆由得公之間也。」余按：此即所謂「匣劍帷燈法」。望溪先生之評，可謂精密已極。學者讀文，必須如此細心，方能盡得古人之法。然須知死讀一文無益，必須推廣偏及諸篇，庶古文之奧竅，盡在我胸中矣。

萬馬奔騰法

適用於議論之文。以衆意紛紜、縱横馳驟爲主，貴在鍊氣，切忌囂張凌亂。

《書·牧誓篇》

第一節點綴威儀，《禮記》所謂「戎容暨暨，言容詻詻」是也。自「王曰嗟我友邦冢君」以下，爲誓文總冒。自「王曰古人有言曰」以下，爲討商受檄文。自「今予發」以下，爲誓文本意。文氣雄俊奔放，絶無渟蓄，想見周公飛書馳檄之樂。

韓退之《送孟東野序》

用三十八「鳴」字，參差錯落，處處變换，文境如雷電風雲，一時並作，又如百川歸海，萬派朝宗，可謂神乎技矣。初學讀此，最易得鍊氣之法。此文實不過叙文章之源流，而以一「鳴」字作綫索，遂令人目迷五色，應接不暇。於此可悟文家用法變化之妙，而「大凡物不得其平」一起，尤能涵蓋一切。

蘇明允《項籍論》

論項籍處未必能得事實。武侯力爭荆州不得，乃入西蜀。今謂其「棄荆州而就西蜀，吾知其無能爲」，尤屬妄論。惟其文氣如駿馬下坡，不可羈勒。初學讀之，最易進步。世傳明允常手一編書讀之，二子私窺之，則《戰國策》也。故明允之文，最深於「縱横捭闔」之法，尤長於設喻。惲子居先生《大雲山房文集》，是得其宗傳者。

蘇明允《春秋論》

《穀梁傳》制勝處，在設一問題以解釋之，未竟，又出一問題以解釋之，如舞刀槍劍槊，斬釘截鐵，一絲不亂。而他人視之，則如目迷五色，莫究其妙。此文專學《穀梁傳》。學者得其綫索而善效之，自能所向披靡矣。

凄入心肺法

適用於哀感弔祭並銘誌之文。以發於真性情爲主，用白描亦可，惟忌寒儉俚俗。

《書·微子篇》

方存之先生云：此篇乃微子與父師少師商論出處之詞也。首二節微子傷殷之將亡。三節問己之出處。「父師」以下數節，答其論殷亂之詞，比微子之言，更加一倍。末二節答其論出處之詞，須翫其沈痛哀切，千載下如聞其痛哭也。又云「越至于今」下復加「曰」字，此史臣善體會情事之文。蓋微子論殷亂，至此心中不知如何沈痛，故口中亦遂歇住片時，然後再言。記者將上二節一斷，然後加「曰」字提起，直將微子哀痛之心和盤托出，而文情更深矣。余按：淒入心肺之文，自古以來當以此篇爲最。比干獨不言者，其死志已決也，尤可哀也。

《詩・柏舟篇》

此篇傳以爲仁而不遇之詩。朱子謂婦人不得於其夫，故以柏舟自比。情韻淒涼，讀十餘過，不覺隕涕矣。

《詩・緑衣篇》

此篇蓋衛莊姜傷己而作，與《柏舟篇》文境略同，用筆極淡極輕，而情韻千古不匱。

《詩・谷風篇》

此篇朱子謂「婦人爲夫所棄，故作此詩以叙其悲怨之情」。蓋夫婦之道苦矣。首章以「黽勉同心」四字作總攝，下以「爾我予」三字對説，相形之下，不覺泣涕如雨。自古哀怨之音，殆莫過於此矣。《氓》詩「三歲爲婦」章，音韻絶佳，人讀之不以爲可憐者，上文「以爾車來，以我賄遷」不莊故也。此篇「不我能慉」章，人讀之莫不痛心者，上文「涇以渭濁，湜湜其沚」，至潔故也。於此可悟「無邪」之旨，出於人之本性。吾友辜君鴻銘謂杜工部「絶代有佳人」一詩，脱胎於此。「幽居在空谷」，《谷風》之意也。「新人已如玉」，「宴爾新昏」也。「但見新人笑，那聞舊人哭」，「不我恤以」也。「在山泉水清，出山泉水濁」，「涇以渭濁，湜湜其沚」也。「侍婢賣珠回，牽蘿補茅屋」，「我有旨蓄，亦以御冬」也。蓋怨而不怒，彼此同情也。

《詩·黍離篇》

此篇爲周大夫閔宗周之顛覆而作。自此而王降爲風，空有其號，豈不痛哉。謝疊山先生云：「吾觀十二國風，羣臣庶民，無一人知天下大義。『王于興師，與子同仇』，獨《無衣》一詩猶有義氣。不知斯人何以生於秦也？秦人能以天王之仇爲天下之同仇，平王不能以厥考之怨爲一人之私怨。人之度量相越如是哉。吾於《黍離》、《無衣》二詩重有感也。」余按：平王以王畿八百里之地盡付他人，周於是日益弱，秦於是日益强。讀《黍離》一篇，不勝世運升降之感矣。謝又云：「中心如醉」、「中心如噎」，憂之甚而昏之如醉，不止於摇摇矣。心憂之極如哽噎然，口不能言，氣不能舒，又不止如醉矣。愈進愈深，益見其痛心之極也。

《詩·鴇羽篇》

此篇傳謂昭公之後，大亂五世，君子下從征役，不得養其父母而作。余按：此詩音節淒楚已極，讀之而不動其孝思者，非人也。

《詩·蓼莪篇》

此詩朱子謂「人民勞苦，孝子不得終養而作」。謝疊山先生評文，以「生我」章最爲沈摯。見《十三經札記》。余謂此詩傳神全在數「我」字，痛心之極亦在數「我」字。我身，父母之所賜也，其何以報父母之德乎？嗚呼，我鮮民也，尚忍讀此詩乎？

諸葛武侯《出師表》

哀感惻楚，讀之如聞臨表涕泣之聲。其精誠之至，可以配《鴟鴞》、《東山》之詩矣。「先帝」凡十三見，冀喚醒後主之心也。「親賢臣」一段，蓋不敢明言黄皓等之奸，故爲「匣劍帷燈」之語，其用心可謂苦矣。天下惟有真性情者，乃有真才具。故孟子以情與才並稱，而俗語亦稱才情，未有無情而能有才者也。人謂無才者不可用，吾謂無情者更不可用。如此文方可謂之真性情文字。曾文正論文，重一「茹」字。余謂讀此等文，當得一「咽」字訣。惟其淒入心肺，故處處咽住，切忌讀之太速。

韓退之《祭十二郎文》

歷叙生前離合之因，復計死後兒女之事，絮絮道家常，讀之淚雨落不能掩。昔人謂韓子長於陽剛之文，此獨非陰柔之至者乎？蓋賢者固無所不能，而至情至性，更不可磨滅也。司馬子長《報任少卿書》，柳子厚《與京兆許孟容書》，多淒入心肺之語。惟子長書多怨，子厚書略蕪，故不録彼而録此。駢文中如洪稚存《傷知己賦序》，汪容甫《自序》，亦均淒入心肺，惟牢愁已甚，非文字所宜，故亦不録。

歸熙甫《先妣事略》

純用白描法，令無母之人讀之，自然淚涔涔下，真血性文字也。張皋文先生《先妣事略》，與此相類，然微有不逮者，非天性之不如，蓋文字稍亞耳。學者宜參閱之。

説經鏗鏗法

適用於釋經解字之文。貴簡鍊精當，宜明古經師家法，忌凌雜無序。

《易·繫辭傳》（節録）

此十數節，包括脩己治人之綱，關係人情物理之要，可作座右銘，可作家庭訓，宜終身熟讀之。「《易》曰憧憧往來」四節，係「逐層脱卸法」。因往來而言日月寒暑，因屈信而言尺蠖龍蛇，因崇德而言德之盛也。意義一層深一層。説《易》最忌支離，如「公用射隼于高墉之上」，程子謂若以後儒釋之，必以卦象如何分配。而夫子僅言「隼者禽也」云云，可見不必拘於象數矣。「小人不恥不仁」節，八「不」字八種用法，較之《論語》「不憤不啓」，《左傳》「不備不虞」，尤爲奇特。此造句變化法之最神奇者。「幾」字爲人生最要之事，能知心幾，然後能知事幾，故心幾不靈警者，不足以治事，不足以閲世而觀人。治心幾當奈何？讀書窮理而已。

《孟子·小弁章》

凡説經之文，莫妙於用分疏法。此文第二第四節皆用分疏，故清晰靈警。孟子得曾子、子思之傳，最深於詩學，讀《咸丘蒙章》可見。

許叔重《説文解字叙》

歷叙源流，自然古質。叔重是書，蓋象《易》而作，故曰「惟初太極，道立於一。造分天地，化成萬物」，蓋窮理盡性之書也。後學解字，必須有益於身心世道，兼被於實用，方爲許氏家法。

潘鳳洲《倉頡作書始於甲子説》

説經之文，最忌迂拘複疊。此文爽利無比，可一破拘攣之習。經學家文集，以阮芸台《揅經室集》、段懋堂《經韻樓集》爲最，次則錢竹汀《潛研堂集》、孫淵如《問字堂集》，又王蘭泉所選《湖海文傳》，均佳，讀之可得門徑。

唐蔚芝《孟子大義序》

本朱子輯《孟子要略》之意，發爲文章，頗有灝氣流行之概。孟子自述其宗旨，不過曰「正人心，息邪説，距詖行，放淫辭」。世有能傳孟子之學説者，吾國其庶幾乎？拙著《大學中庸大義序》，亦能深入理奥，以其蹊徑較高，故未録。

逸趣横生法

適用於紀人叙事小品之文，大文中偶爾插入亦可。以天然爲主，忌俚俗。

《左傳·太棘之戰》（宣公二年）

方存之先生云：「此篇叙華元之賞不公而刑不當，辱國貽羞，而猶不知耻，非美其有度量也。」余按：此文分三段，極詼詭之趣，妙在能隨地生波，於此可悟遊名園者，所謂「山窮水盡疑無路，柳暗花明又一村」，以其隨景而異也。能得此法，自然因境生情，有無限變幻之態。

《左傳·楚子伐蕭》（宣公十二年）

吴摯甫先生云：「民逃其上曰潰。潰者，民無固志也。只此一字，而蕭見滅之故可知矣。追序無社一事，而蕭潰之狀可知矣。」余按：「還無社」一段，如天外飛來，寫足蕭人之無鬥志。叔展問答，奇陗詼詭之至，爲隱語之祖。此文應分三段，第一段書蕭潰之原因，在殺熊相宜僚及公子丙；第二段見楚國軍心之固；第三段見蕭人軍心之不固，天然映射。

《史記·滑稽傳》

昔人謂此傳一層深一層，髡語舌辯之雄，不必有裨於國。孟語篤友誼於死生，節俠之流。旃語乃得忠厚之意。余謂此傳不過寓言耳，即有實事，亦係子長點綴成之，蓋兼「洸洋恣肆」之法。若刻舟求劍，則陋矣。總冒極奇，見滑稽者流，未嘗不有益於世道，而諷諫之旨，未嘗非六藝之支流。惟其爲極諧之文，故以極莊者冠之。「甌窶滿篝」四句，二字爲韻，創調。優孟之仰天大哭，與淳于髡之仰天大笑，遥相應。優孟一歌，不成歌，亦不成文，豈《荀子·成相篇》之遺歟？可謂奇絶。《漢書·東方朔傳》機鋒百出，曾文正極賞之。余以爲朔傳亦滑稽極矣，似不及此傳之空靈，學者宜參考。

唐蔚芝《〈孟子·滕文公篇〉大義》

文境詼詭，氣可排山，古人所謂燃犀照渚，萬怪惶惑者也。説經之文用此法，尤不易得。救國之道，「實事求是」而已（此四字見《漢書·河間獻王傳》）。實事者，務事實也；求是者，求真是而不惑於似是之非也。苟主張虚僞之學説，則一身不可救藥，浸至一國不可救藥矣。此篇之大意如此。以「且夫」作綫索，係仿賈生《過秦論》「於是」二字、韓文公《原道》「今也」二字之法。其要在言有序。不善學之，則凌亂矣。

國文經緯貫通大義卷四目録

短兵相接法適用於刑名家、法律家之文。宜詰屈，忌氣促。

《公羊傳・春王正月》（隱公元年）　《穀梁傳・春王正月》（隱公元年）　《鄭伯克段于鄢》（隱公元年）

《國策・三國攻秦》　《趙威后問齊使》　《史記・商君列傳》（節録）　韓退之《獲麟解》　《雜説》一

《雜説》二

光怪離奇法適用於叙事比喻之文。理想務須奇特，宜意在言外，忌晦滯。

《莊子・秋水篇》（節録）　《徐無鬼篇》（節録）　韓退之《送窮文》　柳子厚《乞巧文》　唐蔚芝《説龍》

倒捲珠簾法適用於叙事説理之文。宜綫索分明，忌凌雜無序。

《左傳・晏平仲論踊貴屨賤》　韓退之《送高閑上人序》　唐蔚芝《大孝終身慕父母義》

布局神化法適用於紀人叙事之文。惟天資穎悟方克臻此，至學力精深熟極，則亦能爲之。

《史記・伯夷列傳》　《孟子・荀卿列傳》（節録）　《屈原賈生列傳》（節録）

響遏行雲法各種文均適用，尤宜於典制金石之文。務求高遠，求厚重，忌浮滑。

《書·秦誓篇》《詩·緜篇》《皇矣篇》《江漢篇》《那篇》《玄鳥篇》《左傳·鄭子家與趙宣子書》韓退之《祭河南張員外文》歐陽永叔《豐樂亭記》

國文經緯貫通大義卷四

短兵相接法適用於刑名家、法律家之文。宜詰屈，忌氣促。

《公羊傳·春王正月》（隱公元年）

隱賤桓貴，未知何據，而筆自蒼辣。「王者」謂文王，尤見何休説黜周王魯之謬。此文當與《穀梁傳》比較，宜注意。

《穀梁傳·春王正月》（隱公元年）

詞嚴義正，筆挾風霜。其以讓桓爲不正，更如老吏斷獄，斬釘截鐵。鄭君稱《穀梁》善於經，其斯之謂乎？

《穀梁傳・鄭伯克段于鄢》(隱公元年)

鄭莊公爲人,無君無母無弟,而又事事出以作僞。得此生辣之筆,以正其罪,千秋而後,大義懔然矣。《左傳》中短兵相接法甚多,如「衛文公大布之衣」,「齊侯與蔡姬乘舟於囿」,「臧文仲聞六與蓼滅」等皆是,宜參考之。

《國策・三國攻秦》

樓緩明知三城之當割,故卸其職於公子池。公子池明明以利害比較,乃偏不說出,故以講不講兩層,爲按而不斷之語,而兩害取輕之意,使秦王當下自悟,自己說出。寥寥數語,作作有芒,雖係短兵,而語氣皆含遠神,可謂能品。

《國策・趙威后問齊使》

此皆政治中之要義,而出以極生辣之筆,令人但覺其可畏,不知其有深意存焉,此文家大變化法也。論於陵子仲語,與《孟子》義相合,尤爲特識。

《史記·商君列傳》（節録）

短兵相接之法，於法律家辯難，最爲相宜。此文專用此法，故覺倔强有致。惜後半趙良語乏精采耳。

韓退之《獲麟解》

滿腹牢騷意，加以倔强筆出之，異哉此文之靈也，人亦不能知也。

韓退之《雜説》一

孟子曰：「人之所以異於禽獸者幾希，庶民去之，君子存之。」《詩》曰：「日之夕矣，牛羊下來。」今牛羊下來矣，有貌禽而心人者乎？嗚呼，貌人而心禽，豈不可畏哉？此文發其奥義，可以處世矣。

《雜　説》二

奴隸而欲求千里馬，未可責奴隸也，其心固至善也。惟千里馬而常遇奴隸，伏櫪悲鳴，實爲千古可痛之事耳。居上位者，其慎察之。

光怪離奇法

適用於叙事比喻之文。理想務須奇特，宜意在言外，忌晦滯。

《莊子·秋水篇》（節録）

此言養氣之道，本於無爲也。朱子《調息箴》曰：「絪縕闔闢，其妙無窮，孰其尸之，不宰之功，」無爲之謂也。老子《道德經》曰：「專氣致柔，能嬰兒乎。」若計較於小勝大勝之間，已落第二乘矣。

《莊子·徐無鬼篇》（節録）

道家用功之要，墮肢體，窒聰明，離形去知，同於大通，則真人是矣。若三者之中，以域進，以域退，處危險之地而猶沾沾自得，豕虱爲尤可憐已。

韓退之《送窮文》

因逐貧而託爲鬼詞，因鬼詞而思出五鬼，因五鬼而思出送鬼，因送鬼而思出五鬼之不肯去，自悲而加自負，筆如龍蛇捉不住，可謂神矣。張文潛曰：「公《送窮文》，蓋出子雲《逐貧賦》，然文采過《逐貧》矣。」余謂此文所以勝《逐貧》者，惟其驅使富、點綴奇也。使文人而果得上三鬼相隨，何患不傳？

柳子厚《乞巧文》

與《送窮文》同工異曲，才氣縱横，神光燦爛，天孫爲織雲錦裳矣。使宋以後人爲之，恐不能到此。

唐蔚芝《説龍》

此文自謂仿《毛穎傳》，而不能逮其古雅。後半篇乃自負之意。初學讀之，卻可以開發心思，增壯才氣。

倒捲珠簾法

適用於叙事説理之文。宜綫索分明，忌凌雜無序。

《左傳·晏平仲論踊貴屨賤》（昭公三年）

此文因平仲叔向論齊晉皆季世，而先以婚姻之事爲辭，此「倒捲法」也。平仲與景公論踊貴屨賤，當叙在前，乃與叔向先言之，而追叙更宅之事，此「倒捲法」也。及平仲自晉反，乃又叙更宅之事，則又賓中之賓也。至賓中之主，則論踊貴屨賤而已。悟得此法，則無論倒捲斜捲，參差錯落，皆成至文。起處何等堂皇，中後何等衰颯，中間言民歸陳氏，末即以陳桓子作結，見其勢力之大，讀之曷勝慨然。

韓退之《送高閑上人序》

此文以常人爲之，必先叙高閑喜草書，再叙其近於張旭，再勉其不外慕徙業，然後能神完而守固。乃退之以「倒捲珠簾法」行之，先言神完守固，次言不外慕徙業，次入張旭，次入高閑之草書不如旭，文便處處得力。而勉勵高閑之意，自在言外，亦可謂神品矣。至其氣之蒼茫突兀、凌厲無前，猶爲餘事。

唐蔚芝《大孝終身慕父母義》

先釋「慕」字，次釋「慕父母」，次釋「終身慕父母」，次釋「大孝終身慕父母」，此謂「倒捲珠簾法」。然必須縱横變化，意義不窮，乃佳。若呆滯不靈，則索然無味矣。此題余共有三篇，刊入《孝經大義》中。惟本法則僅有一篇，宜參考之。本法最宜於説經，譬如《周易》「君子以思不出其位」論，宜先釋「位」字，次釋「出其位」，次釋「不出其位」。然如何能「不出其位」，要在有以深思之；如何能「思不出其位」，要在用艮象以定之。故曰「君子以思不出其位」。又如《孟子》「不嗜殺人者能一之」論，當先言天下宜統一，次言求統一者不知仁義，乃事殺人，次言殺人日多，乃嗜殺人，次言惟仁人君子，能不嗜殺人。然不嗜殺人，要非徒託空言，必須實有不忍人之政。故曰「不嗜殺人者能一之」。如此逐層詮釋，更以大氣包舉之，行文方能得勢。

布局神化法

適用於紀人叙事之文。惟天資穎悟方克臻此，至學力精深熟極，則亦能爲之。

《史記・伯夷列傳》

此文劉海峯先生以爲神奇，以其所叙多不倫不類也。然以余觀之，並無奇奥之處。其命意不過尊孔而已，特揭明如下。一起「夫學者」四句，因係列傳第一篇，故爲此大排場，固屬全篇總冒，實全書中之綫索。「堯將遜位」以下，引起「讓」字。至「傳天下若斯之難也」一重頓，而「説者曰」以下推開法。「惜許由務光不得孔子之品題，太史公曰」三句，歸震川先生特賞之，見許由確有其人，何以不爲孔子所表章，其神光直射到末段。「孔子序列」一段提筆法，醒出命意。以吳泰伯並提者，泰伯居世家之首，爲第一人。伯夷居列傳之首，亦爲第一人。皆以讓國傳者也。由此觀之，怨耶？非耶？宕筆法。「或曰」以下，亦推開法，而尊孔意益見。獨引顔淵者，以孔子屢贊顔子也。夷跖並稱者，古書之例皆然。玩《孟子》《莊子》可見。雜引《論語》成句，皆尊孔意，非不倫不類也。「子曰：道不同不相爲謀」一段，用提筆法，潛氣内轉。至「君子疾没世而名不稱焉」，即用孔子之言揭出一名字，何等有力。「賈子曰」以下，言士欲得名，必經孔子品題，皆尊孔意。「巖穴之士」以下，慨山林隱逸之士，未經孔子品題，因致湮没不彰，深可痛惜。結處如神龍掉尾，神光直迴抱「許由務光」一段，感嘆無窮。此爲天地間至文，然並無奇奧之旨也。後世史書所以不及子長者，不獨格局板滯，蓋後人不過於本人本事叙述明白，而子長則於傳外别有命意，如此作是也。

《史記·孟子荀卿列傳》（節録）

此傳更爲奇特，叙孟子事不過數行，其後不啻爲鄒衍作傳，何也？蓋天人古今之消息，俱於此傳矣。大九州發現後，天下方務於合從連横，以攻伐爲賢，爭奪相殺，遂無已時，故必以仁義道德救之，子長之特識也。總冒曰「利誠亂之始」，又曰「夫子罕言利」，常防其原也。嗚呼，非好學深思，心知其意者，烏能見及此耶？龍門而後，誰能道其隻字？先驗小物，推而大之，至於無垠，此即物理學也。數千年後讀此傳，乃更覺有味。以孟子荀卿作主，中包無數游説家，固屬奇文，益徵高識。

《史記·屈原賈生列傳》（節録）

《三國》以下史書，所以不及《史記》者，由布局呆滯也。《史記》則神化無方，如《伯夷列傳》，前後議論，列傳在中間，以「其傳曰」三字點清，其爲舊史之傳歟？抑子長所作歟？不可知已。至《屈原傳》，則一段敍事，一段議論，用虛實相間法，其文義遥遥相承，尤爲列傳中之創格。讀本法三傳，可以悟《史記》變化之法。後來史家，雖歐陽永叔，亦不能逮也。「心害其能」，害字下得辣，從《國策》韓隗嚴遂二人相害得來。讒人離間君子，祇須一二語。曰「非我莫能爲也」，而靈均死矣。小人舌鋒，可畏如此。第二段吸收《離騷》之菁華，朗麗哀志，聲調千古，獨絶。「其文約」數語，從《易・繫辭傳》「其稱名也小」數語得來。「人君無愚智賢不肖」一段，是傳外意。結處連綰賈生，餘音嫋嫋，翔於虛廓之表。傳贊丰神摇曳，與魏公子傳贊同爲《史記》中絶調。韓退之《太學生何蕃傳》，中段「歐陽詹生言曰」至結尾，以傳論作傳文，亦係布局神化法，惟氣局較小，故本編未録，閱者宜參考之。

響遏行雲法

各種文均適用，尤宜於典制金石之文。務求高遠，求厚重，忌浮滑。

《書・秦誓篇》

「響遏行雲」者，如鶴鳴九皋，鳳鳴朝陽，清音嘹亮，行雲若爲之停滯，彌覺有姿態也。此文後人以爲孔子知秦之將王，故以之殿於典謨訓誥之後。此等讖緯之説，固不足信。惟吴季子觀樂，以秦聲爲夏聲。夏者大也。此文聲大而遠，實古書中不易得者。穆公求賢若渴，託之理想之中。「昧昧我思之」一句，爲憑空提筆。其餘虛字旁邊圈處，皆屬摹繪思想，如見至誠之意。

《詩·緜篇》

孟子曰：「苟爲善，後世子孫，必有王者矣。」太王之德，愈韜晦而愈發祥。此詩爲周公所作，心知此意，故爲詩亦愈唱愈高，收筆硬住，更有千鈞之力。謝疊山先生云：「周原風雨所會，陰陽所和，泉甘土肥。郭景純所謂沖陽和陰，山高水深，蔚草茂林，雖烏喙苦荼，亦變而爲甘，太王所以卜居於此也。」《禮記》云：「君子將營宮室，宗廟爲先。」故《斯干》詩曰：「似續妣祖，築室百堵。」此詩「作廟翼翼」，即尊祖敬宗之意。立室家者，皆當知之。《楚茨》詩曰：「子子孫孫，勿替引之。」其可忽乎？

《詩·皇矣篇》

與上《緜篇》格調同，而「帝謂文王」數節，局度整齊，聲音乃益響亮。「作之屏之」章，與《生民》「誕后稷之穡」兩章，古藻樸茂，同爲《文選》詩之祖。「以其在京」章，及「臨衝閑閑」章，更有浩浩落落之致。

《詩·江漢篇》

《江漢》、《常武》二詩並稱，而《常武》不及此詩之響亮，具徵中興盛事。謝疊山先生云：「『王國來極』，四方之諸侯來朝京師者，再見王道，同歸皇極。極者，標準也。《商頌》曰：『商邑翼翼，四方之極，』亦以京師爲四方之標準也。」又云：「『錫山土田』，必使召虎受賜於岐周，用文武封康公之禮以待之。」於此見「賞非宣王之賞，如禀命於乃祖文武也；功非召虎之功，如受教於乃祖康公也。召虎思文武之德，思康公之德，必能盡心竭力以報宣王之德矣。三代令王，不責臣子以事功，惟勉臣子以忠孝，本於人心天理而感動之也。《盤庚》亦得此意。」

《詩·那篇》

昔曾子居武城，讀《商頌》，聞之者淵淵然如聆金石之聲。蓋商以契之德，敬敷五教，功在人倫，傳十餘世而得湯與伊尹，故其聲大而遠。余於《讀〈詩〉提綱》中已詳論之，讀此詩可見一斑。

《詩·玄鳥篇》

此詩於《商頌》中最爲響亮，以其選韻高也。《長發》《殷武》兩詩，已入「選韻精純法」，故不重録。

《左傳・鄭子家與趙宣子書》(文公十七年)

子産有辭，鄭國賴之。此書開子産之先，惟其理直氣壯，故其聲音極爲强硬。近人云：「弱國無外交，」豈其然哉？或疑《晉侯使吕相絶秦書》亦當入本法。不知非也。《吕相絶秦書》可以謂之和，非以嚮取勝，故編入「鐘鼓鏗鏘法」，會心人自能知之。

韓退之《祭河南張員外文》

此文不入「凄入心肺法」，而入本法，何也？蓋因其生平憤懣之致，其音流於激烈，故覺愈唱愈高。讀者不當求其凄涼，當賞其激越也。至其叙述交誼至此，令人酸鼻，更可謂純篤之極矣。

歐陽永叔《豐樂亭記》

凡作文必須愈唱愈高，不宜愈唱愈低。其人之富貴貧賤，窮通壽夭，皆可於文之聲音驗之。此文「滁於五代干戈之際」一段，兼奇峯特起法，而其音愈提愈高，如鳳凰鳴於寥廓。歐公生平性情事業，均屬不凡，於此可見。讀者學其文，當學其人也。

國文經緯貫通大義卷五目録

摹繪炎涼法世態人情經歷之極爲可歎。適用於叙事感慨之文。忌板滯腐氣。

《禮記・檀弓・吴侵陳》《國策・蘇秦始將連横》《史記・魏其武安侯列傳》 韓退之《藍田縣丞廳壁記》

摹繪英鷙法訓練智勇，爲國民必讀之文，千萬注意。適用於叙事紀人。惟不可蹈流弊而壞心術。

《左傳・費無極讒伍奢並欲執其二子》《鱄設諸刺吴王僚》《柏舉之戰》《史記・越世家》《仲尼弟子列傳》

摹繪激昂法任俠好義亦我國民要務。適用於叙事紀人。惟要必衷於大道，勿爲變徵迫促之音。

《國策・豫讓報讎》《聶政刺韓傀》《漢書・李陵傳》 何子青《項王垓下聞楚歌賦》

摹繪旖旎法適用於言情之文。雖有取於纏綿，宜正之以大雅，勿多寫兒女子態。

《詩・女曰雞鳴篇》《國語・優施教驪姬夜半而泣》《楚辭・九歌・湘夫人篇》《少司命篇》 何子青《齊姜醉遣晉公子賦》《梁夫人桴鼓助戰賦》

刻畫物理法適用於小品趣味之文。宜超脱而渾成，即小以喻大，意在言外，勿使呆鈍。又近世科學大明，刻畫體狀尤有合用之處。

《詩·無羊篇》　宋玉《大言賦》《小言賦》　韓退之《畫記》　柳子厚《序棊》《蝜蝂傳》

鐘鼓鏗鏘法普通適用。淺者讀之，可得誦讀之方；深者讀之，可通聲音之蘊。是爲文學之要訣。

《詩·七月篇》《卷阿篇》《有駜篇》《左傳·鄭伯伐許》《晉侯使呂相絶秦》《國語·周襄王不許晉文公請隧》

國文經緯貫通大義卷五

摹繪炎涼法

世態人情經歷之極爲可歎。適用於叙事感慨之文，忌板滯腐氣。

《禮記·檀弓·吳侵陳》

語氣當時立即轉換，小人變幻若此，可笑抑亦可嘆。此等摹繪法，宜緊不宜緩，宜窮形盡相，不宜略有放鬆。則如鑄鼎象物，無遁形也。

《國策·蘇秦始將連横》

摹繪炎涼有要法，涼處寫得足，則炎處寫得更足，所謂一抑一揚，一頓挫一軒昂是也。讀時涼處宜有嗚咽感慨之致，炎處宜有興高采烈之致。世情變幻無常，余亦深嘗此味者，曷勝慨然。蘇秦游説之得失勝敗，在文字之散漫與簡練耳。説秦惠王文，竟體散漫，無扼要處，焉得不下第而歸？及得太公書，簡練以爲揣摩，言揣摩其簡練之法耳。此後説六國，皆用簡練之訣。故讀此文，前半篇亦毫無精彩，讀後半篇不覺興會淋漓。文章足以動人心之炎涼，讀文可不慎哉？

《史記·魏其武安侯列傳》

《史記》文如萬壑千流，曲折澎湃，同歸於海，而支派一絲不亂，真天下之至文也。武安通淮南王事，用「匣劍帷燈法」，至結末始露出，光采乃眩耀奪目。此子長最擅長處。田太后之言，摹繪婦人口氣，最得神。按大行無遺詔，詔獨藏魏其家，又有以蜚語白上者，孰爲之？皆武安爲之也。隱約其詞，又是「匣劍帷燈法」。魏其灌夫之所以死者，不過爲勢利耳。若能高自位置，不與武安相近，何至罹殺身之禍哉？剛直之士，亦不免此，爲之三歎。

韓退之《藍田縣丞廳壁記》

窮妍盡態，文章詼詭至此，無以復加。曾文正嘗手書此文以示門人，可謂能得味外之味哉。讀者能學其摹繪之法，則於世態人情，無不畢肖矣。結處了而不了，官止神行，高絶。

摹繪英鷙法

訓練智勇，爲國民必讀之文，千萬注意。適用於叙事紀人。惟不可蹈流弊而壞心術。

《左傳・費無極讒伍奢並欲執其二子》（昭公二十年）

《左傳・鱄設諸刺吴王僚》（昭公二十七年）

《左傳・柏舉之戰》（定公四年，節録）

伍奢父子，英鷙之人也。吴公子光，鱄設諸，亦英鷙之人也。申包胥，亦英鷙之人也。讒人煽亂，而群雄乃搆成此大變。讀者當學其舉重若輕之法，不可冗累，亦不可散漫，鍊之愈簡淨，則英鷙之態，勃然紙上矣。

《史記・越世家》（節録）

吾友山陽丁衡甫云：「人皆知智勇之可貴，不知智不深，勇不沉，足以僨事，猶未足貴也。惟至深至沈，乃爲可貴，而能成天下之大事。」諒哉斯言。人生所以不能成大事者，浮躁淺露耳。觀勾踐范蠡之所爲，其智深勇沈何如？吾國民皆當讀此篇，庶幾韜晦而有以自立乎？范蠡之成功，在陰而辣。莊生之爲人，亦陰而辣。末以仲男殺人一事作結，可謂奇絶。此又是「神光離合法」。

《史記・仲尼弟子列傳》（節録）

或疑此傳係戰國策士之習，非子貢所爲。不知子貢之志在救魯耳。夫差驕盈殘忍，天滅之也。其所以亡國者，天道人事之必然也。子貢爲言語之科，子長容或裝點其説，故有縱横捭闔之致。若謂非子貢事，未免持論過高矣。「無報人之志」數語，深入勾踐之心，可謂千古名論。吾國民其知恥矣乎？一結總收束，有千鈞之力。

摹繪激昂法

任俠好義，亦我國民要務。適用於叙事紀人。惟要必衷於大道，勿爲變徵迫促之音。

《國策・豫讓報讎》

凛凛生氣，千載如生，焉得謂非義俠之士耶？讀者須玩其精神團結之處。

《國策·聶政刺韓傀》

前段間間布置，中腹酣暢淋漓，末段又如奇峯特起，中間佳處，語語血性，字字血淚，動魄驚心，可謂刺客傳中第一人。論者謂天下有刺客，能出于正道，則在上之驕奢横恣者，亦可稍抑其氣燄，足輔政刑之所不逮。讀此文爲之神往矣。《國策》文結處最宜研究，如此文與豫讓報讎，結處均有絃外音。他如《蘇秦説秦王》、《鄒忌諷齊王》，結處亦與此二篇相類。

《漢書·李陵傳》（節録）

蘇武固血性中人，李陵亦是血性中人，兩兩相對，雖一降一不降，而其沈痛之極則一也。可謂千古絶調。李陵之言，句句欲絶武之望，而蘇武則語語不忘漢室。末段李陵語及歌詞，實亦未能忘漢者，漢實負陵，陵未負漢也。

何子青《項王垓下聞楚歌賦》（是何楚人之多也）

奇情壯志，騰躍飛騫，用筆沈鬱頓挫，如聞變徵之音。此才豈可以斗石計。

搴繪旖旎法

適用於言情之文。雖有取於纏綿，宜正之以大雅，勿多寫兒女子態。

《詩・女曰雞鳴篇》

警戒之意，柔婉之情，末章音節尤佳。

《國語・優施教驪姬夜半而泣》

孫月峯云：「鑿空生論，意巧刺骨，而辭特工哨，可謂奇之又奇。」余謂此文以狠辣之心，作柔婉之語，此其所以能奇也。一層逼進一層，使獻公不得不入其圈中。浸潤之譖，可畏已極，有國者其鑒諸。

《楚辭・九歌・湘夫人篇》

《楚辭・九歌・少司命篇》

朗麗淒哀，神韻不匱，熟讀之而味益長。

何子青《齊姜醉遣晉公子賦》（以題爲韵）

李次青云："人奇事奇文奇，香温玉輭中，顯出智深勇沈手段，亦兒女，亦英雄，彤史不能有二。然非此生龍活虎錦簇花團之筆，亦不足爲奇女子寫生。"又云："此叙事題中之才雄力厚盡態極妍者。然層次正自分明，眉目仍極醒豁，並非浪使才華也。晉文歸國後，迎秦嬴何等煊赫，而齊姜則竟無消息。人情勢利若此，宜作者于末段代鳴不平。"原本第六段漏押宧韻公字，"勞燕東西"四句係先君所手改，讀之愴然。

何子青《梁夫人桴鼓助戰賦》（以題爲韻）

李次青云："才情富艷，藻思紛披。人苦寒儉，此獨如萬斛泉源，隨地湧出，無一不巧合題情，更無一不自心源濬出。思靈而筆足以達之，是謂力餘于題。從層次入門者，擴充至此，極才人之能事矣。"押"夫"字韻，工巧尤絶。

刻畫物理法

適用於小品趣味之文。宜超脱而渾成，即小以喻大，意在言外，勿使呆鈍。又近世科學大明，刻畫體狀，尤有合用之處。

《詩·無羊篇》

此詩爲宣王考牧而作。上三章宛然一幅畫圖，而造語均有趣味。末章以頌揚作結，乃託於牧人之夢，可謂異想天開。

宋玉《大言賦》

莅中國而撫四夷，徒爲大言，何啻夢想？居覆載間，寥廓無偶，徒爲大言，豈能容于人世？刻畫固極精陗，而諷喻之意至矣。

宋玉《小言賦》

由小而入於無，恍兮惚兮，其知道乎？其近于空虚乎？毛猶有倫，無聲無臭，豈所謂語小莫能破者乎？

韓退之《畫記》

有此奇畫，乃有此奇文。其來無端，其去無迹，不可方物。此等刻畫法，純從《考工記》中來。方望溪云：「周人以後無此種格力。歐公自謂不能爲，所謂曉其深處。而東坡以所傳爲妄。于此見知言之難。」

柳子厚《序棊》

因物理而悟人情。前半刻畫精細，後路感慨之情乃噴薄而出，此神奇之品也。《唐宋文醇》評此文，不免過於堅深，學者參考之可也。

柳子厚《蝜蝂傳》

孔子曰：「德薄而位尊，力小而任重，鮮不及矣。」此文以小喻大，而人終莫之喻也。讀之不禁三嘆。此文與《序棊》同例，後路微嫌發之太盡。若以司馬子長爲之，必益含蓄，則更高矣。

鐘鼓鏗鏘法

普通適用。淺者讀之可得誦讀之方，深者讀之可通聲音之蘊。是爲文學家之要訣。

《詩·七月篇》

謝疊山云：「民生莫重乎衣食。飢寒則過慮，飽煖則無思，此人之常情也。《邠風》則不然。觀往而知來，見微而知著，憂深而思遠，不以目前之飽煖，忘後日之飢寒。《中庸》曰：『凡事豫則立。』又曰：『道前定則不窮。』《商書》曰：『惟事事乃其有備，有備無患。』《七月》一詩，事皆豫立，道皆前定，事事有備而無患也。」鍾伯敬云：「各章配月分，有複有倒有錯，文法出没藏露，莫可端倪，非聖手不能。」余按：《豳風》所以陳王業，中國以農立國，王業首在稔農事。彼騃竪不知稼穡之艱難，而以治天下，豈不殆哉？李漢云「周情孔思」。然如《鴟鴞》、《東山》等詩，不過悲鬱之情。而此詩則係纏綿婉委之情，音節之鏗鏘，自古以來，未有過于此者矣。周公文字，每篇結處，其聲多大而遠，此其所以爲大聖人也。此詩「躋彼公堂」三句一結，聲音何等洪大，讀者宜注意。

《詩·卷阿篇》

鍾伯敬云：「前四章渾然不露，五章以後，本旨歸乎用人，所謂以人事君，大臣之義也。」謝疊山云：「王所馮翼之人，不取非常之才，而止曰『有孝有德』，何也？曰：孝於親者，必忠於君。取其孝，正求其忠也。唐虞而上，惟取人以德，無才德之分。如皋陶九德皆才也。舜舉八元八愷之才，皆德也。有德則才在其中矣。」余按：此詩序謂召康公戒成王求賢用吉士而作，而歸本於彌性受命，威儀爲定命之符，必本身以作則，然後賢才可進。善哉其有周公之意乎！音節之妙，冠絶千古。

《詩・有駜篇》

此詩序謂頌僖公君臣之有道，有民康物阜、時和年豐之氣象。然但知樂而不知憂，得無有缺然於中者乎？而節奏特妙。

《左傳・鄭伯伐許》（隱公十一年）

抑揚委婉，鏗然有金石之音。《左傳》中精采文字。鄭莊爲人，奸猾詐僞，此文則語語謙讓者，實則皆自危之詞也。曰「無滋他族」，懼齊魯之侵略其間也。曰「子孫覆亡」，知突忽輩之不肖，鄭之將衰也。「使公孫獲處許西偏」，防範許叔也。曰「天禍許國」，曰「天厭周德」，皆假託之詞也。至此而奸猾之情盡露矣。而文字特工妙，皆左氏爲之粉飾耳。「君子謂鄭莊公知禮」一段，爲劉歆輩增入，先儒已論之矣。四「乎」字，句法暗相應，在有意無意之間，丰神獨絶。

《左傳・晉侯使吕相絶秦》（成公十三年）

孫月峯云：「通篇雖是造作語言，就文而論，最爲工鍊。叙事婉曲有條理，字法細，句法古，章法整，篇法密，誦之數十過不厭，在辭令中又是一種格調，古今無兩，可謂神品。」茅鹿門云：「述己之功，過爲崇讓，數秦之罪，曲加詆誣。」余謂此所謂知有我而不知有人也。故通篇以「我」字作骨，中間虚字以「是以」「是用」作爲貫串。自古辭令之委婉，無過此文。或謂其近於策士習氣。殊不然，《國策》文字不若是也。

《國語・周襄王不許晉文公請隧》

極嚴厲之意，而以極婉轉之筆出之，音節琅然，令人不厭百回讀。昔人謂「内傳未有代德」二語，彼約而能該，此煩而不厭。信然。唐荆川云：「『拜胙』與『請隧』二者，俱大禮所關，一則命之而不敢，一則無命而自請，于此見齊桓、晉文之優劣。」

國文經緯貫通大義卷六目録

俯仰進退法適用於叙跋説理之文。宜雍容華貴，不宜浮泛迂緩。知此者可以覘其人之性情態度。

曾子固《書魏鄭公傳》《戰國策目録序》《宜黄縣縣學記》

皎潔無塵法適用於辭賦遊記之屬。宜有空山鼓琴、月明天外之致，身有俗骨者不能爲此。

《詩·蒹葭篇》《白駒篇》 陶淵明《歸去來辭》 蘇子瞻《石鐘山記》 吴穀人《春水緑波賦》

心境兩間法普通適用，記遊山水尤佳。當有鳳翔千仞、翛然世外之意，惟性静心清品潔者乃能爲之。

柳子厚《始得西山宴遊記》《鈷鉧潭記》《鈷鉧潭西小丘記》《小石城山記》 歐陽永叔《醉翁亭記》 蘇子瞻《赤壁賦》 唐蔚芝《遊日光山記》

畫龍點睛法適用於言事小品之文。當如點水蜻蜓栩栩欲活，或有羣龍見首不可方物之象，忌流入空泛。

孟子《逢蒙章》《無或乎王之不智章》《國策·宋玉對楚王問》 韓退之《應科目時與人書》

風雲變態法適用於紀人叙事之文，紀兵事尤宜。當掩藏取勢，及其變化不測，乃有神駭鬼眩之致，與「匣劍帷燈法」參看。

《公羊傳·齊陳乞弒其君舍》《史記·項羽本紀》《淮陰侯列傳》《後漢書·光武帝紀》

典綴華藻法普通適用。宜以義理爲質幹，鍊辭鍊氣均宜古雅，忌塗附。子雲所謂雕蟲篆刻壯夫不爲。至於浮煙漲墨，更無取焉。

《詩·大東篇》《生民篇》《公劉篇》《文選》枚叔《七發》陸士衡《演連珠》《文心雕龍·原道篇》《神思篇》

國文經緯貫通大義卷六

俯仰進退法

適用於叙跋説理之文。宜雍容華貴，不宜浮泛迂緩。知此者可以覘其人之性情態度。

曾子固《書魏鄭公傳》

「俯仰進退」者，猶人生揖讓周旋之禮，宜行徐而不宜迫促，宜周到而不宜疏略，專以態度勝者也。子固最爲擅長，後來惟朱子能得其傳。此文後半曲折夷猶，盡從容委婉之妙。本法最宜於説理論事，倘不善學之，一味迂緩，則失其宗旨矣。

曾子固《戰國策目録序》

明先聖之要道，黜處士之横議，有功世道人心，實非淺顯。陸清獻作《戰國策去毒》，即本此意。而其文之曲折紆徐，尤爲古來僅見之作。

曾子固《宜黃縣縣學記》

孟子曰：「流水之爲物也，不盈科不行。君子之志於道也，不成章不達。」流水彎環，其妙全在曲折而能達，而其間波瀾瀲灩自有天然姿態。惟此文足以喻之。後之有志於道者，皆當依此爲法。凡對此等文，當收斂身心以從容閒雅之致讀之，切忌張皇浮躁。相傳歸震川赴公車時，在中途讀《書魏鄭公傳》，至百餘遍不厭。余謂本法三篇，皆當如是讀法。庶幾作文時俯仰進退，動合天則。然亦自有性之所近焉，不可强也。研究道德者方能知之。

皎潔無塵法

適用於辭賦遊記之屬。宜有空山鼓琴、月明天外之致，身有俗骨者不能爲此。

《詩·蒹葭篇》

鍾伯敬云：「異人異境，使人欲仙。」余按：此詩序以爲刺秦襄公而作，未能用《周禮》，將無以固其國。竊謂秋水之蒹葭無異歲寒之松柏，能醫國者斯人，能傳道者亦斯人也。「道阻且長」，豈終不出歟？亦待時而已。

《詩·白駒篇》

謝疊山云：「皎皎者，潔白可愛。敬其人亦美其駒也。『所謂伊人』何人也？宜坐於廟堂之上者也。今乃逍遥乎此地而爲嘉客乎？敬之深亦惜之至也。」又云：「古之隱者，或巖居穴處，影響惟恐聞於人，自尊自貴，言語不與人通，雖故交舊識不免遐棄。此金玉爾音而有遐心者也。」余按：此詩序以爲大夫刺宣王而作，以其不能留賢，乃特以殷勤之筆出之。末章飄飄欲仙，有「桃花流水杳然去，别有天地非人間」之概。

陶淵明《歸去來辭》

浩月當空，纖雲不染，是即皎潔無塵之象。然文之皎潔無塵者，必其心之皎潔無塵者也。陶公不爲五斗米折腰，其性靈何等光明，其氣節何等高峻，天君泰然，冰壺朗徹，故其文高潔如此，讀之可以一洗俗情俗骨。凡依回於出處進退之間者，可以鑒矣。其有益於心術人品，非淺鮮也。

蘇子瞻《石鐘山記》

此文近刻畫物理，而特以淡遠高潔之筆出之，翛然神遠，有如仙境，非親烟火者所能知也。

吴縠人《春水緑波賦》

李次青云：「題出自《别賦》，自應就送别生情，然非醖釀於騷選者深，誰能有此深情遠韻。」又云：「遒錬爲賦家超凡脱俗之一關，然過錬或恐傷氣，須知其洗錬而出以渾成處。開手『波長怨水、緑遠愁春』八字，便令人百思不能到。」余謂如此雅筆，方當得「脱盡俗塵」四字。

心境兩閒法

普通適用，記遊山水尤佳。當有鳳翔千仞、翛然世外之意，惟性靜心清品潔者乃能爲之。

柳子厚《始得西山宴遊記》

柳子厚《鈷鉧潭記》

柳子厚《鈷鉧潭西小丘記》

柳子厚《小石城山記》

天地清淑之氣鍾於人間，惟英奇之士得之，則發而爲文，如此數篇是也。然余有進焉：如西山、鈷鉧潭等，藉非得子厚之文傳之，亦終淹没不彰耳。則地之有傳有不傳，亦有幸有不幸歟。然余更有進焉：子厚抑鬱之氣，一變而爲恬適，乃發之於此數記，韜而藏之，豈不更善，發而露之，其猶有蓬之心也夫。《唐宋文醇》評云：「酈道元《水經注》，史家地理志之流也。子厚永州八記，雖非一時所成，而若斷若續，令讀者如陸務觀詩所云『山重水複疑無路，柳暗花明又一村』也。絶似《水經注》文字，讀者宜合而觀之。」

歐陽永叔《醉翁亭記》

清微淡遠，翛然弦外之音，「醉翁之意不在酒」。孰知其滿腹經綸屈而爲此乎？蓋永叔在滁，乃蒙被垢汙而遭謫貶。君子處此，或不能無動於心。而永叔此文，獨能遊乎物外。先儒謂其深造自得之功，發於心聲而不可强者，豈非然歟？通篇用「也」字調，爲特創格。然必須曲折多，乃佳，否則轉成庸俗矣。

蘇子瞻《赤壁賦》

遥情勝慨，横空而來，所謂「萬斛泉隨地湧出」是也。然非天懷高曠，曷克臻此？

唐蔚芝《遊日光山記》

昔人詩云「山色湖光共一樓」，不啻爲日光山樓寫景。此文尚未盡遊山之妙，惟閒適之致，已足心曠神怡耳。

畫龍點睛法

適用於言事小品之文。當如點水蜻蜓栩栩欲活，或有羣龍見首不可方物之象，忌流入空泛。

孟子《逢蒙章》

此文命意，衹是羿取友不端，以致殺身而獲罪。羿、逢蒙是主，子濯孺子、庾公之斯是賓，而兩節並列，轉令人迷離惝恍。一經點睛，則命意飛舞而出，豈非神品？《爲巨室章》兩節，姑舍女所欲而欲我，亦是此法。惟尚不若此章文法之奇。

孟子《無或乎王之不智章》

此題命意，祗是言齊王之不智，乃偏用兩節譬喻法。點睛在一首一尾，一係本意，一係推廣言之，令人不測。較之前《逢蒙章》，又一格局。可見孟子文法，變化無窮。

《國策·宋玉對楚王問》

用兩節譬喻，至結末點睛，負聲有力，振采欲飛，亦能品也。本法只宜用譬喻，若用正言莊論，散漫去矣。或疑「盤空」亦係「點睛法」，非也。「盤空」須隨處擒題，本法只宜在一二處點睛，不宜多説，方爲高絶。要知「盤空法」宜用于實題，「點睛法」宜用于虚題。

韓退之《應科目時與人書》

純用譬喻，至末點睛，如天馬行空，不可羈勒，文字之奇，無逾於此矣。或謂退之《雜説》，亦「畫龍點睛法」，其實不然。《雜説》數篇，用意皆在寓言之外，蓋畫龍而未嘗點睛者也。

風雲變態法

適用於紀人叙事之文，紀兵事尤宜。當掩藏取勢，及其變化不測，乃有神駭鬼眩之致，與「匣劍帷燈法」參看。

《公羊傳·齊陳乞弑其君舍》（哀公六年）

只因爲諼，用筆遂種種詭異，玩君玩諸大夫，如在股掌之上，而陳乞機械變詐之心，乃昭然若揭矣。上文均閒閒布置，至「闖然公子陽生」一句，忽然變態，令人一驚，可謂千古奇聞。

《史記·項羽本紀》（節録）

驚流駭浪，泱莽奔騰，連用「當是時」提筆，如風雲並馳，雷電交作，令人不敢逼視，筆端若數萬甲兵之聲，千古文人讀之無不斂手矣。

《史記·淮陰侯列傳》（節録）

拔趙幟立漢幟，此奇兵也。奇兵必須以奇文出之，其妙在紛紜萬變之中。叙事舉重若輕，毫不費力。迨讀畢後，耳目一新，始知其倏忽變幻，不可方物，焉得不謂之神乎？

《後漢書·光武帝紀》(節録)

以英鋭善謀之主,當麻木不仁之師,其勝之者天也,實人也。其妙處在描寫莽兵之盛,爲古來所未有,迨光武破之,出其不意,行文乃全體震動,亦有屋瓦皆飛之勢,雖不逮子長之精神,亦爲范書中第一篇文字。

典綴華藻法

普通適用。宜以義理爲質幹,鍊辭鍊氣均宜古雅,忌塗附。子雲所謂雕蟲篆刻壯夫不爲。至於浮煙漲墨,更無取焉。

《詩·大東篇》

此詩序以爲刺亂而作。蓋幽王之時,東國困于役而傷于財。譚大夫作詩以告病,其時閭閻杼柚,搜括一空矣。故命意在「小東大東」二句。自「跂彼織女」以下,皆用點綴,歷數織女、牽牛、啓明、長庚、天畢、南箕、北斗,理想甚奇,變幻鼓舞,總是窮極呼天之意。而末章八句,造語尤爲横絶。退之云「詩正而葩」。以極正之義,而以華藻之思出之,可稱才人之筆。謝叠山云:「織女無織成文錦之實,牽牛無服箱之實,啓明非真能啓日之明,長庚非真能續日之長,畢不可以掩捕鳥獸，不過設施於經星之行列耳。皆有其名而無其實也。」余按：此兩章謂爲在上者空言條教亦可，謂爲在下者空言理財亦可，總之民力已竭，雖多方羅掘，不過望梅止渴耳。詞愈工而心愈痛矣。

《詩・生民篇》

凡摛辭藻，不貴塗坿，塗坿即俗矣。惟鍊之至而入於淡淨，乃爲上品。此詩須玩其鍊法，實蕭選詩之祖也。此詩序以爲尊祖而作。文武之功起于后稷，故推以配天。謝疊山評末章云：「天地間惟理與氣而已。」「鬼神無形無聲，惟有理有氣在冥漠之間耳。凡祭，皆以心感神，以氣合神者也。」「于豆于登，其香始升」，蓋以香氣求神，神馨香此氣耳。余案：近陳蘭甫論此詩，專重末二句，以爲尊祖配天，即所以垂範後世，無罪悔者，明德之本原也。可謂精微之論。

《詩・公劉篇》

此詩序以爲召康公戒成王而作。成王將蒞政，戒以民事，美公劉之厚于民而獻是詩。謝疊山云：「周人以忠厚爲家法。此詩六章皆曰『篤公劉』。篤者，厚之至也，言公劉之厚，子孫不可忘也。」此論極精。此詩鍊法，與《皇矣》詩不同。皇矣詩愈鍊，神味愈發皇，此詩愈鍊而神味愈高淡。再以《七月》、《生民》二詩參觀之，令人不厭百回讀。

《文選》枚叔《七發》

寶光異彩，璀璨陸離，皆所謂點綴法也。實則不過屏耳目之好，返性命之情而已。學者不可迷於所嚮。散漫處宜注意。參閱以上所選《詩經》，即可悟鍊字訣。

《文選》陸士衡《演聯珠》

藻采紛綸中，時有見道之言，所謂文質相宣是也。後世作者，枝葉大於本幹，實爲詞章家之流弊。

《文心雕龍·原道篇》

本《易·賁卦·彖傳》以爲化成之始，探原道心，歸結神理。自漢以來，論文者罕能及此。彥和以此發端，所見在六朝文士之上。音節琅然，猶其餘事。

《文心雕龍・神思篇》

精思窈冥，遊神寥廓，而後可以爲文。蓋不凝聚則不能發散也。「疏瀹五藏」二句，與柳子厚《論師道書》不以怠氣昏氣乘之相契合。「登山則情滿於山」二句，又可與《孟子・登泰山章》相參看。皆見道之言也。然則文章可率爾操觚乎？

國文經緯貫通大義卷七目録

層波疊浪法適用於序記之文。宜以淡遠爲貴，如弇州所謂風定波息，與水相忘，别有獨到之致。忌空論多而意義少。

《莊子·天下篇》　《史記·太史公自序》　唐蔚芝《論語·子張篇大義》

典重喬皇法兼「琢句古雅法」，適用於典制金石之文。以燦爛莊嚴爲主，宜原本《詩》、《書》。澤古功深乃能爲之。

《詩·車攻》　《韓奕》　《閟宫》　《文選》司馬相如《封禪文》　韓退之《平淮西碑》　《南海神廟碑》　蘇子瞻《表忠觀碑》　《潮州韓文公廟碑》

追魂攝魄法凡索諸幽渺之鄉者，皆精神魂魄，非僅宜于説鬼之文也。當倏忽變幻，不可思議。忌穿鑿庸陋。

《左傳·晉侯改葬共太子》　《秦晉伐鄀》　《晉侯夢大厲》　《鄭人相驚以伯有》　《史記·樂書》　韓退之《原鬼》　《柳州羅池廟碑》

洸洋詼詭法宜縱横馳驟，有黄河一瀉千里之勢。曾文正所謂跌宕頓挫，捫之有鋩。奔放中必須凝錬，忌浮囂，忌粗率。

自此法以下，已升堂而入於室，爲極至之文矣。

《荀子·賦篇》　《成相篇》　《莊子·逍遥遊篇》　《齊物論》　《秋水篇》　唐蔚芝《釋氣》

高瞻遠矚法宜先養浩然之氣，與天地清明之氣相接，開拓萬古心胸，推倒一時豪傑。惟道德品行至高者乃能爲之。忌廓落。

《孟子·好辯章》　《伊尹割烹章》　韓退之《伯夷頌》

翕純皦繹法適用於論著之文。知此法則鍊氣鍊局變化無方。要在純任自然，行乎其所不得不行，止乎其所不得不止。若有意爲之，則敝矣。

賈生《過秦論》　韓退之《原道》　柳子厚《封建論》

國文經緯貫通大義卷七

層波疊浪法

適用於序記之文。宜以淡遠爲貴，如弇州所謂風定波息，與水相忘，别有獨到之致。忌空論多而意義少。

《莊子·天下篇》

此爲莊子末篇。一部大著作之末，作此洋洋大文，溯古道之淵源，推末流之散失。前作總冒，中分五段，隱隱以老子及已所欲者壓倒諸家，接古學真派。末用惠子反襯自己。其體大，其色蒼，超世之文也。蘇老泉謂此文「序古今之學問，猶《孟子》末篇意。自列其書於數家中，而序鄒魯於總序前，便見學問本來甚正」。余案：《太史公自序》亦本於此。惟奇情恣肆，更非子長所能及。

《史記・太史公自序》(節録)

與《莊子・天下篇》意義同，而機局各異。《天下篇》以學派作「層疊法」。此篇以答述作「層疊法」，中間以六藝作陪，以禮義作主，以《春秋》作綫索，如波浪起伏，曲折縈廻。此爲太陰識度之文，《史記》中所僅見者。

唐蔚芝《論語・子張篇大義》

前半專仿《天下篇》體，後半舉頭天外，擲筆空中，摺疊千重，紆廻震盪。其爲諸賢慨乎？抑不僅爲諸賢慨乎？其爲春秋戰國時悲乎？抑不僅爲春秋戰國時悲乎？後世儻有子雲乎？本法與「議論錯綜法」不同。蓋本法專以逐層摺疊爲主，尚有才氣縱横，一片蒼茫，風水激蕩之概。至「議論錯綜法」，則才氣斂抑，綫索在手，變化從心，較本法爲更進矣。

典重裔皇法

兼「琢句古雅法」，適用於典制金石之文。以燦爛莊嚴爲主，宜原本《詩》、《書》。澤古功深乃能爲之。

《詩·車攻》

此詩序謂宣王能内修政事，外攘夷狄，復會諸侯於東都，修車馬，備器械，因田獵而選車徒焉。是此詩爲中興時所作，故其聲音雖不逮周初之盛，而其典重之致，自有整齊嚴肅氣象。知此者，可與論治道矣。「之子於苗」、「之子於征」二章遥相應。「蕭蕭馬鳴」四句，寫太平景象，自然高遠。本法當與「響遏行雲法」參讀。彼法柳子厚所謂「激而發之欲其清」，此法所謂「固而沈之欲其重」是也。曾文正謂讀文，「其氣當翱翔於虚無之表，而字字若履危石而下」，則虚實兼盡矣。《論語》「君子不重則不威」。厚重與虚無之别，人之窮通貴賤壽夭，實分於此，非獨品詣爲然也。即於文章中驗之，十不失一。學者切宜注意。

《詩·韓奕》

此詩序謂尹吉甫美宣王能錫命諸侯。謝叠山云：「王命仲山甫曰『纘戎祖考』，命韓侯亦曰

『纘戎祖考』。」「申伯之行，王親餞之；韓侯之行，王使顯父餞之。」「申伯之行，有路車乘馬；韓侯之行，亦贈路車乘馬。」「城謝則命召伯，城東方則命仲山甫。」「城韓則以燕師完之。」宣王之尊賢臣、重邊方至矣。余按：《崧高》《烝民》《韓奕》之詩，同爲吉甫所作。惟《崧高》《烝民》二詩，皆鍊之歸于清淡，而此詩寫宣王錫予韓侯旌旂車馬衣服，洪纖精粗，靡所不備，而又借蹶父相攸韓姞燕譽，形容韓之富饒。文章善於映帶，氣象更覺崢嶸，而神味倍極醇厚。是爲「典重裔皇法」之祖。

《詩·閟宫》

此詩序謂頌僖公能復周公之宇也。余按：第一章本《生民》詩，第二章本《大明》詩。自「王曰叔父」起，精神一振。而「泰山巖巖，天錫公純嘏」兩章，氣象尤爲高遠。僖公時魯已衰矣，而文章尚典重如此，知周公之遺澤孔長也。

《文選》司馬相如《封禪文》

瑰璚鴻紛，峯嶽並出，此才黼黻河漢，豈非信然？頌辭歸結到「興必慮衰，安必思危」，頗思抑武帝之雄心，不失譎諫之義。惟文中菲薄文武，罔知輕重，後人謂其佞辭逢君，怙寵身後，辭章家弊病。學者當引爲大戒也。本法原名「鍊氣凝重法」，擬略選《江賦》《海賦》等，作爲凝鍊之助。繼思曾文正欲以選賦之氣，鍊入散文，本屬不易。初學不察，或多用四六句，尤恐流於板滯。故改名爲「典重裔皇法」，多選散文，以發揚其氣。惟程度較高者，仍須參讀《文選》諸賦，庶文體文氣，日益厚重。《易傳》所謂含宏光大，品物咸亨。有此氣象，方極文家之妙。

韓退之《平淮西碑》

淵淵金石聲，如聞「鈞天」之奏，如聆「韶舞」之樂。退之自負爲大手筆，後有作者，弗可及已。李義山《讀韓碑詩》云：「點竄《堯典》《舜典》字，塗改《清廟》《生民》詩。」此評最確。蓋茲篇敘文，全出於《堯典》，而銘辭則全出於《江漢》《常武》諸詩也。袁爽秋先生云：「中段裴相三敘，弘兩敘，終虛一筆敘詔御史語。此化板爲活之法，如握奇八陣，變化無常，美哉！嘆觀止矣。」

韓退之《南海神廟碑》

此文與《封禪文》及《平淮西碑》同兼「琢句古雅法」，語樸以質，氣厚而凝，加以古藻爛斑，波瀾壯闊，非宋元以後人所能逮。不善學者，加以塗附，即成明七子之流弊矣。

蘇子瞻《表忠觀碑》

袁爽秋先生云：「閎實茂美，此西京人文氣。荆公以爲仿彿太史公《秦楚之際月表・叙》。」

余按：荆公之論，固賞其氣之蒼莽耳。銘辭亦臻錬闊矣。

蘇子瞻《潮州韓文公廟碑》

朱子曰：「東坡作《韓文廟碑》，不能得一起語。起行百十遭，忽得『匹夫』兩句，下面只如此掃去。」余謂子瞻爲此，蓋文過於力矣。然吾鄉王弇州謂：「此碑自始至末，無一字懈怠，嘉言格論，層見叠出，太牢悦口，夜明奪目。蘇文古今所推，此尤其最得意者，其關係世道人心亦大矣。」蓋非虚譽也。銘辭尤奇奥，可與退之《樊紹述銘》同讀，而理想之新穎過之。子瞻作《司馬温公神道碑》，體格與此相近，文氣亦極雄健。惟此文遒練過之，故舍彼而取此。

追魂攝魄法

凡索諸幽渺之鄉者，皆精神魂魄，非僅宜於説鬼之文也。當倏忽變幻，不可思議，忌穿鑿庸陋。

《左傳・晉侯改葬共太子》（僖公十年）

吳摯甫云：「寫狐突遇共太子，登僕如常，問答如常，竟與生人無異，絶無牛鬼蛇神之狀，可謂平常之極。直至『遂不見』三字，方寫出神蹤鬼跡，令人不寒而慄，可謂奇幻之極。」余按：此段極恍惚，却極凄楚。狐突爲太子之知己，而夷吾無禮。晉國將亡，則狐突心中之事也，故有是夢。新城爲太子所縊之地，特再點出，所謂「追魂攝魄」，悽愴在心肺者也。後人殆未有能效之者。

《左傳·秦晉伐鄀》（僖公二十五年）

吴摯甫云：「戰功必以奇勝。此文寫秦人處處用奇，陰謀變化，如鬼如神。尤妙在用精鍊簡括之筆，使其踪跡不甚了然，後兵之奇見，文之奇亦見。若遇此種奇功，而筆不足以傳之，是以真金作頑鐵用矣，豈不惜哉？」又云「于精鍊簡括中，獨詳僞盟一事，又于商密人口中蕩漾二語，皆筆墨變化處。歸結楚『圍陳納頓子』，將破軍亡將之楚，略一生色，亦變化處」。余按：兵，陰道也。秦人用陰謀。此文覺有一種陰森之氣。秦人蓋用潛師，故子儀之兵不能覺。而「坎血加書」事，其謀蓋係先定。若以他人爲之，必十數語始明，而此則以一筆括之。「商密人懼曰」兩句，是爲「追魂攝魄法」。

《左傳·晉侯夢大厲》（成公十年）

因夢成病，因病又夢，因夢遂死，因死而小臣又夢，巫醫皆來，惡孽交作。迷離惝恍之文，其警世者深矣。

《左傳・鄭人相驚以伯有》（昭公七年）

鬼神之事，人心爲之。故《中庸》曰「誠不可掩」，若迷信則大愚矣。此文記事，飄忽而無蹤，記言若知鬼神之情狀，實則爲强死者鳴冤，即爲刑政者垂戒耳。而用筆則如「上窮碧落下黄泉」，令人恍惚不可測。一起陡然而來，尤有天馬行空之概。非程度高者，不能學步也。

《史記・樂書》（節録）

魯恭王壞孔子宅，聞絲竹之音，非真有神明也，屋宇之吸其聲也。師涓能習師延之音，非真有鬼物也，碎瓦頽垣之吸其聲也。今之留聲機即此理。故曰精氣爲物，游魂爲變。此文之妙，全在能追取神氣，乃若有物憑之矣。《易傳》曰：「同聲相應，同氣相求。」一家有善聲善氣，則子弟皆感之而爲善；一家有惡聲惡氣，則子弟皆感之而爲惡。在於無形之中，而莫可名者也。故《中庸》曰：「體物而不可遺。」又曰：「夫微之顯，誠之不可掩。」是以君子敬畏天命，載魂抱魄，亡敢恣肆。否則子弟流蕩忘返，或致失魂而落魄矣，可不畏哉？

韓退之《原鬼》

天地間之鬼神，皆人心之魂魄爲之也。因人心之魂魄，感召天地間之鬼神，故曰「皆民之爲之也」。《左氏傳》所載，有託形於豕者，有託聲於牛者，其偶也。若謂鬼必託形聲于豕牛，其可乎？人無釁焉，鬼不自作。文能道鬼神之情狀，而歸本於正理，錬氣亦極廉悍，是以卓然可傳。

韓退之《柳州羅池廟碑》

精光掩遏，不可逼視。子厚生而爲英，歿而爲神，理有固然，無足怪者。若以爲迷信則謬矣。曾文正最愛此銘辭，其日記云：「常于輿中誦之，音節鏘然。」内云「驅厲鬼」，蓋即龍城柳碑語。

洸洋詼詭法

宜縱横馳驟，有黄河一瀉千里之勢。曾文正所謂跌宕頓挫，捫之有鋩。奔放中必須凝錬，忌浮囂，忌粗率。自此法以下，已升堂而入於室，爲極至之文矣。

《荀子·賦篇》

前數段連卷縱横，惟意所適。後路嗚咽淋灕，苦心畢露，嗟真儒之不遇，痛蒼海之横流，能無悲乎？

《荀子・成相篇》

與《離騷》經用意略同，而造語之詼奇過之。按「成相」者，非謂成功在相也。《禮記》「治亂以相」。相乃樂器，所謂舂牘。又古者瞽必有相。審此篇音節，即後世彈詞之祖。篇首即稱「如瞽無相何倀倀」，其義已明。首句「請成相」，言請奏此曲也。然則此文體，亦非荀卿所特創矣。

《莊子・逍遥遊篇》（節録）

首段是神化，次段是沖漠，其本在于養氣。故曰「乘天地之正，御六氣之辨」。與孟子之學相似而實不同。

《莊子・齊物論》（節録）

人生三百六十空竅，皆所謂寥寥刁刁者也，人不能自聞之耳。知此而一死生，齊是非，合可不可，歸於物化。所謂離形去知，同乎大通者也。至此心歸於無，氣亦歸於無。

《莊子・秋水篇》(節録)

此篇本係一層進一層，如剥蕉心，不盡不止。兹僅節録兩段，以見其趣。蓋其意不過小仲尼伯夷，而借河伯以發之。亦不足爲訓也。袁爽秋先生云：「惟道術深廣，而心君尚恭者，爲能虚己歛德，而孱焉處之。否則如蟹之處罾，時露其一螯二螯，而受縶於人矣，淺躁故也。」此語見道極深。

唐蔚芝《釋氣》

放恣横縱，惟意所適，牢籠萬有，馳騁百家。學者熟讀之，可得鍊氣之法。

高瞻遠矚法

宜先養浩然之氣，與天地清明之氣相接，開拓萬古心胸，推倒一時豪傑。惟道德品行至高者乃能爲之。忌廓落。

《孟子・好辯章》

凡作文分段，起處最宜講究。此文每段起處，皆用「高瞻遠矚法」。而「天下之生」節、「昔者禹抑洪水」節、「我亦欲正人心」節，俱有「振衣千仞岡，濯足萬里流」之概。孟子論浩然之氣，塞于天地之間，殆亦自道其文歟？

《孟子·伊尹割烹章》

此文以「堯舜之道」作主，而以「吾」字「予」字作綫索，皆有挺然自任之意。則其身之貴重于天地間爲何如？故曰「歸潔其身而已矣」。凡人生當世，必當爲天下第一等人。然有任聖之志氣，必須有任聖之道德學問，徒放言高論無益也。願吾國之學者勉之。《孟子》中「高瞻遠矚法」最多，如《公孫衍張儀章》、《宋勾踐章》、《尚志章》、《由堯舜至于湯章》均是。蓋孟子有論世知人之志，故其文抱負與人不同。吾輩當學其所養。

韓退之《伯夷頌》

俗世滔滔，清流皓皓。讀此文可以增長志氣，激勵名節。曾文正所謂「寐寐周孔，落落寡羣」，其庶幾近之。莊子云：「彼亦一是非，此亦一是非。是非之不明於天下久矣。」王荊公謂夷齊扣馬而諫，采薇而食，餓死首陽諸事，皆無有者，可謂妄論。如此則《論語》亦不足據矣。要知武周之事，乃天下之通義；夷齊之事，蓋千古之常經。彼其非聖人而自是者，固有所不得已也。

其心跡與日月爭光矣。韓子此文結處,實足包掃一切。

翕純皦繹法

適用於論著之文。知此法則鍊氣鍊局變化無方。要在純任自然,行乎其所不得不行,止乎其所不得不止。若有意爲之,則弊矣。

賈生《過秦論》

《論語》「子語魯太師樂」,翕、純、皦、繹之法,此即始終條理。文章搆局,要不外是。余以之律古文,大家之中多有相合者。此文自「秦孝公」起,至「拱手而取西河之外」,振攝全篇之局,所謂「翕如」也。「當是時」以下,連接「于是」數段,所謂「從之純如皦如」也。末段「且夫」以下,八音齊奏,絡繹不絶,所謂「繹如以成」也。文章本天成,妙手偶得之。若有心造作,則淺妄可笑矣。文氣雄駿,大波瀾中伏無數小波瀾,千回百折,朝宗于海。漢唐以後,未有能及之者。袁爽秋先生云:「『仁義不施』言失政,『攻守不同』言失勢。圖中見匕首祇一寸鐵,老吏斷案祇一兩語定讞耳。使上文層層筆墨,化爲烟雲,可稱極至之作。」

韓退之《原道》

自「博愛之謂仁」起，至「有凶有吉」止，涵蓋全篇，爲「翕如法」。自「周道衰」以下，爲「從之純如皦如法」。末段「夫所謂先王之教者」以下，與《過秦論》末段體格相似，爲「繹如以成法」。變化縱横，不可方物。凡文章程度之較淺者，或拈一二字作綫索，或屢用複筆作綫索。惟神化者，隨手用虚字作綫索，如《過秦論》之用「于是」「然後」，此篇之用「今其言曰」「今也」等是也。末段驅使風雲，自「爲道易明」以下，自然成韻，尤有天機鼓蕩之樂。袁爽秋先生云：「觀《莊子·天下篇》，黄老之術與莊絶異。」魏默深論甚精：「此篇所引『聖人不死，大盗不止』，係《莊子·外篇》，亦以之歸獄《老子》，未免深文周内。」又云：「『周道衰』以下，從老卸到佛，轉折無痕。『民不窮且盗也』以上，兼闢佛老。『無爪牙以爭食也』以上，專攻老。『清靜寂滅者』以上，專攻佛。『飲之之易也』以上，又專攻老。『胥而爲夷也』以上，又專攻佛。」

柳子厚《封建論》

「天地果無初乎」一段起，蒼蒼茫茫，爲「翕如法」。要知此等大文字，起處極難。子厚必先定全篇格局命意，乃爲此破空而來之法。自「堯舜禹湯之事」以下，爲「從之純如法」。中間千條萬緒，脉絡分明，「皦如法」尤顯著矣。末段「或者又以爲」下，爲「繹如以成法」，與退之《原道》並峙爭雄，爲後代獨一無二文字。袁爽秋先生云：「柳州貶謫後，嘗作詩云：『多壘非予恥，無謀祇自憐。』可見子厚講求經世之務，非若後世尋行數墨文人，但知求工于一字一句，直『醯雞甕裏天幾大』也。」又評末段「公天下之端，自秦始」句云：「一句逆入，通篇主腦，勢若駿馬奔平川，中涂勒破千里足，以志帥氣，使奔者以渟，散者以凝。」余謂此句與《過秦論》「仁義不施」二句，鍊氣運機極相似，開學者無上法門。

國文經緯貫通大義卷八目録

叙事精鍊法適用於紀人紀事之文。事繁語約，綫索一貫，如百川歸海，斷非易到。

《左傳·晉侯殺其世子申生》《穀梁傳·晉殺其大夫里克》《左傳·晉文公回國》《趙盾弑其君》《公羊傳·晉趙盾弑其君》《左傳·楚靈王乾谿之難》

硬語聱牙法普通適用。出於性之所近，非可强致。若僞飾之，則不成文理矣。

屈子《天問》 樊紹述《蜀緜州越王樓序》《絳守居園池記》 韓退之《貞曜先生墓誌銘》

選韻精純法適用於詩賦銘頌之類，爲學音聲者最要之訣，前人未有發明之者。

《詩·天保篇》《大明篇》《長發篇》《殷武篇》《楚詞·九歌·東皇太乙》〔《雲中君》〕《湘君》 韓退之《南陽樊紹述墓誌銘》《給事中清河張君墓誌銘》 歐陽永叔《秋聲賦》

議論錯綜法普通適用。學至此如造父爲御，六轡在手，一塵不驚。非才氣縱横者不能望其項背矣。

《史記·十二諸侯年表序》《六國表序》《漢興以來諸侯年表序》 曾滌笙《孫芝房侍講芻論序》《歐陽生文集序》

鍊氣歸神法普通適用。學至此如百鍊精金，光彩内斂，蓋大而化之矣。以寒儉學之者大誤。

《史記·秦楚之際月表序》《高祖功臣侯者年表序》韓退之《送董邵南序》《祭柳子厚文》

《祭田横墓文》唐蔚芝《論語·鄉黨篇大義》

神光離合法普通適用。學至此離奇夭矯，如羣龍見首，變化無方，蓋不可知之謂神矣。以凌雜學之者大誤。

《左傳·晉楚鄢陵之戰》《公羊傳·盜竊寶玉大弓》《史記·范睢列傳》

國文經緯貫通大義卷八

叙事精鍊法

適用於紀人紀事之文。事繁語約，綫索一貫，如百川歸海，斷非易到。

《左傳·晉侯殺其世子申生》（僖公四年）

此文妙處全在「賊由太子」、「皆知之」二語，空際傳神，如聞其聲，與《穀梁傳》「驪姬下堂而啼」筆法迥異，而同爲神品。「既與中大夫成謀」，舊注以爲里克，實與上下文語意不接。余謂中大夫即優施。成謀者，成殺太子之謀也。方存之云：「『公殺其傅杜原欵』下，原可直接『十二月太子縊於新城』，然而平直，且太子仁孝之心事不明。有『或謂太子』兩折筆，將太子仁孝傳神。傳太子仁孝之神，正以形容獻公之昏也。」

《穀梁傳・晉殺其大夫里克》(僖公十年)

驪姬意在致禍，而先從衛冢入手，伏機遠而挑釁微，令人不測。「天乎」數語，皆中獻公之忌，寫驪姬作僞如真，寫獻公昏迷如夢。而寫申生之辭，則又慘慘凄凄不忍聞。比較左氏，似勝一籌矣。結處與起處天然呼應，子長常用此等筆法。

《左傳・晉文公回國》(僖公三十二年)

方存之云：「『得人』二字，一篇之主。從者五人，文公所以能復國興霸業者在此，故首揭之爲全篇綱領。以下或叙事實，或于他人口中先後揭出，叙次歷落，峯巒疊見，可謂絶妙文字。」余按：此文，不獨叙得人之盛，并以數女子事聯絡點綴，匠心尤屬巧妙。秦伯與晉公子如何接洽，概從簡略，而專叙賦詩以寫心心相印之意。下段「及河，子犯以璧授公子」，略作停頓之筆。濟河以後，乃勢如破竹矣。此等叙事之妙，恐子長亦不能及。讀此文不徒賞其風霜閱歷，文境絶佳，應玩其困心横慮、徵色發聲之處。具徵建大事業者，必出於憂患之中，可增志氣十倍。

《左傳·趙盾弑其君》（宣公二年）

方存之云：「『不君』二字，一篇之主。中間叙公好淫戲，叙公妄殺，叙公飾非文過，叙公拒諫與謀殺諫臣，皆詳『不君』之事。」又云：「『良大夫』三字，一篇結束。中間將諫驟諫，不忘恭敬，皆良大夫所爲。但此篇必是趙盾子孫强盛，肆爲誣罔之辭。贊董狐，真孔子言也。贊趙盾，非孔子言也。理無兩是。既書弑君之賊，而豈稱之爲良大夫哉？」余按：「宣子田於首山」一段，百忙中着一閑筆，是爲左氏最擅長處。然「鉏麑賊之」一段，誰見之而誰聞之？靈輒不告姓名而自亡，其名又誰知之？論者以爲左氏浮夸。竊意鉏麑必爲趙氏所殺。此等文字，皆後人所增入耳。惟就文論文，則確有法度。

《公羊傳·晉趙盾弑其君》（宣公六年）

張榜云：「此傳字字飛躍，段段精神，叙事如畫，摹景如覩。讀之津津有味，趨流頤頰。」儲同人云：「叙事手筆，繼左氏而開龍門，不必言矣。更當賞其每下一二虚字，神情逼現如生，此爲獨絶。『伏甲』一段，頃刻百變，絶處逢生，細細描寫，亦整亦暇。使史遷爲之，恐尚遜一籌。」余謂此文精采，實勝於左氏矣。

《左傳・楚靈王乾谿之難》（昭公十二十三年）

方存之評前篇云：「此篇用筆，先反後正，極力騰挪，得文章頓挫曲折之妙。『昔穆王』以下一段，起勢甚遠，極難切合靈王之事，乃用『因風轉舵法』，不知不覺，直刺王心。不説正面一字，亦不正諫一句，祇就古事叙述，令王自然心動，可謂神化不測。」又評次篇「靈王卜曰」一段云：「此段補叙楚靈之貪暴，以應首段，且以見上不順天，下不順人，所以亡國殺身也。是『文中停頓法』，又是『推原法』。」余按：前篇「工尹路請曰」一段，次篇「國每夜駭曰」一段，及末「靈王卜曰」、「共王無冢適」二段，叙事參差錯落，精鍊至極，已有「神光離合」之法。學者切宜熟玩。次篇起處，提挈綱領，歷落布置，與晉惠公之入、秦穆姬屬賈君一段，極（想）〔相〕似，自爲左氏最擅長處。凡叙事之繁重者，皆當用此等研練法，自然舉重若輕矣。

硬語謷牙法

普通適用。出於性之所近，非可强致。若僞飾之，則不成文理矣。

屈子《天問》（節録）

「岣嶁山尖神禹碑，字青石赤形模奇。」此文庶幾近之。靈均放逐，旁皇山澤，見楚有先王之廟，及公卿祠堂，圖畫天地山川神靈，琦瑋僪佹，及古賢聖怪物行事，因書其壁，呵而問之，以渫憤懣。蓋惟胸有奇氣，而後有此奇文也。退之云：「周誥殷盤，詰屈聱牙。」嘗謂殷《盤》文頗有鬼氣。周《誥》文詰屈，以《多士》《多方》爲最，在《大誥》《康誥》之上。而《召誥》文尤以義理勝。《甫刑》文響亮激越，曾文正最喜誦之。惜多不可解處，並以文繁未録。學者均宜參考而熟讀之。

樊紹述《蜀縣州越王樓序》

擅用代字訣，故爾詰屈。雖係傷懷惜别，然其中自有浩然不可磨滅之氣。退之所謂「天得」者是也。余初讀此文，用孫淵如《續古文苑》本。後得紹述後裔漱圃君贈余胡氏菊潭注本，頗有不同。爰重加校正，其句讀悉依胡注云。

樊紹述《絳守居園池記》

用《尚書·顧命》《康王之誥》文作體格，運以漢賦之氣，而變化其造句法。退之所謂「萬物畢具，海涵地負，放恣横縱，無所統紀」，於此可以想像得之。余初讀此篇，亦用《續古文苑》本。後得漱圃君贈余《絳守居園池記注》凡六家，此本句讀係用趙仁舉本。據南村陶宗儀所題小引云：「此記艱深奇澀，讀之往往昧其句讀，況義乎哉？韓文公謂其文『不蹈襲前人一言一句』，觀此記則誠然矣。宋王晟、劉忱嘗爲解釋，全不復有。偶得灤陽趙仁舉箋注本，句分字析，詞理煥然，因爲傳之，以便披覽。有未解者，須觀其全注」云云。余按：樊子文傳於天壤間者，僅有二篇。今並得善本句讀，可謂幸矣。漱圃君善述之功，豈不尤可佩哉？

韓退之《貞曜先生墓誌銘》

精神全在中權，讀之亦不覺劌目鉥心。王伯厚《困學紀聞》載：「晁以道日課識十五字。」韓退之云：「凡爲文辭，宜略識字。」子雲文所以卓絶一時者，以其多識奇字也。」可見爲文章者，必先從小學入，腹儉者烏足以語此？

選韻精純法適用於詩賦銘頌之類，爲學音聲者最要之訣，前人未有發明之者。

《詩·天保篇》

文治嘗學五言律詩，先君教之云：「仄字宜多用入聲韻，平字宜多用東、陽、庚、蒸、真、支等韻。仄字用入聲韻，如『星隨平野闊』、『氣蒸雲夢澤』、『晚來天欲雪』、『地猶鄒氏邑』等皆是也，讀之自然響亮。即上溯之《詩經》用韻亦然。」文治因以其法，推之於古人用韻之文，莫不皆然，乃大悟選韻之法。如此詩第二第五章用入聲韻，第三第六章用蒸韻，第四章用陽韻，最爲脗合。茲者距先君棄養九閱月矣，述之不禁涕泗之交流也。此詩序以爲下報上也。君能下下以成其政，臣能歸美以報其上焉。謝疊山云：「上三章願天錫君以福禄，下三章願祖宗錫君以福禄。五章，民之德本君之德，故民之福，皆君之福。」余按：「羣黎百姓，徧爲爾德」，即所謂明明德於天下也。《内則》「后王命冢宰，降德於衆兆民」，此德即孝德也。文王能以孝道創率天下，使養其老。羣黎百姓皆能感化而爲孝德。是以保佑命之，自天申之。周初忠厚之風傳世至八百載，治天下者當知所本矣。

《詩·大明篇》

第一二章陽韻，第三四章入聲韻，第五六章陽韻，第七章侵韻，通蒸韻，第八章陽韻。氣勢乃益浩瀚發皇。此詩序以爲文王有明德，故天復命武王也。謝疊山云：「『明明在下』者，王之德也。『赫赫在上』者，天之命也。王德與天命常對立而並行，故曰『永言配命』，『克配上帝』。《召誥》曰：『皇天上帝，改厥元子。茲大國殷之命。』『我有周（受）〔佑〕命』此言天命之難（忱）〔諶〕也。此詩與《召誥》同意。」余按：周公作詩，時時以敬畏天命爲主。謝說極精確。

《詩·長發篇》

首章陽韻，次章入聲韻，三章支韻，五章東韻，六章入聲韻，七章起用入聲韻，末用陽韻作結。聲音之發皇，無過於此矣。此詩序以爲大禘而作，而末乃叙及阿衡。其推崇功臣如此，《洛誥》所謂「(以功宗)〔宗以功〕」，作元祀」，亦此意也。

《詩·殷武篇》

二章陽韻，三章入聲韻，四章陽韻兼入聲韻，五章入聲韻兼庚韻，宫商協律，與《長發》詩相亞。此詩序以爲祀高宗而作。謝疊山評第三章云：「高宗舊勞於外，知稼穡艱難，知小人勤勞。周公于《無逸》言之矣。伐楚成功，所以命四方諸侯來朝者，惟曰以歲事之豐凶來告于王。諸侯無禍無適者，惟曰稼穡匪懈」而已。吾國以農立國，此可謂探本之論。又按：末章以「寢成孔安」作結，蓋即《斯干》詩之意。

《楚詞·九歌·東皇太乙》

《雲　中　君》

首篇氣象喬皇，次篇更有鳳凰翔於千仞之概，由其用陽韻也。第三篇雲水蒼茫，煙波無際，由其用庚韻兼用入聲韻也。古來言情之文，首推《離騷》，可配葩經。然讀《離騷》，應先讀《九歌》，方能領會其音節之妙。

《湘　君》

韓退之《南陽樊紹述墓誌銘》

銘辭專用入聲韵，横絶宇宙，亦有海涵地負之概。

韓退之《給事中清河張君墓誌銘》

案《通鑑》唐穆宗長慶元年，盧龍軍亂，囚節度使張弘靖，推朱克融爲留後，中載張徹死事，即節取此文。文中所稱牛宰相，即牛僧儒。此文之神，在「推門」「出門」四字。蓋君之求出門罵死久矣。下言「或收瘞之以族」，官止神行，即開下歸葬一段。「家貧」在醫弟珍奇藥品後點出，是蔽掩法。銘詞絶奇。嘗爲之注云：「慕顧」，瞻慕顧慮也。「揭揭」，獨行（皃）〔皃〕。「噎喑」者，禁不敢言也。「割」，吉列切，音孑，害也。言獨甘受害也。「闇」讀如諒陰之陰。「咀」，《廣韻》相呵義，言口矢所集也。「徹」、「揭」、「割」、「雪」、「折」、「厲」、「奪」、「咀」，皆用入聲韻。「行」、「生」、「清」、「兵」、「名」、「闇」、「貞」，皆用庚韻隔句，各自爲韻，仿《詩·魚麗于罶》用韻法。而奇倔之致，哀感之情，千載下猶有生氣。

歐陽永叔《秋聲賦》

自《天保》《大明》諸詩，以陽庚韻與入聲韻間用，退之用之作《張徹墓銘》，永叔用之作《秋聲賦》，而皆間一句以成韻。音節之妙，乃繹如以成。古人三昧法全在于此，學者切宜熟讀注意。彭剛直遊泰山集成句作聯云：「我本楚狂人，五嶽尋仙不辭遠。地猶鄒氏邑，萬方多難此登臨。」其聲音之所以響亮者，在「人」字「臨」字係真韻，而「嶽」字「邑」字係入聲字故也。又曾文正作揚州梅花館史忠正公祠堂聯云：「心痛鼎湖龍，半壁江山雙血淚；魂歸華表鶴，二分明月萬梅花。」其聲音之所以響亮者，在首句用東韻入聲韻，而「壁」字、「血」字、「月」字又都係入聲字故也。於此可悟作對聯之法。

議論錯綜法

普通適用。學至此如造父爲御，六轡在手，一塵不驚。非才氣縱橫者不能望其項背矣。

《史記・十二諸侯年表序》

方望溪謂：「《史記》諸序，開示學者法門，最爲詳盡，作文之法都備於此。」余按：方先生此說，蓋謂其叙次錯落變化，無一重複耳。具「翕純皦繹」之致，而才氣絲毫不露，是又能鍊氣而歸於收斂矣，故爲文學家之祖。「要難」者，結轄處也。「譏」，察也。「要刪」二字，爲學者實事求是之良法。退之記事者必提其要，纂言者必鉤其玄本此。吳辟疆云：「諸年表序，每篇皆别有寓意，言在此而意在彼，高情微旨，深遠不測。此篇嘆稱《春秋》以自喻其《史記》，後半歷引各家説《春秋》者，皆不當意，所以自負也。」

《史記・六國表序》

用《秦紀》作底本，貫串六國時事，故中間之用「秦」字作提筆凡三處，皆震盪有神。「東方物所始生」一段，無端插入，尤爲錯綜有致。吳辟疆云：「凡作文，每篇必有一定主義。主義既定，通篇議論，均必與其本義相發，乃不背謬支蔓，所謂一意到底也。如前篇以遭亂著述爲主，故起處便説箕子、師摯等。此篇以無道而得天下爲主，故發端即以秦之僭事上帝爲言。無一字閑文。」又云：「『秦雖小國』下，其意均不在秦。『若天所助』句，歸功於天，極妙。凡議論他人，指爲天助，便是菲薄語。漢高得天下，功德甚薄，史公意頗輕之。其論秦處意皆注在漢也。下『何必上古』句，亦譏漢治之蔑棄三代，專用秦法，特借《史記》爲詞耳。『議卑易行』，亦薄漢之襲用秦制。至『悲夫』一結，轉譏學者誦説三代，不敢道秦爲迂謬。詞旨激詭，而意則深痛矣。」余按：此評極精細，殆得自摯甫先生也。

《史記·漢興以來諸侯年表序》

包舉天下形勢，參差錯落，陽開陰闔，一絲不亂。以之經緯萬端，何本不立，何文不行。吳辟疆云：「『天子觀於上古』三句，此當時所借之口實如此。實則乃削奪諸侯之計。至『以適削地』，則無所用其藉口，而明明以罪謫削矣。」又云：「『上足奉貢職』三句，極有騰挪。蓋漢廷之意，以爲藩國如此已足。『强本幹』句，顯揭其本謀如是。『尊卑明』加贊一句，尤妙。皆探測廷議爲詞。藩國胥見削奪，漢郡占其形勝，以爲天下從此太平矣。」又云：「『結處以微諷作收。不然，全篇爲諛詞矣。蓋漢初大封同姓，以制反側，後見其弊，乃恣意削奪之。前後皆非治體。史公見其然，雖不加呰議，而情實自見言表。」余按：此評亦精細。漢分海内而立宗子、封功臣，不得已也。始封時如何，削奪後如何，兩兩相形，抑何可慨。

曾滌笙《孫芝房侍講芻論序》

王益吾先生云：「曲折離合，惟所投之。其氣能負山嶽而趨，非他人所能學步也。」余按：此文，自「《周禮》一經」下，全仿《史記·十二諸侯年表序》法。自「漢陽劉傳瑩茉雲」以下，則用「比較錯綜法」，遂如黃河一瀉千里，固是文正生平極得意文字。而其摹仿古人之跡，自可推尋矣。

曾滌笙《歐陽生文集序》

叙述桐城宗派，如石之列，直者欹者；如風之激，叫者譹者；如潮之流，湍激者瀠洄者，而經緯分明，絲絲入扣。末段遂如百川歸海矣。善學《史記》，擴而張之，而聲音尤極清明廣大。元明以來，殆未有能及此者。文正集中各碑記，俱可傳之百世。學者皆當熟讀。惟其文繁，且不僅「議論錯綜法」，故未録。

鍊氣歸神法

普通適用。學至此如百鍊精金，光采内斂，蓋大而化之矣。以寒儉學之者大誤。

《史記·秦楚之際月表序》

吳辟疆云：「憤激卓詭，跌宕恣肆，滂沛噴薄，雄奇萬變，史公得意文字。」余按：此文極言三代與秦得天下之難，漢得天下之易。結處則語語菲薄漢家，不可爲訓。惟鍊氣之神妙，實爲千古作者所不能及。《史記》諸傳贊中，多「鍊氣歸神法」，如《孔子世家贊》、《留侯世家贊》、《魏公子列傳贊》等皆是也。當與世家列傳本文並讀，故未録。然本編中之《屈原傳贊》、《魏其武安侯傳贊》，亦可見一班矣。

《史記·高祖功臣侯者年表序》

抑揚頓挫，語皆有神，兼「一唱三嘆法」。前以「異哉所聞」一提，後以「未必盡同，何必舊聞」作結，遥相呼應，則慨嘆漢高誅戮功臣之慘，盡歸尺幅之中矣。此爲鍊氣靜字訣，兼淨字訣。靜之至而神自出，淨之至而神愈有味也。

韓退之《送董邵南序》

文僅數行，而曲折有四。奇情壯志，都寓其中，絶不外露。其諷董生之不當遠游耶？抑憤世嫉俗，而故爲反言以喻之耶？皆令人自行體會。惟能味於無味者，始能知之。

韓退之《祭柳子厚文》

退之與子厚同舉御史，交情極摯。此文鍊至細筋入骨，不能多著一字，而沈痛之意，哀憤之情，令人自然隕涕。

韓退之《祭田横墓文》

破空而來，不可方物。文境高淡已極，全在虚際傳神。《禮記·樂記》云：「壹倡三歎，有遺音者矣。」「大羹不和，有遺味者矣。」「遺」者，言遺忘也。讀此文不覺忘音而忘味矣。惜抱謂此是公少作，故猶取屈子成句。然惡可以少作而輕之。田横之節，本足以廉頑而立懦。退之胸中有一段不可磨滅之氣，故因此文以發之。

唐蔚芝《論語·鄉黨篇大義》

凡論人宜即學其人之文。如論荀宜學荀子之文，論莊屈宜學莊子屈子之文。《鄉黨篇》是化工文字，此篇亦是化工文字。遥情勝概，均入於靜斂，莫之爲而爲，方足當一神字。《易傳》曰：「神也者，妙萬物而爲言者也。」

神光離合法

普通適用。學至此離奇夭矯，如羣龍見首，變化無方，蓋不可知之謂神矣。以凌雜學之者大誤。

《左傳·晉楚鄢陵之戰》(成公十六年)

方望溪云：「此篇大旨在爲三郤之亡、厲公之弑張本，故以范文子之言貫串通篇。而中間『國之存亡，天也』二語，尤前後之樞紐。蓋鄭之叛服，關晉楚之興衰。欒書知之。晉之勝，孟獻子知之。楚之敗，申叔時知之，姚勾耳知之。楚有間可乘，郤至知之，苗賁皇知之。而晉之逃楚可以紓憂，倖勝轉爲亂本，則衆人皆不知。蓋衆人所知者，人事之得失。而文子所憂者，天命之去留。衆人夢夢，再告以國憂而不喻，故推極于天命之存亡以警之。既勝之後，又正言天命無常，惟德是與，以警其君也。」又評「癸巳」句云：「記事書日，常法也。已叙戰事，復追叙未戰時事，措筆甚難。直舉日子，便顯然可知爲甲午前一日事，而承接無間。」又：「因養由基之射，連類而及吕錡夢中之射。」「遂以『及戰』二字直入，射王中目，何等神奇。」又云：「『欒鍼見子重之旌』，與『郤至遇楚子之卒』相映。行人執榼以飲子重，與工尹持弓以問郤至相映。子重受飲免使者而復鼓，與郤至受弓肅使者而免胄相映。至二卿之從鄭伯、杜溷羅謂可及、韓厥止之、茀翰胡謂可俘郤至止之、晉侯中目之筮、吕錡射月之占，又其顯焉者也。」余按：此篇一離一合，一閃一爍，神光忽隱忽現，可謂至矣。《左傳》五大戰，皆有「神光離合法」。而此篇楚晨壓晉軍而陳，楚子登巢車以望晉師，神光尤妙。故專録之。此外四篇，學者亦均宜熟玩。望溪謂左氏後叙次戰功，莫若《史記》項羽救趙之師。然其辭意精采，頗顯而易見。不若左氏千巖萬壑，風雲變現，不可端倪。此説誠然。然余謂學《史記》易，學《左傳》難。學《史記》而不至，猶不失爲鍊氣之文。學《左傳》而不至，則成畫虎矣。

《公羊傳・盜竊寶玉大弓》（定公八年）

變化離奇，恍恍惚惚，不可方物。蓋練極而神光乃出，是《公羊傳》中第一篇文字，恐丘明、子長亦將斂手佩服。叙鋟板一段，恍惚之至，實則爲「甲起」張本。甲者，公斂處父所帥也。而公斂處父至末始露出，此「斂藏神光」之法，亦即「離合法」也。季孫何由鋟板，孟氏何由知之，公斂處父何由伏甲，絶不叙出，所以神奇。結處尤奇勁。

《史記・范（睢）〔雎〕列傳》（節録）

范（睢）〔雎〕至湖關一段，及見須賈一段，又魏齊亡走情形，俱是一片神光。苧田某氏評云：

「范(雎)〔睢〕之于魏秦，所以僅而獲免者數矣。原諸人之意，亦莫不知(雎)〔睢〕之賢也。徒以一念娼嫉以惡之之私，遂貽後身許多怨仇之氣而不可復解。如篇首言(雎)〔睢〕在魏欲事魏王，而須賈、魏齊無能爲之先容者。乃居人籬下，逐隊隨行。而鄰國之君願聞名而致餽。言外便隱隱托出二人蔽賢罪案矣。及其後鄭安平知之，王稽知之，而穰侯以宰輔之尊，偏不能容一外來之客，于是又增一重蔽賢公案矣。厥後(雎)〔睢〕既得志，辱須賈，僇魏齊，逐穰侯。害人者適以自害。要之懷才之士，終不能抑之使居人下。後之君子，慎毋效三人之心勞日拙而卒以自禍也。」又云：「范(雎)〔睢〕見須賈一段，寫得神情畢現。讀者皆以須賈爲范(雎)〔睢〕所賣，吾獨以爲范(雎)〔睢〕實爲須賈所賣。」此説誠然。蓋須賈實係油滑之徒，觀其笑而問「范叔有説於秦耶」，又曰「今叔何事」，又欲其通謁相君，又欲其借「大車駟馬」，蓋逆知范(雎)〔睢〕必已得志，來見必無好意，故歷歷試之。至謝罪之辭，則一味油滑。而范(雎)〔睢〕數其三罪，則皆血性中語也。嗟乎，范(雎)〔睢〕雖非君子，而小人如須賈之流，真可畏矣。子長叙此等處，俱係神光所注。學者宜深味之。

跋

余編讀文四十四法，名曰《國文經緯貫通大義》。既成，門人問曰：「先生兹編，高矣美矣，似不可及也。何不使彼爲可幾及乎？」曰：「初學作文，文宜從句法段法篇法始，所謂積字乃可成句，積句乃可成段，積段乃可成篇也。兹編初選，原有『意義明顯法』，所選者如李習之《高愍女碑》，蘇子瞻《伊尹論》、《宋襄公論》、《留侯論》、《賈誼論》之類。繼思此編原爲大學生徒而設，無取乎此，故删之。要知開人智慧，宜高宜美，不宜揣摩風氣，一味求淺，以致錮蔽人之聰明，窒塞人之靈性也。」

問曰：「先生言法不盡於此，尚有幾類？」曰：「法生於理，而從於心，悉數之不能盡也。有『旋氣内轉法』，如《過秦論》中『然而陳涉』一段，《送窮文》中『單獨一身，誰爲朋儔』等皆是也。此等法幾於篇篇有之。又有『操縱離合法』，如《辨微論》二篇，《論語·微子篇大義》等皆是也。此等法亦幾於篇篇有之。至於『神光離合法』，則又就『操縱離合法』神而明之，微矣妙矣，要在學者自能尋覓會悟，不必多立門類也。」

問曰：「如斯而已乎？」曰：「有『斬關直入法』，如《左傳》齊侯問展喜『何恃而不恐』，對曰『恃先王之命』、楚子問王孫滿『鼎之大小輕重』，對曰『在德不在鼎』之類。又有『針鋒相對法』，如《孟子》公都子問『性無善無不善』章，『乃若其情』兩節、準對『有性善有性不善』、『惻隱之心』節，以有對無，準對『無善無不善』、『好是懿德』節，準對『民好善』、『好暴』。又如《國策》齊宣王見顏斶，王曰『斶前』，斶亦曰『王前，士貴耳，王者不貴』，俱係『針鋒相對法』。此等亦須學者推類旁通，自然領會。若耳目紛繁，則轉覺其難矣。」

問曰：「文家有所謂『欲吐仍吞法』、『按而不斷法』，如何？」曰：「曾文正言文章妙處有八字，曰『雄直怪麗茹遠潔適』。云『幽獨咀含』，蓋『一唱三歎法』盡之矣。文正之贊詞曰：『衆義輻輳，吞多吐少，幽獨咀含，不求共曉。』云『幽獨咀含』，蓋『一唱三歎法』盡之矣。如《游俠列傳叙》、《送徐無黨南歸叙》等皆是也。至『按而不斷法』，余於《國文大義》申論依違之神，曾略言之，兹亦散見於各法中。學者但須求言外之味。聖人有言：『舉一隅不以三隅反，則不復也。』是故知類通達，謂之大成。」

問曰：「曾文正初見張濂卿時，教以讀王介甫《泰州海寧縣主簿許君墓誌銘》。先生最重讀法，此文不入選，何也？」曰：「余素薄介甫之爲人，故未選録。然更有進焉：據吴評《古文辭類纂》云：『文正在座中，讀此文抑揚遲速，抗墜斂侈，無不中節。張大有悟』云云。余夷考其文，其中段蓋『奇峰突起法』，亦即『移步換形，避實擊虛法』也。許君本無事實可紀，是以介甫用此法。

後人效之，乃不叙實事，不研真理，專於題外吞吐夷猶，無裨閎指。此則流於取巧，遁於空虛，爲文家之大弊矣。故兹編不列『避實擊虛法』。至《許君墓誌銘》，祇可補入『奇峰突起法』内，用備參考。」曰：「然則《柳子厚墓誌銘》中後兩段非歟？」曰：「此乃『夾叙夾議法』，非『避實擊虛』也。豈特子厚墓誌，即如《史記·屈原列傳》、《孟子列傳》，亦皆『夾叙夾議』，較諸『移步换形』者，不同日而語矣。」

問曰：「有一文而兼二法者乎？」曰：「是則夥矣。如《豐樂亭記》兼『奇峯突起法』。《送李愿歸盤谷序》兼『心境兩閒法』。《南海神廟碑》、《英軺日記序》兼『琢句古雅法』。《過秦論》、《原道》、《封建論》兼『萬馬奔騰法』。余近撰《張生光炤哀辭》（見《茹經堂外集》）兼『凄入心肺』、『追魂攝魄』兩法。此外不勝枚舉。要之，學者讀書窮理，貫串靡遺。惟爲文能經緯萬端，而後作事能經綸萬彙。是以聖門文學之科，基於德行，而達於言語政事。望諸生其共勉之。」

問曰：「然則先生兹編，宗旨何所歸宿？」曰：「通人情，達物理，正人心而已。學者之心理，不宜迂拘，不宜固塞。此今人之所知也。宜開拓心胸，務求高遠，寤寐周孔，蔚成至高尚之人格。此則今人之所不知，而學者之所當知也。世道陵夷，人道將不勝其苦，非豪傑之士，孰與救之？然非提倡文化，陶淑人心，又安得豪傑之士乎哉？昔黄山谷《贈米元章》詩云：『滄江靜夜虹貫月，定是米家書（畫）〔畫〕船。』兹編雖僅百數十篇，而菁華所萃，光氣熊熊，可燭霄漢，儻亦有虹貫月之象與。若夫筌蹄或有未密之處，皆粗迹也，俟後日補正焉（如歐陽永叔《五代史·一行傳叙》，本擬選入『議論錯綜法』，後覆按之，確係『一唱三歎法』。而第二卷業已付印，當俟印第二板時補入）。」

問曰：「兹編宗旨，既得而聞之矣。嘗聞先生欲以孟子養氣之法施之於文，何如？」曰：「難言也。約而語之，當從跌宕頓挫四字悟入。曾文正論文章『雄』字訣云：『跌宕頓挫，捫之有芒。』然此豈特陽剛之文哉？陰柔之文爲尤美也。即以《孟子》論之，《莊暴章》，陽剛之文也。『獨樂樂』兩節爲頓法。下兩節『父子不相見，兄弟妻子離散』均爲頓法。『此無他，與民同樂也』，『不與民同樂也』，均爲挫法。『今王與百姓同樂』句，爲宕法。《尹士章》，陰柔之文也。『予三宿』一節爲頓法。『夫出晝』句爲跌法。『予然後』句爲頓法。『予雖然』兩句爲跌法。『王猶足用爲善』以下爲頓法。『予豈若是』句爲跌法。『見於其君』三句爲宕法。又如《過秦論》，陽剛之文也。『始皇既没』二句爲頓法。『然而陳涉』爲挫法。『山東豪俊』二句爲宕法。『且夫天下非小弱』以下均爲頓法。『然而成敗易變』爲挫法。『仁義不施』二句爲宕法。《寄歐陽舍人書》，陰柔之文也。『然蓄道德而能文章者』五句爲頓法。『而世之學者』爲跌法。『況其子孫』二句爲宕法。由是推之，大概可見。《易傳》曰：『一闔一闢謂之變，往來不窮謂之通。』人身一呼一吸之氣，與天地一闔一闢、清明廣大之氣相接，無形而不可見，惟聖人善養之。故其文章之跌宕頓挫，抑揚徐疾，合乎人心之喜怒哀樂，而悉得其中。並吾世者，賴吾文而傳；後吾世者，取吾文爲法。《易傳》曰：『聖人感人心而天下和平。』此精神教育之旨，即人心教育之本原也。由是而播之爲《樂記》曰：『大樂與天地同和。』又曰：『流而不息，合同而化，而樂興焉。』文章之妙，要在感動人情，『合同而化』。讀『一唱三歎』、『淒入心肺』、『響遏行雲』諸法，而可得其淺。讀『翕純皦繹』、『議論錯綜』、『鍊氣歸神』諸法，而可得其深。然斯詣也，必本於修德凝道、窮理盡性之功。人格愈高，善氣愈深，浩然之氣愈盛，而文章之程度乃愈進。可爲知者道，難與俗人言也。」

乙丑冬十月蔚之唐文治跋

文學講義

唐文治 撰

《文學講義》一卷

唐文治　撰

唐氏門人馮振所編《茹經先生著作年表》及唐氏自訂《茹經堂年譜》均未録此書。唐氏自刊石印本又未注明編著及刊行時間。經與《國文經緯貫通大義》比較，當早于《經緯》，或爲《經緯》先期稿本之部分。

此書僅列「壁壘森嚴法」，選講範文四篇；「匣劍帷燈法」，選文三篇；「陰陽離合法」，選文二篇；「養氣歸神法」，選文三篇。所評重寫作技巧，不似《經緯》並重義理性情人心。其中九篇又選入《經緯》，而所屬作法有異。評語有基本相同者，相異者則較多。此書評文，要在章法、離合、虛實、收放、動靜、神氣、韵味等等。

馮編《年表》云：「凡先生置諸外集暫不欲布之文，概不列入。」此書未列入《年表》，恐系此故。今據唐氏自印本，删去選文，録入其評論部分。

（張海鷗）

文學講義

唐文治　撰

古人云：「撼山易，撼岳家軍難。」作文亦應有此景象。文家之壁壘，猶兵家之壁壘也。壁壘凌亂，以之用兵，有識者料其必敗；以之行文，有識者笑其程度之太淺矣。顧壁壘宜活動不宜滯，宜多不宜少。若不神明於變化之法，則因應無方，等於趙括之談兵耳。述「壁壘森嚴法」。

《國策·蘇代約燕昭王書》

評　姚姬傳先生云：「奇峻之氣，遠過季子。」愚謂此文不獨奇峻已也。譬如壁壘中千軍齊出，更有波濤洶湧之觀。少年文字，貴如火如荼，最宜熟於此等格局。

韓退之《平淮西碑》

評　余嘗謂「布局整齊」之法，實始於《尚書》之《堯典》。（後代作《舜典》者，係僞古文。）如「帝曰咨四岳」、「帝曰契」、「帝曰皋陶」等各段是也。此篇叙文專仿《書》體，中間「曰光顔」等數段，專仿《堯典》文體，遂如冕旒秀出，旌旆飛揚。此文公自云「上規姚姒，渾渾無涯」者也。余嘗謂讀宋以下文，不如讀漢唐文，更不如讀經，於此文而益驗矣。

柳子厚《封建論》

評　此文大氣磅礴，然所以不入「大鍊氣法」者，以其局度整齊，叙事一絲不亂，故文氣更能如此之渾厚也。孔子曰：「舉一隅以三隅反。」學者讀此文，於「布局法」、「鍊氣法」、「逐段變化法」，均可得其門徑矣。

王紫翔《合肥李傅相六十壽序》

評　此爲前四營、後四營法。其體實昉於《論語》之四子侍坐章。而前半「衆曰」四段，尤有花團錦簇之致。文章之妙，貴言在此而意在彼，不説明所以然，而人自默喻其故。其體昉自《論語·儀封人章》、《夫子爲衛君章》。封人章則用「從者見之」四字，不詳孔子與封人之言，而封人之出乃曰：「天將以夫子爲木鐸。」子貢不明言衛君之事，但問伯夷、叔齊，而其出乃曰：「夫子不爲也。」此其敏妙有不可言傳者。司馬子長得此意，用以作《封禪書》，寫漢武帝之迷信神仙。

迷離惝恍，其意皆在言外。是惟天資最高者乃能心領神會。玆述「匣劍帷燈法」，選韓、蘇文三首。學者舉一反三可也。

韓退之《送董邵南序》

評　此諷董生之弗往燕趙也。然不明言其故，而於末句結出曰：「明天子在上，可以出而仕矣。」意味遂悠然不盡。

蘇明允《權書六國篇》

評　《唐宋文醇》評云：「宋仁宗增歲幣於契丹，皆謂契丹無厭之求，奚其可從。竭中國膏血，不足以爲賂矣。於是志士扼腕恥之。洵作《幾策》、《審敵》篇，極言當絶其使，勿與歲幣。而《權書》内又作《六國論》，以先發其端焉。」愚謂洵論六國，指時事而言，結末點醒，是「神龍掉尾」。

蘇明允《辨姦論》

評　邵伯温曰：「眉山蘇明允先生，嘉祐初游京師時，王荆公名始盛，黨與傾一時。歐陽文忠公亦善之。先生，文忠之客也。文忠勸先生見荆公，荆公亦願交於先生。先生曰：『吾知其人矣，是不近人情者，鮮不爲天下患。』作《辨姦》一篇，爲荆公發也。斯文出，論者多以爲不然。雖其二子，亦有『嘻其甚矣』之嘆。後十餘年，荆公始得位爲姦，無一不如先生言者。」余按此文，若但叙王衍、盧杞事，删去「今有人」一段，而以盤旋虚勢作結，令人自知其意，則更進一層矣。

周子云：「太極動而生陽，静而生陰，一動一静，互爲其根，兩儀立焉。」《周易》之義，陽爲實，陰爲虚。陰陽者，虚實之分也。學者但知奇偶之分陰陽，而不知虚實之分陰陽。能以虚間實，是即「陰陽離合法」也。古人云神光離合，乍陰乍陽。惟虚實相間，精氣往來，神光自然離合。此其所造，蓋幾於神矣。爰述「陰陽離合法」。

《左傳·鄭厲公自櫟侵鄭》（莊公十四年）

評 「内蛇與外蛇」一段，是爲離法。又插入問申繻數語，則離而奇矣。此所謂陰陽變幻也。厲公入，遂殺傅瑕，合法也。而忽涉殺厚繁，則又離法。能明此等線索，則如明鏡在胸，無往不澈矣。

《史記·屈原列傳》

評 此傳第一段叙事，第二段議論，第三段叙事，第四段議論，第五段叙事。一虚一實，爲列傳中特别體裁。而「楚人以咎子蘭」句，及「令尹子蘭聞之大怒」句，均接得離奇之極。蓋一陰一陽，一虚一實，自然有此等離合之妙。而文之嗚咽悲壯，猶爲餘事。

老子曰：「緜緜若存，用之不勤。」又曰：「致虚極，守静篤，萬物並作，吾以觀其復。」此養氣之法也。體合於心，心合於氣，氣合於神，此養生之術也。吾人用之以作文，由動而静，氣合於神，則上下與天地同流矣。一心之用，至數萬里之遥，倏然提而醒之，收而攝之，即退藏於密者，神也。能悟此境者，乃可與言文。爰述「養氣歸神法」。

《史記・伯夷列傳》

評　「夫學者」四句，所以作如此大起法者，因伯夷爲全書列傳之首也。著此四句，方足牢籠一切。「堯將遜位」以下，提明「讓」字義。「余登箕山」二語，神奇之至。見許由之事既實，則卞隨、務光亦確有其事也。「孔子序列古之仁聖賢人」一提，始露出尊孔意。借伯夷而惜由、光未經孔子之品題，如神龍鱗爪忽隱忽現。「其傳曰」以下，必係古傳之文，而子長直鈔之也。以「由此觀之，怨邪非邪」收住，其神特遠。「或曰」以下，純是感慨之意。所以特舉顏淵者，孔子之品題以顏淵爲首，《仲尼弟子列傳》亦以顏淵爲首也。又舉盗蹠者，古時常以夷、蹠並稱，讀孟子、莊子文可見。「時然後出言」以下，雜引孔子語，則尊孔之意自在言外。「君子疾没世而名不稱焉」一句，即用孔子語，承上起下，潛氣内轉，落到君子之名必經聖人之品題，仍呼應顔淵一句。「巖穴之士」以下，深惜天下自好之士，未經聖人之品題，湮没而不彰者，何可勝道。末四句遂結出尊孔之意。神迴氣合，無數筆墨均化爲烟雲，而人莫見其迹，此之謂「養氣歸神」。

《論語·鄉黨篇大義》（蔚芝自作）

凡論人，宜即學其文。如論荀，宜學荀子之文；論莊、屈，宜學莊子、屈子之文。《鄉黨篇》是化工文字，遥情勝槩，横空而來，莫之爲而爲。如此方足當一奇字，方足當一高字。學者讀此，可以悟文境。文治自記

《論語·微子篇大義》（蔚芝自作）

能得《微子篇》及《禮運篇》之全神，中後嗚咽淋灕、神氣離合之處，亦頗與子長相近，由其縱而能斂也。文治自記

論文瑣言

章廷華撰

《論文瑣言》一卷

章廷華 撰

章廷華(一八七二—一九二七),字紱雲,江陰人。書末有「自識」,稱少時沉溺帖括,壬辰(一八九二)北遊,而庚戌(一九一〇)入大學(京師大學堂),從林紓學古文。治學含茹經史,根原秪深。能詩,有《勺園詩鈔》,陳衍《近代詩鈔》曾選録。

所論以古文爲主,以義法爲準繩,重義理而不廢訓詁。推本其源,於經則《左傳》,於子則《莊》、《孟》,於史則《史》、《漢》,於集則屈《騷》;評析其流,則唐宋八家、明代唐宋派、清代桐城派,近世則推崇曾國藩,而間引林紓之説,其餘亦有所涉及。多浮淺常譚,惟以看畫與讀文相比喻,似於此道亦有心得。

此書爲《滄粟齋叢刻》之一,刊於一九一四年。又被其妻兄楊壽枏採入《雲在山房叢書》,於一九二八年印行。今即據《滄粟齋叢刻》本録入。

(朱 剛)

論文瑣言

章廷華　撰

古史家有二，曰《尚書》，曰《春秋》，《尚書》記言，《春秋》記事。祖《尚書》者，後來紀事本末一派；祖《春秋》者，後來編年、紀傳如《資治通鑑》一派。

《史記》爲通書正宗，《漢書》爲斷代爲書之正宗，《三國志》則近《國語》體裁。

程、朱之學皆得力乎六經。程子《易傳》、朱子諸經注，皆極修辭之功，與語録不同。

陸、王亦博極羣書，而不能直接聖人之傳者，其學略有流弊也。

《漢書・藝文志》非後來目録之學可比，讀其書可見當時盛衰成敗，與夫人心風俗之原。

孔門「六藝」是六經，所以祖述堯舜，憲章文武，與《周官》「六藝」不同。

孟子所以能接孔子之傳者，在「知言」、「養氣」四字。「知言」即孔子之「博文」也，「養氣」即孔子之「約禮」也。故善學孔子者莫如孟子。

昌黎最善學孟子，不獨文章似《孟子》也。漢董仲舒、隋王通輩亦能發明孟子之學，然其所以學孟子者尚不及昌黎。

文之最善變化者，莫如《左氏春秋》、馬遷《史記》、《昌黎集》，其變化多在骨裏。

學古人文，專在興會淋漓處，趨步便是皮毛。於其閒字句處著意，方得神味。即從不要緊處看出要緊來也。

《離騷》之文善於複，他人不能學也。

茅鹿門之文流於枵；侯朝宗之文近於霸，且不免勦襲；魏叔子之文涉于褻。

馬遷《周勃傳》有層樓疊閣之觀，其傳亞夫則又如林塘臺榭，步步引人入勝。

史體與小説之距離，不能以寸。語語嚴重則爲史，一涉纖佻則近小説矣。

《史》、《漢》用虚字最有分寸。如《平原君傳》「願君即以遂備員而行矣」，平原君曰「先生處勝之門下，幾年於此矣」，毛遂曰「三年於此矣」，三「矣」字何等力量！

《論語》：「人而不仁，疾之已甚，亂也。」此「也」字亦何等氣力！

文章須有内轉工夫。内轉即「沈」字訣也。然必能蓄縮，而後能内轉。

書體之叙事，可錯綜互見，首尾雜寫；史體則貴有線索，最忌纍字。書體即書某事也，史體即誌、傳之例。

班《書》之不及《左》、馬者，以喜著顔色故也。《左》、馬之文，則如虢國夫人，無一點脂粉氣。

柳州記山水，得意處，昌黎不及也。然昌黎《畫記》亦獨絶千古，其用筆全從《攷工記》脱化。

王伯厚《漢書藝文志攷證》與《困學紀聞》皆指《周書》非《汲冢書》，楊升庵則以《周書》爲《逸周書》。故辨明《汲冢周書》非《周書》者，始自王伯厚；以《逸周書》當《周書》者，始自楊升庵。

訓詁精乃能達意，名物精乃能盡萬物之情。

孔子曰：「巧言令色，鮮矣仁。」又曰：「古者言之不出，恥躬之不逮也。」皆是言行不能離開處。古人文行合一，讀書多從體驗出來。

諸子之文是六藝之支流，《離騷》是《三百篇》之支流。

戰國諸子惟莊、荀二子之文最完全。《莊子·天下篇》於六藝源流、學家支派分別甚明，而文尤奇宕，不可方物。荀子則語語平實，與莊大異。

屈子開辭賦一派，揚、馬更推衍之，其辭益侈，晉、宋以至唐初，皆其支流也。諸子之文，則開後來論説一派，如王（充）〔符〕《潛夫論》、王通《中（論）〔説〕》是也。衍而爲語録，爲簿記，則筆也，而非文矣。

相如、子雲皆長於詞賦，而子雲於訓詁之學尤精，但其積理不及馬遷、子政輩，故論政之文略遜。

《卜居》、《漁夫》兩篇在有韻無韻間，後來設難之體，實權輿於此，六朝問答之文，皆其支流也。

皇甫湜之文高於柯古，惟爲樊宗師所染，則近趨奇走怪一路。

昌黎《進學解》，設色不如子雲之《解嘲》，而立言則尤爲得體。通篇無一譏諷語，而譏諷之意，每得之於言外。

昌黎贈序之文，無一篇不罵人，然無一當面駡人語。昌黎之《韓弘墓誌》，妙能吞言咽理。

《左》筆神妙，真令人莫測，能使讀者之眼隨筆而轉。

《左氏》「吕郤畏逼」篇，以恫疑虛猲之筆，而吐茹其言，神乎技矣！

凡難達之情，千頭萬緒，寫不盡者，《左氏》必先提挈綱領，再用插筆或帶筆，叙入瑣屑之事。如連稱、管至父之亂，「僖公之母弟曰夷仲年，生公孫無知」，即插筆也，「二人因之以作亂」，即帶筆也。

讀《國策》，只覺得一「繞」字；讀《左氏傳》，則兼有「沈」、「簡」、「圓」三字矣。

昌黎《送區册序》中，著兩「若」字，覺通篇贊美之詞多成架空語矣。

王弇州《四部》出，傳鈔殆遍，其時弇州目中，那裏有唐荆川、王遵巖、歸震川三人？然究其終極，則弇州之文，比三人不如也。

文莫難於肖，非到極熟之境，不能肖也。胡天遊墓誌，幾乎句句肖韓文，朱梅崖書序，亦幾乎句句肖韓文，然不免掇拾之病。

文章不落古人窠臼，斷不能脱古人窠臼。何爲窠臼？即法也。

漢世文人，無不通聲音訓詁者，揚子雲尤多識奇字。其時《蒼》、《雅》、《史籀》爲小學，列於功令，故人人識字，有著述者則更博深耳。

昌黎講究字學，子厚稍遜，習之則淺。宋以後此道尤缺，故文章日趨平淺。

唐律文用「與」字處多用「以」字，昌黎《送楊少尹序》「道旁觀者，亦有歎息，知其爲賢以否」，此「以」字即當「與」字解。

馬遷之文，天高於人；蘭台之文，人高於天。遷文流中帶凝，班文韻中帶肅。蘭台寫朝章國故，無不典麗裔皇，至叙兒女瑣屑之情，則又曲折畢露，所謂聲抗而悲、情婉而邃者也。

東方大中之文出於縱横家，但不及揚雄、張衡、韓愈之有些道氣。

作文宜以經爲斷，以史爲例，以道爲衡。

道腴美者方能爲文，古今無法可遵，只可多見而晤其神耳。

文家不可言理。蓋道德陰陽之蘊，非心通其故而辭能達者，每每筆下惟性理之言是襲，又挾一重道輕文之見，抹煞一切，致道與文均不能成就。

陸宣公奏議，無不達之情，無不贍之辭，讀之令人神王，不覺其爲駢四儷六也，而語語中節。

文章以義理爲本，辭其達意者。然欲求辭達，必由周秦諸子，上溯六藝之原。蓋辭猶門户也，義理猶堂奥也，不見門户，不得入堂奥，故辭不達者，恐終難尋索耳。

西京之文，莫盛於兩司馬。史公源出《左》、《國》，長卿源出《詩》、《騷》，皆以氣爲之主。氣有毗陽毗陰之分，故其文一縱一斂，一疏一密，一爲散體之宗，一爲駢體之宗，皆文家之極軌。

學有韻文，必探源於漢魏。八家中，惟韓昌黎、柳柳州、王荆川擅其長，歐陽則失之弱，東坡則失之粗。

頌是形容功德，貴古穆，忌華侈。

哀辭非弔也，弔如賈誼《弔屈原》之類。

昌黎不拘拘聲病，然其論文云：「氣盛則言之長短與聲之高下皆宜。」所謂「皆宜」者，即聲律也。

文莫妙於昧，惟昌黎得之，其筆法斷續處，宛如伏流。

文以法律爲主，則運動變化可以自由；無法律，則士多將囂，號令散而無紀。

張與懼，對待字也。漢高之張，不能爲項羽之懼；項羽之懼，不能爲漢高之張。讀《左傳》「楚武王侵隨」，即從張、懼二字著想，前半烘托出一張字，後半湧現出一懼字。

叙瑣碎事，須有光氣以蓋之，無光氣則易涉小説。惟《左氏》具此能力，後則班《書》尚能續響，及乎八家，只能擇要言之耳。

史記《昌邑王傳》，讀之令人悲咽。皆瑣碎事也，能動人心脾如此。

讀古人文，於其片段處著意猶易，於其零星委瑣處梳而節之，察其用筆之妙，則難矣。然惟難，愈不可忽。

文辭者，所以傳人之精神意氣也，其妙用在虛字。

王充《論衡》、王符《潛夫論》、仲長統《昌言》，皆出入儒家，其體近子。六朝人凡類此者，皆不謂之文，而謂之筆。

學短篇文字，須從長篇入手，從短篇入手易落枯淡。短篇文字之妙訣，在於蓄縮。

讀長文如讀巨畫，察其結搆之疏密、取勢之遠近，接筍處即文之瑣筆也，最宜著意。

王半山《萬言書》，如帥百萬之軍，提挈而指揮之，均有頭緒。

慨嘆之筆，須含有餘不盡意。若意已盡，而再用嘆筆，便無回味。

《左氏》寫鬼寫淫處，能狀人所不能狀，然無一毫穢褻態。

《禮記》之所以可貴者，骨髓重也。

讀《史記》，宜於其骨節處著意，每有貌不經意而實最關肯綮之文。

《離騷》忠愛之情，屢言之而不嫌其沓者，猶子之呼父、婦之哭夫，其聲鯁咽而不能止也。

子雲《典引》、相如《封禪書》，其文整中帶散，散中有整，開發後人不少。

中郎之清，孟堅所不及；孟堅之博，中郎能爲而不爲。中郎已開唐宋之風矣。

荀仲豫之文，心平氣和，敏易動人，可採入《國文教科書》，以示學者。

《新唐書》、《南北史》能以人人常用之字，綴成古茂之句，知拼字法也。曾湘鄉每師之，伸前勤，抑後荒，即湘鄉之妙於拼字處。

讀陳孔璋《代袁紹檄豫州文》，覺得轡堅步穩。

《阿房宮賦》體格調法迥異《上林》，然其停頓處似從《上林》得來。

六朝文如舊家子弟，見聞脱俗，雖商彝周鼎，十能辨識其八九。故六朝人評《離騷》，語語能中緊要。

《兩都》、《西京》如古錦古樂雜陳一室，讀之令人肅然起敬。其妙處在博極羣書，又有沉厚之氣運於其中。

行文有添字法，有沉字訣。史家所以能駕乎小説家之上者，知添字法也。

讀唐宋文，須看其氣概局勢；讀漢魏文，在尋繹其味；讀莊子《南華經》，如拄笏看山，覺得雲霧迷離，有峯巒隱約其中；讀昌黎文，則如武夷九曲，步步引人入勝，不入焉不知也。

《史記》之文笨，笨故重也。

作文須有分寸準則，須吐棄凡近，須抱住一「誠」字。

文章最難在「扣」字，能浮沉則能扣，不能浮沉則難扣。賈誼《過秦論》首篇，即以「仁義」二字扣前局也。

短篇文字祖《檀弓》，次則劉向《説苑》，再則《昌黎集》中如《女挐壙銘》、《苗夫人墓誌銘》，曾湘鄉亦師法之。

歐文之所以可貴者，以多經世之言，具有史法也。如《范文正公碑文》，於當時朝政之盛衰、賢奸之情狀，洞燭無遺，非僅叙范公事實已也。

千古以道德爲文章者，莫若孟子，吾無能名焉。

《左傳》與《孟子》不同，《左》尚著顔色，《孟子》只覺得有顛扑不破道理把持於内。

《孟子》雖問答之詞居多，然有文法，並耕篇，横可走馬，密不容鍼。

王充《論衡》領脈太緩，取勢太迂。晉世清談之風即啓於此，不易學，亦不必學也。

讀文須有體物工夫，行文亦然。

行文最忌塵字，然亦非奇闢之謂。

攷據家與文家有別。攷據貴富，文家貴潔。如味然，攷據在羅列珍鮮，衆美畢具，文家則求其味之腴而已，過醲便失之。

曾湘鄉論文曰「因聲以求氣」，畏廬先生則謂「因氣以求聲」。尋繹斯語，前之説是主讀文言也，後之説是主行文者言也。蓋行文不能但求聲，須養氣積理，復繩之以法，而後其聲乃宏。

自漢以降，文與六經日離日遠，至昌黎始合，而有「古文」之名。古文者，言乎其返之三代也。後人以散體爲古文，過矣。

昌黎之文，有渾渾無涯者，有嚴謹者，有佶屈者，有奇者，有葩者，有浮夸者，有似《騷》者，似《莊》者，似太史者，似揚、馬者，合經史百家而鎔冶于一爐也。

子語精當處可抗六經。經如日月，子如星斗，均不可磨滅者。

子家之文碎，如路然，幹一而支則百出也。

論體最難。篇篇罵古人，駁古人，其如古人不應何？船山先生尚有此習，何况其他？然船山《通鑑論》中，精當處亦不可磨滅。

昌黎《爭臣論》，書也，非論也。蓋韓集中論體已寡矣。

宋四六，唐初楊炯開之也。楊蓋矯王勃而爲之。王以華麗，楊以清高；王以典重，楊以流動。

《莊》之文似《國策》，而氣韵則過之。

《莊子》善用縮筆，難説之理能一筆達之，難達之意能一語明之，非聰慧人不能學也。

合道與文而見味者，《左氏》也，《莊子》之文尚難言味。

《莊子》之文奇，然奇在骨，不在貌，且奇中有理也。近時龔定盦、鄭子尹，行文無篇不奇，然間有無理之奇，所謂奇而詭於正也。

與書推馬遷、揚子雲、揚子幼、嵇叔夜四家。後之爲與書者，每堆入攷據，或參雜性理，實失與書之體。

馬遷《報任安書》，如駿馬馳騁平原，有一往千里之勢，非善御者不能控勒也。

《莊子》聰明極頂處，用意每出人表。於平叙中，忽昂首天外，不必經營而自成古文。學者會其意，悟其法可也，毋襲其字句。

《莊》文狡獪處，文已盡而偏説得無盡，此爲字外出力之法。

《南華經》理想甚深，讀者可由理想以悟文法。

郭象注《南華》最爲明顯，能條分縷晰，從理尋法，使讀者於暗處見明。

文莫難於點睛，要如畫家繪山，雲根設色，方得神妙。《莊》文點睛處便得此訣。

讀《莊子》，心目中自有開豁處，可掃除多少齷齪之念、憂愁之思。

文不外理法。《典引》、《劇秦美新》諸篇，皆典麗之文，然細繹自有針線可尋，即法也。

文人相譽則爲標榜，相輕則爲傾軋。

攻考據者每輕視古文家，如趙甌北、蔣苕生諸人之於惜抱，可謂能自樹立者矣，何至互非？

魏文帝《論文》以張、蔡並稱，實則平子之文力摹班氏，與中郎之文不類也。唐之王、楊、盧、駱，文亦不類，李、杜，文亦不類，而世均並稱之。

孔北海之文清哀，其境不易到也。

唐宋以前，凡作銘均無序，唐宋後銘前乃有序，即墓誌類也。

唐之獨孤及、宋之穆脩，均藝林功臣也。或謂昌黎之文自獨孤開之，歐陽公、東坡之文自穆脩開之。

文章每與世運爲轉移。獨孤常州承六朝靡麗之後，而出以和平溫厚，歐陽於五代擾亂之餘，亦以和平出之，皆足挽回頹俗者也。

牛僧孺《辨私論》，使筆犀利，辨晰至細；歐陽公《縱囚論》，揚縱伸縮，步步有法。妙在吐、茹二字。

蘇家父子爲人甚和融，而論人則刻深無匹。

以子由之文列入八家，未必的當。畏廬先生云：「宜以李習之易子由。」

贈序文，氣要鍊，言要簡，視論、記體不同。論、記氣放而言長。

李太白序文脱口成章，以氣韻勝，非他人所能學。柳州序文頗多佳者，然少變化。昌黎則能變化矣。

《震川集》中序文甚多，亦講求變化之法。然細玩之，非變化，乃變换也。昌黎之所以可貴也。

《畫記》是昌黎記體中傑作也。金陵王遜所作《龍王清齋〈過海羅漢圖〉記》，力學之而不免貌似。

昌黎《送浮屠文暢師》，其機關在一勒字、一接字。欲接而勒，欲勒而接，所謂變化也。少變化，便欲勒而勒，欲接而接矣。

《送廖道士序》，著力處不過八十字，然如挽千鈞之弩而縱之送之，何等神力！

作古文須先知體裁法律，再求脈絡，求骨法。

詩文貴能體物。杜少陵入蜀詩，句句是蜀中山水，可謂善於體物矣。謫仙不過高逸耳。柳子厚小品文，惟《序飲》爲最，其文學《漢書》而兼有《攷工記》、《水經注》之長。狀小物最難，子厚真神乎技矣！

凡文中稱謂，亦有一定體裁。如「方伯」、「廉訪」，在序、記則可稱之，至於碑、傳中，則宜稱「布政使」、「按察使」云云，推之「觀察」、「太守」、「刺史」、「大令」等皆然。

小説與正史之别，幾不能言，學者可於佻與莊、輕與重之間求之。

序跋貴精括簡當，最忌鋪排。

古書序跋皆附於集尾。

辨讀者，謂於平時用功深有心得之處，而辨别之，而攷證之，必語語的當，使古人爲之首肯，非拈一題而任意爲之也。

段茂堂爲人作序跋，多參小學家言，故序攷據文最宜。王荆川之《周禮義序》、《詩義序》、《書義序》，曾子固之《新序目録序》、《禮閣新儀目録序》，均言言有本。

高郵王氏之小學書，朱竹垞之《經義》，讀之可知源流派别。

爲學貴先辨别源流，無論經、史、子、集皆然，泛覽無歸最有害。

翁覃溪、李蒓客於金石跋尾最擅長。

寧都三魏，首推叔子之文，然於序跋亦不工。

《莊子》「市南宜僚」篇有歷落。歷落者，疏密相間，眉目清爽也。畫家亦然，於層巒叠壑中，以數筆點出眼目，遂覺亭林臺榭歷歷在目，即與文家歷落同妙。

《離騷》忠愛之文，字字皆血淚也。

沓似《騷》之病，然惟沓，愈以見屈原之忠愛。故呼天呼鬼，意之所至無不言之，而後之誦《九章》者，卒未嫌其辭之沓也。

《南華》之宗旨曰玄，《離騷》之宗旨曰忠，玄與忠皆推而至於極也。然忠至於極必繞而回，故《離騷》、《九章》步步反顧，全是繞筆。

李白七古常仿《騷》體。哀辭音節貴悲抗，亦宜法此。

屈子之《騷》，所以寫怨也，柳州之賦，所以誌悔也，皆性情中文也。元微之之詞賦難與並論者，即性情薄也。《騷》之文法能變《雅》變《風》。

《騷》體善轉。凡轉處必先放鬆一步，方轉得過來。賦有楚些體，即學《騷》者也。然於頂筆、複筆及段落，最宜分明。

凡作駢文，從古文入手，其骨裏乃清。學《騷》體亦然。骨裏不清，但效堆垛，則無味。《騷》之不覺其複者，即骨裏清也。

凡隸事宏富處，總須清氣往來。

《涉江》云：「淹回水而疑滯。」疑，惑也；滯，留也。江淹之賦、杜甫之詩皆作「凝」。「凝」字不及「疑」之活相矣。

《哀郢》章縝縝密密，回回往往，不自知其言之沓也。然細按之，段落結構恰分明異常。

《抽思》章能於悲怨之中別饒妙語。

程子曰：「讀《三百篇》可令人氣厚。」畏廬先生曰：「讀《騷》亦然。」

《騷》非易學也。讀之又讀，將一種迴環往復之情含蘊胸中，到作文時自然氣厚。能識得《騷》之往復，即漸悟文家伏流内轉工夫，其要訣在一隱字。揚雄之《反騷》，所以不及屈原者，有意爲文也。如《騷》，風行水上，吹縐成文，無一毫做作。

凡序跋，源流要清楚，脈絡要通靈。

太史公《年表》諸序，其佳處在一神字，不易學也。

劉子政《上戰國策序》，隨論隨斷，綿延不絶，並非打成數撅也。妙在勢長脈緩而有結束，如帥百萬之兵，號令在我。

東坡《上皇帝書》不及半山《萬言書》。半山於分段處能鉤，故能連。東坡則真段矣。

古今能文者，其論文必不多，觀昌黎、廬陵諸集可知。若包世臣、章實齋、陳蘭甫三先生，論文多矣，而文未必佳。

元遺山謂文章要有曲折，然觀遺山《送李輔之之官》、《送高雄飛序》，其行文全學李太白、蕭穎士之縱放，未必曲折。

作文不可無氣，然但求聲之高，是響也，非所謂氣也。

爲文能自知病之所在，再細細商量，則進境乃速。惟學者易蹈文人相輕惡習，每苦不知病痛耳。

讀古人書，能將古人最佳之文如《史記》、《漢書》等。摘録小段，熟誦深思，逐字尋句，逐句尋段，逐段尋章，久之自得古文奧竅。

讀畫亦然，能於巨幅中檢其最著意處，細細審視，則其層累叠摺之妙，自然領悟。名畫無直筆，多緺筆，文家亦然。

歐陽公記序文字，骨法脈絡皆師昌黎，而聲音面目則迥殊。學韓太似則險，學歐太似則柔，學柳太似則瘦。

義法者，應有盡有，應無盡無也；意境者，言言有理也。

行文須防避作家看見。千百浮言不足畏，所畏者，一二作家指摘其病根所在耳，到此便藏身無地。

文須歛其圭角，不使槎枒於外。槎枒者，如作散文雜以駢句是也。

説理文如水中灑鹽，不見鹽而味自在。桐城馬通伯之文喜説理，吴摯甫先生嘗言其説理文尚少工夫。可知文章説理，難之尤難也。

於讀書積理之功淺，則行文便庸而不正，絮而不密矣。

讀書明理是平日工夫，選言製局是臨文時工夫。

昌黎《送董邵南序》，閒閒數語而不覺其簡；半山《萬言書》，可謂連篇累牘矣，而不厭其煩。

雪苑文有機軸，每每言在此，而意能到彼。

叔子紀事文最有蓄縮。蓋叔子爲明季遺民，所紀事非含蓄不能得體。

司馬君實文有首有尾，自成文理，可謂人如其文，文如其人。蘇子由所作《東坡墓誌銘》中有極詆司馬君實語，真不可解。

《欒城集》制詔居其半，佛偈居其半，可誦之文極少。

方正學文，筋骨呈露，而理足法備。陽明較正學聰明，而不及其精實。

看名家文，須看到骨裏，方知其佳劣。

昌黎文飛行絶迹，筆筆抱住一縮字。子固文言言有本，揚抑皆得分寸。但韓文之佳處尚易見，曾文著意處難尋，蓋道德之言，淺人不易識也。

歐文説到窮極處，每參以身世興衰之感，《峴山亭碑》、《豐樂亭記》諸作均如此。畏廬先生云：「惟能精嚴，則心神内定，故以其餘力拓爲神韵。」

子固文，如土山之中，細草芊芊，羣山亂錯，幽窣曲折，頗有西湖兩高峰景象，故其停頓轉折處最可味。

昌黎、歐陽均闢佛，但昌黎未讀内典，其力不夠闢佛，故朱紫陽曾非之。

凡正面文字，必有清靈活動之筆，方不死煞。八家中，惟子固、半山能之。

古今正當之文，惟昌黎、歐陽、子固，再上而《史》、《漢》、《左傳》。《史記》誠不可以方體論。如叙萬石君，則愉愉怡怡，滿紙太和氣象；傳酷吏則峭刻，一似老吏斷獄，字字爰書。其因物賦形，妙絶千古，直令人攬之不盡。

東漢經術最盛，行誼亦篤。自魏武以法制矯虔士類，而名節掃地。自諸名士提倡浮華之文，而實學遂微。

章句訓詁之學，自漢至宋，大儒未改家法，但漸由章句訓詁而窺大義，不比漢師之斤斤專門耳。

沈潛訓義，反復句讀，吟六藝如此，披百家亦然。

漢魏六代之弊，在浮僞輕薄；南宋以後之弊，在空衍鄙俚。元明諸儒，躬行實踐各有心得。明中葉以後，宗旨稍歧，然尚廉恥，重名義，崇實學，黜浮華，以世道、人心、風俗爲己任，則一也。

歐公《五代史》，手眼獨出，漢以後最矜貴之作。《宋史》當是《唐書》之誤。雖有佳處，然非歐公一手所出，與《五代史》迥不相侔。

北宋諸文家皆學韓，以歐公爲大宗，曾、王、蘇皆因以起，而經義時文亦萌芽焉。時文體出於宋，故由時文入古文者喜學宋文。

有清精攷據者，以江慎脩爲最；講古文者，以方望溪爲最。望溪於三《禮》甚深，惟不尚攷據，爲後來言漢學者所詆。自言文在韓歐之間，其實望溪只能學歐公，其簡潔處似介甫，其氣息古澹自經書得來。姚惜抱論古文，以震川上續宋人，雖遵嚴、荆川不與。所見似隘，然以學文論之，不得不如此。

望溪文有使人悚然肅然者，使人油然淒然處則不及震川也。

清代説經之作，能從訓詁審定句讀、文義者，以高郵王懷祖及子伯申爲最。聲音訓詁之奥，戴東原啓之甚多，段玉裁傳其學者也，惟段較純正。反復句讀，沈潛義訓，而見古人之旨者，以姚惜抱爲最。惜抱爲海峯弟子，又私淑望溪，才不及海峯而學則過之。與戴東原等周旋，不爲時説所揺，尤徵特識。

咸、同間講義理文章者，推湘鄉曾氏。然溯厥師承，如唐確慎、倭文端，則湘鄉漸磨義理之資也。其文章則由上元梅伯言以認姚氏正派，久之遂集桐城之大成。大儒致力之處，必有由來也。

惲子居文才甚横肆，字句力求核密，以矯桐城之失。

陽湖又有陸祁孫文，亦近桐城，又頗通攷訂之學。

「桐城派」之說，本起於流俗，曾文正叙桐城授受源流，偶爾及之，原無大謬處。然吳南屏之辯，尤足開拓學者胸襟。

道、咸間，「桐城派」之説盛行，而實爲其學者甚少。南屏學歸文，固未嘗詆姚。其至京師，以善治歸文見知於梅伯言，由是朱伯韓、邵位西、王定甫諸人皆與南屏納交。

道、咸以來，學者趨向有二派：一講陳同甫之學，主事功；一講王陽明之學，重性理。然均不免有所偏。

攷據之益，可以補先儒之缺，所患舍躬行而談攷據，但做成一文學之人，東原即不免此。非若義理之學，能百世無弊也。

有清治古文者，於立身行己間總無大疵，有義理維持之耳，惜抱之功也。

學風自乾嘉以後累變，獨古文一家，二百年來，議論宗旨大率不越宋賢範圍，其稍有出入者，或偶雜以功利之談，虛無之説，然於維持綱紀，講明節義，未有不兢兢者也。

雜志百十條，半由聽講時隨時記載，半取平日研究，内信於心者，亦隨筆劄記。聚精會神，洞啓扃鍵，正昌黎所云「登古人之堂而嚌其胾」者也。近今自梅、曾二老而後，古文之學曠然中絶，高者遊於正鵠之外，卑者駢麗飣餖，以僞齊梁之體，亂古文之真。章子有鑒於此，冥探真藴，於古今文章之高下，虚公評騭。能如是，孰不欲告章子以其道？所謂「好學深思，心知其意」者，非耶？即使不佞操筆爲之，亦不能有加毫末也。林紓評。

瀏覽既富，備悉著作源流，或引申前人所已言，或發抒一己所獨到，其精語似歸熙甫評《史記》，祇寫一影子，而精神全露。近世科學繁多，君能以餘力篤嗜古文若此，真畏友哉。黄光照跋。

右瑣言百數十則，本一己之探索，尋古人之奥窔，積十年之久，僅僅得此。蓋廷華弱冠時沉溺帖括，壬辰薄遊燕趙，才稍稍注意散體文字，庚戌入大學，得從郭服初、林畏廬兩先生學古文辭，復略識前人門徑。是帙所述，太半宣南角藝時隨筆抒寫者，彙而録之，藉誌研求之一得云爾。甲寅冬日廷華自識。

六朝麗指

孫德謙 撰

《六朝麗指》一卷

孫德謙　撰

孫德謙（一八七三—一九三五）字受之，一字益庵，晚號隘堪居士，江蘇元和（今吴縣）人。清末民初著名史學家、目録學家和駢文家。少治聲韻、訓詁之學，後潛心史學，兼治子部。辛亥革命後移居滬上，歷任東吴、大夏、交通、政大各校教授，并精研目録之學，著述有《太史公書義法》、《漢書藝文志舉例》等一二十種。孫氏中年喜讀李兆洛《駢體文鈔》，致力儷偶，爲文遒逸古淡，與李詳（審言）并稱。晚年集歷年論述駢文之語，撰成《六朝麗指》一書。

此書共一百則，可視爲一部六朝駢文概論。其内容包括正名辨體論、風格論、創作論、鑒賞論、作家論、文體論等多方面。其謂駢文當師法六朝，而駢散合一乃爲駢文正格；六朝駢文之演進，可區分爲魏晉、晉宋、齊梁三期；六朝駢文以氣韻疏逸勝，得乎陰柔之妙；鑒賞駢文宜緩讀，宜輕讀，須識得潛氣内轉妙訣等，均涵詠自得，别具隻眼。書中詳細總結駢文之藝術手法，辨析駢文文體源流，并對六朝作家作品皆有精當評騭。全書自成一定體系，讀此一編，六朝麗辭之旨要，略可概見。

有一九二三年四益宧刊本。今即據以録入，并加擬每則標題。

（朱迎平）

六朝麗指目録

序

孫子益葊，振奇鶴市，弢采虎阜，總百家之要删，漱六藝之芳潤。粲花著論，籠陳、管於往圖；掃葉讎書，架顧、黄於前籙。既擅雅材，彌工儷體。陵徐轢庾，晨挹龍威之精；吐沈含任，夕披雞次之典。服膺六朝，數有論列，都爲一編，目曰《麗指》。祖子桓之述文，抗士衡之詮賦。甄綜異同，叶殊徵於吐鳳；掎摭利病，邁絶作於雕龍。洵乎前哲之流別，來學之津逮矣。並世作者，可得而言：夔生鷹揚於嶺表，况中書周頤芸子猿吟於蜀都，宋檢討育仁静山鴻冥於毘陵，屠大令寄審言鶴峙於淮左。李明經詳並抽秘騁妍，標新領異。今益葊異軍特起，羣列退辟，遺落鉛槧之末，振舉塵壒之表。譬之繁卉沃若，崇蘭扇其古馨；叢灌森然，高梧挺其寒翠。獨秀江東，未云多讓。僕少好流覽，間事述作，每玩雄風之對，兼究雌霓之音。淹忽頹齡，獲覩名搆，媿君苗之焚研，責元晏之摛毫。敢綴小文，以應嘉命，揚搉未善，主臣而已。癸亥日南至八十一叟馮煦。

自序

麗辭之興，六朝稱極盛焉。夫沿波者討源，理枝者循幹，作爲斯體，不知上規六朝，非其至焉者矣。唐、宋以來，各擅其勝，爰迨近彦，頗亦爲工。然北江傑材，別成其派衍；南城輯略，羣奉爲正宗。六朝之氣韻幽閒，風神散蕩，飈流所始，真賞殆希。亦由任、陸楷模，得世纘而顯；魏、邢優劣，唯孝徵則知。未有下帷鑽堅，升堂覩奥，需逮來哲，譬曉密微故也。夫論文之製，託始子桓。厥後弘範謂之《翰林》，仲洽條其《流别》；士衡詮賦，曲盡於能言；公曾撮題，雜撰乎集叙：自是孳多於世矣。其在六朝，往往間出。彦昇《緣起》，乃原六經；休炳一編，備稽江左。若夫隱侯述志，水德博徵；仲偉周游，風謡自局。其古今櫽括，體用圓該，東莞《雕龍》，可云殆庶。然宋、齊而下，不復詳言，則以世近易明，無勞甄序，六朝盛藻，嗣響尠聞。將師曠知音，且期異代；惠施妙處，未獲傳人：意者豈其然乎？加以昌黎崛起，古文代雄，後來辭人，遞相師祖。震起衰之説，近蔽眉山；矜載道之華，遠承泗水。語乎六朝富豔，方且俳優黜之。夫迭相奇偶，前良所崇，雖簡文嗤其懦鈍，士恢訾其華僞，爾時氣格，或不免文勝之歎。然其縟旨星稠，逸情雲上，綴字通《蒼》、《雅》之學，馭篇運騷、賦之長：駢麗之文，此焉歸趣。又況王筠妍鍊，獨步名家；仲寶典裁，騰芬當世者焉。余少好斯文，迄茲靡倦，握睇籀諷，垂三十年。見其氣轉於潛，骨植於秀，振采則清綺，淩節則紆徐。緝類新奇，會比興之義；窮形抒寫，極絢染之能。至於異地雋才，剛柔昭其性；並時齊譽，希數覿其微。凡皆成誦在心，借書於手，符羊子百章之數，準馬談六家之論，亦已著之篇中，茲蓋試言其略也。評非月旦，敢覬乎高名？禮毋雷同，豈資於勦說？固知言不盡意，恒患攸存，庶六朝之閎規密裁，於是焉在！若乃鏡鑒源流，銓綜利病，善文之士，類能道之，斯則非所急矣。癸亥七月元和孫德謙自序。

六朝麗指

孫德謙　撰

一　駢文當取法六朝

駢體文字，以六朝爲極則。作斯體者，當取法於此，亦猶詩學三唐，詞宗兩宋，乃爲得正傳也。《易・繫辭》云：「物相雜，故曰文。」蓋言文須奇偶相生，方成爲文。然則文章之道，語其原始，豈轉以駢偶爲體要乎？自唐昌黎韓氏刱造古文，學者翕然從之，於是别自名家，遂與六朝駢文作鴻溝之劃。其甚者執東坡八代起衰之説，卑視六朝，黜爲俳優。近世桐城一派，且以對偶辭句，不得摇其筆端，爲古文之大戒。吾謂文無駢散，往讀賈誼《過秦論》，即據篇首秦孝公數語，以爲此即駢散合一之理。若謂「秦孝公據崤函之固」，「君臣固守，以窺周室，有席卷天下」之意，删除複語，純用單行，未嘗不辭簡而意足。蓋「擁雍州之地」與所云「包舉宇内，囊括四海」，「并吞八荒」，以古文家言之，皆駢枝也，然文則索漠無生氣矣。説者謂東漢以後，駢文之體既成，此固探源立論。其實文之有駢體，所從來者遠，六經、百家，無不用之。試觀《易・乾文言》云：「君子體仁足以長人，嘉會足以合禮，利物足以和義，貞固足以幹事」以及「水流濕，火就燥，雲從龍，風從虎」，句句相對，而可鄙薄六朝乎？ 有志斯文者，當上窺六朝以作之準，不可逐末而忘其本。何則？ 六朝者，駢文之初祖也。

二 駢文與四六異

駢體與四六異。四六之名，當自唐始，李義山《樊南甲集序》云：「作二十卷，喚曰《樊南四六》。」知文以四六爲稱，乃起於唐，而唐以前則未之有也。且序又申言之曰：「四六之名，六博格五，四數六甲之取也。」使古人早名駢文爲四六，義山亦不必爲之解矣。《文心雕龍・章句篇》雖言「四字密而不促，六字格而非緩」，此不必即謂駢文，不然，彼有《麗辭》一篇，專論駢體，何以無此說乎？ 吾觀六朝文中，以四句作對者，往往祇用四言，或以四字、五字相間而出。至徐、庾兩家，固多四六語，已開唐人之先，但非如後世駢文，全取排偶，遂成四六格調也。彦和又云：「今之常言，有文有筆，以爲無韻者筆也，有韻者文也。」可見文章體製，在六朝時但有文、筆之分，且無駢、散之目，而世以四六爲駢文，則失之矣。

三　駢文與時文、書契、律賦異

昔之論詞者，謂詞當上不入詩，下不墮曲，其説精矣。余嘗謂作爲駢文，亦不可無分別。其下焉者，往往有時文句調、書契格式。時文久已廢棄，固無煩贅言，凡文中發抒議論，善取翻騰作勢，即是時文變相，按之六朝，則無是也。往時幕僚之中，有專司書契者，其所爲函牘，每有一定行欵，於是辭意之間，不相聯屬，駢文則豈可如此？其上焉者莫如律賦。賦固駢文之一體，然爲律賦者，局於官韻，引用成語，自不能不顛倒其字句，行之駢體，則不足取矣。庾子山《後堂望美人山銘》："「高唐疑雨，洛浦無舟，何處相望，山邊一樓。」《至仁山銘》："「山横鶴嶺，水學龍津，瑞雲一片，仙童兩人。」《梁東宫行雨山銘》："「山名行雨，地異陽臺，佳人無數，神女看來。」其他如《謝趙王賚白羅袍袴啓》："「鳳不去而恒飛，花雖寒而不落。」《謝趙王示新詩啓》："「文異水而湧泉，筆非秋而垂露。」此等句法，皆後世律賦家所常用。駢文宜純任自然，方是高格，一入律賦，則不免失之纖巧。吾觀《文心雕龍・詮賦》與《麗辭》各自爲篇，則知駢儷之文，且不同於賦體矣。故文雖小道，體裁要在明辨也。若欲救律賦之弊，多讀六朝文，必能知之，誠以律賦興於唐，六朝尚無此體耳。

四　六朝文章皆用駢體

六朝駢體之盛，凡君上誥敕，人臣章奏，以及軍國檄移，與友朋往還書疏，無不襲用斯體。至於立言傳世，其存於今者，若梁元帝《金樓子》、劉晝《新論》、顏之推《家訓》，其中皆用駢偶，《新論》則全書盡然。若劉舍人專論文字，更不待言矣。蓋亦一時風尚，有以致此。間嘗誦習其文，遒鍊雋逸，使人玩繹不厭，後之學爲駢文者，此數家書安可不讀哉？

五　比興之法

詩有六義，一曰比，一曰興。後世詩賦家，切類指事，環譬託諷，則恒有之。吾讀六朝駢文，觀其遺辭用意，深得風詩比興之旨。劉孝儀《謝東宮賜城傍橘啓》：「寧（以）〔似〕魏瓜，借清泉而得冷；豈如蜀食，待飴（密）〔蜜〕而成甜？」庾慎之《謝東宮賜宅啓》：「交垂五柳，若元亮之居；夾植雙槐，似安仁之縣。」又《謝賚棃啓》：「事同靈棗，有願還年；恐似仙桃，無因留核。」即由此三篇言之，六朝文字猶有詩人比興之遺焉。凡事有古無今有，稽之載籍，而無從採伐者，惟用比興之體，乃可以因應無窮。昔莊子有寓言篇，名家如惠施，當時稱其善於譬況，此亦作文之法也。

六 烘托之法

聞之畫家有烘託法，於六朝駢文中則往往遇之。梁元帝《謝東宫賜白牙縷管筆啓》云：「昔伯喈致贈，纔屬友人；葛龔所酬，止聞通識。豈若遠降鴻慈，曲覃庸陋。」蓋其引伯喈兩人事，以見今之所賜出於東宫，上四語即是烘託法也。劉孝儀《謝晉安王賜宜城酒啓》云：「歲暮不聊，在陰即慘，惟斯二理，總萃一時。少府鬭猴，莫能致笑；大夫落雉，不足解顔。忽值缾瀉椒芳，壺開玉液。」「忽值」以上，所有「歲暮」云云，是竭力烘託，以彰賜酒之惠也。又張伯緒《謝東宫賚園啓》云：「性愛山泉，頗樂閒曠。雖復伏膺堯門，情存魏闕，至於一丘一壑，自謂出處無辦。常願卜居幽僻，屏避喧塵，傍山臨流，面郊負郭。依林結宇，憩桃李之夏陰；對(鏡)〔徑〕開軒，採橘柚之秋實。而王畿陸海，畝號一金，涇渭土膏，豪傑所競。徙居好畤，必待使越之裝；别館河陽，亦資牧荆之富。」自此以後，乃叙述此園之美，則「性愛山泉」諸語，無非用烘託法也。六朝佳處，學者當善體之。

七 形容之法

汪容甫先生《述學》有《釋三九》篇，其中篇云：「若其辭則又有二焉：曰曲，曰形容。」「所謂形容者，蓋以辭不過其意，則不鬯，故以形容出之。」可知其深於文矣。《文心雕龍·夸飾篇》：「言高則峻極於天，言小則河不容舠。」嘗引《詩》以明夸飾之義。吾謂夸飾者，即是形容也。《詩經》而外，見於古人文字者，不可殫述，試舉六朝駢文證之。梁簡文帝《謝賚扇啓》：「肅肅清風，即令象簟非貴；依依散采，便覺夏室含霜。」庾子山《謝明帝賜絲布等啓》：「天帝賜年，無踰此樂；仙童贈藥，未均斯喜。」又：「是知青牛道士，更延將盡之年；白鹿真人，能生已枯之骨。」非皆刻意以形容者乎？子山又有《謝趙王賚絲布啓》，其言云：「妾遇新縑，自然心伏；妻聞裂帛，方當含笑。」則尤爲形容盡致矣。《尚書·武成篇》：「罔有敵於我師，前徒倒戈，攻於後以北，血流漂杵。」此史臣鋪張形容之辭。《孟子》則謂「盡信《書》，則不如無《書》」「以至仁伐不仁，而何其血之流杵？」夫《書》爲孔子所删定，孟子豈欲人之不必盡信哉？特以《書》言「血流漂杵」，當知此爲形容語，不可遽信其真也。遽信其真，不察其形容之失實，而拘泥文辭，因穿鑿附會以解之，斯真不善讀書矣。故通乎形容之説，可以讀一切書。而六朝之文，亦非苟馳夸飾，乃真善於形容者也。班固《西都賦》：「攀井幹而未半，目眴轉而意迷，舍櫺檻而卻倚，若顛墜而復稽。」可知古人爲文，多以形容爲之。

八　得畫理

昔人謂王摩詰「詩中有畫」，以吾觀之，六朝駢文能得畫理者極多。陶弘景《答謝中書書》云：「山川之美，古來共談。高峰入雲，清流見底，兩岸石壁，五色交暉。青林翠竹，四時俱備。曉霧將歇，猿鳥亂鳴；夕日欲頹，沈鱗競躍：實是欲界之仙都。」觀其狀寫山水，非絶妙一幅畫圖乎？至祖鴻勳《與陽休之書》云：「家先有野舍於斯，遭亂荒廢，今復經始。即石成基，憑林起棟，蘿生映宇，泉流繞階。月松風草，緣庭綺合；日華雲實，傍沼星羅。簷下流煙，共霄氣而舒卷；園中桃李，雜椿柏而葱蒨。時一褰裳涉澗，負杖登峰，心悠悠以孤上，身飄飄而將逝，杳然不復自知在天地間矣。若此者久之，乃還所住，孤坐危石，撫琴對水，獨詠山阿，舉酒望月。」書其閒居之樂，深入畫境，使後人讀之，猶若見其身在畫中也。《晉書・顧愷之傳》：「傳神寫照，正在阿堵中。」如此等文，以畫家求之，真可謂「傳神寫照」矣！

九　駢文與今體

義山《樊南甲集序》云：「始通今體。」其上則云：「以古文出諸公間。」是義山固以「今體」對「古文」矣。所謂今體者，義山既自名其集爲《樊南四六》，則今體固指四六言也。然梁簡文帝《與湘東王論文書》有云：「若以今文爲是，則昔賢爲非；若昔賢可稱，則今體宜棄。」由此觀之，六朝時已目駢文爲今體矣。簡文又云：「比見京師文體，懦鈍殊常，競學浮疏，爭爲闡緩。」如其言，似頗不以當時文體爲然。但吾嘗取其語以讀六朝文，轉覺六朝文字，其所長實在此。何也？六朝駢文，絶不矜才使氣，無有不疏宕得神，舒緩中節，似失之懦鈍者。不知陽剛、陰柔，古今自有兩種文體，若泥簡文之説，而即以擯黜六朝，則非也。

一〇　氣之陰柔者

《論語》：曾子曰：「出辭氣，斯遠鄙倍矣。」此可爲文章言氣之始。至魏文帝稱：「文以氣爲主，氣之清濁有體，不可力强而致。」於是辨析益精矣。然文氣貴分清濁，尤宜識陰陽之變。近世古文家，其論文氣也，有陽剛、陰柔之説，立論最確當不易。以吾言之，六朝駢文即氣之陰柔者也。嘗試譬之：人固有英才偉略，傑然具經世志者，文之雄健似之；若高人逸士，蕭灑出塵，耿介拔俗，自有孤芳獨賞之概，以言文辭，六朝之氣體閒逸，則庶幾焉。《易》曰：「一陰一陽之謂道。」斯豈道爲然哉！六朝文體，蓋得乎陰柔之妙矣。

十一　上抗下墜、潛氣内轉

李申耆先生《駢體文鈔》以六朝爲斷，蓋使人知駢偶之文，當師法六朝也。其中六朝名篇，搜采殆盡。余三十之年，喜讀此書，始則玩其詞藻耳，久之乃覺六朝文字，其開合變化，有令人不可探索者。顧其時心能喻之，而口不能道，但識其文之雋妙而已。及閲《無邪堂答問》，有論六朝駢文，其言曰：「上抗下墜，潛氣内轉。」於是六朝真訣，益能領悟矣。蓋余初讀六朝文，往往見其上下文氣似不相接，而又若作轉，不解其故，得此説乃恍然也。試取劉柳之《薦周續之表》爲證：「雖汾陽之舉，輟駕於時艱，明揚之旨，潛感於窮谷矣。」上用「雖」字，而於「明揚」句上，並無「而」字爲轉筆，一若此四語中，下二語仍接上二語而言，不知其氣已轉也。所謂「上抗下墜，潛氣内轉」者，即是如此，每以他文類推，無不皆然。讀六朝文者，此種行文祕訣，安可略諸？

十二　以遒論文

昭明《答湘東王求文集詩苑書》：「夫文典則累野，麗則傷浮。能麗而不浮，典而不野，文質彬彬，有君子之致，吾嘗欲爲之，但恨未遒耳。」《詩品》論袁宏云：「彦伯《詠史》，雖文體未遒，而鮮明緊健，去凡俗遠矣。」論謝朓云：「奇章秀句，往往警遒。」論任昉云：「晚節愛好既篤，又亦遒變。」此一「遒」字，六朝人評詩文皆取裁於此。遒之爲言健也，勁也，文而不能遒鍊，必失之弱。爲駢體者，即取其説，以玩索當時之文，庶不敢病其卑靡矣。

十三 區分南北

或謂：駢文之取法六朝尚矣，然李延壽作《南北史》，則以文而論，亦當有南北之分。答之曰：何謂其無也？北人學問，淵綜廣博；南人學問，清通簡要：此《世説》載之。顧彼論學問耳，若就文言，北人如魏伯起、温鵬舉輩，未嘗不華貴，然不免猶傷於質重，不及南人之簡鍊而輕清也。故六朝文體雖同，而自南自北，則區以别矣。《隋書·文學列傳序》：「江左宫商發越，貴於清綺；河朔詞義貞剛，重乎氣質。氣質則理勝其詞，清綺則文過其意。理深者便於時用，文華者便於詠歌：此其南北詞人得失之大較也。」然則文有南北之界畫，古人早已言之。《禮中庸記》曰：「寬柔以教，不報無道，南方之强也，君子居之；衽金革，死而不厭，北方之强也，强者居之。」將自古以來，區分南北，亦地運使之然耶？

十四　事對之法

劉彦和云：「事對者，並舉人驗者也。」蓋言事對之法，上下當取古人姓名以作對偶耳。其下引宋玉《神女賦》：「毛嬙鄣袂，不足程式；西施掩面，比之無色。」以爲並舉人驗，所以爲事對者如此。乃吾讀六朝文則不然。庾子山《周柱國長孫儉神道碑》：「思皇多士，既成西伯之功；俊德克明，乃定南巢之伐。」西伯，人也；南巢，則地也。以地對人，六朝自有其例，彦和「人驗」之説，亦可不拘矣。至傅季友《爲宋公修楚元王墓教》：「甘棠猶且勿翦」，「信陵尚或不泯」，則且以人、物作對，何在必舉人驗哉？然而對切求工，彦和要爲正論也。夫駢文之難，往往有一事可舉，而貧於作對者，於是上爲古人，或借地名、物名，强爲之對。此則莊子所謂「無可如何」耳。

十五　以氣韵勝

長沙王益吾先生於學無所不通，著述宏富。至論文字，有《續古文辭類纂》，則皆録陽湖、桐城諸家之文。其於駢體，《十家四六文鈔》而外，又選《駢文類纂》若干卷。此書包該古今，首有例言，語極精妙。其持論大旨，則在不分駢散，而以才氣爲歸。夫駢文而歸重才氣，此固可使古文家不復輕鄙，無所藉口矣。惟既言駢文，則當上規六朝，而六朝文之可貴，蓋以氣韻勝，不必主才氣立説也。《齊書·文學傳論》曰：「放言落紙，氣韻天成。」此雖不專指駢文言，而文章之有氣韻，則亦出於天成，爲可知矣。余嘗以六朝駢文譬諸山林之士，超逸不羣，别有一種神峰標映、貞静幽閒之致。其品格孤高，塵氛不染，古今亦何易得？是故作斯體者，當於氣韻求之，若取才氣横溢，則非六朝真訣也。夫駢文而不宗六朝，擬之禪理，要爲下乘。使果知六朝之妙，試讀彼時諸名家文，有不以氣韻見長者乎？

十六 貴有虚字

作駢文而全用排偶，文氣易致窒塞，即對句之中，亦當少加虚字，使之動宕。六朝文如傅季友《爲宋公求加贈劉前軍表》：「俾忠貞之烈，不泯於身後；大賚所及，永秩於後人。」任彦昇《宣德皇后令》：「客游梁朝，則聲華籍甚；薦名宰府，則延譽自高。」丘希範《永嘉郡教》：「才異相如，而四壁徒立；高慚仲蔚，而三徑没人。」或用「於」字，或用「則」字，或用「而」字，其句法乃栩栩欲活。至庾子山《謝滕王集序啓》：「譬其毫翰，則風雨爭飛；論其文采，則魚龍百變。」更覺躍然紙上矣。然使去此虚字，將「譬其」、「論其」，易爲藻麗之字，則必平板，而不能如此流利矣。於是知文章貴有虚字旋轉其間，不可落入滯相也。

十七　比擬之法

《禮》有之：「擬人必於其倫。」蓋言以此人比擬他人，必當得其倫類，不可失之不倫也。乃文家則不然。以六朝言，沈休文《齊故安陸昭王碑文》：「雖春申之大啓封疆，鄧攸之緝熙氓庶，不能尚也。」又：「南陽葦杖，未足比其仁；潁川時雨，無以豐其澤。」又：「雖鄧訓致劈面之哀，羊公深罷市之慕，對而爲言，遠有慚德。」又：「奕思之微，秋儲無以競巧；取睽之妙，流睇未足稱奇。」又：「豈惟僑終蹇謝，興謠輟相而已哉。」一篇之中，凡用古人相擬者，皆不必取之同倫。此非有背《禮》訓也，誠以作文之法，苟欲論定一人，援引往哲，豈能稱量而予，毫釐不爽？於是極力模擬，從旁襯而出，以見若人之優美耳。若謂擬失其倫，則非也。或曰：庾子山《周大將軍懷德公吳明徹墓誌銘》：「冠軍侯之用兵，未必師古；武安君之養士，能得人心：擬於其倫，公之謂矣。」子山自言「擬於其倫」，則運典似宜確切矣。曰運典確切，固也，然必參以休文之法，乃不致枯窘耳。且休文此篇，如「全趙之袨服叢臺，方此爲劣；監淄之揮汗成雨，曾何足稱？」又如：「南山羣盜，未足云多；渤海亂繩，方斯易理。」幾通體如此，可謂善於擬議矣。且可知文有正面鋪寫，而不足以達之者，可用旁攻側擊之道，否則辭理易窮，將無情采矣。吾故舉沈文以爲例，此外類此者尚多，學者可悟其法。

十八　摹仿忌落套

文字之有摹仿，此在古人且然。賈誼《過秦論》，其後陸士衡之《辨亡》、干令升之《晉紀總論》，皆用其句調，固無足怪。然偶或爲之則可，若屢見不一見，不免令人生厭。如劉孝標《廣絶交論》中有「是曰某交，其流一也」。吾見近人作文，不能不鋪叙者，往往摹仿其句調，雖工文者亦時有之，誠所不取。故余於六朝駢文，專揣摩其氣息，而此等處則引爲深戒。今觀王仲寶《褚淵碑文》有云：「所以子産云亡，宣尼泣其遺愛；隨武既没，趙文懷其餘風：於文簡公見之矣。」又徐孝穆《司空徐州刺史侯安都德政碑》：「其能繼兹歌詠者，司空侯使君乎！」兩起段、結句，後世文人集中常有學其格調者，亦當力求删削，不得時相沿襲。夫文章摹古，豈足爲病？所病者落套耳。昌黎謂「辭必已出」，斯豈辭爲然哉？於格律亦不可因人而作，使之數見不鮮，乃足謀傳世之業。若張臯聞《七十家賦鈔序》，摹仿《莊子·天下篇》、《漢書·藝文志》，則仍不媿爲名家也。師法六朝者，吾願其涵泳於神韻，則善之善矣。

十九　文有賦心

駢文與賦之别，已論辨於前矣，觀於六朝文，又不盡然。顔延之、王元長《曲水詩序》兩篇，一自「有詔掌故，爰命司歷」以下，一自「芳林園者」以下，其中詞句，皆近賦體，蓋可見矣。劉彦和《詮賦》云：「六藝附庸，蔚爲大國。」是殆風、騷而後，漢之文人，胥工於賦，而獵其材華者，不能不取賦爲規範。故六朝大家，宜其文有賦心也。即鮑明遠《大雷與妹書》，此乃紀游之作，篇中「南則積山萬狀」云云，與「則有江鵝、海鴨，魚鮫、水虎之類」，此等句法，豈不盡從京都諸賦而來？即《河清頌》亦復如是。余向謂鮑深於賦，至此益信。

二〇　斷筆之法

古人文字有前後不甚直接，往往别出他語，其中忽斷者。《左傳》記鄭伯克段於鄢，於「五月太叔出奔共」下，嘗見一選本删去「《書》曰」云云，而以「遂寘姜氏於城潁」，使之相續，豈不順適？不知非也。沈休文《梁武帝與謝朏敕》嘗謂：「山林之志，上所宜弘，激貪勵薄，義等爲政。」或謂此四語夾叙夾議，即所謂斷字訣也。然則左氏之入解經語，其真訣實在此。若休文是敕，使於「實寄賢能，匡其寡闇」後便接「自居元首」云云，亦極調達。今不然者，以此知文章之妙，不在急急上續，而在善斷也。且嘗謂四句於此處不用斷筆，氣弱而促矣，作文者安可不知此法哉？

二一 《文選》偏重六朝

六朝以前文章無有選本，《昭明文選》固後世選家之所宗也。惟選文當以體裁爲主，昭明之選，其例誠善，宜爲姚鉉而下遞相師祖。但每類之中所用子目，如「賦」之曰「志」、曰「情」，不免爲細已甚。即賦爲六義附庸，今先賦後詩，識者譏之是也。至其自序，以明經、史、諸子不入選輯。或謂昭明所選，乃是必文而後選，誠哉是言！吾謂登選之文，雖甄録《楚詞》與子夏《詩序》，上起成周，其實偏重六朝。何以知之？試觀「令」載任彦昇《宣德皇后令》一首，「教」載傅季友《爲宋公修張良廟教》、《修楚元王廟教》二首，「策秀才文」則祗有王元長與彦昇兩家，以及「啓」類、「彈事」類、「墓誌」「行狀」「祭文」諸類，彦昇爲多，其餘即沈約、顔延之、謝惠連、王僧達數人之文，豈非以六朝爲主乎？不然，自「啓」以下，古人詎無作此體者？近世之論駢文，有所謂「選體」，蓋亦詔人以學六朝乎？

二二 三體之論

《南齊書·文學傳論》：「今之文章，作者雖衆，總而爲論，略有三體：一則啓心閑繹，託辭華曠，雖存巧綺，終致迂回，宜登公宴，本非准的。而疏慢闡緩，膏肓之病，典正可採，酷不入情。此體之源，出靈運而成也。次則緝事比類，非對不發，博物可嘉，職成拘制。或全借古語，用申今情，崎嶇牽引，直爲偶説，唯覩事例，頓失精采。此則傅咸五經，應璩指事，雖不全似，可以類從。次則發唱驚挺，操調險急，雕藻淫豔，傾炫心魂，亦猶五色之有紅紫，八音之有鄭衛。斯鮑照之遺烈也。」觀其所言三體之中，蓋謂有疏緩者，有對偶者，有雕豔者，雖專就南齊立論，而其辭意，亦未以是爲善。然三體之説，治六朝文者，轉可於此求之。且沿流溯源，謂出靈運、鮑照諸家，又可知彼時文字之所本。

二三　四體之論

三體之論，余已據《南齊書》載於前矣。統觀六朝，凡有四體：有以時言者，則曰「永明體」；有以地言者，則曰「宫體」；有以人言者，則曰「吴均體」、「徐庾體」。何謂「永明體」？《齊書·陸厥傳》所謂「永明末，盛爲文章，吴興沈約、陳郡謝朓、瑯琊王融以氣類相推轂，汝南周顒善識聲韻。約等文皆用宫商，以平上去入爲四聲，以此制韻，不可增減，世呼爲『永明體』」是也。何謂「宫體」？《隋志》所謂「梁簡文之在東宫，亦好篇什，清辭巧製，止乎衽席之間；雕琢蔓藻，思極閨闈之内。後生好事，遞相放習，朝野紛紛，號爲『宫體』」是也。「吴均體」者，《梁書》均本傳：「均文體清拔，有古氣，好事者或斆之，謂爲『吴均體』。」「徐庾體」者，《周書》庾信本傳：「既有盛才，文並綺豔，故世號爲『徐庾體』。」綜此四體，六朝作者，當不外乎是矣。

二四　代字之訣

余友某君，作爲文辭，喜用古字。余語之曰：「君文好寫古體，何如易以假借？」此君從余言，其後時作四言韻文，而四字之中，全爲假借，幾至費解。余又隨舉古人文「粃糠六籍」語告之曰：「『粃糠』兩字，便是廢棄之假借，然所謂『六籍』者，不復再以假借出之。假借之法，祇當如此。」彼不之信，卒以晦澀見譏於世。夫文之有假借，即代字訣也。吾試取江文通文言之。其《齊太祖誄》云：「譽馥區中，道蘷氓外。」《爲蕭拜太尉揚州牧表》云：「禮藹前英，寵華昔典。」「馥」、「蘷」、「藹」、「華」，皆代字也。使非代字，而曰「譽播區中，道高氓外」，有能如是之研鍊乎？「藹」之訓爲「茂」，「華」之訓爲「盛」，如謂「禮茂前英，寵盛昔典」，即用其字本義，未嘗不善，究不若「藹」、「華」代字之豔麗也。他如丘希範《永嘉郡教》：「曝背拘牛」，以「拘」代「牽」；孔稚珪《北山移文》：「架卓魯於前籙」，以「架」代「駕」。《史記·六國表》「學者牽於所聞」注：「拘也。」知「拘牛」者，牽牛也，然竟用「牽牛」，則字爲習見，故以「拘」字代之。「架」，《廣韻》：「舉閣也。」此謂舉閣於卓魯之上也。駕者，《左傳·昭元年》「猶詐晉而駕焉」杜注：「駕，猶陵也。」字雖不通用，而其取陵駕之意則相同。故知「架」爲「駕」之代字。《詩品》專用「陵架」，亦取此「架」字。凡文用代字訣，均是避陳取新之道，六朝文中類此者至多，吾亦不能殫述。從事駢文而不識代字之訣，則遣辭造句，何能古雅？此六朝作者，所以多通小學也。然亦須全體相稱，不可僅施之一二字，庶爲完美。若故求生僻，亦失之。

二五 六朝文學史

《文心》一書，包舉歷代，上自三古，窮源竟委，成一家言，真爲日月不刊之作。《時序》、《才略》，又能於一篇之中，評其得失，靡不該備。乃一則曰：「聞之於世，故略舉大較。」一則曰：「宋代逸才，辭翰鱗萃，世近易明，無勞甄序。」致使讀六朝文者，無從窺測。雖彦和没於梁時，而自梁以前，於《時序》篇内，亦列宋世文才，要未詳覈也，余常引以爲憾事。今節録《隋書·文學列傳序》，似可作六朝文學史讀。其言曰：「漢、魏以來，迄乎晉、宋，其體屢變，前哲論之詳矣。暨永明、天監之際，太和、天保之間，洛陽、江左，文雅尤盛。於時作者，濟陽江淹、吴郡沈約、樂安任昉、濟陰温子昇、河間邢子才、鉅鹿魏伯起等，並學窮書圃，思極人文，縟采鬱於雲霞，逸響振於金石，英華秀發，波瀾浩蕩，筆有餘力，詞無竭源，方諸張、蔡、曹、王，亦各一時之選也。」此下論南北之異，已載於前。又曰：「梁自大同之後，雅道淪缺，漸乖典則，爭馳新巧。簡文、湘東，啓其淫放；徐陵、庾信，分路揚鑣。其意淺而繁，其文匿而彩。詞尚輕險，情多哀思。格以延陵之聽，蓋亦亡國之音乎！周氏吞併梁、荆，此風扇於關右，狂簡斐然成俗，流宕忘反，無所取裁。高氏初統萬機，每念斲彫爲樸，發號施令，咸去浮華。然時俗詞藻，猶多淫麗，故憲臺執法，屢飛霜簡。煬帝初習藝文，有非輕側之論；暨乎即位，一變其風，其《與越公書》、《建東都詔》、《冬至受朝詩》及《擬飲馬長城窟》，並存雅體，歸於典制。雖意存驕淫，而詞無浮蕩，故當時綴文之士，遂得依而取正焉。」又曰：「時之文人，見稱當世，則范陽盧思道、安平李德林、河東薛道衡、趙郡李元操、鉅鹿魏澹、會稽虞世基、河東柳䛒、高陽許善心等，或鷹揚河朔，或獨步漢南，俱騁龍光，並驅雲路，各有本傳，論而叙之。其潘徽、萬壽之徒，或學優而不切，或才高而無貴仕，其位可得而卑，其名不可堙没，今總之於爲《文學傳》云。」此則統論六朝，其異同修短，大可覽觀。惟言大同以降，並徐、庾目爲亡國之音，北周則謂扇其餘風，幾無足取，其立説雖極純正，然簡文而下，固是駢文名家，不無言之過甚焉？

二六　貴用散行

文章之分駢散，余最所不信。何則？駢體之中，使無散行，則其氣不能疏逸，而叙事亦不清晰。嘗欲選輯六朝人文，取其通體不用聯語者，彙成一編，以示人規範。今録一篇於此。傅季友《爲宋公至洛陽謁五陵表》：「臣裕言：近振旅河湄，揚旆西邁，將届舊京，威懷司雍，河流遄疾，道阻且長。加以伊、洛榛蕪，津塗久廢，伐木通徑，淹引時月，始以今月十二日次故洛水浮橋。山川無改，城闕爲墟，宫廟隳頓，鐘簴空列，觀宇之餘，鞠爲禾黍，廛里蕭條，雞犬罕音，感舊永懷，痛心在目。以其月十五日奉謁五陵，墳塋幽淪，百年荒翳，天衢開泰，情禮獲申，故老掩涕，三軍悽感，瞻拜之日，憤慨交集。行河南太守毛修之等，既開翦荆棘，繕修毁垣，職司既備，蕃衛如舊。伏維聖懷，遠慕兼慰，不勝下情，謹遣傳詔殿中中郎臣某奉表以聞。」此篇竟同散文，幾無偶句，但究不得不以駢文視之，蓋所貴乎駢文者，當玩味其氣息。故六朝時雖以駢偶見長，於此等文尤宜取法。彼以駢、散畫爲兩途者，盍將季友輩所撰一讀之？若以斯文入之散文中，其有以異乎？

二七　宜緩讀

桓譚《新論》：「余素好文，見子雲善爲賦，欲從之學。子雲曰：能讀千首賦，則善爲之矣。」《詩品序》云：「余謂文製，本須諷讀，不可蹇礙，但令清濁通流，口吻調利，斯爲足矣。」而沈休文亦謂：「文章當從三易：易見事，一也；易識字，二也；易讀誦，三也。」知文之貴讀，自昔然矣，但讀之爲法不同：有須急讀者，有須緩讀者。若讀六朝文，則皆宜用緩，何也？六朝之文，其氣疏緩，吾即從而緩讀之，乃能合其音節。如使急讀，將上下文連接而下，有不知其文氣已轉者；

并有讀至篇終，似覺收束不住，此下又疑有闕脱者。實則衹在讀時須舒緩，而不出以急迫，則其文自成結構。由於讀之，貴得其道也。余往嘗聽人讀六朝某篇，彼讀之過急，未能按部就班，於抑揚頓挫之妙，全不合法，因取斯篇，余爲之復讀一過，彼始憬然而悟。故欲學六朝文，尤在善讀，亦辨之於緩急而已。

二八 宜輕讀

文之緩讀，已言之矣。及今思之，又有輕重之别也。六朝駢文，既須緩讀，則不宜重讀明甚。讀散文者，固當振吾之氣；駢文而用重讀，通篇節奏不能合律矣。故讀六朝諸家文，大體衹從輕讀可耳，然亦間有貴重讀者。沈休文《爲武帝與謝朏敕》：「必不以湯有慚德，武未盡善，不降其身，不屈其志，使璧帛虚往，蒲輪空歸。」此處即應重讀頓住，其「傾首東路」下乃是屬後説。昭明《陶淵明集序》：「宜乎與大塊而盈虚，隨中和而任放！豈能戚戚勞於憂畏，汲汲役於人間？」此又當重讀束住矣。「齊謳趙女」云云，讀之不善，連接上文，意既不合，氣亦不貫。陶集有一本於「間」字下出「哉」字，加一「哉」字，即易辨别。然能知重讀之法，則亦不必有虚字，可以悟矣。至任彦昇《爲范始興作求立太宰碑表》「況乎甄陶周召，孕育伊顔」二句，讀至此則宜緩而略重，方能作斷，否則既以「況乎」二字拓開，似不止兩句便收，豈知此是屬上讀也。他篇不備録，學六朝者，庶識此讀法哉！

二九　顔謝、邢魏辨

從來文人，如前漢之揚、馬，後漢之張、蔡，魏之曹、劉，晉之潘、陸，往往相提並論。迨乎六朝，宋則有顔、謝，梁則有任、沈，北齊則有邢、魏，而江、鮑、徐、庾，人又皆並稱之。吾亦不敢輕有掎摭，試略言之：江、鮑、任、沈，别有專篇；《周書·庾信傳》：「既有盛才，文並綺豔，故世號爲『徐庾體』。」則徐、庾者亦可略見其概。今請將顔謝、邢魏一商榷焉。《宋書·顔延之傳》：「與靈運俱以詞彩齊名。」則顔、謝二人，固同以詞彩見長矣。至《靈運傳論》：「靈運之興會飈舉，延年之體裁明密。」此雖就詩言，而「明密」兩字以觀延年之文，亦可作定評。《文選》所載《曲水詩序》、《陶徵士誄》、《弔屈原文》，無不辭理明析，意藻綺密。梁簡文《與湘東王論文書》云：「謝客吐言天拔，出於自然，時有不拘，是其糟粕。」又云：「是爲學謝，則不屆其精華，但得其冗長。」謝文傳世不多，而以此數言推之，靈運得自然之妙，間有冗長處。兩家相較，當是一疏一密。《顔氏家訓》云：「邢子才、魏收俱有重名，時俗準的，以爲師匠。邢賞服沈約，而輕任昉；魏愛慕任昉，而毁沈約。每於談讌，辭色以之，鄴下紛紜，各有朋黨。祖孝徵嘗謂吾曰：『任、沈之是非，乃邢、魏之優劣。』」由此論之，邢近於沈，魏則近於任矣。吾讀魏《爲侯景叛移梁朝文》、邢《景明寺碑》諸篇，玩其辭氣，庶幾似之。然則顔謝、邢魏，其同歸而殊塗者如此。

三〇　文體原本六經

文章體製，原本六經，此説出之六朝，其識卓矣。《文心·宗經篇》曰：「論説辭序，則《易》統其首；詔策章奏，則《書》發其源；賦頌歌讚，則《詩》立其本；銘誄箴祝，則《禮》總其端；紀傳銘檄，則《春秋》爲根。」《顔氏家訓·文章篇》曰：「夫文章者，原出五經：詔命策檄，生於《書》者也；序述論議，生於《易》者也；歌詠賦頌，生於《詩》者也；祭祀哀誄，生於《禮》者也；書奏箴銘，生於《春秋》者也。」所言雖有異同，而以文體爲備於經教則一，可見六朝之尊經矣。夫論文之作，始於魏文《典論》，其後摯虞《流别集》、李充《翰林論》，均著有成書，今俱不傳。六朝時如傅亮《續文章志》、宋明帝《晉江左文章志》、沈約《宋世文章志》，亦無有存者，良可惜也。吾最愛讀鍾氏《詩品》，以其於每一家詩，能究其淵源所自。而劉舍人、顔黄門兩家，獨識文字之原六經，無體不具，前此未有言之者，猶可賤視六朝乎？至任彦昇《文章緣起》，但舉秦、漢以來，不及六經，且其書或謂已非真本，則存而不論可耳。

三一 引成語裁剪之法

六朝文士引前人成語，必易一二字，不欲有同鈔襲。沈休文《梁武帝與謝朏敕》：「不降其身，不屈其志。」此用《論語》「不降其志，不辱其身」，「志」、「身」既互易，而「辱」又易以「屈」字矣。梁簡文《與劉孝儀令》：「酒闌耳熱，言志賦詩。」此用魏文帝《與吳質書》「酒酣耳熱，仰而賦詩」，「酣」易爲「闌」，「仰而」則易「言志」矣。梁武帝《請徵補謝朏何胤表》：「窮則獨善，達以兼濟。」此用《孟子》「窮則獨善其身，達則兼善天下」，「其身」、「天下」直爲删去，而「以」、「濟」二字，乃以易「則」、「善」矣。又休文《修竹彈甘蕉文》：「每叨天功，以爲己力。」此用《國語》「貪天之功，以爲己力」，而「貪」、「之」兩字，又易以「每叨」矣。陳後主《與詹事江總書》：「言不寫意。」此用《易》「書不盡言，言不盡意」，今「盡」則易爲「寫」字矣。王孝籍《上牛宏書》：「乏强兄之親。」此用李密《陳情表》「(内)(外)無期功强近之親」，其省字不必言，「强近」之「近」則易以「兄」字矣。凡若此者，悉數難終。蓋引成語而加以翦裁，以見文之不苟作，斯亦六朝所長耳，彼宋人則異是。

三二 氣極遒煉

昌黎謂：「惟其氣盛，故言之高下皆宜。」斯古文家應爾，駢文則不如此也。六朝文中，往往氣極遒鍊，欲言不言，而其意則若即若離，急轉直下者。北魏孝文帝《與太子論彭城王詔》：「吾少與綢繆，提攜道趣，每請解朝纓，恬真丘壑。吾以長兄之重，未忍離遠，何容仍屈素業，長嬰世綱。」於「未忍離遠」下應言「彼此情好，勉爲淹留，事等周南，踰閱歲紀」，如是乃接「何容」云云，方爲曲折盡致。今無此等語，似上下氣不聯屬，六朝文所以不易讀也。又謝朓《謝隨王賜左傳啓》：「朓未睹山笥，早懵河籍，業謝專門，説非章句。」此下亦當言「得承頒賜，有此《左傳》一書」，然後接「庶得既困而學，括羽瑩其蒙心；家藏賜書，籯金遺其貽厥」。今並不言及賜字，而「未睹山笥」四句，祇作謙遜之詞，遥出此「庶得」兩字，文氣亦不貫穿。苟非深知六朝文訣，必疑其辭不逮意矣。故駢文蹊徑，與散文之「氣盛言宜」，其所異在此。

三三　句不完善

文至六朝，琢句最長，然每有極似率意，而其句未臻完善者。何以明之？宗元饒《劾陳裒奏》：「而稟兹嚴訓，可以屬精。」於「屬精」下應加「求治」等字。丘希範《與陳伯之書》：「若遂不改，方思僕言。」於「不改」下亦應加「前非」等字。又沈休文《報博士劉杳書》：「便知此地，自覺十倍。」「此地」之下，亦似缺去兩字。至其《答樂藹書》有云：「宜須盛述，實允來談。」於「盛述」下亦應增加兩字，辭句方足。如此類者，余亦不能條舉，所見尚多。以此爲句，殊失單弱，然不就其上下語氣細心推繹，亦無以辨之。

三四　駢散合一乃正格

碑誌之文，自蔡中郎後，皆逐節敷寫，至有唐以降，乃易其體。若六朝則猶守中郎矩矱，王仲寶、沈休文外，以庾子山爲最長。觀其每叙一事，多用單行，先將事略説明，然後援引故實，作成聯語，此可爲駢散兼行之證。夫駢文之中，苟無散句，則意理不顯。吾謂作爲駢體，均當如此，不獨碑誌爲然。譬之撰詩賦者，往往標明作意，列序於前。所以用序者，蓋序即散體，而詩賦正文，則爲駢矣。使詩賦語極穠麗，而無序言冠於其首，讀至終篇，竟不知其恉趣何在。猶駢偶文字，通體屬對，甚至其人事實，亦從藻飾，將何免博士買驢之誚乎？病之所在，由未識寓散於駢也。故子山碑誌諸文，述及行履，出之以散，而駢儷之句則接於其下。推之别種體裁，亦應駢中有散，如是則氣既舒緩，不傷平滯，而辭義亦復軒爽。陳宣帝《天嘉六年修前代墓詔》：「若其經綸王業，縉紳民望，忠臣孝子，何世無才」，此散也；而「零落丘山，變移陵谷，咸皆翦伐，莫不侵殘。玉杯得於民間，漆簡傳於世載。無復五株之樹，罕見千年之表」，則駢矣。王褒《寄梁處士周宏讓書》：「頃年事遒盡，容髮衰謝，芸其黄矣，零落無時，還念生涯，繁憂總集」，此散也；「視陰愒日，猶趙孟之徂年；負杖行吟，同劉琨之積慘。河陽北臨，空思鞏縣；霸陵東望，還見長安」，則駢矣。略舉一二，爲駢文者毋但泛填事類，純用排比，以爲文體宜爾；專務華豔，謂與散文有別，庶幾善法六朝者也。且吾讀隋豫王暕《遺崔賾書》：「昔漢氏西京，梁王建國，平臺東苑，慕義如林。馬卿辭武騎之官，枚乘罷弘農之守。每覽史傳，嘗竊怪之，何乃脱略官榮，棲遲藩邸，以今望古，方知雅志。彼二子者，豈徒然哉？」蓋又有駢作於前，而散居於後，以引伸其義者。要之，駢散合一乃爲駢文正格。倘一篇之内，始終無散行處，是後世書啓體，不足與言駢文矣。且所謂駢者，不但謂屬對工麗，如一句冗長，當化作兩句，或兩句尚嫌單弱，則又宜分爲四語，總視相體而裁耳。

三五　運典之法

文章運典，於駢體爲尤要，考之六朝，則有區别焉。梁簡文《叙南康簡王蕢上東宫啓》：「伏惟殿下，愛睦恩深，常棣天篤。北海云亡，騎傳餘藁；東平告盡，驛問留書。嗚呼此恨，復在兹日。」此陳古況今，并以足其文氣也。倘無北海兩人故事，文至「愛睦」二語，不將窮於辭乎？故古典不可不諳習也。有此古典，藉以收束，而文氣亦充滿矣。盧子行《爲百官賀甘露表》：「昔魏明仙掌，竟無靈液；漢武金盤，空望雲表。豈若神漿可挹，流味九户之前；天酒自零，凝照三階之下。」此借以襯託，用彰今美也。故典實不必確切，猶「仙掌」等事，雖亦可以比擬，尚不如今之甘露，真爲瑞應也。庾子山《爲齊王進赤雀表》：「南陽雉飛，尚論秦霸；建章鵠下，猶明漢德。當今天不愛寶，地必呈祥，自應長樂觀符，文昌啓瑞。」此別引他物，取以佐證也。題爲「赤雀」，而偏舉秦之「雉飛」、漢之「鵠下」，來相附麗，是明知其不類，故用「尚論」、「猶明」以申説之。凡事有無從數典，而行旁證之法者，於斯表可睹矣。劉孝儀《從弟喪上東宮啓》：「雖每想南皮，書憶阮瑀；行經北館，歌悼子俟。不足輩此深仁，齊兹舊愛。」此義頗相符，反若未稱者也。啓文既上東宮，引「南皮」、「北館」，亦極典雅。猶有「不足」云云，可見他文中所謂「方之蔑如，曾何足踰」，皆是伸此，所以屈彼。然後知羅列舊典，貴能變化，否則何不擇切合者從之乎？江總《爲陳六宮謝表》：「借班姬之扇，未掩驚羞；假蔡琰之文，寧披悚戴。」此無涉本題，盡力描摹者也。班姬、蔡琰，雖略貼六宮，然文於此，蓋是借其扇以寫「驚羞」，假其文以形「悚戴」。上句言謝，下句言表，故至此亦遂終篇，又足徵文中隨拈往典，與題無關，可以供我驅遣，特在善用之耳。開此五例，恐未盡言，而六朝運典之法，其犓具於是乎？

三六　用虚字流通血脈

人之一身，有血脈爲之流通。《史記》：倉公師公乘陽慶，傳黄帝、扁鵲之脈書，而晉之王叔和則專著《脈經》一書，甚矣！切脈者，醫家之要訣也。文亦有血脈，其道在通篇虚字運轉得法。

顔之推云：「文章當以理致爲心膂，氣調爲筋骨，事義爲皮膚，華麗爲冠冕。今世相承，趨末棄本，率多浮豔。」是論文於六朝，將以浮豔見傷，如服冠冕者，祇知取華麗矣。然顔氏之説，取況心膂、筋骨、皮膚，誠哉名論不磨，而獨不及血脈，則猶知其一，未知其二也。夫文而用駢體，人徒知華麗爲貴，不知六朝之妙，全在一篇之内，能用虚字使之流通。不讀宋武帝《與臧燾敕》乎？其文云：「頃學尚廢弛，後進頹業，衡門之内，清風輟響。良由戎車屢警，禮樂中息，浮夫近志，情與事染。豈可不敷崇墳籍，敦厲風尚？此境人士，子姪如林，明發搜訪，想聞令軌。然荆玉含寶，要俟開瑩；幽蘭懷馨，事資扇發。獨習寡悟，義著周典。今經師不遠，而赴業無聞，非惟志學者鮮，或是勸誘未至耶？想復弘之。」中所有「良由」、「豈可」、「不與」、「非惟」、「或是」等字，即是血脈貫注之處。倘後人爲之，純用對偶，而無虚字流通於其間，無怪人之鄙薄駢文也。且六朝匪特全篇時用虚字，雖造成聯語，亦必用虚字，乃見句法流動耳。雖然，吾考之劉熙《釋名》，「脈」訓爲「幕」，謂幕絡一體也。則爲駢文者，尤當致力於通體，斯爲得之。

三七　新奇之法

《文心·通變篇》：「宋初訛而新。」謂之「訛」者，未有解也。及《定勢篇》則釋之曰：「自近代辭人，率好詭巧，原其爲體，訛勢所變，厭黷舊式，故穿鑿取新。察其訛意，似難而實無他術也，反正而已。故文反正爲乏，辭反正爲奇。效奇之法，必顛倒文句，上字而抑下，中辭而出外，回互不常，則新色耳。」觀此，則「訛」之爲用，在取新奇也。顧彼獨言「宋初」者，豈自宋以後，即不然乎？非也。《通變》又曰：「今才穎之士，刻意學文，多略漢篇，師範宋集。」則文之反正，喜尚新奇者，雖統論六朝可矣。聞之魏文有言：「文章經國之大業，不朽之盛事。」文而專求新奇，爲識者蚩鄙，在所不免。然而論乎駢文，自當宗法六朝，一時作者並起，既以新奇制勝，則宜考其爲此之法。吾試略言之：有詭更文體者，如韋琳之有《鮔表》，袁陽源之有《雞九錫文》，並勸進，是雖出於游戲，然亦力趨新奇，而不自覺其訛焉者也。有不用本字，其義難通，遂使人疑其上下有闕文者，如任彦昇《爲范始興作求立太宰碑表》：「阮略既泯，故首冒嚴科。」「故」即「固」字，自假「固」爲「故」，而文意甚明者，轉至不可解矣。此亦新奇之失，訛於一字者也。又《北山移文》：「道帙長殯。」此「殯」字借爲「埋没」意，且其文究非檄移正格，猶可説也。而江文通《爲蕭拜太尉揚州牧表》：「若殞若殯。」《説文》：「殯，死在棺，將遷葬柩，賓遇之。」今文果從本義，則「殯」爲死矣。章表之體，理宜謹重，何必須此「殯」字，蓋亦惟務新奇，訛謬若此也。以上二者，皆係用字之訛，以爲苟不如此，不足見其新奇耳。他如鮑明遠《石帆銘》「君子彼想」，恐是「想彼君子」，類彦和之所謂「顛倒文句」者。句何以顛倒？以期其新奇也。又庾子山《梁東宫行雨山銘》：「草緑衫同，花紅面似。」其句法本應作「衫同草緑，面似花紅」，今亦顛之倒之者，使之新奇也。或曰：銘爲韻文，所以顛倒者，取其音叶，其説似也。以吾言之，律賦有官韻，無可如何，而顛倒其文句；既非律賦，凡爲駢偶文字，造句之時，可放筆爲之，無容倒置。然則此銘兩句，其有意取訛者，亦好新奇之道也。其餘「則哲」、「如仁」之類，一言蔽之，不離乎新奇者近是。雖然，《記》有之：「情欲信，辭欲巧。」《禮》家且云爾，又何病夫新奇哉？

三八　兼學漢唐

漢文雄傑，故多大篇。論者每以齊梁小文，鄙之爲才氣薄弱，其説似矣。然鮑明遠《河清頌》，梁簡文《南郊》、《馬寶》二頌，薛元卿《老氏碑》，李公輔《霸朝集序》，如此等篇，亦復氣體恢弘，從漢文出，但類此者無多耳。若以唐文較之，唐代駢文，無不壯麗，其源出於徐、庾兩家。徐、庾文體，亦極藻豔調暢，然皆有遒逸之致，非僅如唐文之能爲博肆也。作爲文章，固當兼學漢、唐，以論駢體正宗，則宜奉六朝爲法。

三九　涉於經世

自蕭《選》而後，選文者衆矣，識者獨尊元蘇天爵《國朝文類》，謂可輔史而行，蓋一代奏議諸文，即史家之藁草也。近儒輯《經世文編》，深得此意，後世修史，可備要删矣。人多斥六朝浮靡，以爲文無實用，要知不然。梁武帝《申飭選人表》，論選舉也；孔德璋《上法律表》，言刑法也；牛宏《請開獻書之路表》，尊經籍也；王融《上北伐圖疏》，崇武備也。諸如此類，凡有涉於朝章國典，勒成一書，名曰《六朝經世文録》，彼菲薄六朝者，庶可以關其口矣。唐賢有云：「古人因事立文，後人爲文造事。」竊謂六朝之文，雖謝賫各啓，無與世道，然亦可知其文不虛構也，況大而經世者乎？烏得以文用駢體而一概鄙夷之哉？

四〇　貴有宕逸處

六朝文中，有爲後人不能學者，往往於此句之下，玩其文氣，不妨以入後數語，在此緊接中間，偏運以典雅之辭，一若去此，則文無精采，而其氣亦覺薄弱者。如傅季友《爲宋公修張良墓教》：「撫跡懷人，永歎實深。」其後則謂「可改構棟宇，修飾丹青」，自此以下直可接「永歎實深」，後乃言：「過大梁者，或佇想於夷門；游九原者，亦流連於隨會。」擬之若人，亦足以云此種若斷若續，不即不離。試删此「過大梁」云云，不將失之直率乎？其《修楚元王墓教》所謂「愛人懷樹」至「開源自本者乎」，亦是此法。又陳宣帝《天嘉六年修前代墓詔》：「玉杯得於民間，漆簡傳於世載。無復五株之樹，罕見千年之表。」下復云「漢高流連於無忌，宋祖惆悵於子房，丘墓生哀，性靈共惻者也。」以其上下辭氣求之，「玉杯」諸句，幾似贅辭，然苟削去之，文則闇淡無色，而氣亦迫促矣。或評宣帝文云：「作四六，必須有此宕逸處方佳。」所見亦極精確，吾恐「宕逸」二字，尚不足盡之。

四一　開合之法

文章須用開合法。作駢文宜於排偶之中，以開合行之，四句平列，則不善矣。六朝文中且有兩語自作開合者。陸倕《豫章王拜後赦教》：「非有沛獻矜嚴，空紆青組；東平智思，徒舉赤帷。」其意蓋謂非有沛獻之矜嚴，而空紆青組；非有東平之智思，而徒舉赤帷。是此文於兩句中，有開合之法在也。若此處不用開合，則其下「思所以仰述皇猷，導揚宏澤」，文氣將不貫矣。故讀六朝文，最當識其開合之妙。

四二　間有清辨之作

六朝文以華麗勝，而清辨之作亦間有之。張融《與從叔永書》：「融不知階級，階級亦可不知融。政以求丞不得，所以求郡；求郡不得，亦可復求丞。」梁簡文《論文書》：「若以今文爲是，則昔賢爲非；若昔賢可稱，則今體宜棄。俱爲盍各，則未之敢許。」如上所述，猶非全篇。若陸韓卿《與沈約書》辨論音律，則通體皆然矣。中有「今許以有病有悔爲言，則必自知無悔無病之地，引其不了不合爲闇，何獨誣其一合一了之明乎？」全不飾以材藻，專取辨給見長。故論文於六朝，真無體不備也。

四三　摹寫山水

《文心·明詩篇》云：「宋初文詠，體有因革，莊、老告退，而山水方滋。」此固言詩家之怡情山水也，以六朝文論，亦有摹寫山水者。吴均《與顧章書》：「僕去月謝病，還覓薛蘿。梅谿之西，有石門山者，森壁爭霞，孤峰限日，幽岫含雲，深谿蓄翠。蟬吟鶴唳，水響猿啼，英英相雜，緜緜成韻。既素重幽居，遂葺宇其上。幸富菊花，偏饒竹實，山谷所資，於斯已辦，仁智所樂，豈徒語哉！」此等文令人讀之，真有濠濮間想。均復有《與宋元思書》，亦論山水之奇異。至陶弘景之《答謝中書》，所謂「山川之美」云云，則已載於前。是皆善言山水者也，觀此數篇，可知六朝人怡賞山水，爲文亦然，豈徒詩而已哉？

四四　爲人作文貴切題

爲人作文，無論墓銘、書序，各種體裁，總必曲肖其人，使不可有所移易。如劉孝綽《昭明太子集序》云：「臣竊觀《大易》，重明之象著焉，抑又聞之，匕鬯之義存焉。故《書》有孟侯之名，

《記》表元良之德，歷選前古，以洎夏、商，可得而稱，啓、誦而已。雖徹聖挺賢，光乎二代，高文精義，闃爾無聞。漢之顯宗，晉之肅祖，昔自東宫，益好儒術，或專經止於區易，或持論窮於貞假。子桓雖摛藻銅省，集講肅成，事在藩儲，理非皇貳，未有正位少陽、多才多藝者也。」此篇起數語，即是申明序爲太子而作，其下既援啓、誦作證，則又惜其無文，所以見昭明之有文集也。顯宗、肅祖，昔爲太子，固是極好儒術者，而又不如昭明之能文。子桓能文矣，則又非皇貳。處處折到今爲《昭明太子集》作序，有移之他人不得者。昌黎論文，謂「唯其是而已」。「是」者何？吾謂就事言，則是其事；就人言，則是其人：道在此也。彼喜用材藻，而不知切題者，烏得與語哉！

四五　潛氣内轉妙訣

文章承轉上下，必有虚字。六朝則不然，往往不加虚字，而其文氣已轉入後者。江文通《劉喬墓銘》：「參錯報善，茫昧雲玄。」自「乃毓伊人」下皆是贊劉，而此兩句即是轉筆也。《宋張氏墓誌》所云「冥昧慶善，窅翳壽仁」，亦是此法。若謂銘是韻語，故可無用虚字，苟善讀之，尚易辨析。劉孝儀《從弟喪上東宫啓》云：「茫昧與善，一旦長辭」，以接「攀附鱗翼，三十餘載」，後此二句，或將「一旦長辭」移置於前，雖無虚字，意自顯。然今言「茫昧與善」者，蓋用「天道無親，常與善人」；

語以善人，應爲天道。」所與「茫昧」者，謂天道茫昧也；「茫昧與善」，即是言天道茫昧，不與善人，並不用虚字，即以此作轉耳。又如昭明《陶淵明集序》：「豈能戚戚勞於憂畏，汲汲役於人間」下「齊謳趙女之娱，八珍九鼎之食，結駟連騎之榮，侈袂執圭之貴：樂既樂矣，憂亦隨之」。自「齊謳」至此，不細爲推尋，幾疑接上「豈能」兩句之後，不知其辭氣已轉也。即下文「唐堯四海之主，而有汾陽之心；子晉天下之儲，而有洛濱之志。輕之若脱屣，視之若鴻毛，而況於他人乎？」「唐堯」之上文爲「饕餮之徒，其流甚衆」，意不聯貫，而於「唐」字上且無虚字，蓋其氣則又轉也。故讀六朝人文，須識得潛氣内轉妙訣，乃能於承轉處迎刃而解，否則上下語氣，將不知其若何銜接矣。

四六　駢文與學術

文與學相通。我朝乾、嘉時最重考據，故文人集中多有考據之作。宋、明尚理學，作文者則時爲性道語。昔賢謂晉人清談，文皆平淡似《道德經》。此可見一時學尚相趨，文亦隨之。至六朝好佞佛，見於《文選》者，有王簡棲《頭陀寺碑》，實於釋理甚深。彼若邢劭《景明寺碑》、陸佐公《天光寺碑》，如此類者，無不通於佛典矣。梁元帝《内典碑銘集林序》曰：「予幼好雕蟲，長而彌篤。游心釋典，寓目詞林，頃常搜聚，有懷著述。」是知上有好者，下必甚焉。六朝佛學之盛，由於在上者爲之提倡，無怪彼時文儒，皆能以華豔之辭，闡空寂之理，特惜元帝此編散佚不傳耳。然學術文章，互爲表裏，蓋可識矣。

四七十字句

四六之與駢文，其體不同，余已辨之。然有頗似四六，而其實以十字爲句者。鮑明遠《大雷與妹書》：「則有江鵝、海鴨、魚鮫、水虎之類，豚首、象鼻、芒鬚、針尾之族，石蟹、土蚌、燕箕、雀蛤之儔，拆甲、曲牙、逆鱗、返舌之屬。」王元長《三月三日曲水詩序》：「褰帷斷裳、危冠空履之吏，彯摇武猛、扛鼎揭旗之士。」此等語句，豈可分爲四六讀之？沈休文《梁武帝集序》：「《鹿鳴》、《四牡》、《皇華》、《棠棣》之歌，《伐木》、《采薇》、《出車》、《杕杜》之譙。」亦十字句也。又梁元帝《忠臣傳諫諍篇序》：「亦有傾天滅地、汙宫瀦社之罪，拔木塞源、裂冠毁冕之釁。」亦同此句法。蓋彼時本無所謂四六也。且六朝之中，駢四儷六，諸家文字固時有所見，亦必有虚字行乎其間，使之流動，非如塗塗附者也。試觀傅季友《爲宋公修楚元王墓教》：「愛人懷樹，甘棠猶且勿翦；追甄墟墓，信陵尚或不泯。」略舉此篇，可知即用四六，亦無有失之平板者。至鮑、王諸文，則非以四六爲句，尤學者不可不知也。

四八　或字句

任彦昇《爲范尚書讓吏部封侯第一表》：「近世侯者，功緒參差：或足食關中，或成軍河内，或制勝帷幄，或門人加親，或與時抑揚，或隱若敵國，或策定禁中，或功成野戰，或盛德如卓茂，或師道如桓榮，或四姓侍祠，已無足紀，五侯外戚，且非舊章。」此文疊用「或」字，論者謂其筆法放縱，似矣。以吾言之，古人文字，所以簡貴也，若如後人爲之，必將分作偶章，窮力鋪叙，不欲以一事作一句而上加「或」字者。《後漢書·逸民傳論》：「或隱居以求其志，或迴避以全其道，或靜己以鎮其操，或去危以圖其安，或垢俗以動其概，或疵物以激其清。」玩其句法，實與彦昇同。蓋連用數「或」字，以逸民品格，匪同一轍，亦猶封侯之人，其類自異，若不廣徵博引，則無以見流别。如化散爲整，排比行之，必失之煩冗，故每句祇加一「或」字，而文氣自然調鬯。唐劉知幾《史通》有「叙事尚簡」之説，范、任二氏之文，其即尚簡之道與？然後之駢文家，則用此者鮮矣。

四九　好整以暇

王或庵先生《古文練要》，今所傳者，祇存《左傳》一家。其評左氏之文，則以兵法喻之，先生固深於兵法者也。余謂六朝駢體，若取譬於兵，其如子貢所謂「服白衣冠，陳説於兩軍之間，有不戰屈人之善乎？」左氏有言曰：「好整以暇」，殆六朝之謂矣。

五〇　引典用意、用文辨

顧亭林先生《日知録》：「《書・泰誓》：『受命億兆夷人，離心離德；予有亂臣十人，同心同德。』《左傳》引之，則曰：『《太誓》所謂商兆民離、周十人同者，衆也。』《淮南子》：『舜釣於河濱，期年而漁者爭處湍瀨，以曲隈深潭相予。』《爾雅注》引之，則曰：『漁者不爭隈。』此皆略其文而用其意也。」據此觀之，古人引書固有衹用其意者。顧吾讀六朝文，則又有不惟其意，而惟用其文者，何以明之？沈休文《齊故安陸昭王碑文》有云：「起予聖懷，發言中旨。」夫「起予者商也」，見於《論語》。「予」者，孔子自謂也。今用「起予」兩字，不過言能起聖懷耳，其意則不合矣。往讀《韓詩外傳》，其引《詩》也，皆不必本意，則此例昔賢已有之。今請舉《漢書・藝文志》爲證。儒家云：「孔子曰：如有所譽，其有所試。唐、虞之隆，殷、周之盛，仲尼之業，已試之效者也。」此言「已試之效」，豈與聖人譽人之道、取之試驗者所可同語哉？然即此以明休文之引用「起予」，特在文字耳。若論休文之所本，應休璉《與廣川長岑文瑜書》「謹書起予」，是古人有行之者。以此書所言「起予」者，亦衹用一「起」字耳。至周弘讓《與徐陵薦方圓書》「起予今言」、隋楊暕《召王貞書》「側望起予」，竟似誤矣。要之，皆是用其文而已矣，於意云何，則不復問也。

五一　駢文與小學

漢世文人，交推揚、馬。考之史，相如有《凡將篇》，子雲有《訓纂》、《方言》，是固精於小學者也。以六朝言，周興嗣、蕭子雲各爲《千字文》，吴恭則有《字林音義》，顧野王有《玉篇》，阮孝緒有《文字集略》，顔之推有《訓俗文字略》，均載《隋書・經籍志》。而《志》又著録梁楊休之《韻略》一卷，沈約《四聲》一卷，此蓋言音韻之書也。在晉、宋之際，文士齊名者則爲顔、謝。按《隋志》，顔則撰《詁幼》，謝則撰《要字苑》，雖其書不傳，可知文章之妙，必通小學。此劉彦和氏所以《練字》一篇，别用討論乎？其言曰：「善爲文者，富於萬篇，貧於一字。一字非少，相避爲難。」然則學爲駢文，其可不攻小學乎？六朝駢文之工，亦其小學擅長也。

五二　窮則必變

宇文周時，蘇綽作《大誥》。《周書・庾信傳論》稱：「綽建言務存質樸，遂糠粃魏、晉，憲章虞、夏，雖屬辭有師古之美，矯枉非適時之用。」當即指《大誥》言。隋李士恢《上高祖革文華書》有云：「江左齊、梁，其弊彌甚。」又云：「故文筆日繁，其政日亂，良繇棄大聖之軌模，事無用以爲用。」其意極斥棄聖之失。大約周、隋之間，以六朝文勝，將有復古之意。夫天下事窮則必變，理勢然也。六朝之文，至齊、梁則華豔極矣。故《大誥》既出，雖蒙矯枉之譏，而李氏則力詆其弊，要思一變，以至於道，殆可知矣。然以世運言，剥則必復，若志在肄習駢文，則不可不宗師六朝。何也？六朝者，駢家之軌範，所謂取法乎上也。

五三　駢文與史學

史學自唐設監修，而載筆之士，遂無別識心裁矣。六朝史家並作：范蔚宗之《後漢》，蕭子顯之《齊書》，皆傳之後世。其亡者，如謝靈運、蕭子雲之《晉書》，徐爰、孫嚴之《宋書》，劉陟、沈約之《齊紀》，江淹之《齊史》，謝吴之《梁書》，許亨之《梁史》，魏彦深之《後魏書》，陸瓊之《陳書》，《隋志》皆録入正史，而今無傳本。今讀沈休文《上宋書表》，所謂「桓玄、譙縱、盧循、馬魯之徒，身爲晉賊，非關後代；吴隱、謝混、郗僧施，義止前朝，不宜濫入宋典；劉毅、何無忌、魏詠之、檀憑之、孟昶、諸葛長民，志在興復，情非造宋：今并刊除，歸之晉籍。」其體例謹嚴，可謂善矣。即魏收以穢史聞，然觀其《上魏書十志啓》，如云「《河溝》往時之切，《釋老》當今之重，《藝文》前志可尋，《官氏》魏代之急。去彼取此，敢率愚心？」雖《釋老》一志，爲世所譏，然作史以表、志爲難，魏氏所謂「志之爲用，一統天人之跡」，能知其要，異於文人之斤斤於紀傳、以文字見長者矣。《南齊書·檀超傳》王儉議國史條例云：「金粟之重，八政所先，食貨通則國富民實，宜加編録，以崇務本。《朝會志》前史不書，蔡邕稱先師胡廣説《漢舊儀》，此乃伯喈一家之意，曲碎小儀，無煩録。宜立《食貨》，省《朝會》。《洪範》九疇，一曰五行。五行之本，先乎水火之精，是爲日月五行之宗也。今宜憲章前軌，無所改革。又立《帝女傳》，亦非淺識所安。若有高德異行，自當載在《列女》，若止於常美，則仍舊不書。」儉之深於史學，略可見已。

五四　駢文與玄學

《顔氏家訓·勉學篇》：「夫老、莊之書，蓋全真養性，不肯以物累己也。故藏名柱石，終蹈流沙；匿跡漆園，卒辭楚相：此任縱之徒耳。何晏、王弼，祖述玄宗，遞相誇尚，景附草靡。」又曰：「彼諸人者，並其領袖，玄宗所歸。其餘桎梏塵滓之中，顛仆名利之下者，豈可備言乎？直取其清談雅論，剖玄析微，賓主往復，娱心悦耳，非濟世成俗之要也。洎於梁世，兹風復闡，《莊》、《老》、《周易》，總謂三玄，武皇、簡文，躬自講論。」夫晉人之崇尚玄學，世多能言之，豈知至梁而亦重玄談乎？且其書以《莊》、《老》、《周易》謂之「三玄」，而武皇、簡文又親導於上，宜玄風因此而復闡矣。余讀簡文帝《華陽陶先生墓誌銘》云：「若夫真以歸空爲美，道以無形爲貴。不知悦生，大德所以爲生；不知惡死，谷神所以不死。」又《招真館碑》云：「況復上游玉清，損之又損；高排金闕，玄之又玄：豈言象之能詮，非時節之所辨。」其言皆通於莊、老，如簡文者，真可與剖玄析微矣。但老、莊全真養性，其道正如此，而斥爲「任縱」、「非濟世成俗」，此乃王、何輩别成玄宗，老、莊治世之術，其實不然也。顔氏第見其末流之失，遂并老、莊詆毁之，恐老、莊不受也。雖然，六朝玄學，讀其文者，又不可不知也。

五五　用典兩句一意

作文必須用典，駢文中尤當引證故實，爲之敷佐。然上下四句，如每句各自一事，既不聯屬，則失之太易，幾同雜凑，應兩句爲一意。試觀梁元帝《次建業詔》：「爰始居亳，不廢先王之都；受命於周，無改舊邦之頌。」又《答勸進羣下令》：「赤泉未賞，劉邦尚曰漢王；白旗弗懸，周發猶稱太子。」沈炯《勸進梁元帝第二表》：「比以周旦，則文王之子；方之放勛，則帝摯之季。」王融《上北伐圖疏》：「桓公志在伐莒，郭牙審其幽趣；魏后心存去漢，德祖究其深言。」昭明太子《謝勑賚地圖啓》：「匹之長樂，惟畫古賢；儔之未央，止圖將帥。」又《答湘東王求文集詩苑書》：「不追子晉，而事似洛濱之游；多愧子桓，而興同漳川之賞。」張纘《謝東宫賚園啓》：「徙居好時，必待使越之裝；别館河陽，亦資牧荆之富。」諸如此類，不勝枚舉。蓋上爲一事，下自爲一事，兩句必使連綴，非兩句之内别援事實而不相關涉者也。倘不相關涉，而牽率以來，爲例過寬，徵之梁元數篇，當不如是。雖法用謹嚴，固有難於屬對者，然寧隘毋泛，則方見駢文之可貴。否則上句爲漢，下句爲明，如此取便，恐典而不雅矣。余嘗爲人作壽序，其人姓鍾，篇末思用鍾子期及李委壽東坡事。上二句以「牙琴」對「腰笛」，固自典切；下二句始恐「高山流水」，無可作對，久之，憶及李委當時，其服爲青巾紫裘，成句云：「牙琴協奏，忝高山流水之知；腰笛横吹，庶青巾紫裘而獻。」頗覺爲工。若不就本事，則無足稱也。然而自唐以來，如王子安輩，知此者已尠矣。

五六　墓碑作年譜讀

六朝重譜學，故王儉《百家集譜》，王僧孺《百家譜》、《百家譜集鈔》，元暉業《後魏辯宗録》，均載《隋志》，惟年譜則蓋闕。至宋之魯訔、洪興祖輩，始創爲之，於是陶靖節、杜少陵以下，各有年譜，傳於今日。然六朝人作墓碑，歷述其人生平，由少至老，從生及卒，無不依年鋪叙，雖文體仿自中郎，要可作年譜觀。

五七　詳略之法

徐修仁《故永陽敬太妃墓誌銘》：「其先周靈王之後，自秦、漢逮於晉、宋，世戴光口，羽儀相屬。既以備於前志，故可得而略焉。」沈休文《齊故安陸昭王碑文》：「若夫彈冠出仕之日，登庸涖事之年，軍麾命服之序，監督方部之數，斯固國史之所詳，今可得而略也。」兩篇語意相同。顧既已云「可得而略」矣，則竟略而不言可耳，乃明知其可略，而又不能不略及之者，此其所以爲文也。故文有須詳説者，有不妨從略者，權於詳略之間，而遣辭命意則必能得其精要矣。否則，詳所不當詳，則失之繁冗；略所不當略，則失之苟簡。吾於此悟作文之法，有不待詳備，特又不可過略者，如兩家文是已。

五八　讀駢文當以意逆志

孟子曰：「説《詩》者不以文害辭，不以辭害志。以意逆志，是爲得之。」讀六朝文亦當知此。宋武帝《與臧燾敕》：「獨習寡悟，義著周典。」此必用《禮・學記》：「獨學而無友，則孤陋而寡聞。」如論文辭，應作「獨學」「寡聞」，使考據家於此，必將證其訛誤矣。今若此者，但識其志趣所在，則無庸嘵嘵致辨也。陳後主《與江總書》：「晚生後學，匪無墻面，卓爾出羣，斯人而已。」「墻面」者，《論語》：「人而不爲《周南》、《召南》，其猶正墻面而立與？」乃言不學也。今其意蓋謂亦有向學者，不適與之相反乎？實則此處欲明雖有學者，不足出羣，出羣者惟斯人耳。苟通其志，不必校其異同矣。是故六朝文字，取孟子説《詩》之意，而觸類旁通，足可爲拘牽辭義者法。

五九　避駢枝

李延壽《北史・文苑傳序》：「曲阜之多才多藝，監二代以正其源；闕里之性與天道，修六經以維其末。」「曲阜」「闕里」相對使，彦和見之，必致譏也。《文心・麗辭篇》：「劉琨詩言：宣尼悲獲麟，西狩泣孔丘。若斯重出，即對句之駢枝也。」故知李氏此序，以「曲阜」對「闕里」，真是重出而駢枝矣。夫駢體重出，同於駢枝，則不足稱賞，吾觀六朝作者無此失也。推延壽之用意，極是歸崇先聖，然何不去「曲阜」、「闕里」四字，而於其句上行以散體？或言：孔子之聖，固天攸縱，則決無駢拇枝指之患矣。六朝諸家，於無可屬對者，往往化駢爲散，即使兩句相對，而不嫌其重沓者，或事非一人，或時分兩代，極之意雖從同，而於用字則有判别。沈休文《爲武帝與謝朏敕》：「璧帛虛往，蒲輪空歸。」下一「往」字、「歸」字，亦不使傷於複出。夫駢文誠不可無對偶，然豈可率爾操觚耶？

六〇　引典以虛作實

《顔氏家訓・文章篇》：「《詩》云：『孔懷兄弟。』孔，甚也；懷，思也。言甚可思也。陸機《與長沙顧母書》述從祖弟士璜死，乃言：『痛心拔腦，有如孔懷。』心既痛矣，即爲甚思，何故言『有如』也？觀其此意，當謂親兄弟爲『孔懷』。《詩》云：『父母孔邇。』而呼二親爲『孔邇』，於義通乎？」此辨陸氏之文不應以兄弟爲「孔懷」，并援「孔邇」爲證，意謂「孔懷」可作兄弟，「孔邇」亦可名父母矣。駮斥極是。惟六朝文中，如此者頗多。以「友于」爲兄弟，陶詩：「再喜見友于」，且亦用之。推「友于」之例，士衡「孔懷」之説，指親兄弟言，夫豈不可？任彦昇《爲范尚書讓吏部封侯第一表》：「遠惟則哲，在帝猶難。」《書》：「知人則哲」，蓋以「則哲」爲「知人」矣。謝玄暉《謝隨王賜左傳啓》：「籯金遺其貽厥。」王仲寶《褚淵碑文》：「貽厥之寄。」《詩》：「貽厥孫謀。」是又以「貽厥」作「孫謀」解矣。彦昇《又爲庾杲之與劉居士虬書》：「實望賁然。」《詩》：「賁然來思」，蓋望其來也，而「賁然」二字，即作來字用之。蓋斷章取義，古人有焉，而課虚成實，則始於魏、晉，六朝人觸類引申之。然讀其文者必達此意，苟未明乎運用之故，語將有不可通者矣。

六一　造句求新奇

六朝文多生造之句，幾有不能解者。江文通《恨賦》：「孤臣危涕，孽子墜心。」李善《選注》：「孟子曰：『孤臣孽子，其操心也危，其慮患也深。』《登樓賦》曰：『涕横墜而弗禁。』《字林》曰：『孽子，庶子也。』然心當云危，涕當云墜，江氏愛奇，故互文以見義。」此説甚正。嘗見或本「危涕」有作「泣涕」者，殆以語不可通而專輒改字耳，不知不如此，則句不奇也。以此類推，傅季友《爲宋公修張良廟教》：「照鄰殆庶。」任彦昇《爲范始興作求立太宰碑表》：「功參微管。」皆是工於造句者也。《易大傳》：「顔氏之子，其殆庶幾乎！」《論語》：「微管仲，吾其被髮左衽矣。」應以「庶幾」、「管仲」連文，今不言「庶幾」而言「殆庶」，已似訛謬。管仲爲人名，截去「仲」字，反以「微管」綴用，如不知其句多生造，豈非等於歇後語乎？故六朝有生造句法，學者當善會之。

六二　五七言詩句

魏應休璉《與滿炳書》：「高樹翳朝雲，文禽蔽緑水。」此於駢文之中，而有五言詩句，豈不異哉？今觀六朝如任彦昇《爲庾杲之與劉居士書》：「妙域筵山河，虚館帶川涘。」王元長《三月三日曲水詩序》：「引鏡皆明目，臨池無洗耳。」又如孔稚珪《北山移文》：「希蹤三輔豪，馳聲九州牧。」王僧孺《與何炯書》：「俛眉事妻子，舉手謝賓游。」徐孝穆《在北齊與楊僕射書》：「盛旱坼山川，長波含五嶽。」皆有此體，若以之入詩，亦斐然成章也。至《移文》中所謂「澗户摧絶無與歸，石徑荒涼徒延佇」，則又爲七言詩矣。此文通篇用韻，固爲賦體，宜其多有詩語也。

六三　足句之法

《世説新語·文學篇》：「桓宣武命袁彦伯作《北征賦》，既成，公與時賢共看，咸嗟歎之。時王珣在坐，云：『恨少一句，得「寫」字足韻當佳。』袁即於坐攬筆益云：『感不絶於予心，泝流風而獨寫。』」此可知作爲文字，有必增加一二語而後神完氣足者。梁簡文帝《與劉孝儀令》：「自阮放之官，野王之職，棲遲門下，已踰五載。同僚已陟，後進多升，而怡然清静，不以少多爲念，確爾之志，亦何易得！」文至此亦可頓住矣，似不待煩言，而其氣已極酣足。乃復云：「西河觀寶，東江獨步，書籍所載，必不是過。」此即足句法也。不然，「亦何易得」以下，正可直接下文「吾昔在漢南」云云，而必足此「西河觀寶」數語者，誠以苟不如此，則文氣不足也。又梁元帝《薦鮑幾表》：「故以物無遺寶矣」，下所云「振鷺有充庭之謳，白駒罕空谷之詠，洋洋濟濟，無得而稱者焉。」亦是足句法。何也？已説到「物無遺寶」，而「振鷺」四語，若非用足句法，真是贅言矣。六朝文類此者尚多，舉此兩篇，學者可以三隅反矣。

六四　質樸之美

梁簡文帝《與湘東王令》：「去歲冬中，已傷劉子；今兹寒孟，復悼王生。」「劉」謂劉遵孝陵，「王」謂王規威明也。此文首言「威明昨宵」，則是爲王規作也，然以劉子、王生作對，可見六朝文體，但求修整耳。若後之文人，於此等處，必將羅列故實，而能若此之出以淡語乎？且此以同時之人造爲對偶，猶可説也，并有與古相儷者。任彦昇《與劉居士書》：「昔東平樂善，旌君大於東閣；今王愛素，致吾子於西山。」上既用東平事，何難甄采古典，著爲聯語？乃即以「今王」、「吾子」自然成對。故六朝雖尚藻麗，可知猶有質樸之美也。魏臧洪《與陳琳書》：「足下徼利於境外，臧洪投命於君親；吾子託身於盟主，臧洪策名於長安。」則又其句法之所由來矣。

六五　收縮之法

宋武帝《孝建元年詔》：「而頃事無巨細，悉歸令僕，非所以衆材成構，羣能濟業者也。」陳後主《太建十四年詔》：「而口柔之辭，儻聞於在位；腹誹之意，或隱於具僚。非所以宏理至公，緝熙帝載者也。」兩文格律，如出一轍。使後人爲之，「非所以」三字，必易爲「將何以」矣。邢子才《請置學及修立明堂奏》：「加以風雨稍侵，漸致虧墜，非所謂追隆堂構，儀刑萬國者也。」雖「所以」易爲「所謂」，正同此氣格。牛里仁《請開獻書之路表》：「非所以仰協聖情，流訓無窮者也」，亦然。昔人論書，有「無垂不縮」之説，今不曰「將何以」而曰「非所以」或「非所謂」者，是即縮之法也。凡文章有貴勁氣直達者，然不明乎收縮之法，而但使一往奔放，則不能得抑揚頓挫之妙矣。

六六　隸事之法

六朝文引用古籍以虚作實，如「則哲」之爲「知人」，「貽厥」之爲「孫謀」，已如前所述矣。其間又有證以經傳，若不知其爲隸事者。梁武帝《申飭選人表》有「後門以過立試吏」、「八元立年」等語。「過立」與「立年」，循誦其上下文，有「甲族以二十登仕」，乃知此「立」字，即《論語》「三十而立」義也。傅季友《爲宋公修張良廟教》、任彦昇《爲范始興作求立太宰碑表》，一則言「冠德如仁」，一則言「道被如仁」。所謂「如仁」者，亦本《論語》孔子之稱管仲有「如其仁，如其仁」之説，蓋以「如仁」隱切管仲也。何以知「如仁」之隱切管仲？觀傅氏文上云「參軌伊望」，則此「如仁」兩字，豈非就管仲而言乎？不明稱管仲，以「如仁」代之者，兩家文中，或云「微管之歎」，或云「功參微管」，所以避複出，亦其運典之新奇，但取暗合也。又沈休文《謝賜軫調絹等啓》：「曹植還蕃，非降魏兩之賜。」「魏兩」云者，未知何解，以上句「未聞漢儲之禮」觀之，乃用《易》「明兩作離」，以「兩」爲太子也。若不識「兩」爲太子，「魏兩」二字，幾不可通矣。讀六朝文字，此等隸事之法須知之。由此而推，顔延年《陶徵士誄》「年在中身」，是以《書》「文王受命惟中身」而言淵明之壽，同於文王也。文王九十七而崩，則淵明卒年亦當在九十七歲矣。若從《尚書》本義，文王享國五十年，受命之時衹四十七歲，將淵明没年，僅在四十七乎？惟知「中身」代文王，而淵明之生卒可以考矣。

六七　字句不厭推求

《梁書・王筠傳》：「約製《郊居賦》，構思積時，猶未都畢，乃要筠，示其草。筠讀至『雌霓連蹚』，約撫掌欣忭曰：『僕嘗恐人呼爲霓。』次至『墜石磓星』，及『冰懸埳而帶坻』，筠皆擊節稱賞。約曰：『知音者希，真賞殆絶，所以相要，正在此數句。』」嘗讀《論語》曰：「爲命，裨諶草創之，世叔討論之，行人子羽修飾之，東里子産潤色之。」此可悟作文之道，須貴與人討論，而加以修潤之功。沈約僅爲賦中數句，甚至要筠而來，出以相示，宜其文爲永明之冠也。又《南史·任昉傳》：王儉「出自作文，令昉點正，昉因定數字，儉撫几歎曰：『後世誰知子定吾文！』」夫人之爲文，不能無病，故曹子建好人譏彈，丁敬禮嘗欲屬其爲之潤飾，古今相傳，皆以此爲美談。而昉則爲儉點定數字，可見六朝人猶有此風，特未知所點定者爲何文耳。吾謂作爲駢體，不可不上法六朝，而六朝於字句之間不厭推求，學者尤宜法之。

六八 「脱」乃方言

梁元帝《薦鮑幾表》：「脱蒙顯居良局，登以清貫。」簡文帝《與蕭臨川書》：「脱還鄴下。」徐孝穆《與李那書》：「脱惠箋繒，慰其翹結。」周宏讓《薦方圓書》：「脱能登此仄陋。」又：「脱不能賁然來思。」又：「此舉脱復入聽。」邢子才《請置學及修立明堂奏》：「脱復稽延。」昭明太子《謝勅賚地圖啓》：「脱逢壯武。」此數「脱」字，皆似作「若」字解。考之字書，並無斯義，且前人文辭，亦不經用，吾疑乃六朝方言也。昔荀子時言「安」，屈子時言「羌」，説者每以方言釋之。六朝文之屢見

「脱」字，其爲方言可知矣。靖節詩：「脱有經過。」便是在晉、宋之際，固已行之，所謂「脱有」者，亦是「若有」耳。

六九　感嘆時序、别開文境

《詩品》：「春風春鳥，秋月秋蟬，夏雲暑雨，冬月祁寒，斯四候之感諸詩者也。」後世能詩之士，往往對景生情，發爲吟咏，自命風雅，吾不願爲也。觀於六朝則不然。梁簡文《答張纘示集書》：「至如春庭落景，轉蕙承風，秋雨且晴，簷梧初下。浮雲生野，明月入樓，時命親賓，乍動嚴駕。」又曰：「是以沈吟短翰，補綴庸音，寓目寫心，因事而作。」昭明《答湘東王求文集詩苑書》：「或日因陽春，具物韶麗，樹花發，鶯鳴和，春泉生，暄風至，陶嘉月而熙游，藉芳草而眺矚。或朱炎受謝，白藏紀時，玉露夕流，金風時扇，悟秋士之心，登高而遠託。或夏條可結，倦於邑而屬詞；冬雪千里，覩紛霏而興詠。」陳後主《與詹事江總書》：「或翫新花，時觀落葉，既聽春鳥，又聆秋雁，未嘗不促膝舉觴，連情發藻。」以此三家言之，皆謂感歎時序，故寄意於斯文，將不免李士恢所誚「連篇累牘，不出月露之形；積案盈箱，唯是風雲之狀」者矣。然末流之弊，固宜作防。苟四時之中，心有所觸，借以抒吾抑鬱，染翰爲之，則亦行文之道也，况在六朝，乃是别開文境者乎！

七〇　工于煉字

六朝工於鍊字。沈休文《爲武帝與謝朏敕》：「紆賢之愧。」「紆」，《説文》：「詘也。」用「紆」則鍊。江文通《爲蕭拜太尉揚州牧表》：「靜民紐亂。」「紐」，《廣雅》：「擘也。」「擘」者，《禮·内則》：「塗皆乾，擘之。」《疏》：「擘，去乾塗也。」用「紐」則鍊。王褒《與周宏讓書》：「鏟迹幽谿。」李善《海賦》「鏟臨崖之阜陸」注引《蒼頡篇》曰：「鏟，削平也。」用「鏟」則鍊。王僧達《祭顏光禄文》：「娥月寢耀。」「寢」，《漢書·刑法志》「兵寢刑措」注：「寢，息也。」用「寢」則鍊。凡其善於鍊字者，必深通字義，倘字義不明，敢輕下一字乎？然此猶爲虚實兩字也。又有一句之内，皆施以冶鍊之法者。試以文通爲證：《爲蕭公三讓揚州表》所謂「魂祈夢請，駐心挂氣」，「無使匹概血誠，不諒於璿扆；宏芬英猷，遂蕪於里聽」；又《爲蕭驃騎讓太尉增封第二表》所謂「鉉司崇貴，衮位淵嚴」，「血祈旦亮，慊志夕滿」：此等辭句中，每安置一字，幾經陶鍊而出，真有戛戛獨造之妙。文通而外，作者類然，不備載也。若思考其出處，以爲或有所本，則泥矣。

七一　任沈辨

駢文之有任、沈，猶詩家之有李、杜，此古今公言也。二子之文，就昭明所録，與諸選本觀之，彦昇用筆稍有質重處，不若休文之秀潤，時有逸氣爲可貴也。《詩品》云：「昉既博物，動輒用事，所以詩不得奇。」然則彦昇之詩，失在貪用事，故不能有奇致。吾謂其文亦然，皆由於隸事太多耳。語曰：「文翻空而易奇。」以此言之，文章之妙，不在事事徵實，若事事徵實，易傷板滯。後之爲駢文者，每喜使事，而不能行清空之氣，非善法六朝者也。《北齊書·魏收傳》：「見邢、魏之臧否，即是任、沈之優劣。」兩家之文，蓋不無優劣之分矣，然而任、沈要爲駢文大家也。

七二 陶淵明文

陶靖節詩，東坡謂其「淡而實綺，癯而實腴」。余謂靖節不徒詩爲然，即以此二語評其文，亦復若此。或云陶淵明文不多作，且若未經意，不可以學而能。非學之難，有其胸次爲難。往讀《五柳先生傳》，有曰：「常著文章以自娱，頗示己志。」知靖節之於文，特以明其志耳。語云：「文如其人。」靖節人品極高，其文則直寫胸襟，豈後人所能學而至？即就詩言，東坡而外，學之者頗多，然如韋、柳諸家，皆不能及其自然，所謂有其胸次爲難也。或謂靖節人非六朝之人，文亦非六朝之文，真知言哉！

七三　范曄文

范蔚宗《後漢書》，説者謂其文氣衰弱，似矣。然其自序則云：「至於《循吏》以下，及《六夷》諸序論，筆勢縱放，實天下之奇作。其中合者，往往不減《過秦篇》。」是彼固自謂「筆勢縱放」矣，豈可以衰弱訾之哉？余最愛讀其序論，嘗欲抄撮一編，以作軌範。蓋蔚宗之文，叙事則簡淨，造句則研鍊，而其行氣則曲折以達，疏蕩有致，未嘗不證故實，肆意議，篇體散逸，足爲駢文大家。惜昭明《文選》僅載《逸民傳論》數篇。而《文苑》一傳，爲其剏立，據劉子玄《史通》，本有序言者，今其文不傳，深可憾也。或云：氣體肅穆，使人三復靡厭者，莫如范蔚宗之史論。學六朝文者，其知之哉！

七四　江淹文

六朝之交，豔麗莫如江、鮑。然觀文通《爲蕭拜太尉揚州牧表》所云：「玄文既降，雕牒增輝。禮藹前英，寵華昔典」，「景能驗才，無假外鏡；撰己練志，久測内涯」，與「寸亮尺素，頻觸瑶纘，丹情實理，備塵珠冕」，雕琢極矣。乃此下接云：「所以迴懼鴻威，後奔殊令者也」，其後又云：「咸以休對性業，裁成器靈，詎有移風變範，克耀倫序者乎？」無不用頓宕之筆。後人但賞其藻采，而於氣體散朗，則不復知之。故即論駢文，能入六朝之室者，殆無多矣。

七五　王儉文

陶詩：「奈何百世下，六籍無一親。」觀其所作詩文，藹然有《詩》《書》之氣，宜其高出六朝也。《文心·材略篇》：「宋來美談，亦以建安爲口實。」可知六朝駢偶之文，其取法在魏、晉，不在經義矣。然王儉《答陸澄書》云：「《易》體微遠，實貫羣籍，施、孟異聞，周、韓殊旨。豈可專據小王，便爲該備，依舊存鄭，高同來説。元凱注《傳》，超邁前儒，若不列學官，其可廢矣。賈氏注經，世所罕習，《穀梁》小書，無俟兩注。存麋略范，率由舊式。凡此諸義，並同雅論。疑《孝經》非鄭所注，僕以此書明百行之首，實人倫所先。《七略》、《藝文》，並陳之六藝，不與《蒼頡》、《凡將》之流也。鄭注虛實，前代不嫌，意謂可安，乃舊立置。」此一篇總論諸經，條别失得，非深於經學者不能爲此語。儉又有《南郡王冠議》與《諒闇親奉烝嘗議》諸篇，則又深通於《禮》，真六朝僅見之文。

七六　唐駢不及六朝散逸

駱賓王《代徐敬業傳檄天下文》爲當時傳誦，後世亦多稱之。其中用「良有以也」、「豈徒然哉」，以數虚字作對，六朝文則無是也。梁簡文《與劉孝儀令》：「惟與善人，此爲虚説，天之報施，豈若是乎？」蕭子良《與荆州隱士劉虬書》：「有是因也，何其暢與。」又梁元帝《與武陵王書》：「儻遣使乎，良所遲也。」凡若此類，不過以跌宕出之，未有行之屬對中者。嘗觀李義山文集，亦時有賓王句調，然後知唐代駢體，易失寬博，不及六朝之散逸矣。

七七　陸倕文

南、北史列傳中，皆載「文筆若干篇」。余初不知所謂，後讀《文心雕龍》，始知文筆者，爲有韻、無韻之别。及讀梁簡文《與湘東王書》有云：「近世謝朓、沈約之詩，任昉、陸倕之筆，斯實文章之冠冕，述作之楷模。」乃知自詩而外，凡文皆謂之筆也。考之史：倕字佐公，吾吴郡人，爲慧曉之子，兄弟三人皆能文。倕少好學，於宅内起兩茅屋，屏絶來往，晝夜讀書，如此數載。年十七補本州秀才，竟陵王子良開西邸，延英俊，倕亦預焉。辟爲議曹從事參軍，與任昉友善。惟其文入選樓者，祇《石闕》與《新刻漏》二銘。此外如《拜後赦教》、《天光寺碑》，《南北朝文鈔》載之，其餘卻不多見。然簡文以與彦昇並稱，且謂「文章冠冕」、「述作楷模」，則佐公之筆，當時實無出其右者，特惜文集不傳耳。或評其《石闕銘》云：「氣體淵雅，故爾遒上。」吾謂他篇亦復稱是。不然，以南北史觀之，爲文筆者何止任、陸兩家，而簡文僅舉任、陸者，可見佐公駢文，極一時之雋矣。

七八　江鮑辨

江、鮑並稱，余以江文疏逸。細審兩家體製所本，鮑似純從漢賦而出，故密於江。如江之《與交友論隱書》所云：「性有所短，不可韋弦者有五：一則體本疲緩，卧不肯起；二則人閒應修，酷嬾作書；三則賓客相對，口不能言；四則性甚畏動，事絶不行；五則愚嬈妄發，輒被口語。」此一段實規倣嵇叔夜《與山濤絶交書》，稍變其詞句。又《詣建平王上書》，玩其氣局，幾合鄒陽《獄中上書自明》與司馬遷《報任少卿書》而成爲一篇，不特「加以涉旬月，迫季冬，身非木石，與獄吏爲伍」襲用成句已也。可知文通之所取法者，不專在賦矣，宜其較鮑爲疏逸耳。然鮑亦有疏逸處，但比之於江，總覺鮑爲質實也。

七九　劉令嫻文

昔柳下惠卒，其妻曰：「知君者莫如我。」乃作誄文，劉向録入《説苑》中。至六朝則有劉令嫻《祭夫徐悱文》，正可與之媲美。其文如「雹碎春紅，霜雕夏緑」，足稱富豔難蹤。即觀其通篇，皆能以雅鍊之筆，達悲慟之懷。《梁書·劉孝綽傳》：「悱妻文尤清拔。悱，僕射徐勉子，爲晉安郡，卒，喪還京師。妻爲祭文，辭甚悽愴。勉本欲爲哀文，既睹此文，於是閣筆。」足知其工矣。或評

《四六法海》云：「是編上下千百年，婦人與此者，一人而已。」殆亦有才難之歎乎！

八〇 丘遲文

丘希範詩，鍾仲偉評爲「點綴映媚，似落花依草」。余讀其文，覺文亦如此。其文傳者不多，《永嘉郡教》中所云：「曝背拘牛，屢空於畎畝；績麻治絲，無聞於室巷。」或謂《詩品》之説，觀此益信，是則然矣。至其《與陳伯之書》通篇情文並茂，可謂風清骨峻。其間如「暮春三月，江南草長，雜花生樹，羣鶯亂飛」，真有點綴映媚，落花依草之致。此文體雖稱書，實與阮元瑜《爲曹公作書與孫權》等文，均可作檄移讀。檄移文字，植義颺辭，務在剛健，此乃動之以情，爲用少變。然「迷途知返」云云，遺意則同「暮春」四語，借景生情，用眼前花草作點綴。吾恐鍾記室品詩，即從此處悟出其詩境耳。

八一 代人作文

《戰國策》一書，多録爲人之作，即後之所謂代言也。《顏氏家訓》云：「凡代人爲文，皆作彼語，理宜然矣。至於哀傷凶禍之辭，不可輒代。蔡邕爲胡金盈作《母靈表頌》曰：『悲母氏之不永，然委我而夙喪。』又爲胡顥作其父銘曰：『葬我考議郎君。』《袁三公頌》曰：『猗歟我祖，出自有嫣。』王粲爲潘文則《思親詩》云：『躬此勞瘁，鞠予小人；庶我顯妣，克保遐年。』而並載乎邕、粲之集，此例甚衆。古人之所行，今世以爲諱。」此言代人作文，往往措辭爲難，易涉忌諱，而古人則不以爲嫌也。然徵之六朝，何仲言爲衡山侯，庾子山爲上黄侯世子，伏知道爲王寬，皆有與婦之書。是六朝時，雖夫婦之間，且不妨倩人代筆矣。其文如「心如膏火，獨夜自煎；思等流波，終朝不息」，無不摹寫相思之苦，意致纏綿，恐亦後人所難也。

八二　序録近傳體

《史記》列傳，於其人有著述者，無不言之曲盡，直可作書序讀。《隋書·經籍志》有劉向《别録》二十卷，其書久亡，然今以《管子》、《荀子》諸書録觀之，或即取本傳之文。近儒有曰：「在人則謂之傳，在書即謂之序。」此真不刊之言。余讀任彦昇《王文憲集序》與宇文逌《庾子山文集序》，皆叙述生平，近於傳體。將六朝駢文，作爲序録，亦上法遷《史》者耶？

八三　晉宋文别爲一格

張融《〔問〕〔門〕律自序》：「吾無師無友，不文不句，頗有孤神獨逸耳。」今讀此序及《與從叔永書》，皆丰神灑然，俊逸不羣，所謂「孤神獨逸」者，正是自道文境也。六朝之文，在齊、梁時繁縟極矣；晉、宋之間，往往神韻蕭疏，饒有逸趣。故論駢文，當以晉、宋爲一格。張氏身雖入齊，而其文猶近晉、宋，宜自謂「吾文章之體，爲世人所驚」也！

八四　連珠體

連珠之體，彦和謂肇始揚雄，此説不然。或謂源於韓非《儲説》，斯得之矣。以吾考之，其體剏於《鄧析子》，又非出自韓非也。《無厚篇》云：「夫負重者患塗遠，據貴者憂民離。負重塗遠者，身疲而無功；在上離民者，雖勞而不治。故智者量塗而後負，明君視民而出政。」又云：「獵羆虎者，不於外圂；釣鯨鯢者，不於清池。何則？圂非羆虎之窟也，池非鯨鯢之泉也。楚之不泝流，陳之不束麾，長盧之不仕，吕子之蒙恥。」則連珠一體，在春秋已有矣。子雲好擬古，始放而爲之。其後如東漢之班孟堅，魏之潘勖，晉之陸士衡，無不承流而作。其在六朝，謝惠連、顔延年、王仲寶、沈隱侯輩，皆極一時之選。而其最多者，莫如蘭成，凡四十四首，然但叙身世，無關理要，或以别格稱之矣。

八五　七發體

枚乘《七發》，近儒以《孟子·齊宣王章》「肥甘不足於口」數語，謂爲此體濫觴，此固探本之談矣。然徵之《孟子》，猶不若説《大人章》益爲符合，其中疊言「我得志弗爲」，非枚乘之所宗與？考之六朝，梁簡文帝有《七勵》，何仲言有《七召》，是即繼子建《七啓》、景陽《七命》而起者。《南北朝文鈔》獨取吴均《餅説》，其言曰：「叔庠文如責璧食移，俱俶詭可喜，此尤膾炙人口，録之以爲《七發》繼聲。」豈《七勵》二篇，爲所未見耶？夫《七發》之體，歷舉聲色游獵，摛藻騁華，《餅説》僅説餅耳，豈得爲《七發》嗣音乎？《書》曰：「辭尚體要。」甘亭先生爲駢文名家，何於體製未能辨别若是？真所不解矣。

八六　墓誌體

墓誌之體，據李善《文選注》則始於宋。善注任彦昇《劉先生夫人墓誌》云：「吴均《齊春秋》：王儉曰：『石誌不出禮典，起宋元嘉顔延之爲《王（球）〔琳〕石誌》。』」而王應麟《困學紀聞》亦云：「《葉少藴曰：齊武帝欲爲裴后立石誌墓中，王儉以爲非古。或以爲宋元嘉中顔延之爲王球作誌，墓有銘自宋始。」是此體始作於宋矣，然則後之爲墓銘者，實奉六朝爲法也。考古者或謂創於兩漢，或謂三代已有，其説皆非無據，吾意名之爲誌者，則自宋爲然耳。彦和論文，無體不備，若往古早有此體，彼豈獨遺之？

八七　論體

論之爲體，蕭《選》所録，如班彪《王命》諸篇，皆論事理，而未有尚論古人者。論及古人，唐宋以後乃始有之，前此則不經見。《漢書・王莽傳》：大司馬嚴尤「非莽攻伐四夷，數諫不從，著古名將樂毅、白起不用之意及言邊事凡三篇」。《三國・魏志》「夏侯玄字太初」注：「玄嘗著《樂毅》、《張良》及《本無肉刑論》。」《文心・論説篇》：「嚴尤《三將》。」又：「太初之《本玄》。」似漢、魏時人，早爲此體，然其文則不傳。吾考之六朝，梁元帝有《鄭衆論》。《後漢書・逸民・高鳳傳論》曰：「先大夫宣侯嘗以講道餘隙，寓乎逸士之篇。至《高文通傳》，輟而有感，以爲隱者也，嘗著其行事而論之」云云。宣侯者，范泰也。是泰有《高鳳論》矣。竊謂論人之文，六朝作者絶少，豈以史家作傳，乃有論贊，苟非載筆之士，所由論不空設乎？彦和謂：「敷述昭情，善入史體。」若然，則論實史體。《太平御覽》載古賢別傳不下數百家，在六朝時，文儒願爲別傳，故不復輕於立論也。然而范泰、梁元，則固已爲之矣。《蜀志・姜維傳》注有郤正《姜維論》，六朝以前卻不多見。

八八　游戲文

司馬遷作《史記》，刱立《滑稽列傳》，而《文心雕龍》以《諧隱》爲專篇，知文體之中，故有用游戲者矣。昌黎《毛穎傳》，學者多稱之，其後承流而作者，不可殫述。吾觀六朝時，如陶通明《授陸敬游十賚文》、袁陽源《雞九錫文》並《勸進》、韋琳《䱉表》、沈休文《修竹彈甘蕉文》、吳叔庠《檄江神責周穆王璧》、孔德璋《北山移文》，此皆游戲文字。昭文入選，不加區别，德璋一篇，乃與正文相厠，亦其失乎！若但泥體制而論，韋琳之表，叔庠之檄，豈將列表檄類耶？然後人盛譽昌黎，而六朝有開在先，恐沈、孔而外，《䱉表》諸名，且有不知者矣。

八九　序録體

古人著書，皆以自序附其後，所以明作書之意，如司馬遷《史記》、班固《漢書》皆是。索人作序，則始於左太沖。太沖撰《三都賦》成，或謂須得高名之士序之，於是乞序於皇甫士安。自此例既行，後賢著述，遂無不求人爲之矣。夫序録之學，創始劉向。向校中祕，每一書已，輒條其篇目，撮其指意。今《别録》雖不傳，而《晏子》、《管子》諸書録，即其遺文之幸存者。論者謂曾子固文純似中壘，以其長於序言也。吾觀六朝文人，如昭明序《陶靖節集》、劉孝綽序《昭明太子集》、虞炎序《鮑明遠集》，他若《庾子山集》，則有滕王序之，可謂極一時之盛矣。至沈約《宋書》、魏收《魏書》，以及酈道元《水經注》、裴松之父子之《史記》《三國志》注，序皆爲其自著，文則均以駢體行之，詳明條例，而仍成章斐然，爲難能也。張守節《史記正義》：「孔子作《易卦》、當謂《序卦》子夏作《詩序》之義，其來尚矣。」吾獨怪彦和論文，諸體悉備，而遺此序體，何哉？嘗擬别撰一文以補之，迄未成也。若其源流事類，則搜采尚易矣。

九〇　贈序體

《昌黎集》多有送人序文，蓋取古人臨别贈言之義，六朝卻無此體。其實未嘗不有也，如梁簡文《與蕭臨川書》，全是録别，亦猶送人之序，但其文則名爲書耳。《古文辭類纂》云：「唐初贈人始以序名，作者亦衆，至於昌黎，乃得古人之意，其文冠絶前後作者。蘇明允之考名序，故蘇氏諱序，或曰引，或曰説，今悉依其體，編之於此。」其言是矣。特未知六朝則名書，姬傳先生其殆未一考其源乎？

九一　書記體

魏文帝云：「元瑜書記翩翩，致足樂也。」書記之職，後世不廢，每遇重午中秋，令辰佳節，則撰爲賀牘。其文限於格式，卻以駢體行之，最無可觀采，豈知體亦有所本。昭明太子《十二月啓》，起用數語先叙時令，中間則每言「敬想足下」，其後有「但某」云云，實與後來啓事無或少異，必是爲書記者寫倣爲之，遂相沿成習耳。惟昭明則一歲之中，無月不備，後人稍變其例，爲不同也。至昭明之所出，則有晉束晳《月儀》，此文《古文苑》載之。李義山有《端午日賀啓》，觀此知逢節致賀，事殆始於唐矣，然文體則遠宗昭明，可覆按也。

九二　帝王之文

六朝帝王均有文集，見之《隋志》者，宋如武帝、文帝、孝武帝，齊如文帝，梁如武帝、簡文帝、元帝，後魏如孝文帝，後周如明帝，陳如後主，隋如煬帝，皆載别集若干卷，但傳本無多耳。至明人則始有纂輯，然梁之三帝外，仍未聞也。《梁武集序》，休文所撰，觀其所言，蓋不僅詔令而已。餘如宋武諸帝，諸家選本亦多有之。惟余讀梁簡文《與劉孝儀令》、陳後主《與江總書》，玩其氣體，全是取法魏文。魏文《與吴季重》兩書，其一種傷今哀往之情，令人讀之，往復低徊，握卷而不忍釋。簡文、後主，頗能神與之合，不易得也。即昭明《與何胤書》、《答湘東王求文集詩苑書》，若沿波討源，亦似原本於此。劉彦和謂「宋來美談，以建安爲口實」，如二帝、昭明，殆即出自建安矣。

九三　移文體

公牘中凡同僚則用移文，此體本之劉歆《移太常書》，至漢王子淵之《移金馬碧雞》，則游戲之作，不足據也。六朝時梁簡文有《移市教》、《答穰侯求和移文》，庾子山亦有《移市教》、《移齊河陽執事文》，是移文之體，成於六朝也。《文心》有《檄移》篇，所稱相如之《難蜀父老》，則不名爲移，惟謂「陸機之《移百官》，言約而事顯」，固後世所宗，其文雖不傳，要以六朝爲法。孔稚珪《北山移文》，乃是別裁耳，文則古今傳誦。中有「先貞後黷」語，亦可爲今之晚節不終者諷焉。

九四 駢文中之六朝風俗

《顏氏家訓》：「南人冬至歲首，不詣喪家。若不修書，則過節束帶以申慰。北人至歲之日，重行弔禮，禮無明文，則吾不取。南人賓至不迎，相見捧手而不揖，送客下席而已。北人迎送並至門，相見則揖，古之道也。吾善其迎揖。」此可見六朝風俗，《家訓》中凡若此者甚多。余嘗謂考魏、晉風俗，則當讀《世説新語》；如顏氏書，記六朝爲最詳，不可不披覽也。其見之文字者，劉孝標之《廣絶交論》、盧思道之《勞生論》，此兩篇者，摹寫世情，殆可謂窮形盡相矣。若柳彧《請禁絶百姓作角觝戲奏》，其「竊見京邑」以下，論正月望夜，百姓作戲，至於男女混雜，是亦彼時弊俗也，豈不足爲考古之資哉？至齊武帝之《禁奢靡詔》、北齊文宣帝之《禁浮華詔》，皆痛斥婚喪之費。吾讀至文宣帝詔所云「始以剏出爲奇，後以過前爲麗」，不能無深慨焉，何古今之如出一轍哉！論者多薄六朝文，此兩詔皆有裨世道之作也。

九五 行文無忌諱

顧亭林先生云：「自世尚通方，人安媟慢，宋玉登墻之見，淳于滅燭之歡，遂乃告之君王，傳之文字。」蓋言章表之文，立言貴乎得體也。庾子山《謝明帝賜絲布等啓》：「懟妻狠妾，既嗟且憎；瘠子羸孫，虚恭實怨。」是數語者，《周書》本傳論嘗斥其淫放，殆即指此乎？若《謝滕王賚絲布啓》有云：「妾遇新縑，自然心伏；妻聞裂帛，方當含笑。」此雖極力形容以彰滕王之恩賚，然寫妻妾之樂，入之啓牘，不免涉於媟慢矣。即與登徒好色、送客留髠情事不同，而牋奏之體，理宜典重者，則要不可同日語。但於此足徵六朝行文，無甚諱忌。陶詩：「稱心而言，人亦易足。」蘭成此二篇，可謂「稱心而言」矣，後世恐無有爲之者也。

九六 劉孝標文

劉孝標有《追答劉沼書》，於沼身没之後，作投報之言。此爲前代所未有，實是孝標剏製，可知其敦重交誼矣。文末云：「但懸劍空壠，有恨如何？」乃是用吴季札事。《新序》：「延陵季子將西聘晉，帶寶劍以過徐君。徐君不言，而色欲之。季子爲有上國之事，未獻也，然心許之矣。致使於晉，顧反，徐君死，於是以劍帶徐君墓樹而去。」此節善注《文選》亦引之。孝標不但用典確切，其風義真可令人生敬。讀《晉書·孔坦傳》，有庾亮《追報書》，則又不始於孝標矣。

九七　六朝重門第

六朝最重門第。梁武帝《申飭選人表》：「若八元立年，居皁隸而見抑；四凶弱冠，處鼎族而宜甄。是則世禄之富，無意爲善；布衣之士，肆心爲惡。豈所以弘奬風流，希向後進？此實巨蠹，尤宜刊革。」觀其用意，固欲破除門第者，然即此可見門第之見，彼時極崇尚也。夫門第不講，卑賤之人，一旦得志，皆得淩抗士流，公卿世胄，亦不羞與下流爲伍。沈休文《奏彈王源》云：「自宋氏失御，禮教彫衰，衣冠之族，日失其序。姻婭淪雜，罔計厮庶，販鬻祖曾，以爲賈道。明目腆顔，曾無愧畏。」蓋痛責王源門第高華，而嫁女與富陽滿氏，以爲蔑祖辱親，點世塵家。故讀六朝文，無謂其體用駢，而於世道有關係者，亦不經意，如休文此奏，後世詆毁禮教者，可以鑒矣。

九八　貴在通篇氣局

近人以平仄不諧、對切不工爲古，余謂不然。何則？既是駢文，字句之間，當使銖兩悉稱。北魏孝文帝《與太子論彭城王詔》：「清規懋賞，與白雲俱潔；厭榮舍紱，以松竹爲心。」沈炯《經通天臺奏漢武帝表》：「甲帳珠簾，一朝零落；茂陵玉盌，遂出人間。」梁簡文《與劉孝綽書》：「曉河未落，拂桂櫂而先征；夕鳥歸林，縣孤飇而未息。」「白雲」之與「松竹」，「甲帳珠簾」之與「茂陵玉盌」，「曉河未落」之與「夕鳥歸林」，「桂櫂」之與「孤飇」，若講屬對，皆未愜當。又如任昉《天監三年策秀才文》：「九流七略，頗嘗觀覽；六藝百家，庶非墻面。」江總《爲陳六宫謝表》：「漢水贈珠，人間絶世；洛川拾翠，仙處無雙。」上二句極整飭，下二句則又不求圓美矣。彼時文字，以氣體勝，至後人學之，適見其荒儉，如此摹古，非孫子所謂「善之善者」。竊謂句對宜工，但不可失之凑合，或有斧鑿痕，當如孟嘉所謂「漸近自然」，則得矣。又文之有聲律，自休文而後，遂益精密。然江文通《建平王聘隱逸教》：「周惠之富，猶有漁潭之士；漢教之隆，亦見棲山之夫。」謝朓《辭隨王子隆牋》：「潢污之水，願朝宗而每竭；駑蹇之乘，希沃若而中疲。」姑舉此兩篇，並不諧協，此足徵古人爲文，本不拘拘於音律也。乃後人明知有韻書，而故使之平仄不調，則失之易矣。故余論駢文，平仄欲其諧，對切欲其工。苟有志乎古，所貴取法六朝者，在通篇氣局耳。往嘗作一篇成，取六朝文涵泳之，觀能否合其神韻，有不善者，則應時改定。彼貌爲高古、但求形似者，吾無取也。

九九　語體、駢體辨

近人喜語體者，以爲用此則生，文言則死，其排斥駢文尤甚，此大謬不然。夫文之生死，豈在體制？以言語論，人之言語，有同説一事：一則娓娓動聽，栩栩欲活；一則不善措辭，全無生氣。烏在一用語體，其文皆生耶？若如文章，六經尚矣，諸子百家以及歷代史書，能卓然盛業，傳之不朽者，固無論已。古文家凡其入情入理，可泣可歌，苟是死板文字，何能傳世行遠？譬如讀武侯《出師表》，覺其忠義之氣，躍然紙上；讀李密《陳情表》，使人孝養之心，油然而興：其文死乎？否乎？又人之爲文，在善叙事。作游記文，能狀山川情景，乃使讀之者心曠神怡，如置身於其中；作節烈傳記，述其一言一動，祇知有殉夫之志，往往令人不忍卒讀，淚下沾襟。夫文至可以動人若此，又得謂一用文言，而斥之曰自古皆死耶？駢文之體，固是以辭藻勝，然六朝工於摹寫。如劉孝儀《北使還與永豐侯書》：「馬銜苜蓿，嘶立故墟；人獲蒲萄，歸種舊里。」真一幅子卿歸國圖也。庾子山《爲梁上黄侯世子與婦書》：「想鏡中看影，當不含啼；欄外將花，居然俱笑。」此種文何等活潑，直入畫境。夫文能妙達畫理，豈猶垂垂欲死耶？六朝名家，其他亦多類是。蓋嘗取喻於畫：駢文如著色山水，非如古文之猶可淡描也。至如昭明《謝敕賚地圖啓》：「域中天外，指掌可求；地角河源，户庭不出。」庾肩吾《謝曆日啓》：「初開卷始，暫謂春留；未覽篇終，便傷冬及。」此兩文皆駢體也，明白如話，其可謂之死耶？吾嘗謂生死之説，不在文體，《易》所云「神而明之，存乎其人」耳。是故語體也，駢體也，苟非其人，將如庸醫殺人，使人不生不死，而卒至於死。取彼去此，非特一偏之見哉？

一〇〇 駢文之名始于清

或問曰：駢文之名始於何時？逮至國朝，別集則有孔巽軒《儀鄭堂駢體文》、曾賓谷《賞雨茅屋駢體文》、董方立《栘華館駢體文》，總集則有曾賓谷《駢體正宗》、姚梅伯《駢文類苑》，選本則有李申耆《駢體文鈔》、王益吾《駢文類纂》。而古人有其名乎？答之曰：是固未之深考。以《文心》言，則謂之「麗辭」，梁簡文又謂之「今體」，唐以前卻無駢文之稱。自唐而後，李義山自題《樊南四六》，宋王銍所著爲《四六話》，謝伋又有《四六談塵》，明王志堅所選之文，亦言《四六法海》，當是並以四六爲名矣。其實六朝文衹可名爲駢，不得名爲四六也。證之《説文》，「駢」訓「駕二馬」。由此類推，文亦獨一不成。劉彦和所云「造化賦形，支體必雙，神理爲用，事不孤立」，即其説也。《莊子》：「駢拇枝指，出乎性哉。」此則言增贅旁出，非其本義矣。昔人有言「駢四儷六」，後世但知用「四六」爲名，殆我朝學者，始取此「駢」字以定名乎？

漢文典·文章典

來裕恂 撰

《漢文典·文章典》四卷

來裕恂　撰

來裕恂（一八七三——一九六二），字雨生，號匏園，浙江蕭山人。早年肄業於杭州詁經精舍，師從俞樾。後赴日本攻讀，并考察教育狀況。歸國後曾入光復會。又任蕭山縣志館編纂。并在杭州甲種女子職業學校等校任教。五十年代後任浙江文史館館員、蕭山縣政協常委等職。

作者鑒於當時外人所撰文字、文章學著作，往往脱離漢字、漢文的民族特點，「非徒淺近，抑多譌舛」（《漢文典自序》），乃發憤作此書。共七卷，《文字典》三卷，《文章典》四卷。《文字典》論述文字源流及字、詞用法，《文章典》則研究文章作法與體製，其中包括字法、句法、章法、篇法；文章風格、結構；各種文體特徵以及中國文章的發展過程、文弊和文章之基本原理等。内容廣博，且頗具系統，爲二十世紀初之重要文章學著作之一。作者長於分析，細致周詳，如論章法之起承轉結，「起法」有十種，「承法」有十二種，「轉法」有十種，「結法」有十六種，剖析毫芒，窮形極相。但行文簡約，實例較少，於義理未能充分展開。

此書始著於光緒三十年（一九〇四）夏，歷時二年乃成。光緒三十二年由商務印書館出版。又有《漢文典注釋》本，南開大學一九九三年出版。今據商務本録入其《文章典》四卷。

（王宜瑗）

漢文典·文章典序

《易》曰：「上古結繩而治，後世聖人易以書契，百官治，萬民察。」蓋古者政教不分，朝野議論，悉官司職守，故結繩而下，歷三皇、五帝、三代，文質合一。周道衰，文勝，孔子懼，正六經，述而不作；及没，門弟子各稱師説，誘掖後進，斯文大昌。戰國以來，諸子原本六藝，著書立説，文章之學，遂極專家之能事。漢興，斯學不替，然至東京，衰端兆矣。魏晉卑弱，已導齊梁。迄乎六朝，文益頹靡。唐賢起而革之，駸駸及於古，宋尋其緒，明嗣其響，燦乎炳炳，聲施至今。然末流也，學趨記誦，文日以荒，綴文之士，於是苦之，斯亦缺憾也。爰作《文章典》。

漢文典・文章典目録

漢文典・文章典卷一　文法

來裕恂　撰

《易》曰「有序」，《詩》曰「有章」，序與章者，所以明言之有法也。中國自上古至三代，語言文字不甚相離，故能以詞見法。魏晉以來，駢文盛行，於是尚造句配章之法。逮唐宋古文家又專重篇章格調，而文法益密。故漢以前之文，因文生法；唐以後之文，由法成文。因文生法者，文成而法立；由法成文者，法立而文成。是以巧若公輸，必以規矩；射如由基，必以彀率。文亦若是，舍法以求之，不得也。作文法第一，隸篇四。

字法篇

構文之道，不外積字，用字一乖，判若秦越，蓋文以代言，取肖神理，抗墜之際，軒輊異常。一字之失，一句爲之模糊；一句之誤，通篇爲之梗塞。研求討論，可闕如乎？

第一章　語助法

字於文有密切之關係者，莫要於語助字。蓋文之神情，悉藉此以傳也。法有起語、接語、轉語、輔語、束語、歎語、歇語之各殊。

第一節　起語字

前此無文，或前文已畢，須以虛字助起者，謂之起語助字。舉例如下：

夫 夫下用虛字者，上夫字無所指。《孟子》「夫豈不義」。若夫下用實字者，則爲有所指。《孟子》「夫貉……」，「夫天……」。

蓋 無所指，祇用以起語也。漢武《詔》「蓋有非常之功，必待非常之人」。

且 漸次説來之意。《論語》「且爾言過矣」。

今 論近事多用此。《孟子》「今天下之君……」。

且夫 有提論推闡之義。《孟子》「且夫枉尺而直尋者，以利言也」。

今夫 用以提論事理。《孟子》「今夫天下之人牧……」。

第二節　接語字

凡承上句及上章，順勢遞下，不用轉折者，所用虛字，謂之接語助字，舉例如下：

此 指上文而言之辭。《孟子》「此無他，不與民同樂也」。

是 指上文而順斷之辭。《孟子》「是不爲也」，「是誠不能也」。

茲較「此」字略婉。《孟子》「士則茲不悦」。

故推原之辭。《孟子》「故天將降大任於是人也」。

則順上文而分析之辭，其勢甚急。《孟子》「之則以爲愛無差等」。

蓋推原之辭，與起語異，起處無所指，接處有所指也。《論語》「蓋有之矣」。

乃實上文轉出正意之辭。《孟子》「乃所謂善也」。

何詰難之辭。《孟子》「何許子之不憚煩」。

安懸擬之辭。韓文「安能空其羣耶」。

由自也，溯原之辭。《孟子》「由周而來」。

豈反詰之辭。《論語》「其然？豈其然乎」。又，反跌之辭。《孟子》「陽貨先，豈得不見」。又，斷斷不然之辭。《孟子》「予豈若是小丈夫然哉」。

詎較「豈」字略婉。《詩》「詎曰予聖」。

孰泛指之辭。《論語》「是可忍也，孰不可忍也」。

何必反折之辭。《孟子》「君子亦仁而已矣，何必同」。

焉得折抑之辭。《孟子》「是焉得爲大丈夫乎」。

焉有反斷之辭。《孟子》「焉有君子而可以貨取乎」。

由是就上文引申之辭。《孟子》「由是則可以避患，而有所不爲也」。
由此預期之辭。《孟子》「雖由此霸王，不異矣」。
是故指上文而得其究竟之辭。《孟子》「是故所欲有甚於生者」。
至於承上文而更進之辭。《孟子》「至於心，獨無所同然乎」。
及至轉遞之意。《孟子》「及至葬，四方來觀之」。
何者順上文而有所問之辭。蘇洵《管仲論》「何者？其君雖不賢，而尚有老成人焉」。
是以順上推斷之辭。《左傳》「君子是以知秦之不復東征也」。
一似難直言而爲模擬之辭，與「一若」義同。《禮·檀弓》「一似重有憂者」。
所謂原其故而進論之辭。《大學》「所謂治國必先齊其家者」。
如此直指上文將有後説之辭。《孟子》「如此則與禽獸奚擇哉」。
於此猶云在此，但略虚耳。《孟子》「於此有人焉」。
豈不折辨之辭。《孟子》「豈不曰，『以位，則子君也，我臣也』」。
豈非反決其是也。歐文「雖曰人事，豈非天哉」。
豈以設論而非之之辭。《孟子》「豈以仁義爲不美也」。
豈能反言不能也。《孟子》「豈能獨樂哉」。

孰謂猶云誰説也。《孟子》「孰謂子産智」。
焉能反言也。《論語》「焉能爲有，焉能爲亡」。
此非申明所以之辭。《孟子》「此非距心之罪也」。
無乃疑而審度之辭。《論語》「求，無乃爾是過與」。
可以實指其可也。《孟子》「可以爲善，可以爲不善」。
何也順上文作問之辭。《孟子》「夫子之不援，何也」。
何哉驚訝問辭。《論語》「何哉，爾所謂達者」。
誠有確然推斷之辭。《孟子》「誠有百姓者」。
於是徵實上文所言之事理。《孟子》「於是始興發」。
及其有次第推廣之意。《中庸》「及其不測」。
何爲詰究原因之辭。《論語》「何爲其然也」。
奚爲較「何爲」略婉。《孟子》「君奚爲不見孟軻也」。
是爲指其如此之辭。《孟子》「是爲父不得而子也」。
若是與「如此」同。《孟子》「若是，則夫子過孟賁遠矣」。
若此承上文而有所指之辭。《孟子》「若此其甚也」，「若此其未遠也」。

則可以緊接上文而徵實之辭。《中庸》「則可以贊天地之化育」。

亦可以不盡而差勝之意。《論語》「亦可以弗畔矣夫」。

不幾乎猶言將至於此也。《論語》「不幾乎一言而喪邦乎」。

夫既已然之辭。《孟子》「夫既或治之，予何言哉」。

第三節　轉語字

文必有轉，或反或正，或翻或折，皆須以一、二虚字爲機軸。舉例如下：

然反前文而另發之辭。《左傳》「然鄭亡，子亦有不利焉」。

或設問之辭，疑義未決，則爲無定之語以商之。《孟子》「或謂寡人取之，或謂寡人勿取」。

苟未然而作或然之想也。《孟子》「苟爲善，後世子孫必有王者矣」。

設假設之辭。柳宗元《桐葉封弟辨》「設有不幸，王以桐葉戲婦寺，亦將舉而成之乎」。

雖不足於上文之辭。《論語》「雖違衆，吾從下」。

抑添一層語。《論語》「求之與，抑與之與」。

況正意已足，更進言之也。《孟子》「況辱己以正天下者乎」。

矧況也。《書》「矧予惟喪茲德」。

如未有其事，設言以轉之也。《論語》「如或知爾」。

獨另舉一説以開曉之辭。《孟子》「而功不至於百姓者，獨何與」。
惟猶「獨」也。《論語》「惟仁者能好人，能惡人」。
彼指出他人他事以轉之。《孟子》「彼奪其民時」。
且猶深一層語。《孟子》「管仲且猶不可召」。
雖然婉轉之辭。《孟子》「予雖然，豈舍王哉」。
乃若前已説明，將發後意也。《孟子》「乃若其情，則可以爲善矣」。
況乎進一層折明上文之意。《孟子》「況乎以不賢人之招招賢人乎」。
而況轉明正意。《孟子》「而況得而臣之乎」。
然而反上意而正轉之辭。《孟子》「然而不王者，未之有也」。
然則承上文而直轉之，所以決斷上文。《孟子》「然則小固不可以敵大」。
不然反掉前文將爲論斷之辭。韓愈《原毁》「不然，則其所疏遠，不與同其利者也；不然，則其畏也。不若是……」。
若夫微轉而有别設之辭。《孟子》「若夫爲不善，非才之罪也」。
必也反上決斷之辭。《論語》「必也使無訟乎」。
有如擬度徵信之辭。《左傳》「有如此水」。
又有進一步語。《孟子》「又有微子、微仲」。

猶有較「又有」更軟更深。《孟子》「流風餘韻，猶有存者」。

或者意度之辭。《孟子》「昔者辭以疾，今日弔，或者不可乎」。

第四節　輔語字

文章每句必用虚字輔佐，或用於句首，或用於句中，謂之輔語字。舉例如下：

之明有所屬也。《孟子》「城門之軌，兩馬之力與」。

以用也。《論語》「爲政以德」。

於用之於有所指。《孟子》「南辱於楚」。

所抉事理之真際，使之畢見也。《論語》「己所不欲」。

攸與「所」同訓，性較婉。《易》「利有攸往」。

其有所指也。《孟子》「以其小者，信其大者」。

猶作「如」字、「及」字用者：《論語》「聽訟吾猶人也」，又「文莫吾猶人也」。作「尚」字用者：《論語》「爲之，猶賢乎已」，《孟子》「王猶足用爲善」。

乎與「於」字同義而略虚。《孟子》「及陷乎罪」。

諸略同「於」字而較虚。《孟子》「將反諸其人與」。

不絶無也。《孟子》「君子不怨天」。

弗義同「不」，稍柔。《中庸》「有弗問，問之弗知弗措也」。

未與「不」字異，有且然不然意。《論語》「子未可以去乎」，《孟子》「未可以言與」。

亦明言其故之辭。《孟子》「子亦曰，在位故也」。

必決定之辭。《孟子》「吾必以仲子爲巨擘焉」。

莫與「弗」略似而稍婉。《大學》「人莫知其子之惡」。

者有所指也。《大學》「食之者寡」，指人也。《周禮》「膏者」、「脂者」，指物也。

殆約度評論之辭。《孟子》「殆有甚焉」。

皆盡也。《孟子》「人皆可以爲堯舜」。

凡指大概而總括之辭。《中庸》「凡有血氣者」。

將未然而將然之辭。《孟子》「魯平公將出」。

當追溯而實指之辭。《孟子》「當在宋也」。

宜應當之意。《孟子》「宜若可爲也」。

與及也。《繫辭》「立天之道，曰陰與陽」。

庶冀幸之意。韓愈《原道》「其亦庶乎其可也」。

盍何不也。《孟子》「子盍爲我言之」。

也用在句中者，有停頓之義。《論語》「其爲人也孝弟」。
所以抉其理由之辭。《孟子》「人之所以異於禽獸者幾希」。
而不決定不然之辭。《孟子》「廛而不征，法而不廛」。
非不反言而實指之辭。《孟子》「城非不高也」。
不以舍此而意有他指也。《孟子》「域民不以封疆之界」。
必以舍此無他之辭。《孟子》「行者必以贐」。
莫不概括其皆然之辭。《中庸》「人莫不飲食也」。

第五節　束語字

束語者，收合多數之義，有隱括之意味。凡文字收束處，及章段總括處用之。舉例如下：

凡《詩》「凡今之人」。
大要《後漢書・王莽傳》「大要教咸同也」。
大率概括之辭。《史記・平準書》「於是商賈中家以上大率破」。
總之總上文而斷之也。《史記・五帝本紀贊》「總之，不離乎古文者近是」。
大抵約度辭也。《史記・太史公自叙》「《詩》三百篇，大抵賢人君子發憤之所爲作也」。
大凡推論之辭。韓愈《送孟東野序》「大凡物不得其平則鳴」。

一切包括之辭。《史記·荆燕世家》「皆高祖一切功臣」。
故曰實其所以然之辭。《孟子》「故曰，求則得之」。

第六節　歎語字

歎語字者，借感歎以傳文字之聲情者也。凡文章有詠歎者，恒用之。舉例如下：

吁憂而歎之也。《左傳》「吁，民生之不易」。
惡恨而歎之也。《孟子》「惡，是何言也」。
噫傷而歎之也。《論語》「噫，天喪予」。
於美而歎之也。《詩》「於鑠王師」。
嗚呼痛切歎之也。《詩》「嗚呼哀哉！維今之人，不尚有舊」。
於戲歎美辭。《詩》「於戲，前王不忘」。
嗟乎長歎也。王安石《讀孟嘗君傳》「嗟乎！孟嘗君特雞鳴狗盗之雄耳」。
嗟嗟歎而又歎也。《詩》「嗟嗟保介」。
悲夫感傷之意。蘇洵《辨姦論》「不然，天下將被其禍，而吾獲知言之名，悲夫」。
已矣乎歎其無所希望也。《論語》「已矣乎！吾未見能見其過而内自訟者也」。

第七節　歇語字

歇語字者，文字之歇收處也。其用法有虛實、順逆之不同，宜順文勢以用之。舉例如下：

也凡文勢高不太揚，低不太卑者用之。《孟子》「仁之於父子也，義之於君臣也」。

矣凡文義説煞處用之。《論語》「吾必謂之學矣」。又，抑而復起處亦用之。《論語》「蓋有之矣，我未之見也」。

焉較「也」字略輕。《大學》「而辟焉」。

耳意遠韻長也。《孟子》「堯舜與人同耳」。

已有極止之義。《孟子》「皜皜乎不可尚已」。

諸與「之」畧同，較虛。《論語》「韞匵而藏諸？求善價而沽諸」。

夫無所指。《左傳》「才之不可以已也，如是夫」。

者每有所指。陶淵明《桃花源記》「後遂無問津者」。

乎疑而未定之辭。《孟子》「亦將有以利吾國乎」。

歟疑辭，較「乎」則實。《論語》「求之與，抑與之與」。

耶微有婉轉詰問之意。較「乎」、「哉」字，更覺趣味悠長。《易・繫辭》「乾坤其《易》之門耶」。

哉「哉」字有四義：《孟子》「異哉」、「何哉」有驚訝意；《禮》「哀哉」、「傷哉」有嗟歎意；《孟子》「水哉，水哉」有贊揚意；《詩》「優哉，游哉」有自得意。

者也順落煞住之辭。《孟子》「不失其赤子之心者也」。

者焉直落而輕住之辭。《論語》「必有可觀者焉」。

也已順落而止此之義。《論語》「其終也已」。

也夫順落而帶詠歎之辭。《論語》「莫我知也夫」。

矣夫緊煞而帶詠歎之辭。《孟子》「吾死矣夫」。

已矣緊煞，止此無他也。《論語》「亦各言其志也已矣」。

者乎虚歇，微含疑問。《論語》「君子者乎，色莊者乎」。

也歟詞意藴藉。《論語》「無爲而治者，其舜也與」。

也耶音長意婉。韓愈《祭十二郎文》「汝其知也耶？其不知也耶」。

也哉其音甚長。《論語》「吾豈匏瓜也哉」。

矣乎語盡而意不盡。《論語》「斯謂之君子矣乎」。

乎哉明其説之非也。《論語》「玉帛云乎哉」，「鐘鼓云乎哉」。

焉耳矣止此無餘之意。《孟子》「盡心焉耳矣」。

而已矣竭盡無餘之辭也。《孟子》「亦終必亡而已矣」。

焉爾乎輕提虚用，其意甚婉。《論語》「女得人焉爾乎」。

而已乎言不止於此也。《論語》「如斯而已乎」。

也歟哉極詠歎摇曳之致。《論語》「鄙夫可與事君也與哉」。

第二章　形容法

文章之聲情神韻，全賴描寫摹擬以傳之，故其功用，悉在形容。其法有四。

第一節　單獨形容字

文章之妙，有以一字描摹其實字之真相而見姿態者，此等字法，《詩經》最多。舉例如下：

惔燔也。「憂心如惔」，形容憂心如火之燔也。

揚盛也。「燎之方揚」，形容燎之盛也。

菀茂也。「有菀者柳」，形容柳之茂也。

墳大也。「牂羊墳首」，形容羊首之大也。

卷曲也。「有卷者阿」，形容阿之曲也。

馨香也。「有椒其馨」，形容椒之香也。

略利也。「有略其耜」，形容耜之利也。

捄曲貌。「有捄其角」，形容角之曲也。

侐清靜也。「閟宮有侐」，形容宮之清靜也。

碩大也。「路寢孔碩」，形容路寢之大也。

截齊也。「有截其所」，形容荆旅之齊一也。

第二節 複雜形容字

有一種形容字，必須附以助字，而後見象體，去其附者，則被形容之物不顯，而文義晦矣。此等字法，《考工記》、《鄉黨》爲多。舉例如下：

頎爾頎，委也。「頎爾如委」，形容笴簴之委也。

撥爾撥，拔起貌。「撥爾而怒」，形容笴簴之張也。

掣爾掣，殺小貌。「掣爾而纖」，形容輪人之削小輻也。

幎爾幎，均致貌。「幎爾下迆」，形容輪週遭之度皆同也。

勃如勃，變色貌。「色勃如也」，形容孔子之敬君命也。

襜如襜，整貌。「衣前後，襜如也」，形容孔子衣之整也。

翼如翼，鳥舒翼也。「趨進，翼如也」，形容孔子行禮時，兩手張拱端好，如鳥之舒翼也。

躩如躩，盤旋不進貌。「足躩如也」，形容孔子過君之虚位而有所敬也。

第三節　雙聲疊韻形容字

又有一種形容字，不能單舉，而按其聲音，每多雙聲疊韻，大抵厥初生民，發語遲緩，以長言之故，而有雙聲疊韻自然之音義寓乎其中。此等字法始於《詩》，《楚辭》亦多用之。舉例如下：

窈窕幽閑之意。「窈窕淑女」，形容淑女之窈窕也。

猗儺柔順也。「猗儺其枝」，形容萇楚之柔順也。

倭遲回遠之意。「周道倭遲」，形容道之回遠也。

倉兄悲憫之意。「倉兄填兮」，形容心之憂也。

殿屎呻吟也。「民之方殿屎」，形容民之愁苦也。

相羊「徜徉」同。「聊逍遥以相羊」，形容逍遥之態度也。

逍遥自得之貌。「聊浮游以逍遥」，形容浮游之狀象也。

嬋媛牽引也。「心嬋媛而傷懷兮」，形容心之牽引也。

髣髴依稀不辨也。「存髣髴而不見兮」，形容置國家於不辨也。

夷猶留意也。「低佪夷猶」，形容不忍去之意也。

侘傺惆悵貌。「懷信侘傺」，形容思慕之情也。

第四節　駢字形容字

駢字者，字必重疊也。單舉一字，不足以見其意味，必須駢舉之，而後形容若繪焉。此等字法，《詩》爲多，《禮》次之。舉例如下：

陽陽明也。「龍旂陽陽」，形容旂之明也。

噦噦和也。「鸞聲噦噦」，形容聲之和也。

淵淵幽遠也。「伐鼓淵淵」，形容鼓聲之幽遠也。

芒芒大也。「殷土芒芒」，形容土之大也。

優優寬也。「敷政優優」，形容政之寬也。

仡仡堅也。「崇墉仡仡」，形容城之堅也。

穆穆深遠也。「穆穆文王」，形容文王之度也。

蕩蕩廣大也。「蕩蕩上帝」，形容天之廣大也。

騷騷疾貌。「騷騷爾則野」，形容太疾也。

鼎鼎舒貌。「鼎鼎爾則小人」，形容太舒也。

濟濟出入之齊也。「濟濟翔翔」，形容朝廷之美也。

雍雍和也。「肅肅雍雍」，形容鸞和之美也。

洞洞敬之表裏無間也。「洞洞乎其敬也」，形容敬之至也。

屬屬誠實無僞也。「屬屬乎其忠也」，形容祭者之誠也。

第三章　分析法

禹域文字，同字異用，不勝枚舉。同字異用者，同其體而異其性也。不知辨性而漠視之，則善善、惡惡、親親、長長之類，皆窒礙矣，奚可哉？略舉六義以爲例：

第一節　死活之别

有同此一字，原其本義，有純然獨立之性，若借用之，訓雖同而解則異焉，由於死用活用故也。舉例如下：

清　死　「滄浪之水清兮」。

　　活　「聖之清者也」。

第二節　精粗之别

有同此一字，就其理而位置之，則此字之意味，既具有粹美之性質，復含有凝重之態狀。若從表面泛言淺説，則其字之品性少有差别，而形容亦覺有殊異，是在精粗之不同。舉例如下：

精靜「定而后能靜，靜而后能安」。
粗靜「夫乾，其靜也專」，「夫坤，其靜也翕」。

第三節 真假之别

有同此一字，正用之，則確有其物，而字之本義不言而著；借用之，則純全之本義，必引申而後見。是蓋有真假之分。舉例如下：

真鏡「以銅爲鏡，可以正衣冠」。
假鏡「以古爲鏡，可以見興替；以人爲鏡，可以知得失」。

第四節 動靜之别

有同此一字，所用之位置，無助字以傳其神情，而形體雖同，品性異焉者，由名字動字之性，動靜不同故也。舉例如下：

	風	雨	衣	食	朝	夕
靜	春風。	夏雨。	解衣。	推食。	春朝。	秋夕。
動	風人。	雨人。	衣我。	食我。	朝日。	夕月。

第五節 輕重之别

有同此一字，而辭氣之間抑揚異節，緣被所指者先後之間，言語情態，輕重殊異故也。舉例如下：

重之「俎豆之事」，「軍旅之事」。
輕之「則嘗聞之矣」，「未之學也」。

第六節　虛實之别

有同此一字，而有可解、不可解之别者，中國舊説因謂之虛字實用、實字虛用。然如「焉」、「也」之類將又何説？而王懷祖、段懋堂諸書，虛實諸字又多錯用，遂令學者無所適從。善哉，《馬氏文通》之解「虛」、「實」也，曰：「凡字有事理可解者曰實字，無解而惟以助實字之情態者曰虛字。」舉例如下：

實焉　黃鳳謂之「焉」。　　女陰謂之「也」。
虛焉　「有民人焉」，「有社稷焉」。　　虛也　「君臣也」，「父子也」。

第四章　增改法

昔孔子作《春秋》，筆則筆，削則削，游、夏不能贊一辭；吕不韋成《吕覽》，懸之國門，不能改易一字，故其文可貴。然文章有以無可增改爲佳者，亦有必須增改而後佳者。

第一節　增　字

文之病不暢也，由於用字過少。如韓魏公作「晝錦堂」，歐陽脩爲之記。起句「仕宦至將相，富貴歸故鄉」，魏公得之，頗愛賞。後復遣介，别以本至，云：「前有未是，可换此本。」魏公再三玩之，無異前者，但於「仕宦」、「富貴」下，各添一「而」字，文義大暢。此增字之妙也。

第二節　改　字

文之不善，由於字之不當，其法在改。昔范文正作《嚴先生祠堂記》，李太伯在坐，問曰：「先生之『德』，不如以『風』字代之。」蓋太伯因上有「貪夫廉，懦夫立」，故悟到《孟子》「伯夷之風」。又歐陽脩作《醉翁亭記》，原本「釀泉爲酒，泉洌而酒香」，東坡書此文，改爲「泉香而酒洌」，蓋本《月令》「水泉必香也」。此改字之妙也。

第五章　鍛　鍊　法

凡爲佳文，必先鍊字，或鍊一字，或鍊數字，務使鍊實字能攝虛神，鍊一字能振全句，斯方完善。

第一節　宜　確

左思《蜀都賦》：「蔚若相如，皭若君平。」以「蔚」字該相如之文，以「皭」字括君平之道，何等確當。

第二節　宜　堅

《詩・緜》篇：「肆不殄厥愠，亦不隕厥問。柞棫拔兮，行道兑兮。混夷駾兮，維其喙兮。」如此等類，用字之堅緻極矣。

第三節　宜　響

揚雄《甘泉賦》：「東燭滄海，西耀流沙，北熿幽都，南煬丹厓。」聲音節奏，如或聞之。

第四節　宜　精

賈誼《鵩鳥賦》：「天地爲鑪兮，造化爲工；陰陽爲炭兮，萬物爲銅。」絶無鍛鍊形迹，而下字之工，不可移易。

第五節　宜　奇

《考工記》：「梓人爲筍虡，天下之大獸五：脂者、膏者、臝者、羽者、鱗者。」「外骨、内骨、卻行、仄行、連行、紆行、以脰鳴者、以注鳴者、以旁鳴者、以翼鳴者、以股鳴者、以胸鳴者，謂之小蟲之屬，以爲雕琢。」「厚脣、弇口、出目、短耳、大胸、燿後、大體、短脰，若是者，謂之臝屬，以爲鍾虡。」「鋭喙決吻、數目、顧脰、小體、騫腹，若是者，謂之羽屬，以爲磬虡。」「小首而長，摶身而鴻，若是者，謂之鱗屬，以爲筍。」「凡攫閷援簭之類，必深其爪、出其目、作其鱗之而。」如此類者，無字不奇。

第六節　宜　麗

司馬相如《上林賦》：「皓齒粲爛，宜笑的皪，長眉連娟，微睇緜藐。」揚子雲曰：「辭莫麗於相如。」信哉。

第六章　類　用　法

文中用一類之字，則文勢壯，文義廣。有有形、無形之別。有形者，所用之字，重出疊見也；無形者，融化書語，以用其字者也。

第一節　有形類用

文有本字常出，不嫌數見，且因此而愈見其妙者，是爲有形類用。其用法復有單獨、複雜之別。

單獨字

有以一字翻覆簸弄於數句之中，或一章之內，甚至掉弄全篇者。如莊子對東郭子：「物物者，與物無際，而物有際者，所謂物際者也；不際之際，際之不際者也。」南伯子綦篇：「嗟乎！我悲人之自喪者，吾又悲夫悲人者，吾又悲夫悲人之悲者。」又《孫子・軍形篇》：「古之所謂善戰者，勝於易勝者也。故善戰者之勝也，無智名，無勇功。故其善戰勝不忒，不忒者其所措勝；勝已敗者也。故善戰者，立於不敗之地，而不失敵之敗也。是故勝兵先勝而後求戰，敗兵先戰而後求勝。」又韓愈《送孟東野序》，用「鳴」字四十；馮用之《機論》，用「機」字三十餘。如此類者，皆以一字疊用，不見其繁，而祇覺其警者也。

複雜字

又有合多數字而連用者，不善學之，即餖飣無味。而古人反故意重疊以轉掉之。如《檀弓》：「石駘仲卒，無適子，有庶子六人。卜所以爲後者，曰：『沐浴佩玉則兆。』五人者，皆沐浴佩玉。石祁子曰：『孰有執親之喪而沐浴佩玉者乎？』不沐浴佩玉，石祁子兆。」「沐浴佩玉」四字，凡四見。《孟子》：「『子如通之，則梓匠輪輿皆得食於子。子何尊梓匠輪輿而輕爲仁義者哉？』曰：『梓匠輪輿，其志將以求食也。』」「梓匠輪輿」四字，凡三見。又韓愈《諱辨》：「凡事父母得如曾參，可以無譏矣。作人得如周公、孔子，亦可以止矣。今世之士，不務行曾參、周公、孔子之行，而諱親之名，則務勝於曾參、周公、孔子，亦見其惑也。夫周公、孔子、曾參卒不可勝，勝周公、孔子、曾參，乃比於宦官宮妾。則是宦官宮妾之孝於其親，賢於周公、孔子、曾參者耶？」「周公、孔子、曾參」六字，凡六見。凡若此者，所用之字，皆不於倫，乃絶不覺煩數，且愈複愈妙焉。字之瑣屑繁冗者，其用法可以悟矣。

第二節　無形類用

字若無本，是謂杜撰。韓文用字，故皆有來歷。然苟不一類，則字古而文不古者有之。故必含咀古書，庶幾退之所謂吐辭爲經者歟！其用法復有性質、精神之别。

用字類之性質

就古人之文，體察所用之字之性質，研摩咀嚼，比其類而用之。如《國語・里革斷罟匡君》：「古者大寒降，土蟄發，水虞於是乎講罛罶。取名魚，登川禽，而嘗之寢廟，行諸國人，助宣氣也。鳥獸孕，水蟲成，獸虞於是乎禁罝羅，矠魚鱉，以爲夏犒，助生阜也。鳥獸成，水蟲孕，水虞於是乎禁罣麗，設穽鄂，以實廟庖，畜功用也。且夫山不槎櫱，澤不伐夭，魚禁鯤鮞，獸長麑麇，鳥翼鷇卵，蟲舍蚳蝝，蕃庶物也。」是段用字，乃鎔《月令》之義，而以精鍊出之者也。

用字類之精神

有文焉，觀其形迹，純乎古矣，而字不盡爲古書所已用，然蒼蒼其光，淵淵其聲，又不可謂非出於古者，是蓋吸取字之精神，以施於筆端也。如韓愈《畫記》：「雜古今人物小畫共一卷。騎而立者五人，騎而被甲載兵立者十人，一人騎執大旗前立，騎而被甲載兵，行且下牽者十人，騎且負者二人，騎執器者二人，騎擁田犬者一人，騎而牽者二人，騎而驅者三人，執羈靮立者二人，騎而下倚馬臂隼而立者一人，騎而驅涉者二人，徒而驅牧者二人，坐而指使者一人，甲冑手弓矢鈇鉞植者七人，甲冑執幟植者十人，負者七人，偃寢休者二人，甲冑坐睡者一人，方涉者一人，坐而脱足者一人，寒附火者一人，雜執器物役者八人，奉壺矢者一人，舍而具食者十有一人，挹且注者四人，牛牽者二人，驢驅者四人，一人杖而負者，婦人以孺子載而可見者六人，載而上下者三人，孺子戲者九人。凡人之事，三十有二，爲人大小，百二十有三，而莫有同者焉。馬大者九匹，於馬之中，又有上者、下者、行者、牽者、涉者、陸者、翹者、顧者、鳴者、寢者、訛者、立者、人立者、齕者、飲者、溲者、陟者、降者、痒磨樹者、嘘者、嗅者、喜相戲者、怒相踶齧者、秣者、騎者、驟者、走者、載服物者、載狐兔者。凡馬之事，二十有七，爲馬大小，八十有三，而莫有同者焉。牛大小十一頭，橐駝三頭，驢如橐駝之數而加其一焉。隼一、犬羊狐兔麋鹿共三十。旃車三兩。雜兵器弓矢旌旗刀劍矛楯弓服矢房甲冑之屬，缾盂簦笠筐筥錡釜飲食服用之器，壺矢博弈之具，二百五十有一，皆曲極其妙。」是段用字，全法《考工記》，周人以後，無此種格力。由此觀之，可以知文家用字之道矣。

句法篇

句者，積多數字以神其用者也，格調莫高於《詩》、《書》。《詩》善變，一字至九，句每殊異，而聲調音韻，又能傳幽深玄遠之神情。《書》之句法，盤誥尤爲簡雅而渾雄勁拔，更非後人所能幾及。故《詩》、《書》者，文家造句之母也。大抵句法，務宜堅響，經緯以動、靜、名、助諸品詞，貫以聯絡異同之法。莽莽古直，羅羅清疏，斯爲得之。苟一句窒礙，勢必齟齬全章，句法可忽乎哉！

第一章　關係格調

格律聲調，乃文之要，原其所以氣象雄渾，情韻悠揚者，悉在句法之變換。

第一節　短　句

短句主勁拔，有僅一二三字，而見其聲調之工、音節之妙者。如《詩》：「敝，予又改爲兮，還，予授子之粲兮。」《左傳》：「子都自下射之，顛。」《論語》：「與之粟九百，辭。子曰：『毋！以與爾鄰里鄉黨乎！』」《檀弓》：「童子曰：『華而睆，大夫之簀與？』子春曰：『止。』曾子聞之，瞿然曰：『呼。』曰：『華而睆，大夫之簀與？』曾子曰：『然。』」此以一字爲句也。《左傳》「戰於長勺，公將鼓之。劌曰：『未可。』齊人三鼓。劌曰：『可矣！』」又：「使鉏麑賊之，晨往，寢門闢矣。盛服將朝，尚早，坐而假寐，麑退。」又：「爾何知！中壽，爾墓之木拱矣。」《國策》：「齊宣王見顔斶，曰：『斶前。』斶亦曰：『王前。』」此以二字爲句也。《國策》：「齊王使使者問趙威后，威后曰：『苟無歲，何有民，苟無民，何有君？』」韓愈《原道》：「人其人，火其書，廬其居。」陸修《長城賦》：「干城絶，長城列，秦民竭，秦君滅。」杜牧《阿房宫賦》：「六王畢，四海一，蜀山兀，阿房出。」此以三字爲句也。

第二節　長　句

長句以氣勝，善用長句者，莫如《史記》及韓文，有多至數十字者。《史記》如《項羽本紀》：「項羽乃悉引兵渡河，皆沈船、破釜甑、燒廬舍、持三日糧，以示士卒必死，無一還心。」是以三十一字爲一句，韓文如《圬者王承福傳》：「雖然，其賢於世之患不得之而患失之者，以濟其生之欲，貪邪而亡道，以喪其身者，其亦遠矣！」是以三十六字爲一句。然必須有堅勁之質，雄直之氣，運乎其中，最忌字句薄弱，無聲光以輔之。

第三節　錯　句

錯者，長短相錯也。句法錯出，語氣極雄健。如《戰國策》：「猿獮猴錯木據水，則不如魚鼈；歷險乘危，則騏驥不如狐狸。」《史記・衛青傳》：「於是大將軍令武剛車自環爲營，而縱五千騎往當匈奴。匈奴亦縱可萬騎。會日且入，大風起，砂礫擊面，兩軍不相見，漢益縱左右翼繞單于。單于視漢兵多，而士馬尚彊，戰而匈奴不利，薄暮，單于遂乘六羸，壯騎可數百，直冒漢圍西北馳去。時已昏，漢匈奴相紛挐，殺傷大當。」韓愈《原道》：「火於秦，黄老於漢，佛於晉魏梁隋之間。」「其民，士農工商；其位，君臣、父子、師友、賓主、昆弟、夫婦；其服，麻絲；其居，宫室；其食，粟米、疏果、魚肉。」此等句法，誠錯落有致矣。

第四節　整　句

文非整句，不足以鎮壓之，蓋文貴疎曠，尤貴嚴重，惟用整句，如鼎之正位，凝命而不可襲矣。如《易・文言》：「善不積不足以成名，惡不積不足以滅身。」《老子》：「聖人不死，大盗不止。」《論語》：「可以託六尺之孤，可以寄百里之命。」《莊子》：「自其異者視之，肝膽吳越也；自其同者視之，萬物皆一也。」《孟子》：「楊、墨之言不息，孔子之道不著。」《荀子》：「生則天下歌，死則天下哭。」范仲淹《岳陽樓記》：「居廟堂之高，則憂其民；處江湖之遠，則憂其君。」如此類者，何等嚴整。

第五節　複　句

文有反反覆覆，愈複愈妙者。如《公羊傳・宋人及楚人平》：「外平不書，此何以書？大其平乎己也。何大其平乎己？莊王圍宋，軍有七日之糧爾。盡此不勝，將去而歸爾。於是使司馬子反乘堙而闚宋城，宋華元亦乘堙而出見之。司馬子反曰：『子之國何如？』華元曰：『憊矣！』曰：『何如？』曰：『易子而食之，析骸而炊之。』司馬子反曰：『嘻！甚矣憊！雖然，吾聞之也，圍者柑馬而秣之，使肥者應客。是何子之情也？』華元曰：『吾聞之：君子見人之厄則矜之，小人見人之厄則幸之。吾見子之君子也，是以告情於子也。』司馬子反曰：『諾，勉之矣！吾軍亦有七日之糧爾，盡此不勝，將去而歸爾。』揖而去之，反於莊王。莊王曰：『何如？』司馬子反曰：『憊矣！』曰：『何如？』曰：『易子而食之，析骸而炊之。』莊王曰：『嘻！甚矣憊。雖然，吾今取此，然後而歸爾。』司馬子反曰：『不可，臣已告之矣：軍有七日之糧爾。』莊王怒曰：『吾使子往視之，子曷爲告之？』司馬子反曰：『以區區之宋，猶有不欺人之臣，可以楚而無乎！是以告之也。』莊王曰：『諾，舍而止。雖然，吾猶取此然後歸爾。』司馬子反曰：『然則君請處此，臣請歸爾。』莊王曰：『子去我而歸，吾孰與處於此？吾亦從子而歸爾。』引師而去之。君子大其平乎己也。」通篇純用複句，愈複愈變，愈複愈韻，學者謂公羊好複，遂一味糾纏，以爲古文妙境，不知公羊非好複，有當複者，不複不醒，故覺是篇愈複愈妙也。

第六節　疊　句

疊句者，重疊其句以取勢也。如《孟子》：「富貴不能淫，貧賤不能移，威武不能屈。」連疊三句也。《考工記》：「粵無鎛，燕無函，秦無廬，胡無弓車。」連疊四句也。《書・君奭》：「有若虢叔，有若閎夭，有若散宜生，有若泰顛，有若南宫括。」連疊五句也。《老子》：「天得一以清，地得一以寧，神得一以靈，谷得一以盈，萬物得一以生，侯王得一以爲天下貞。」連疊六句也。李華《中書政事堂記》：「兵不可以擅誅，權不可以擅施，貨不可以擅蓄，王澤不可以擅奪，君恩不可以擅間，私讐不可以擅報，公爵不可以擅私。」連疊七句也。《孟子》：「勞之來之，匡之直之，輔之翼之，使自得之，又從而振德之。」連疊八句也。若《説卦傳》：「乾爲天，爲圜，爲君，爲父，爲玉，爲金，爲寒，爲冰，爲大赤，爲良馬，爲老馬，爲瘠馬，爲駁馬，爲木果。」則連疊十四句。韓愈《畫記》：「行者，牽者，涉者，陸者，翹者，顧者，鳴者，寢者，訛者，立者，齕者，飲者，溲者，陟者，降者，痒磨樹者，嘘者，嗅者，喜相戲者，怒相踶齧者。」則連疊二十句。如此類者，層巒疊障，不嫌傷氣，反覺增力，此疊句之妙也。

第七節　排　句

排與疊異，疊以簡單勝，排以複雜勝。文用排句，則有震盪之氣勢，跌宕之豐神，其句法各異。如《檀弓》：「吾見封之若堂者矣，見若坊者矣，見若覆夏屋者矣，見若斧者矣。」此單排也。蘇軾《潮州韓文公廟碑》：「智可以欺王公，不可以欺豚魚；力可以得天下，不可以得匹夫匹婦之心。」此偶排也。《國策·鄒忌諷齊王》：「宫婦左右，莫不私王；朝廷之臣，莫不畏王；四境之内，莫不有求於王。」此短排也。蘇軾《潮州韓文公廟碑》：「能開衡山之雲，而不能回憲宗之惑；

能馴鱷魚之暴，而不能弭皇甫鎛、李逢吉之謗；能信於南海之民，廟食百世，而不能使其身一日安於朝廷之上。」此長排也。諸葛亮《出師表》：「親賢臣，遠小人，此先漢所以興隆也；親小人，遠賢臣，此後漢所以傾頹也。」此整排也。魏相《諫伐匈奴書》：「救亂誅暴，謂之義兵，兵義者王；敵加於己，不得已而起者，謂之應兵，兵應者勝；爭恨小故，不忍憤怒者，謂之忿兵，兵忿者敗；利人土地貨寶者，謂之貪兵，兵貪者破；恃國家之大，矜人民之衆，欲見威於敵者，謂之驕兵，兵驕者滅。」此錯排也。

第八節　扭　句

扭句者，扭結上句，增損其字，以成一種句法也。如《莊子・齊物論》：「有始也者，有未始有始也者，有未始有夫未始有始也者。有有也者，有無也者，有未始有無也者，有未始有夫未始有無也者。」《列子》：「故有生者，有生生者；有形者，有形形者；有聲者，有聲聲者；有色者，有色色者；有味者，有味味者。」此等句法，最易剔抉精理，表達微恉。

第九節　遞　句

遞句者，蟬聯而下，銜尾相續而見筆妙者。如《論語》：「知之者不如好之者，好之者不如樂之者。」《大學》：「知止而后有定，定而后能靜，靜而后能安，安而后能慮，慮而后能得。」《中庸》：

「惟天下至誠，爲能盡其性；能盡其性，則能盡人之性；能盡人之性，則能盡物之性；能盡物之性，則可以贊天地之化育；可以贊天地之化育，則可與天地參矣。」《檀弓》：「人喜則斯陶，陶斯詠，詠斯猶，猶斯舞，舞斯愠，愠斯戚，戚斯歎，歎斯辟，辟斯踊矣。」

第十節　環　句

環句者，就上句而顛倒之，交互聯絡者也。如《書》：「臣哉鄰哉！鄰哉臣哉！」《詩》：「侯于周服，侯服于周。」《老子》：「信言不美，美言不信；善者不辨，辨者不善。知者不博，博者不知。」《論語》：「有德者必有言，有言者不必有德。仁者必有勇，勇者不必有仁。」

第十一節　倒　句

句法有須倒而後佳者。如《書》：「告爾於朕志。」若順言「告朕志於爾」，則無味矣。韓文：「衣食於奔走。」若順言「奔走於衣食」，則無味矣。

第十二節　逆　句

句法每以逆取勝，蓋逆則得勢也，與倒句異。倒句者，倒裝上下之字，以見語氣之雄健。逆句則以意與詞爲之，如《莊子對東郭子》：「『在螻蟻』。曰：『何其下耶！』曰：『在稊稗。』曰：『何其愈下耶！』曰：『在瓦甓。』曰：『何其愈甚耶？』曰：『在屎溺。』」是意逆也。《周子通書》：

「士希賢，賢希聖，聖希天。」是詞逆也。

第二章　關係節次

有一種文句，能振起一章之精神，棣通全篇之消息者，其妙在乎筋節腠理之間。

第一節　鎖　句

鎖者，關鎖也。文無關鎖，則門闥洞開，氣不凝聚而無餘藴矣。如韓愈《原道》：「嗚呼！其亦幸而出於三代之後，不見黜於禹、湯、文、武、周公、孔子也！其亦不幸而不出於三代之前，不見正於禹、湯、文、武、周公、孔子也。」是爲雙鎖法。蘇洵《管仲論》：「嗚呼！仲可謂不知本者矣。」是爲單鎖法。

第二節　撇　句

文欲置此事而論他事，則用撇句。如《孟子》：「敢問所安？曰：『姑舍是。』」范仲淹《岳陽樓記》：「此岳陽樓之大觀也，前人之述備矣。」蘇軾《留侯論》：「且其意不在書。」李覯《袁州學記》：「惟四代之學，考諸經可見已。」

第三節　插　句

插句者，於正文中，忽插一他句。如《孟子》：「洚水警余。洚水者，洪水也。」《史記·項羽紀》：「亞父南嚮坐。亞父者，范增也。」又有一例，不同乎注釋，比附他事，脩飾成文，使生波瀾者，如《韓非子》：「今釋車輿之利，捐六馬之足與王良之御，而下走逐獸，則雖樓季之足，無時及獸焉。」李斯《諫逐客書》：「必秦國之所生然後可，則是夜光之璧，不飾朝廷；犀象之器，不爲玩好；鄭魏之女，不充後宮；而駿馬駃騠，不實外廄；江南金錫不爲用，西蜀丹青不爲采。所以飾後宮、充下陳、娱心意、説耳目者，必出於秦然後可，則是宛珠之簪、傅璣之珥、阿縞之衣、錦繡之飾不進於前，而隨俗雅化、佳冶窈窕趙女不立於側也。」凡此二例，皆於本文外插入者也。

第四節　刺　句

刺句者，如刺客之刺人，出其不意而擊刺之。韓愈《諱辨》：「父名晉肅，子不得舉進士，若父名仁，子不得爲人乎？」直刺嫌名之説而破之。柳宗元《駁復讐議》：「元慶能不越於禮，服孝死義，是必達理而聞道者也。夫達理聞道之人，豈其以王法爲敵讐者哉？」二句直刺元慶本無死理。庸手至此，於「是必達理而聞道者也」句下，直接「議者反以爲戮」矣，安有此一刺？蘇軾《鼂錯論》：「且夫發天下之難者誰乎？」直刺鼂錯一筆，使錯無可逃隱。凡用刺句，最能醒題，最能動目。

第五節　頓　句

文至順流而下之時，宜用頓句。如《史記・項羽記》：「拜梁爲楚王上柱國。曰：『江東已定。』急引兵西擊秦。」下頓以「項梁乃以八千人渡江而西」一句，然後接以「聞陳嬰已下東陽，使使與連和俱西。」真如椽之筆也。韓愈《原道》：「君不出令，則失其所以爲君。臣不行君之令，而致之民，則失其所以爲臣。民不出粟米麻絲、作器皿、通貨財以事其上，則誅。」此段文勢至急，末以「則誅」二字頓之，凝鍊矣。若不云「則誅」而云「則失其所以爲民」，不惟句無氣力，而全段氣力至此句而失矣。

第六節　挫　句

挫者，折也。文章雖貴一氣呵成，勇往直達，然有縱横飛動之態，乏綢繆纏綿之致，則將陷於徑直之弊。故文家往往於氣盛處，下一挫語，以摧殘其氣而收斂之，下文再用開闔之法。如韓愈《送高閑上人序》：「夫外慕徙業者，皆不造其堂，不嚌其胾者也。」柳宗元《桐葉封辨》：「又不當束縛之，馳驟之，使若牛馬然。急則敗矣。」蘇轍《上韓太尉書》：「而轍也未之見焉。」皆挫折法也。

第七節　振　句

句不振，不能悚其神，振句多反，翻簸上文之言，一振其勢。如韓愈《原毀》：「不然，則其所疎遠，不與同其利者也。不然，則其畏也，不若是……」蘇軾《王者不治夷狄論》：「不然，則齊晉之與國也，……」《范增論》：「陳平雖智，安能間無疑之主哉？」如此類者，反筆一振，何等得力！

第八節　提　句

文至精神弛懈處，利用提句。如揚雄《解難》：「日月之經不千里，則不能燭六合，耀八紘。泰山之高不嶕嶢，則不能浡滃雲而散歊烝。」蘇洵《管仲論》：「夫有舜而後知放四凶；有仲尼而後知去少正卯。」蘇軾《潮州韓文公廟碑》：「蓋嘗論天人之辨，以謂人無所不至，惟天不容僞。」劉基《賣柑者言》：「今夫佩虎符、坐皋比者，恍恍乎干城之具也，果能授孫、吳之略耶？峨大冠、拕長紳者，昂昂乎廟堂之器也，果能建伊皋之業耶？」

第九節　宕　句

文章須跌宕而後有姿勢。如《史記·貨殖傳》：「故待農而食之，虞而出之，工而成之，商而通之。此寧有政教發徵期會哉？」韓愈《應科目時與人書》：「無高山大陵曠途絶險爲之關隔也。」蘇軾《潮州韓文公廟碑》：「蓋三百年於茲矣！」蘇轍《上樞密韓太尉書》：「此二子者，豈嘗執筆學爲如此之文哉？」

第三章　關係性質

句有性質，篇各不同，順文之意味而爲之，而抑揚頓挫，皆隨其文之自然而見。欲知梗概，體會語氣。

第一節　緩句

《孟子》：「有爲神農之言者許行，自楚之滕，踵門……」「門」上有「踵」字，辭緩也；以《吕氏春秋》「戎狄違齊，如魯，天大寒而後門」較之，則彼急矣。

第二節　急句

《左傳》：「孟之側後入以爲殿，抽矢策其馬曰：『馬不進也。』」辭急也；以《論語》「孟之反不伐，奔而殿，將入門，策其馬，曰：『非敢後也，馬不進也』」較之，則彼緩矣。

第三節　輕句

《左傳》：「狼瞫於是乎君子。」句輕也；若《論語》：「子謂子賤：君子哉，若人。』」即重矣。

第四節　重　句

《孟子》：「公孫衍、張儀豈不誠大丈夫哉？」句重也；若《左傳》「韓宣子云『吾淺之爲丈夫也』」，即輕矣。

第五節　正　句

正句者，句法順落也。如《書》：「帝曰：『咨！汝羲暨和，朞三百有六旬有六日，以閏月定四時成歲。』」《春秋》：「六鷁退飛過宋都。」皆順其事而正語之也。

第六節　反　句

反句最有意味。如《書》：「衆非元后何戴？」若謂「衆非元后不戴」，硬矣；《論語》：「管氏而知禮，孰不知禮？」如曰「管氏不知禮」，滯矣；又：「是可忍也，孰不可忍也？」倘云「是不可忍」，鈍矣。

第四章　關係聲情

人之聲情，有藉句以宣者，雖各種口吻，千差萬别，而文筆無不能達之。

第一節　問　句

句有詰問意者。如《論語》：「如或知爾，則何以哉？」緩問也；《史記・項羽紀》：「誰爲大王爲此計者？」急問也；《孟子》：「何哉，君所謂踰者？」驚問也；屈原《漁父辭》：「子非三閭大夫與？」疑問也。

第二節　訝　句

句有驚訝意者。如《左傳》：「異哉，夫子有三軍之懼，而又有桑中之喜。」蘇軾《方山子傳》：「此吾故人陳慥季常也，何爲而在此？」歐陽脩《秋聲賦》：「此秋聲也，胡爲乎來哉？」

第三節　誡　句

句有儆誡意者，如《書》：「爾尚輔予一人。」《論語》：「女爲君子儒，無爲小人儒。」《孟子》：「王請大之！」《左傳》：「子毋謂秦無人。」馬援《誡兄子書》：「不願汝曹效之也。」

第四節　歎　句

句有嗟歎意者。如《論語》：「逝者如斯夫！」有悟而歎也；「噫！天喪予。」有悲而歎也；韓愈《師説》：「嗟乎！師道之不傳也久矣。」有慨而歎也；蘇洵《辨姦論》：「不然，天下將被其禍，而吾獲知言之名，悲夫！」有感而歎也。

第五節　斷　句

句有判斷意者。如蘇軾《賈誼論》：「嗚呼！賈生志大而量小，才有餘而識不足也！」此明斷也；駱賓王《討武曌檄》：「請看今日之域中，竟是誰家之天下？」此暗斷也。

第六節　駭　句

句有驚駭意者。如《國策·顔斶説齊王》：「由是觀之，生王之頭，不如死士之壟也。」又《莊辛論幸臣》：「而不知夫穰侯，方受命乎秦王，填黽塞之内，而投己乎黽塞之外。」又《趙威后問齊使》：「於陵子仲尚存乎？是其爲人也，上不臣於王，下不治其家，中不索交諸侯。此率民而出於無用者，何爲至今不殺乎？」

第七節　憤　句

句有恨憤意者。如史公《報任少卿書》：「今舉事一不當，而全軀保妻子之臣，隨而媒孽其短，僕誠私心痛之！」胡銓《高宗封事》：「臣有赴東海而死耳，寧能處小朝廷求活耶！」此憤之匿於中者也。《史記·留侯世家》：「漢王輟食吐哺罵曰：『竪儒幾敗而公事！』」又《項羽紀》：「亞父受玉斗，置之地，拔劍撞而破之，曰：『唉！竪子不足與謀。』」此憤之著於外者也。

第五章 關係優劣

句法有必待比較而後見優劣者。蓋句之優劣，不比較不見，並陳而參觀之，孰得孰失，不辨自明矣。

第一節 句之繁簡

劉向《新序》：「夫上之化下，猶風靡草。東風則草靡而西，西風則草靡而東，在所由而草爲之靡。」是用三十一字，其意始盡。若《論語》：「君子之德風，小人之德草，草上之風必偃。」則用十六字其意已明。若《書》：「爾惟風，下民惟草。」祇七字而意即顯。又如《檀弓》叙驪姬譖申生事：「子盍言子之志於公乎？世子曰：『不可，君安驪姬，是我傷公之心也。』」祇二十五字。左氏叙此事：「或謂太子：『子辭，君必辨焉。』太子曰：『君非姬氏，寢不安，食不飽。我辭，姬必有罪。君老矣，吾又不樂。』」則三十六字矣。又《穀梁》叙此事：「世子之傅里克謂世子曰：『入自明。入自明則可以生，不入自明則不可以生。』世子曰：『吾君已老矣，已昏矣，吾若此而入自明，則驪姬必死。驪姬死，則君不安。』」則五十九字矣。文之繁簡殊而工拙亦見。

第二節　句之疎密

《論語》：「在邦必達，在家必達。」字句嚴密，意亦明顯；《史記》易之以「在邦在家必達」，辭雖約而意甚疎矣。又如《論語》「三復『白圭』」，句亦嚴密，而《史記》易爲「三復『白圭之玷』」，則又失之疎矣。

第三節　句之純疵

《説卦傳》曰「雨以潤之」，純辭也。《繫辭傳》曰「潤之以風雨」，「潤」字兼攝「風」字，語有疵矣。《孟子・滕文》「禹八年於外，三過其門而不入」，純辭也。《離婁》「禹、稷當平世，三過其門而不入」，羼入「稷」字，語有疵矣。

第四節　句之潔滯

《書・大禹謨》：「予懋乃德，嘉乃丕績，天之曆數在汝躬。汝終陟元后，人心惟危，道心惟微，惟精惟一，允執厥中。無稽之言勿聽，弗詢之謀勿庸。可愛非君？可畏非民？衆非元后何戴？后非衆罔與守邦。欽哉，慎乃有位，敬修其可願。四海困窮，天禄永終，惟口出好、興戎，朕言不再。」《論語》引之：「堯曰：『咨！爾舜，天之曆數在爾躬，允執其中。四海困窮，天禄永終。』舜亦以命禹。」祇二十九字，而堯命舜，舜命禹，兩代之事，纖悉無遺。以《書》較之，則此潔矣。又《泰誓》曰：「紂有臣億萬，惟億萬心；予有臣三千，惟一心。」《管子・法禁篇》曰：「紂有臣億萬人，亦有億萬之心，武王有臣三千而一心。」滯矣。

章法篇

積句成章，斷章取義，條理必秩，文采必斐，若網在綱，如繭出緒。或失則雜，謂之無章，章之不成，文曷以達？篇之彪炳，章無疵也。章之大略，起承轉結，凡此四者，可詳説之。

第一章 起法

昔東坡作《韓公廟碑》，不能得一起頭，起行數十遭，忽得「匹夫」二句，以下即一揮而就。歐陽修作《醉翁亭記》，初稿起語云「環滁四面有山」，後改爲「環滁皆山也」。通篇共用二十四個「也」字，皆起句「也」字領起。由此觀之，起法要矣哉！

第一節 順起

順起者，排次事實以發端也。歐陽修《朋黨論》：「臣聞朋黨之説，自古有之，惟幸人君，辨其君子小人而已。」此順起也。

第二節　逆　起

逆起者，故作兀突之勢，用逆筆挺然起也。《公羊傳》：「外平不書，此何以書？ 大其平乎己也！」韓愈《雜説》：「世有伯樂，然後有千里馬。」此逆起也。

第三節　直　起

直起者，不用虚冒，直捷以起也。賈誼《過秦論》：「秦孝公據殽函之固，擁雍州之地，君臣固守，以窺周室，有席卷天下、包舉宇内、囊括四海之意，并吞八荒之心。」諸葛亮《出師表》：「先帝慮漢賊不兩立、王業不偏安，故託臣以討賊也。」此直起也。

第四節　渾　起

渾起者，渾提大意而起也。歐陽修《伶官傳序》：「嗚呼！ 盛衰之理，雖曰天命，豈非人事哉？」蘇洵《辨姦論》：「事有必至，理有固然，惟天下之静者，乃能見微而知著。」此渾起也。

第五節　翻　起

翻起者，翻騰題意而起也。《莊子·胠篋篇》：「將爲胠篋探囊發匱之盗而爲守備，則必攝緘縢，固扃鐍，此世俗之所爲知也。」柳子厚得之以作《永州韋使君新堂記》：「將爲穹谷嵁巖淵池於郊邑之中，則必輦山石溝澗壑，陵絶險阻，疲極人力，乃可以有爲也。」此翻起也。

第六節　問起

問起者，設問以發端也。《公羊傳》發端全用此體。後世有以問起者，其體有四：

設問

此體詞賦家多用之。《子虛》、《上林》、《兩都》、《兩京》、《三都》諸賦是也。

詰問

此體多用於辭令。《國策·趙威后問使者》：「歲亦無恙耶？民亦無恙耶？王亦無恙耶？」是也。

自問

此體於深文疑義用之。柳宗元《封建論》：「天地果無初乎？吾不得而知之也。生人果有初乎？吾不得而知之也。」蘇軾《三槐堂銘》：「天可必乎？賢者不必貴，仁者不必壽。天不可必乎？仁者必有後。」是也。

疑問

此體始於屈原之《天問》，惟《天問》全篇如是。《卜居》一篇，僅用之於起處耳。

第七節　原　起

原起者，起處原其所以然也。其體有三。

原理

子思《中庸》首章：「天命之謂性，率性之謂道，修道之謂教。」是也。

原事

歐陽修《唐書・藝文志序》：「自六經焚於秦而復出於漢，其師傳之道中絶，而簡編脱亂訛缺，學者莫得其本真。於是諸儒章句之學興焉。」王安石《趙君墓誌銘》：「儂智高反廣南，攻破諸州，州將以義死者二人，而康州趙君，余嘗知其爲賢者也。」是也。

原古

蘇子瞻《始皇論》：「昔者生民之初，不知所以養生之具，擊搏挽裂，與禽獸爭一旦之命。」是也。

第八節　冒　起

冒起者，就題立説，先作總冒，而後申論之也。蘇軾《鼂錯論》：「天下之患，最不可爲者，名爲治平無事，而其實有不測之憂。坐觀其變，而不爲之所，則恐至於不可救。起而强爲之，則天下狃於治平之安，而不吾信。」此冒起也。

第九節 喻起

喻起者，託他物以發端也。韓愈《送温處士序》：「伯樂一過冀北之野，而羣馬遂空。夫冀北馬多於天下，伯樂雖善知馬，安能空其羣耶？解之者曰：吾所謂空，非無馬也，無良馬也。伯樂知馬，遇其良，輒取之，羣無留良焉；苟無良，雖謂無馬，不爲虚語矣！」此喻起也。

第十節 排起

排起者，以兩事爲雙排而起也。《史記・廉頗藺相如列傳》、《張耳陳餘列傳》皆用此法。

第二章 承法

承接之處，當如山盡逢山，水窮逢水，但見改觀，不覺過接；或者風正帆懸，於驚濤駭浪中，截流而渡；又若天孫雲錦，泯組織之迹；公輸斲木，滅斧鑿之痕，斯爲美善。不然，前後文雖工，亦因之減色矣。

第一節 正承

正承者，從文之正面承明之也。如司馬遷《魏其武安列傳》贊：「魏其、武安皆以外戚重。灌夫用一時決策而名顯，魏其之舉以吴、楚，武安之貴在日月之際。」下承以「然魏其誠不知時變，灌夫無術而不遜，兩人相翼乃成禍亂。武安負貴而好權，杯酒責望，陷彼兩賢，嗚呼哀哉」。是。

第二節　反　承

反承者，反上段之意以承之也。如柳宗元《箕子碑陰》：「向使紂惡未稔而自斃，武庚念亂以圖存，國無其人，誰與共理？此亦人事之或然者也。」是。

第三節　順　承

順承者，順上文之意而承之也。如蘇軾《鼂錯論》：「天下之患，最不可爲者，名爲治平無事，而其實有不測之憂。坐觀其變而不爲之所，則恐至於不可救。起而强爲之，則天下狃於治平之安而不吾信。惟仁人君子豪傑之士，爲能出身爲天下犯大難，以求成大功。此固非勉强朞月之間，而苟以求名者之所能也。」下承以「天下治平，無故而發大難之端。吾發之，吾能收之，然後能免患於天下。事至而循循焉欲去之，使他人任其責，則天下之禍，必集於我」。是。

第四節　逆　承

逆承者，承處用逆筆也。如韓愈《雜説》：「世有伯樂，然後有千里馬。」下承以「千里馬常有，而伯樂不常有」。是。

第五節　急　承

急承者，有緩脈急受之意。如韓愈《與孟簡尚書書》：「故曰能言距楊、墨者，聖人之徒也。揚子雲曰：『古者楊、墨塞路，孟子辭而闢之，廓如也。』」下承以「夫楊、墨行，正道廢，且將數百年，以至於秦，卒滅先王之法，燒除經書，阬殺學士，天下遂大亂」。是。

第六節　緩　承

緩承者，有急脈緩受之意。如蘇軾《留侯論》：「天下有大勇者，卒然臨之而不驚，無故加之而不怒。此其所挾持者甚大，而其志甚遠也。」下承以「夫子房受書於圯上之老人也，其事甚怪。然安知其非秦之世，有隱君子者出而試之」。是。

第七節　斷　承

斷承者，承處即斷之也。如王安石《讀孟嘗君傳》：「世皆稱孟嘗君能得士，士以故歸之，而卒賴其力以脱於虎豹之秦。」下承以「嗟乎！孟嘗君特雞鳴狗盜之雄耳！烏足以言得士」。是。

第八節　闡　承

闡承者，上文未明，承處闡發之也。如蘇洵《上田樞密書》：「天之所以與我者，豈偶然哉？……此見天之所以與我者，不偶然也。」下承以「夫其所以與我者，必有以用我也，我知之不得行之，不以告人，天固用之，我實置之，其名曰『棄天』。自卑以求幸其言，自小以求用其道。天之所以與我者何如？而我如此也，其名曰『褻天』。棄天我之罪也，褻天亦我之罪也。不棄不褻而人不我用，不我用之罪也，其名曰『逆天』」。是。

第九節　分　承

分承者，分析上文意義以承明之也。如歐陽脩《朋黨論》：「臣謂小人無朋，惟君子則有之。其故何哉？」下承以「小人所好者利禄也，所貪者貨財也。當其同利之時，暫相黨引以爲朋者，僞也。及其見利而爭先，或利盡而交疎，則反相賊害，雖其兄弟親戚，不能相保。故臣謂小人無朋，其暫爲朋者，僞也。君子則不然，所守者道義，所行者忠信，所惜者名節。以之脩身，則同道而相益；以之事國，則同心而共濟。始終如一。此君子之朋也」。是。

第十節　總　承

總承者，總結上文之意以承之也。如鼂錯《貴粟疏》：「聖王在上而民不凍饑者，非能耕而食之，織而衣之也，……地有遺利，民有餘力；生穀之土未盡墾，山澤之利未盡出也，游食之民未盡歸農也。」下承以「民貧則姦邪生。貧，生於不足；不足，生於不農；不農，則不地著；不地著，則離鄉輕家。民如鳥獸，雖有高城深池，嚴法重刑，猶不能禁也」。此段以「民」總承之，應首段「民」

字，開下兩段，亦皆以「民」字起，文法一線，極爲嚴覈。

第十一節　引　承

引承者，承處引他事以申明之也。如蘇轍《上樞密韓太尉書》：「太尉執事：轍生好爲文，思之至深。以爲文者，氣之所形，然文不可以學而能，氣可以養而致。」下承以「孟子曰：『我善養吾浩然之氣。』今觀其文章，寬厚宏博，充乎天地之間，稱其氣之小大。太史公行天下，周覽四海名山大川，與燕趙間豪俊交遊，故其文疏蕩，頗有奇氣」。是。

第十二節　原　承

原承者，承處原其理由也。如蘇軾《潮州韓文公廟碑》：「此豈非參天地，關盛衰，浩然而獨存者乎？」下承以「蓋嘗論天人之辨，以謂人無所不至，惟天不容僞」。是。

第三章　轉　法

文之於轉，如車之有軸，軸所以轉轂，利乎行輪。貴圓滑，貴鋭利，或翻空以展局，或窮辨以達理，或盤曲以作勢，或提振以鼓氣。有千轉萬變之奇，有一波三折之妙，斯爲得之。

第一節　正　轉

正轉者，從正面轉也。如歐陽脩《集古録序》：「皆三代以來至寶，怪奇偉麗、工妙可喜之物，其去人不遠，其取之無禍。」下轉云：「然而風霜兵火，湮没磨滅，散棄於山厓墟莽之間，未嘗收拾，由好之者少也。」是也。

第二節　反　轉

反轉者，反上文之意而轉之也。如王安石《讀孟嘗君傳》：「嗟乎！孟嘗君特雞鳴狗盗之雄耳，烏足以言得士！」下轉云：「不然，擅齊之强，得一士焉，宜可以南面而制秦，尚取雞鳴狗盗之力哉？」是也。

第三節　横　轉

横轉者，轉筆之意横空而來也。如蘇軾《留侯論》：「夫子房受書於圯上之老人也，其事甚怪。」下轉云：「然安知其非秦之世，有隱君子者出而試之？觀其所以微見其意者，皆聖賢相與警戒之義。而世人不察，以爲鬼物，亦已過矣。」是也。

第四節　進　轉

進轉者，轉處更進一層也。如賈誼《陳政事疏》：「臣知陛下之不能也。」下進一層轉云：「然猶有可諉者，曰疎。臣請試言其親者。」是也。

第五節　緊　轉

緊轉者，文以轉而緊也。如蘇軾《伊尹論》：「讓天下與讓簞食豆羹，無以異也；治天下與治一鄉，亦無以異也。」下轉云：「然而不能者，有所蔽也。天下之富，是簞食豆羹之積也；天下之大，是一鄉之推也。」是也。

第六節　喻　轉

喻轉者，不即轉正意，取他物以喻之，使其愈轉愈醒。如《國策・莊辛論幸臣》：「王獨不見夫蜻蛉乎？……」下轉云：「夫蜻蛉其小者也，黄雀因是以……」下轉云：「夫黄雀其小者也，黄鵠因是以……」下又轉云：「夫黄鵠其小者也，蔡靈侯之事，因是以……」下又轉云：「蔡靈侯之事其小者也，君王之事，因是以……」是也。

第七節　蓄　轉

蓄轉者，轉語含蓄，有無限之意味也。如《史記・高祖功臣侯年表》：「後數世，民咸歸鄉里，户益息。蕭、曹、絳、灌之屬，或至四萬，小侯自倍，富厚如之。子孫驕溢，忘其先，淫嬖。至太初，百年之間，見侯五。餘皆坐法、隕命、亡國，秏矣；罔亦少密焉。」下轉云：「然皆身無兢兢於當世之禁云。」是也。

第八節　翻轉

翻轉者，以翻爲轉，隨轉即翻也。如韓愈《與孟簡尚書書》：「然向無孟氏，則皆服左衽而言侏離矣。」是也。

第九節　急轉

急轉者，轉處文勢甚急也。如韓愈《雜説》：「龍噓氣成雲，雲固弗靈於龍也。」下轉云：「然龍乘是氣，茫洋窮乎玄間，薄日月、伏光景、感震電、神變化、入下土、汨陵谷，雲亦靈怪矣哉！」是也。

第十節　層轉

層轉者，一層轉一層，如游龍，如活虎，委婉曲折，變化不窮。如韓愈《獲麟解》：「麟之爲靈昭昭也。詠於《詩》，書於《春秋》，雜出於傳記百家之書，雖婦人小子，皆知其爲祥也。」下轉云：「然麟之爲物，不畜於家，不常有於天下。其爲形也，不類，非若馬牛犬豕豺狼麋鹿然。然則雖有麟，不可知其爲麟也。」「角者，吾知其爲牛；鬣者，吾知其爲馬；犬豕豺狼麋鹿，吾知其爲犬豕豺狼麋鹿。」下轉云：「惟麟也不可知。」又轉云：「不可知，則其謂之不祥也亦宜。」又轉云：「雖然，麟之出，必有聖人在乎位，麟爲聖人出也！ 聖人者，必知麟。 麟之果不爲不祥也。」又轉云：「又曰，麟之所以爲麟者，以德不以形。」又轉云：「若麟之出，不待聖人，則其謂之不祥也亦宜。」是也。

第四章　結　法

收束之處，文義雖短，筆法最要緊嚴，意思尤宜周匝，少不經營，則强弩之末矣。

第一節　總　結

總結者，要事之終以結之也。 歐陽脩《朋黨論》：「夫前世之主，能使人人異心不爲朋，莫如紂；能禁絶善人之朋，莫如漢獻帝；能誅戮清流之朋，莫如唐昭宗之世，然皆亂亡其國。 更相稱美推讓而不自疑，莫如舜之二十二人，舜亦不疑而皆用之。 然而後世不誚舜爲二十二人朋黨所欺，而稱舜爲聰明之聖者，以其能辨君子與小人也。 周武之世，舉其國之臣三千人共爲一朋。 自古爲朋之多且大，莫如周，然周由此而興者，善人雖多而不厭也。」

第二節　分　結

分結者，結處分承上數段也。 蘇軾《石鐘山記》：「余是以記之，蓋歎酈元之簡，而笑李渤之陋也。」唐順之《信陵君救趙論》：「故信陵可以爲人臣植黨之戒；魏王可以爲人君失權之戒。」

第三節　翻　結

翻結者，翻騰其意而結之。辛稼軒《跋紹興親征詔草》：「使此詔見於紹興之前，可以無事仇之大恥；使此詔行於隆興之後，可以卒不世之大功。今此詔與此虜猶俱存也，悲夫！」

第四節　離　結

離結者，離題而結，以足題義，有分外之趣味者也。柳宗元《桐葉封弟辨》：「或曰：『封唐叔，史佚成之。』」

第五節　論　結

論結者，發大議論以結之也。范仲淹《岳陽樓記》：「居廟堂之高，則憂其民；處江湖之遠，則憂其君。是進亦憂，退亦憂。然則何時而樂耶？其必曰『先天下之憂而憂，後天下之樂而樂』。噫！微斯人，吾誰與歸！」

第六節　歎　結

歎結者，結處以詠歎出之也。歐陽脩《朋黨論》：「嗟乎！治亂興亡之迹，爲人臣者，可以鑒矣！」

第七節　贊　結

贊結者，以贊語結之也。蘇軾《范增論》：「雖然，增，高帝之所畏也，增不去，項羽不亡。嗚呼！增亦人傑矣哉！」

第八節　感　結

感結者，結語有無窮感慨也。蘇洵《辨姦論》：「不然，天下將被其禍，而吾獲知言之名，悲夫！」

第九節　責　結

責結者，結處寓責備賢者之意也。蘇洵《管仲論》：「故必復有賢者而後可以死。彼管仲者，何以死哉？」

第十節　問　結

問結者，含問意以結之也。蘇洵《春秋論》：「嗚呼！後之春秋，亂耶？僭耶？散耶？」

第十一節　答　結

起章或以問答發端，末章須折伏以結之。班固《兩都賦》：「子徒習秦阿房之造天，而不知京洛之有制；識函谷之可關，而不知王者之無外也。」

第十二節　喻　結

喻結者，譬喻以結之也。韓愈《進學解》：「是所謂詰匠氏之不以杙爲楹，而訾醫師以昌陽引年，欲進以豨苓也。」

第十三節　叙　結

叙結者，叙事以結也。韓愈《師説》：「李氏子蟠年十七，好古文，六藝經傳，皆通習之。不拘於時，請學於余。余嘉其能行古道，作《師説》以貽之。」

第十四節　轉　結

轉結者，結處一轉也。韓愈《送高閑上人序》：「然吾聞浮屠人善幻，多技能，閑如通其術，則吾不能知矣。」

第十五節　繳　結

繳結者，於篇末繳回上數章文意，實爲結尾關鎖之地，貴精密順快，不可使才力有所缺乏。韓愈《諱辨》前篇引周公、孔子、曾參發論，結云：「凡事父母得如曾參，可以無譏矣；作人得如周公、孔子，亦可以止矣。今世之士，不務行周公、孔子、曾參之行，而諱親之名，則務勝於周公、孔子、曾參，亦見其惑也！夫周公、孔子、曾參，卒不可勝，勝周公、孔子、曾參，乃比於宦官宫妾。

則是宦官宮妾之孝於其親，賢於周公、孔子、曾參者耶？」

第十六節　應結

應結者，應起處以歸一綫也。歐陽脩《五代史宦者傳論》：「自古宦者亂人之國，其源深於女禍。女，色而已；宦者之害，非一端也。」結處應之云：「夫女色之惑，不幸而不悟，則禍斯及矣。使其一悟，捽而去之可也；宦者之爲禍，雖欲悔悟，而勢有不得而去也。唐昭宗之事是已。故曰深於女禍者，謂此也，可不戒哉？」

篇法篇

篇法者，組織一篇之文者也。「目巧之室，則有奧阼」，謀於始也。東湖西浦，南山北原，淵潭相接，巒陵相望，謀於中也。平泉花木，綠野亭臺，雖淵明之荒徑，而松菊猶存，雖顏子之陋巷，而環堵自若，謀於終也。故首尾照應，中間段落，務使條理秩序，脈絡貫通，則謀篇之法得矣。

第一章　完全之篇法

完全者，乃純乎爲全篇之法則。首尾腹背，全體貫通，無所隔閡。若是者，約有數端。

第一節　提　綱　法

提綱法者，提舉一篇大意，置於篇首，以下總此一義也。孟子之文，善用此法。如《動心》章先提出動心，次以養勇申之，復以知言、養氣。詳盡曲折，發揮不動心。又如《論性》，喻以杞柳，喻以湍水，喻以食色。縱横反覆，總不出此。

第二節　叙　事　法

依事直叙，不須曲折，如造宮室，門階户牖，平鋪直竪是也。若班固《諸侯王表序》，是謂直叙。略載事蹟，經之以意，如空中樓閣，莫知意匠之所經營。若太史公《十二諸侯年表》，是謂意叙。又有併叙法者，或將往日零散之事，或即現在零散之事，或舉同類之理，或集同類之言，叙於一處。如《左傳》《晉殺其大夫三郤》、《楚公子比自楚歸宋》、《魏獻子爲政》等篇，併叙於篇首也。《吳使子札來聘》、《韓宣子如楚》、《晉楚戰於邲》等篇，併叙於篇中也。《吕相絶秦》、《中行獻子伐齊》等篇，併叙於篇末也。又有正叙法者，平正叙之，文之語意，竭盡無餘者也。如《孟子》「天下諸侯朝覲者，不之堯之子而之舜；訟獄者，不之堯之子而之舜；謳歌者，不謳歌堯之子而謳歌舜」是也。

第三節　照應法

照應者，立言於前，必有以應之。如蘇軾《赤壁賦》「風」、「月」二字，通篇照應。《國策・魯共王擇言》「酒亡其國」，「味亡其國」，「色亡其國」，「高臺陂池亡其國」，下應以「主君之酒」，「主君之味」，「左白臺而右閭須」，「前夾林而後蘭臺」，文法何等緊醒。

第四節　抑揚法

凡文欲發揚，先以數語收束抑壓，令其文氣收斂，筆情屈曲，後隨以數語振發，使文章有氣有勢，光燄逼人。此法於文中用之極多，有先抑後揚者，如蘇軾《范增論》、《荀卿論》是也。有先揚後抑者，如司馬遷《項羽本紀》是也。若韓愈《送文暢浮屠序》止取其文詞，揚中之抑也。又《與孟簡尚書書》論孟子功，意與而詞不與，抑中之揚也。

第五節　問難法

凡作辨論文字，須設爲問難，以己意分解之。如此，義方明，理方透，文亦精蘊宣昭，神采焕發。若《漢罷鹽鐵議》、歐陽脩《春秋論》、蘇洵《春秋論》是也。

第六節　渾含法

有文焉，全篇不直説盡，設爲疑擬之詞，駁詰辨論，待閲者自悟其是非，是謂渾含法。如韓愈

《諱辨》是也。

第七節　暗論法

此法於行文，以多數之意相抵觸，互發其議論，而精神所注，則在意中所專主者。如蘇洵《辨姦論》，意中蓋指王安石，而文中却不説安石，引王衍、盧杞，舉其事迹心術論之，下暗斷云：「今有人，口誦孔、老之言，身履夷、齊之行，收召好名之士、不得志之人，相與造作言語，私立名字，以爲顔淵、孟軻復出，而陰賊險很，與人異趣，是王衍、盧杞合而爲一人也。其禍可勝言哉？」痛詆安石。下云「以蓋世之名，而濟其未形之患」，仍切論安石，「雖有願治之主」指神宗，「好賢之相」指司馬光，「則其爲天下患，必然而無疑者」。通篇皆用暗論法也。

第八節　推原法

推原法者，推本題之原理，而發議論也。如蘇軾《荀卿論》，推出李斯之禍。《韓非論》，推本老、莊之禍。《荀卿論》將聖人之道，透出一段於中。《韓非論》將孔子之言發一段於前。皆於題上根據一層大議論，爲破題之的者也。韓非、李斯與老、莊、荀卿，俱極相反，却俱有極相原本之處。

第九節　比興法

比興法者，寓言是也。有全以比興，不説正意而發揮者，韓愈《雜説》上下篇是也。有前章專以彼物發揮，末章含一句正意者，韓愈《應科目時與人書》是也。有前章專以彼物發揮，末章綴數句正意者，柳宗元《捕蛇説》是也。有一章以彼物與正意相半發揮者，韓愈《後十九日復上宰相書》、柳宗元《種樹郭橐駝傳》、《梓人傳》、蘇軾《稼説》是也。有首章末章發揮正意，中段以彼物形容者，蘇洵《明論》是也。

第十節　分總法

文章有總有分，則神氣清而力量勝。故前總發者，後必分叙；前分叙者，後必總發。有總提分應者，如《孟子》：「天時不如地利，地利不如人和。」下分三段應之：首段解「天時不如地利」；次段詮「地利不如人和」；三段專言人和而斷以「得道多助」，一節緊一節。又有總提總收者，如賈誼《先醒》篇，前總提大意，中分三段分應，末又一總收是也。

第十一節　反覆法

反覆者，全篇只是一意，表裏縱横，言之無不曲達。如賈誼《陳政事疏》，命意秖在「衆建諸侯而少其力」，而通篇反覆言之，却成如許大文。

第十二節　翻案法

翻案者，力翻成説，自出新義，言之確有是理者。如郭子章《管蔡論》是也。

第十三節　針棒法

細小之事，張大言之，是謂針棒法。如《國策・鄒忌諷齊王納諫》是也。

第十四節　牽合法

牽合法者，本論此事，而以他事牽合成篇也。如《史記・酷吏傳》郅都、寧成、義縱、趙禹、張湯事，皆牽合而成。《藺相如廉頗列傳》相如、廉頗、趙奢事，亦多插叙。

第十五節　排比法

散體寓對偶者，如韓愈《原毀》篇是。文公此作，原本《孟子・熊掌》章，爲後代排比之祖，於集中爲降格，然賓主開合，荆川得之，雄視一代。

第十六節　擊蛇法

語稱常山之蛇，擊首尾應，擊尾首應，擊中首尾皆應。於文亦有此境。如韓愈《爭臣論》，通篇四問四答，而首與腹尾，闗應一綫。

第十七節　點睛法

文章有全篇不説出所以然，至篇末方説明者，謂之畫龍點睛。此等文法，極飛動活潑。如《莊子・庖丁篇》至末始發明全篇本旨。又《國策・鄒忌説齊王》篇末云：「此之謂戰勝於朝廷。」

正意始明。又賈誼《過秦論》，每段可以説出正意，却段段蓄住，至結處方云：「仁義不施，而攻守之勢異也。」點睛飛去，有是神妙。

第十八節 脱胎法

文章有就古人一句，而演出絶大一篇文字者。如韓愈《原道》，本《禮運》「先王以承天之道」句發揮，而結之以「明先王之道以道之」。又柳宗元《捕蛇者説》，本《曲禮》「苛政猛於虎」句發揮，而結之以「孰知賦斂之毒，有甚於蛇者乎」，是爲脱胎其意。若揚雄《解嘲》之本東方朔《答賓戲》，脱胎其體裁也。蘇軾《表忠觀碑》之本《史記·楚漢諸侯王年表》，脱胎其氣骨也。韓愈《送孟東野序》之本《考工記·梓人》，脱胎其字也。杜牧《阿房宫賦》收處之本《莊子·南伯子綦》篇，脱胎其句也。大凡文之迥不猶人者，其必有所本乎！

第二章 偏闕之篇法

有一種篇法，多關係乎章段之節腠，而又不得目之爲章法者。其於篇法，蓋具體而微，故有偏而不全，闕而不完之處焉。若是者，亦約有數端。

第一節　相　形　法

凡文必相形而見，如《孟子》「今王鼓樂於此」，必借「田獵」相形；言「放心」，以「放雞犬」相形；言「伐夜氣」，以「牛山之木」相形是也。

第二節　層　疊　法

層疊法者，一層重一層，如韓愈《伯夷頌》最爲著明。其起二句，已含下四層矣。餘若《臧哀伯諫魯桓郜鼎》、李遐叔《政事堂記》、夏子喬《廣農頌》，文勢皆如峯巒層出，波濤疊湧，讀之快心暢意，不覺其繁。

第三節　賓　主　法

賓主法者，譬説甲事，援引乙事以指甲之事理。如韓愈《送高閑上人序》：「堯舜禹湯治天下，養叔治射，庖丁治牛，師曠治音聲，扁鵲治病，僚之於丸，秋之於奕，伯倫之於酒，樂之終身不厭，奚暇外慕。」下接以「往時張旭善草書」一段，以爲上人之賓，而愈見上人之草書之善，是謂借賓形主。

第四節　緩　急　法

緩急者，急脈緩脈之謂。韓愈《諱辨》：「今賀父名晉肅，賀舉進士，爲犯二名律乎？爲犯嫌名律乎？若父名晉，子不得舉進士，若父名仁，子不得爲人乎？」是急脈也。下云：「夫諱始於何時？作法制以教天下者，非周公、孔、孟歟？」是緩受也。又：「今考之於經，質之於律，稽之以國家之典，賀舉進士，爲可耶？爲不可耶？」是緩脈也。下云：「凡事父母得如曾參，可以無譏矣。作人得如周公孔子，亦可以止矣。」是急受也。

第五節　論斷法

孔子論舜，先斷曰：「舜其大知也與！」下方申論云：「舜好問而好察邇言，隱惡而揚善。」孟子論梁惠王，先斷曰：「不仁哉梁惠王也。」下方申論云：「仁者以其所愛，及其所不愛，不仁者以其所不愛，及其所愛。」此先斷後論法也。若《左傳・晉文公教民而用》末章結斷曰：「一戰而霸，文之教也。」又記晉悼公賜魏絳和戎之樂，末斷曰：「魏絳於是乎始有金石之樂。」是先論後斷法也。

第六節　預伏法

文何以貴有伏筆？以文中所載，不止一事與一意，或此一事一意，不能於篇首即見，而見於中幅，或見於後幅，若突然出之，嫌於無根。故於篇首預伏一二句以爲張本，則中後文章，皆有脈絡。如《左傳・鄢陵之戰》篇，預伏「姚句耳與往」；《公出奔次於陽州》篇，預伏「叔孫昭子如闞」

是也。

第七節　借論法

借論者，如韓愈《後廿九日上宰相書》，借周公以形之，而成一篇大文者也。

第八節　推廣法

文至後幅，正義已盡，難以發揮，可於題外推廣一層，苟説得有關係，有根據，則前半文情，得此愈振動也。如蘇軾《留侯論》末段云：「太史公疑子房，以爲魁梧奇偉，而其狀貌乃如婦人女子，不稱其志氣。」是推廣言之也。

漢文典・文章典卷二　文訣

文字，即語言也。當其有得，藏之一心則爲理，動之口舌則爲辭，著之簡策則爲文。古人尚質，故於文也，惟論辭。《易・繫》修辭，《語》詳辭達，是也。後世質亡文勝，故陸機論「文心」，韓愈論「文氣」，劉勰、蘇轍復大暢陸機、韓愈之説。逮宋陳騤，則論「文則」，明王文祿，則論「文脈」。至近世章實齋又推論「文德」，未有論及「文訣」者；有之，則宋樓昉《崇古文訣》三十五卷，元倪士毅《作義要訣》一卷。然樓書乃總集之例，倪書爲論著之類，隨感而發，不專事於訣也。訣者，巧也。孟子曰：「梓匠輪輿，能與人規矩，不能使人巧。」言可心悟，不可口授也。然是説也，以之例文，則義不全。文章之道，神而明之，存乎其人，何不可示之以機括？試體驗之，有爲文章所必有事者，得數義焉。作文訣第二，隸篇五。

文品篇

文品猶人品，大抵不外陰陽二性。屬於陽者，光明正大，恢廓豁達，皎似青天，朗若白日，如高山大川，如雷霆雨露，有威鳳祥麟之概，有生龍活虎之勢，磊磊落落，英姿颯爽是也。屬於陰者，依阿澒洞，回伏隱匿，糾結若蛇蚓，瑣屑若蟣蝨，狡猾若鬼蜮，陰鷙若盜賊，詛咒若巫祝，閃爍狡變，不可方物，又一態狀也。昔鍾嶸品詩，各得其當；唐司空圖作《詩品》，亦復盡致，文章之中，豈無斯義？爰舉文之優勝者論之。

第一章 莊重類

莊重之文，必運以渾厚之意，出以謹嚴之筆，其氣魄則閎而大，其丰神則瑩而澈，淵然之光，蒼然之色，時發見於外。此類是也。

第一節 典雅

典者，法也。必熟於前史事迹，并當代掌故，乃可言之。雅者，有精理，有名言，有微情，有妙旨。典則《左》、《國》，雅則《詩》、《禮》，兼其長者，厥惟《尚書》。

第二節 雄渾

雄渾者，氣力有餘於文之外者也。此等文品，推揚子雲、韓昌黎。子雲精於選字，昌黎工於造句。字新奇，句倔强，更得瑰瑋之氣、勁健之筆以行之，此文之所以雄渾也。

第三節　崇　大

有靈臺明堂之氣象，山嶽湖海之局度，而後可爲崇大之文章。韓退之《原道》，舉黄、老、佛而皆非之；方遜志《釋統》，舉秦、晉、隋而並黜之。凡若此者，議論何等正大！《孟子》所謂「居廣居，立正位，行大道」者，有此品概矣。

第四節　閎　肆

閎中肆外，韓文有焉。不善學者，閎失於寬，肆失於放矣。

第五節　謹　嚴

《尚書》之謹嚴在詞，《春秋》之謹嚴在意，惟此二者，史家之祖。子長得《尚書》、《春秋》之嚴，故《史記》之文明；孟堅得《尚書》、《春秋》之謹，故《漢書》之文慎。明則文之妙在疏，慎則文之妙在密。

第六節　高　遠

文高則氣雋，文遠則味永；高必能超脱，遠必有含蓄。窮理以擴識，立意以養神，居九天而俯視，羌落落而寡羣。昔人謂子長文字峻，高遠之謂也。

第二章　優美類

優美之文，如散錦明珠，如絳霞青靄，如遠山近水，如芳草奇花，明媚動人，情文並至。此類是也。

第一節　豐潤

豐者，隆也；潤者，澤也。豐潤之文，西漢鄒陽、枚乘、司馬相如、杜欽、谷永之文是也。若六朝之顔、謝、江、鮑、任、沈、徐、庾、崔、魏、薛、温諸人之文，得鄒、枚、司馬、杜、谷之潤，而無其豐，故限於駢儷區域也。

第二節　殊麗

古今稱殊麗之文，必推司馬長卿。揚雄謂辭莫麗於相如，故雄酷摹之而求其似；退之所謂「沈浸醲郁，含英咀華」者，亦此也。惟不善學者，易流於淫，此子雲所以致意於則也。

第三節　委婉

秦漢以下，去聖漸遠，詞氣不無迫切之病。惟《左氏》所載諸國往來之辭，與君臣相告語，辭不迫切，而意味獨至。

第四節　和　易

語淺意深，言近旨遠，微而顯，婉而多風，約而成章，其《國風》乎！

第五節　秀　美

羣巒列岫，非不壯觀，而怡情惟秀峯；萬派千流，非不助興，而生趣惟秀波。文之秀者，易以感人。茂矣，美矣，其惟柳文。

第六節　藴　藉

藴藉之文，氣味和厚，丰采温潤，理有餘趣，神有餘閒，詞盡而意不窮，音絶而韻未已，微情妙旨，恒在言外。淵明之文有焉。

第三章　輕快類

輕圓快利之文，貴施以美倩流轉之筆。文無論大小，而能動人興會，沁人肺腑，發人神采者，此類是也。

第一節　神　妙

神也者，妙萬物而爲言者也。其來無端，其去無迹。其藴藏也，不可測度；其發見也，不可形容。由變化之極而無所不通，其莊子之文乎！

第二節　飄　逸

飄飄乎有凌雲氣者，相如之文。在世出世，淵明有焉。逸少、東坡，並具此致。

第三節　平　淡

文以意勝者，詞樸而文高；意不勝者，詞華而文鄙。平淡之文，以意勝者也。雖太羹玄酒，苾芬不足，而至味存焉。然必如東坡所謂出於絢爛之極，方能以此勝人。否則土鼓瓦缶之音，亦奚貴哉？六經皆大文，實平淡也。

第四節　瀟　灑

瀟灑之文，以晉爲最。晉尚清談，故人物風流，悠然世外。淵明心境俱閒，與道大適，柳子厚得之而爲遊記，蘇東坡得之而賦《赤壁》，俱極品也。

第五節　新　奇

龍血玄黄，張弧載鬼，《易》義之新奇也；觸蠻立國，蕉鹿聽訟，《莊》、《列》之新奇也；帝閽叩天，鬼情察地，《離騷》之新奇也。假象寓言，語意新奇，千古大文，不可多覯。

第六節　圓　適

圓於古文不甚宜，然曾滌笙有言：「子長、相如、子雲，可謂力趨險奧，不求圓適矣；而細讀之，未始不圓。至於昌黎，其志意直欲陵駕子長、相如、子雲，戛戛獨造，而實無一字不圓，無一句不圓。」若是，可知機調圓熟，詞意圓足者，乃世俗之所謂圓也。使子長之疎曠而無圓，則散失矣；使相如之跌宕而無圓，則浮滑矣；使子雲之奇麗而無圓，則淫靡矣；使昌黎之倔强而無圓，則艱澀矣。

第七節　滑　稽

出口成章，詞不窮竭者，在戰代爲滑稽，在六朝爲俳諧。蓋始於齊髡穰田飲酒之對，優孟山居耕田之歌，而濫於南朝《驢九錫》、《雞九錫》之文。然此等文章，雖近於戲，實以諷切當世。故退之《毛穎傳》亦致意於中書君老不更事。餘若柳子厚《臨江之麋》、《黔之驢》、《永某氏之鼠》，亦衛武所謂「善謔不虐」者也。

第四章　遒　勁　類

遒勁之文，以雄健之筆、豪爽之意行之。句能屈鐵，筆能扛鼎，拔劍斫地，懸崖勒馬，此類是也。

第一節　清　剛

清者，有純一之質；剛者，有果敢之氣。不分陰陽二性，皆含此氣質者也。子長《史記》，臻此境耳。

第二節　强　直

堅强不屈，正直不阿，此文之切實言之者。孫、吴之文是也。

第三節　豪　放

豪放之文，其勢如萬馬之銜，河流之決。東坡爲文，放言高論，辨難攻擊，雖厲聲色、露鋒鋩，而氣力雄健，光焰長遠，自若也。

第四節　傾　險

文之險者，莫如《易》、《春秋》，至《戰國策》，極矣。《易》稱「龍戰於野，其血玄黄」，《春秋》言「六鷁退飛」、「星隕如雨」，是猶於字句間求之也。若不矜奇字奥句，而有若履危石者，則惟《國策》。

第五節　峭　刻

「峭」與「峻」異，較「卓」亦殊。「刻」與「精」異，較「深」亦殊。言峭則介甫，言刻則韓非，習刑法家言者，文每如此。

第六節　英　鋭

識力超卓，才情焕發，崢嶸卓犖，精采眩目，氣象逼人。賈誼、鼂錯之文可誦也。老泉《權書》，庶幾匹之。

第七節　勁　拔

勁拔之文，由詞氣之凝鍊。《甘誓》、《湯誓》、《牧誓》之文，其標準也。後世惟蘇明允爲有得焉。

第五章　明　晰　類

文之爲道也，不可以繁蕪，不可以衺邪，不可以晦塞，明辨以晰，方可言達。「昔吾有先正，其言明且清」，此類是也。

第一節　簡　潔

簡，非較量字句之多寡、篇章之長短也。庸弱怠緩，雖一句亦嫌其煩；切到精深，雖連篇亦謂之簡。《檀弓》之文，多則數句書一事，少則一二句書一事，語簡味長，精妙無匹。至若不潔之病，不獨字句繁冗，即義理叢蕃，篇章複雜，皆爲蕪穢。子長以潔許《離騷》，子厚以潔許《史記》，千古文字之可稱潔者，此而已。然文章之道，欲簡必求諸潔，欲潔必求諸簡，二者功有獨至，無偏勝也。

第二節　平　正

平正者，不頗不偏之謂。大凡爲文，必道理公平而純正，詞意允平而嚴正，局度寬平而方正，議論和平而雅正。若此之類，《論語》是也。

第三節　明　暢

縱横議論，發揮盡致，雄談快辯，茂美條達，是謂明暢。古文中工言權術而極明暢者，無過於《國策》；善言義理而極明暢者，無過於《孟子》。

第六章　精　緻　類

文無龘雜之累，疎略之疵，偏駁之病，瘠弱之嫌者，方爲精緻。《易》稱「吉人之辭」，此類是也。

第一節　精　約

論理萬殊，論道一貫，精約之謂也。孔子、老子之文，其闡道説理，有此功用。

第二節 縝密

縝密者，功力兼到、無懈可擊之謂。文之能以縝密稱者，《周禮》之記載，《漢書》之叙述而已。

第三節 純粹

純粹者，不雜之謂。諸子百家，大純而小疵，惟六經則純粹以精耳。

第四節 温厚

温厚者《詩》教，感發懲創，極悱惻纏綿之致。《詩》三百篇，非玄音歟！嗣其響者，劉向、匡衡。其文不矜才、不使氣，而温厚之度，自在言外。

文要篇

爲文之道，當知所要。耳目所注，心思所貫，誠中形外，睟然盎然，古來作者，胥於此研究焉。

第一章 内容

人之一身，萬象俱備。積之既厚，内藴畢宣；反而求之，得諸於心。其斯爲文之本歟！

第一節　性

性者，天所賦，人所養。由過與不及，底於中行，故當裁抑狂狷。蓋立言不慎，發於政，害於事，可不謹歟！世之人著書立説，非不持之有故，言之成理，而揆厥宗旨，失其本性者，何哉？又有矜心作意，以民物爲事功，以仁義爲口説，而求之行事，則所言異趨。又有悲歌慷慨以託諷，弔古傷今以寓言，就而審之，則局量褊淺，規模卑狹，抑又何也？微言絶，大義乖，卮言日出，道隱而弗彰，有毗陰毗陽之病，而乏剛克柔克之功，則文之所失者大矣。

第二節　情

文何以有温厲華樸之殊？以喜怒哀樂之情異也。情不可以顯言者也，故即事以寓之，即物以寄之。登山則情滿於山，臨水則情生於水，觀人物則情係乎人物，惟以情勝者，多感人之言。其蔽也，不失於悽愴，則失於豐縟。此温柔敦厚，所以必推《詩》三百篇。

第三節　質

文屬虚，質屬實，虎豹無文，犬羊同鞟，文不麗質，烏能成文！雲霞虹霓，文矣，不附天不見；花草竹木，文矣，不載地不見；冠冕服裳，文矣，不施身不見。刺繡黼黻，不標於錦帛，不文；雕琢刻鏤，不登於器皿，不文；毛羽鱗角，不麗於物類，不文。文章之道亦然，體之辨，意之經，氣之貫，辭之遺，格局之佈置，聲調之抑揚，篇章之鋪叙，字句之琢磨，縱横馳騁，務盡其才者，皆文也。而其所叙之事，所言之物，所議之人，所論之世，所闡之理，所明之道，所彰之義，所述之情，乃質也。視其質之如何而施文焉。故曰「皮之不存，毛將安附」。

第四節　理

理有演繹、歸納二法。歸納法者，由各事實而定一公理；演繹法者，由一公理而證之各事實。文章之道，千變萬化，不可以一端盡。故法者，僅以示不學之人；而理者，雖通人不能外也。

第五節　意

張文潛曰：「文以意爲車。」故欲求雄奇矯變之文，須有超羣離俗之意。自漢以後，記誦之學起，於是得言忘意之弊興，而拘文牽義之徒衆矣。故或立論過盛，則與事相違；出言過辨，則與義相失；措辭過美，則與情相悖。原其所失，由於既昧載道之誼，復懵逆志之旨。東坡不云乎：「意盡而言止者，天下之至言也。」言盡而意不盡者，尤爲極至。

第六節　思

文貴構思。構思者，非必如《子虛》百日，《三都》十年也；即《鸚鵡》一揮，《煮豆》七步，亦能美善。語稱潘緯十年吟《古鏡》，何涓一夕賦《瀟湘》。才有遲速，而工拙不計焉。是以疾若枚皋，何傷於速？工如司馬，奚病於遲？

第七節　度

如大海迴環，涵之靡盡者，度之宏也；如萬丈絶壑，探之罔極者，度之深也；如平原萬里，望之無際者，度之遠也；如秋波千頃，撓之不濁者，度之清也；如鶯簧百囀，揚之彌高者，度之和也。蓋必有卓絶之學識，而後有恢宏之襟抱焉。

第八節　氣

天地有剛大挺特之氣，隨物而賦，磅礴鬱積，沖迴曼衍，爲日星，爲雲霞，爲山川，爲人物，是皆以太氣所鼓鑄也。人得天地之氣以生，故清淑純粹，淵沈深樸殊焉。有剛大挺特之氣，而輔以中正粹美之學，於是或樸、或勁、或郁、或蒼，而文章美備矣。否則息奄奄、光沈沈，文氣不揚，安望士氣之昌，民氣之振也。

第九節　骨

騏驥居槽櫪而羣馬皆空者，峻峭之骨陵之也；鳳凰翔雲霄而衆鳥皆伏者，柔和之骨勝之也。是二物也，放之不知其幾千里，息焉則止於皋，集於林，而秀勁無匹者，何也？文章亦然，立意周，持論精，修辭潔，用字勁，則骨立矣。彼意無倫緒，論不通博，辭有枝葉，字失繁簡者，病在骨也。

第十節　趣

文趣有二種：一詼詭之趣，一閒淡之趣。詼詭之趣推莊子，東坡稍似之；閒淡之趣惟陶淵明，柳州遊記亦能髣髴。稽諸在昔，作者如林，然相如、曼倩之文，詼矣而詭不足；蘇秦、張儀之文，詭矣而詼不足；逸少、太白之文，閒矣而淡不足；永叔、子瞻之文，淡矣而閒不足。此莊周、淵明所以曠代無聞，而東坡、柳州亦易世不可多覯者也。

第二章　外　象

寓於目者形色，接於耳者聲音。變態之呈，隨地而易，充積發見，斯文乃昌。

第一節　機

機者，無心遇之，偶然相觸而發見者也。有虛玄之機，有灑落之機，有渾灝之機，有流利之機，有輕倩之機。機者，動之微，思想之所出，意識之先見者也。《莊子》三十一篇，總是以得機勝人。邵芝南云：「機存於手腕之中，行於意想之表。有耆宿不能得，而初學得之者；有終日構思不成，而倉卒立就者。機一得，則諸妙悉來於筆下，虛靈變化，無所不備。」知文之言也。

第二節　勢

文勢有如峯巒之層出，有如波浪之疊起，有如破竹，有如擊蛇，有如珠之走玉盤，有如鳥之翔太空，有如駿馬下坡而銜勒不能馭，有如怒濤衝舟而篙纜不能止，蓋有筆未到而氣已吞之象焉。

第三節　采

雲霞虹霓，光何爲而閃爍？花草竹木，色何爲而妍麗？鸞鳳翬雉，羽何爲而爛斑？虎豹獅熊，毛何爲而彪炳？鱗介有錦鬣、文鱗、紫貝、緑甲之鮮新；昆蟲有蒼虬、青鼉、粉蝶、碧螢之豔爛，是皆所謂采也。文亦有不可磨滅之精采，如石韞玉，山爲之輝；如川懷珠，水爲之麗。然要非判白妃紅之謂也。

第四節　調

夫聲有清濁，音有緩急，此天籟也。清濁相和，緩急相錯，而調生焉。感人動物，即在乎此。土缶瓦鼓之不足動人心志者，非雅樂也；桑間濮上之徒悦人耳目者，非正音也。一弊不蹈，斯文遂高。一篇之内，音韻盡殊；一句之中，輕重悉異。欲知此妙，注意聲響。

第五節　筆

文章之佳，皆由筆妙。橫空而來，有飛將軍自天而下之勢；秉筆直書，有振衣千仞岡之概；叙論明晰，有開門見山之象；雍容揄揚，有嘉賓裼襲而來之度。或引申、或直叙、或推論、或寓言，察主義之奚若，審伏脈之如何。凡筆機、筆勢、筆陣、筆力、筆意、筆致、筆情、筆華，種種筆妙，層出不窮，用之不盡，令人莫測其端倪。此用筆之妙也。

第六節　境

高處立，平處坐，闊處行，幽處玩，此天地之所以與我，而人情之所同欲也。太空冥冥，不著浮煙，青雲靉靆，温風來前，斯何象耶？置身太華，俯瞰東海，山高水長，千巖萬派，斯何景耶？萬里沙漠，茫茫紫塞，立馬而馳，須臾千里，斯何況耶？兩岸桃花，一溪芳草，鳥語禽言，笙簧解惱，斯何趣耶？楊柳風來，梧桐露滴，唧唧蛩吟，助予歎息，斯何情耶？縋幽鑿險，西蜀陰平，一鼓奏捷，三軍告成，斯何概耶？天地吾廬，風雨櫛沐，物與民胞，悠然心目，斯何度耶？土膏沃厚，蓓蕾勾萌，春雷一震，萬物俱生，斯何狀耶？文章之境，有一於此，未或不豪。

文基篇

干霄之木，始於勾萌；九層之臺，肇於凷石。宇宙萬事，皆有基本，倘樹基之不固，必勤苦而難成。文家於此，故當審其所宜，度其所貴，戒其所忌云爾。

第一章　文　宜

錦以組織而成，玉以雕琢而見，翦綵可以爲花，構木可以成室。一切美術奇技，悉在意匠之經營。文亦若是而已。

第一節　宜是正名稱

名者，包含政與學二義。屬於政者，因言事之不順成，極而至於刑罰不中，故孔子必正名；屬於學者，由命物之初始，推而至於心體之感，故荀子必正名。名之理至精，而其用至大，原斯學之肇祖，則始於解字析詞。《大戴禮》曰：「發志爲言，發言爲名，故名起於言者也。」《爾雅》、《説文》皆述名以指實。故因名而知物，因名而悟音，因名而辨體，因名而生義，因名而成字。名之於文，非其要歟？

第二節　宜研求用字

文字肇作，訓詁聿興。《爾雅》諸釋，字義晰矣；《廣雅》、《釋名》繼作，務在博洽，而精義蓋寡。夫古人未嘗製無用之字，周誥、殷盤，豈好爲佶屈聱牙哉？揚雄爲漢代文家，而致力全在字法,《訓纂》一書,世稱雄獨識字。《文選》載班、張、馬、揚、左、郭諸賦,務使搜括古字以誇淵博,其梳櫛名物,古訓是式。何爲其然也? 蓋文章之妙,工者字實而文真,拙者字浮而義窒。曾滌笙曰:「唐宋文誤用者,惟六經不誤,《文選》中漢賦不誤。」由是觀之,用字可忽哉?

第三節 宜揣摩情勢

揣摩情勢者,如蘇秦説六國。撮其大旨,不過曰割地事秦,如抱薪救火,自盡之術。而彼平日能悉各國之形勢,審各國之人心,搜各國之往事,探各國之所重所輕,測各國之所畏所忌,天下機局,如在目前,故周流六國,而議論不窮。

第四節 宜布置格局

文章全在布格,格者,布置之體段也。雖正、變、高、下不同,而作文之時,必先定一格以爲布置之準則,文章乃成篇段。不知運用,則機神不應矣。

第五節 宜警策取勝

警策者,於文氣弛緩時,忽生一二奇語,引起題意。如長途疲馬,一加鞭策,馳走如飛,故謂之警策。

第六節　宜關鎖得勢

文勢至極流動，極快利時，須用關鎖，如山繞水走，不得關鎖，則氣不結聚，文何足觀！

第七節　宜頓挫中節

頓挫與抑揚，同類而稍異。文之抑揚，就一人一事上言之。若頓挫，則於一語一句中見之。有頓，則文不逸軌，蓋文至勢急時，宜用頓以凝之；有挫，則文不橫決，蓋文至氣盛時，宜用挫以斂之。

第八節　宜跌宕生姿

樂之感人，非以聲，乃音也、節也。文之有跌，合乎樂之有節；文之有宕，合乎樂之於音。馬在峽下，失蹄躓躓，而忽然躍起，是跌之姿勢也；舟在水中，遇風蕩漾，而逸趣橫生，是宕之妙用也。

第九節　宜離合有情

離合者，謂將與題近，忽然颺開；將與題遠，又復掉轉。迴環往復，如舞者之轉盼，歌者之發音，若迎若距，誰能遣此？

第十節　宜虛實互用

文章非實不足以闡發義理，非虛不足以摇曳神情，故虛實宜相濟也。

第十一節　宜點綴成妍

點綴者，如金玉之用雕刻，綾綺之裝花錦，雖無益於實用，而光怪陸離，亦屬美觀。否則匡廓枯寂，無華贍之致矣。

第十二節　宜聯絡無痕

聯絡之處，爲文章筋節所在。已發之意，賴此收拾；未發之意，藉此開放。或轉折而下，或直捷以渡，反正長短，皆所不拘。要當委曲矯健，不使稍有痕迹。

第十三節　宜波瀾饒趣

或插他説於本文之間，或别立一説，異樣變化，現種種之情趣態狀，而發其淵淵之聲、作作之光，如風吹水面，而生淪漪。此等文章，分外生趣。

第十四節　宜鋪排各當

行文之妙，全在鋪排，或游衍以取神，或含蓄以作勢，或停頓以舒氣，或從容以養度，或排奡以厚力，或瀟灑以移情。苟鋪排之法疎虞，則先後失宜，進退失序，而雜亂無章矣。

第十五節　宜反正相參

如表面用正筆，裏面須用反筆；裏面用正筆，表面須用反筆。一反一正，參互錯出。此法純熟，文章十分透澈矣。

第十六節　宜隱伏不突

文章最忌唐突，是謂無因至前，故伏筆最要。或前章顯起，後章隱伏；或前段隱伏，後段表出之。如是，則前後之氣脈相通，雖長篇大論，決無支離之病矣。

第十七節　宜擒縱有方

擒縱者，如猫之捕鼠，欲縱先擒，欲擒先縱。文章有擒縱，則不平矣。

第十八節　宜敘事舉要

文貴舉要。如太史公《留侯世家》曰：「留侯所從容與上言天下事甚衆，非天下所以存，故不著。」此可見史公爲文，必在舉要矣。方靈皋謂史公此言，示後世以虛實詳略之權度，信哉。

第十九節　宜遥接養氣

文章有意雖發揮未盡，而有不得不暫仵之勢，若復加闡發，氣必弛懈，神必散漫，惟將他意插發一段，則神氣始振動華贍。插發之後，復接前意立論，謂之遥接。

第二十節　宜描寫逼真

描寫者，猶畫者之寫真也。容貌毫髮不類，不得謂之工。類矣，而神氣稍有不類，亦不得謂之工。如《出師表》，諸葛描寫忠誠；如《陳情表》，李密描寫至孝；《離騷》，屈原描寫憂愁；《歸去來辭》，淵明描寫雅潔。又柳子厚《永州八記》、范文正《岳陽樓記》、蘇子瞻《赤壁賦》，描寫山水樹石之景致，是殆有美術之技能者矣。

第二十一節　宜摹仿得神

文貴獨造，不貴摹仿。然文雖不貴摹仿，而欲使古今文體，胸無不備，不爲鉅題所壓倒，不爲窄題所束縛者，必以摹仿爲門徑。自古迄今，善摹仿者二家：一揚雄，一韓愈。雄擬《易》、擬《論語》，可謂工於學古矣，然其迹可得而尋，不能掩也。求效法古人而盡變古人之形貌者，惟退之。退之集中，諸體俱備，原所自出，則由摹仿。故學文者，可爲初學之津梁。子雲、退之以來，摹仿之術無傳焉。李空同以字句摹秦漢，而秦漢爲窠臼；茅鹿門以機調仿唐宋，而唐宋爲俗套。洵乎，斯道亦非易易也。

第二十二節　宜竄改無瑕

禰正平賦鸚鵡，援筆立就，文不加點，當世稱[illegible]之。若是乎，點竄不宜於能文者也。然子建好人譏彈，隨時改定。廬陵爲文，先貼於壁，時加竄改，有終篇不留一字者。蓋文章之竄改，雖名家不諱也。

第二十三節　宜長短合度

文章長短，不拘一律。如《左傳·邲之戰》一篇，長二千八百七十字；《韓之戰》一篇，長二千一百六十三字；若《鄭人侵衛》篇，僅八十字；《考仲子之宫》篇，僅六十二字。此左氏之文長短不拘一律也。又如司馬遷《項羽本紀》，長八千八百一十九字；《趙世家》，長一萬一千一百十三字；若《顔淵列傳》，僅二百四十字；《仲弓列傳》，止六十三字。此司馬遷文章長短之不拘一律也。故知文章當行乎所不得不行，止乎所不得不止。

第二十四節　宜引用有法

凡文章引用經傳，或諸子百家，及名人文集，乃文家之常事，然必引用精當，否則贅矣。有全引者，如歐陽修《送王陶序》，全用《易·象》是也。有牽引者，如韓愈《重答張籍書》云：「夫子之言曰：『吾與回言終日，不違如愚。』則其與衆人辨也有矣。夫子何嘗與衆人辨也？」又《送孟東野序》：「夔弗能以文詞鳴，又自假於《韶》以鳴。」此所謂牽引也。又有論引者，引古人之事而論之，如獨孤及《季札論》援泰伯讓國之得，以證季札讓國之失也。又有化用者，引用經傳，添減字數也。有但取書意者，有合兩句爲一句者，有改其字者。如《詩・碩人》篇「衣錦褧衣」，《中庸》引作「衣錦尚絅」。《管子・法禁》篇引《太誓》曰：「紂有臣億萬人，亦有億萬之心；武王有臣三千而一心。」《左傳》引《太誓》則曰：「《太誓》所謂商兆民離，周十人同者，衆也。」韓愈《爭臣論》引《孟子》語，全出增減，變化成句。

第二十五節　宜譬喻顯旨

《莊子》之文，寓言十九；《孟子》當辨論窮極處，恒以譬喻解脱之。後世文家，亦多用此。其法有十：一、直喻，顯而易見。如《孟子》「猶緣木而求魚也」、《論語》「譬如北辰」、《書》「若苗之有莠，若粟之有秕」是。二、類喻，取其一類而比次之。如《書》「王省惟歲，師尹惟日，卿士惟月」是。三、詰喻，喻中有詰難之辭。如《論語》「虎兕出於柙，龜玉毁於櫝中，是誰之過與」是。四、博喻，喻之以多爲貴也。如《書》「若金，用汝作礪；若濟巨川，用汝作舟楫；若歲大旱，用汝作霖雨」是。五、簡喻，文雖略而意甚明也。如《左傳》「名，德之輿也」、《孟子》「仁，人之安宅也；義，人之正路也」是。六、詳喻，必假多辭而後義顯也。如《荀子》「夫耀蟬者，務在其明乎火、振其木而已。火不明，雖振其木無益也。今人主有能明其德，則天下歸之，若蟬之歸明火也」是。七、引喻，援引陳言以證其事。如《左傳》「此諺所謂『庇焉而縱尋斧焉』者也」是。八、虚喻，事理兩無所指，而以空言爲喻也。如《論語》「其言似不足者」是。九、渾喻，與正意渾融也。此法惟莊子之文有之，後世如昌黎者尚著「有類於此」、「何以異此」等語。十、隱喻，其文雖晦，其義可尋。如《禮記》「諸侯不下漁色」、《國語》「軍無秕政」是。

第二章　文　貴

作文之道，貴有原料。化合雜質，以集衆妙，衆妙既集，乃有體要。不是之求，而欲文章之工，烏可得哉？

第一節　貴　公

議論非臧否不顯，是非非褒貶不明。但臧否不可以遠實，褒貶不可以失中。末學私心自用，不知人而論世，不略迹而原心，隨己之見，臧否之，褒貶之，故恒有没往事之真情者。古昔諸子百家之所言，劉向校書叙録皆云，出於古者某官某氏之掌。是古人於著述，皆無私門也。何後世承學之士，如柳州論封建，挾私意以窺測聖人；廬陵彈狄青，以過激没其忠義。唐宋大家，不能免此，況其他乎？夫公者，天之經也，地之義也，人之要也。文章之於世，欲其興教化而啓來者，私意施之，奚可哉？

第二節　貴　實

六經皆大文者，實也。《易》之文，天行之實理；《書》之文，人治之實事；《詩》之文，人倫之實情；《春秋》之文，王者之實政；《禮》之文，國家之實法；《樂》之文，世界之實樂。故六經無虚文，亦六經有實用。後世文士，索虚責實，於是夸毗者不務實，而文僞矣；徼倖者不知實，而文薄矣；穿鑿者不崇實，而文虚矣；謬妄者不徵實，而文譎矣；誕怪者不求實，而文幻矣。朱子曰：「作文字須是靠實説，不可架空細巧。」《語類》百三十九斯言也，近之。

第三節　貴　曲

直木無文，曲木有文；平水無文，曲水有文。曲之理至矣。是以文家有故意夭矯其筆以爲詼詭者，莊子之文是也；有故意跌宕其詞以作波瀾者，卿雲之文是也；有故意澹逸其句以成淵懿者，劉、匡之文是也；有故意盤旋其氣以致倔强者，昌黎之文是也。此皆得力於曲者也。周秦之文多意曲，漢、唐、宋之文多筆曲，江左六朝之文多辭曲。故無論上而馬、揚、班、張、左、郭，其雄偉樸茂，無不由曲而來；即下而潘、陸、任、沈、江、鮑、徐、庾，詞氣雖薄，而字句之間，其筆之能達也，亦何莫非以曲勝哉！

第四節　貴　斂

文若如輕舟順流，一往不返，則雖詞雅氣盛，而黄河九曲，一決千里，亦無足觀。蓋文章雖至大議論，其極力發揮處，不過數語，便當斂筆藏鋒以取勢。故宜頓挫之，跌宕之，以盡其妙。

第五節　貴　强

强者，陽剛之美者也，此惟退之得之。韓文之所以過人者，倔强而已。

第六節　貴　肖

朝廷宗廟之題，文貴嚴肅；山海軍旅之題，文貴雄壯；林泉隱居之題，文貴清逸；游賞宴樂之題，文貴和易；神怪豪俠之題，文貴奇偉；宫殿、臺閣、苑囿、士女之題，文貴殊麗；上古事迹，鼎鐘、刻石之題，文貴穆雅；登臨眺覽之題，文貴高曠。是皆所謂肖也。否則，譬猶畫師寫真，衆美畢具，而於所圖之人不類，其能免世俗之譏評也幾希。

第七節　貴　要

古詩所云「射人先射馬，擒賊必擒王」者，何謂也哉？刺客之殺人也，必擇要害而中之；兵家之爭地也，必窺要道而據之。行文之道，亦貴擇要。一題有一題之要，舉其要而言之，高踞題巔，獨標真諦，安有枝葉？故有絶不鋪叙本題，而題之奥妙抉剔無遺，題之神魂攝提不散，任筆陣之縱横，總發揮而盡致。此之謂要言不煩。

第八節 貴變

《易》曰：「通其變以盡天下之文。」故文章以萬變而益工。善變化者，言無同聲，章無同格，千形萬狀，横恣溢出，雖嬉笑怒駡，亦成文章。不知者反是。

第九節 貴當

《記》曰：「言豈一端而已，夫各有所當也。」何謂「當」？傳人者，文如其人；述事者，文如其事。豐不餘一言，約不失一辭。如是而已。

第十節 貴熟

古人文筆，往往有雲屬波委，官止神行之象，由熟故也。歐陽修曰：「文章之道在熟，變化之態，皆從熟生。」瞿昆湖曰：「熟極自能生巧。」諒哉！

第十一節 貴博

博也者，周徧廣闊，無所不有，無所不包之謂。然不可失之衍，衍則流於泛；亦不可失之寬，寬則流於廓。老於典故者，其庶幾乎！

第十二節　貴　鍊

金不鍊，不足以成器；辭不鍊，不足以成文。善鍊者，删其文，不没其意；節其字，仍達其詞。否則駢拇枝指之病雖除，而戟舌聱牙之疵難免，亦何取焉？

第十三節　貴　修

修者，翦裁之謂。陸機《文賦》「病榛梧之勿翦」，劉勰《雕龍》謂「蕪穢之宜裁」，《易》曰「修辭」，《語》曰「修飾」，均於此兢兢焉。

第十四節　貴　節

柳子厚自述其爲文曰：「廉之欲其節。」蓋不節，雖金玉珠璣，鋪陳滿紙，譬若五都之市，列肆燦然，非不炫目，然不無市井之氣。

第十五節　貴　明

明也者，辭直義暢，切理厭心之謂。論事無蔽謂之明，論理無障謂之明。

第十六節　貴　新

李德裕曰：「文章如日月在天，而光景常新。」若是乎，新者，非徒新其字句，實當新其意識。故題常則意新，意常則語新。

第十七節　貴　虛

《南華》諸篇，大率寓言，善於形容道體，極高明，致廣大，出神入妙，變動不居。故曰《莊子》善用虛。

第十八節　貴　幽

幽者，有深遠之意，大抵出於憂愁悲憤者爲多。俯寂寞而無侶，仰寥闊而莫承，譬偏絃之獨張，含清聲而靡應。蓋《離騷》之遺音也。

第十九節　貴　誠

文章不誠，不足以動衆。至誠之文，出於自然，不假鋪張，而感情則倍烈焉。

第二十節　貴　奥

奥者，肅穆邃密之謂，往往於高文典册見之。相如、子雲之文，志隱味淡，庶幾近之。

第二十一節　貴　俊

文之俊者，沁人肺腑，柳河東之文是也。蓋文不俊，不足以動人也。

第二十二節　貴　樸

樸者，質家之言也。雖無采色，然不可磨滅。救浮靡則宜用樸，惟不可失於野耳。

第二十三節　貴　壯

高論宏裁，卓識異采，是之謂壯。「壯」與「健」異，健由筆妙，壯則辭與氣並至者也。

第二十四節　貴　静

静由屏慾息慮以養氣，立志凝神以養心。若讀書不富、積理不深，雖有真情至誼，文不足以鎮之，則矜躁相乘，而修辭不能立誠矣。

第二十五節　貴　超

超者，凌空舉步，有高遠之神者也。陶淵明、柳子厚、蘇東坡之文，其近之。

第二十六節　貴　紆

文之不直致者，其功在紆。歐陽永叔、曾南豐得之。雖曾不如歐，然皆平正潔淨。韓文所謂「紆徐爲妍」者是也。

第二十七節　貴　確

確者，不可移易，不可磨滅之謂。如《禮·經解》篇，以温柔敦厚論《詩》教，以疏通知遠論《書》教，以廣博易良論《樂》教，以絜静精微論《易》教，以恭儉莊敬論《禮》教，以屬辭比事論《春秋》教。又如韓愈《進學解》：「《春秋》謹嚴，左氏浮夸，《易》奇而法，《詩》正而葩。」如此類者，觀其立論，觀其下字，誠所謂懸之國門，不能改易者也。

第二十八節　貴　約

古人立言，引而申之，數句敷爲一章；略而言之，一章删成兩句，何也？蓋不朽之盛業，固當博學詳説，反而至於至約之地耳。

第二十九節　貴　精

大凡爲文，精則瓦礫粃糠，亦見至道；不精雖金玉錦繡，盡屬浮詞。孔、孟闡道精，老、莊説理精，賈、董論事精，馬、班立意精，卿雲措辭精。

第三十節　貴　渾

多識一貫，道之渾也；盛氣流行，文之渾也。揚子不云乎：「虞夏之書渾渾爾。」

第三十一節　貴　厚

體大思精，筆健詞奥，徵材料於六籍，通消息於三代，於雄渾蒼勁之中，復有春容和雅之度，厚之謂也。

第三十二節　貴　曠

曠之氣象，如久雨初晴，登高山而望遠野；如憑岑樓而俯大江，獨坐明窗淨几之下而遠眺；

如英雄俠士，裼襲而來，絶無猥鄙之態，蓋有昌明之象焉。

第三十三節　貴　奇

思積而滿，乃有異觀，是之謂奇。若《太玄》、《法言》，怪也。陳去非云：「子雲好奇，是以不奇。」諒哉。必若大《易》之假象，諸子之寓言，始足當之耳。

第三十四節　貴　華

華者，美也。月之放明曰華，草木之吐花曰華，美在其中，英華發外，相如之文有焉。

第三十五節　貴　錯

文之錯者，有蛺蝶穿花，遊魚戲水之妙。元李(塗)〔淦〕曰：「文字須有數行整齊處，須有數行不整齊處。意對處，文不必對；意不對處，文却須對。」若是，則錯尚焉。

第三十六節　貴　勁

文之勁者，由於辭氣凝鍊，故初學爲文，不可使有稚筆，不可使有弱句。

第三章　文　忌

歸震川論文之弊病，列目十九；章實齋《文史通義》，謂古文有十弊；《隨園尺牘》亦謂古人有十弊；《潛邱劄記》，論明以後之文章有三失；魏勺庭論作文有五病，又曰「爲儒者之文，當先去其七弊」。雖諸家立論各不相同，而言弊病則一，惟稍簡單耳。夫文之所以不能發展者，以有疵累也。不知所忌，皆足以害文，而文之義理詞意，全爲所蔽。爰抉文中之病而揭之，俾文家知所戒云。

第一節　忌　鄙

出辭遠鄙，曾子戒之。古昔皋陶歌虞，奚斯頌魯，雍容揄揚，何其華也！自俗儒爲之，竹頭木屑，牛溲馬勃，常談瑣事，盡入文欄。如婦姑之勃谿，不足以聞於大雅；如樵夫牧豎之俚語，不見采於輶軒之太史。蓋爾雅之文，不可得見也久矣。

第二節　忌　庸

君而無德，謂之庸君；臣而無勳，謂之庸臣；吏而無能，謂之庸吏；儒而無學，謂之庸儒；醫而無術，謂之庸醫。庸之取憎於人也甚矣！於文亦然。文不可以不雄也，而庸者不雄；文不可以不奇也，而庸者不奇；文不可以不新也，而庸者不新；文不可以不變也，而庸者不變。文家故當戒之。

第三節　忌　佻

喜雕繪，矜獨見，其弊也佻。故佻之失也，如俳優之假飾佻達，見於藻飾之文爲多。

第四節　忌　弱

文之弱也，由於卑，由於粗，由於繁。不卑而高，則爽；不粗而精，則悍；不繁而簡，則勁。何至弱哉？

第五節　忌　艱

古文之可誦者，非在佶屈聱牙，令人不可句讀也。文之至者，精其理，高其意，簡其詞，斯古矣。若理不精而求深，意不高而求奇，詞不簡而求奥，鮮有不失於艱者矣。

第六節　忌　冗

一篇之中，章無條理，必有冗章；一章之内，句無倫次，必有冗句；一句之中，字無愜當，必有冗字。故篇中無冗章，章中無冗句，句中無冗字，而後文簡，而後文潔。

第七節　忌　亂

《易》曰「言有序」，有條不紊之謂。譬若用兵，士精而將囂，或進或止，不按部伍，欲其摧鋒陷敵，得乎？《易傳》曰「物相雜謂之文」，是故雜可也，亂不可也。苟雜而亂，烏乎成章？

第八節 忌怪

自尚異者好爲奇文，往往流於怪之一途，此後儒所以譏子雲爲怪也。

第九節 忌混

混者，不清之謂。陸雲稱兄機之文曰「清新」，可知文之品格矣。若混則不清，又焉能新？此混之所當忌也。

第十節 忌硬

文之病硬，由於直致。直致之文，無意無味，無聲無光，而柔和之氣韻絶矣。

第十一節 忌夸

夸之害文，彦和所謂「名實兩乖」者也。此病盛於左氏。諸子百家之作，間或有之。然當時以意逆志，不甚泰侈，於義猶無害也。至漢詞賦家，則不顧害辭害志，而以鋪張揚厲爲能事矣。

第十二節 忌盡

文之佳者，語盡而意不盡，其聲情神韻，有餘於文之外者，是謂至文。

第十三節 忌澀

澀者，貌爲簡古，而語氣不暢，詞意不達者也。昌黎之文至矣，然每於碑記，好撰爲澀句以標新異，亦美玉之微瑕也。

第十四節　忌　蔓

敷者，鋪也。鋪陳事實，申説浮義，是其所失，則爲蔓。蔓則文家所當忌也。

第十五節　忌　穢

字句怪麗，謂之穢。不善學者，仿效漢人辭賦，繁聲僻字，無才力氣勢以驅使之，有若附贅懸疣。此等疵累，高才者恒蹈之。

第十六節　忌　躁

雜家尚議論，好張皇，事馳騁，其失也躁。柳子厚自言爲文「未敢以輕心掉之，未敢以矜氣作之」，故文章日益高。蓋躁者，由輕心矜氣來也。

第十七節　忌　板

板者，句不活動之謂。大凡堆重處，必以瓌奇之氣、排奡之句行之。否則病重膇而無靈氣矣。

第十八節　忌　促

意不完備，是謂意促；詞不圓暢，是謂詞促。樂之爲道也，一唱三歎，有遺音者矣，聲音之道，與文通焉。

第十九節　忌　散

文宜凝聚，若如散沙之鋪地，不可收拾，則文章不周密，而無條理之可觀矣。

第二十節　忌　舊

舊者，文之字句陳腐無光芒也。韓退之云「惟陳言之務去」，蓋欲推陳出新也。

第二十一節　忌　瑣

文章須大言炎炎，大氣盤旋，若摘拾小事，無關大義，則傷於瑣屑矣。

第二十二節　忌　鑿

小言破道，孔子所惡。私智之人，務爲穿鑿，以致支離其說，附會其詞。此以鑿空爲新奇者，未有不失也。

第二十三節　忌　平

文章須含偏鷙不平之氣，所謂「文似看山不喜平」是也。不然，則蹈平弱、平庸之弊矣。

第二十四節　忌　枯

文宜腴潤，不則枯矣。夫衰柳殘梧，寒楓冷柏，孰與芳草奇花，茂林修竹？昔人謂文宜得春夏氣者，不枯之謂也。

第二十五節　忌　浮

文宜緊切，不緊則寬，不切則泛。寬且泛，謂之浮。立意不真，意浮；措詞不確，詞浮。文至於浮，則不沈著，如萍之浮於水面，隨風飄蕩，不能自作主張，亦奚取哉？

第二十六節　忌　懈

常山之蛇，擊之皆應者，不懈之謂也。不善爲文者，謀篇則寬褐不整，立論則游騎無歸，皆中懈之病者也。

第二十七節　忌　晦

晦者，意旨不分也。文宜明顯，無取晦盲。月之末日謂之晦，至三日載生魄則明。故文之暗昧者，亦謂之晦。

第二十八節　忌　粗

文須精細，不宜粗略。心粗則氣浮，論粗則詞泛。意緒紊亂，議論龙雜，文之大疵也。

第二十九節　忌　蠢

文之佳者，以情韻勝，若無餘情遠韻，即使豐神摇曳，强生姿態，亦蠢矣。

第三十節　忌　突

文之先後位置，照應埋伏，宜有先導，若突然而出，則不自然，而有唐突之弊矣。

第三十一節　忌　複

複者，文少變化。文章前後之意義，不分兩樣，議論疊牀架屋，令人生厭者也。

第三十二節　忌　剽

竊古人文意字句，而不變化，是之謂剽。韓退之曰：「惟古於文必己出，降而不能乃剽賊。」是當忌之。

第三十三節　忌　淺

文意淺而露見底蘊，令人一覽，趣味索然者，文家之所忌也。

第三十四節　忌　訐

訐者，攻發人之陰私也。嘗有巧文深刻，以短前賢，推翻成案，以肆攻擊，即或義理圓足，而叫囂之氣，尖刺之筆，時覺發見，欲求文品之高也，不可得矣。

第三十五節　忌　肆

肆者，一往奔放，無所顧忌之謂。亦知文之爲道，必須令人沈思，耐人尋味，方爲至善。若乘筆勢之快，任意縱横，則肆矣。

第三十六節　忌　尨

尨者，雜也。主史事者，網羅散失，務求詳悉，每失於尨。

第三十七節　忌　空

空者，言之無物，敷衍成文。游腔熟調，守八家之舊套；俳詞偶句，學六朝之靡曼。皆所謂空也。

第三十八節　忌　靡

靡靡之音，樂官所戒。文之失於靡者，或由於淫，或由於浮，或由於萎，或由於曼。

第三十九節　忌　滯

文之佳者，其活潑若流水，原泉混混，無一息之停，其機何等流動。若渟漾瀦蓄，則機滯而無足觀矣。

第四十節　忌　迂

主理學者，據五子，摭拾語録；主考據者，泥訓詁，誇炫淹博。其失也，遠於事情。

漢文典·文章典卷三　文體

文章莫先於辨體，體立而經以周密之意，貫以充和之氣，飾以雅健之辭，實以淵博之學，濟以宏通之識，然後其文彬彬，各得其所。中國文家，辨體者衆矣。然摯虞《流別》久已散佚，今所傳者，惟頌、詩、七、賦、箴、銘、誄、文、哀辭、圖讖、碑銘十一類，爲不完全之書。厥後劉勰《文心雕龍》四十九篇，雖於文章利病，窮極微妙，惜論體裁之别，僅二十五篇，類既不分，體又不備。任昉《文章緣起》，《隋志》已稱逸失。今所流傳，或疑爲明陳懋仁作，而體既不詳，詞復支蔓。北齊顔之推《家訓》，論文體出於五經，亦未能統舉各體，詳加討論。自《昭明文選》分類三十七，宋元以來，總集别集，雖稍更其列目，要以《文選》爲主。但《文選》分類，前哲已多有議之者。至明吴訥《文章辨體》，徑增爲五十類。而徐師曾之《文體明辨》，又細别爲百一類，徒從形體上觀察。故近人毛西河、朱竹垞之徒，痛斥《文體明辨》。自姚惜抱《古文辭類纂》分部十三，於是古文之門徑，可於文體求之。然贈、序、書、説之分類，於義究有未安。曾滌笙《經史百家雜鈔》易爲十一類，文義較密，而體裁則未之及焉。作《文體》第三，隸篇三。

叙記篇

文最難於叙記，亦最繁於叙記。叙記之文，貴簡而賅，質而不俚，務使其事其人其物之精神，躍然畢見而後工。古今稱叙記之文，《左傳》、《國語》、《史記》、《漢書》而已。後惟歐陽修《五代史》，司馬光《資治通鑑》，可以繼之。

第一章 序跋類

序跋類者，就他人之著作，以叙述其意旨者。前聖作《易》，孔子推論本原，闡發義理，作《繫辭》、《説卦》、《文言》、《序卦》、《雜卦》。又《詩》、《書》皆有《序》，而《儀禮》篇後有《記》。或自述其意，或弟子作之，如《莊子・天下》篇，《荀子》末篇者，蓋亦足多焉。其文以始末詳明，辭氣直達爲貴。

第一節 序

序者，序其始末以明事物也。其體二：曰論序，曰直序。論序者，如司馬子長《游俠傳序》，《酷吏傳序》，劉子政《戰國策序》，歐陽永叔《唐・藝文志序》、《宦者傳序》、《伶官傳序》等是也。直序者，如班孟堅《諸侯王表序》，韓退之《張中丞傳後序》，歐陽永叔《五代史職方考序》，曾子固

《列女傳目録序》等是也。又有小序，序篇章之所由作，對大序而名之也。古人著書，每自爲序，然後己意瞭然，無有隔閡，此小序之所由作也。又有變體，或系以詩，或系以歌者，如韓退之《送李愿歸盤谷序》、《送張道士序》是也。柳子厚紀事小文，如《序棋》、《序飲》，雖名爲序，實乃記體，此又序之變體也。唐代盛行贈序，序之本旨遂失。後世生日有壽序，遷居有賀序，贈物有謝序，則更變贈序之體而加厲矣。

第二節　引

引者，推之原之，稍稍節次，大畧如序而較爲簡短。唐以前文，未有以引名者，班固《典引》，實符命也；唐以後始有引，柳宗元《霹靂琴贊引》，劉禹錫《送元暠南遊詩引》是也。至蘇明允之作引，以父名序，故諱序曰引，不得以引體目之也。

第三節　跋

跋者，跋於圖籍篇章之末也。《易》之《繫辭》是其例也。其體以簡當發明爲主，有跋語、跋尾之異名。凡經、傳、子、史、詩、文、圖書之類，前有序引，後有後序，可謂盡矣。其後覽者別有心得，則撰詞以跋於後，蓋始於宋代之歐、曾，謂之跋語。

第四節　題

題者，簡編之後語也，亦有用之於卷首者。體始於唐，蓋題明其書之本原，與其文辭之作也，又名爲題辭。漢趙岐作《〈孟子〉題辭》，其文稍繁；而宋朱子作《〈小學〉題辭》，更爲韻語，又一體也。然題則書於後，而題辭則列於卷首，此又當知所別也。又有所謂題名者，如韓文公《長安慈恩塔題名》是。

第五節　書

書者，説明本書之義，或有感而言，皆撰詞以綴之。體始於宋，又名「書後」。

第六節　讀

讀者，著作之因於讀書者也。體始於唐，如韓、柳之讀某文而書於後是。

第二章　傳紀類

傳紀類者，傳、紀、録、略、行述、行狀、神道碑、墓志銘等是也。諸體與列傳同，惟互爲詳略耳。古代有傳、紀而無碑、銘。自史學衰而傳、紀多雜出，亦自史學衰而文集多傳、紀，於是碑、銘成爲專體。其材料，則全用録、略、行狀、行述，與作傳、紀同焉也。此類以事迹切實，言論簡質爲貴。

第一節　傳

傳者，記載事迹，傳諸後世也。《左氏》、《公羊》、《穀梁》三傳，蓋紀體也。自司馬氏作《史記》，創爲列傳，以紀一人之始終，後世史家，襲用其體，而傳爲史家所專有。凡載於列代史者，謂之史傳。若《王肅家傳》、《王褒世傳》，蘇軾《方山子傳》，曾鞏《徐復傳》，則謂之家傳。嗣是山林閭巷，或有隱德弗彰，或有細行可法者，皆爲之作傳，以傳其事。至若《穆天子傳》、《漢武内傳》，則小説之屬也。劉向《列女傳》、嵇康《高士傳》，則專門之紀也。《陳留耆舊傳》、《會稽先賢傳》，則郡邑之志也。柳宗元《梓人傳》、《種樹郭橐駝傳》，則假託之文也。韓愈《毛穎傳》、秦觀《清和先生傳》，則設論之類也。又有排麗若碑誌者，如庾信《丘乃敦崇傳》是。又有自述其生平者，如《陸文學自傳》是。又有借名存諷刺者，如《宋清傳》是。又有投贈類序引者，如《强居士傳》是。凡若此者，雖具傳體，然厠於列傳中，要不足取法也。

第二節　紀

紀者，即左史記言，右史記動之遺義。後儒不察，强分左言、右動爲二體，謂記事當法《尚書》，而編年必法《春秋》，是知《春秋》而不知《尚書》者也。其實《尚書》、《春秋》皆紀體也。自司馬遷作《本紀》，紀之名專矣。然司馬《通鑑》、朱子《綱目》，非紀體乎？大抵文人學士，遇有見聞，載筆誌之，或以備史官之採擇，或以補史籍之遺漏，皆所謂紀也，又名紀事。

第三節　録

録者，録取事實，雜用編年紀事之法而直書之，以備史官採擇者也。其體始於《金縢》、《顧命》，盛於唐代之實録。若蘇明允《族譜後録》以序體而名録，李習之《來南録》以記體而名録，皆録之變體也。

第四節　略

略者，舉其大綱，不貴詳説也。名昉於「韜略」。劉歆取之作《七略》，鄭樵因之作《二十略》，然皆志體，非略體也。若文之題序略、論略、記略、説略、辨略、傳略、紀略，雖以略名，仍謂之序、論、記、説、傳、紀，不得謂之略也。略之正體如簡，故簡略並稱，惟後世鮮有爲略者，故簡略之略，其文不傳。今世所用之略，惟事略、行略二者，體同於傳、紀，亦稍得簡略遺意，故爲正體。

第五節　述

述者，述先人之行實，及他事實也。其義取於孔子之述古，後世行述遂因之。行述類乎行狀，惟行述多子孫爲之，行狀多門生、故吏、親舊爲之。緊維孝子慈孫之思親不置也，特取先人生平之言語、行事、世系、名氏、爵里、年壽、後裔而述之，以志不忘。如王安石《先大夫述》是也。至若班孟堅《述高紀贊》、《述成紀贊》，謝靈運《述祖德詩》，皆本述體爲之，惟不得謂之述，仍名贊、名詩而已。

第六節　狀

狀者，詳叙死者生平、言行、氏族等，令人閲之，如見死者之狀貌，故謂之狀。或牒考功太常，使之議謚；或牒史館，請爲編録；或上作者，乞墓誌碑表之類，皆上以狀，詳具事實，以有所請求，故曰狀。體取比事，不取屬辭，《文選》所載行狀，其辭多儷，後世不用其體。韓、柳所爲，世多因之，此行狀也。又有事狀，據實事以上聞者也。又有逸事狀，但傳逸事，乃狀之變體。

第七節　碑

碑者，刻石以紀事。夷考初制，厥有二端：一爲宫廟中庭之碑，一爲宫室下棺之碑。中庭之碑，以石爲之，止取麗牲，公室之碑，以木爲之，止取下棺，皆不鐫以文辭也。文始於夏之岣嶁碑，周孔子之延陵碑。若七十二家封禪文，言刻石，不言碑也。故《史記·封禪書》引《管子》及《秦始皇本紀》，並云刻石，不云立碑。至漢而刻石之名始罕見。於墓也，以文叙述行事，名之爲碑；於廟也，以文叙述事迹，亦名爲碑；於刻石也，以文稱頌功德，亦有謂之碑者。然漢碑多酬應諛頌之文，已開後世濫用之漸。後漢以來，山川有碑，城池有碑，宫室有碑，壇井有碑，橋道有碑，神廟有碑，寺觀有碑，古蹟有碑，土風有碑，而其用遂濫矣。金石家不辨，概入圖籍，抑何謬也！凡碑文，叙次者爲正體，如韓愈《柳州羅池廟碑》、《平淮西碑》是也；議論者爲變體，如蘇軾《潮州韓文公廟碑》是也；叙事兼議論者又爲一體，如蘇軾《上清儲祥宫碑》是也。若王禹偁《壽域碑》，託物寓意，是爲别體。又有書碑陽、書碑陰者，亦碑文種類之一也。又有名爲記而實乃碑者，如《古文苑》載後漢樊毅《修西嶽記》，其末有銘，亦碑文之類。至若墓碑，則自成一體。言神道碑者，因堪輿家以東南爲神道，碑立其地，故以名焉。墓碑樹於墓之前，刻死者功業於其上。唐碑制，龜趺圓首，五品以上官用之，而近世高低廣狹，各有等差，則制之密也。蓋葬者，既爲誌以藏諸幽，又爲碑碣與表以揭於外，皆孝子慈孫不忍蔽其先德之心也。其爲體，有文有銘，又或有序。其題名各有不同，有曰碑者，如韓退之《曹成王碑》是；有曰碑文者，如蔡伯喈《郭有道碑文》、《陳太丘碑文》是；有曰墓碑者，如韓退之《唐故相權公墓碑》是；有曰神道碑者，如王介甫《虞部郎中贈衛尉卿李公神道碑》是；有曰神道碑銘者，如韓退之《贈太尉許國公神道碑銘》是。近世又有去思碑之體，如朱梅崖《松溪令潘公去思碑》是。又有壽藏碑，預營兆域而刻之，又謂之壽藏記。諸體雜出，而文與誌銘大畧相似，惟銘或謂之詞，或謂之系，或謂之頌。總之碑文體裁，其序則傳，其文則銘耳。

第八節　碣

碣者，楬櫫也，有所表識也。碣較碑狹小而圓，其制始於周代。《周官·蜡氏》：有死於道路者，令埋而置楬。後人以石爲之，其字爲碣，古文如《禹碣》，見於《述異記》；周宣王《獵碣》，見於石鼓文。至若墓碣，後世以唐制爲斷。唐碣制，方趺圓首，五品以下官用之，而近世復有尺寸之限，則其制益密。韓退之《清河郡公房君墓碣銘》，柳子厚《唐故御史周君碣》，王介甫《仙源縣太君夏侯氏墓碣》，姚姬傳《蔣君墓碣》，皆其例也。其文與碑相類，而無銘有銘，惟人所爲。有云碣者，有云碣銘者，有云碣頌并序者，其文亦兼敘事、議論二體。又有書碣陽、書碣陰之異名。

第九節　誌

誌者，記其人世系、名字、里居、行年、生卒月日，與其子孫之大略，勒諸石，藏於墓，以防異時陵谷變遷也。始於漢杜子夏勒文埋於墓側，然當時無所謂誌也。至宋元嘉，顏延之爲《王琳石誌》，於是有石誌之典禮。後世因之，其用不一，有埋於壙中者，謂之壙誌；有立於墓上者，謂之墓誌。自誌之體立，於是後世葬亦有誌，如《河東集·馬室女雷五葬誌》是。權厝亦有誌，如劉才甫《舅氏楊君權厝誌》是。誌之爲體，或序或銘，甚爲紛雜。題爲墓誌銘者，有誌有銘者也，如韓愈《太原王公墓誌銘》是。題爲墓誌銘並序者，有誌有銘而先有序者也，如元稹《杜工部墓誌銘並序》是。題爲銘而不及誌者，如蔡邕《貞節先生范史雲銘》是。題爲誌而却是銘者，如任昉《劉先生夫人墓誌》是。題爲銘而實有誌者，如韓愈《李元賓墓銘》是。他若既殯後葬而再誌者，謂之續誌，又曰後誌，《柳河東集》有《連州員外司馬陵君墓後誌》。殁於他所而歸葬者，謂之歸祔誌，《河東集》有《先夫人河東縣太君歸祔誌》。葬於他所而後遷者，謂之遷祔誌，《河東集》有《叔妣陸夫人遷祔誌》。或以磚爲之，曰墓磚記，曰墓磚銘，《河東集》有《下殤女子小姪女墓磚記》。墓磚銘，或以版爲之，曰壙版文，曰墓版文，《唐文粹》有舒元輿撰《陶母壙版文》。有誌無銘者，則《江文通集》有《宋故尚書左丞孫緬墓誌文》。有誌有銘者，則《河東集》有《故尚書户部侍郎王君朱太夫人河間劉氏誌文》。曰壙記，《河東集》有《韋夫人壙記》。曰埋銘，《朱子集》有《女埋銘》。於釋氏則有塔記，有塔銘。其種類之繁賾，有如此者。

第十節　銘

銘者，名也。名死者之德行，刻於金石，長垂令名而不朽也。不必有韻之文而後爲銘也，孔悝之銘彰矣。亦有先叙事蹟，後更爲銘詩者，欲使後世歌功頌德，故詩之也。銘詞之爲體，有三言、四言、七言、雜言、散文之異；有中用「兮」字者，有末用「兮」字者。其用韻之法，有一句用韻者，有兩句用韻者，有三句用韻者，有前用韻而末無韻者，有前無韻而末用韻者，有篇中既用韻，而章内又各自用韻者，有隔句用韻者，有一字隔句重用自爲韻者。其更韻之法，有兩句一更者，有四句一更者，有數句一更者，有全篇不更者，不一律也。其全不用韻者，如杜拾遺誌其姑萬年縣君墓誌，銘而不韻是。

第十一節　表

表者，與碑、碣同體，謂之墓表。以其樹於神道，故又名神道表。原其最初，始於孔子《季札墓表》。然古昔乃樹木於墓而題之，後世易之以石，始於東漢安帝元初元年謁者景君立墓表。又有曰靈表者，對始死而表之，如蔡邕《太傅安樂侯胡公夫人靈表》是。有曰殯表者，於未葬而表之，如韓愈《施州房使君鄭夫人殯表》是。有曰阡表者，就墓道而表之，如歐陽脩《瀧岡阡表》是。自靈而殯，自殯而墓，自墓而阡，總之，不離表章之義者近是。

第三章　表志類

表志類者，所以記政典，載故事也，貴詳實明簡。蓋譜系之學，表志之體，記注之文，非老於典故者，不能爲也。

第一節　圖

圖者，始於河圖。河圖有九篇，孔安國以爲八卦。自鄭樵作《通志》，提倡此學，定爲一略，於是圖學日盛。如天文圖、輿地圖、禮器圖等，漸漸發展。有因圖不足以明者，則爲之論説考證焉，謂之圖説、圖釋、圖解、圖注、圖考、圖志，又有圖讖，雖非正文，然縱横而頗有義。

第二節　譜

譜者，列具其詳，以明事物也。古者紀事別繫之書謂之譜。春秋之前稱世，謂之世譜；春秋以後稱年，謂之年譜。桓君山曰：「太史公《三代世表》，旁行邪上，並效《周譜》。」是譜變爲表矣。至唐代又名世譜爲玉牒。玉牒者，如帝紀而特詳，是譜又變爲牒矣。今之家乘猶以譜名，若年譜，則失古義矣。

第三節　表

表者，叙其事迹，使之彰明也。如《史記》十表，變譜而爲之者也，後世史表因之。有若朱睦㮮《帝系世表》、李燾《歷代宰相年表》、張紱《歷代史年表》、齊召南《歷代帝王年表》。

第四節　志

志者，記載故實也。其體始於《禹貢》，司馬遷因之以作八書。古者記事之史謂之志，《左傳》載周志、軍志，當時宋、鄭之史，皆謂之志。後世志名，起於《漢書》之十志，餘史因之。

第五節　記

記者，記事之終始、物之本末也。其名始於《考工記》。有記事、記物、雜記三體。文以叙事爲主，然歐、蘇以下，則雜以議論。有託物以寓意者，如王績《醉鄉記》是也；始用序文而記以韻語者，如韓愈《汴州東西水門記》是也；篇末系以詩者，如范仲淹《嚴先生祠堂記》是也。是皆别體也。叙事之文，惟記最難，何言之？誌、傳、表、狀，則行誼顯然，惟記無質幹可立，故昌黎作記，多緣情事爲波瀾；永叔、介甫，别求義理以寓襟抱；柳子厚記山水，雕琢衆形，能移人情。凡此皆記之妙者也。

第六節　注

注者，詳具事實，發明義理者也。三代以上，記、注不分，《周官》六典之文，即注之成法。後世起居注、儀注等書，尚存注之本真，經注、史注，亦其例也。至何法盛改表曰注，不獨失譜系之義，并不明注之體者也。

議論篇

議論之文，所以治世，經邦論道，莫重於斯，有諸子之遺風。古之立言垂不朽者，其端於是焉在。

第一章　論説類

論説類者，釋義論理，指事達道。其爲文也，須層出不窮，千轉萬變，飛揚生動，曲折透達。蓋原於名學，而合於論理學者也。

第一節　辨

辨者，判別言行之是非真僞，執大義以斷之也。其原出於孟子之與楊、墨辨，及公孫龍堅白異同之辨。若宋玉《九辨》，則賦體也。柳子厚《辨〈論語〉》、《辨〈列子〉》、《辨〈文子〉》、《辨〈鬼谷子〉》、《辨〈晏子春秋〉》、《辨〈鶡冠子〉》，則序體也。韓《諱辨》，柳《桐葉封辨》，得其體矣，而未盡辨之能事，於辨體中爲小文。要之，貴以至當不易之理反覆曲折而明辨也。

第二節　原

原者，推論事理之本原，而詳究其委末也。自韓愈作《原道》、《原性》、《原人》、《原鬼》、《原毀》五篇，後人遂因之。其爲文也，曲折抑揚，與論相表裏。

第三節　論

論者，經綸世務，言之有倫理也。名始於《論語》，其體約有數者：理論似乎經，如王安石《禮論》是也；政論似乎議，如柳宗元《封建論》是也；經論似乎傳，如歐陽修《春秋論》是也；史論似乎贊，如范蔚宗《後漢書·皇后紀論》是也；文論似乎序，如王安石《莊周論》是也。他如東方朔《非有先生論》多諧辭，李康《運命論》多寓言，又論之或體也。

第四節　説

説者，解釋事理也。名起於《説卦》，漢許慎因之而作《説文》。魏晉以來，作者絶尟，獨曹植集載有二篇，良由《文選》不録，故斯體遂闕。説之屬體有五：一屬論辨，如韓愈《師説》、《雜説》是也；一屬奏議，如《蘇子説齊閔王》、《中旗説秦昭王》是也；一屬書牘，如《趙良説商君》、《張儀説魏哀王》是也；至後世又有名、字之説，其原出於《儀禮·士冠》，申以字辭，後人遂有字説、名説，如蘇老泉《名二子説》，歸熙甫《二子字説》，意主誥誡，而文主質實，是又屬訓體；又有贈人之説，其原出於顔淵、子路相違，以言相贈，後人遂有贈説之作，如蘇子瞻贈張琥作《稼説》，意主忠告，而文主簡明，是又屬序體。

第五節　解

解者，釋疑難也。始於孔子之經解，後揚雄用其名作《解難》，唐韓愈因之作《獲麟解》，王介甫《復讎解》亦相繼而作。然若揚子雲《解嘲》，韓退之《進學解》，則詞賦之流，徒事敷陳，不關辨釋。

第六節　釋

釋者，解之流也。體昉於《爾雅》。劉熙《釋名》傚之，然體類經注。至蔡邕作《釋誨》，其詞旨遞相祖述。及唐韓愈，别出新意，以作《釋言》。

第七節　義

義者，疏通義理也。始於《冠義》、《昏義》諸篇，然《冠義》、《昏義》，其體類序。義之正體，惟唐代之經義，宋儒亦多爲之。張才叔《書經義》一篇，獨載《宋文鑑》耳。

第八節　書

書者，别出議論以成書者也。合人臣進御之書，朋友往來之書，爲三體。始於《史記》之八書，唐李翺有《復性》、《平賦》二書，此類是也。

第九節　評

評者，品題也，史家褒貶之詞也。始於陳壽《三國志》之「評曰」。然司馬遷《史記》之「太史公曰」，班固《漢書》之「贊曰」，范曄《後漢書》之「論曰」，皆評義也。梁世劉勰、鍾嶸之徒，品藻詩文，而評體之準立矣。

第十節　駁

駁者，雜也，雜議不純，故曰駁。昔趙武靈王胡服而季父爭論，商鞅變法而甘龍交辨。此爭論交辨，即所謂駁也。漢始立駁議之名。應劭有《駁議》二十篇。

第十一節　七

七者，設問類也，原於「孟子問齊宣王之大欲」。蓋周秦諸子著書，及漢人作賦，多設爲問答之辭，而《文選》爲之別立「七」體，謬矣。自枚乘作《七發》，後傅毅《七激》，崔駰《七依》，曹植《七啓》，張協《七命》，繼作者多矣。

第二章　奏議類

唐虞三代，人臣告誠其君，如禹、皋、伊、傅、周、召之所作，其陳義高遠，其指事曲當，其立論和平。至於《春秋》内外傳所録，猶存篤厚純美之文。下逮戰國，士或危言悚論，或庾詞隱語，蓋敷陳之道，刻薄寡義矣。循斯以降，策士則揣摩主意以陳言，迂儒則高談王道以敷奏，故斯類之文，難得其當。必也審利害、明義理、達人情，則奏議之體得矣。

第一節 奏

奏者，進詞言事也。原於唐虞之敷奏，七國以前，皆稱上書，秦初改爲奏，是奏事也。漢人兼用以彈劾，謂之奏彈，又名劾事，故曰奏以按劾，然奏事亦用之。惟公府用奏記，郡將用奏牋耳。明制，陳私情曰奏，則非止於按劾矣。厥後流爲章、疏之總名，故有奏狀、奏議、奏牋、奏章、奏劄、奏疏、奏本之名。

第二節 議

議者，言事之宜也。貴據理析事，審時度勢，以確切明覈爲工。昔黄帝立明堂之議，後世議禮、議謚、議事、議政、議制因之。其有不純者駁之，謂之駁議。按漢制，密奏入議以封事。又朝臣外補，天子有事，下議以書對。然則議又包括封事與上書者也。

第三節 疏

疏者，列疏情事，宣布上告也。漢奏事皆稱上疏。諸王之官屬，上於其君亦用之。唐之表狀，亦稱書疏。至後世，則爲章奏之總名矣。

第四節 表

表者，標明其事也。漢表多散文，唐表多駢文。故表體二：一漢體，一唐體。宋表因唐體，明初進書、讓官、謝恩、慶賞諸表，未有定式。嘉隆以後，以富儷爲工，於是起止有定式，鋪次有成轍，而文日陋矣。

第五節　章

章者，表之簡者也。姚姬傳曰：「劉越《勸進表》是章體，而晉時已通謂之表。」按，表多用以陳情，章每用以謝恩，謂之上章。又有奏章，有諫章，有薦章，有彈章。

第六節　策

策者，謀也。策之體有三：曰制策，天子問而臣下對也；曰試策，有司策試士而令對之也；曰進策，士庶著策進上者也。然試策、制策，屬詔令類，惟進策乃臣僚士庶，有策而進於上，奏議類也。王通《太平十二策》，王樸《平邊策》是也。若對策，可謂之對，不得謂之策。

第七節　對

對者，就所問而對之也。《左傳》、《國語》、《國策》所載夥矣。漢文如東方朔《化民有道對》、賈捐之《罷珠崖對》、諸葛亮《隆中對》是。若董仲舒、公孫弘、鼂錯、杜欽之《賢良對》，蘇軾之《制科策對》，亦當云對。別立對策一門者，謬也。

第八節　狀

狀者，形容所言之是非也。唐宋皆用之，謂之奏狀，有散文、駢文之區別。

第九節　彈

彈者，彈劾也。彈爲奏體，故題曰奏彈。六朝御史中丞劾奏曰彈事。

第十節　啓

啓者，開道其君於善也。義原於殷高宗之「啓乃心」。漢景諱啓，故漢無此體。魏之箋記，始用啓聞，奏事之末，或云謹啓，後世多有爲之者。

第十一節　連珠

連珠者，假喻達情，臣下婉轉以告君者也。體始於漢章之世，班固、賈逵、傅毅受詔作之，其文麗，其言約，其旨遠，欲覽者悟於微也。合於古詩風、興之義，欲使纍纍如貫珠，易看而可悦者也。

第十二節　上書

上書者，人臣進君之書也。七國之時，言事於君，皆稱上書，至秦改書曰奏，然如李斯《上書秦始皇》猶稱上書，蓋當時「奏」與「上書」並稱也。漢沿其名，故鄒陽《獄中上書》、司馬相如《上書諫獵》，皆稱上書。亦有單名書者，如鼂錯《言兵事書》，主父偃《論伐匈奴書》、路温舒《尚德緩刑書》是也。逮至五代，爲此體者蓋寡，若江文通《詣建平王上書》，則詞多偶儷，後世惟宋有上書之體，如蘇子瞻《上神宗皇帝書》、王介甫《上仁宗皇帝書》，皆大文也。

第十三節　封　事

封事者，密奏也。其制始於漢，漢令密奏，置陰陽皂囊，封以板，以防宣泄，故謂之封事。然作者希罕，劉向以宗室而進《條災異封事》、《極諫外家封事》，餘惟蔡邕上《施行七事封事》，張子高《論霍氏封事》。至若後世，惟宋朱晦菴《壬午應詔封事》、《戊申封事》而已。

第十四節　箋

箋者，表之尤簡者也。始於東漢。當時上於太子、諸王、大臣皆稱箋，《文選》載之。後世專用於上皇后、太子，其他不得用。明制，奏事太子、諸王稱「啓」，慶賀皇后、太子稱「箋」。

第十五節　劄　子

劄子者，宋之創制，與奏疏無别義也。蓋本唐人牓子、録子之類而更其名。其用最多於宋。

第十六節　本

本者，明之創制，有奏本、題本之名。其用之分别：論政事曰題，陳私情曰奏，皆謂之本。

第三章 箴規類

箴規類者，聖賢所以自警、警人之義，其辭質而意深，蓋自古有此文體矣。

第一節 箴

箴者，有所諷刺以救過失也。夏、商二箴，見於《尚書·大傳》及《吕氏春秋》，惜全篇已闕。惟《左傳》載虞箴，辭俱完備，故漢揚雄仿之。箴體有二：一官箴，如揚雄《十二州箴》，李德裕《丹扆六箴》是也；一私箴，如韓退之《五箴》，程正叔《四箴》是也。惟箴之本義，引申古今治亂興衰之迹，反覆警戒，使讀者惕然於心，默知自鑑，斯乃正體。

第二節 規

規者，規其闕失也。古者，箴君之過曰箴，臣下自相規戒曰規。《書》曰「官師相規」，是也。古之規文，不可得而見，惟唐元結《五規》可考也。

第三節 戒

戒者，警誡也。《淮南子》載：「堯戒曰：『戰戰慄慄，日謹一日，人莫躓於山而躓於垤。』」故戒之體古矣。厥後，漢杜篤作《女誡》，諸葛亮著《誡》一卷，綦母邃撰《誡林》三卷，柳宗元作《三戒》，韓愈作《守戒》，均載簡册。後世亦有作者。

第四節　訓

訓者，諄諄相告也。始於《夏書》之「皇祖有訓」，後世遂祖述之。

第五節　銘

銘者，包含自警、警人二義也。夏殷鼎、彝、尊、卣、盤、匜之屬，莫不有銘，而文多殘闕，惟湯盤見於《大學》，周武王諸銘載於《踐阼記》，後人模楷，取斯焉爾。惜所用過濫，而山川宫室門井之類，皆各有銘，又雜以祝頌之語，則更失警戒之微意矣。

第六節　贊

贊者，助也，助以發明本文也。原於益之贊禹，伊陟之贊巫咸，而著於司馬相如之贊荆軻，然《史記》不載其詞。至唐則用以試士。其體二：曰雜贊，曰史贊。雜贊者，專意褒美，若諸集所載人物、文章、書畫諸贊是也；史贊者，詞兼褒貶，如《史記索隱》、《東漢書》、《晉書》諸贊是也。又有哀贊，哀人之殁，而述其德以贊之也。原贊之本義，在於啓善懲惡，後世祇用以稱美，失於諛矣。

第七節　喻

喻者，曉喻也。原於《書》之誥，司馬相如、陸贄優爲之，宋東坡《日喻》是其嗣音，明劉基《賣柑者言》，亦喻體也。

辭令篇

辭令者，或君命臣，或上令下，或用於會、盟、聘、享、征、伐，或士大夫面相告語及爲書相遺贈，或文人學士言情達志，皆須辭令也。

第一章　詔令類

詔令類者，上告下之辭也。原於《周書》之命。秦雖無道，而詔令之文則偉。漢文景所爲，辭意俱美。東漢以來，辭氣衰薄矣。

第一節　詔

詔者，王言也。三代無其文，秦并天下，改命曰詔，於是詔興焉。漢謂之詔書，又稱手詔，又稱密詔。六朝詔語，多用偶儷。逮至唐宋，漸漸復古。

第二節　誥

誥者，告語也。厥體最古，然古時無上告下、下告上之别。如《仲虺之誥》，下告上也；《康誥》，上告下也；《大誥》、《洛誥》、《湯誥》，告衆人也。周禮用誥以會同諭衆，亦告衆人也。秦始專用於君，漢唐或用或不用，逮宋又專用以命官。及追贈、封贈大臣之祖父母、妻室，及貶謫有罪，凡不宣於廷者，皆用之。然考歐、蘇、曾、王諸集，通謂之制。蓋當時王言之司，謂之兩制，是制之名，統諸詔、命、七者而言，故誥亦稱制也。明制，命官不用制誥，惟三載考績，則用誥以褒美，贈封、贈謚亦用之。其詞有散文，有駢文。

第三節　命

命者，猶令也。大曰命，小曰令，此命、令之别也。命有二體：一用以命官封爵，如《冏命》、《微子之命》、《蔡仲之命》是，又有《顧命》，如後世之遺詔；一用以聘問鄰國，出使通信，如裨諶草創之命是。

第四節　令

令者，教令之，使不得相犯也。古曰命。秦制，惟皇后、太子稱令。漢世有功令，如太史公曰「予讀功令」是。唐代賞罰，赦宥囚虜，大除授皆用之，中書省掌之。宋遺策臣下，亦用令。

第五節　制

制者，制度之命也。唐虞至周皆曰命，秦改命曰制。漢下書有四，而制次之；唐王言有七，而制亦次之。其詞宣讀於廷，皆用儷語，故有「敷告在廷」、「敷告在位」、「敷告萬邦」等語。唐世大賞罰，赦宥慮囚及大除授，則用制書，其褒嘉贊勞，則有慰勞制書，餘皆用敕，中書省掌之。宋承唐制，用以拜三公、三省、門下、中書、尚書等官，而罷免大臣亦用之。其餘庶職，則但用誥而已。然唐宋文體，則不相類。

第六節　諭

諭者，曉也。始於周天子之諭告諸侯，而著於漢高帝之入關告諭。後世襲用之，如司馬相如《諭巴蜀》是。或傳言書翰亦用之者，乃習俗也。

第七節　敕

敕者，詔之切也。始於周穆王命其臣受敕書。漢謂之誡敕，漢高祖有《太子敕》，武帝有《責楊僕敕》，亦謂之戒書。至唐始盛用之，曰戒敕，曰敕旨，曰敕牒，曰敕書，曰發敕，種類不一。明制，差遣諸臣，多予敕行事，詳載職守，申以勉辭，而褒獎責讓亦用之，詞皆散文。又用於封贈，亦稱敕命，始兼四六。厥後復有敕諭、手敕之名。

第八節　璽書

璽者，細書成文，鎸之於玉，以作符號。君書用璽者，詔制之切要者也。名始於《左傳》，魯襄公在楚，季武子使公冶問璽書。至漢遂立專體，如漢文帝《賜鼂錯璽書》，昭帝《賜燕王旦璽書》，漢武《賜竇融璽書》是。又名手迹，如光武《賜方國手迹》是。手迹者，即璽書也。

第九節　策

策者，書策也。古者，大事書於策。有賜封之策，如漢武帝《封齊王策》、《封燕王策》、《封廣陵王策》是也。有試士之策，如漢《賢良策》，唐《賢良方正能直言極諫策》是也。漢世又以策免三公。

第十節　批答

批答者，判臣下之章奏也。始於唐太宗。後世又名内批。

第二章　誓告類

誓告類者，原於《尚書》之誓、誥。周之衰也，盟誓文告，猶存王府。秦漢以來，斯類益蕃，而其體夥矣。

誓者，徵信之言也。又申命師衆，亦有誓。始於《尚書》征苗之誓。後漢蔡邕作《艱誓》，則誓之變體矣。

第一節　誓

告者，誥也。《春秋》内外傳載天子、諸侯告語及列國往來相告之辭是也。漢高祖告諸侯爲義帝發喪，及章帝廬江太守、東平相等告皆是。後世此體之文尚存，而其名則變易矣。

第二節　告

約者，約而不可負也，如盟誓之辭。有規約、契約、盟約之不同。始於蘇代約燕昭王，而著名於高祖之三章法約。近世約章，關於國政尤大。

第三節　約

券者，示要約之久也。有銅券、鐵券之名。

第四節　券

盟者，盟於神明以昭信也。體盛於周，《左傳》所載衆矣。然曹沫劫盟，秦昭夷盟，豈爲約信？故「古者不盟，結言而退」。《穀梁傳》曰：「詛盟不及三王。」自誓作民疑，繼之以盟，於是歃

第五節　盟

血載書，藏於王府；若尋而寒之，則要契詛咒之用窮矣。

第六節　祝

祝者，天人相與之事也。爲神權主義，乃人羣初進化時代之所有事也。祝有二：一司祝之祝，一司曆之祝。祝之有辭，始於伊耆之蜡祭，而舜之祠田，湯之告天繼之。蓋古者，司祝之祝，主代表人民，以達之於天，而祈福禳禍者也。周代太祝一職，神祇人鬼，六祝之辭乃有專司。後世郊祠之詞，報賽之歌，因之而作。司曆之祝，主本天象以應用於人事者也。《春秋》災異之書，梓慎裨竈，休咎占驗，猶存專職，當時雩、禜之文、祈禳之辭猶有存者。故《大戴禮》「庶物羣生，各得其所」，祈天之祝辭載之。「明光上下，勤施四方」，迎日之祝辭載之。《儀禮》「小心畏忌，不惰其身」，祔廟之祝辭載之。「多福無疆，於汝孝孫」，饋食之祝辭載之。他若宜社、類禡，皆有祝文。視幣陳牲，亦用祝語，極至美輪美奂，成室頌禱，然當時猶有敬天畏人之意，於人羣進化，未甚發達之時，不無裨益。其末流也，卒成巫覡之俗，而民智愈塞。後世祈晴有文，禱雨有文，求病有表，告災有符，諂瀆鬼神，文體濫矣。

第七節　頌

頌者，形容美德也。始於黃帝時猋氏《咸池》之頌，若商之《那》，周之《清廟》等篇，皆用以告神，無關人事。若《左傳》所載輿人之頌「誦」同，則近乎譏刺。《孔叢子》所載麛裘之頌，則近乎謗毁，此頌之變體，而用之於人者也。若屈原《橘頌》，又用之於物者也。至秦皇刻石頌德，則專事形容美善矣。後世用斯體者，亦有二：一用以告神，一用以頌德。如傅毅依《清廟》作《顯宗頌》十篇，告神也；李思《孝景皇頌》十五篇，頌德也。然班、傅之《西巡》、《北征》，流而爲序，馬融之《廣成》、《上林》，變而爲賦，韓愈《伯夷頌》，又似乎論，其流别不無少異焉。

第八節　册

册者，言之最誠信者也。有册封、册立、册祝、册盟之别。册封者，諸侯進朝於王，王作册以封之是也。册立者，歷代册立皇后、太子是也。册祝者，《書・金縢》「史乃册祝」是也。册盟者，《左傳》「載在書册，藏於王府」是也。册祝、册盟，别立祝、盟二體，惟册封、册立，獨名曰册。古者用册，惟於祀神。漢以下，凡履尊上號封拜，皆用之。又有哀册、誄册、謚册之名。

第九節　符命

符命者，謂王者之興，符於天命也。其體二：一爲王者誇耀功德，封泰山，禪梁父，以作符命，謂之封禪文是也；一爲臣下作符命以諫主，如揚雄《劇秦美新》，班固《典引》是也。

第十節　教

教者，諸侯之言也。蔡邕《獨斷》曰：「教者，諸侯告下之辭。」《文選》亦列此體。然又爲大臣告下之辭，如諸葛亮《與羣下教》是也。

第十一節　檄

檄者，軍書也。其體原於《書》之《胤征》，其名始見於戰國張儀爲檄告楚相。又有急則加以羽，謂之羽檄，言如飛之捷也。其文論天時人事，憤發忠義，有散文，有儷語。儷語始於唐，其他報答、諭告，及邦州徵使，起義募兵，亦皆稱檄。蓋取明速之義也。

第十二節　露布

露布者，軍中奏捷之詞，露其文而布告，咸使聞知也。其原出於《書》之《多方》，其名見於漢桓帝時，地數震，李雲露布上書。其文始於賈洪爲馬超伐曹操。至魏以後，專用於軍書。及元魏攻戰克捷，欲天下聞知，乃立帛建於漆竿上，名爲露布。其名雖同，其用則異也。

第十三節　榜

榜者，示衆之辭也。原於《管子・幼官》篇。又有客位榜，示己之志向，張諸賓坐，謂之客位榜。

第十四節　移

移者，移易其情之書也。一爲移書，如劉子駿《移書讓太常博士》是也；一爲移文，如孔稚圭《北山移文》，徐陵《移齊文》是也。

第十五節　牒

牒者，通告也。如柳宗元《爲裴中丞代黄賊轉牒》是。

第十六節　判

判者，斷也。分别是非，折獄判斷之辭也。唐以書判取士而「判」興焉。其文貴洞曉刑名，條斷合法。

第十七節　問

問者，質疑也。其用五：一君后相問；一朋友相問；一師弟相問；一爲考問，如試士之策問；一爲設問，如屈原之《天問》，江淹之《邃古篇》。問體之文，反覆縱横，可以舒憤鬱而通意慮，蓋亦文之不可缺者也。又有名爲「問」而實「對」體者，如柳宗元《晉問》是也。

第十八節　答

答者，與「對」同義，如東方朔《答客難》，班固《答賓戲》是。又曰「應」，如柳開《應責》是也。

第十九節　問　答

問答者，一問一答。其體古書中甚多，東坡有《問答録》一卷。

第二十節　答　問

答問者，就所問而答之，用之於師弟授受者爲多。

第二十一節　啓　事

啓事者，言事也。如山公啓事，羅隱啓事是。

第二十二節　書

書者，言事之書也。體有二：一君與臣，謂之賜書，如漢文帝《賜南越王趙佗書》是；一朋友相與，謂之遺書，如魯仲連《遺燕將書》是。又謂之詒書，如叔向《詒子産書》是。又謂之與書，如魏文帝《與吴質書》是。又謂之復書，如子産《復叔向書》是。復書一名答書，如韓愈《答李翊書》是。

第二十三節　簡

簡者，大略也。古人所用，一行可盡者，書之於簡；數行乃盡者，書之於方；方之數不容者，乃書之於策。故單執一札者，謂之簡，連編諸簡者，謂之策。有手簡、小簡之名。《東坡書簡》一卷,《豫章書簡》一卷,乃簡體之準則也。

第二十四節　牘

牘,即簡也。今謂之尺牘。尺牘之體,諸葛武侯、王右軍、韓文公三家書翰,風神高遠,惜武侯、右軍皆小簡,韓雖多大篇,而究遜於武侯與右軍也。

第二十五節　刀筆

刀筆者,古者記事於簡策,謬誤者以刀削而除之,故曰刀筆,後世遂效其體爲之。如王勃《刀筆》一卷,薛逢《刀筆》一卷,宋景文《刀筆》一卷,劉筠《中山刀筆》一卷,黄庭堅《刀筆》一卷是也。

第二十六節　帖

帖者,説帖也,又名帖子。又,明制,諸司相移,有揭帖之名。

第二十七節　誄

誄者,稱人之德行於死後也。古者,卿大夫殁,君命有司累其功德,爲誄文以哀之。《周禮・小史》「讀誄」,後魯哀公亦誄孔子以文,柳下惠之妻亦誄其夫。後世多用誄文,惟辭則費矣。

第二十八節　祭　文

祭文者，表其哀也。始於曹孟德之《祭橋玄》。其體不一，散文，如韓愈《祭十二郎文》；韻語，如歐陽修《祭程相公文》；四言六言，如韓愈《祭柳州李使君文》；長句短句，如歐陽修《祭蘇子美文》。亦有用以祈禱雨暘者，有用以驅逐邪癘者，有用以籲求福音者，有用以哀傷死亡者。

第二十九節　弔　文

弔文者，弔死之辭也。弔生曰唁，弔死曰弔。《弔屈原文》，體如騷；《弔古戰場文》，體如賦。然如賦者，則過華韻緩，易乏急切悽惻之狀態，故以髣髴《楚辭》者爲正體。

第三十節　哀　辭

哀辭者，以文抒其哀痛之情也。如班固《梁氏哀辭》是。蓋原於《詩》之「交交黄鳥」。又如《七哀》、《八哀》之類，亦哀辭也。又名哀策，如漢樂安相李尤作《和帝哀策》是也。又名哀册文，如令狐楚《唐憲宗章武皇帝哀册文》是也。

第三章　文　詞　類

文詞類者，文、詩、賦、辭、樂、府、詞曲之流也。其文體概用聯章積句法者也。

第一節　文

文者，文章也。凡篇章皆謂之文，而此獨以「文」名者，蓋文中有一種文體，往往爲文人游戲俳諧之作。或雜著之文，隨事命名，無一定之體格，或盟神，或諷人，或用韻語，或爲散文，或爲四六文。其體不同，其用各異。然本乎義理，發乎性情，則與他文無異焉。若柳宗元《乞巧文》，韓愈《送窮文》之類是也。

第二節　詩

詩者，絃歌諷諭之聲也。始於唐虞，至周分爲六詩。《周禮》：太師教六詩。六詩者，風、賦、比、興、雅、頌是也。子夏《毛詩序》曰：「詩者，志之所之也，在心爲志，發言爲詩。情動於中而形於言。」詩之旨，盡在是矣。然不易者詩之旨，屢變者詩之體。曰風，曰雅，曰頌，三代之音也；曰歌，曰吟，曰操，曰詞，曰曲，曰謠，兩漢之音也。曰律，曰排律，曰絶句，唐人之音也。宋人又變而有詞，元人又變而有曲。夷考詩學，三百篇古義昭炯，姑置勿論。試以漢言之：蘇武、李陵之所作，紆曲悽惋，實宗《國風》與楚人之辭。二子既歿，繼者絶少。下逮建安、黃初，曹子建父子起而振之，劉公幹、王仲宣力從而輔翼。正始之間，嵇、阮作而詩道大盛，然皆師李陵而馳騁於《風》、《雅》者也。自是以後，正音衰微。至太康時，陸機、陸雲仿子建；潘安仁、張茂先、張景陽學仲宣；左太沖、張季鷹法公幹。獨陶元亮高情遠韻，雖出於太沖、景陽，而實超建安而上之。元嘉以還，三謝、顔鮑爲之首。三謝亦本子建，惟參以郭景純；延之則祖士衡；明遠則效景陽，氣骨直追西漢。餘或傷於刻鏤，較之太康，則有間矣。永明而下，此病更甚。沈休文拘於聲韻，王元長局於偪迫，江文通過於摹擬，陰子堅涉於淺易，何仲言流於瑣碎。至於徐孝穆、庾子山以婉麗爲宗，詩之變極矣。然諸人雖或遠祖子建、太沖，近宗靈運、玄暉，方之元嘉，殆又不逮。唐初承陳、隋之弊，多遵徐、庾，遂致頽靡不振。張子壽、蘇廷碩、張道濟相繼而興，各以《風》、《雅》爲師。而盧昇之、王子安務欲凌避三謝。劉希夷、王昌齡、沈雲卿亦欲蹴駕江、薛，惟溺於久習，終不能改。獨陳伯玉痛懲其弊，專師漢、魏而友景純、淵明，可謂挺然不羣之士。復古之功，於是焉在。開元、天寶中，杜子美繼出，上薄《風》、《雅》，下賅沈、宋，席奪蘇、李，氣吞曹、劉，掩顔、謝之孤高，雜徐、庾之流麗，真所謂集大成者。並時而作，有李太白，遠宗《風》、《騷》及建安七子，其格極高而善變。王摩詰依仿淵明，雖運詞清雅，而萎弱少風骨。韋應物祖襲靈運，一寄穠鮮於簡淡之中，淵明以來，蓋一人已。岑參、高達夫、劉長卿、孟浩然、元次山之屬，咸以興寄相高，取法建安。至於大曆，錢郎遠師沈、宋，而苗、崔、盧、耿、李諸家，亦皆本伯玉而宗黄初，詩道於是爲盛。韓、柳起於元和之間，韓初效建安，晚自成家，勢若掀雷抉電，撐決於天地之垠。柳斟酌陶謝之中，而措辭俊逸清妍，可爲應物後一人。元、白近於輕俗，王、張過於浮麗，賈閬仙矯醲，元、白、劉夢得步驟少陵，杜牧之沈酣靈運，孟東野陰祖沈謝，至李長吉、温飛卿、李商隱、段成式專誇靡曼，而詩之變極矣。宋初襲晚唐、五季之弊，天聖以來，晏同叔、錢希聖、劉子儀、楊大年數人，亦思有以革之，第師於義山，全乖《大雅》之風。迨王元之以邁世之豪，以樂天爲法；歐陽永叔痛矯西崑，以退之爲宗；蘇子美、梅聖俞介乎其間。梅之覃思精微，學孟東野；蘇之筆力横絶，宗杜子美。若論詩道，亦號中興。元祐之間，蘇、黄挺出。而後之詩人，好爲此二家之學。南渡後，尤、蕭、范、陸四家爲傑出。若楊誠齋、鄭德源變爲諧俗，劉潛夫、方巨山流爲纖小，不足學也。元詩大概近纖，虞、范、楊、揭四家，詩品相敵，然金、元之際，必以遺山爲最。明初承元遺習，稍尚詞華。劉伯温獨標骨幹，時能規模杜韓；高季迪出入於漢、魏、六朝、唐、宋諸家，而步驟未化。永樂以還，崇尚臺閣體，而詩學壞矣。李東陽力挽狂瀾，前七子起而振之，詩遂復歸於正；後七子纘繼之，餘緒賴以不墜。萬曆以後，詩學衰矣。兹復舉其體裁言之。

五言古詩

五言古詩，始於西漢蘇武、李陵，嗣是，汪洋於漢魏，汗漫於晉宋，至陳、隋而古調絶矣。唐初承前代之弊，陳子昂起而振之，遏貞觀之横流，決開元之正派，李、杜、王、孟相繼而起，元和以下，遺響復息。他如《扶風歌》、《五君詠》、《夏日歎》等篇，雖云五言，實爲雜體。

七言古詩

七言古詩，始於柏梁，聲長字縱，易以成文，與五言略異。漢、魏諸作，既多樂府，唐代名家，又多歌行，故於此類，作者亦希。然樂府、歌行，貴抑揚頓挫；古詩貴優柔和平，循守法度，其體自不同也。

雜言古詩

古詩自四、五、七言之外，又有雜言。大略與樂府歌行相似，而其名不同，故别爲一體。

近體律詩

律詩者，陳、隋以下聲律對偶之詩也。詩至梁、陳，儷句漸多，雖名古詩，已具律體。唐興，沈、宋之流更加精練，號爲律詩。其後寖盛，雖不及古詩之高遠，然對偶音律，亦文章之所應有也。

排律五、七言同

排律原於顔延之、謝瞻諸人。梁、陳以還，儷句尤多。唐興，始尚此體，而有排律之名。其體以布置有序，首尾貫通爲上。

絶句五、七言同

絶句詩原於樂府。樂府，五言如《白頭吟》、《出塞曲》、《桃葉歌》、《歡聞歌》、《長干曲》、《團扇郎》等篇；七言則如《挾瑟歌》、《烏棲曲》、《怨歌行》等篇。下及六代，述作漸繁，唐初定爲絶句。絶句者，即律詩而截之也。故唐人絶句，皆稱律詩。觀李漢編昌黎絶句皆入律詩，蓋可見矣。

第三節　賦

賦者，敷陳其事而直言之也。義在託諷，是爲正體。其始創自荀況宦遊於楚，作爲五賦。後屈原乃作《離騷》，宋玉、唐勒皆競爲之。漢興，賈誼、枚乘、司馬相如、揚雄、張衡之流，著作尤盛。《上林》、《甘泉》極其鋪張，而終歸於諷諫，則有風之義焉。《兩都》、《兩京》極其炫燿，終折以法度，則有《雅》、《頌》之義焉。《長門》自悼，緣情發意，託物起興，詞極和平從容之概，則有比興之義焉，此古賦也。三國、兩晉，徵引俳詞；宋、齊、梁、陳，加以四六，則古賦之體變矣。逮乎三唐，更限以律，四聲八韻，專事駢偶，其法愈密，其體愈變。至宋，以文體爲賦，雖亦用韻，實非賦之正宗。蓋自劉、班詩賦一略，區分其類，而屈原、荀卿、陸賈，定爲三家之學，殆已成爲古義矣。

第四節　辭

辭者，始於屈原憂愁幽思，本《詩》義而爲《離騷》也。宋玉、景差、唐勒之徒相繼而作，並號「楚辭」。後世爲辭者，有漢武帝之《秋風辭》，陶淵明之《歸去來辭》。

第五節　樂府

樂府起於漢，風、雅、頌之變也。樂官肄習之樂章，有風、雅、頌之遺意焉。風土之音曰風，朝廷之音曰雅，宗廟之音曰頌。以風、雅、頌之詩，爲燕、享、祀之樂。自后夔以來，樂以詩爲本，詩以聲爲用。仲尼編《詩》，爲行燕禮、享禮、祀禮之時用詩以歌，非説義也。故列十五國風，以明風土之音不同；分大小二雅，以明朝廷之音有别；陳周、魯、商三頌之音，所以侑祭也；定《南陔》、《白華》、《華黍》、《崇邱》、《由庚》、《由儀》六笙之音，所以叶歌也。得詩而得聲者三百篇，則繫於風、雅、頌；得詩而不得聲者删之，後人謂之逸詩。逸詩者，以其詩無聲，於樂無所繫紀，故删之而逸之也。春秋士大夫，雖如季札之觀周樂，尚不能辨别國風；然太師所掌，正聲悉存，穆叔不拜《肆夏》，甯武子不拜《彤弓》，誦詩知樂，代有其人。戰代紛紜，不遑禮樂。屈、宋崛起，以騷代詩，然《九歌》諸篇，所以侑樂也；《九章》等作，所以抒情也。禮與樂不能合一，即詩與樂自此分源矣。而況漢立齊、魯、韓、毛四家，各爲序、訓，而以説義相高，不以審音爲事，於是樂師惟工音律，文士僅知聲調，而詩樂俱亡矣。詩樂俱亡，於是樂府作，樂府作而詩亡且絶矣。何言之？當漢武時，《上之回》、《聖人出》，君子之作也，雅也；《艾如張》、《雉子班》，野人之作也，風也；合而爲「鼓吹曲」。《燕歌行》其音本幽薊，列國之風也；《煌煌京洛行》，其音本京華，則都人之雅也；合而爲「相和歌」。是之爲風、雅不分。及至明帝，辟雍、享射，用雅頌樂。夫《辟雍》當用頌，《享射》當用雅，明帝雅、頌莫辨，安問大予明帝用之於郊廟上陵、黄門明帝用之於宴羣臣哉？迨魏文兄弟，酬唱新什，更創五言，節奏格調，與古絶異。自是有專工古詩者，有偏長樂府者，然準《鹿鳴》作《於赫》篇以祀武帝，準《騶虞》作《巍巍》篇以祀文帝，準《文王》作《洋洋》篇以祀明帝，是純用風、雅，而頌可廢矣。故至曹魏而樂亡且絶矣。陳、梁而下，樂府古詩變爲律、絶，是并樂府而亡之矣。唐代作新什，謂之新樂府，以元微之爲之最工。然如李、杜、高、岑輩所作，名爲樂府，實則歌行矣。下此益入卑庸怪麗，而古義蕩然。至唐末五代，復變爲詩餘，於是宋人之詞，元人之曲，紛紛而起。凡樂府所隸諸體，詳言於左。

歌

歌者，放情長言，雜而無方之謂。唐虞《擊壤》有歌，《喜起》有歌，《南風》有歌。嗣是，有塗山氏之《候人歌》，而南音出；有有娀氏之《燕飛歌》，而北音始；有孔甲之《破斧歌》，而東音作；有辛餘靡《濟昭王歌》，而西音起。下此則《易水》、《越人》作於戰代，《離騷》、《九歌》興於楚辭。至漢而歌始列於樂府。凡樂府命題，名稱不一。登於郊祀謂之郊廟歌；用於燕射，謂之燕射歌；列於鼓吹，謂之鐃歌；施於侏儒，謂之俳歌；絲竹相和，謂之相和歌；琴曲相弄，謂之琴曲歌。凡歌有因地而作者，京兆《邯鄲歌》之類是也；有因人而作者，孺子《才人歌》之類是也；有傷時而作者，微子《麥秀歌》是也；有寓意而作者，張衡《同聲歌》是也。甯戚以困而歌，項籍以窮而歌，屈原以愁而歌，卞和以怨而歌，雖所遇不同，而發乎情則一也。

行

行者，步驟馳騁，疏而不滯之謂。漢自孝武以還，樂府始有「行」名。如《大演》、《隴西》、《豫章》、《長安》、《京洛》、《東西門》等作皆是也。較之歌曲，名雖異而體則同也。

歌行

歌行者，兼歌與行之妙也。有聲有詞者，樂府所載歌行是也；有詞無聲者，後人所作歌行是也。其名多與樂府同，惟曰「詠」、曰「謠」、曰「哀」、曰「別」，則樂府所未有，而專屬於歌行也。歌行之原出自《離騷》。漢魏樂府諸歌行，有三言者，《郊祀歌》、《董逃行》之類；四言者，《安世歌》、《善哉行》之類；五言者，《長歌行》之類；六言者，《上留田》、《妾薄命》之類。若專以七言長短爲歌行，餘隸別體，則自唐人始也。總之，歌者曲調之總名，原於上古，行者歌中之一體，創自漢人，明矣隸於歌行之「詠」、「謠」、「哀」、「別」四體附後。

詠者，長吟密詠之謂。始於曾點之「詠歸」。後世有詠懷詩、詠史詩諸作。

謠者，通乎俚俗也，非鼓非鐘，徒歌之謂。始於康衢而流於閭巷者也。後世童謠，幾乎專門之作矣。至漢代始以謠列樂府。

哀者，本於《楚辭》之《哀時命》，流於《哀江南》、《哀江頭》者也。

別者，平調曲中有文帝《秋風別》，若杜子美《新婚》、《無家》諸別，則樂府之變也。

引

引者，述事之本末先後，有序以抽其意緒者也。古相和有六引，《宮引》、《角引》已闕而無徵，惟《箜篌引》、《商引》、《徵引》、《羽引》尚存。然如《箜篌引》，四言也，虞世南《從軍引》則五言排律也。

謳

漢武帝定郊祀之禮，乃立樂府，采詩夜誦。有趙、代、秦、楚之謳。

吟

吁嗟慨歎，悲憂深思，以伸其鬱者曰吟。有《大雅吟》、《小雅吟》、《楚王吟》、《白頭吟》等名。

怨

怨者，幽思激切，憤而不怒之謂。

歎

歎者，感而發言也。古相和歌有《吟歎曲》，蓋兼吟與歎之名也。

詞

詞者，詩之餘也，古樂府之流別，後世曲之所由起也。蓋自樂府散亡，聲律乖闕，唐李白始作《清平調》、《憶秦娥》、《菩薩蠻》諸詞。厥後趙崇祚輯《花間集》，凡五百闋。宋柳永增至二百餘調，一時文人復相擬作，富至六十餘種，可謂極盛。至東坡、少游出，詞極盛矣。東坡以歌行縱橫之筆，盤屈爲詞，跌宕排奡，一變唐五代之舊格；秦少游之詞，傳播人間，雖遠方女子，亦膾炙之，然去樂府則遠矣。厥後金、元變而爲曲，則去樂府益遠矣。夫樂府與詞，同被管絃，惟樂府以簡潔揚厲爲工，詞以婉麗流暢爲美，此其不同耳。

附竹枝、柳枝、柘枝三詞體

竹枝詞出巴渝，唐貞元中，劉夢得在沅湘，以其地俚歌鄙陋，乃作新詞九章，教里中兒歌之，其詞稍以文語，世所稱「白帝城頭」以下九章是也。嗣後擅其長者，有楊廉夫焉。後人一切譜風土者，皆沿其體。

柳枝詞者，始於白香山《楊柳枝》一曲，蓋本六朝之《折楊柳枝》歌辭也。其聲情之儇利輕雋，與竹枝大同小異，與七絕微有所分，亦歌謠之一體也。

柘枝詞者，蓋隸於舞曲，故後人有效竹枝、柳枝二體，而柘枝體則未學也。健舞曲有《柘枝》，軟舞曲有《屈柘》，羽調有《柘枝曲》，商調有《屈柘枝》，此舞因曲而得名也。

曲

曲者，聲音離比，高下長短之謂也。漢時鼓吹曲一名短簫鐃歌，用於朝會，橫吹曲用於軍中，馬上奏之，雅之變也。房中曲用於房中，風之變也。相和曲即房中曲之遺聲；四弦曲則居相和之末。若相如諸人所定十九章之歌，頌之變也。又有雜曲始於漢、魏，有名存義亡，而有古辭可考者，有不見古辭，而後人擬述者，謂之雜曲。此外有舞曲，始於晉之傅玄；有法曲，始於唐之白樂天。凡若此者，雅音雖失，要皆諸夏之聲也。自樂府一變爲詞，又轉爲曲，於是金有北曲，元有南曲。至元代，戲曲盛行，作雜劇者，亦紛紛而起，迄今有北人之小曲，南人之吳曲，實皆樂府遺意也。附琴曲於後

琴曲有暢、有操、有引、有弄。和樂而作，命之曰暢，言美其道也；憂愁而作，命之曰操，言窮不失操也。引者，進德修業，申達之名也；弄者，性情和平，寬泰之意也。後世於琴曲，往往舉操，而不言暢、引、弄矣。

操

操者，憂愁閉塞而作之曲也。琴曲有操，言遇災遭害，困厄窮迫，雖怨恨失意，猶守禮義，不懼不懾，樂道而不失其操者也。始於文王之《羑里操》。伯牙《水仙操》、周伯奇《履霜操》、孔子《龜山操》、《猗蘭操》皆其著者也。後世惟韓退之《琴操》辭旨最爲高古。

第六節　小　説

小説者，出於稗官，委巷傳聞，瑣屑細微，古人不廢。義取於《莊子》之寓言，起源於周末漢初方士虞初之小説九百四十三篇，《漢書・藝文志》載之。然《漢志》所載《青史子》五十七篇，賈誼《新書・保傅篇》中已引之，則由來久矣。特盛於虞初耳。漢、魏間所傳之《飛燕外傳》，小

說漸次發展，至裴鉶集之《傳奇》，五朝小説所載之《紅綫傳》、《崑崙奴傳》等，殆已爲後世戲曲之權輿矣。今考《唐代叢書》中所收一百六十四種，雖信僞參半，要爲當代文人才士之所作爲也。後世院本小説，多原於唐，而白話小説，則原於宋。元代盛行戲曲，於是傳奇之能事畢矣。逮至明代，作者亦好爲之。近世陳允生、毛聲山、金聖嘆，又爲各種小説之批評家。蓋自劉、班列小説爲一家，以迄於宋鄭漁仲氏作《通志》，均謂之説部，不爲分目。今《四庫》書目，於小説分雜事、異聞、瑣語三目。《續通考》因之，定爲瑣事、瑣語二目，但皆仍條記之舊，於小説中之演義傳奇畧焉。故章回、雜劇終爲儒者之所鄙，此亦烏足以極文章之妙！兹特分傳奇、演義二體以詳説之。

傳奇

稗官廢而傳奇作，傳奇作，戲曲興矣。唐人始有單篇，則爲傳奇一類。宋有戲曲唱，至今而爲院本、爲雜劇。院本、雜劇，名雖異，實則一也。金入中國，所用胡樂，其音嘈雜淒緊，中國之詞，不快於北耳，故爲新聲，即北曲也。然北曲復不諧於南耳，故元代又變新體而爲南曲。北曲勁切雄麗，於調促之處見筋節；南曲清峭柔遠，於調緩之處著豐神。北曲字多，其力每見於絃；南曲字少，其力多見於板。北宜和歌，南宜獨奏。北曲之優者，爲《西廂記》；南曲之優者，爲《琵琶記》。《西廂》乃元王實甫取唐元微之《會真記》爲粉本，總成十六折，稱千古絶調，爲元代戲曲之壓卷。《琵琶記》爲元末時人高則誠所著，叙孝婦貞妻之行，明湯若士評其爲從性情上著工夫，不以詞調之巧倩爲長，洵確評也。元代戲曲之傑出者，於《西廂》、《琵琶》外，如《拜月》，如《荆釵》，名作不少。明代之戲曲，雖有沈青門、陳大聲諸家，其最足傳者，斷推臨川人湯顯祖《玉茗堂傳奇》，即《牡丹亭》(《還魂記》)、《邯鄲夢》、《南柯記》、《紫釵記》是也。又有阮大鋮之《燕子箋》，亦爲世所重。近世出色之作，如李笠翁之《十種曲》，洪思昉之《長生殿傳奇》，孔云亭之《桃花扇傳奇》，蔣藏園之《紅雪樓九種曲》，皆最著者也。

演義

演義之體，起於宋末，原於傳體者也。魏晉以來，皆用内傳、外傳之體，至宋末詞人，分爲章回，混以街談俚諺之語，發爲議論叙事之文，於是演義之體出。如《三國志演義》，直用其名者也。若《水滸》則名「傳」，《西遊》則名「記」，《聊齋》則名「志」，實皆演義體也。原其最初，則基於宋末之《宣和遺事》，元代施耐菴之《水滸傳》，即以此爲粉本。至與《水滸》並重者，有羅貫之《三國演義》，據正史之事以實之。明代有長春真人之《西遊記》，假唐僧玄奘赴天竺求經之譚。若《金瓶梅》等，則過於醜褻。近世有曹雪芹之《紅樓夢》，蒲留仙之《聊齋志》，皆表著於世者也。

其餘或叙述雜事，或記録異聞，或綴輯瑣語，一切文人筆墨之所及，曰「筆談」，曰「筆記」，曰「偶談」，曰「雜記」，曰「隨筆」，曰「漫記」，曰「叢録」，曰「紀餘」，曰「瑣語」，曰「外史」，要皆統於説部，蓋沿魏晉時代小説之體也。要之，中國之小説，自昔之作，大約事雜鬼神，情鍾男女者爲多，故往往爲世間之戲具，不流行於上流社會。而移風易俗之道，外國泰半得力於小説者，中國反以此而沮風氣。推其原因，則由於讀小説者，不知小説之功用，作小説者，不知小説之關係也。

漢文典・文章典卷四　文論

三古之文尚已。嬴秦、炎漢，無格律之拘，建安、黄初，體裁漸備，論文之説出，《典論》其首也。著爲宏篇，卓然名家者，有晉摯虞之《文章流别》；勒成一書，傳於後世者，有梁劉勰之《文心雕龍》。摯虞舉文章之派别，溯厥師承；劉勰究文體之源流，評其工拙。爲例雖殊，用意則一。唐賢復古，不違著作；宋明文家，好爲議論。宋有陳騤《文則》、李耆卿《文章精義》，明有朱荃宰《文通》、王文禄《文脈》。然宋人務求深解，多穿鑿之詞；明人喜作高談，多虚憍之論。其於後學，雖有裨益，若論斯文，尚多缺憾焉。作文論第四，隸篇八。

原理篇

地球各國學校，皆列國文一科。始也，藉以啓普通知識，繼則進而爲專門之學。果何爲鄭重若斯哉？以文之盛衰，係乎國之存亡，故知保存其文，即能保存其國。野蠻無文，非洲土人，求個人之生活，而無文以開明之，故不知立國；亡國之民無文，波蘭是也。俄禁波蘭用固有之文字，是不惟滅其國，并其國之文而滅之。故有文斯有國，有國斯有文。要知國文爲何種原質，有何等關係，昧者不察，弁髦之，敝屣之，殆未之思耳。

第一章　文之真相

中國古昔聖哲，堯曰「文思」，舜曰「文明」，禹曰「文命」，西伯曰「文王」，周公曰「文公」。古人何爲以「文」名哉？「文」也者，所以載道，道必因文以見也。故夫天不言而四時行，百物生，天之道也；日月出没，寒暑往復，星辰羅列，焕乎有文矣。地之大而載華嶽，振河海，地之道也；草木繁殖，禽獸孳乳，寶藏藴蓄，燦然有文矣。人道本天地，盡其道可與天地參，而生聚焉，而教育焉，而制作焉。典章制度備，禮樂刑政明，人道立矣。人道立即人文生。《語》曰「文不在兹」，又曰「未喪斯文」，蓋道非文不著，文非道不生。中國文明，開自伏羲，伏羲仰觀俯察，畫八卦，啓文明，文王知道在兹也，作《彖傳》；周公知道在兹也，作《象傳》；孔子知道在兹也，作《繫辭》。皆發明「道」也，即所以發明文也。俗儒不知經天緯地之謂文，而以辭當之，於是道爲文所蔽，文爲辭所蔽，而文之真相失。有文焉，本於道德，發於義理，合於典則，是足以經世，經世即衛道。有文焉，失於穿鑿，流於誕幻，溺於剽飾，是足以惑世，惑世即亂道。是何故哉？蓋一則知文本乎道，一則誤辭以爲文也。故爲文而不足以闡聖言，新國政，雖縱横其論，錯綜其辭，皆所不取也。

第二章　文之性質

姚姬傳曰：「天地之道，陰陽剛柔而已。文者，天地之精英，而陰陽剛柔之發也。」曾滌笙曰：「西漢文章，如子雲、相如之雄偉，此天地遒勁之氣，得於陽與剛之美者也，此天地之義氣也。劉向、匡衡之淵懿，此天地溫厚之氣，得於陰與柔之美者也，此天地之仁氣也。」二子所言如此。孔子曰：「立天之道曰陰與陽，立地之道曰柔與剛，立人之道曰仁與義。」姚謂文本陰陽剛柔，曾又申言仁義。是姚本孔子天道地道言，曾又合人道言也。仁義者，人之道，即天所賦之性質，人即此性質而復之，而保之，而光大之，故蘊之爲道，發之爲文，猶陰陽爲天之性質，剛柔爲地之性質也。人之性質既本乎天地之性質，故人之文，即得乎天地之文。自有天地，即有人；自有人，即有文；自有文，即含此兩種性質。此惟知道者爲能養其性質而劑之平耳。

第三章　文之功用

《詩》，三百十一篇樂章耳。《春秋》，二百四十二年事略耳。而足以興、觀、羣、怨，與足以懼亂臣賊子者，何哉？凡人之性情，常營營於所懷抱，所閲歷，一旦爲外界議論所激刺，必發其特別之思想，印證意識焉。及外物之性情，適合己之性情，則與之俱化，此人之性情然也。善爲文者，即利用此性情以成其功，是故有因文而性情變易者，有因文而風俗轉移者，有因文而國民忠義者。蓋文也者，有陶情淑性之功用，有移風易俗之功用，有愛國新民之功用者也。

第四章　文之效果

六經，皆大文也，故文章之原出於經。詔、命、策、檄本諸《書》，序、述、論、議本諸《易》，歌、詠、賦、頌本諸《詩》，盟、祝、哀、誄本諸《禮》，書、奏、箴、銘本諸《春秋》。是以西漢之文，上追三古。唐宋痛詆六朝，力排五季，其矯矯者，亦得媲美兩漢。司馬遷之史，賈誼、劉向、陸贄、蘇軾之奏議，韓愈、歐陽修之碑、銘、傳、狀，蘇洵、曾鞏之論、辨、記、序，杜子美之詩，皆出言有章，吐辭爲經，其文與日月山河並壽，大塊文章於是焉在。然自古文人，多陷輕薄，宋玉俳優見遇，東方朔滑稽不雅，司馬相如竊貲無操，揚雄德敗美新，劉歆反覆莽世，班固盜竊父史，顔延年負氣摧黜，謝靈運空疏亂紀。凡若此者，《顔氏家訓》已譏之矣，不解彼何富於才華而累盛德若此。顔之推曰：「原其所積，文章之體，標舉興會，發引性靈，使人矜伐，故忽於持操。」顔氏此言，雖推諸百世而皆準也。故夸毗者不崇實踐，文必纖豔浮侈；儌倖者專務干禄，文必破碎掇拾；誕妄者矢口談玄，文必虚無滅裂；浮蕩者徒知罔利，文必詭譎浮僞。由前之説，效果如此；由後之説，效果如彼。當其鼓吹風雅，鋪張篇什，雕飾華采，琱琢章句，非不詰竟論議，敷陳利害，掐抉造化，窮極筆力，而其所受與所習者，惟計文之工拙，不問道之是非。於是文之結果，遂爲人之結果焉。孟子曰：「行之而不著焉，習矣而不察焉，終身由之而不知其道者衆也。」吁！觀於此而習焉不察，人其可哉！

界說篇

界説者，所以限文義之所止，使無越畔也。中國文義之荒久矣，文辭連舉，文字駢言，文學並稱，文道莫辨。原此一家之學，我疆我理，經畫秩然，末學以空疏迂腐之意識當之，於是塗徑紊亂，而荒蕪不可治矣。

第一章　文與辭

民生之初，有辭而無文。民智漸進，始有文字。蓋人之意，藉聲而傳，其聲之有義可顯者，謂之「辭」，義不能顯者，仍謂之「聲」。人必藉辭以表思想，思想之可以達者，畫之而爲「字」。由字而綴焉，而續焉，謂之「文」。上古之世，由辭成文，延及於周，言文合一。戰代以來，蠻夷猾夏，語法紛亂，自是厥後，語言文字，距離太遠，此國語所以難解，國文所以難通也。外國語言文字合，故國有國語，國語有書，屬文者謂之文典，屬語者謂之辭書。字不尚義，而言皆有法，其功用在形容其語言之狀態，而揣知其意之若何，即所意會者，定其名詞，佐以各種品詞而神其用。故語言純熟，文字即能連綴。字相接而成句，句相連而成文，言者傳之，聽者悟之，作者達之，閲者喻之，其辭無隔閡之苦，其文無艱深之病。中國九州之人，言語不同，自《春秋》標齊言於傳，《離騷》目《楚辭》爲經，後揚雄著《方言》，採四方語言，其書大備。然皆考名物之同異，無關文字之適用，故於學者亦無補焉。夫「文」「辭」二字，孟子言之最明。孟子曰「不以文害辭」，言毋以文字而害語言也。「不以辭害志」，言毋以語言而害意旨也。蓋善言者達意，善文者達言。可知文生於言，言生於意，意有不同，故言有不同，言有不同，故文有不同。韓退之曰：「辭不備不可以成文。」明乎文辭之不可以混也。惜乎，吾國有字書，有文書，而無辭書也！

第二章　文與字

《書勢》曰：「黄帝始作書契，字有六義，自黄帝至於三代，其文不改。」夫堯舜禹湯之世，所謂文者，史臣記言而已，故其文質。文王拘幽，演《周易》，始尚文。周、孔代興，六經炳著，文字大昌。逮李斯、程邈，文與字判。東漢之際，許慎者出，《説文解字》，源流燦然。自此以降，從事於斯學者尠。魏晉以來，其學益微，此江艮庭所以言唐宋而下無有識字者也。迨至文字派别，於是研究字學者溺於訓詁，研究文學者囿於詞章，而文與字俱壞矣。然始則患在文與字分，後乃患在文與字合。文與字分者，歧而二之也；文與字合者，混而一之也。歧而爲二，弊不過能文章者不通訓詁，通訓詁者不能文章；至混而爲一，幾不知何者爲文，何者爲字。此國文所以不能發達也。

第三章　文與學

古昔司徒敷教，三代設庠、序、學、校，文學隸於官守。百官以察，萬民以治，故典章之所行，即學術之所寄。當時學者，學爲道而已，不局於文也。自官、師分而政教不合，於是下之所學，非上之所教，其弊自周衰文勝始。孔子言教育分四科，標文學於四教也，先之以文行，立教之旨，文質合一。至戰國諸子起，各本一家之學，發爲文章，著書立説，士大夫多效之，而文與學離。下此更若風馬牛之不相及焉。蓋文章性道，既難並聞，則文苑儒林，自當分傳。至唐以降，文集之風盛，學幾乎息，陋者甚至求精博之學於浮靡之文，且奉浮靡之文爲精博之學。不知道之明也，文即學，學即文；道之微也，文自文，學自學。吾中國之言學也，曰理學，曰道學。理學者，萬殊之學；道學者，一本之學。若以今日學科言之，則所謂理學者，可分爲有形理學、無形理學。有形理學：統算學、博物學全體學、動物學、植物學、礦物學統此、物理學重學、汽學、聲學、光學、電學統此、化學無機化學、有機化學、分析化學統此；無形理學：統名學辭學、譯學統此、羣學倫理學、政事學、外交學統此。政事學又賅政學、法學、計學、教育學、史學、兵學、文學。所謂道學者，可分爲哲學、心理學、宗教學。此其大略也。故以科學之例繩之，則中國所謂文者，不過科學中之一科耳，其範圍甚狹，所統於文學一科者，音樂、圖畫、文法、習字而已。故論學術，必求諸種種學科而後大成。雖然，即以文論，苟無以通乎一切之學，即不能振起一國之文。故於學中求文，謂之不知務；於文中求學，謂之不知本。

第四章　文與道

古昔聖哲，無所謂文也，道而已。形上謂道。官、師合一，學士所肄，非國家之典章，即官司之故事，故有述無作，言道不言文也。自家天下之局創，雖以禹湯之神聖，而桀紂出焉。於是道之屬於君者亡，而國家之典章，官司之故事，皆不足法。周公患之，制禮作樂，集列聖之大成而道明。孔子法周公，道備於六經，不以文詡也。仲尼没，微言無聞，而道爲虚位。孟子爲此懼，閑先聖之道。戰國諸子，各以人官物曲之一得，紛紛言道，立説以相競，由是私家著作繁，而道破碎滅裂矣。然猶有載道之文存乎其間也。自此而下，文章之學盛，於堯舜周孔之道，有墜緒茫茫之感，唐韓愈言先文後道，宋歐陽修言文與道俱。朱子譏韓、歐裂道與文爲兩物，是也。蓋道者，兼善天下，躬行實踐之謂，非可以獨善其身，託諸空言也。末學譾陋，因不知道，遂不知文，惟不知文，愈不知道。而其患乃在玩文贅道，贅道道廢，玩文文亡。惟必離文能見道，乃可奉道以準文。否則不可謂之知道，亦不得謂之知文。

種類篇

人之理想感情，千差萬别，故文之種類，千態萬狀，而不相混同。自形式上觀之，即有無窮之差異，況精神中純粹之模範，又益多焉。

第一章　屬於體裁之種類

上古之文不立體，六藝尚已。晚周以來，諸子各自名家，多以文鳴於世，雖不立體，而大要有撰著之體，有集録之體。漢儒好爲撰著之文，故西漢文章能上追三代。至唐昌黎，盡爲集録，宋士宗之，以至於今，於是撰著少而集録多。故漢代多撰著之文，唐後多集録之體。體制不辨，而欲文章之工也，其可得哉！

第一節　撰著之文

聖王在上，以文教治天下。六典之文，官司所守，以治以察，當於用而已。自君師道判，政教權分，於是有道之士，無其位而不得志，退而著述，欲來者之興起。自周末，文章之學盛，而撰著之事專矣。撰著之體，篇祇一義，原於《易》、《春秋》者也。戰國時，諸子騰説，凡儒家、道家、墨家、名家、法家、農家、雜家、陰陽家、縱横家者流，其所成書，皆爲撰著。漢興，子長、子雲並有撰著。《史記》者，繼《春秋》而作者也。《太玄》者，繼《易》而作者也。餘若董仲舒《繁露》、王符《潛夫論》、徐幹《中論》、王通《中説》、歐陽修《五代史》、司馬光《資治通鑑》、周敦頤《通書》、張載《正蒙》，此撰著之卓卓者。然以其難能也，故可貴，而爲之者亦希罕焉。

第二節　集録之文

集録者，篇各爲義，原於《詩》、《書》者也。自古在昔，先民有作，體皆撰著，文無集録。自專門之學微，而撰著之作衰，亦自撰著之作衰，而文集之名起。魏晉間，文章之士，矜事著作，於是集録之體，寖繁寖熾，至唐乃大暢其風。自《七略》流爲四部，而集録之體，日益發達不可遏，然古義蕩焉矣。

第二章　屬於格律之種類

古之所謂文者，有文筆之分舊説，有韻爲文，無韻爲筆，無駢散之名。古人之文，本天籟之自然，故文之句讀，每相和叶，後儒準此，遂爲之韻。有不合者，諧之以音，「讀若」、「讀爲」，充類至盡，而韻文著。駢文者，自韻文生也。古昔無專名，亦不立體，以二奇句，成一耦辭，有韻無韻，不規規一律也。南北朝來，始有四六之文，文體日益浮靡，乃有綴學之士，屏棄六朝駢儷之文，返之於三代兩漢，謂之古文。古文出，文章稍稍可觀。

第一節　韻　文

有韻之文，始自《關雎》，降而五七古，降而五七律，再降至詞曲，而流品極矣，然亦不專在詩也。《九疇》、《皇極》，訓誥之韻者也；六爻、《象》、《贊》，《易·繫》之韻者也；又如史游《急就章》，焦貢《易林》，經部之韻文也；《黃庭經》之七言，《參同契》之斷字，子部之韻文也。蓋韻文重句法，上古韻文之體，詩、歌、騷、賦、箴、銘是也。其後古音亡而韻文絶，於是後之讀書者，不知古韻。如《洪範》以「義」韻「頗」，而唐明皇疑之；《冠禮》以「服」韻「德」，而賈公彦疑之。不知古音「義」爲「俄」，正與「頗」爲韻，古音「服」爲「匐」，正與「德」爲韻。唐之中葉，已不曉古音，況其後乎？厥後附合賦體生排律詩，附合駢文生四六文，附合樂府長短句生詞曲，是皆由韻文而變化者也。

第二節　駢　文

天地之道，不能有奇而無耦。「同歸殊途，一致百慮」，《易》之文，駢也；「覯閔既多，受侮不少」，《詩》之文，駢也；「罪疑惟輕，功疑惟重」，《書》之文，駢也；「傲不可長，志不可滿」，《禮》之文，駢也。兩漢去古未遠，尚存六經遺緒，至魏晉則已澆，至齊梁則已縟。於是文人各衒所長，而六朝之文，至中唐而絶響。韓柳提倡古文，舉駢體文屏黜之，然流風餘韻，不絶於疇類。至宋代諸子，推尊韓氏之文，於是古文之名尊，不知六朝駢體其至者亦符秦漢。八家古文，原其始多由《選》學。蓋自淺薄挑剔之風盛，雄贍精深之文衰，而後駢文之道爲庸音矣。

第三節　四　六　文

魏晉以來，始有四六之文，其體猶未純一。至南北朝，文書尚偶，句數並對，作爲四字六字，但其中亦有變化，或三七、或五八、或六八，字數亦有參差，有隔句對，有二句對，有散聯二句對，有偶聯隔句對。至宋而四六始立專體。宋之四六，各有源流，論其大要，藏曲折於排蕩之中者，眉山也；標精理於簡嚴之内者，金陵也。其他則不出二者範圍。惟此等文體，合韻文駢文而成者，最爲雜亂，故文家不尚斯品。

第四節　散　文

粤若稽古，散體單行，爲無韻之文，如《堯典》等篇是，無古文之名也。古文者，韓愈氏厭棄魏晉六朝駢儷之文，反之於六經兩漢，從而名焉者也。六朝以來，駢體盛行，雖姚察父子，振於隋末唐初，然終不能革駢儷之風。至唐退之力矯當時之弊，於是古文之名立，而散體文有專家矣。

第三章　屬於學術之種類

古人於文，必有得力之處。治古文者，不可不知，但非如後世文家言，某氏之文出於某氏也。蓋家數之不同者，先儒所謂習焉而各得性之近者是也。誠能聚數千年學者之文章，分流別派，則不難定其學術之所自來矣。

第一節　儒家之文

儒家者流，出於司徒之官，經義紛綸，純粹以精，儒家之文也。漢之董仲舒，唐之韓愈，宋之歐陽修，其文爲儒家言。

第二節　道家之文

道家者流，出於史官，名、法諸家，多祖述焉。在近世爲哲學之類，發揮精義，鉤抉玄理，道家之文也。漢之《淮南子》其文爲道家言。

第三節　陰陽家之文

陰陽家者流，出於羲和之官，於今爲星學，旁及宗教爲術數。天人相與，窺厥奥旨，一氣五行，參悟精理，陰陽家之文也。漢之劉向，其文爲陰陽家言。

第四節　法家之文

法家者流，出於理官，於今爲法律學。辨析精深，論斷明決，法家之文也。漢之鼂錯，宋之王安石，其文爲法家言。

第五節　名家之文

名家者流，出於禮官，於今爲辨學。界名以理，界詞以意，斷制明顯，不惑兩歧，名家之文也。唐之柳宗元，其文爲名家言。

第六節　縱横家之文

縱横家者流，出於行人之官，於今爲外交學。曲直峻婉，因時而施，博徵廣喻，無微不至，縱横家之文也。漢之司馬相如、東方朔，宋之蘇洵、蘇軾，其文爲縱横家言。

第七節　雜家之文

雜家者流，出於議官，於今爲政治學。指陳利害，洞明事理，雜家之文也。漢之賈誼，唐之陸贄，其文爲雜家言。

第四章　屬於世用之種類

昔孔子繫《易》，於乾、坤特綴《文言》，豈非以文之爲道經緯乎天地，如兩儀、四象之生於太極，而變通鼓舞，胥本法象之自然乎？　雖然，文麗於天地而述之者人，行之者世，世所稱之者，不一其端，即人所應之者，不一其類。

第一節　名世之文

名世之文，於人情事勢，揣摩推測，透徹無餘。　故敷陳利害，能使勇者怯，智者愚，喜者怒，憂者樂，世俗見之，未有不好之深者。　然其文也，可以驚四筵，不可以適獨坐；　可以取口稱，不可以得首肯；　可以欺流俗，不可以動識者；　可以行近今，不可以垂久遠。　自周以來，歷秦、漢、魏、晉、唐、宋、明，能文者夥矣。　或傳至萬世不滅，或數傳而滅，或一再傳而滅，或止及其身，没世而即滅，何哉？　蓋不朽之業，固非名於一世者也。

第二節　壽世之文

其爲人也，出言有章，吐辭爲經，一字一句，可以千載，此壽世之文也。　聖明之世，陳謨納諫，貢箴獻頌，登於明堂，文章見諸措施，潤色鴻業，雍容揄揚，何其盛也。　至於遭時不偶，索解人不得，則韜光匿采，無求聞達，立不朽之言，以俟來者，又何高也。自古迄今，或得文於穴，或得文於壁，或得文於冢，或得文於井，或得文於塔，斷簡殘編，片字碎句，而令人珍之寶之者，不可勝數，蓋世固有以千金市駿之骨者，非嗜奇也。

第三節　經世之文

古人之文，豈第文焉？明道義，厚風俗，憂國憂民，君子之志也。志焉而逮，則本斯志以發諸語言，見之於篇章，此經世之文也。故雖博若邱明，精若莊周，辨若公孫，哀若屈原，峻若韓非，富若相如，專若揚雄，密若班固，而文章之裨益於世者幾何？孔子後，綴文之士衆矣，而能博聞强記、通達古今、抱濟世安民之念、有民胞物與之懷者，幾人哉？末世文人，未從事於禮樂兵刑之道，而虛誕之詞章，迂踈之義理，復從而錮蔽之，此文章所以不能卓然自立，而於國計民生，絶無影響也。

第四節　酬世之文

酬世之文者，世俗所謂應酬之文是也。如壽文、祭文、贈序、與書、啓事、酬唱、試策、題辭、跋藁，以及諛墓之文、鄉人之傳，凡若此者，藝文所不載，文苑所不録，往往見之於世俗酬酢。古人文集所載，無德而稱之文，不可勝數。蓋自成室有文，上梁有文，婚禮有文，遷居有文，而文章之用濫矣。

第五章　屬於性質之種類

彬彬有章者，文也。盎然而時發見者，性也。離離有光者，文也。隱然不可磨滅者，質也。根於性，本於質，而後文。然人人面其面，心其心，故性亦殊焉，質亦異焉。惟其殊異，故發諸文章而不同，即一人之所爲，亦因題而各異。昔謝枋得分「放膽」、「小心」二體，亦從性質上觀之，惜範圍稍狹，故推廣之。

第一節　理勝之文

魏冰叔有言：文章之能事，在於積理。理勝之文，由於學識，學不富不足以言博，識不卓不足以言通，不博不足以厚其本，不通不足以利其用，本不厚，用不利，烏能推理哉？古來理勝之文，如濂溪《通書》，橫渠《正蒙》，伊川《周易傳序》，潛溪《六經論》，陽明《博約説》，皆能卓見聖道之微者。惟文以理勝者，多闡幽造極之語，而其蔽也，或激宕失中，或頓挫失度，或抑揚失節，或繁簡失當，不無可議耳。

第二節　情勝之文

文以情勝者，必具有沈痛、懇摯、纏綿、悱惻之一種特質。古來善言情者，必推《詩》、《騷》，若單篇文字，如《出師表》、《陳情表》、《祭十二郎文》、《瘞旅文》，亦著焉者也。是故忠之文純以惻，孝之文懇以摯，節之文貞以厲，義之文豪以肆，是皆從肺腑中出，有不可磨滅之精氣，不能强致也。

第三節　才勝之文

文之以才勝者，機變神化，英邁雄偉，不可得而羈也。識有所達，縱筆所如，絶無拘束。指陳利害，靡不洞達；辨論是非，罔不切當。草茅議論，如見堂廟；帷幄運籌，決勝千里。小而一事一物，一言一動，大而治國平天下，施之無不當者，惟有才者能之。賈誼、蘇軾，由此其選也。

第四節　辭勝之文

辭勝者，文主藻采，以丰神氣韻爲主，務求字句之工。如馬融《廣成頌》、揚雄《解嘲》、孔稚圭《北山移文》、韓退之《進學解》、范文正《岳陽樓記》、宋濂《閲江樓記》皆是。盛於漢魏六朝，導源於荀卿、李斯。

第六章　屬於通俗之種類

世有一種文體，鄙俚褻穢，不足以與於古作者之林，而頗流行於社會，且其勢力範圍甚大，外此而獨立，反不適用。此等文體，謂爲通俗，庶乎可也。

第一節 公移之文

公移者，諸司相移之辭也。唐世，凡下達上，其制有狀、有牒、有辭，百官於其長用狀，庶人呈於官府用辭，職官階級稍上者用牒，對職者亦用牒。至於諸司自相質問，其用有三：曰關，謂關通其事也；曰刺，謂刺舉之也；曰移，謂移其事於他司也。宋制，宰執帶三省樞密院事出使者移六部曰劄，六部移宰執帶三省樞密院事出使者，及從官任使副移六部用申狀，六部相移用公牒。明時，上逮下者，曰帖、曰照會、曰劄付、曰案驗、曰故牒，下達上者，曰呈、曰申、曰案呈、曰咨呈、曰牒呈，諸司相移者，曰咨、曰牒、曰關，上下通用者，曰揭帖。此等文體，別有程式，但求明達，不事精深。近時通用，則上逮下曰論、曰札、曰告示、曰批，平行曰咨文、曰移文、曰照會，下達上曰申文、曰詳文、曰稟、曰呈，外交曰約章、曰條約。

第二節 柬牘之文

尺牘，古昔謂之書簡。考之典籍，貽書見於《左傳》，遺書登於《國策》，與書載於《文選》，答書列於韓文。簡則右軍、東坡，且以名世。稽諸往古，猶以雅言，創爲一體，如《歐蘇手簡》、《翰墨大全》等類所載之文，文規有起結之稱呼。後世俗尚日趨簡陋，俚語俗字之雜出，散行駢體之並陳，勒爲專書，名曰尺牘。此等文體，甚不雅馴，而世俗酬酢通用之，此又一格也。

第三節　語録之文

自唐代僧徒，不通文章，以俚語俗諺，書記師説，宋儒效之，創爲語録。推原其意，取乎質言，然自宋來，文人學士，每效其體，支蔓荒蕪，遂不可治。

第四節　小説之文

小説之文，每演白話，所記多雜事瑣語。其體則章回、傳奇，敘事之法，多本傳紀，惟詞曲則注意於音節，辭采雕琢，不遺餘力。自屠爨販卒，嫗娃童稚，上至大人先生，文人學士，無不爲之歆動。其感人之深，有如此者，蓋別具一種筆墨者也。

變遷篇

文章與時勢有相關之理。中國之文，萌芽於伏羲，孳乳於皇頡，昌明於唐虞。唐虞以前尚質，三代行之以神，至晚周極矣。春秋戰國來，儒家、道家、法家、名家、陰陽家、雜家、縱横家、小説家，各具獨到之學識，雖其末流，亦得馳騁於作者之林。秦承周，流風餘韻，猶有存者，繼以焚坑，毒流天下，而文字壞。兩漢嗣響，若《史》、若《漢》，則以氣勝，然東漢不若西漢遠甚。魏晉而降，專尚修辭，至六朝，靡極矣。隋祚衰薄，不遑文教。唐初猶沿南北朝之餘韻，韓愈鋭志復古，盡革駢儷浮靡之習。至五代，又冗極矣。歐陽振之，稍稍修復。然永叔少陽剛之美，猶退之少陰柔之美，揆之文理，皆屬一偏。況趙宋一代，不失於六朝之靡曼，則失於佛氏之語録，整文章者，寥寥數家。元如許衡、趙孟頫輩，不能起一代之衰。朱明立極，文人學士，後先踵起，惜乎制藝取士，方針已謬。厥後歸震川者，起而挽回之，韓歐之緒，庶幾不墜，惜範圍太狹，已開方姚褊薄之派。國朝盛文章，侯方域、魏禧、汪琬以來，望溪標絶學於桐城，惜抱從而振之，同時惲子居亦提倡於陽湖，文派之説出，而末學之陋益見，至曾滌笙始不立宗派。蓋自韓、歐、歸、方以降，可稱統一矣。兹區爲十四期，以觀吾中國文章之變遷云爾。

第一章　文章發生時代（伏羲唐虞）

結繩之制尚已。伏羲觀「河圖」之文作八卦，命朱襄作書契，刻木畫字，謂之六書。此文字之初制也。西人考中國文字者，謂蝌蚪文出於八卦，八卦出於巴比侖之楔文。前説，則《易緯・乾鑿度》已言之；後説，則《説文》「契」下云：「從刀，丰聲。」本謂以刀割草。然則巴比侖之楔文，即伏羲之書契。故楊萬里《周易宏綱序》云：「畫者非卦，此伏羲初制之字。」日本户水寛人《温故録》亦云：「支那之象形文字，與Ａｋｋａｄｉａ之矢形文字，關係不少。」厥後黄帝有熊氏立史官，命倉頡爲左史。倉頡見鳥獸之跡，作鳥跡書，體類象形，而制字又作雲書，其書頭麄尾細，謂之蝌蚪書。《玉篇》曰：「倉頡肇制六文。」六文即六書也。蓋文字至倉頡而大成。故倉頡、伏羲者，非特文字之源，抑亦學術之本也。

第二章　文章進步時代（唐虞）

中國之文章，至堯舜而大進步。《尚書》贊堯曰「文思」，贊舜曰「文明」。孔亦曰：「焕乎文章。」今觀《尚書》所載堯、舜授受之際，相警戒之語，與夫《禹》、《皋陶》、《益稷》諸謨「都」、「俞」、「吁」、「咈」，《賡歌》、《喜起》，意厚辭樸，誠萬代之儀表也。故中國古代之文章，當以唐、虞爲極則。

第三章　文章昌隆時代（三代）

《夏書》渾渾，《商書》噩噩，《周書》灝灝，欲觀三代之文章，盡在《書》矣。王樵謂《尚書》成於夏啓以後史臣之筆，今考之《春秋傳》，凡引《書》多稱爲《夏書》，可知孔子定爲《虞書》者，實本虞史臣所作，而夏史臣成之也。《尚書》所載《夏書》，如《禹貢》、《甘誓》，觀其文辭，類皆雄渾嚴潔，何其質也！殷湯學伊尹，高宗學甘盤，商代之君，皆有學術，《商書》所載，燦然備矣，雖《伊訓》、

《湯誥》僞書不足信，而《盤庚》三篇，見之於《書·序》，爲經傳所引，其文之簡奥，真韓氏所謂詰曲聱牙，而難讀者歟！周初，文王羑里演《易》，開物成務；武王訪道箕子，得《洪範》九疇；周公兼百王之文章，制禮作樂，一朝文物，蔚然彬彬。後之學者，不能出其範圍。其時史佚掌文史，鬻熊著書立説，後世子家因之。成、康以來，文致太平，考其文章，則有《康誥》、《召誥》、《多方》、《多士》、《周官》、《周禮》之可稱頌。穆王耄荒，《甫刑》是作，文不逮古矣。宣王中興，召虎、方叔、尹吉甫之徒，皆能文，周詩往往稱之。至平王東遷，世入春秋，諸子百家出，而文章變矣。洵乎尚忠、尚質、尚文，三代文章之進化，有天演自然之理焉。

第四章　文章極盛時代（春秋戰國）

周自東遷後，朝廷文教，不敷於下，士大夫之能文而善説辭者，謂之知禮。蓮敖擇楚國令典，隨會講晉國禮法，公孫知四國之爲，趙衰拜《六月》之詩，叔向詒書，季札論樂，能文章者屢矣，惟晉叔向、鄭子産、吴季札，其表表也。然數子者，於文化不甚關係，獨孔子以天縱之聖，毅然立於定、哀之際，設教傳道，不獨以文章著也。與孔同時而以文豪者，有老子。今觀其書，文辭神奇變化，簡古多含蓄。餘若管仲之文簡嚴，莊周之文詼詭，列禦寇之文沖虚，韓非之文精覈，鄒衍之文奇譎，公孫之文雄辯，周末文章，爲之一振。逮至戰國，孟子振響，善議論，長於諷諭，文最快利。

若《國策》所載，如蘇秦、張儀、樂毅、蘇代、蘇厲、范（睢）〔雎〕、魯仲連諸人之文，亦能以雄偉見稱者也。他如荀卿經術之文，屈子辭賦之作，於戰代又別開文境矣。

第五章　文章專一時代（秦）

秦以前文人，不專以文詡也，上焉者爲有道之士，次亦不失爲學問家，至秦文章有專家矣。故雖經祖龍焚坑之劫，而呂不韋、李斯等，猶能以文章顯名於世。蓋秦承周末諸子百家之後，咸陽四百六十餘人，要皆文學之士，故民間所掇拾，博士所記憶，未嘗絶滅也。自始皇來，道在胥溺，學在芻蕘，士不遑於章句，惟文辭猶可稱頌。不韋《呂覽》之論，甚至懸之國門，不能改易一字；李斯刻石之文，如所撰《嶧山碑》，用《采芑》第二章法，《瑯琊臺銘》用《老子》「明道若昧」章法。秦以虐焰之後，文章猶美善若此，毋惑後世文人，嘖嘖稱道不衰。故論學至秦而亡，論文則至秦而一。

第六章　文章恢張時代（漢）

漢以馬上得天下，不事《詩》、《書》，又承秦火之後，圖書散亡，六經皆博士所憶記，往往得之於口誦。孝惠除挾書之令，孝文採周末之學，孝景舉文學，孝武招賢良。董仲舒之經術，賈誼、鼂錯之奏議，司馬遷之史，司馬相如、東方朔、枚臯之賦，或抒下情，或宣上德，雍容揄揚，彬彬乎有三代之風。是以西京文章，最稱雅健，然惟董之純粹，賈之樸茂，遷之貞潔爲傑出。自王褒以下，專尚詞藻，不復簡古，而谷永等書，雜引經傳，無復己見，於是古學益遠。繼以成帝時，劉向、揚雄本經術爲文章，哀帝時，劉歆、王莽以文章飾治道。光武來，班固企跡子長，張衡希蹤相如，桓譚踵式賈誼，蔡邕醉心揚雄，東漢之文章，不如西漢之渾厚。漢末董卓遷都，圖畫散佚，長安之亂，焚蕩大半，儼若秦灰。自兹以後，諸葛孔明崛起南陽，三分之局成，所爲文章，上駕西京。至如建安七子，其詞藻之華縟豐腴，雖卿、雲未開斯派，然其所失，即在於此矣。

第七章　文章薄弱時代　（魏晉）

三國鼎立，日尋干戈，不遑文字。曹魏振緒，掞藻有人，然華而不實，已開晉世清談之習，萌六朝淫靡之風矣。蓋兩漢及魏，文章凡三變，而終無進化。晉汲老、莊之餘流，尚放達，談玄理。劉伶、阮籍，以狂作聖；王戎、王衍，以虚爲高；即張華之詩，左思之賦，陸機之文，亦競事詞藻，不能行於古作者之林。惟陶淵明本其政治之才，經術之學，於濁世放一異采，其思想之高遠宏達，直師懷、葛而友黃、綺，故時於文章發見之，蓋辭氣灑脱而文變矣。

第八章　文章淫靡時代（南北朝）

晉末，五胡混入中國，文教衰熄。南朝參行梵學，北朝略飾經術，一時文章，競事駢儷，故宋齊傷纖巧，梁陳病刻飾，真氣索然。然南朝之顔、謝、江、鮑、任、沈、徐，北朝之崔、魏、薛、温、高、庾、王，雕鏤篇章，追琢字句，組織一六朝文體，亦韻文之至者也。雖二者相較，南朝視北朝尤浮靡，北朝視南朝爲剛貞，要皆不能厠於古文辭之列。蓋文至南北朝，古義幾乎息矣。

第九章　文章振作時代（唐）

隋主荒淫，不遑庠序，惟王通於末造崛起，有學術耳。唐興，文人鋭志學古，凡三變而始得正宗。初唐沿江左雕飾之風，故雖以王、楊、盧、駱之才，不能脱六朝之範圍。中唐崇尚經術，文章遂趨渾厚，燕、許以大手筆稱，猶不能上追兩漢。自元結奮起，獨孤及、李華之徒左右之，於是文章一變。大曆、貞元之間，韓退之提倡古文，起八代之衰，由是唐代有文章。其時柳子厚浸淫《莊》、《孟》，得與昌黎並雄。李翺、皇甫湜淵源退之，亦矯矯也。餘若陸贄之奏議，劉蕡之對策，杜牧之《罪言》，亦略可稱述者也。

第十章　文章繼續時代　(宋)

五代五十餘年之間，兵亂相繼，文學之士絶跡，稍知文事者，君惟明宗、周世宗，臣惟康澄、王樸，而文章皆非所知。宋初，猶沿五季舊習，雖穆伯長、柳仲塗倡之於前，尹師魯和之於後，而終不能卓然自立於千載之上。歐陽修出，得昌黎文篤好之，力追渾古，裁斥險怪，由是文歸雅正。曾子固挾經術而爲文章，能遠紹劉向、匡衡之緒，亦得與永叔並駕齊驅。王介甫筆力峭勁，自成一家。蘇氏父子，概尚機權，有戰國策士縱横之風，惟東坡參《莊》、《列》以肆其端耳。餘若司馬光之簡嚴，范仲淹之高潔，皆肆力古文，卓然有聲。南渡後，學者咸致力於經術，創爲性理一派，於是文章不逮北宋，然經術之文，日益昌盛。朱晦菴多小心之文，陳同甫多放膽之文，亦未可一概論也。説理之文，惟周子《通書》、張子《正蒙》爲能文與道俱。若真西山《衍義》、胡康侯《春秋》，皆以理勝，而文不足以振之。岳武穆多經世之文，故雖以李綱、宗澤之才而不逮。末造文章，浩然正氣，歷劫不磨，斷推文天祥、謝枋得，所謂道至而文自工者也。要之，北宋文章，長於論事，南宋文章，優於説理；宋初多政治之文，宋末多氣節之文，洵乎文章隨國運爲轉移也。

第十一章　文章衰微時代（金元）

自宋祚衰薄以來，學士之文章，泯没廢棄，良可悲也。金初無文字，後用中原之文字，文章不暇及也。元起於斡難、克魯倫二水間，往往收用歐羅巴人、猶太人、西藏人，故學術有自歐洲輸入者。中原文學，惟吴澄以經術稱；若元好問，以詩鳴者也；郝經學爲古文，文集多知文之言，然亦非能傳古文者；差强人意，虞集、揭奚斯、黄溍、柳貫四家耳。惟小説戲曲，於元代爲最發達。《水滸》、《三國》、《西廂》、《琵琶》稱四大奇書，要皆當世不得志之士所爲作也。故古文之學，至金元時代，微矣。

第十二章　文章興復時代（明）

明代開國時，盛稱宋濂、方孝孺之文。永、宣以還，作者雖興，氣體不逮。弘、正之間，李何七子，倡言復古，文自西京而下一切吐棄，操觚談藝之士，翕然宗之。嘉靖時，王慎中、唐順之輩，文宗歐曾；李攀龍、王世貞輩，文主秦漢，而文又一變。惟祖述李夢陽、何景明，不能卓然自立，成一家言，爲不足貴耳。歸有光出，力排李、何、王、李，於是宗李、何、王、李者稍衰。至啓、禎時，錢謙益、艾南英準矩矱於北宋，張溥、陳子龍擷芳華於東漢，則又一變也。要之，明代文章之所以不振者，大半制藝誤之。自宋濂、方孝孺來，頗存規矩，至嘉隆而晦盲極矣。歸震川不汩於流俗，洵可繼退之、永叔之芳軌矣，惟震川一派，稍褊薄耳，然不得謂非文章正宗也。

第十三章　文章昌明時代　（國朝）

國初之著名文章家，類皆前代遺民，而侯方域、魏禧、汪琬三家，實能脱離明代文章之弊。其後作者代興，無美勿備。康熙末，方望溪上承震川，遠紹韓歐，以古文專家之學，主張後進，世遂有古文學。同里劉大櫆者，望溪嘗稱之，自是天下知古文之學在方劉。乾隆末，薑塢、梅崖出，斯文不墜。薑塢傳姬傳，姬傳復從才甫游，然自以所得爲文，不盡用海峯法也。蓋方以理勝，劉以才勝，姚則兼其所長，游其門者，能文章以數十計。海峯之徒錢伯坰魯思，時以師説稱頌於友惲子居、張臯文。臯文研精經傳，其學從源而及流，子居泛濫百家之言，其學由博而反約，故二子之文，亦得與惜抱並雄一時。自是以後，繼述者雖衆，而狹隘褊淺，不能光大之，故自道光來古文之學衰息。後得曾滌笙以雄直之氣，宏通之識，合漢學、宋學，發爲文章，不立宗派，惜抱遺緒，賴以不墜。迄今數十年間，能文者衆矣，而欲求集大成者，終不獲覯，何其難也。

第十四章　文章改良時代（近今）

文以明道，文非即道。世俗所謂文章者，何哉？獵瑣文，蠹大義，舉天下之士，歸之無用，此孫鼎臣所以比於洪水猛獸也。夫文以適用爲主，繁華則損枝，膏腴則害骨，無關大道，不周世用，如倡優妓樂，適耳目而已。近今文學之士，頗知中國文章之弊，故於論説、詩歌、小説等，力爲改良，以求適用，此又文章之善變者也。

弊病篇

言者，心之聲也。心蔽則辭詖，心陷則辭淫，心離則辭邪，心窮則辭遁。由心之失，爲言之病，此其理孟子知之。蓋人之有言，皆出於心，其心明乎正理而無蔽，然後其言平正通達而無病。故孟子以語言之失，極之於政事之害。然吾觀中國之文，奚止此弊，奚止此病！推原討論，其怪現象可得而指也。

第一章　文魔

文界中之魔道甚矣。性命之學，至深也，迂儒不知《中庸》之言性命，而高談深究，好爲張皇幽邈之文以惑人，是之謂魔。天人之理，至精也，瞀儒不知《繁露》之言天人，而誌異述奇，好爲隱僻怪誕之文以欺世，是之謂魔。鬼神之德，至盛也，愚儒不知孔子之言鬼神，而探幽索冥，好爲離奇變幻之文以疑衆，是之謂魔。陰陽之道，至微也，俗儒不知《周易》之言陰陽，而説象論數，好爲支離附會之文以盗名，是之謂魔。災異之説，至誣也，陋儒不知《春秋》之言災異，而望氣占象，好爲吉凶休咎之文以愚民，是之謂魔。禍福之故，至常也，僞儒不知《老子》之言禍福，而四行、五行，好爲推算占驗之文以罔俗，是之謂魔。是魔之來，皆由迷信，迷信所起，由於智識不明，思想不睿。智識不明，不能辨魔，思想不睿，不能祛魔，遂至沈溺於迷海之中，不知所以超脱之，哀哉！

第二章　文　妖

昔李肇定有文妖之語，大抵如《漢志》所謂詩妖者歟。竊觀中國文章之失矣，學子則以游辭詭論爲高，學《選》則以僻字澀句爲奇，學六朝則以俳詞偶語爲麗，學「八家」則以摹章擬句爲能。以聱牙棘舌之文爲高古，以淫聲亂色之文爲麗則，以俚語瑣談之文爲質實，以循聲按譜之文爲理法，不問其爲俳諧，爲諂瀆，爲鄙俚，爲迂疏，而無知妄作，諢語如優，俚語如市，媚語如娼，祝語如巫，百出其猙獰、諧媚、夭韶、輕倩之態狀以應世。若是者，謂之文妖。

第三章　文　賊

賊者，害也。言天説命，汩没性靈之文也；吟風賦月，銷磨志氣之文也；鉤章棘句，阻礙辭意之文也；言神述異，閉塞智識之文也。蓋有孔、孟之學術，而後可以言天説命，否則流於圖、書、讖、緯之怪誕；有風騷之真摯，而後可以吟風賦月，否則陷於江左六朝之浮靡；有盤誥之渾噩，而後可以鉤章棘句，否則失於《太玄》、《法言》之艱淺；有《爻》、《象》之精微，而後可以言神述異，否則習於秦皇漢武之荒唐。是數者，賊仁賊義，賊道賊德。當其爲文也，不過賊文，久之人與文化合，則所以賊文者，乃足以賊人。其害之大，有如此者，是不可以不辨。

第四章　文　盜

掠古人之美，襲先哲之長，以自文其剽竊之私者，是爲盜。齊邱竊《化書》，郭象偷《莊》注，其已事也。後之作者，或襲用舊文，或竄改成句，或引書語而不標原本，或出聽受而不言師説，或易古人之貌而掩取其意，或申古人之意而不言所出，或拾朋輩之牙慧以爲己有，或譯他國之文字以眩人觀，凡若此者，皆所謂盜也。黠者猶多方掩飾，以欺世而盜名，其亦可以息喙矣。

第五章　文　奴

人不可奴,文豈可以爲奴哉? 而世俗恒蹈之,何也? 蓋由於理不精而學不博也。言宋學者詆漢學,言漢學者詆宋學,人云亦云,了無心得,是之謂學奴。剽竊秦漢,規模韓柳,不能自出機杼,而思想所及,依門傍户,是之謂意奴。緝比陳言以爲雅,删節助字以爲古,陳古人已棄之芻狗而俎豆之,是之謂辭奴。魏叔子曰:「吾輩生古人後,不可爲古人奴婢。」知言者也。

第六節　文　匠

文章之道,無施不可,惟一有成見,便屬匠派耳。文之於法,本無定也,昧者幾乎無處不師法古人而不敢稍越,是之謂匠。文之於體,本無定也,陋者幾乎無篇不摹仿陳迹而必求肖像,是之謂匠。師法也,摹仿也,不過如翦綵之華,繪畫之美,謂之文匠,可也,謂之文家,不可也。蓋形上爲道,形下爲器。器者形象,道者精神,古之人自成一家者,操何術以致此? 亦本文之精神,不尚文之形象也。

糾謬篇

論不雅馴，語多譾陋，推原其誤，皆由俗學，而文人往往蹈之，此通弊也。爰舉其謬而糾正之。

第一章 建體之謬

體曷爲而謬也？一序也，所以叙人、叙事、叙物，而後世乃有贈序之一體，則謬矣。一傳也，古者其人有關於世，史官爲之立傳，後人不論何人，類皆爲傳，則謬矣。譜者，旁行之文字，司馬遷本周譜而作十表，後世譜自爲譜，表自爲表，譜爲世系之專名，表與史志爲一類，則謬矣。辭者，語言之總稱，楚屈原本《國風》而作《楚辭》，後世易辭爲詞，以詞亂辭，辭與文尚合稱，詞與曲相對待，則謬矣。賦爲古詩之流，其意在乎諷諭，而漢代以後之賦，流連風景，敷陳事物，失諷諭之初旨，則謬矣。箴爲諫官之責，其旨在乎格非，而揚子以下之箴，韓子五箴，程子四箴，失言官之本義，則謬矣。對策是對體，後人列之於策類。書説多奏體，後人例之以書信。七爲辭體，隸於設問，烏得專立七體？《難蜀父老》别爲難體，則《解嘲》當有嘲體。餘若相如、子雲之辭賦，類乎奏議，嚴遵、徐陵之上書，亦同獻頌，抑何謬也！又有俳諧之文，蓋出於滑稽家言，而後世效之者，如韓愈《毛穎傳》，司空圖《容成侯傳》，蘇子瞻《杜仲傳》，雖近諧謔，而文意寓諷，猶可言也；若明温陶君作《黄甘緑吉》、《江瑶柱》、《萬石君》諸傳，則無甚高義，直以文章爲游戲矣，又何謬也。種種紕繆，雖先哲不免，況後人之因仍也乎？蓋中國文體之不講也，固已久矣。

第二章　擬文之謬

歐陽修曰：「讀《易》者如無《春秋》，讀《詩》者如無《書》。」古人之文之不可及也至矣。而士人生古人後，恒好爲古人之文，優孟衣冠，賢者不免。歷觀古書所載，如擬《易》則有揚雄之《太玄》，變九九八十一爲八八六十四；擬《書》則有孔衍《漢魏尚書》，不知記言、記動之實，而但合形貌。馬融《忠經》十八章，引《風》掇《雅》，似乎《戴記》諸篇；王通《文中子》冠以「子曰」，類乎《論語》。孔子作《春秋》，漢魏以下，多仿《春秋》；三傳名傳，後世多作傳。甚至劉歆爲王莽作《大誥》，開亂賊之基；班固效相如作《典引》，長諂媚之習。又若擬《騷》則「兮」、「些」滿紙，無病呻吟；擬賦則賓主分篇，徒喧問答；擬李、杜之詩，僅和平仄，而格調不求；擬賈、董之疏，徒展篇幅，而氣韻不究。凡若此者，何可勝數，夫亦曰「謬」而已矣。

第三章　分派之謬

文無所謂派也，古之人爲後人取法，則有之。退之取六經、《孟子》；子厚取韓非、賈生；明允取蘇張；子瞻取孟莊，未聞執守師法而爲派也。然則派之説，何自昉乎？孔孟而後，道衰文敝，於是文之樸者，尊之爲經；依經而存者，名之爲傳；紹經而作者，目之爲史；與經並出者，稱之爲子，而文派遂出焉。大抵判别於周末時者爲多，如左邱明一派，紹之者司馬遷、歐陽修；《莊子》一派，紹之者陶淵明、柳宗元、蘇軾；《孟子》一派，紹之者賈誼、韓愈；《荀子》一派，紹之者董仲舒、劉向、曾鞏、王安石；屈原一派，紹之者宋玉、司馬相如；《國策》一派，紹之者鼂錯、蘇洵。然此乃言諸儒文章之所得力，而各以類相從，非角立門户之謂也。夫文體壞然後古文興，古文興然後文派雜。由漢以來，退之起八代之衰，於是世競學爲古文，然退之未嘗立派以示後人，即後人亦不聞以昌黎爲大宗，而衍其流派也。宗派之説，於近世爲甚。自乾隆間姚惜抱繼方望溪、劉大櫆爲古文學，天下相與尊尚其文，號「桐城派」。當海峰時，有錢伯坰魯思從受其業，以師説稱誦於陽湖惲子居、武進張皋文，子居、皋文，遂棄其聲韻考訂之學而學古文，於是陽湖爲古文之學者特盛。然此乃陽湖亦有爲古文者，非欲與桐城分門别户也。近人論文，嘐嘐於「桐城」、「陽湖」，貽誤後學，惹笑通儒，何其謬也。

第四章　補篇之謬

孔子以及見闕文爲幸，故以闕疑爲慎言。太史公曰：「書闕有間，時時見於他說。」是闕文不足爲典籍病也。後儒必欲補之，謬也。然如褚少孫補《史記》，裴松之補《三國志》，猶足徵網羅搜輯之功，若劉歆取《考工記》補《冬官》，則非六典之遺矣。下如束晳之補笙詩，皮日休之補《九夏》，白居易之補《湯征》，徒事詞章，無關義理，君子以爲濫矣。

第五章　俗學之謬

自六籍燔於秦火，漢世掇拾殘遺，徵諸儒能通其讀者，支分節解，於是有章句之學，其學盛於唐宋；自劉向父子，勘書秘閣，刊正脱誤，稽合同異，於是有校讐之學，其學至乾、嘉爲獨盛。二者合之爲考據之學。考據之學，始於馬鄭，精於向歆，明於邢孔，盛於洪邁、鄭樵、王應麟，昌於乾嘉諸儒，無關於古文也。間有能爲古文者，旁徵博引，往往舉瑣碎事端而詳載之，雖以杭堇浦、全謝山之於文，尚不能免此，此考據家之古文之不足爲法也。自梁世劉勰、鍾嶸之徒，品藻詩文，褒貶臧否，其後或以丹黃識别高下，於是有評點之學，其學盛於明代。然自有明以來，制藝家之治古文者，往往取左氏、司馬遷、班固、韓愈之書，繩以舉業之法，爲之點以標幟之，爲之圈以賞異之，爲之乙以識別之，爲之評以表彰之，爲之注以解釋之。讀者囿於其中，不復知點、圈、乙、評、注之外，别有所謂屬文之法者，故於爲文也，則八股文之局度格調，鋪陳滿紙，腐氣逼人，此制藝家之古文之不足爲法也。又有詞章家之古文。詞章之學最古，始於六經，盛於三傳，振於兩漢，然至六朝而音沈矣。詞人者流，矜於辭藻，敘情述事，誇鬭才華，言雖爾雅，而無關世用，當其舐毫伸紙，濡墨弄翰，或品酒而論詩，或吟風而弄月，或敘山而記水，或銘物而懷人，或傷世而憤時，或述懷而論志，灑金壺之墨汁，霏玉屑之清談，非不俶詭奇譎，洸洋恣肆，而精神意緒，終不能出聲律、對偶之範圍，此詞章家之古文之不足爲法也。又有理學家之古文。夫古之作者，無意於文也，理至而文生，義盡而文成，六經是也。自春秋事盟會而後重辭令，戰國尚縱横而後重策略，於是文家趨尚文辭，而義理漸荒矣。漢興，惟馬、揚、賈、董、劉、匡，其見道之多寡，略可差等。厥後，僞書媚莽，讖書媚秀，六朝崇佛學，唐代重注疏，延至北宋不能振，南渡後，周子之《通書》，張子之《正蒙》出，義理與詞章，始合一並勝。嗣後理學家之爲古文，連引經書，間出俗語，似注疏者有之，似語録者有之，故曾滌笙謂古文之道，無施不可，惟不可説理，而世俗往往蹈之，此理學家之古文之不足爲法也。近世以來，惟方望溪能力矯一切之弊，至姚惜抱乃合義理、考據、詞章而爲文，宜爲文章之正宗也。

第六章 摘字之謬

自漢以來，文章家摘字之病甚矣。左思《蜀都賦》「跨躡犍牂」，是犍爲、牂牁二郡；《魏都賦》「恒碣碪碍干青雲」，是恒山、碣石二山。摘字之法，蓋始此時。然此法不可通。後之文人，以司馬遷爲馬遷，以諸葛亮爲葛亮，皆濫觴於此也。原此一家之學，蓋始於漢代詞人，字句不整齊，對偶有參差，則截鶴膝而續鳧脛者有之，流毒所届，雖通儒不免，而況謞以傳謞，靡有底止哉！

知本篇

三代以前，天下之文章，盡出於官司之掌。三代後，文章不逮於職司，官師分而政教雜，由是六典之制亡，而七略之名起。然向、歆父子，分别九家，學者猶得循流而溯源。自七略亡而爲四部，遂有非經謂之經，非史謂之史，非子謂之子，非集謂之集者。蓋四部之名，本不足以賅中國之典籍也，然後人既不得六典，又不得七略，舍四部其曷由哉？柳子厚之爲文也，本之《書》以求其質，本之《詩》以求其恒，本之《禮》以求其宜，本之《春秋》以求其斷，本之《易》以求其動，參之《穀梁》以厲其氣，參之《孟》、《荀》以暢其文，參之《老》、《莊》以肆其端，參之《國語》以博其趣，參之

《離騷》以致其幽，參之《史記》以著其潔。由此觀之，治古文學者，當於四部求之，不則文章之義例法則荒矣。

第一章　文當本經

文章之原出於經。詔、命、策、檄生於《書》，序、述、論、議生於《易》，歌、詠、賦、頌生於《詩》，祭、祀、哀、誄生於《禮》，書、奏、箴、銘生於《春秋》，此顏之推之説也。論、説、辭、序，《易》統其首；詔、策、章、奏，《書》發其源；賦、頌、歌、贊，《詩》立其本；銘、誄、箴、祝，《禮》總其端；紀、傳、檄文，《春秋》爲根，此劉彦和之説也。二子，知文者也，而所言如此，況老子本《易》之陰陽以立説，莊子本《易》之假象以寓言，鄒衍本《書》之天地以談九州，關尹本《書》之《洪範》以言五行，管、商本《禮》以言法制，申、韓本《春秋》以言刑名，類皆持之有故，言之成理，不獨區區文章之長也。經之爲用大矣哉！　韓退之爲中國大文家，而自述其所服膺之書，曰《易》、曰《詩》、曰《左氏春秋傳》；　柳子厚自述所以得力者，亦曰《易》、《詩》、《書》、《禮》、《春秋》、《孟子》、《穀梁》，誠以文必本諸經而始有根柢。《莊子》本《易》，《離騷》本《詩》，《史記》本《春秋》。　若帝紀、世家，又本二雅、十五國風；　若八書，又本《禹貢》、《周官》。　夫如莊周、屈原、司馬遷之徒，其文卓越千古，與三代同風，猶且不能外經而言文，況後之作者耶！　然不可如劉向、曾鞏，多引經語以成文耳。是在劉、曾爲之，猶不失爲經術之文，若後之效之者，填塞經文、集録書語，以爲經術，其失也晦矣。

第二章　文當本史

中國歷史，若《史記》、《漢書》、《三國志》、《五代史》，皆事與文並美者。其餘諸史，備稽考而已，文章不足觀也。遷書無所不有，古文大家，未有不得力於此者。班書得《春秋》之謹嚴，惟文筆則毗於用偶。蔡邕、范蔚宗，皆師班者也。范書文體，全效孟堅，而嚴密之精意不逮。陳壽《志》得龍門之簡，以史法論，勝於《後漢書》者也。歐陽《五代史》，胚胎《史記》而變化於昌黎之文，參互錯綜，出以精析之筆，行以秀雅之度。凡此皆於文章學有關係者也。治古文者不可不研究焉。

第三章　文當本子

今人學漢、唐、宋文以爲古文，漢、唐、宋文家，學周秦諸子以爲古文。諸子之文章，變化百端，莫可測度，後世文章家，無不本之。韓退之服膺《孟》、《莊》，柳子厚致力《老》、《莊》、《孟》、《荀》，蘇洵取法蘇、張，子瞻篤好《孟》、《莊》，餘如《客難》、《解嘲》，本於莊周之惠施問難，《連珠》

本於韓非之《儲説》，凡若此者，不勝枚舉。原其得力，無不由此。而況《孟》、《莊》之雄辭偉論，《鬻》、《墨》之奥義深文，《荀》、《列》、《管》、《晏》之精微豐大，《孫》、《吳》、《申》、《韓》之廉悍覈實，以及公孫龍之辨論横絶，吕不韋之序事詳明，《越絶書》之簡易，《淮南子》之錯綜，《楚辭》之哀豔，《中説》之精到，又皆妙萬物而爲言者也。然如《太玄》、《易林》、《中論》、《世説》、《抱朴子》、《金樓子》之屬，雖頗徵實雅馴，僅資詞章家之談助，不足法也，此又不可以不辨。

第四章　文當本集

古無所謂集也，集之定名也，其當子、史寖衰之時乎。古聖賢哲，人自爲書，家各一説，其持之也有故，其言之也成理。故凡著述，未嘗有參差尨雜之文也。雖以賈生之奏議，亦編入《新書》，相如之詞賦，亦舉其篇目，未有薈萃一人之作，舉諸體而羼雜搜輯之，謂爲文集者也。自魏文撰徐、陳、應、劉文爲一集，於是有集名。後晉摯虞有《流别集》，陳壽定《諸葛集》，而集之名專矣。至唐韓愈，不爲撰著之體，盡爲集録之文。後有作者，一家著述，多以集名。然章實齋有言：「經學不專家，而文集有經義；史學不專家，而文集有傳紀；立言不專家，而文集有論辨。」由此觀之，後世之文集，其亦有經義、傳紀、論辨之可取乎。故治古文學者，不本諸古人文集，則材骨不精，法度不明，源流不清，家數不成，必也。討論總集、别集而寖饋之，斯可矣。總集之大者，《文選》、《文苑英華》、《唐文粹》、《宋文鑑》、《元文類》、《明文衡》，此其表表也。夫搜採名雋，以意所尚，蕭氏《文選》、姚氏《文粹》是也；循流溯源，推達治道，《宋文鑑》是也；質文相間，可爲史翼，《元文類》是也。惟《文選》、《文苑》意在詞藻，未爲徵實，《文鑑》始有意於政治，《文類》乃有意於故事。別集則世所稱八家外，如晉之陶淵明，唐之李翺、陸贄，宋之尹洙、陳亮，明之宋濂、方孝孺、唐順之、歸有光，國朝之侯方域、魏禧、汪琬、方苞、姚鼐、惲敬、包世臣、曾國藩諸家之集，亦當瀏覽之也。允若兹，古文之道，庶乎近矣。

致力篇

文章之道，其梗概已略言之矣，而尤有所謂致力之方者，則詳説之。

第一章　讀　書

曾滌笙曰：「文章之事，以讀書多、積理富爲要。」旨哉言乎！雖然，吾國舊學家所謂章句之學、校讐之學、評點之學、考據之學，長於温故，短於知新，既不能達識博覽，求學術於宇内，擷智慧於域外，又不能深思明辨，以擴來世知識，則其爲弊也，宇宙事物之理，人文進化之道，皆捨而不講，由是民日以愚，而國日以弱，此吾國文學所以無進步也。矯其弊者，舉中國舊學，弁髦之而土苴之，嘐嘐然高其論以欺人曰「聖教亡而三代下無可讀之書」，則又變本加厲之説也。觀地球各國，無不以本國文字爲國粹。吾漢土建國，有文字有學術，所以不昌明者，乃腐儒湮没之咎，於先哲乎何尤？而必從而訾謷之，詆諆之，其無乃不知本也乎。

第二章　作　文

天之文日月，地之文山川，人之文語言，物之文羽毛、鱗介、苞葉、根荄，是皆理之自然也。盤古之世，有文之理，無文之名；伏羲以來，有文之名，無文之書；黄帝而降，有文之書，無文之法；三代之際，有文之法，無文之作。孔子「述而不作」，又曰「不知而作」。故四科雖有文學，而孔子所謂文者，非如後世命題執筆而爲之也。不然，如游、夏輩，豈猶患詞章之未善，而待孔子立一科以教之耶？當昔全盛之際，儒者講求大道，探索至理，物感於我，應之以辭，惟問理之是非，不計辭之工拙也。自世衰道微，於是真文亡，僞文興。周末文勝，先進吾從，此孔子所以有「野人」、「君子」之言，而棘子成亦有「質而已矣，何以文爲」之激論也。自此以後，微言益絶，大義愈乖，深於哲學如莊周，其爲文也，且不免失於虚誕；長於史才如左氏，其爲文也，且不免失於浮夸，尚何論儀、秦之文多譎詐，申、韓之文多慘刻，屈、宋之文多怨懟哉！秦火一炬，斯文墜地；炎漢復古，文學聿興，奈何鄒、枚、班、馬輩，以辭賦名世，遂開後世詞章之末藝，而没先聖之大道乎！江左清談，六朝駢儷，無知妄作，獲罪先哲，殆有甚焉。韓、柳、李、杜，振鐸於唐，歐、蘇、曾、王，嗣響於宋，庶幾文字，一變至道，然獨不解諸君子以通博之才，而干請權貴之書，泛泛酬贈之序，與夫宴遊之記，諛墓之文，連章累牘，而文集徒占篇幅，謂非孔子所謂「不知而作」者耶？嗚呼，學者握筆爲文，若立論無關於經國大義，出言無補於天下蒼生，則與儷風月而偶雲霞者，同爲無用，準諸古義，皆可以不作也。後有作者，尚慎旃哉。

第三章 遊歷

文所以載道也，凡人涉世未深，則於事理人情，多未諳練，故見於辭者，率皆淺近陳腐，無見道之語。古人立言不朽，往往由於實驗。孔子周流四方，歷宋、衛、齊、楚、陳、蔡諸國，晚知道終不行，退老尼山，删訂六經，著作炳炳；孟子遨遊齊、梁諸國，退與萬章之徒著書七篇，其文卓越千載；司馬遷周遊天下名山大川，文字得江山之助，爲三代下第一作者，謂非遊歷之功歟？今者，汽船鐵道，可達全球，奚止章、亥之所步，鄒衍之所談哉？試與溯江而探河源，涉崑崙而遊帕米爾高原，則亞洲如齊州九點煙矣。復入海横渡太平洋，以遊乎雪梨、紐約諸境，其文明之景象何如？更駕舟至歐洲、非洲、澳洲，察其政教風習，其文明之程度更何如？天地間奇山、奇水、奇草、奇木、奇禽、奇獸，及人情風俗之可驚、可喜、可怪，政治學術之可駭、可慕、可感者，悉取以爲文章之材料，則其於文也奚若？ 蓋人事與地理，皆於文章有密切之關係者也。 以管窺天，烏足以見天之大，以蠡測海，烏足以知海之廣哉？

第四章 翻譯

中國譯學，肇於周代，而盛於魏晉以來。 惟周代之譯，其宗旨大都在宣布中國文化於四方，所謂用夏變夷也。 唐代之譯，乃以異國之教輸入中國也。 然傳譯釋氏經典，自北朝至唐代，雖設譯經潤文使，極崇佛學，而於社會未獲借長補短之益，況當時譯學範圍甚狹，梵册肇興天竺，不涉西海。 自景教東流，於是拉丁羅馬文字，漸通象譯。 近數百年來，惟俄羅斯使命往來最早，道光以來，英法諸國接踵而至，咸、同後，外人之來吾土者日益衆。 由今計之，與中國締約通商之國，凡十有七，交涉既繁，譯事更要。 然而譯道之難也，近人嚴復謂譯事有三難：信、達、雅。 諒哉！矧夫中國無辭典，無文典，文字之教育不昌，故言文不能一致，利於俗不宜於雅，宜於雅不利於俗，是以譯界尟能發幽光，放異采。 英國名學家穆勒約翰有言：「欲考一國之文字語言，而能見其理極，非諳曉數國之言語文字不能也。」若是乎，則譯學與國文，亦有相關係者焉。

文章學

唐恩溥 撰

《文章學》二卷

唐恩溥　撰

唐恩溥，字天如，廣東新會人。師從馮伯緝（熙猷），光緒二十九年（一九〇三）與其師同時中鄉試，傳爲美談。曾任吳佩孚部秘書長。晚年寓居香港。曾任清史館纂修，有《清史·地理志》《列傳》諸稿。

此書原爲著者在清末（一九一〇年前）於兩廣高級工業學堂之國文講義，共兩篇（卷）。上篇「文章源流」，自三代周秦、中經兩漢魏晉南北朝、下迄唐宋而元明清，歷述文章之沿革嬗變，大家、宗派間之承響接流，起伏盛衰，叙次條貫明晰，力求總結出以周秦諸子、兩漢百家、唐宋八家爲主幹之文章正途。持論雖平穩而頗尊「正統」，較少新見。下篇「學文緒論」，於作文之道，條分縷析，取精用宏，語簡義要，多有發前人未發之處。其大旨分八端：識字、法度、凡例、家數、師古人、辨宗派、知體制，最後詳論文之十弊，正説反説，互爲經緯。如駁朱熹先模仿前人、「學之既久，自然純熟」之説，爲未探本之論；主張善學古人者，應「貌異而心同」，而非「貌同而心異」。對宋代理學家二程、真德秀等文論思想，抨擊甚力，指爲「囿於一曲之見」，「腐」而非「奇」：「使當周秦之世，而以宋儒語録置於其間，且在淘汰之列。」又肯定文之抒情功能，認爲「情至而文亦至焉。讀其文而無可以移人之情者，必其中劑然無物者也」。均可取資。此書上篇論史爲縱，下篇論法爲横，其觀點亦有相互映發、參證處。如論桐城派，上篇從流變角度肯定其「一時之極盛」；下篇則着眼立派利弊，指出其「私立門户，互相標榜，詡師承以震流俗，以爲自私自利之計」，譏之爲「以古人之子孫而爲祖父」。此乃傳統舊學營壘中之不滿桐城者，與新文化運動之批判「桐城謬種」，其同異之辨，甚堪思索。

此書寫成五十餘年後，始於一九六一年九月由香港白沙文化教育基金會出版。今即據以録入。

（王宜瑗）

序 一

《文章學》者，新會唐恩溥天如先生五十年前在兩廣工業學堂之國文講義也。清代佛山文風頗盛，其邑人如冼、吳、李、莫以及戴氏，皆擢高科震於時。其客居者，若花縣駱氏，若鶴山張氏，或以一代名臣，或以詞華橫逸，名動國中。至光緒中葉，新會梁氏及三水梁氏，亦皆讀於佛山書院，同時舉於鄉。其後鶴山馮熙猷伯緝老師，設館於八圖祠，唐先生昆仲自遠方來，從之遊。至癸卯科，先生與其師亦同時舉於鄉，傳爲佳話。自科舉廢，書院改爲學堂，緝師繼冼雪耕、潘月根兩師之後，在堂課國文經學，余從讀多年。緝師嘗發國文講義，並謂係其弟子唐天如之所編撰，蓋其時先生已在廣州工業學堂專任國文教授，其文名之大，爲學之博，固有過於一切詞華世澤者也。自此見其爲文，景仰至深。逮民二，在北平譚宅晤梁任公，談及其邑中譚仲鸞攻漢學，以及於先生，因知任公所爲文，每有倩先生代筆者。民四以後，任吳子玉秘書長，露布之文，函電之作，傾動宇内，是先生固一代之文豪，無怪緝師之推崇之也。以數十年之久，其所爲文章，何可以數計！以歷患難，稿多散佚，所存者又欲焚之。兹編所存，係其同鄉陳子應燿檢拾而藏之。余識先生久，近六年來同參千歲之宴，每同席輒談緝師往事及佛山文物，欷歔不置。今者，陳子特刊行之，以惠後學，屢索序於余。自維譾陋，曷足以知先生之文！言念昔者，寒窗夜讀，誦先生之作，不圖於五十餘年之後，復見之而序之。師門之誼，今昔之感，其曷能已於言哉！庚子十月，鶴山吕燦銘謹序。

序　二

新會陳君應燿一日造吾廬，携示其鄉先達天如唐先生遺著《文章學》兩卷，屬爲題其耑，並謂擬手寫付印，蘄以文章軌範啓示學人，前賢緒論，賴兹不墜，誠不朽之盛事也。余莊誦一遍，彌深景仰。神州文學，源遠流長，是書上述三代，中道兩漢三國六朝，下迄唐宋金元明清，作者林立，或則擷其精英，或則摭其利病，靡不精切，洋洋數千言，於藻艷之中，有抑揚頓挫之妙，語雖合璧，意若貫珠，非書窮五車，筆含萬化，未足云也。夷考史傳，辨文章源流與得失者，蓋始於沈休文《謝靈運傳論》，厥後《隋書》、新舊《唐書》、《新元史》、《明史》《文苑傳序》繼作，亦復詳其通變，明其沿革，然成於衆手，不相統貫，曷若是書兼擅衆美，總覽無遺，其善一也。或謂以文教人，自昌黎始，然昌黎所揭櫫者曰「爲文必先識字」，曰「惟陳言之務去」，「惟古有詞必自己出」，「師古人師其意不師其詞」，曰「文從字順各述職」，精到之語，如是而已。其勒爲成書灼然示人以矩矱者，如彦和《文心》，子玄《史通》，實齋《通義》，雖體大思精，然卷帙浩繁，讀者未易卒業。是書則條貫分明，詞尚體要，取則不遠，循斯而求，將有階梯可尋，猶登山者必極其高，南針在握，猶航海者必極其遠，其善二也。好學深思之士，取而省覽，從事揣摩，將不以余言爲河漢乎？子輿氏有言：「大匠能示人以規矩，不能使人巧。」神而明之，存乎其人。後生可畏，來者難誣，文章華國，我輩與有責焉者也。辛丑八月二十二日，後學豐順王韶生拜撰於香港崇基書院。

新會唐先生文章名海內，海內能文之士，無不知先生者。文章非難，有文章而能傳其學之爲難。憶先生自史館歸隱，居香島，與予宗人陳翁玉泉、陳君應燿交最厚，予亦得交先生，相與往來，文酒間相得也。已而相樂，獲讀其文，益驚服，因請校定鋟梓以惠後學，先生謙謝不遑，學不近名，非尤難者哉！先生雖無意乎文之傳，顧有不容已於傳者。及先生歿，因諷陳君就其家謀鋟其遺文以傳，旁搜彙輯，僅得若干篇。是編原爲先生早歲都講兩廣高等學堂講義，釐爲一卷，一曰文章源流，一曰學文緒論，而總之曰文章學者，則羅君香林所名，蓋將爲天下道，而不敢以私著視也。予嘗讀而論之曰：先生是著，博取深詣，其辭質而贍，其義簡而要，發前人所未發，明前人所未明，尤妙在條分縷析，次第可循，洵文章之津逮也。是以出先生之門者，彬彬鬱鬱，至今稱盛焉。夫文章之事，惟理是恃。理者，道也，文章所以明道者也。如歐陽子曰：「大抵道勝者，文不難而自至。」固以立言者，自有本焉。不求其本，是先放其心，心放而不知求，是佞也。佞則邪，邪則行違，而言不顧忠孝，仁義無由而生，則何以文爲？杜子美有云：「文章一小技，於道未爲尊。」以道言，則文章爲小，然文以載道，不能廢也，小技云者，乃謂浮世雕鏤之文歟？雖小技，或有可觀。竊予濫厠講席於諸上庠間，課諸生文垂三十年，求一可觀者，百未得一焉，豈文弊道衰至於斯極耶？抑舉世混濁有以使然耶？閒嘗考其由，文何以不古哉？由人心之好變也。人心好新而不知文，於是篤信僞書，崇尚説部，古人無此文學也；人心好異而不知文，於是突出奇字，生造囈語，古人無此文品也；人心好逢迎而不知文，於是諛言滿紙，踵訛承謬，或出辭鄙倍，難爲諷誦，有識者不無斯文將墜之懼焉。則是編也，固宜亟廣其傳者矣！因力促陳君從事校録，圈點悉依先生所定，欲讀者識其源流之正，明其義法之歸焉爾。於後學爲文之旨，亦庶乎其有當也夫。今其家人以校寫既竟，將付諸梓，屬予綴言爲之引，特述平居所以傾倒於先生者，與夫謀刊其遺書之梗概，惜乎先生之不及見也。待定其文之難有如此，其傳之難又如此，世有同好，宜如何重惜而傳之也！先生諱恩溥，字天如，所著有《清史·地理志》《列傳》稿，及古文辭若干卷，則其家所藏，以次行世云。辛丑仲秋上浣，後學相江陳本幹卿謹序。

文章學目録

文章學上篇

唐恩溥　撰

文章源流

粤自天地未佉，爰曰太初，或玄而萌，或黄而芽，形兆既成，玄黄剖判，精出曜布，庶物施生。精者爲三光，號者爲五行。行生情，情生汁中，汁中生神明，神明生道德，道德生文章，由是雲漢昭回，日星吐曜，煙霞舒卷，風霆鼓盪，天文之所以著也。山岳錯峙，江河流行，鳥獸蕃衍，草木敷榮，地文之所以成也。天地之文，不能自私，孕生聖人，肇開人文。聖人維何？厥姓侯岡。產而能書，洩符啓苞，創制文字，雨粟鬼哭而爲之不寧，然猶在乎睢睢盱盱之世，踰繩越契，亹聞罕漫而不昭察，遐哉邈乎，其詳不可得言已。厥可言者，蒼牙御世，象法乾坤，鑿渾開竅，是畫八卦，九九六崟，以迎陰陽，爰命蜚龍，揪定六書。炎精繼統，沿而勿革，屏封白阜，右史左圖。以至鴻軒，厥用大彰，沮誦孔甲，刓精覃思而鳩其成，猶以椎輪偰落，含光而未曜。若夫憲天出治，絜古敷文，都俞吁咈，而炳諸謨典，以高德卓絶者，莫崇夫陶唐。元首載歌，卿雲輪囷，蕢鼓軒舞，而播之聲詩者，莫盛乎有虞。有虞禪讓，夏后受之，九叙惟歌，勳德彌縟，伯益、夷堅之儔，懷鉛握槧，漆之於簡而爲史。亦越殷周，文勝其質，誥誓詰曲，雅頌葳蕤。文王演《易》，姬旦制禮，用是龍炳麟蔚，而燿之千秋。其後幽厲昏而板蕩怨，東周弱而黍離哀，王澤中竭，風詩寢聲，陵遲衰微，斯文將絶。天乃篤生元聖，使綴學立制，迪光前哲，總《詩》、《書》、《禮》、《樂》而匯之一手，合五帝、三王而通爲一家，删定筆削，而後六經之旨，可得言焉。是故《易》著天地陰陽四時五行，故長於變；《禮》經紀人倫，故長於行；《書》記先王之事，故長於政；《樂》樂所以立，故長於和；《春秋》辨是非，故長於治人。故曰絜靜精微，《易》教也；恭儉莊敬，《禮》教也；疏通知遠，《書》教也；温柔敦厚，《詩》教也；廣博良易，《樂》教也；屬辭比事，《春秋》教也。蓋自删述以來，金聲玉振，俾前聖之墜緒，布濩流衍而不韞韣，鬱鬱乎焕哉！德隆夫皇古，道高夫堯舜，臯夔衡旦之倫，方兹褊矣！素王没而微言絶，七十子喪而大義乖，百家騰躍，各囿於一曲而不能相通，競分門户，立言以爲文，老聃氏、關尹氏以濡弱謙下秉要執本爲文；列禦寇氏以黄老清静無爲爲文；墨翟氏以貴儉兼愛上賢明鬼非命〔尚〕同爲文；楊朱氏以貴身賤物爲文；鄧析氏以循名責實爲文；公孫龍氏以堅白同異爲文；莊周氏以通天地之統，序萬物之性，達死生之變爲文；田駢氏、慎到氏以名法之學爲文；商鞅氏、申不害氏、韓非氏復流于深刻慘礉之文；尹文氏又合黄老刑名之學爲文；鬼谷氏以抵巇飛箝揣摩捭闔爲文；蘇秦氏、張儀氏因肆爲縱横之文；孫武氏、吳起氏以軍形兵勢圖國料敵爲文；孟軻氏、荀卿氏則慨然以辟異端明聖道爲文；而屈原、宋玉、唐勒、景差之流，則又以辭賦之文鳴：凡若此者，風起雲湧，麟集麕興，而不可遽數。高者扶經常，僞者亂道真，横議沸騰，而不可復制，卒以釀嬴秦之禍，物極則衰，時極而轉，固其理也。祖龍一起，付之炎炬，剗滅古文，刮語燒書，爇除仲尼之篇籍，塗天下之耳目，而錮其聰明，是以耆儒碩老，抱其書而遠遯；禮官博士，卷其舌而不談。經籍之厄，於斯極矣！漢祖龍興，實用干戈，蕭、曹奮於刀筆，樊、周起於屠儈，六藝鬱而不宣，禮樂崩而不作，噓黄、老之毒燄，揚管、商之餘灰。文、景繼之，謙讓未遑，賈生與家令，局而不能騁。迨夫武、宣而降，天子崇儒，公卿愛士，開典籍之府，闢著作之庭，徵枚皋以蒲輪，申主父以鼎食，於是董生驤首而策天人，公孫白衣而登宰輔，相如、子淵，高掇屈宋之華；方朔、枚臯，横馳髠奭之辨；談、遷抽石室之藏，向、歆校中秘之籍，匡鼎説經而鏗鏘，子雲著書而湛默，莫不譽龍虎之文，譜啞謨之節，其餘猋飛景附，霅煜其間者，蓋更僕而難終也。斯文之興，於是乎在。哀平陵替，光武中興，雖尚圖讖，亦隆儒術。明章之世，稱極盛焉。修明堂，興辟雍，冠帶縉紳之士，圜橋門而觀聽者以億萬計，當此之時，儒林文苑，風飈電激，搦朽摩鈍，鉛刀皆能一割。其盛也，杜篤、班彪、侯霸、桓譚、馬融、馮衍、孟堅、仲武之徒奮於前；其衰也，張衡、蔡邕、孔融、禰衡、王粲、陳琳、徐幹、劉楨之倫騰於後。浮英華，湛道德，炳炳麟麟，粲乎得所。然渾古雄直之氣，遜西京者七八。至於魏晉以還，醇瀉樸散；宋齊而降，益趨浮靡。

然魏之三祖，並工詞章，陳思之才，尤爲傑出。元瑜、德璉，蜚英聲於前；叔夜、嗣宗，振芳塵於後。玄虛流正始之音，氣質馳建安之體，茂先摇筆而散珠，太冲動墨而横錦，潘、陸聳其文藻，顏、謝舒其清麗，江、沈騁其才華，何、劉藹其婉雅，郭璞、吴均以清峻拔俗，令昇、蔚宗以史筆爭長，斯皆騖精乎八極之外，運思乎毫芒之内，英辭高義，潤金石而薄雲天，雖風骨或靡，而文采可觀。厥後徐、庾之流，淫艷相繼，綺揚繡合，縟彩雕章，聽者神摇，聞者心蕩，猶五色之有紅紫，八音之有鄭衛，道喪文弊，至斯極矣。下逮隋季，自檜無譏，蓋作者雖衆，徒馳騁乎末流，而古文之學，遂中絶者三百餘年。有唐代興，文字聿光，王、楊、盧、駱，體號當時，六朝餘波，風靡一世。子昂奮于庸蜀之間，始振風雅，高蹈前古。燕、許繼之，以雄博奇麗之才，丕變習俗，然其文猶未復於古也。常州、次山，力挽狂瀾，豪傑之士，接踵而興，於是蕭、李以二雅之詞本述作，常、楊以二盤之體演絲綸，蓽路藍縷，亦云勤矣。以至昌黎，布衣崛起，具天降之才，負絶世之學，貫六藝，洞九流，黜異端，崇孔、孟，憑陵轥轢，首唱古文，詭然而蛟龍翔，蔚然而虎鳳昂，沈冥以之而開塞，幽闕以之而昭宣，廓清摧陷，一洗八代淫哇之習，而澤之仁義道德，炳如也。當是之時，天下翕然尊之，若泰山之與北斗。而柳子厚、李元賓、李習之、皇甫持正諸人，復左右其間。而後有唐文章，炳然與兩漢同風。且夫道有夷隆，學有興替，故貞元、元和之盛，而其後也遂有唐季五代之衰。炎宋膺運，英豪輩出，力返古初，徐鉉、楊億、夏竦、劉筠，則方駕燕、許之軌，柳開、穆修、尹洙、子美，則沿溯韓、柳之波，廬陵崛爲大宗，南豐傳其家法，子京多駢儷之作，介甫好劖刻之思，三蘇體雜縱橫，二劉原本經術，無已瓣香於子固，張、秦學出於眉山，家家自以爲擅雕龍之技，人人自以爲握靈蛇之珠，振鴻筆，攬魁柄，裒然稱文章大家者，蓋車載而斗量也，嗚呼，盛矣！南渡而後，語録盛行，文體破碎，高談性命則有餘，刻畫金石則不足。東萊與水心等吉光之片羽，至於迂齋、叠山、伯厚、彦章諸賢，亦稱巨筆。然方之古人，爲不逮矣。金元之際，首推裕之，宏傑奥博，獨冠羣倫，上紹北宋，下啓有元。至元大德之間，伯長善之，蔚爲宗匠，表元、太初，實應和之。及乎延佑、至順以還，姚燧、虞集以詞林耆舊繼主壇坫，能文之士，攄首尾，奮鱗翼，爭自磨濯，以鳴國家之盛，伯庸、原功、曼碩、晉卿數人，其尤著也。元祚既移，明實代之，二百七十餘年之間，綜其文體，厥凡三變：當其開國之初，景濂則以淵雅擅勝，伯温則以雄駿爭奇，子充鼓之以沈雄，太樸斂之以渾穆，志道則神鋒雋穎，正學則氣體豪縱，高文典册，炳照夫四夷，洪永以降，三楊並起，繼之茶陵，雍容揄揚，播於廊廟，抑亦承平之音也。及其弊也，臺閣之體，轉相摹倣，城中高髻，四方一尺，餘風所衍，流爲膚廓。何李乘之，倡言復古，上擬周秦，下規漢魏，振臂一呼，聾聵皆振，承學之士，望景爭趨，譬衆流之赴大壑，於是滄溟續其燄，弇州揚其波，塗句飾字，摭馬攟班，前後七子，迄用一律，聖伏神徂，道乃絶塞。王、唐拔起，震川輔之，力屏僞體，獨宗唐宋，字順文從，各識厥職，遏横流於昏墊，闢正軌於夷坦，有明中葉，其砥柱矣。自是而後，耆宿彫零，後進馳逐，三袁趨於纖巧，鍾、譚益以佻浮，偭規矩，絶繩墨，一代之文，至啓禎而極敝。逮至滿清受命，返樸還醇，肇修文德，羣士慕響，鴻儒挺生，文學之盛，稱彬彬焉。於斯時也，雪苑摩史遷之壘，冰叔登眉山之堂，鈍翁導源於太僕，竹垞規法於南豐，湛園則取徑廬陵，而出之以閎肆，午亭則略倣半山，而運之以春容，他如改亭、青門、在陸、穆堂之倫，亦足多也。乾嘉以還，桐城一派，厥號正宗，溯其淵源，實出望溪，劉、姚衍其薪傳，梅、曾張其後勁，百餘年來，轉相祖述，作者衆矣。其間鴻篇鉅製，亦自媲美前人，凌厲當代，編之乎簡册而無慙，措之乎天地而無虧，猗歟休哉，斯亦一時之極盛也！由斯以談，稽之上古則如彼，考之當今又如此，然則後之學者，欲經緯區宇，彌綸彝憲，發揮事業，彪炳仁義，信諸今，傳諸後，舍文章其奚由哉！故魏文帝有言曰：「文章經國之大業，不朽之盛事。年壽有時而盡，榮樂止乎其身，未若文章之無窮。」是以自孔氏以來，兹道大闡，家修人勵，致力於斯，鞠曛究明，緪以歲月。雖間耗費簡札，役用心神，卒湮滅而不彰者，不可勝數，然前者吞志而没，後者接踵而起，豈非以太上立德、其次立功、其次立言，三者固皆所以不朽耶？孔子曰：「君子疾没世而名不稱焉。」吾黨束髮讀書，而卒聽其與草木同腐，亦足悲也乎！夫立德固未易言矣；功業成否，則又有遇不遇存焉，而非可必也；然則可以自信者，惟立言而已。故翺翔乎文囿，婆娑乎藝林，委命供己，聊密爾自娱於斯文。

文章學下篇

學文緒論

一曰爲文宜先識字也。古者八歲入小學，故《周官》保氏掌養國子，教之六書，至於成童而後授經。漢制，太史試學童，能諷書九千字以上，乃得爲史，又以六體試之，課最者以爲尚書御史史書令史，吏民上書，字或不正，輒舉劾。由是言之，小學之重，由來尚矣。兩漢而降，國史六書著録次於經典。而唐宋之世，小學恒與太學並立，分教弟子，至紹興中猶然。淳熙以後，乃更以灑掃應對之節爲小學，而朱子復别撰書一編，頒之學官，數百年來，承用不替。由是學者不復究心六書之旨，而小學之教放焉。而功名之士，又復溺於帖括之學，至《説文》《玉篇》，則以爲迂而不切於用，其平日所考稽者，不過梅氏《字類》、張氏《正字通》而已。於是古之幼童吏民所能誦者，而老師宿儒，容有不知者矣。夫儒者欲究天地人物之理，無所不通，而其先要必自識字始。雖今之讀書者，不要此道，然未有不識字而能通經治事考古能文章者也。今夫文字之學，亦正未易言矣。昔者西漢之世，名儒比肩而立，而揚子雲獨以識字稱。蔡邕，漢末之碩學也，而云「邑絲爲絶」，不知絶字系旁從刀，刀下爲卪，而況學識不及蔡邕者，其誤豈勝言哉？故昌黎韓氏《記科斗書後》，自謂元和以來，愈亟不獲讓，嗣爲銘文，薦道功德，思凡爲文辭，宜略識字，而因求通古文之學。夫昌黎文起八代之衰，及其晚年，猶於字學究心若此；後之學者，可以深思其故矣！

一曰爲文宜先知法度也。文之有法，猶奕師之有譜，曲工之有節，匠氏之有繩度，不可不講求而自得者也。講於法者熟，然後得諸心而應諸手者不謬於施。是故古人之於文也，行乎其所不得不行，止乎其所不得不止，變化無方，如鬼神之不可端倪，及按其開闔呼應操縱頓挫之法，無絲毫之或爽焉，此其文之所以至也。唐荆川有言曰：「漢以前之文，未嘗無法，而未嘗有法，法寓於無法之中，其爲法也，密而不可窺。唐與宋之文，不能無法，而能毫釐不失乎法，以有法爲法，其爲法也，嚴而不可犯。」是以爲文者，字有字之法，句有句之法，篇有篇之法，學者必由是而潛究焉則至於古人無難，否則，知字而不知句，知句而不知篇，於是有開而無闔，有呼而無應，有前後佈置而無操縱頓挫，非散則亂，非雜則蔽，以此言文，是猶航斷港絶潢，而望至於海也，豈不難哉？

一曰爲文宜先知凡例也。凡例之説何昉乎？昔者孔子作《春秋》也，本周公之垂法，取史書之舊章，發凡起例，以正褒貶，筆削之間，游、夏不能贊一辭，此凡例之所由起也。自是以來，互相祖述，載筆者溯其例而爲史，操觚者廣其例而爲文，凡夫兩漢作者，以至唐宋大家，其所爲文，無不有例之可言也。而或者曰：六經無文法，文章無義例，古之精於言者，不過能指陳事理，窮極天地萬物之狀，變化斷續，抑揚頓挫，以盡文章之能事斯止矣。昔者東坡氏之言曰：「凡作文如行雲流水，無有定質。」又曰：「少年文字，當令蓬蓬勃勃，如釜上氣。」今吾子教文法，不務導學者極其才致，而先授之以一定之義例，使其心思才力，坐困於成例之中，而無由以自騁，即使一一皆如吾子之例，亦所謂縛律僧也，絏虎囚龍，得於天者不全，而神先敗矣，況求之於例，例有時而窮，曷若不求之例，而例無方哉？曰：不然。余所謂例者，有正例也，有變例也。正例者，一定而不可易者也；變例者，通古今之變，權常變之宜，神而明之，存乎其人，舉一而使之三反者也。譬之規矩，圓者爲規，方者爲矩，此規矩之定質也。然而能不爲方圓，能爲不方不圓者，亦規矩也。今夫水，舉而瀉之盂，盂圓則圓，盂方則方，此水之善變也；及乎瀉之平地，雖旁出衍漫，縱横曲折，然必就其下者而趨之，百變而不失其宗也。是故凡例者，古文之規矩也。言古文而無例，其下者無繩墨之可循，掇拾陳言，其弊也支離而不可詰，其高者務騁才氣，而無羈靮以爲之馭，其弊也至於游騎而無歸，以此爲文，是猶驅烏合之市人，而思制勝于天下，其不立敗者幾希矣！此余所由斷斷于言例也。誠使學古文者，能沈潛於古人義例之中，批卻導窾，喻其甘苦疾徐之節，由是古人所無之例，可以自我而創之，古人所有之例，可以自我而通之。有例之例而例嚴，無例之例而例精，如庖丁之治牛，輪扁之斲輪，以神遇而不以目視，以心喻而不可言傳，涵泳變化，與道大適，則亦何例之可言，而亦何一之非例哉？此即吾所謂能不爲方圓，能爲不方不圓之說也。亦即吾所謂百變而不失其宗之說也。嗚呼！知之者不待告，告之者雖言而不著，有喻其意者，則吾凡例之說，其亦古人之糟粕，而曾不值識者之一吷也夫！

一曰爲文宜先知家數也。今天下所稱能文之士，指不勝屈，其才氣卓犖，類皆有不可一世之意。然求其稍有當於古人立言之旨，與古人行文之法者，戞戞乎難之。非其才力之有不能，其所擇之塗，與所操之術非也。夫南轅而北其轍，則車堅馬良，而去楚益遠，故家數不可以不知也。夫所謂家數者何也？則古文之間架是也。《史》《漢》有《史》《漢》之間架，八家有八家之間架，其文之繩墨佈置離合順逆，莫不各有專門師法，而學者得其一二，即足以自名其家。然天下方且趨於淺嘗涉獵之學，而苦於家數之難到。於是取古人之文，剽竊而因襲之，自以爲至，而不知其所謂伏應者，非古人之所謂伏應也；其所謂斷續者，非古人之所謂斷續也。舉凡繩墨佈置離合順逆之法，無不背焉，而世亦無深於古文義法之人，起而訂其謬誤，又復從而譽之，宜其驕心怠氣，於古人之門户，終不能有所窺見也。余以爲文之有家數也，猶屋之有結構也。梓材同，丹雘同，而有雅俗之殊者，結構爲之也。其識同，其學同，而有工拙之異者，家數爲之也。故天下有高才博學，而不工於文者矣，當其取於心而注於手也，奇詞奥旨，絡繹而至，非不多且美也，然不合古人法度，則驅遣取捨，互相窒礙，不能曲折變化，以自盡其意，其文愈巧而愈拙，愈多而愈背於法，譬之富商大賈，出其財力，以營一室，木石丹漆，物物精美，而結構惡俗，觀者爲之氣索。夫文章有才氣而無家數，何以異於是乎？老子曰：「當其無，有室之用。」天下之理，以實爲體，以虚爲用，故深於古人之家法者，其爲文也，能以虚運實；而不能者，則以實塞虚。今學者之爲文，誠能因吾家數之説，端趨嚮，審徑路，取古人之文，深探而力取之，玩其間架結構，而因以悟其虚實運用之妙，而又充之以學問，鼓之以變化焉，則登古人之堂而嚌其胾也不難矣！

一曰爲文宜上師古人也。余嘗以爲自有文字以來，不能無文，即不能無法，而法之立，必自古人始。故能文者，必其學於古人而得其法者也。而後世文士，無學問本領，乃欲以摹擬剽襲，以庶幾古人立言之旨，而古文於是亡矣。故余所謂師古人者，非師其字句而刻畫之也，非師其機調而揣摩之也；師其意也，師其錯綜經緯奇正斷續之法而加之變化焉，以自成一家之言也。故有才氣者，患不能深于古人之法度，而合古法者，又或循縮拘牽、而不能以生其變化，是以能者雖多，而求其深造自得、足與古作者馳騁，則便乏其人。今夫文章自六經四子書而下，以至周秦諸子，兩漢百家之書，其文雖有偏全純駁之不同，然皆六通四闢，小大精粗，其體無所不備，而規矩準繩，亦已窮極而不可以復加。而唐宋大家，則又沈潛於古人之中，師其人，法其意，取其規矩準繩之善者，鎔鑄而陶甄之，如蜂釀百花之精而爲蜜，婁生聚五侯之饌而爲鯖，刊落陳言，匠心獨具，而後之讀者，但覺其海涵地負，萬怪惶惑，出入變化於法度之中，如神龍之不可方物，而不知其規矩準繩，無一不本之於古人之書也。惟其用力既深，醇而後肆，雖使古人復生，當亦無所多讓，故其精神皆足以自存，而傳之不朽，而後人乃祇求之字句機調之間，不已過乎？今夫山，高陵下谷，削爲崖而缺爲洞，此山之眉目也；今夫水，洄者如輪，縈者如帶，隨山石爲曲折，盈科後進，此水之眉目也。及其變也，則烟雲變幻，朝夕萬狀，起伏拱揖，若有意，若無意，而山之態出焉；黄河之水，一折千里，大海之瀾，無風自生，觀者不能測其涯涘也。嗚呼！此乃山水之精神也。今夫文何獨不然！字句機調者，古文之形迹也；錯綜經緯奇正斷續者，古文之命脉也。故觀山水者，在相其精神；而學古文者，在得其命脉。是以古人之於文也，取經史百家之文，兀然端坐，終日以讀之，思其法度，而不以外慕易其心；及其蓄之既久，充實而不可以已，興會所至，振筆直書，達其所見，快然自足。當此之時，雖天地之大，萬物之多，而惟吾文之知，神凝志一，如痀僂丈人之承蜩，又安有左氏、司馬遷、劉向、揚雄、班固、韓柳歐蘇諸人在其意中哉！然則前人所謂錯綜經緯奇正斷續之法，皆供吾錘鑪之用者也。至於初學爲文，則非取諸古人必不能工，譬猶放舟於大海之中，而無柁櫓以爲之撑拄，則蹉跎於中流，而不達于岸也審矣。噫嘻！文章之工者，必在師法古人；而師法古人者，又往往不能造於極工，此古文之所以難言，而用功之不可以不深也。是在學者之變化而已。

一曰爲文宜先辨宗派也。自乾嘉而後，天下之言古文者，莫不曰桐城派。夫桐城派其先出于方望溪，望溪傳古文之學於劉才甫，才甫傳之姚姬傳。姬傳，才甫之高弟也，其學上接望溪，而遠過其師，所爲《古文辭類纂》一書，示學者文章準的，上輯周秦兩漢之文，下至唐宋八家，而以明之歸氏、國朝方氏劉氏繼之。其意蓋以古今文章之傳繫之於己也。當是之時，其徒伯言、異之，相與左右其間，而陽湖惲子居、武進張皋文，復倡古文之學以相應和，號曰陽湖派，其實亦桐城派也。於是承學之士，如蓬隨風，如川赴壑，翕然以姚氏爲正宗，若非由桐城之派即不足以爲古文也者，而幾忘其導源於唐宋諸家也。嗚呼！烏有守一先生之言，暖暖姝姝，自以爲足，而可以進於古人者哉？是時有吳南屏者，獨不以桐城之派爲然。其言曰：文章之流派，此風氣大略之辭云爾，其實不必皆相傚傚也。如江西詩派，始稱山谷、后山，而爲之圖列號傳嗣者則吕居仁，居仁非山谷、后山之流也，今姚氏之古文，特吕居仁之比耳，至劉氏更無所置之，然則桐城派云者，乃淺學之士，私立門户，互相標榜，詡師承以震流俗，以爲自私自利之計，而實於古文一道，未嘗果有所窺見也。今夫文章自司馬相如、太史公、劉向、揚雄、班固而後，中衰數百年，至唐貞元、元和之間，韓文公首唱古文，力起八代之衰，柳子厚、李習之從而和之，而後天下之文，始復於古。自宋以來，以韓爲大宗，而歐蘇曾王，雖所得不同，而亦皆韓之流派也。惟昌黎負超越之才，原本六經，獨高邃古，羣言包孕，百家囊括，然後足以爲大宗；歐蘇曾王，能自樹立，力追韓柳，各不相襲，然後足以爲小宗。是以古文之學，舉其至者而言之，則《史》《漢》之後，不復有《史》《漢》；八家之後，不復有八家。雖唐之皇甫持正、孫可之，宋之（王）〔黄〕山谷、陳后山，猶或有一間之未達，而不足與古作者相配，而况於震川、望溪、才甫、姬傳乎？若自其變者而觀之，兼收並蓄，以極古文之能事，則宋元以降，至於今日，其間自名一家，而大體不謬於古人者，固不下數十家也，而豈桐城一派，遂足以究古文之變乎？而世之言宗派者，乃曰姚氏而外，取法梅、曾足矣。嗚呼！是所謂以古人之子孫而爲祖父者也。且梅、曾之所宗仰者，姚氏也；姚氏之所宗仰者，望溪也。望溪之於八家，其能如歐蘇曾王之於昌黎，獨闢谿徑乎？吾知其必不能也。望溪深於法而不盡工於言，蓋吾所謂拘牽而不能變化者也。其所以不能生其變化者，則以其自視太高，自信太堅，有求勝於古人之心，而卒不能至於古人也。望溪嘗取唐宋八家之文，而删改之矣；又嘗譏震川之文，俚而傷於繁矣。然吾竊謂望溪文字，不逮震川遠甚，以其矜心作意而爲之，故其文收歛太過，而自得稍乏，峻潔有餘，而閎肆不足也。而世乃奉以爲不祧之宗，並其末派夸耀而震驚之，豈不惑哉？故余之於古文，非惡言宗派也，惡夫以古人之子孫而爲祖父，不復求之於古書之中，馴至於逐末而忘其本也。夫文章之道，非取之周秦諸子、兩漢百家，則其源不深；非約之八家義法，則其途不正。學者由八家而上溯秦漢，各隨其性之所近，專信而篤守之，而不參之以私智小慧，優而柔之，與之俱化，則古人之文，何一非吾宗派之所從出，而必沾沾於師承之間耶？不然，日手一《續古文辭類纂》之編，以爲門户塗轍，追曾逐梅後塵之不暇，而何暇及於古哉？亦可謂不自樹立之甚者矣。

一曰爲文宜先知體制也。古人有言：文章以體制爲先，精工次之。失其體制，雖浮聲切響，抽黄對白，極其精工，不可謂之文矣。故士衡《文賦》之篇，彦和《文心雕龍》之作，其於體制之間，特兢兢焉。蓋以文者，所以勒之金石，傳之來兹，其勢不可以苟而已也。夫兩漢而降，作者雲興，刓精竭慮，思以文章自名於天下者，不可勝數矣。然或及身而名不彰，或遲至數十百年而卒歸磨滅，其流存於今者，蓋千百中之一二也，豈其文詞不盡雅馴歟？抑其體制之間，猶多滅裂，而未底於極工歟？傳曰：「言之無文，行而不遠。」然則體制者，乃所以文其言也。是故王者之言，謂之詔誥；詔誥之文，則貴其深厚而爾雅也。自上諭下謂之檄令；檄令之文，則貴其辭健而義顯也。將帥獻捷，謂之露布；露〔布〕之文，則貴其奮發而雄厲也。自下而進説於其君者，謂之奏議，而表疏、對策、上書、封事，皆奏議之流也；奏議之文，則貴其詳明而剴切也。權衡事理者謂之論，剖析疑難者謂之辨；論辨之文，則貴其肅括而典覈也。序典籍之所以作者謂之叙，擷其要旨而題之書後者謂之跋；叙跋之文，則貴其考據精詳，而能抉作者之意也。舒布其言，陳之簡牘，謂之書説；書説之文，則貴其條暢而恢奇也。擇言而進，致敬愛、陳忠告者，謂之贈序；贈序之文，則貴其婉而多諷也。歌頌功德，施諸金石，稱述世系，揭諸墓道，謂之碑誌；碑誌之文，則貴其簡嚴而有義法也。載其人之大節逸事，以傳之後世者，謂之傳，撮序其生平賢否，以上之史氏者，謂之行狀；傳狀之文，則貴其徵實不誣而辭尚體要也。援古喻今，示規諷之辭者，謂之箴，引物取譬，寓警戒之旨者，謂之銘；箴銘之文，則貴其托意親切，而結體閎深也。景仰古人，序列其事而贊美之，謂之贊，游揚德業，褒讚成功，謂之頌；贊頌之文，則貴其鋪張而揚厲也。雜記者，碑文之屬也，然大小事殊，取義各異，其體主於記事，故謂之記；雜記之文，則貴其簡重而嚴整也。變風雅之體，鋪采摛文，體物寫志者，謂之辭賦；辭賦之文，則貴其環奇而綺麗也。悲實依心，以詞遣哀，謂之哀祭；哀祭之文，則貴其情深而語惻也。凡此諸類，體制不同，命意自異，而其所辨者，又多在於幾微毫芒之間。故古之作者，猶難兼工，而況率爾操觚者乎？是以汪彦章謂傅自得曰：「今世綴文之士雖多，往往昧于體制，獨吾子爲得之，不懈則古人可及也。」由此言之，學者欲凌跨文壇之中，雄視百世之下，非取古文體制，精鑒而甄别之以求其至，又烏能垂世而行遠哉？

一曰爲文宜知十弊也。僕竊不自揆，謬言古文辭之學，其言語，其文章，不知有合於古人與否？言專而爲之者且十餘年矣，博取《史》《漢》百家之作，而寢饋其中，始覺古人之出言用意，與世俗之所謂古文者大異。惟是鄙鈍，學其不得其術，凡所辛苦而僅有之者，又皆一知半解，而無以得古人之用心，蓋非惟能之難，知之亦難也。雖然，以十餘年之功，於古人行文利害工拙之由，不無所窺見，出而書之，與當世證其異同，辨其得失，以當牛角之歌，堂下之言，庶幾聽而識之者，有契於心，而不盡以僕言爲河漢也。僕以爲文者，天下之元氣也。得之者，其氣與天地同流。故古人之于文，其氣之峻也，如崑崙玄圃之崇清，層城九重之嚴邃也；其氣之深也，如東瀛南溟之浩渺而無際也；其氣之清駛也，如決積水於千仞之溪；而其豪縱也，如長風之出谷而大鵬之海運而徙於南冥也；及其變化而不可端倪也，則又如雷霆之鼓盪，風雨之馳驟，鬼神怳惚，而萬怪惶惑也。嗚呼！古人之於斯術，可謂出神入天，精能之至者矣，而豈知其功一歸於養氣哉！然吾竊怪世之爲文者，不知古人爲之之勞而得之之難也。於是局乎小而不圖乎大，安乎近而不志乎遠，一人譽之則以爲喜，一人非之則以爲憂，其於氣也固無幾何矣！及之操筆爲文，稍有窺於古人之藩籬，遂毅然以古作者自居，宜乎徇其私，滑其天，死其心，錮其蔽，舍康莊而入鼠穴，而曾莫之知也。嗟夫！學鳩之決起也，斥鷃之騰躍也，朝菌之不知晦朔也，蟪蛄之不知春秋也，鴡號林而蛩吟砌也，陷井之鼃，自鳴其井幹缺甃之樂，而不知東海之大也。凡此皆拘於墟，篤於時，而彼未始不自以爲得也。今爲文者，不能養其氣，祛其蔽，是己而非人，好同而惡異，囿於一曲而不能以相通也，毋亦爲東海之鼈之所笑耶？語曰：人不能見其眉，惟鏡能見之。然則此十弊者，固所以鏡文之得失也。雖然，余固非深於文而無弊者，亦時因以自警焉。

其一曰：文以法古爲高，而古非以貌取也。周秦兩漢之文，其所以雄視百代者，以其氣體之渾灝，而意理之醇茂耳，非以其訓詁假借，詞語不類於今而古之也。是以古之作者，務古其格，而不務古其辭。古其格者，志乎古者也；古其辭者，飾乎今者也。且詞之古今，夫亦奚常之有哉？昔者江芊之罵商臣曰：「呼役夫，宜君王之欲廢汝而立職也！」漢王之怒酈生曰：「豎儒！幾敗乃公事！」斯二語者，唐以前以爲雅馴者也。單固謂楊康曰：「老奴！汝死自其分。」樂廣歎衛玠曰：「誰家生得此寧馨兒！」斯二語者，唐以前以爲俚俗者也。及今思之，唐時之所謂雅者，固見其爲古，而其所謂俚者，今亦覺其雅矣，然則詞豈有古今哉！亦時有古今耳。蓋立今日則古唐宋，立唐宋則古漢魏，立漢魏則古周秦，後之視今，亦猶今之視昔，而作者喜模古語，鮮出新裁，豈所謂錘鑪之妙者耶？自明七子以來，以秦漢之説倡天下，天下翕然從之，於是後生小子，漁獵前作，戕賊文史，掇拾班馬之字，入之文詞之中；又取訓詁之希於見聞者，衣被而説合之，以爲古雅，而不知識者之笑其後也。昔西施病心而矉其里，其里之醜人見而美之，歸亦捧心而矉其里，其里之富人見之，堅閉門而不出，貧人見之，挈妻子而去之走。故夫點竄古人之文，而自以爲古者，是醜婦效矉之類也，此固爲文者之通弊也。

其二曰：文以變化爲上，而非以模倣爲工也。昔昌黎氏之論文曰：「爲文宜師古聖賢人。」又曰：「惟古於辭必己出，降而不能乃剽賊。」然則所謂師者，志古之道，法古之意，而非模倣其辭之謂也。是故韓師孟，今讀韓文，不見其爲孟也；歐師韓，今讀歐文，不覺其爲韓也。何也？以其不相模倣也。惟其不相模倣，故能各得夫萬物之情，而有以自肆於心也。而朱晦翁則曰：「古人爲文，多模倣前人，學之既久，自然純熟。」是說也，余竊非之。余以爲文者，據事而書，稱情而出，乘氣而行，極才而止；一涉摹倣，情事皆非，才氣並絀，即使區肖古人，其能工者幾何哉？而況往往並古人而失之也。昔干寶之撰《晉紀》也，至天子之葬，必云「葬我某皇帝」，其意蓋以法《春秋》也，而子玄則譏之曰：「春秋之世，列國甚多，每書他邦，皆顯其號，至於魯國，直云我而已；晉室一統，海内大同，且無二君，何我之有？」此模倣《春秋》而失之者也。吳均之撰《齊春秋》也，每書災變，必曰「何以書？紀異也」。其意蓋以法《公羊》也，而子玄則譏之曰：「《公羊》傳經，先引經語，繼以釋詞，傳體應爾。若事無他議，言從己出，輒自問答，是豈叙事之理耶？」此又模倣《公羊》而失之者也。至於近世，其弊尤甚，每爲一文，必曰吾師某家也，法某篇也，字而比之，句而櫛之，一纍黍之不中度，則慘惕而不安，形憔神悴，而不知其所得者，僅古人之皮毛也。是故善學古人者，以神合焉，所謂貌異而心同也；不善學古人者，以形合焉，所謂貌同而心異也。夫貌同而心異，此古人之精神所以不出，而己之精神亦以模倣而無由以自見也。嗚呼！是壽陵餘子學步之説也。昔壽陵餘子之學行于邯鄲也，未得國能，而先失其故行矣，直匍匐而歸耳，此又爲文者之通弊也。

其三曰：文以純粹爲貴，而非以艱深爲能也。世之言古文者，曰殷盤，曰周誥，叩其故，則曰不艱深非古文也。僕不知其何説？獨竊以爲文者，所以明道而載事耳，不必以艱深異，而《尚書》之文，又非盡出於艱深者，虞夏典謨、殷周訓命，氣雖渾噩，而其辭曷嘗詰屈聱牙哉？是以善爲文者，約六經之旨，通古今之變，不詭其詞而詞自高，不異其理而理自新。其所達之意，人人所共有之意也；其所言之理，人人所同具之理也。惟人之所不能達者，而彼能達之；人之所不敢言者，而彼敢言之；及其達之言之也，又如乎人人之心之所欲出，而人卒莫能易焉，此其文之所以至也。自周秦而降，兹道大闢，家修人勵，作者衆矣。其間文章，大者彌天地，細者入無間，勁者沮金石，幽者感鬼神，搜奇抉怪，無所不有，然其傳於今者，必其文從而字順者也。獨揚子雲著《太玄》，艱其詞，晦其意，當時以爲笑，後世好者亦鮮，其書固在傳不傳之間也。他如盧殷之文，凡千餘篇；樊紹述所著之書，六十餘卷，雜詩文九百餘篇，而今皆安在哉？此其人皆有非常之才，過人之力，與古作者爲徒，不顧世俗輕重，然卒磨滅而不彰者，無他，義雜言龐，誕詭不經，而非恃世之器也。由是觀之，文之工而傳者，固不在作意艱深也審矣。然而淺學寡識之流，自顧其文之無以異於衆也，於是力出於艱深之途以自飾，偭規矩，軼繩墨，迷離惝怳，不主故常。其起也不知其所自來，而去也不知其所自止。意當續者而反斷之，以是爲篇中之離奇也；辭未終者而忽止之，以是爲用筆之嶄峭也。塗飾其字以爲古，險澀其語以爲奇，隱僻其意以爲深，突兀其體以爲高，甚者至於不可句讀，其意以爲殷盤大誥之遺，而俯視兩漢唐宋之文爲無足道也。嗚呼，則亦惑之甚者矣！譬之於人，君子之所以異於小人者，度量之廣狹也，風神之清濁也，至於眉目冠帶，則君子不能不與小人同也。今有人焉，耻與小人同形貌共衣冠也，而思倒置其眉目，反易其冠帶以自異也，毋乃惑乎？然則爲文而不能深其意，工其格，而惟鉤章棘句是務，以至墮入牛鬼蛇神之惡道者，是亦倒置眉目，反易冠帶之類也，此又爲文者之通弊也。

其四曰：文無繁簡，惟達而已。繁而得中，不可謂繁；簡而失要，不可謂簡。故善爲文者，加以一字則太詳，減其一字則太略，五雀六燕，輕重適當，其斯爲工於文乎？然而論甘者忌辛，好丹者非素，文人之病，大略相同，繁簡之途，因兹遂異，稽其得失，可得言焉。證之《史》《漢》，尤爲易見。《史記·高祖本紀》叙韓信、孔將軍、費將軍等戰極詳，而《漢書·高紀》但撮叙數語。夫殺項羽，漢王大事也，《漢書》略之，輕重失宜矣。《史記·衛青列傳》叙封諸校尉之語，書其封户多少，紀實事也，而《漢書》删之，數典欠詳矣。《史記·高祖本紀》始皇以東南有天子氣，乃東遊以厭之，高祖即自疑，隱于芒碭山澤之間，《漢書》則删「即自疑」三字，而意便淺短。《史記》高祖爲亭長，以竹皮爲冠，令求盗之薛治之，《漢書》則云令求盗之薛治，删一「之」字，而語即不明。若此者，所謂簡而未當者也。《史記·高祖紀》叙雍齒與豐子弟叛高祖，高祖怨之，下即云聞東陽寧君秦嘉立景駒爲楚王，乃往從之，緊相承接，《漢書》則於怨之下删去「聞」字，增入張耳、陳餘立趙後趙歇爲王一句，横亘其中，上下語脉，遂至隔斷，而上文怨雍齒與豐子弟叛之之語，成贅句矣。《史記·汲鄭傳贊》稱翟公罷官，賓客皆散；後復官，賓客將來，乃署其門，有「一貴一賤，交情乃見」之語。按之本傳，已嫌無涉。而《漢書》復增入當時傳中，則不免辭費矣。若此者，所謂繁而未當者也。雖然，《史》《漢》之中，互有得失，此不過略舉一二，以爲繁簡之證耳。而晉張輔著論，乃云司馬遷叙三千年事，唯五十萬言；班固叙二百年事，至八十萬言，煩省不同，以此分兩人之優劣，此可謂强作解事者矣。夫遷主行文，故其事簡；固主紀事，故其語詳。繁簡之殊，職由於此。況遠則論略，近則論詳，又其勢然也。是以《左傳》一書，自隱迄成，時閲八公，爲卷十三；自襄迄哀，四公而已，爲卷十七，必以繁簡爲定，則是一人著述，亦有優劣之判矣。蓋爲文之道，如風行水上，自然成文，傳人者欲如其人，叙事者欲如其事，所謂自然也。若不出於自然，則有意於繁，與有意於簡，其失惟均。昔《左傳》之譏華耦也，則曰「魯人以爲敏」，稱齊桓也，則曰「邢遷如歸，衛國忘亡」，字省文約，意餘言外，而讀者不覺其爲簡也。孟子叙齊人之處室也，複述其饜酒肉之辭，紀校人之畜魚也，重載其得所之語，煩辭縟説，理盡篇中，而讀者不厭其爲繁也。然則文豈有繁簡哉，惟問其工與不工否耳。故不當繁而繁者，其弊也爲駢拇枝指，六朝之文是也；不必簡而簡者，其弊也爲字澀意蹇，《新唐書》之體是也。夫鳧脛雖短，續之則憂；鶴脛雖長，斷之則悲。故繁而簡之使少，及簡而增之使多者，皆斷鶴續鳧之類也，是又爲文者之通弊也。

其五曰：文以充實爲勝，而空疏不足以言文也。昔夫子之言曰：「博學於文，約之以禮。」孟子之言曰：「博學而詳説之。」夫所謂博學者，充實之謂也。學簡積於中，而英華發於外，則充實而有光輝之謂也。是故君子慎其實，實之美惡，其發也不揜，實至者其文工焉，實不至者其文不工焉。六藝之文尚矣，其餘諸子百家，著書立説，以傳之後世，皆本其所學，發而爲文，充實而不可以已者也。是故荀、孟之文，明道之文也，其文醇；老氏之文，虚無因應之文也，其文變；楊、墨之文，矯世厲俗之文也，其文切；莊、列之文，寓言之文也，其文肆；管、商之文，雜霸之文也，其文厲；申、韓之文，法術之文也，其文刻；公孫龍、惠施之文，名學之文也，其文詭；蘇、張之文，縱横之文也，其文辨；孫、吳之文，兵家之文也，其文法；屈、宋之文，憤時之文也，其文哀而豔；晁、賈之文，經世之文也，其文明而健；揚、馬之文，譎諫之文也，其文麗而則；董、劉之文，經術之文也，其文典而雅；遷、固之文，紀事之文也，其文雄而剛。凡此諸家，其於學也，宏大而辟，深閎而肆；其於文也，其理不竭，其辭不窮，洸洋自恣，未之盡者，宜乎讀者如登泰岱、臨滄溟，徒驚其峻極浩蕩，而終無以測其高深也。雖然，彼之於文也，豈生而自工哉，其所積者然也。是故積土成山，而雲雨興焉；積水成淵，而蛟龍生焉。君子之於文也，亦積其學而已矣。學積則理明，理明則氣盛，氣盛則言宜。故隱而晦之，則玉璞金渾，其質粹也；發而揚之，則虎變豹蔚，其文炳也。逮德下降，文與學分，於是世之爲文者，不求之學，而徒求之文，而文始衰。剛大之不充，則委靡之習勝；《詩》、《書》之不華，則鄙倍之辭入。由是以字句學秦漢，而秦漢爲窠臼矣；以機局學唐宋，而唐宋成濫調矣。其本不固，其源不深，探之而易窮，索之而易盡。譬猶邱垤之山，高不踰尋丈，潤址之水，深不過咫尺，而欲齊泰華，並河海，豈理也哉？然則古人之文，所以遠過今人者，其學勝也；今人之文，所以不及古人者，其學遜也。《大易》之辭曰：「言有序。」又曰：「言有物。」烏有枵腹白戰之徒，可以登文章之籙者耶？雖其間巧於剽竊古人者，或不無得其聲音笑貌之似，然亦所謂鞶帨之繡而已。夫摶土爲像，丹青其外，非不粲然觀美也，窺其中則窳敗而無所用，故夫以空疏而言文者，是亦摶土爲像之類也，此又爲文者之通弊也。

其六曰：時文可以評點，而古文不可以評點也。古人之文，變幻無方，如化工肖物，未嘗有定格也。故讀文者可以意會，而不可以言傳；論文者可以舉隅而使之三反，不可刻舟而使之求劍也。論文之說，始於《典論》，陸機繼之，其後劉勰則究文體之源流而評其工拙，鍾嶸則第作者之甲乙而溯厥師承，或隅舉字句之精善，或品評全篇之得失，所以令作者得意文中、會心言外也。及乎韓柳歐蘇，最善論文，然亦不過空論爲文之道、與行文之法已耳，未嘗舉古人之文，批評而圈點之也。誠以古文法度，隱而難喻，熟讀深思，始得其妙，各隨其學之淺深，而自爲領會，智者見之謂之智，仁者見之謂之仁。譬之於味，鹹酸苦辛，不必相同，其適於口而得於心一也，必一一以成法論之，反爲泥矣。自東萊、迂齋、疊山氏出，始選古人之文，逐篇而論其布置收放之法，又於其要害之處，標抹而出之，以爲學者讀文之助，然亦未嘗有圈點也。圈點之興，其在有明之世乎？有明以四書經義取士，科場有勾股點句之例，試官評定甲乙，用硃墨旌别其旁，名曰圈點，而後人乃倣其例而施之古書，而前人文字，無不加之圈點矣。而最傳於世者，莫如震川氏之五色評點《史記》。其評點之例曰：凡《史記》起處，氣勢勇猛者圈，緩些者點。黄圈點者人難曉，（黄）〔硃〕圈點者人易曉；黄圈點者是氣脉也，硃圈點者是意句與叙事好也。墨擲者是背理處也，青擲者是不好要緊處也，硃擲者是好要緊處也，黄擲者是全篇要緊處也。使讀者由其圈點而玩之，則知若者爲逐段精彩，若者爲全篇結構，若者爲意度波瀾，若者爲綱目血脉，於初學而未知法度者，未嘗不可以資其領略；而揆以得意忘言之妙，已覺其爲筌蹄之末迹矣。然震川於古文義法，研究極深，其所標舉，有詳有略，多中古人肯綮，談藝者猶有取焉。迨夫鍾譚繼起，選之以輕巧之法，評之以佻薄之語，南轅北轍，去古愈遠，疑誤後人，莫此爲甚。其後金聖歎之流，又以評點小説之技，施之經史子集，而論文一途，遂入魔道。近世評選之本，汗牛充棟，然其人皆非深知古文之人，而又錮於時文之陋習，據其管見，妄下雌黄，大都舉其小節而遺其大綱，得其皮毛而失其脉理，穿鑿附會，不一而足，學者欲藉此而窺古人之室，抑亦難矣。夫文章一道，每由悟入，非至精不能闡其妙，非至變不能通其數，故必有郢人而後可以運匠石之斤，必有惠施而後可以發莊生之言，否則抉古人難宣之隱，而揭以示人，喻者雖有槃燭之巧，而聽者幾何不至於聞鐘捫籥之惑也。故夫世之言文者，或膠執一己之見而私之，或固守他人之説而泥之，皆不善用其悟之過也，此又爲文者之通弊也。

其七曰：文以奇超爲勝，而陳腐不足以言文也。五經之文，可謂正矣，然而《易》曰：「龍戰於野，其血玄黄」，「見豕負塗，載鬼一車」，「突如其來如，焚如，死如，棄如」，則《易》未嘗不奇也。厥後左氏、司馬氏，其文則以奇特聞。故自有文字以來，其傳於今者，必其奇者也。蓋奇者非他，出於常而已。虎豹之文，不得不炳於犬羊；珠玉之光，不得不炫於瓦石；黄鐘大吕之音，不得不殊於鄭衛，其理然也。故古之人務奇其文，奇其文即所以明其道也。道非文不載，文非奇不傳，老莊之旨，商韓之學，皆詭於聖人之正道，而後世樂誦其書者，其文奇也。故欲傳先王之道，而不奇其文，是猶却行而求前也，必不可得矣。自宋儒倡理學之説，尊道德而薄文章，由是夫子教人以博學於文者，而明道則且謂玩物而喪志矣；曾子教人以詞遠鄙倍者，而伊川則且謂工文而害道矣。其後南宋諸儒，衍其餘論，薄記誦，屏詞章，所爲碑記書序，一切以語録之體行之，而求其旨遠詞文者，固無有也。至真西山氏出，又取古人之文，而繩之以理，凡確偉奇傑之作，俱遭擯斥，如飲食惟取禦饑，菽粟之外，鼎俎烹和，皆在所棄；衣服惟取禦寒，黼黻章彩，皆在所捐。欲以挽聲律藻績之弊，而不知驅天下而入於陳腐之一途也。然而溺其說者，方且曰讀聖賢書，當明其道，不當究其文字，而自漢唐以來，所稱能文之士，皆逐於文而不知道者也，其文愈奇，其去道愈遠。嗟夫！此可謂囿於一曲之見者矣。夫無詩書之文，則不足以傳堯舜禹湯文武之道；無孟子之辨，則不足以闢楊墨告子許行之説；使當周秦之世，而以宋儒語録置於其間，且在淘汰之列，尚何望明聖人之道哉！何也？奇與腐之别也。以陳腐而與奇超相料，猶敝車之比文軒，而緼袍之方錦繡也，其優劣勝負，不待智者而決矣。然天下之人方遯於其中而未有已者，安於陋也，此又爲文者之通弊也。

其八曰：文者所以抒寫性情也，故情至而文亦至焉。讀其文而無可以移人之情者，必其中刳然無物者也。然情有哀樂之不同，則其發於文也，亦有悲愉之各異。悲者不能使之歡，亦猶歡者不能使之悲也。昔史遷遭腐刑之辱，發憤著書，感慨不平之氣，往往露於文詞之間，如《游俠》《貨殖》諸篇，皆其所托意之作也。至於紀項羽，傳伯夷、孟、荀、屈、賈，流連憑吊，感喟無窮，百世下讀者猶不知涕之從何而下，此無他，以己之情而達古人之情，故言之痛切，而感人尤深也。若夫廬陵之誌交友，無不嗚咽；子厚之言身世，莫不愴悽；郝陵川之處真州，戴郯源之入故都，其言皆能悱惻動人，此豈作而致之哉？因事生感，而情動於中，則往復之情，固有不能自已者也。故曰情深而文明也。然吾觀世之爲文者，而不能無惑焉。其自述也，本無史公、子厚諸人之遇，而謬作牢騷；其叙交遊也，未有廬陵故舊生死離合之情，而妄爲抑鬱，幾何不同於無病而呻哉？昔昌黎常謂和平之音淡泊，而愁思之聲要妙，懽愉之詞難工，而窮苦之言易好，誤會者遂於繁華宴會之場，亦必終之以寤歎呻吟之語以爲工，此亦可謂不善用其情者矣。至淺識者流，則又持此以爲論文之法，其言曰：西京以來，文章之妙，首推史遷，而史遷之所以獨有千古者，以其馳驟疏宕，悲慨哽咽也。後數百年得一昌黎，昌黎之文，意在劖削，别開門户，幅尺峻而韵折少，於史公之旨，猶屬一間。其後歐陽子生於北宋之世，其爲文咏嘆淫佚，恣態横生，獨得史公之逸，故古今來善學史公者，斷推歐陽子。嗚呼，以此論文，則亦皮毛之相而已！夫人之情，各有所至而不能相强，而其稟於天者，又有陰陽剛柔之異，其得於陽與剛之美者，則其文多雄傑瓌奇之作；其得於陰與柔之美者，則其文多廓淡泊之音。然其合於天而適於情一也。故昌黎氏之文，得於陽與剛之美者也，歐陽子之文，得於陰與柔之美者也，各以其性之所得，而造乎其極，所以各自成家也。而學者必舍己之所得，而求古人之形似，豈復有真性情哉？又《史記》之體，雄渾蒼莽，而時運以輕靈之筆，故叙述中往往寫一二無甚關係之事，而使人之精神，無不畢見。如陳平佐漢，見志社肉；李斯相秦，兆端厠鼠，此固文章之奇趣，而亦畫家添毫之妙用也。然閑情逸出，要在有意無意之間，故能阿堵傳神，若必强求其事以合之，則又泥矣。夫言情必貴自得，而叙事當求宛肖，廼世有作者，不此之察，徒慕前人文辭之佳，自失一己性情之用，譬如俳優登場，啼笑之妙，足以感動旁人，而不知與其身之悲喜，了不相涉也，此又爲文者之通弊也。

其九曰：文以意爲主，以辭爲役。故意勝者，辭愈樸而文愈高；意不勝者，辭愈巧而文愈下。是以古人之於文也，先定其意，而後摛其詞；後人之於文也，務工其詞，而終也自汩其意。蓋意能運詞，而詞不能成意也。昔屈子《離騷》之篇，宋玉《招魂》之作，其意可謂恢奇而詭麗矣，然讀者於語言之外，而有以得其忠愛之忱與諷刺之旨者，以其意先定也。其後相如、子雲之流，主文譎諫，詞意相稱，故雖驚采絶豔，而風雅之義，猶有存焉。至太沖練《都》以一紀，平子研《京》以十年，鎔裁雖工，而神思稍乏，則意不勝詞之過也。是故意則譬之將帥也，詞則譬之兵衛也。將帥强則坐作進退、縱横指揮，無不如意；否則將弱而懈，士多而囂，以禦大敵，斯涣然離耳。是以善用兵者，必選其將；而善爲文者，必工其意。故昔有問爲文之法於東坡先生，先生曰：「譬如城市間種種物有之，欲致而爲我用，有一物焉曰錢，得錢則物皆爲我用。作文先有意，則經史皆爲我用。」故夫無意而爲文者，猶無錢而入城市也，雖有瓌寶奇貨，豈得羅而致之哉？夫引弓之力，不能引强弩，强弩五石，引以三石，筋絶骨折，不能舉也。故夫以淺薄之意，而運繁重之詞，是猶以三石之力，而引五石之弩也。其首尾横決、顛倒失措，可豫決矣，此又爲文者之通弊也。

其十曰：爲文之道，非以誇多而鬬靡也，貴於精審而已。《漢書·枚皐傳》稱皐爲文受詔輒成，故所賦者多；司馬相如善爲文而遲，故所作者少，而善於皐，蓋少則易精、而多則難工也。自古執筆爲文者，何可勝數，然求其精深宏傑之作，則代不數人，人不數篇，而世乃易言之而輕作之，宜其利鈍互陳，而刺謬有所不免也。昔陳思之文，羣才之英也，其報孔璋書曰：「葛天氏之歌，千人唱，萬人和，聽者因以蔑韶夏矣。」考葛天氏之歌，倡和者三人而已，以三爲萬，此引事之實謬也。此據彦和之説安仁、士衡，文詞之傑也，而用事之間，猶多舛誤。《詩》曰：「有鷕雉鳴。」又曰：「雉鳴求其牡。」而《毛傳》亦云「鷕，雌雉聲也」。又曰：「雉之朝雊，尚求其雌。」而鄭玄注《月令》亦云：「雊，雄雉鳴也。」潘岳賦曰：「雉鷕鷕以朝雊」，則是混雜其雌雄矣。詩曰：「孔懷兄弟。」注「孔，甚也；懷，思也。言甚可思也。」而陸機與長沙顧母書，述從弟士璜之死，乃言「痛心拔腦，有如孔懷」。心之痛矣，即爲「甚思」，何故乃言「有如」也？詳其辭意，蓋謂親兄弟爲「孔懷」也。然則《詩》云：「父母孔邇」，而摛文者亦可遂呼二親爲「孔邇」矣。揆之義理，能無窒乎？此據顔之推之説夫以子建之明練，安仁之淹博，士衡之通達，而證引古義，其失如此，則精審之難，亦可知矣。而或者以爲載籍浩博，疏證爲艱，而名物訓詁，又煩碎而難於考核，故用事者惟在得古人意義所歸而已，是以班固不知士會爲范武子，不害其爲良史；鄭玄不知周時有兩公孫龍，不害其爲大儒；司馬相如不知枇杷之即盧橘，不害其有辭賦名；而徒斷斷於章句之辨，毋乃非行文之要務乎？夫寸轄制輪，尺樞運關，鎔裁愜當，則篇局俱振；附會失實，則齟齬爲瑕，故子厚致戒於輕心，永叔垂訓於商量，若意鮮周詳，語多矛盾，幾何不至以蹲鴟爲羊，貽笑大雅，孟勞力士見誚方家也。況復文人好新，多憑耳受，至於今日，其弊尤深，伸紙引筆，即是目的機關，累牘連篇，無非起點要素，舞臺代表，等於語助之辭，犧牲膨脹，視作口頭之語，尋問莫知原由，施安時復失所，道聽塗説，能不慨然？方之前修，亦云亞矣！夫引義必貴精詳，而續言尤須馴雅，然積非成是，牢不可破，習俗移人，賢智不免，此又爲文者之通弊也。

昔宋景濂之論文曰：「文之所以不至者，以有四瑕、八冥、九蠹有以累之也。何謂四瑕？雅鄭不分之謂荒，本末不比之謂斷，筋骸不束之謂緩，旨趣不超之謂凡，是四者，賊文之形也。何謂八冥？〔訐〕〔詐〕者將以賊乎誠，〔椅〕〔摘〕者將以蝕夫圓，庸者將以混夫奇，瘠者將以勝夫腴，〔捔〕〔粗〕者將以亂夫精，碎者將以害夫完，陋者將以革夫博，昧者將以損夫明，是八者，傷文之〔骨〕〔膏〕髓也。何謂九蠹？滑其真，散其神，糅其〔氛〕〔氣〕，〔溺〕〔徇〕其私，滅其知，麗其蔽，違其天，昧其幾，爽其〔貞〕〔實〕，是九者死文之心也。」嗚呼，景濂之論精矣！而又廣之以吾十弊之説，力祛其弊而進之於古，則幾於作者無難，而古人行文利鈍之由，亦粗具於此矣。雖然，吾之説猶有進焉，則非梏於文者所能知也。昔昌黎稱志乎古必遺乎今，子厚稱得之難知之愈難，故太史公之作《史記》也，則曰「藏之名山，傳之其人」；子雲之著《太玄》也，時人多非笑之，子雲曰：「世不我知無害也，後世復有揚子雲，必好之矣。」其後馬遷死而《史記》顯，揚雄没而《太玄》興，故能文者不可以無毅然特立之志。文所以明道也，亦可以叛道，猶之弓矢可以禦寇，亦可以爲寇也。

故無德而工文，是借寇兵而賫盜糧也。梁冀之誣李固，則馬融草奏；章惇之陷蘇軾，則林希草詔；揚雄德敗《美新》；潘勗譽喪《九錫》；故能文者不可以無德。東方滑稽不雅，長卿竊貲無操，此自古有文人輕薄之譏也。至於史筆，尤爲特重，發潛德，誅奸諛，得失稟於片言，是非由於一句，而沈約陰惡，魏收矯誣，素行爲人所羞，文辭何足取重，穢史之名，所由來也。故能文者不可以無行，才高者招忌，名重者身危，人情險巇，古今同慨，儉德含章，猶虞不免，而況露才揚己者乎？文舉斃於孟德，正平殞於黄祖，楊惲以一書獲戾，嵇康以凌物凶終，故能文者不可以無全身之智，能不可太高，迹不可太近，既高其能，復近其迹，與世推移，則汚之者至矣。伯喈同惡受誅，自貽伊戚，此無論矣，若放翁之譔《南園》、《閱古泉記》，甘泉之作《鈐山堂集序》，雖非黨附，亦清議見譏，故能文者不可以無確乎不拔之守。言行者君子之樞機也，發乎邇，見乎遠，故操筆撰文，毁譽是非，尤宜審慎。至於噬臍，亦無及矣。昔孔璋居袁裁書，則呼操爲豺狼；在魏草檄，則目紹爲蛇虺。斯則反覆之流，無庸深責。至若昌黎上書李實，投知求見，則譽其政績；及修《實録》，則貶其剛愎，前後之間，頓相矛盾，所未喻也。孔文仲悔作伊川彈文，朱晦翁悔作紫巖墓碑，並皆始不再思，遂貽後悔。故能文者不可無周詳之慮。語曰：「家有敝帚，享之千金。」言人之不能自見也。夫學問各有所長，而文章尤關天授，鈍學累功，不妨精熟，拙文研思，終歸嗤鄙，故王質博學，而不工於文，樂廣善談，而終短於筆，棄短就長，斯爲善矣。況文非一體，兼通爲難，若乏天才，强事執筆，此江南所謂詅癡符者也，故能文者不可以無自知之明。或異代而相思，或並世而相厄，文人相輕，自古而然，審己度人，無稱直道，鍾繇閣筆於王粲，君苗焚硯於陸機，豈惟服善，亦處世之道然也。夫才不可恃，傲不可長，譏人者人亦譏之，恒不滿者亦恒不滿於人，加以詞鋒所傷，慘於矛戟，諷刺之禍，速乎風塵，小則取投溷碎碑之辱，大則罹沈淵酖毒之憂，故能文者不可以無謙恭之量。由此言之，非工文之爲難，而所以用其文者難也。故由吾前論文之説，與吾十弊之説，則所以工其文者，思過半矣。若求所以用文之道，非由吾後八者之説，將曷由哉？昔宋劉摯之訓子孫，每曰「士當以器識爲先，一號文人，便無足觀」。嗚呼，誠得吾説而存之，則文章在是，器識在是，而道亦在是矣。此固可以俟之來者而不惑，質諸高明而無疑者也。

跋

右《文章學》一册，爲吾邑耆儒唐恩溥天如先生廿七歲時、在兩廣高等工業學堂教授國文之講義也。先生風流文采，等身著述，早已名震京師。予于二十年前，側聞先師譚仲鸞、李揚芳兩孝廉，盛稱先生之文章道德者屢矣，然徒切心儀，未識荆也。歲戊子，予自羊城歸里，主先文恭公江門釣臺重修既成典禮，特取道香江，謁先生於其府第，藉申睠睠之忱。既見先生，則覺謙光可挹，藹然仁者，固無怪前輩之推重之也。期年，予避亂海隅，承先生不棄，引爲忘年之交，乃益知先生不徒邃于文、隆于德，且博通中外治術，惜遭時不遇，道不可行，遂孑然退隱鑪峰之下，安貧樂道，晏如也。年來予與港中賢達，設白沙文化教育基金會，希闡先賢遺教，用維世道，復承先生襄贊甚力，故就教益密。竊以先生春秋已高，恐所爲詩文，易致散佚，嘗以印行爲請。先生遜謝，謂文不足傳，且云將焚其稿。噫！先生豈待文而傳哉！文之傳非先生之意也，後學者之責也，因索之益切。去秋，予過先生家閒談，先生興會特濃，歷半日而不稍倦，始以其生平最稱心之作數篇及此册見示，予即以鈔存爲請，先生卒以不可辭而許之。拜讀之餘，愈知先生學養之深，非邃於古文辭者莫能爲之也。是册雖寥寥萬餘言，然文詞馴雅，誼至精絶。上篇先言文章流派，而大旨在於賅括，芟繁去濫，原始要終，于古今之流變，風氣之遞嬗，與夫諸大家宗派之間得失之故，考覈精當，綜覽無遺。下篇則言文章作法，條貫簡明，要歸典則，更論爲文十弊之説，矯革俗弊，發古人之所未發，示學者以坦途，雖乾嘉盛時號稱古文大家者，莫能過也。竊維時至今日，大道晦冥，有言文章之學者，則羣以爲迂而譁之，然斯文未喪，貞元絶續之交，他日必有起而張之者，烏可付諸消沈哉？故予亟請先行付梓，以惠後學。先生鑒其誠而諾之。詎正從事校録之際，先生遽歸道山，傷逝無已，事乃中輟；嗣以人事羈紲，延滯至今，始校寫完竣。予學殖淺薄，書法拙劣，錯誤難免。承吕、王、陳三君，樂爲之序，則此册有功文教當匪淺也。予亦得幸書成，敢告九原以踐宿願。嗟夫，喪亂餘生，展對遺澤，山頽木壞之痛，有不勝其唏嘘者矣。辛丑仲秋上澣，同里後學陳應燿伯明謹跋於白沙文化教育基金會。

古今文綜評文

張相 撰

《古今文綜評文》一卷

張相　撰

張相(一八七七—一九四五)原名廷相,字獻之,浙江杭州人。早年舉爲杭縣諸生。曾在中學長期執教古文與歷史,後應聘上海中華書局,主編文、史、地三科教本,影響較大。研究古文、詩、詞、曲,著有《詩詞曲語辭匯釋》。

全書分爲六部,下列篇章,篇章之下,再標細目。分體裁選録自先秦至清末的有關文章,并于每章每目附簡短論述,考辨該體的源流演變,提挈其功用、内容與作法,亦間有對具體篇章的點評。如其《綴言》所稱:論源委,述體要,考文正名,多引前人之説,「己意所及,十裁三四」,但撰録者的觀點與傾向仍顯然可見。論文不主駢散,不論古今,講究實用,推崇氣骨。

有一九一六年中華書局刊本。今即據以録入其文論部分,删去選文。

(崔　銘)

綴　言

古文之目，自唐而興，單行票姚，詡爲起衰，而矯之者，遂謂單行爲言，用偶爲文，深屏世之所謂古文，一挑一剔，無殊小慧。駢散之爭，既成鬨市，自來選家，亦分涂轍，各揭一幟，絶不相容。平心論之，韓、歐傑出，時屬唐宋，括之以古，則三代秦漢，置於何地；必曰用偶爲文，轉相詆諆，則孔子所作《文言》，未嘗悉是偶語，蔑古蔑聖，其失惟鈞。李申耆云：「天地之道，陰陽而已。陰陽相並俱生，故奇偶不能相離，方圓必相爲用。」溝而通之，可稱卓識，故所選《文鈔》，奇偶並録。特其命名，囿於駢體，斯一間之未達者也。孔子有言：「物相雜故曰文。」兹書擇善而從，意主渾圜，爲散爲駢，不取標揭，但名爲文，亦取參伍錯綜之誼，爰名爲綜。事不師古，理惟求是，區區之恉，竊在於斯。已上定名大意第一。

《昭明文選》，各以彙聚，詩賦之屬，乃以類分。竇臣《文粹》，隨文分目，碑曰「姦雄」，銘曰「暴虐」，命意則善，定名或乖。厥後吴氏《文章辨體》，徐氏《文體明辨》、賀氏《文章辨體彙選》，析類數十，或至百餘，踵事增華，亦云詳備。惜抱《類篹》，括爲十三。春木《文録》，括爲十七，滌生《雜鈔》，括爲十一，稍稍趨於弘整矣。茲書凡六部十二類：曰論著序録，推闡發明，是其幟志，爲第一部；曰書牘贈序，所以敦倫好，寄情愫，爲第二部；曰碑文墓銘，伐石鐫辭，垂諸不朽，體則異，恉則同，爲第三部；曰傳狀志記，表章人物，亦碑文墓銘類也，爲第四部；曰詔令表奏，廟堂之製，高文典册，别成一體，爲第五部；曰辭賦雜文，掞張之作，統紀於此，爲第六部。箴銘頌贊哀祭，惜抱本爲三類，春木乃爲六類，滌生哀祭爲一類，箴銘頌贊，省入辭賦類，意以韻文，體質相近。然祭弔哀誄，韻文爲多，《招魂》些詞，淵源可溯，茲廣滌生之例，省入辭賦類。彦和《文心雕龍》，雜文所舉，僅有三目，對問、連珠與七是也，後世有作，波譎雲詭，顧名思義，并以附焉。已上分部大意第二。

總集、别集，流傳夥矣。要其涇渭，析爲兩事：一曰歷史之屬，一曰實用之屬。曷謂歷史？古之所有，今之所廢者也。曷謂實用？古今不廢者也。約以今名，前者曰陳文，後者曰生文。生文所以昈其效，陳文亦以博其趣。茲書標名古今，兩事並録，特所畸重，在於實用，分目詳略，依斯爲準。論著序録，書牘贈序，碑文墓銘，傳狀志記，抉宇宙之奥，發事物之賾，通性情之正，揚風烈之懿，皆生文也，故此四部，標舉法式，不厭煩細。詔令表奏，限於時代，此陳文也，詞氣堂皇，多大手筆，兩漢之文，此尤翹楚，多聞善識，聊博其趣而已。辭賦之才，古稱君子，今匪急務，特示一斑。頌贊箴銘，祭弔哀誄，亦生文也，備陳流變，藉資採擇。至於雜文之屬，略同辭賦，鉤其佹異，以終吾篇。已上析目大意第三。

拘虚篤時，莊生所誚，文章之用，與世移變，今之所開，古不得囿。近世孳治科學，析類之事，目爲至要。植物學家，部門科屬諸名，井井而談，屬隸無紊，譬諸草木，區以別矣，矧在文章，渠不若彼。兹書以部統編，以編統章，每章之中，先爲甲乙，次爲一二，次爲子丑，次爲金石，次爲壹貳，取彼習熟，以爲符記。自我作古，大雅或呵，然《荀子·正名》篇曰：「循於舊名，作於新名。」又曰：「單足以喻則單，單不足以喻則兼，單與兼無所相避則共。」是故有大共名，有大别名，則志無不喻之患，事無困廢之禍。《大易》一卦，統乎六爻，揚雄《太玄》，衍爲方州部家，上以統下，寡以制衆，皆以共名别名，迭爲銜屬。且篇析子目，《管子》、《吕覽》，已有先例，甲乙丙丁，用以分别，《管子·輕重》篇，又其權輿。今之作新，詎實循舊。至於括弧，亦有師仿，古人觀書，乙識其處，乙之取形，括弧爲近，藉以豁目，於文無害。惟子目複雜，分章斯長，覽者於此，易滋疑詑。章實齋論篇卷有云：「要在文以足言，成章有序，取其行遠可達而已，篇章簡策，非所計也。」已上格式大意第四。

《昭明文選》，上採史文，不録經子，兹書宗之。惟無韻誄文，窮於舉例，録哀公誄仲尼一首。《文選》不録並世，蓋以標榜聲氣，君子弗欽，自後選家，大率斅法。迨惜抱《類篹》，近及方、劉，黎氏《續篹》，並世亦録。兹書約以清末爲斷，其以實用攸關，無從示式，破格爲之，僅何維棣、孫同康兩首而已。至於湘綺、虛受，海内二老，觥觥文宗，迹彼譔述，終入著録，標榜聲氣，何有嫌疑，故並録焉。《昭明》類分，時代相次，申耆《文鈔》，繫人以代，讀書論世，頗便瀏覽。然在斷代，異議滋多，漢末六朝，尤爲轇轕。若云某文之作，時在某朝，裁篇别出，其言則韙，但無考者，何從臆決。嚴鐵橋氏，輯三代秦漢六朝文，大率以卒年斷代，兹書依焉。五代終始，僅五十年，倘以閲世短促，準《全唐文》例，繫之於唐，唐以亡矣，繫於何有，兹書爰稱五代，不復著其代别。朱明遺老，黄、顧之儔，春木、邁堂，兩家《文録》，已隸之清，兹亦從之，蓋卒年斷代例也。惜抱、申耆，著録之人，惟稱其字，字或湮佚，遂致參差，且史傳揭目，大都稱名，兹書從之，庶幾一定。已上斷限大意第五。

學術思想，表於文字，爾其爲爭，約有兩端。一曰異同，一曰新舊。距楊、墨，闢佛、老，下至漢宋殊涂，朱、陸背僢，持之有故，言之成理，此異同也。君臣倫常之重，《春秋》夷夏之嚴，諸所孳乳，今成繆説，此新舊也。兹書生文陳文，意在並蓄，所以存本來，公是非，博會通，閎觀覽。且所言者，其人與骨，皆已朽矣，大同新理，寧足以繩。維古有言，毋文害辭，毋辭害意，是之取爾。已上采輯大意第六。

不佞供職浙江安定中學校及浙江第一中學校，主任國文，凡十二載，中間部章更迭，國文時間，或嬴或縮，終以文章公式，猝難理董，一暴十寒，弗敷講貫。問業之士，餘力學文，參考瀏覽，期之課外。頗思輯一善本，彌其缺憾。巖定義例，暇輒鈔纂，積年既久，卷帙稍多。今年傭職中華書局，遂承諈諉，蒇此舊業，復加推衍，差云殺青。古人著書，志在名山，不佞之作，無此閎願，應時勢之需求，供學生之參鏡。斯其體例，在課本講義之間，且古本多殘，石刻易漶，壺鼓方圓，讀之意沮，或有鴻文雅著，氣體卓然，作家所矜，初學未習，故舉例之文，間不從朔，譬之教恉，有實有權，因人而設，不得已也。復於每章每目，略綴言辭。撢其源委，述其體要，大抵彥和、知幾、實齋諸家之説。碑文墓銘，折衷蒼崖以下諸金石家之書。考文正名，濚厥原始，一以《説文》、《爾雅》、《釋名》、《獨斷》、《文章緣起》諸書爲宗。己意所及，十裁三四，辭取達意，不爲博考，亦思繁而不殺，使人倦覽。至於圈點，所以抉菁華，示義法，歸、茅有作，世人所重，惜抱亦云，發人神智，取便學子，毋寧存之。在今日爲筌蹄，在明日爲芻狗，從宜從俗，鴻喆勿譏。已上平點大意第七。

譔録艱苦，亦得略陳。始立目以求文，繼因文而生目。意在異例並存，而佳篇亦不割棄，又同此一文，目可兩收，衡量彼此，審其輕重，往往一目之成，十易其稿，諦觀極審，尚覺難安。姚漢章作霖，商訂體例，綜甄得失，齦齦討論，獲益弘多。馮巽占令之，朱寶瑜瑾甫，王夢曾肖巖，或與糾繩，或助搜輯，他山之石，均藉玉成。及門李直守愚，潘延貴用和，勗勷校讐，亦至劬劇。許邁孫有言：「校讎之學兩涂，一曰求古，一曰求是。求古者，沿襲舊本，以存其真。求是者，搜採羣籍，舍短從長，以求其安。」玆書之作，意主實用，略師求是。曹子建《與楊德祖書》，《曹集銓評》

本：「德璉發迹於大魏。」張溥本作「北魏」。汲古閣《文選》本作「此魏」。揆之文義，「大魏」爲善。王芥子《答胡靜菴書》：「嫛婗行藥。」花雨樓本《駢體正宗》作「行樂」。「行藥」見《北史·邢巒傳》，於義爲長。王仲宣《荆州文學記官志》，嚴鐵橋輯本「百氏備矣」句下，多百八十八字，語意與《文心雕龍·宗經》篇同，屬詞不類，疑爲誤合，申耆《文鈔》本無之，則從李本。王子安《滕王閣序》，蔣清翊注本與《初唐四傑》本不同，俗本訛缺，殆數十字，則從蔣本。始皇刻石諸文，有碑本者，以視各家所録，往往微異，則從碑本。他如《史》《漢》《文選》，時相差午，鹿門《文鈔》、惜抱《類篹》，録八家文，以校原集，每有增損，凡此之屬，擇善而從，不枚舉也。艱苦所歷，此其辜較，訂改補增，須之異日，惟冀海内碩士，有以匡之。以上訂校大意第八。

民國四年十月杭縣張相獻之父識於上海中華書局

第一部　論著序録之屬

張相　撰

第一編　論　著　類

第一章　論　之　體　製

昔者彦和詮論，曰「彌綸羣言，研精一理」。載繹其誼，「彌綸羣言」，則作法也，「研精一理」，則體製也。文事流別，析而彌增，體製之分，代孳異説，要之彦和政經史文之別，卓哉名言，弗可易矣。兹約以今名，曰論理，曰論文，曰論政，曰論史，抑昔軌有不得而囿者，爲之歸餘，曰雜論。凡類五。

（甲）論理

述經叙理，是名爲論。孔門《論語》，論之極軌，煌煌日月，無得而踰焉。後世勃窣理窟，代有作者，大都義取闡發。老泉生千載後，奮其獨斷之見，説經嶽嶽，不主故常，斯論衡之亞也。子瞻

《刑賞》，附會經義，荆公《禮論》，抉摘經心，皆彦和所謂「釋經則與傳注參體」者與。歸震川之《論貞女》，頗招議駮，顧衡以今日之新理，毋寧爲平。孟塗《論學》，通其郵，用其中，舉漢宋之閧而一掃之。昭明有言：「論則析理精微。」李充亦云：「論貴允理。」不求支離，此其選矣。凡七首。

（乙）論文

《文心雕龍》，抉微入奥，論文之著，此爲絶倡，雅宜攬其全書，兹編不復割取。伯仲之間，則子桓《典論》之《論文》矣。李文饒之作，爲《謝靈運傳論》而發，異同之致，與陸厥《致隱侯書》，足資參稽。下此張氏、魏氏二家之論，亦可觀。斯皆彦和所謂「銓文則與叙引共紀」者也。凡四首。

（丙）論政

坐而論道，謂之三公。彦和亦云：「陳政則與議説合契。」凡體關建白者，入表奏類，不復羼列。惟夫魁儒桀士之倫，獨居深念，論列是非，其慮遠，故其言長，其痛深，故其旨顯，此《徙戎》、《辨姦》之所爲作也。昌黎《爭臣論》，子瞻《始皇論》，義取鍼砭，意往而復。梅氏、錢氏有作，體亦於諷論爲近，言者無罪，聞者足戒。斯類而輯之爾。凡六首。

（丁）論史

古者史臣紀載，乃有史論。蕭《選》特標此目，大氐採自史書。後世文士，讀書論世，間有造述，遂與史傳別出。彥和所謂「辨史則與贊評齊行」者也。迄乎三蘇，蔚爲大觀，駸駸乎自成一體矣。發題策士，事關制科，宋明以還，其作彌夥，史論之名，遂成專屬，視蕭《選》之所標，已貌同而心異。蓋文章隨乎世變，此亦時代爲之也。茲以前者爲史傳論，後者爲史論，藉明區別云爾。

（一）史傳論

子長譔述《史記》，限以篇終，各著一論，既而班固曰贊，荀悦曰論，《東觀》曰序，謝承曰詮，其名萬殊，總歸論贊，劉知幾氏言之詳矣。但馬、班論列，後世專名爲贊，別入史贊類。茲於後漢、晉、宋、南齊、五代諸史，并周保緒氏之《晉畧》，擇其尤弘整安雅者，凡八首，以示例焉。若夫元元本本，則全史在。

（二）史論

作者既多，涂術滋廣。觀其探究制度，則原本政典，溝通學術，則仿佛儒林，形勢之談，既踵地志，人物之論，亦規列傳。綜厥體裁，雖曰文勝，要不失爲史之別子也。凡四類。

（子）論制度

曹元首推崇封建，而柳州之論，頗有出入，游民之爲禍烈矣。子瞻、子居，其說如冰炭之不相容。觀水有術，必觀其瀾，君子於此，可以觀文瀾矣。凡四首。

（丑）論學術

太史談之六家要指，括囊大典。劉《略》、班《志》之先河也。子瞻《荀》、《韓》兩論，頗能觀其會通。容甫邃於荀學，其所證引，闢開節解，視子瞻爲精實。六經皆史，龔氏之尊史至矣。皆所謂好學深思，心知其意者也。凡五首。

（寅）論形勢

子瞻習爲從横家言，平王東遷，譏爲失勢。後世子居之論西楚，高掌遠蹠，實宗法之。亭林地學大師，較覈形勝，不難以馬上得天下，其論尤偉，視彼椎指之儔，淵源固殊焉。凡三首。

（卯）論人物

大抵爲此體者，多宗蘇氏。蘇氏文章穎鋭，挾其邁往不屑之氣，以辭掩理，往往而有。修辭立誠，君子之訓，佚放者爲之，遂詭而害理，蕩而失其宗，此得失之林也。若其體製，可析爲二。

（金）論一人一事

推微知著，斯徵史識，子瞻長於此體，録一首。叔子效法蘇氏，姚、梅亦時有善言，各録一首。本章次章所選引，自廣義言之，可隸於此目者多矣。不具列也。凡五首。

（石）數人合論

史有合傳，乃有合論。後之作者，或異代或同時，綜合而比較之，抒其上下古今之見，斯爲貴也。陋者爲之，或至比附鉤緡以爲能，則失其旨矣。録蘇子瞻、陳止齊、魏叔子、全謝山各一首。

（戊）雜論

班《志》貫串九流，而儒墨刑名，窮於稱謂，則曰雜家。兹編竊比其意，凡無可歸轄之作，別立一幟，附於章末，統名之曰雜焉。録嵇叔夜《養生論》以下凡三首，爲雜論。

第二章　論之作法

文之爲事，貴乎適變，是以赴節投袂，應絃遺聲，士衡所云，譬之歌舞，微夫微夫，輪扁有不能言者夫。大抵當機以應者工，設鵠以射者拙。通詮衆論，約爲七類，彌綸羣言，此其庶幾。

（甲）敷陳

自漢以還，論主質幹。自唐以還，論主波瀾。近世作者，大抵效法三蘇，浩乎沛然，取其氣盛，而閑雅平徹之風，稍稍衰矣。論者倫也，義取倫理無爽，馳驟横決，良乖古誼。班叔皮之《論王命》，李蕭遠之《論運命》，如雲在空，絪緼變化。劉氏、楊氏之作，排比衆説，祥金在冶，所謂「辭共心密，敵人不知所乘」者也。凡四首。

（乙）問答

曼倩《非有》，子淵《講德》，發揮旁通，設爲問答，模仿經子，自成一格，録二首。昔者彦昇《文章緣起》，以子淵《講德》，爲論之始，後世多非之。顧問答辨難，論之爲誼，衡名責實，彼亦有取爾也。

（丙）整鍊

管、莊、荀、墨諸子，時見排比之言，廉戾黝栗，戛戛獨造。宋之明允，清之崑繩，倜乎以經世自命，其文最爲近之。唐子《潛書》，龔氏《文集》，操觚之子，耆同膾炙，良足爲詞繁不殺者藥也。凡四家，文九首。

（丁）清折

士衡有言：「論精微而朗暢。」整鍊者，精微之作，而清折者則朗暢之文也。歐蘇頗多此體，高者起訖謹嚴，彌見矩矱，次者亦一唱三歎，無醉意，無蔓辭。孔巽軒《元武宗論》，詞氣瑰麗，按其作法，正復龍驤虎步，高下在心，故以坿焉。共六首。

（戊）翻騰

得間之意，扼要之理，驅之以鋭氣，鑄之以偉詞，遂使軒然大波，起於尺幅，此亦天下之詭觀也，賈、蘇自是大宗。明人希直、元美、荆川，均有述作，惜意盡於言，少瀠洄之致，然鋒穎則過絶人。異之《蒯通論》，通甫《祭仲》、《寬饒》兩論，開闔遒緊，宕而能厚。趙桐生、皮鹿門之作，出以駢儷，亦斯文之雄師也。凡十二首。

（己）申前人之説

彦和謂：「論所以辨正然否。」標準斯誼，然則有申，而否則有駁矣。録孝標、子瞻以下凡五首，皆所以辨正其然者也。昔者宣尼立言，尚云祖述，引申之誼，由來舊矣。

（庚）駁前人之説

録權文公、王荆公以下凡十一首，皆辨正其否者也。辭忌枝碎，義貴圓通，大雅不羣，實在於此。若夫越理横斷之説，反義取通之論，悉以屏録，無俾害文。

第三章　論著之其餘各體

凡屬於論著類者，體製匪一，綜述於此：曰辨，子目五；曰説，子目六；曰議，曰原，曰義，無子目；曰解，曰釋，子目各二。凡爲類七，爲子目十五。

（甲）辨

據理陳詞，詰曲究盡，因之以辨名篇。其體實起於唐代，許書訓辨爲判，大鄭讀辨爲别，判别是非，此其幟志。經典流傳，字或作辯，辯本訓治，與辨無關，斯假借之誼也。兹編輯自各方，爲辨爲辯，一從原本。至其體製，可得而言，折衷聖喆，導勵流俗，如昌黎《諱辯》之類是也，是曰辨理。捃摭史事，一掃蚍蜉，如柳州《桐葉封弟辯》之類是也，是曰辨事。載籍叢殘，殷殷考訂，如柳州《文子》、《鬼谷》諸辨之類是也，是曰辨古書。滄桑陵谷，傳聞異辭，如王廣津《太華仙掌辨》之類是也，是曰辨地理。蓋棺之論，重爲平反，如焦弱侯《揚子雲始末辯》之類是也，是曰辨古人。

凡五目，共録文十七首。

（一）辨理　録五首。

（二）辨事　録二首。

（三）辨古書　録六首。

（四）辨地理　録二首。

（五）辨古人　録二首。

（乙）説

士衡《文賦》：「説煒曄以譎誑。」彦和辭而闢之，顧謂：「説者悦也。言咨悦懌。」夫古之所謂書説，後之所謂奏議，主文譎諫，義實相師，入室之爭，良可以已，參觀表奏類。古者宣尼贊《易》，爰有《説卦》，説訓爲釋，其體與解相出入。洨長著書，顔曰《説文解字》，此其證也。唐宋以還，厥體滋多，豈所謂博學詳説者耶？昌黎《師説》，鋭於復古，柳州《天説》，篤於信道，《揅經室集》之《説文言》，藝林聚訟，頗資援據，來鵠《儉不至説》，短言寥寥，樂蓮裳廣之，乃消息於國計民生之大，可謂至矣。凡此籀理之作爲一類。吴氏《餅説》，體物無遺，許氏《硯説》，陳言務去，瑟人《天壽》之篇，庶幾能説山川者與？其《碑》、《石》二説，尤洞達，凡此格物之作爲一類。至於《中庸》致曲，乃有雜説，《莊》《列》寓言，乃有設説，字説者，《儀禮》字辭之遺，贈説者，古人贈處之雅，衡之於義，皆不苟作。凡六目，共録文二十四首。

（一）説理　録四首。

（二）説物　録五首。

（三）雜説　録六首。

（四）設説　録三首。

（五）字説　録三首。

（六）贈説　録三首。

（丙）議

彦和有云：「周爰諮謀，是謂爲議。議之言宜，審事宜也。」但軒帝明臺之盛，唐堯四岳之咨，發言盈廷，體近建白，别入駁議類。若夫私家譔述，善談名理，文以辨潔爲能，事以明覈爲美，含毫激想，匡弼政教，斯自雅量，素所蓄也，必律以庶人不議之文，不亦泥乎？録柳州《晉文問守原議》以下，凡四首。

（丁）原

《漢書》注：「原，謂思其本也。」《雕龍》之作，首列《原道》，以原名篇，義則少異。昌黎崛起，推波助瀾，蔚爲此體之大宗。後之作者，日以繁矣，以梨洲爲最善。録昌黎《原道》以下，凡六首。

（戊）義

義者宜也，謂名處其宜也。昏冠射聘，《戴記》名之以義。後世爲之，體於經解爲近。稟經酌雅，神禪其詞，故足尚也。録二首。

（己）解

解之爲訓，猶言分疏。經解之名，見於《戴記》。何休《公羊》，題曰解詁。博士孔鼂，注《逸周書》，亦復以解名篇。漢晉之時，其體如此，後世施之雜文，迹近論説。録三首。解又訓脱，揚子《解嘲》，義取乎此，亦雜文之流也，昌黎踵之，作《進學解》。録二首。

（一）理解　録三首。

（二）喻解　録二首。

（庚）釋

釋者解也。《爾雅》篇目，統曰釋某，義取疏釋，此一體也。録汪容甫《釋三九》一首。釋者解説令散也，《吳語》：「使行人釋言於齊。」義取譬釋，此一體也。録伯喈《釋誨》，昌黎《釋言》，共二首。

（一）疏釋　録一首。

（二）譬釋　録二首。

第二編　序　録　類

第一章　著述之序上

《周頌》「繼序」，《傳》曰：「序，緒也。」《爾雅·釋詁》曰：「叙，緒也。」《説文》：序爲東西墻，叙爲次第。假序爲叙，經傳已舊。兹編爲序爲叙，字或不同，一從傳本。序既訓緒，義資紬繹，又訓次第，意在敷陳。孔子贊《易》，爰有《序卦》，其序之權輿乎？序其作意，次第爲言。古人命篇，多在簡末，如《史記序》、《説文解字序》是也。後世徒觀夫《詩》《書》小序，冠於篇前，往往有所著述，則導言之作，褎然居首，已稍稍失古誼矣。博觀衆製，約爲九事，即分三章述焉。

（甲）自序著述

作者之意，引伸乎序。然自人言之，不若自己言之之深切著明也。《史記》、《説文》，不朽之業，迹其樞要，尤在自序。他人有心，予忖度之，烏能如其腹中所欲言乎？凡兩類。

（一）序單篇

《伊訓》首節，即其自序。降此《詩》《書》小序，闡發本篇，條舉件繫，不煩而解，此其古體矣。後世作者寖多，大抵史官立言，文人掞藻，義取前導，均有斯製。爰約之爲史傳序及文序云。

（子）史傳序

龍門作史，每於列傳之前，先序厓略。後世善斆，厥惟歐陽。横雲《明史》，保緒《晉略》，亦存良製，一鱗一爪，可以名家。共録六首。

（丑）文序

大抵賦序爲一類，詩序爲一類，雜文序爲一類。録九首。士衡意在諷刺，子山體屬應奉，越縵《九哀》，祖北江之悱側，鹿門兩贊，法稚威之渾灝。此又其大略之可言者已。

（二）序全帙

融會貫通，條述梗概，特其方法，有詳有渾。

（子）詳序

子長史家鼻祖，百卅篇之大指，江漢朝宗，匯於《自序》。古之人有爲之者，《孟子》終篇，述堯、舜以來，《莊子·天下》，叙學術之概，比物此志也。抗顔行者，班固氏而止爾。保緒《晉畧序目》，希古之作，亦殊可觀。張氏、譚氏，叙述詩賦，淵然深，秩然理，源流殫洽，要亦師《漢書·藝文志》、《隋書・經籍志》而爲之者也。凡五首。

（丑）渾序

文章之法，匪繁則簡。繁貴能殺，簡貴能文。《老子》曰：「三十輻，共一轂。」《孟子》曰：「博學詳説，將以反約。」斯昌黎所謂「記事必提其要，纂言必鉤其玄」者也。若其方法，亦有二焉。

（金）以闡發之法序

最録文章，義存矜式，如昭明《文選序》是也。包舉衆有，意在搜羅，如歐陽公《集古録目序》是也。沈潛舊籍，發揮古誼，如朱子《大學章句序》是也。愴念身世，感槩今昔，如戴南山《孑遺録序》是也。凡此諸類，録文十首。其資之也深，其取之也左右逢其源，君子自得，有味哉其言之也。

（石）以謙抑之法序

歐、王諸作，或關政令，或屬奏進，讀其文，論其世，想見其承平制作之盛，匪特揄揚休美，體則宜然，抑鞠躬君子之風，以視囂張陵競者，氣象固不侔焉。録五首。

第二章　著述之序中

（乙）序人著述

古人作書，不皆有序，或於終篇，最其大恉，其體一衍，乃爲自序，而序人之作，亦由是興矣，爾其權輿，屬於著書。自是厥後，復有文集，而詶應之作，亦由是緐矣。近世以還，操觚能文，人各一集，泛覽藝府，製序尤多。綜而甄之，亦爲兩類。

（一）序單篇

例見前章。録玄晏《三都賦序》一首。太沖無名，借之以重，《世説》所載，云其自作，然昭明聞見切近，列名皇甫，亮不爲誣，兹從之云。

（二）序全帙

例見前章。古之作者，亦或稱爲大序焉。分詳序、渾序二類。

（子）詳序

例見前章。《會昌一品》，云改義山之作。《戴集總序》，頗抉漢學之精。爰録二首，以存楷式。

（丑）渾序

例見前章。序人著述，屬於詶應，此其體也。序之爲誼，次事有法，此其用也。兹約以今名，前者爲關繫，後者爲作法云。

（金）關繫

凡五目，述於下。

（壹）爲前輩序

莫爲之後，雖盛弗彰，徵文考獻，以先正典型風天下。此士大夫有世教之責者事也。録蘇子瞻、梅伯言序共二首。

（貳）爲後輩序

痛逝者之不作，傷吾道之日孤。其言哀以思，其音繚以曲，頹然老矣，掩卷漣洏，後之覽者，亦將有感於斯文也。録魏叔子、梅伯言、曾滌生序共三首。

（叁）爲婦人序

婦德婦言，古者並重。《詩》三百篇，删自孔子，其中思婦有作，皇然與《雅》《頌》同陳。必以内言出閫爲詆娸，拘於墟，篤於時，譬如賈豎女子爭言，何其無大體也。今者女教日興，名山之業，將在彤管，此其嚆矢云爾。録張燕公《上官氏文集序》以下凡三首。

（肆）爲方外序

自孟子闢楊墨，唐宋諸賢以衛道自命，競言闢佛，語言文字之間，凜凜乎不稍假借，何其嚴也。大同之説，今始昌明，古有作者，已通聲氣。亟録歐蘇之序，以息彼我之爭。凡三首。

（伍）爲外國人序

大道之行，天下爲公。有唐盛時，四裔之國以十數，各遣其子弟，入我太學，讀我詩書，自昔史氏，以爲美談。還視今日，主客又異形矣。老師宿儒，抱書而泣，悁焉以荒經爲愳。瀛海之邦，有起而廣業甄微者，不亦輕中華而羞當世賢豪耶？讀吳摯甫氏《古籀篇序》及《周易象義辨正序》，感慨係之矣。然吳氏序言，無阿好，無苟同，庶幾能持國體者。録二首。

（石）作法

凡八目，述於下。

（壹）以列傳之法序

古者序集，文以人重，讀其書，不知其人可乎？昧者不察，習覩近體，驚詫古人之作，無殊列傳，以爲格不相入，則數典而忘其祖者也。彥昇《王文憲集序》，粲然古意，可爲模範，後世文人，知此者尠，荀慈《伯兄詩文序略》，庶其嗣音。録二首。

（貳）以史志之法序

《漢·藝文志》、《隋·經籍志》，源流本末，斆然大備，承學之士便焉。近世古文派别，推本桐城，自姚惜抱而大昌，自曾滌生而丕變。讀《歐陽生文集序》，及《孔叙仲文集吳序》，源流本末，方物漢、隋二志，而曾序師友傳禮，又與《儒林傳》爲近，自我作古，偉哉，前此未之有也。録二首。

（叁）以地記之法序

史公遊歷天下，恢擴耳目，故其爲文，雄奇萬變。而《河渠書》、《貨殖列傳》及《漢興諸侯年表序》，指述形勢，尤爲剴切。後世作者，叙及文事，往往模山範水，造爲奇辭大句以自壯，譬諸繪事，渲染尚焉，所謂「得江山之助」者也。録荆公《靈谷詩序》以下凡六首。

（肆）以紀事之法序

彦和有云：「序者次事。」此之所録，約爲三類。雍容盛典，體制攸崇，託之高文，照耀千古，如顔、韓兩序是也。俛仰陳迹，綢繆倫好，或叙今昔，或感生死，如袁、梅兩序是也。命儔嘯侣，古歡盎然，淋灕篇翰，誌此觴詠，如宋、洪、李諸序是也。共八首。

（伍）以感歎之法序

《史記·屈原列傳》，叙《離騷》之恉，宛曲紆軫，愾乎如聞，千秋有餘哀焉。後之作者，雞鳴而思君子，亡國而痛大夫，反顧流涕，高邱無女，長言不足，繼以永歎，其惻愴可知也。録徐鼎臣《江簡公集序》以下。凡七首。

（陸）以託諷之法序

自歸震川序《項思堯文集》，妄庸巨子，詆訶弇山，而談藝之士，秦漢一説，唐宋一説，交閧之事由是始。魯通甫《伊蒿室集序》，亦其亞也，其《熊司寇集序》，深屏枝葉，獨得文章之本源。滌生諸序，鼓吹儒真，鍼砭俗學，文特閎雅可誦，濂亭諸序率仿之。諸氏之序《詞綜》，倚聲流弊，鑄鼎象形，非夫好學深思之君子，亦烏足以語此。共録八首。

（柒）以諍論之法序

棘棘不阿，古人所重。昭明「白璧微瑕」一語，卓識孤懷，弗可逮已，惜抱、滌生，時有平論，越縵代譔《祀典考序》，補闕拾遺，悠然嚮往。斯皆三代直道之遺乎？然末俗好聞諛言久矣，我知大聲之不入於里耳也。録四首。

（捌）以闡發之法序

序集之作，此爲中堅。觀其敷衽陳詞，一横一縱，序之訓緒，何其乙乙者與。篇籍既多，搜戢斯富，要其作意，不外兩端。燕公、昌黎兩序，憮狀文心，通幽達變，後此汪氏《韻蘭詩序》，吴氏《復堂詩序》，王氏《栟湖文序》，皆其嗣音。子固源本經術，辭氣雝容，《范奏議序》，見文章之關於治化。滌生綱羅散佚，以表章鄉賢自任，考學徵文，斐然述作。凡此皆撢源以立言者也。稚存博雅，湘涵瀾翻，惜抱善於推勘，越縵申其議駁。凡此皆廣例以證辨者也。共録十二首。

第三章　著述之序下

（丙）序古書

孔子贊《易》，有《繫辭》、《文言》諸作，而纂《書》百篇，各爲之序，雖或云謬託，要之序古之文，亦推濫觴。劉子政氏校書秘府，條其大恉，遂有叙録，卓然大宗矣，以命名不同，列於後章。大都整次舊簡，淵通妙思，斯之爲體，可約以兩，一曰辨證，次曰闡發。

（一）以辨證之法序

斠覈字義，異同致辨，有如怨家，校讎之名舊已。清代考據諸家，彬彬雅雅，成爲風會，動譏宋人，以爲空疏，然近世校讎之學，開自宋人，唐賢莫之逮也。録宋黄雲林《楚辭序》一首，清汪容甫《賈誼新書序》一首，考據之文，易滋蕪纇，嘗鼎一臠，庶其知味。

（二）以闡發之法序

西河大賢，孔門文學，《詩序》之作，允爲弁冕。歐陽氏《黄庭經序》，意在存古，不爲嚴論。子固湛於古書，深醇淹雅，駸駸乎與子政爭涂矣。凡此皆所謂「攄蓄念，發幽情」者也。録四首。

（丁）序譯書

佛學入中國久矣，六朝三唐之間，内學蔚蒸，繙譯彌富，顧序經之作，多闡教義。卅年以來，新學東徂，鯨呿鰲擲，陳腐之説一洗，而學問之道昌矣，此亦文運興革之樞也。録吳摯甫氏《天演論序》、《世界地理序》共二首。

（戊）序圖

大都爲三類：説山川，記道里，則地志圖序是也。辨昭穆，訂訛繆，則世次圖序是也。述芳躅，誌陳迹，則高風、昔遊及煙雲過眼圖序是也。揚子有云：「書爲心畫。」兩美攸合，文人之能事盡矣。共五首。

（己）序表

史臣載筆，敘述爲艱，紛而綜之，斯歸於表，表所未明，復繫以序。子長創爲此體，後世效焉。大抵文尚流美，辭崇體要。共録七首。

（庚）序譜

古之作者，實爲世本，自是厥後，迄乎唐代，譜牒之學，猶稱專長，則族譜之爲也。康成治《詩》，綜其變化，爰有《詩譜》。後世綴學之士，説有系統，往往以譜名篇。而金石學家，稽繆篆，述摹印，顔曰印譜，又其别子矣。凡此諸序，約爲三類。共六首。

（辛）後序

對於前序，乃立斯稱，涇渭之間，可判爲兩。

（一）以闡發之法序

孤遠之指，微眇難識，重事掞張，藉誌厥後，亦所以整比事理，導滯宣幽，譬如曲終重之以亂云爾。録四首。

（二）以謙抑之法序

非其尊親，即所師事，小子執卷，著作之事，謙讓未遑焉。裴、曾、阮、吴諸序，可以見其大凡。

録四首。

（壬）上下序

《易》如《繫辭》，《禮》如《曲禮》，文字過長，用析篇目。即如賈誼《過秦》，《新書》亦分上下焉。黄梨洲氏《明文案》有上下序，他之作者，不概見也。録二首。

第四章　雜　序

昭明列序，僅有詩文。後世文體孳毓，其例頗嫌弗括。姚氏《唐文粹》，有集序，有讌集，王氏《法海》，詩文宴集，亦區爲二，選家宗焉。兹編詩文一類，易名著述之序，析爲九事，冀盡衆變。然自兹以外，囿以宴集，亦殊未賅，而姚氏天地修養諸名，徒滋駴詫，難云愜當，凡斯之類，不敢從同，聊復析爲四事，曰序人，曰序物，曰序宴集，曰序身世，而統目之爲雜序云。

（甲）序人

《隋·經籍志》，稱漢「沛、三輔，有耆舊節士之序」，蓋其爲體，傳記之間。劉向《新序》，所録皆嘉言懿行，此其證也。夏侯孝若一叙，類乎家傳，姚氏之作，叙議兼施，脱胎腐史。薛氏叙曾幕賓僚，文碎而密，孟堅之遺，有清中興，萬流仰鏡，亦治掌故者所有事與。凡三首。

（乙）序物

此之爲體，純乎雜記。顧序虎丘，雅近酈《注》，柳州序棋，言近指遠，穉存《嘉禾》之篇，則頌揚之選矣。凡三首。

（丙）序宴集

一觴一詠，暢叙幽情，自右軍倡聲，風流宏被，序平原之豪飲，憶南皮之勝遊，代有作者，於今爲烈。録《蘭亭序》以下凡七首。

（丁）序身世

古人著書，每於自序之中，遠溯家世，兼及行己。《離騷》發端，詳述高陽伯庸正則靈均諸語，自序身世，實其先河。沿及後世，單篇别出，名爲自序，六朝之時，此體尤多。兹以孝標之作，後人取法，因類輯劉知幾、汪容甫、楊才叔諸家，述作淵源，庶幾弗昧。馮可道《長樂老序》，巧言如簧，亦孔之醜，爲來世之口實，亦不没其文辭，遂羼入焉。凡五首。

第五章　序録之其餘各體

凡屬於序録類者，體製匪一，綜述於此，曰譜，曰録，無子目；曰跋，子目四；曰題，曰讀，曰引，無子目；曰書後，子目二；曰記後，無子目。凡爲類八，爲子目六。

（甲）譜

《周譜》之作，旁行斜上，所以明氏族，别親疏。引而伸之，大抵義取周密，説具系統，皆謂之譜。《釋名》：「譜，布也。布列見其事也。」其完然成巨帙者不復録，録孫過庭《書譜》，包安吴《文譜》，各一首。

（乙）録

録者，籍也，孳乳其誼，謂之總領，猶今言綱要矣。自劉子政校書，輒條其大旨，名曰《書録》，亦曰《叙録》，其體乃著。草廬經學，焯於元代，《四經序録》，言之淵淵。洪氏《地理書目叙録》，舊時輿地之學，集其大成，何其閎覽博物君子者歟。共四首。

（丙）跋

《禮》：「燭不見跋。」注：「跋，本也。」故有足後爲跋之誼，而坿書文字，遂以跋名。其體孳萌於宋，歐、蘇之集，實爲權輿。綜其流别，約分爲四，捃逸抽秘，考訂叢殘，是曰故籍之屬；一帛一縑，望古遥集，是曰書體之屬；文章不朽，性命與契，是曰詩文之屬；摩挲尺幅，遐思淵淵，是曰圖畫之屬。大抵掞張膭義，景仰名流，體爲志餘，詞爲雜綴。凡録十二首。

（一）跋故籍　録二首。

（二）跋書體　録五首。

（三）跋詩文　録三首。

（四）跋圖畫　録二首。

（丁）題

《説文》：「題，頟也。」引伸其誼，遂爲居前，此一説也。《詩》：「題彼脊令。」《傳》曰：「題，視也。」《釋名》亦曰：「題，諦也，審諦其名號也。」此一説也。然題之爲文，不必居前，題後之體，可爲左證，斯審諦之説允矣。録四首。

（戊）讀

《説文》：「籀，讀書也。」《方言》：「抽，讀也。」《史記》：「紬史記金匱石室之書。」字亦作紬，紬繹其義，故曰讀矣。其體於題爲近。昌黎以後，作者滋多。録六首。

（己）引

《爾雅》：「引，陳也。」《詩·行葦》箋：「在前曰引。」彦和有言：「叙引共紀。」又曰：「引者胤辭。」斯知叙引同體，由來已古。劉夢得序文，多名爲引。眉山父子，避其家諱，以引爲序，又其後矣。録四首。

（庚）書後

其體與題跋相近，大抵或全帙，或一篇，掩卷罷讀，悠然有思，遂從而爲之辭，此其識也。而其流別，亦可約指，子固、介甫、姚、梅、張、吴諸作，意在闡史；青門、滌生諸作，體近弼教；兩董

《春覺軒集書後》，言念耆舊，躃側其思，又別一體矣；凡此皆闡發事實者也。 觥觥望溪，桐城鼻祖，書後諸篇，義法所在； 滌生、濂亭，持論尤嚴； 孟塗推重彥和，駢體大宗，《雕龍》斯仰； 後世李、皮兩作，駢散爭論，亦資參觀； 孔孱軒《石鼓文詩書後》，夷視俗書，高跂獵碣，又別一體矣；凡此皆評隲文字者也。 綜兩類，録文二十首。

（一）闡發事實　録十首。

（二）評隲文字　録十首。

（辛）記後

其體與書後同。 甑其陳義，師法淵源之作爲多。 永叔之於昌黎，南屏之於震川，摯甫之於《尚書》《左史》，碻乎心得，故崒然自成一家言。 録四首。

第二部　書牘贈序之屬

第一編　書牘類

第一章　叙事之書上

彦和有言：「書者舒也。舒布其言，陳之簡牘。」然自上而下，則曰賜書，自下而上，則曰上書，兹别入詔令表奏兩類。惟上下詶答，言匪政事，體屬筆札者，文以類聚，仍隸於斯。彦和又云：「書體宜條暢以任氣，優游以懌懷。」標準斯言，析之爲兩。條暢任氣，屬於叙事，優游懌懷，屬於達情。徐伯魯氏所謂「書有議論辭令二體」者也。近世黎庶昌，謂書牘有言理言情言事之别。但事之一名，足以賅理，細别爲三，大别仍二。古者言筆未分，矢口陳詞，不立名目，亦迄春秋，兹體遒著，由是以還，漢人長於叙事，六朝長於達情，唐宋又長於叙事，清代文人學人，雲興霧合，叙事達情，斐然並見，此其大較也。兹先録叙事之書，凡九類，析爲三章。博觀衆製，詞條豐蔚，雖事僅醻醋，而富逾譔著，書記之事，匪小道已。

（甲）論學

自唐人以衛道自命，而辨學術，别幾微，書牘之中，亦開生面。兹録閎雅可誦者，凡八首。昌黎闢佛，考亭談性，思之爛熟，如數家珍。顧亭林清儒巨擘，講學末流，目擊其弊，言之絶痛。自後惜抱、滌生，均以閎文繫衆望。漢、宋之辨，朱、陸之爭，幟志高張，齦齦未已，而孟塗翊戴宋儒，通甫掊擊道統，相僢而馳，要皆持之有故，言之成理者焉。清代䪺學大行，轉注之説，迄無定論，滌生《與朱仲我書》，出其創獲，治小學者，莫之難也，故以附云。

（乙）論文

吾國論文，素無專著，微言弘恉，往往散見書牘之中。兹編之輯，意在掞張文事，執柯伐柯，其則不遠。論文之作，搜録較多，要其涂術，一曰評騭，一曰闡發，紀文之士，以覽觀焉。

（一）評騭

魏之子建，梁之簡文，品藻文人，婉而多中，審其風格，庶乎《典論》之遺。近世論者，别駢散，分古今，秦漢六朝，以逮唐宋，砉然爲三。安吴皉皉，一通其郵，無偏辭，無貸語。後此劉孟塗與阮氏論文，衡量八家，不爽銖兩，其流亞也。乾嘉以還，桐城文派之説，披靡天下，吴南屏碩果不食，反唇而譏，鐵中錚錚，彌見風骨，彭湘涵氏有作，掎摭詩人，殿最儷體，趣昭事覈，斯亦别子矣。

凡此皆評騭文家者也。録八首。

（二）闡發

文之能事，不過四端，曰聲，曰氣，曰辭，曰法。沈隱侯著《靈運傳論》，張其聲韻之説，與陸韓卿往復論難，要之六朝文人，多講聲韻，特其幼眇，輪扁不言。有唐昌黎，易爲養氣，同時子厚，以多讀古書爲事，畸于修辭，宋蘇氏、王氏之論述，皆其緒餘，惟氣與辭，相爲並用，斯邵青門所云「讀書養氣，濬文之源」者也。朝宗推重韓歐，不外運氣，至云行文裁制，則桐城義法之説，已兆先河。方氏因辭以求法，姚氏諸家因聲以求氣，洵乎文之能事，不過四端者與。姚氏陰陽之説，得曾氏而大昌，曾氏論文，以力去陳言始，以聲調鏗鏘終，恢以漢賦之氣，行以戒律之嚴，四端具備，蔚然大宗，可不謂雄駿君子焉？張氏主諷讀，吴氏主雅馴，二子皆從曾氏問故，師法淵然可尋。他若迦陵詞賦之雄，標以興會，别具玄解，荀慈力追晉宋，簡質清剛，消息乎聲氣之説，孟塗論駢體一書，取精用宏，仍在多讀。故知文無駢散，理實一揆，先民復生，俟之不惑。凡此皆闡發文心者也。録二十二首。

第二章　叙事之書中

（丙）論政

識時務者，是爲俊傑，盱衡世變，馳騁其辭，談兵事，覈吏治，量國費，備荒政，策外交，犖犖大端，洞見癥結，或上言獻替，或私居商榷，爲隨爲激，所持各異，要之詰屈究盡，可見施行，彦和所謂「取象於夬，貴在明決」者也。録昌黎、老泉以下，凡十二首。

（丁）雜論

彦和云：「詳總書體，本在盡言。」執斯以推，諷籀衆製，則有跌宕文史，摩挲篆楷，考訂金石，撢簡義例，或乃旁參佛乘，下感世習，可謂佹色殊聲，極文人之能事者矣。録梁武《論書書》以下凡十六首。

（戊）辨駁

「批大郤，導大窾，動刀甚微，謋然已解。」故知切理者厭心，尺一之書，所以能服人也。不善者爲之，羃而不理，激而尚氣，其説嫚，其詞枝，則賈豎女子爭言類矣。至於邦家傎危，飛書走檄，既資排難，亦賴折衝，陳興國之於貞陽侯，徐孝穆之於楊僕射，史閣部之於睿親王，大義盟鬼神，血誠迸金石，雖年代已謝，而生氣猶新，書介之文，斯爲尤美。凡録十首。

第三章　敘事之書下

（己）諷勸

此之爲體，或婉或直，然其蹊徑，可約爲三。敵國兵交，使在其間，捭闔從衡，凴乎簡牘，要在開形勢，指利害，一紙之書，賢於十萬之兵，如朱叔元、王仲宣、阮元瑜、丘希範、徐孝穆、多爾袞諸書是也。策名委贄，重其官守，亢進可危，瘝職可戒，至若天下之蒐，一時之瑣，聲罪致討，足以褫魄，然辭亦少激焉，如王生、永叔、介甫、朝宗諸書是也。軫念身世，商略出處，閬風緤馬之思，空谷維駒之詠，語長心重，惻乎動人，如劉醇甫、黄霽青、王眉叔、趙桐孫諸書是也。共録十五首。

（庚）慰藉

古者列國有難，進書弔慰。循而推之，綢繆倫好，蠲祓侘傺，其上者開示理勢，盡利盡嗛，其次者莊論俳語，亦足以開拓心胸。故知文字之用，勝於萱蘇矣。共録六首。

（辛）干謁

假令之人，曳裾侯門，馳書豪右，趦趄囁嚅，曾不可以終日，何則？其氣苶也。釂醋應求，人生詎免，要之纏綿以盡致，慷慨以任氣，血誠可訴，而風骨不頹，文章於是爲不朽矣。昌黎明於事理，往復推勘，書牘尤長，而干謁諸作，讀之短氣，悉畀刊落，以崇體要。録丘巨源、江文通以下，凡十首。

（壬）況狀

此之爲體，約分四類。綺麗豐縟，儷語尤工，則有君子于役，登彼長途，俛仰山川，流連光景，如鮑明遠《大雷書》之類，此揚水懷歸東征破斧之遺也。雄心債薄，文思旁皇，一唱三歎，自適己事，如梁簡文《答張纘》之類，此漢高猛士魏武短歌之意也。至於吳叔庠、陶通明諸書，其屈子玄圃淮南小山之思乎？張乖崖、李越縵諸書，其燭武精亡淵明形役之嗟乎？凡録十九首。

第四章　達情之書上

喜怒哀樂，含生大情，敷衽陳詞，可歌可泣。彦和所云「心聲之獻酬」者也。魏晉以還，筆札紛紜，衆響箎弄，有清儷體諸家，亦足上追逸軌，其情深，其文明，其思悱惻，其韻瀏亮，辭令之美，斯爲正宗。凡六類，析爲兩章。

（甲）感慕

白雲在天，蒼波無極，長謠永夜，撫臆蕭辰，成連海上之琴，張敏夢中之路，故知風雨如晦，而雞鳴不已，蓁葹盈室，而叢蘭自芳，同心之言，豈不有藉乎翰墨者也。録魏文帝、梁簡文帝以下凡十三首。

（乙）牢騷

大塊噫氣，其名爲風，是惟無作，作則萬竅怒呺，士有蓬累而行，寃曲紆軫，不平之鳴，上訴真宰。迹其憤氣雲薄，激情風烈，此易水之所以歌，而《離騷》之所爲作也。嗟乎子卿，行矣孔璋，我聞此語，心骨悲傷。録司馬子長、李少卿以下凡十三首。

（丙）恬淡

巢、許尚已，叔世賤儒，金玉奪其氣，簪紱嬰其心。有士一人，獨清獨醒，不使芻狗貽夢，社櫟見嘲，纏綿《招隱》之詩，剴切《陳情》之表，可以養生，可以窮年，是亦莊周所謂「緣督爲經」者耶？録雷仲倫、周義利以下凡十二首。

（丁）惋傷

死生之感，賢愚攸同，友生銜悲，況爲骨肉。當其執簡操觚，聲淚俱咽，哀感頑豔，由此其選，匪云危苦之言易工也，别有掘黄泉而致書，招鬼魂而共語，幽明路隔，文字契通，緬山陽之死友，迺曩勝而云再，如任彦昇、劉孝標、張燕公三書是已。録文凡十六首。

第五章　達情之書下

（戊）懇摯

伏波戒姪，康成訓子，宇文母子之殷肫，薛氏兄弟之訣别，讀之使人增天倫之重焉，此一類也。賓王拳拳，深其孺慕，容甫罣罣，廣其孝思，讀之使人念鞠我之艱焉，此一類也。慎終鉅典，傳世高文，鮮民告哀，泣涕如雨，如子瞻之《謝張太保》，子固之《謝杜相公》、《寄歐陽舍人》，此一類也。密契古懽，商量出處，盈盈一簡，藹乎性真，如昌黎之《與李翺》，北江之《與季逑》，越縵之《與柯山親友》，此一類也。凡録文十三首。

（己）側豔

《關雎》之詠，以求淑女，《草蟲》之詩，以思君子，夫婦爲人倫之首，《國風》存好色之文，匪若後世之談香匲，矜麗體者倫也。漢魏六朝，間存古製，有好事者，仿孝穆《玉臺》之集，輯爲一編，藝林盛業，跂予望之。録徐淑以下，文凡七首。

第六章　書牘之其餘各體

著於竹帛謂之書，書之於版謂之牘。牘長一尺，或云尺一，尺牘之名，由此其昉，形若木笏，但不挫角，師古之説詳矣。其餘箋、簡、札、帖諸名，咸自書牘孳乳。凡屬于書牘類者，體製匪一，綜述於此，曰箋，子目二；曰啓，子目六；曰帖，曰簡，曰奏記，曰狀，曰札，曰疏，曰引，無子目。凡爲類九，爲子目八。其間凡施之君主者，均别入表奏類。

（甲）箋

《詩》注：「箋，或作牋。」《説文》：「箋，表識書也。」彦和云：「牋者表也，表識其情也。」後漢之制，公府奏記，郡將奏牋。大抵古者自敵以上，此體爲宜，後世亦遂施之儕輩矣。兹本彦和之説，約以今名，析爲兩目，一曰陳述，敬而不懾，簡而無傲，庶幾上窺乎表者也；一曰議論，清美以惠其才，彪蔚以文其響，庶幾上睨乎書者也。凡文十四首。

（一）陳述

録繁休伯以下凡八首。

（二）議論

録楊德祖以下凡六首。

（乙）啓

《通俗文》云：「官信曰啓。」《釋名》：「啓，詣也。以啓語官司所至詣也。」古者軍在前曰啓，在後曰殿。意者上書先容，義等執贄乎。《大唐創業起居注》載「帝自手疏《與突厥書》，署名某啓。所司報請，改啓爲書」。則施之自敵以上，義可概見。然昭明《十二月啓》，翫其語意，問訊朋儔，此其不同者也。後世又有公啓，施之泛博之人，則又無分上下已。兹析爲六目，曰感慕，曰陳述，曰干謁，曰達謝，曰致賀，曰公啓，綜而甄之，其諸在藏弆之列者與。凡文三十五首。

（一）感慕

録昭明太子以下凡四首。

（二）陳述

録劉孝儀以下凡四首。

（三）干謁

録劉夢得以下凡四首。

（四）達謝

録劉孝儀以下凡十三首。

（五）致賀

録柳子厚以下凡四首。

（六）公啓

録劉圃三以下凡六首。

（丙）帖

《説文》：「帖，帛書署也。」古謂之帖，今謂之籤，魏晉以還，爲書牘之一名。蓋單篇隻義，近乎短書書與。録四首。

（丁）簡

《説文》：「簡，牒也。」編連爲策，不編爲簡，簡略之誼，權輿於此。《詩·出車》傳：「古者無紙，有事書之於簡，謂之簡書。」蓋著之於竹，與書相同，故以爲書牘之名也。字亦作柬，所謂柬擇其事理所宜也。録二首。

（戊）奏記

《説文》：「奏，進也。」彦和云：「記之言志，進己志也。」古者書記同辭，奏記之誼，無殊進書云爾。録二首。

（己）狀

狀之爲言陳也，陳述事實，施之自敵以上，其體與箋、啓爲近。録二首。

（庚）札

《説文》：「札，牒也。」在竹曰簡，在木曰牘，牒札其通語也。後世公府行文，專用此稱，書札之誼，寖不可見。録二首。

（辛）疏

彦和云：「疏者布也。布置物類，撮題近意。故小券短書，號之爲疏。」自奏疏之名顯，而書疏之名晦矣，紬覽《陶集》，猶存此製。别有誼取布陳，同乎公啓，亦古體也。共録二首。

（壬）引

大抵籲衆呼援，近世以來，疏引並用，佛事召募，其文尤多，引之訓陳，抑不背其本誼，特其爲體，與序録之屬所入者，同名而殊實矣。録三首。

第二編　贈序類

第一章　别序之體製

昔者子路去魯，謂顔子曰：「何以贈我？」顔子亦曰：「何以處我？」而《左傳》載「繞朝贈策」。自劉彦和以下，解爲書簡。臨别贈言，其誼古已。漢魏以還，贈别以詩，唐人爲之，緣詩作序，至於昌黎贈序，不皆有詩，且不必以别焉。文章之事，與時推移，謂爲非古，斯知一十而昧二五者也。爰仍論著之例，體製作法，析爲二章。兹先述體製云爾。

（甲）仕宦

聖門諸賢，爲宰問政，每申討論，所紀夥已。後之作者，綢繆離别之衷，鄭重民社之寄，冀以宏謨猷，敦教化，斯性情之篤，而友朋之所以重也。學古入官，士林仰鏡，贈别之作，此類良多。録張燕公以下文凡二十首。

（乙）督師

讀《詩》至《車攻》、《無衣》、《小戎》、《駟驖》諸章，勇士一人，雄入九軍，何其壯也。國家之命，繫乎將帥，祖餞之誼，通於類禡，取先天下武夫，闟其口而奪之氣，昌黎所爲勖柳中丞者也。録王芥子、張濂亭文共四首。

（丙）出使

春秋戰國，行人將命，輝煌記載，專對尚焉。自後世大一統之説，深入人心，凡在四裔，目以蠻夷，乃至國勢既衰，而成見猶不可拔，交際所由多僨也。昌黎、老泉、望溪諸作，躬際盛時，詞鋒横驟。張、趙生丁季世，高掌遠蹠，不爲目論，斯識時之士矣。録文共五首。

（丁）佐幕

古者公府吏掾，皆其自辟，幕府之制，此實濫觴。士不得權與位，得人而佐之，功業在人，無異於己。濂亭之論韙矣，豈區區作上賓稱揖客云爾哉？録昌黎以下文共六首。

（戊）致仕

《引年》之典，所以重老，政治隆窳，於此可覘。楊少尹之歸，不絶其禄，周屯田若不釋然，降是則龍峯無疾報罷矣，越縵序高次風，謗讟交加，怵然見仕宦之巇巇。衰世秕政，所謂每下愈況者耶。録文共四首。

（己）寧親

親在遠游，歸而定省，禮也。贈言者大抵敦叙彝倫，澡雪其精神，磨礱其志業，悠乎有息壤之思焉。錄文共三首。

（庚）答人

往而不來，是爲非禮，答人之作，亦一體也。錄二首。

（辛）留别

行者有贈，居者有處，其從來久矣。錄八首。

（壬）合送數人

贈序之體，昉乎書牘，昔雷仲倫之《示子姪》，駱賓王之《與博昌父老》，致辭達愫，匪止一人，此其先河與。錄二首。

（癸）送特别人

文章之事，因人而施，知者不失人，亦不失言，故足尚也。錄七首。

第二章　别序之作法

君子贈人以言，必有其所以言者焉，泛應曲當，黎然於人人之心，使施者不夸，而受者彌愜，《大易》所由擬以蘭臭，《荀子》所以比於金珠也。約其作法，析爲六類。

（甲）稱頌

聲聞過情，君子所恥。大抵述其事業，羡其境遇，無溢量，無浮詞，斯非導諛貢媚者比也。録昌黎《送竇從事》以下文凡九首。

（乙）規勉

責善規過，朋友之道，故去其驕氣，老聃以勉孔子，不務循職，王生以戒寬饒，今人與居，古人與稽，肝膽照人，可謂篤厚君子者也。録昌黎《送許郢州》以下文凡十六首。

（丙）解慰

士有磊落抑塞，無所合，困而歸，國門祖筵，心傷悴矣，君子於此，愔愔德音，酌酒以散其牢愁，鳴琴以平其忼慨，大丈夫不遇於時之所爲也。若夫五斗折腰之感，千里命駕之思，幸謝故人，敬勖光采，瑣瑣者何足道乎。録昌黎《送王秀才》以下文凡十四首。

（丁）感慨

俯仰今昔，悲從中來，昌黎《送李正字序》，有桓公種柳之感焉，此梅伯言《贈小坡》之所脱胎也。若夫公論未明，掩鬱長歎，震川《送張夾江序》，作「士不遇賦」讀可已。録文凡三首。

（戊）諷諭

摩詰之作，恢我王度，諭彼蕃臣，亦以華夏上邦，體應爾也。昌黎蒿目憂患，《董邵南》、《李端公》兩序，惓惓河北，情見乎詞，鄭公貪鄙，美之以能貧，諷之以不富，聞者足戒，其庶幾與。録文凡四首。

（己）發揮

君子深造以道，凡夫政教風俗之大，學術文章之懿，藴之彌深，觸之斯發，如泰山出雲，膚寸而合，不崇朝而雨及天下也，如原泉混混，不舍晝夜，盈科而進，由江河而放諸海也，贈人以言，抒其自得，浩乎極文章之詭觀矣。録永叔《送王聖紀侯序》以下文凡十二首。

第三章　壽序之體製

生日之禮，起於六朝，顔之推謂江南風俗，是日供張聲樂。唐宋以還，壽詩彌夥，元明之際，乃有壽序，自宋景濂以壽序入集，斯體遂爲大宗，然大率緣壽詩爲之，自是厥後，無詩而序，遂以爲常。歸震川、曾滌生頗言其非古，讀其文集，壽序特多，匪曰惡醉而强酒也。章實齊曰：「文生於質，視質之如何而施吾文焉。」亦於世教，未爲無補。禮從宜，使從俗，苟不悖乎古人之道，君子之所不廢也。爰仍别序之例而先述其體製云。

（甲）親戚

淳于髡謂「親有嚴客，豢韝鞠曆，侍酒於前，奉觴上壽」。故知此事緣起，當在家人長者之間，所謂叙天倫之樂事者也。録親戚壽序共九首。

（乙）仕宦

「南山有臺，眉壽黄耇」，祝壽之文，此爲權輿。然首章曰：「樂只君子，邦家之基。樂之君子，萬壽無期。」蓋古者祝壽，施之君親，次亦惟卿大夫備位國家，始與此禮，典槼鉅矣。然治天下者，惟良二千石，而大夫致仕，則以教於鄉，一命以上，亦皆負斯世斯民政教責者也，庶足附於「樂只君子」之誼與。惟位與壽，歸之大德，録仕宦壽序共七首。

（丙）武功

《采芑》之詩曰：「方叔元老，克壯其猷。方叔率止，執訊獲醜。」諒哉，握虎符，佩金印，自非老於戎行，烏能勝任而愉快者乎？太公鷹揚，八十之年。蹇叔墓木拱矣，能知鄀陵之役。此李勣命將，所以訾相夫奇龐福艾之人也。凡關於武功者，録壽序共五首。

（丁）布衣

司馬子長作《史記》，以伯夷事迹無徵，爰即天道報施，寄其閎議，《伯夷列傳》，成别調焉。摛文之士，有所序列，每於事功、節操、學問、文章，諸犖犖大端，逞其極筆。而閭巷布衣，操行中庸，名位不足以自顯，老死溝壑，傳者用希。凡布衣之屬，録壽序共三首。

（戊）學人

自古學人，必得其壽，蓋經史文章之懿，考據性命之精，經國大典，不朽盛事在焉。老師宿儒，所以爲貴。凡學人之屬，録壽序共六首。

（己）女壽

昔劉向有《列女傳》之撰，厥後范蔚宗作《後漢書》，上補馬、班之闕，創立體例，搜次才行高秀者，桓龐趙班之儔，彙爲列傳。後之史家，咸宗法之。曾滌生謂范氏之識，有見於古聖人正家之大原。其言允已。今妻壽母，詠其燕喜。爰本斯恉，録女壽序文共七首。

（庚）雙壽

孟子論君子之三樂，雖王天下不與，而父母俱存，裒然居首。人子希韝奉斝，爲友朋者，張大其詞，愛其親而施之人。「孝子不匱，永錫爾類。」左氏之所爲美考叔也。若夫達人長德，白首唱隨，於古有徵，亦君子偕老之所爲詠也。録雙壽序文共七首。

（辛）方外

遊方之外，誼本《莊子》。莊子著書，《逍遥遊》、《齊物論》、《養生主》諸篇，裒然居首，可以保身，可以盡年，先天地生而不爲久，長於上古而不老，蓋惟逃於寬閒寂寞之濱者然也。浮屠之説，生老病死，是謂四諦，物論之齊與，養生之主與，序而志之，亦所謂因緣者與。録方外壽序一首。

（壬）初度序

壽之爲誼，有虚有實，上壽中壽下壽，限以年歲，此實言也。史傳所稱，「爲先生壽」，「爲長者壽」，不限年歲，此虚言也。然明季風氣，五十以還，始相爲壽，蓋五十服政，四十而仕，由此逆溯，更無俟論，名不正，言不順，大雅譏焉。折衷《離騷》，取名初度，亦亡於禮者之禮乎。録初度序文一首。

（癸）自序

昔者劉光伯自贊，謂通人司馬相如、揚子雲、馬季長、鄭康成等，皆自叙風徽，傳芳來葉，進而徵之。十五志學，七十從心，歷數生平，無殊年譜，孔子已爲之矣。斯亦行夫古之道也。録自壽序文共二首。

第四章　壽序之作法

昌黎有言：「惟古於詞必己出，降而不能乃剽賊。」剿説雷同，壽序成惡道久矣。然蓬生麻中，不扶自直，戛戛獨造，是在通人，發攄今情，鄭重古誼，庶無乖於作者之恉乎？約其作法，亦得六類。

（甲）考論

辭氣之出，宜遠鄙倍，繁華流蕩，君子弗欽。孔子有言曰：「《爾雅》以觀於古，足以辨言矣。」

壽序非古，宜若可爲。録歸震川《默齋壽序》以下文凡五首。

（乙）規勉

愛人之摯，憂其無成，於奉觴之餘，寓揚觶之誼。不則亦述家世，誦靈芬，無以空文，隳其實踐，豈不狠狠有古君子之風者哉？録汪堯峰《孟遷壽序》以下文凡四首。

（丙）感歎

魏文帝《與季重書云》：「節同時異，物是人非，我勞如何。」王逸少序蘭亭修褉，謂「情隨事遷，感慨係之」。故知性真之文，感乎頑豔，故人握手，頹然老矣，言歡方笑，涉哀已悲，一樽相屬，跌宕於形骸之外，此亦性真之發越者摯也。録歸震川《侗庵壽序》以下文凡七首。

（丁）慰藉

必得其壽，斯爲大德，浮雲富貴，無以慁公，物論可齊，賓戲可答，所謂排終身之積慘，求數刻之暫歡者也。元真相葆，猶是太平之人，莊子有言，寧爲溝中之斷。録歸震川、吳摰甫文共兩首。

（戊）發揮

至德懿行，文章政事，含章内美，斯實俊民也。發揮旁通，聲生勢長，此子爲不朽矣。視彼眉壽福祉，無故而爲麥邱張老之言者，披文相質，不迴殊乎？録魏叔子《小翩壽序》以下文凡七首。

（己）别體

或進説，或陳銘，或獻頌詞，或援緯候，工者爲之，遠祖連珠之體，重次《千字》之文。又其至者，拜乎師門，效孝標《三同》之論，編次年譜，序《會昌一品》之書，介壽陳詞，斯爲觀止。録文共十一首。

第五章　贈序之其餘各體

贈序之作，不必有詩，馴而致之，不必有别，匪特壽序然也。序訓次第，意在敷陳，古人序人序物，以至序宴集序身世，盂水方圓，無施不可。其於贈序，亦復同揆。凡屬於贈序類者，體製匪一，綜述於此，曰序學藝，曰序治行，曰序武功，曰序交誼，曰序名字，曰序新婚，曰序築室，曰序補博士弟子，曰序下第，曰序優伶。凡十類，共文十五首，大抵意主贊揚，體近傳記，覽者宜自得之，不贅説也。

（甲）序學藝　録四首。

（乙）序治行　録一首。

（丙）序武功　録一首。

（丁）序交誼　録一首。

（戊）序名字　録二首。
（己）序新婚　録二首。
（庚）序築室　録一首。
（辛）序補博士弟子　録一首。
（壬）序下第　録一首。
（癸）序優伶　録一首。

第三部　碑文墓銘之屬

第一編　碑　文　類

第一章　祠廟碑文

古者宗廟有碑，所以麗牲，宫必有碑，所以識日景，引陰陽。溯其權輿，制等桓楹，叙功述德，因而文之，其事起於秦漢矣。士衡有言：「碑披文以相質。」孫何《碑解》，頗致譏誚，以爲碑非文名，單詞不立，循名責實，宜曰碑文。又碑之與銘，事多聯屬，凡止稱銘者，別入銘類。兹述祠廟碑文凡七類，亦以碑文之起，宜此爲先云爾。

（甲）嶽瀆

王念豐云：「漢時嶽瀆祠廟之碑，大都部掾之儔，頌其府主。故於獻享之人，陳乞之事，往往兼及。」蓋兹體之起，肇端封禪，典策之文，潤色鴻業，匪曰夸毗，體則然也。録張燕公《西嶽碑文》，韓昌黎《南海碑文》，共二首。

（乙）寺觀

魏晉以還，諸教朋興，紺宇琳宫，每多傑構。宋景文言：「墓碑下棺，廟碑繫牲，刻文其上，於義有取。」今佛氏揭石鏤文，題曰碑銘，何也？黄黎洲氏，即援《儀禮》鄭注識日景之説，以爲無礙名義。則知宫必有碑，無分釋老，特侈陳教義，良足累文。兹録閎麗有氣韻者，自王簡栖《頭陁寺碑文》以下，凡四首。

（丙）聖賢

嘉聖靈於髣髴，想禎祥之來集，仲尼日月，無得而踰，俎豆百世不祧可也。唐之韓子，宋之朱子，抉翊聖學，號爲功臣，子瞻、笠舫之作，推崇備至，亦無媿詞。録文共四首。

（丁）功德

《祭法》有云：「聖王制祭，所以崇德報功，勸忠尚義，風勵無窮。」則夫曶鼎書勳，妕盤銘績，廟貌有作，紀以鴻文，庶幾有異者山河，不泐者金石，所謂神麗顯融，越不可尚者也。

（一）昔人

可分爲叙事、翻案二類。

（子）叙事

碑碣之文，貴有直體，肅穆其氣，弘整其詞，斯善學漢人者也。録昌黎《徐偃王廟碑文》以下，凡六首。

（丑）翻案

碑文之作，所以紀事，議論縱横，乖乎古式，亦物窮則變之徵也。《小倉山集》，讀者每憙其《于忠肅碑》，矜爲創作。然《吴山伍公碑文》，善卷已爲先導，作者繼起，格調遂成，類而録之，文凡四首。

（二）今人

復分爲已殁、生存二類。

（子）已殁

法施於民則祀，以死勤事則祀，遺愛在民，没世不忘，憩棠之思，焄蒿之氣，此後世名宦祠所由昉也。録文二首。

（丑）生存

漢欒布爲燕相，有治績，民立生祠。于公決獄平，郡中爲之生立祠，曰于公祠。故知生祠之制，起於漢代，自是厥後，常有建立。迄於明季，魏閹當國，而其典濫矣，顧碑文不少概見。録一首。

（戊）義烈

自唐天寶中，詔史籍所載，德行彌高者，所在置祠，量時致祭，於是古來忠臣義士孝婦烈女，得與祠祭者，四十五人，追賢紀善，此其權輿。蓋周師滅殷，封比干之墓，漢高過魏，歎無忌之賢，宜也。録文五首。

（己）家廟

孔子曰：「古者臣有大功，死則必祀之於廟，所以殊有績，勸忠勤也。」然有位於廟，誼實配享，《左傳》載趙氏祀安于於廟，説者謂人臣私廟，自趙簡子始矣。録文五首。

（庚）雜祀

五祀八蜡，由來舊已，碑而文之，亦有舉莫廢意也。録文四首。

第二章　紀事碑文

文事流別，變而加厲。宮廟有碑，無與於文，俄而列以文焉，紀事諸作，不必於碑，俄而被諸碑焉，要其事資久遠，誼取昭垂一也。石墨流傳，充乎宬府，衡其大別，墓文而外，不過兩類：一曰祠廟，一曰紀事而已。抑記文之作，往往刻石，碑之與記，事斯聯屬。兹編義取斷截，凡記之標題，不以碑名，均別入志記類。

（甲）紀功

考之《周禮》，國功曰功，戰功曰多，莫乎山川，光乎區宇，闕而不紀，後嗣何觀，亦書太常銘鐘彝意也，特詞有繁簡爾。録文凡六首。

（乙）德政

德政之碑，清世有禁，文緐法敝，叔季則然，昔者南國興甘棠之詠，東京留酸棗之碑，民不能忘，典何可廢。録文凡四首。

（丙）教思

以道得民，謂之儒者，校官之去，教思無窮，世之治國聞譚德育者資焉。録文二首。

（丁）黌序

學校之不振，乃有書院，官師之不及，輔以社學。今者教育制度，備哉燦爛，神明之式，回視既往，芻狗而已。古不足師，文可爲範。録文共四首。

（戊）名蹟

過大梁者，佇想於夷門，遊九原者，流連於隨會，神蹤遐躅，所謂景行行止者也。録文共四首。

（己）殉難

矢志靡他，一瞑不顧，百世之下，聞者興起，指豐碑而墮淚，賦楚些而招魂，問諸水濱，語夫片石，碑者悲也，此之謂矣。録文共三首。

（庚）雜誌

碑之與記，事多聯屬，因斯類求，名曰雜誌。至於道路橋梁功役諸碑，漢人已爲之矣，於古有徵，於文無害。凡録文十二首。

第三章　碑文之其餘各體

凡屬於碑文類者，體製匪一，綜述於此：曰刻石，曰碑陰，曰碑系，曰後碑，曰題名，曰造像記，凡爲類六。

（甲）刻石

《管子》有言：「無懷氏封泰山刻石紀功。」此當爲刻石之始。而秦始皇上泰山、嶧山、之罘及琅邪臺，均曰刻石。蓋金石刻辭，稱述成功，秦時去古未遠，非宫非廟，不得云碑，覈實命名，故曰刻石，非若後世之泛雜無義也，大輅椎輪，彌見矩矱。録文凡四首。

（乙）碑陰

漢魏以來，碑陰或題名，或紀事，亦有重鎸碑文者。《水經注》：「樊城西南有曹仁記水碑，杜元凱重刻其後，書伐吳之事是也。」兹録紀事之文，其體於題跋書後爲近。凡五首。

（丙）碑系

楊炯《成知禮神道碑》，昌黎《施先生墓誌銘》，均稱「系曰」。蓋系之以詞，猶「頌曰」、「銘曰」云爾。容甫《述學》，有碑系之目，擬之碑頌、碑銘，亦足成名，此一例也。録一首。

（丁）後碑

有别碑，有後碑，同記其事而别立一碑者，謂之别碑，不更立石而刻之碑陰者，謂之後碑，後碑與碑陰，異名而同實。録一首。

（戊）題名

亦碑陰之類，然時或雜綴以文詞焉。録四首。

（己）造像記

王蘭泉云：「造像始於北魏。迄於唐之中葉，所造皆釋迦彌陀諸像，其初不過刻石，其後或施以金塗綵繪，蓋干戈擾攘，不如無生，相率造此，以冀佛佑也，而以龍門爲最多。」文殊燕庸不足録。録二首。

第二編　墓銘類

第一章　墓銘之體製上

墓石之文，約爲兩事，刻諸墓上，刻諸壙中是也。曰碑，曰碣，曰表，刻諸墓上。曰墓誌銘，納諸壙中。而姚惜抱氏謂古人皆曰誌，世人以立石墓上曰碑曰表，埋乃曰誌者，爲失其義。充其語恉，將使誌銘高立，碑表埋幽，不亦緄乎？古誼單證，未敢從同。間嘗兼籀衆說，墓誌自爲一事，碑、碣與表，事或相通。唐時葬令，五品以上爲碑，龜趺螭首；降五品爲碣，方趺圓首。明制，三品以上神道碑，四品以下墓表。清制，品官得立碑碣，處士不禁用表，特揆之漢時，尚不立限。《說文》：「碑，豎石也。」「碣，特立之石也。」「表，上衣也。」引伸爲旌表。漢人墓碑之文，或刻石柱，或刻石碑。石柱之設，用以表墓，唐人所謂「墳前石表」者也，此碑與表通之說也。潘蒼崖謂碑高丈二，碣高四尺，表之高與碣同。其說本之《家禮》，此碣與表通之說也。故徐師魯云：「碑碣有尊卑，而表無之，蓋碑碣之變稱矣。」神道之意，猶云墓道。《後漢書》李賢注：「墓前開道，建石柱以爲標，謂之神道。」斯仍石表之說。故知地理家言，以神道爲東南方，矜奇弔詭，語近無稽。至於墓誌之文，王儉謂始於顔延之，任昉謂始於晉，其說均非。三代以來，殉葬器物，往往有銘，而《漢王史威長葬銘》，凡卌二字，埋壙之文，殆其權輿。綜而述之，碑碣表誌，式備於漢，且其爲文，均得曰銘。斯則惜抱之説是也。茲故概以墓銘，而先述其體製爲兩章云。

（甲）仕宦

墓銘有文，通乎史傳，閭巷之士，憔悴專一，死而死耳，苟其功業治行，煊赫可見，文章點綴，光氣動人，斯一佳傳也。曰貴顯，曰庶官，曰武功，析爲三事，録之如左。

（一）貴顯

昔者梁邱據死，齊景公謂忠臣愛我，欲厚葬之，高大其壟。故霍光之卒，大其塋制，起三幽闕，作神道。而唐太宗昭陵陪葬，自宰相功臣以下，凡百餘人。異數寵禮，生榮死哀，宜有高文，紀此玄石。録庾子山《齊王憲神道碑》文以下，凡十首。

（二）庶官

除一職，受一官，功在國家，利在生民，蓋棺而論，何慙膴仕。若夫有地百里，流其政聲，樂只君子，民之父母，此《循吏傳》之所爲作也。録韓昌黎《孔司勳墓誌》以下，凡十四首。

（三）武功

生當封侯，死當廟食，城作王羆之塚，革裹馬援之尸，所謂大丈夫雄心，能無憤發者也。一抔壙土，弔往日之將軍，百戰山河，壽不刊之貞石。録張燕公《涼州都督郭公神道碑》文以下，凡十首。

第二章　墓銘之體製下

（乙）德行

道學之傳，别於儒林，善人之重，稱爲國紀，德邁乎一世，行高乎衆人，有道之碑，何其懿也。録永叔《石先生墓誌銘》以下凡六首。

（丙）節烈

變起倉卒，視死如歸，穆然想見古烈士之風徽，所性分定則然，非苟以徼夫旦夕之名者比也。至於婦人女子，慷慨赴義，自裁塵壒，此其賢遠矣，鏤石有文，千載奕奕。録王于一《錢烈女墓誌》以下凡六首。

（丁）學業

人世一切剽劖聲華之事，藐而不爲，荒山敝榻，孳孳絶業，譏謿姍笑，不以易慮，當時無稱，殁則爛焉，增光於儒林文學傳矣，秉筆之士，表章一二，獨學無和，用以自壯。録昌黎《施先生墓銘》以下凡十一首。

（戊）藝術

干支陰陽，通於緯學，技巧手搏，列於兵家，矧夫音樂書畫之精，醫藥經方之論，綜甄六藝，囊括九流，道有可觀，死且不朽。録昌黎《李虚中墓誌銘》以下凡七首。

（己）方外

六朝三唐，二氏雜遝，高行卓詣，不乏傳人，乃至女流，併名度牒，凡兹道士女冠僧尼之儔，宗風所啓，宰如墳如，備摭幽竁之文，用廣碑版之例。

（一）道士　録二首。

（二）女道士　録一首。

（三）和尚　録三首。

（四）尼　録二首。

（庚）婦人

婦人祔葬，額題從夫，義例然也。或先葬，或後葬，或别葬，於是始專題矣。述賢母者，鎸其仁慈之德，悼令妻者，誌其惆悵之情。録庾子山《步陸孤氏墓誌銘》以下凡六首。

（辛）生壙

昔漢孔眈自製生壙文，而唐人高延福，亦叙自營生壙之事。埋骨何地，荷鍤以從，倘所謂達人大觀，物無不可者耶。録姚惜抱《實心藏銘》以下凡三首。

（壬）遷葬

《司馬元興誌》，簡質有古法，權文公之作，備述源委，足爲範式。柳州《趙丞誌》，意在表揚孝思，事異而文亦至。凡録三首。

（癸）合葬

婦人從夫，合葬不書某氏，黄棃洲、汪堯峯皆主其説。然夫婦雙書，求之唐碑，亦有其例，《張府君樊氏誌》、《鄭府君崔氏誌》，皆是也。至於二妻同穴，生死合壙，則合葬之别例矣。録文共六首。

第三章　墓銘之題撰上

自蒼崖《金石例》後，繼踵而起者，凡十餘家，稱謂題撰，詳哉言之，然古石殘磨，文字多缺，單詞隻義，未見全豹，録目則便，取法則艱。又著録之家，高言漢唐，近時文集，未之撢簡，則亦論高而難行者也。兹編大抵自唐至清，采文爲夥，冀與諸《金石例》，别出並行，録必全篇，廣所未備，亦兼可審其題名云爾。

（甲）親族

家人骨肉，臨穴制詞，不無危苦之言，惟以悲哀爲主，爰自祖父，旁及昆弟，下逮子孫，爲若干目，而以乳母附焉。至哀無文，不知所云，流涕而已。

（一）爲父撰　録六首。

（二）爲母撰　録二首。

（三）爲祖父撰　録二首。

（四）爲祖母撰　録一首。

（五）爲王姑撰　録一首。

（六）爲伯父撰　録一首。

（七）爲伯妣撰　録二首。

（八）爲叔父撰　録三首。

（九）爲叔母撰　録一首。

（十）爲姑撰　録一首。

（十一）爲兄撰　録三首。

（十二）爲嫂撰　録一首。

（十三）爲弟撰　録二首。

（十四）爲弟婦撰　録一首。

(十五)爲從兄撰　録一首。
(十六)爲從弟撰　録一首。
(十七)爲姊撰　録一首。
(十八)爲妹撰　録三首。
(十九)爲妻撰　録七首。
(二十)爲夫撰　録一首。
(二十一)爲子撰　録四首。
(二十二)爲子婦撰　録一首。
(二十三)爲女撰　録三首。
(二十四)爲姪撰　録三首。
(二十五)爲姪婦撰　録一首。
(二十六)爲姪女撰　録一首。
(二十七)爲孫撰　録一首。
(二十八)爲姪孫撰　録一首。
(二十九)爲族曾祖撰　録一首。

（三十）爲族祖撰　録一首。
（三十一）爲乳母撰　録二首。

第四章　墓銘之題撰下

（乙）姻戚

姻連之誼，聞見真碻，高才軼行，訊之貞珉，與夫泛疏無等，以狀乞銘，貿然爲無責之言者，譬彼逕庭，舉以殊矣。爰自母黨、妻黨以下，爲若干目，世有睦婣之士，覽之庶其終篇。

（一）爲舅氏撰　録三首。
（二）爲舅氏婦撰　録一首。
（三）爲外舅撰　録三首。
（四）爲外姑撰　録二首。
（五）爲從母撰　録二首。
（六）爲從母夫撰　録一首。
（七）爲姑夫撰　録一首。
（八）爲外弟撰　録一首。

（九）爲外妹撰　録一首。

（十）爲姊妹之夫撰　録二首。

（十一）爲妻兄撰　録一首。

（十二）爲妻兄弟之夫撰　録二首。

（十三）爲妻兄弟之子撰　録一首。

（十四）爲甥撰　録一首。

（十五）爲婿撰　録一首。

（十六）爲祖母之父撰　録一首。

（十七）爲外祖母撰　録一首。

（丙）師友

風氣之懿，學問之茂，自師弟徒黨始，淵源未沫，伐石鐫詞，使潛德克彰，而後來者有所攷。斯能文君子責也。《詩》亦有言：「洽比其鄰。」昌黎《息國夫人誌》，創例特書，其諸鄉黨之誼與，遂以附焉。

（一）爲師撰　録一首。

（二）爲弟子撰　録四首。

（三）爲先輩撰　録三首。

（四）爲後輩撰　録一首。

（五）爲友撰　録八首。

（六）爲鄰撰　録一首。

（丁）僕妾

敝蓋敝帷，不遺狗馬，物吾同與，民吾同胞，臧獲童妾之微，玄宅有文，俾無泯滅，亦《禮》之所謂逮賤者耶。録文四首。

（戊）出妻

《禮》無其文，情不可恝。夫《禮》亦順人情而已，曾何彼嗛之有。録李剛主出妻墓誌一首。

（己）外婦

夫爲寄猳，殺之無罪，彝倫攸斁，不可爲訓，姑存一格云爾。録柳州《外婦誌》一首。

（庚）外國人

窆石有文，施及重譯，瀛海之國，被我華風，亦足以馳域外之觀，見宅中之大也。録胡光大《浡泥國王墓碑》文一首。

（辛）自撰

王史葬銘，埋石造端，李申耆氏云：「蓋自爲之，取辨名姓而已。」隋唐以還，時或散見，爰類輯之，凡文七首。

第五章　墓銘之作法上

碑版文字，焯爲專家，神明變化，要有義例，其間蟺蛻之迹，因革之端，涂轍雖紛，知言者可望而決也。兹録作法之大别，一屬文章，一屬格式，分兩章，著於篇。

（甲）文章之屬

彦和之論碑也，曰：「清詞轉而不窮，巧義出而卓立。」蓋墓銘之文，通乎史傳，叙事則書法，寓意則論贊，依類以求，貌離神合，就其著者，約得八目。

（一）考論

昌黎並世，推重柳州，要其歸宿，則議論證據今古，出入經史百子，兩語而已，亮哉。事不師古，非所聞也。録汪堯峯《孝貞女墓誌銘》以下，凡五首。

（二）翻案

顯微闡幽，君子之責。蓋棺論定，惡聲所至，不爲恕辭，則長逝者魂魄，私恨無窮，寧不恫乎？録王荆公《丁君墓誌》，董方立《楊妃墓碑》文，共二首。

（三）感歎

述哀之文，體則宜之，或悲其遭際，或自傖身世，感不絶於予心，羌低徊而欲絶。録庾子山《吴明徹墓誌銘》以下，文凡十八首。

（四）微辭

於文爲直筆，於誼爲諍友，皎然之心，不欺地下，諛墓云乎哉。録文共八首。

（五）借事發揮

碑銘之文，紀事爲上，議論爲下，然昌黎《柳子厚墓誌》，自我作古，創爲格調，後人斆之者衆矣，抑亦屬辭比事，春秋之教耶。録文共十三首。

（六）述他人言

爲此體者，大抵以婦人誌銘爲多。蓋内言出閫，《禮經》垂誡，得諸傳述，立言之體也。録文五首。

（七）附述小事

侯朝宗云：「行文之旨，全在裁制，無論細大，皆可驅遣。當其閒漫纖碎，反宜動色而陳，鑿鑿娓娓，使讀者見其關係，尋繹不倦。」此之謂與。録王荆公文二首。

（八）偏重大事

彥和有云：「屬碑之體，資乎史才。標序盛德，必見清風之華；昭紀鴻懿，必見峻偉之烈。」大書特書，此其幟志。録文凡五首。

第六章　墓銘之作法下

（乙）格式之屬

碑表立於墓上，文可贍詳，墓誌埋於壙中，體宜簡要。東坡爲張文定公作墓誌，七千餘字，論者以爲非法。唐人墓誌，至長不過千字而已。玆復述其大體之顯著者，參伍錯綜，約十二目。若夫諱字姓氏，鄉邑族出，行治履歷，卒日壽年，妻子葬地，王止仲所云十三事者，成書具在，覽者可自得也。

（一）僅稱爲碑

漢人尚質，往往而有。自唐以還，乃限以品級矣。録文七首。

（二）僅稱爲碣

碑之與碣，異物同質。僅稱爲碣，例與碑同。録文一首。

（三）僅稱爲誌

誌者記也，字亦作志。墓誌省文，僅稱爲誌。録文三首。

（四）僅稱爲銘

銘者，自名也，稱揚其先祖之美，而明著之後世也。《蔡中郎集》，揭載此體，翫其文意，殆墓碑之別體。録文三首。

（五）平分段落

叙事之古，莫《尚書》若，《堯典》分命羲和，《禹貢》叙述九州，重規疊矩，取其整齊。此體之權與也。録文七首。

（六）有銘無序

分言之，則前序爲誌，韻語爲銘。通言之，則誌即是銘，銘即是誌。彦和有云：「其序則傳，其文則銘。」故知惟序與銘，可以對舉。前目所録序曰銘，曰平分段落者，殆正式也。玆録有銘無序者三首，所謂銘即是誌者也。

（七）名爲銘而無銘

所謂誌即是銘者也。録二首。

（八）畧於序而詳於銘

此亦銘即是誌之一體也。其法始於昌黎，荆公效之，遂成一格，録文共六首。

（九）銘語述餘事

此亦畧序詳銘之一體也。録文二首。

（十）銘語述世系姓字

此畧序詳銘之又一體也。録文三首。

（十一）銘不用韻語

誌文無韻，銘文用韻，此通例也，然銘即是誌，何拘乎韻，且墓文綴尾，無韻者多矣，所異者，「銘曰」二字之有無耳。録文三首。

（十二）通體用也字

此體起於《易》之《序雜卦》，永叔《醉翁亭記》仿之。墓文爲此，亦猶平分段落，取其整齊也。録文三首。

第七章　墓銘之其餘各體

凡屬於墓銘類者，體製匪一，綜述於此，曰後誌，曰神誥，曰呰詞，曰祠版文，曰冢闕文，曰墓幢銘，曰石蓋文，曰石柱銘，曰華表銘，曰石人銘，凡爲類十。然名目紛緐，難更僕數。古人哀詞哀讚誄文，多被於石，其他如玄堂誌，窆域志，墓識，殯誌，葬記，墓記，壙記，墳記，石記，磚記，埋銘，瘞銘，塋兆記，墓磚銘，石槨銘，石塔銘，穿中柱文，神道闕銘之類，及已見於前數章者，不備述也。

（甲）後誌

墓不兩誌，古也。然事會所迫，對於前誌，乃有斯稱。亦曰續志。共録二首。

（乙）神誥

《説文》：「誥，告也。」上下相告，並得爲誥。《蔡中郎集》，載有此體，文中具述不祔葬之由，因曰神誥，蓋以告靈云爾。録一首。

（丙）些詞

《楚辭·招魂》，其詞用些。鮚埼亭文，曾有此體，蓋錢公殉節，衣冠葬之，表墓之文，因曰些詞。録一首。

（丁）祠版文

碑版同詞，以著之廟，故曰祠版，猶祭碑爾。録一首。

（戊）塚闕文

今制墓門，横書其上，漢例無門，每爲墓闕，或雙峙而兩書，或一闕而背面徧書，此其遺也。録文兩首。

（己）墓幢銘

唐《郎邪王氏夫人墓銘》，刻於經幢，幢凡八面，兩面刻銘，六面刻經，誌銘之不埋者，此其一例。幢之爲制，起於釋氏，墓前立此，其猶之墓闕乎？録文一首。

（庚）石蓋文

墓誌之製，凡石二片，一爲誌石，一爲石蓋，束之以鐵，埋於壙前，異日陵谷有更，庶或爲之掩覆，此其用也。石蓋題名，僅書某某，此之有文，所以補書，亦猶之後誌續誌云。録一首。

（辛）石柱銘

古者墓碑之文，或刻石柱，大抵即石闕之屬。録文一首。

（壬）華表銘

此之爲體，亦猶之石柱銘云爾。録文一首。

（癸）石人銘

《風俗通》曰：「方相氏葬日入壙驅罔象，罔象好食死人肝腦。人臣不得備方相，乃立其象於墓側。」又《事祖廣記》，炙轂子云：「墓有石人，起於秦漢。」至於石人有銘，其來已久。《水經注》載酈食其廟石人，胸前銘曰門亭長，是其朔也。此之有銘，亦等於石柱華表云爾。録文一首。

第四部　傳狀志記之屬

第一編　傳狀類

第一章　傳　上

傳之爲誼，取乎傳示，溯其權輿，事屬於經。微言絶，大義乖，或取簡畢，或授口耳，緣文起義，爰名爲傳，如《左氏春秋》、子夏《喪服》是也，實齋言之詳矣。自司馬遷作《史記》，創爲列傳，事始移之於史。厥後史家，咸遵軌轍，正史所載，充乎宬府，篇帙之富，莫殫莫究。故兹書上采史文，不采史傳，大抵取材集部爲多。昔顧亭林以不當作史之職，無爲人立傳者。劉海峯云：「爲達官名人傳者，史官職之。文士作傳，凡爲圬者、種樹之流而已。」而實齋則謂「明自嘉靖而後，持門户以攻王、李，輒言傳乃史職，好爲高論」。因舉《三國志注》，引東京魏晉諸家私傳相證明，凡數十事。惜抱師事海峯，亦云近世史館，非賜謚及死事者，不得爲傳，史之傳者無幾，有資文士之作。今兹之意，亦猶是也。析爲五類，分兩章，著於篇。

（甲）紀實

陳無功《文章緣起注》云：「《博物志》：賢者著行曰傳。傳者轉也，紀載事跡，以轉示後來也。其式貴實書，無泛論。」兹師其意，標曰紀實。仍沿壽序墓文之例，分析子目，一曰傳親族，一曰傳他人。

（一）爲親族傳

史家鼻祖，咸推馬班。子長《史記・自序》，孟堅《漢書・叙傳》，元元本本，詳其家世。以彼體屬官書，叙事無殊家乘，私人載筆，此其濫觴。録十一首。

（二）爲他人傳

劉海峯以達官名人，爲之行狀，上史氏而已，不當爲之傳。然傳之與狀，異名同實，列之爲傳，亦足以上史氏者也。抑其命名，每有識别。曰小傳，猶《喪服》之有《小記》也。曰外傳，猶《韓詩》之有《外傳》也。曰家傳，劉知幾所謂「紀其先烈，貽厥後來，揚雄《家牒》，殷敬《世傳》」之流也。曰别傳，劉知幾所謂「賢士貞女，類聚區分」，劉向《列女》，梁鴻《逸民》之流也。既可並行，亦資採擇。兹定其類别，曰功烈，曰治行，曰文學，曰高行，曰義俠，曰貞節，其圬者、種樹之流，則曰雜傳。至其名義，正史之目，章章明矣，不複述也。

（子）功烈　録五首。

（丑）治行　録三首。

（寅）文學　録十首。

（卯）高行　録七首。

（辰）義俠　録六首。

（巳）貞節　録六首。

（午）雜傳　録九首。

第二章　傳　下

（乙）寓言

自昌黎爲《革華》、《毛穎》諸傳，後世儒士，非譏其累體，即誚其褻史。然彦昇《文章緣起》，謂傳始於東方朔《非有先生傳》，則知滑稽之作，由來已久。且《詩》有六義，其三曰比，莊周著書，泰半寓言，觀於人文，則亦何施而不可乎？　録六首。

（丙）自傳

自司馬相如自叙爲傳，爾後文人，多爲自叙，或稱自叙傳。淵明奮其逸思，《五柳》一傳，寓名於詭，隱身於文。後世六一、青門之儔，其嗣響也。録五首。

（丁）合傳

劉知幾云：「二人行事，首尾相隨，則有一傳兼書，包括令盡。若陳餘張耳，合體成篇；陳勝吳廣，相參並録是也。」録七首。

（戊）附傳

劉知幾云：「事跡雖寡，名行可崇，寄在他篇，爲其標冠。若商山四皓，事列王楊之首，盧江毛義，名在劉平之上是也。自茲已後，史氏相承，述作雖多，斯道多廢，其同於古者，唯有附出而已。」録四首。

第三章　狀

劉彦和云：「狀者貌也。體貌本原，取其事實，先賢表諡，並有行狀。」徐伯魯云：「取死者生平言語、行事、世系、名字、爵里、壽年、後裔之詳，著爲行狀，亦名行述。因其請編史録，或墓誌碑表之類，故謂之狀。」何義門云：「《漢書·高紀·求賢詔》，諧相國府署行義年。」蘇林曰：「行狀，年紀也。」此行狀所自始。後則太常議諡，史官紀事，皆取之，首行必書幾歲，猶其遺也。

（甲）行狀

仍前章述傳之例，一曰狀親族，一曰狀他人。

（一）爲親族狀

内言戒其出閫，地道終於無成，故在婦人，不用行狀，曰事略，曰行述，曰行略，此其意也。江文通有《建平王太妃行狀》，此爲特例，抑亦居尊之體，異於齊民耶。録狀親族文凡十首。

（二）爲他人狀

世人求撰墓銘，往往先爲佳狀，然行狀墓銘，事本相通。全謝山云：「《輿地碑記目》：『盧州有唐旌表萬敬儒孝行狀碑，化州譙國夫人冼氏廟有行狀碑』。斯知行狀亦碑版文字之一。」其在高僧，每以行述刻碑，或曰墓狀，或曰行狀銘云。録狀他人文凡十首。

（乙）合狀

傳有合傳，則狀亦有合狀矣。仍踵前例，分爲兩目。

（一）爲親族狀

曰述，曰略，不名行狀，亦以事合婦人，體宜爾也。録二首。

（二）爲他人狀

謝山綱羅放失，别具孤懷，《鮚埼亭集》，頗多此體。録二首。

第二編　志記類

第一章　典志

記文大都被碑，其前爲序後爲銘詩者，體尤昭著，惟載筆之屬，類乎紀事，則不盡被碑焉。惜抱《類篹》，名曰雜記，滌生《雜鈔》，於雜記之外，創爲典志一目，吴摯甫頗推許焉。然滌生《序例》，謂典志所以記政典，所舉《周禮》、《儀禮》、「八書」、「十志」、「三通」之屬，皆典章之書，後世古文，惟録子固《趙公救菑記》及《序鑑湖圖》，何其隘也。輒廣其例，析爲七目，所録史志，僅《平準書》、《營制篇》二首而已。

（甲）治理

昌黎有言：「令修於庭户，而人自得於湖山千里之外。」是故「淵居高拱，可覘治化」，匪惟官守之箴，抑亦户牖之銘也。登其堂，讀其文章，憬然於國家之盛衰治亂，其來有自，何其有典有則者與。録五首。

（乙）兵事

今世命名，輒曰軍事。阮士宗《七録序》云：「劉向有《兵書略》，王儉以兵事淺薄，軍言深廣，改兵爲軍。竊謂古有兵革兵戎治兵用兵之言，斯則武事之總名也，所以還改軍從兵。」茲曰兵事，亦士宗之志與。録四首。

（丙）食貨

食足貨通，然後國實民富而教化成，史公《平準書》尚已。後世度支疆理設倉救菑諸政，聚人守位，養成羣生，奉順天德，治國安民之本，於是乎在，何可没也。録六首。

（丁）興造

《禹貢》一書，記載隨山濬川之事，井乎其理，秩乎其文。次則橋梁道路工役諸端，漢人之碑，亦有法式。夫經之營之，靈台所以致詠，鞠人謀人，盤庚所以申誥，一勞久逸，暫費永寧，佚道使民，明訓斯在。録八首。

（戊）黌序

《大學》之道，明德新民。凡學校之記，不以碑名者，悉入於此，餘見碑文類。録七首。

（己）祠廟

崇德報功，載在祀典。凡祠廟之記，不以碑名者，悉入於此，餘見碑文類。

（一）聖哲　録六首。

（二）寺觀　録三首。

（三）義烈　録五首。

（四）雜祀　録二首。

（庚）上儀

帝者上儀，誼取颺頌，盛哉斯世，俟其禕而。録六首。

第二章　記　物　上

《釋名》：「記，紀也，紀識之也。」記之爲體，亦肇於經，微言大義，筆而録之，以其用言，既名爲傳，以其體言，亦名爲記，如大小《戴記》是也。實齋有云：「虞預《妬記》、《襄陽耆舊記》，叙人何嘗不稱記，《龜策》、《西域》諸傳，述事何嘗不稱傳。」故記之與傳，初實無別。又柳州小文，《序棋》、《序飲》，咸謂之序，故記之與序，體又相通。兹先述記物之文，爲兩章，著於篇。

（甲）山水

此之爲體，大抵誌遊踪，寫勝致，洞穿滓溟之思，雕鑱宇宙之筆，劉孟塗所謂「林巒何幸，得斯人之一言；山水有靈，驚知己於千古」者也。第其作法，約爲四目。

（一）紀實

陳後山云：「退之作記，記其事耳，今之記，乃論也。」則知雜以議論，已乖體製。故如《禹貢》、《山經》、《水經》諸書，博大閎肆，如其分際，不著一語，斯爲潔也。柳州頗知此恉，佳篇遂多。近世惜抱《登泰山記》，文境亦頗超卓。共録文十首。

（二）寓情

曾點詠遊於沂水，莊子託想於濠閒，覺天地之有情，合物我而胥化，斯亦紀實之亞也。録十九首。

（三）議論

后山所譏，以論作記，然高山可仰，比諸景行，原泉不舍，取其有本，古人不爲病也。及蔽者爲之，泥其迹，遺其神，迂而寡趣，泛而無等，則爲文之累矣。録十三首。

（四）考據

實事求是，援古證今，屬地理之專門，亦紀實之別體。録三首。

（乙）齋閣

居高明，遠眺望，凡夫齋閣、亭臺、樓館、堂室之類，大抵記物有作，山水而外，此體爲多。而其作法，曰紀實，曰寓情，曰議論，亦復同同，其與山水諸記異者，曰儆勉。

（一）紀實

山水之記，鋪張佳勝。此則落成之典，往往兼叙緣起。録十二首。

（二）寓情

山水之記，流連光景，惆悵今昔。此則兼有至性之言焉，如歸震川《項脊軒志》、《思子亭記》，吳殿麟《半閣記》，李越縵《夢故廬記》是也。録十四首。

（三）議論

感概以飛其興，揚榷以極其致，大抵與山水之記同。録十四首。

（四）儆勉

俛仰一室，叢薄萬端，此詩之所以戒屋漏，銘之所以陳座右也。録四首。

第三章　記　物　下

（丙）名蹟

靈蹤勝賞，精神往來，是以橋山攀其弓髯，武城修其墻屋。録六首。

（丁）寓言

遊於姑射之山，窅然喪其天下，佯逛避世，有託而逃，其意念深遠矣。録四首。

（戊）圖記

此之爲體，同乎題跋，記與序通，亦見序圖。録七首。

（己）畫記

昌黎《畫記》，體則《考工》，文則《顧命》，千秋推絶調焉。永叔《王彦章畫像記》，議論風發，不可控馭。後之作者，不出此二涂也。録九首。

（庚）雜物

色色形形，化工之妙，懿彼文心，窮追冥契，王荆公所謂「鑱刻萬物而接之以藻繪」者也。録十首。

第四章　記　事

事之爲名，與物相對，記物而外，厥惟記事。抑彼山水諸記，中多述遊，兹既名從其主，悉入記物，故本章所録，篇帙不多云。

（甲）宴集

記之與序，體或相通，朋舊流連，盍戠誌盛，亦以序名焉，別見序録類。録六首。

（乙）記人

記之與傳，初實無別，此其爲體，頗同乎傳。劉知幾云：「包舉一生而爲之傳，史漢列傳體也，隨舉一事而爲之傳，《左傳》體也。」此其左氏之遺乎？録十首。

（丙）記言

《禮記·玉藻》：「左史記事，右史記言。」要其淵源，亦史之别子也。録六首。

（丁）雜事

凡記事之作，無可統紀者，悉隸於此。録十首。

第五部　詔令表奏之屬

第一編　詔　令　類

第一章　詔　令

劉彦和云：「軒轅唐虞，同稱爲命。降及七國，並稱曰令。秦并天下，改命曰制。漢初定儀，命有四品，一曰策書，二曰制書，三曰詔書，四曰戒敕。」而中郎《獨斷》，舉名亦同，特其用涂，説則各異。自漢以後，益難溝晝。良以百王殊制，應時命文，故無取乎拘執也。兹先述詔令爲一章。《釋名》：「詔，照也。人闇不見事，則有所犯，以此示之，使昭然知所由也。令，領也。理領之使不相犯也。」而《説文》釋詔，《爾雅》釋令，均訓爲告，誼實同揆。其曰書者，又其通名，故以入焉。爰括爲三屬述之。

（甲）政治之屬

兩漢詔書，訓辭深厚。沿及六季，施以儷詞，其高者亦宛轉跌宕，可以雒誦。唐時尚有雅音，宋後則頗傷儇薄矣，豈氣運爲之耶？凡三目。

（一）內政

淵嘿黼扆，響盈四表，所謂奧窔之間，簟席之上，斂然聖王之文章具焉，佛然平世之俗起焉，非特藻耀高翔，爲文筆之鳴鳳者也。録三十三首。

（二）外交

自昔詞人，鋪張盛典，不曰南暨北被，則曰陸讋水慄，王者無外，痛乎斯説之旣人也。四夷君長，形格勢禁，降心以就，但取羈縻而已。光武中興，李唐崛起，當彼其時，幾人稱王，幾人稱帝，羣雄逐逐，片言折衝，殆齊宣所謂交鄰之道與，亦以附焉。録十三首。

（三）武事

龍睇大野，虎嘯六合，此彦和所謂「治戎燮伐，聲有洊雷之威；明罰敕法，辭有秋霜之烈」者也。讀之亦足以增長剛氣，噴薄雄心。録十七首。

（乙）典制之屬

騰義蜚辭，涣其大號，發皇耳目，綢繆恩紀，甚盛事也。凡三目。

（一）正號

正位居體，帝者上儀，其有西嚮南嚮，廩乎臨履，爲而不宰，尤著謙沖。 錄九首。

（二）恩赦

上失其道，民散久矣，三五以還，驩虞足貴，雞竿由其霈澤，鮒轍於以來蘇。 其赦文德音之屬，別入下章。 錄十一首。

（三）優遇

坐而論道，三公之貴，安車蒲輪，禮亦宜焉。 若夫聽鼓鼙之聲，思將帥之臣，追酬毅魄，恩意旁皇，死而有知，握拳穿爪，左氏所以許狼瞫，燕王所以市駿骨也。 錄十首。

（丙）情事之屬

大哉王言，宜崇體要，極其流變，曰情曰事，凡二目。

（一）抒情

至情悃愊，言款以深，家人父子之間，爲愛爲勞，彌見真率，其進焉者，九五降尊，如布衣交，所謂「筆吐星漢之華，氣含風雨之潤」者與。 錄十六首。

（二）雜事

凡如絲如綸，無可統紀者，悉隸於此。 錄十八首。

第二章　詔令之其餘各體

凡屬於詔令類者，體製匪一，綜述於此。曰德音之屬，子目三。曰諭教之屬，子目三。曰制誥之屬，子目三。曰批判之屬，子目二。曰檄移之屬，子目四。曰策問之屬，子目四。曰册文之屬，子目七。曰祭告之屬，子目四。凡爲類八，爲子目三十。

（甲）德音之屬

德音之體，起於唐代，蓋天子布德之音也。體於赦文爲近，然赦文止言肆赦之意，德音兼及處分之事，義有廣狹，故以德音統焉。

（一）德音

貊其德音，其德克明，皇矣所詠，此焉取義。録三首。

（二）赦文

眚災肆赦，古者謂之赦詔而已。録二首。

（三）鐵券文

劉彦和云：「券者，束也，明白約束，以備情僞，字形半分，故周稱判書。古有鐵券，以堅信誓。」録一首。

（乙）諭教之屬（凡此皆所以昭告者也。）

（一）諭

《説文》：「諭，告也。」《廣雅》：「諭，曉也。」字亦同喻。録二首。

（二）教

《説文》：「教，上所施，下所效也。」《白虎通》：「王者設教，承衰捄敝，欲民反正道也。」秦法諸侯王用教，漢時大臣亦得用焉。自是之後，其制亦濫。録六首。

（三）示

《釋名》：「示，示也。過所至關津以示之也。」畢氏《疏證》移置之傳下，以爲傳即過所，因附會之。按《漢書·終軍傳》：「關吏予軍繻。」張晏注：「繻，符也。書帛裂而分之，若券契矣。」蘇林注：「舊關出入皆以傳。傳煩，因裂繻頭，合以爲符信。繻，示聲近。」則知《漢書》所謂繻，即《釋名》所謂示，無譌奪也。特後世變其徵信之體，而爲曉喻之文，此亦猶之曰符曰判，非復古製矣。録一首。

（丙）制誥之屬

凡此皆古爲詔書，而後世用於遷除者也。

（一）制

秦并天下，改命曰制，漢時制詔並行，然中郎《獨斷》，謂徵爲九卿，若遷京師近官，亦用制。其後世用於遷除之濫觴與。録二首。

（二）誥

《説文》：「誥，告也。」彦和云：「誓以訓戎，誥以敷政。」《獨斷》云：「詔，誥也。」斯知古者之誥，亦與詔同。至宋乃以命庶官，謫有罪，及追贈封，統稱制誥，所謂兩制者也。録三首。

（三）敕

《説文》：「敕，誡也。」亦與勅通。形聲相近，經典字遂作勅。」《釋名》：「敕，飭也。使自謹飭，不敢廢慢也。漢初定儀，是曰戒敕，亦謂敕書。」《獨斷》云：「所以戒敕刺史、太守，及三邊營官。」世皆名此爲策書，失之遠矣。然唐制王言有七，四曰發敕，六曰論事敕書。其發敕者，授六品以下官用之，亦曰告身，明制。五品以上贈封用誥，六品以下用勅命，敕與制誥，合爲一類，而戒敕之恉荒矣。録十首。

（丁）批判之屬

其用相近，且時亦均以試士，故爲一類。

（一）批

《洪範五行傳注》：「批，推也。」推勘之意，斯可引申。《玉海》云：「唐學士初入院，試制詔批答共三篇，蓋采臣下章疏之意而答之也。」莊子有言，批卻導窾。批之爲事，殆在得間。録二首。

（二）判

《周禮·秋官·朝士》：「凡有責者，有判書以治則聽。」《注》云：「判，半分而合者。」唐制選士，「判」居其一。要之其文以判辨爲用。録九首。

（戊）移檄之屬

事屬金革，其詞大都以嚴厲爲尚，故爲一類。

（一）移

劉彦和云：「移者，易也。移風易俗，令往而民隨者也。」又云：「檄移爲用，事兼文武。其在金革，則逆黨用檄，順命資移。意用小異，體義大同。」逮乎唐代，諸司自相質問，爰有關移，則名同而實異矣。録四首。

（二）檄

《説文》：「檄，二尺書也。」彦和云：「檄者，皦也。宣露於外，皦然明白也。張儀檄楚，書以尺二。明白之文，或稱露布，播諸視聽也。」然《釋名》又云：「檄，激也。下官所以激迎其上之書文也。」此當爲毛義之所謂奉檄者，遷除之屬，别一體矣。録七首。

（三）符

《釋名》：「符，付也。書所勑命於上，付使傳行之也。」《説文》：「符，信也。漢制以竹，長六寸，分而相合。」彦和云：「符者，孚也。徵召防僞，事資中孚。三代玉瑞，漢世金竹，末代從省，易以書翰矣。」録二首。

（四）牒

《説文》：「牒，札也。」《廣雅》：「牒，版也。」彦和云：「牒者，葉也。短簡編牒，如葉在枝。議政未定，故短牒咨謀。」其在唐代，有品以上，公文稱牒。然移文本爲檄體，轉爲公文，牒體本爲公文，轉爲檄體。王益吾云：「本國伐叛，但云下符。其小征伐，則用移牒，皆檄之流也。」録一首。

（己）策問之屬

《釋名》：「策書，教令於上，所以驅策諸下也。」臨軒發策，選才取士。漢時曰詔曰制，六季或曰策文，唐宋以還，通曰策問。兹綜録焉。

（一）策詔　録二首。

（二）策制　録一首。

（三）策文　録五首。

（四）策問　録二首。

（庚）册文之屬

《説文》：「册，符命也，諸侯進受於王者也。象其札，一長一短，中有二編之形。」《釋名》：「漢制約敕封侯曰册。册，賾也，敕使整賾不犯之也。」《獨斷》：「《禮》曰：『不滿百文，不書於策。』其制長二尺，短者半之。」按古文作筞，假借爲策。董仲舒《對策》，文中稱「明册」，或「册曰」，斯知通用舊已。古者册書，施之臣下。逮至後世，其用甚緐，或施之尊，或施之卑，要之不離乎符命者近是。約爲七目述焉。

（一）册尊

所謂玉册者也。録二首。

（二）册立

皇后太子，屬國之主，凡其正位，均以册文。録四首。

（三）册封

《獨斷》所謂以命諸侯王、三公者也。録五首。

（四）册免

《獨斷》所謂三公以罪免，亦賜策者也。録二首。

（五）哀册

任彦昇以漢樂安相李尤作《和帝哀册》，爲哀册之始。《釋名》：「哀，愛也，愛而思念之也。」録七首。

（六）謚册

謚，今本《説文》作作諡。《北堂書鈔》九十四引《説文》：「謚，行之迹也。從言，益聲。」《廣韻》：「謚，《説文》作謚，漢唐碑版均作謚，不作諡。致譌之時，當在五代。」《書·堯典序》疏：「謚者，累也。累其行而號也。」從益之誼，尤爲明塙。段、王、桂、朱諸家，説之詳矣。今標目用謚，求其是也，録文用諡，仍其舊也。謚册云者，《獨斷》謂：「諸侯王、三公之薨，亦以策書誄謚其行。」特變其制，施之於尊，是其異爾。録二首。

（七）雜册

凡册文之無可統紀者，悉隷於此。録三首。

（辛）祭告之屬

亦有以册文行之者，附存於此。

（一）告天　録二首。

（二）告廟　録二首。

（三）祭陵　録二首。
（四）諭祭　録二首。

第二編　表奏類

第一章　表奏上

《獨斷》云：「凡羣臣上書於天子者有四名。」彦和云：「章以謝恩，奏以按劾，表以陳情，議以執異。」然其用涂，終難畫一，則亦應時命文，無取拘執者也，兹不具論。論其著者，一曰奏，《釋名》：「奏，鄒也。鄒，狹小之言也。」彦和云：「奏者進也，言敷於下，情進於上也。」一曰表，《釋名》：「下言上曰表，思之於内，表施於外也。」一曰章，彦和云：「章者明也。《詩》云：『爲章於天。』謂文明也。」一曰封事，《獨斷》云：「凡章表皆啓封，其言密事，得皁囊盛。」此其緣起也。若夫疏者條其事而陳之，啓者，《書》所謂「啓乃心」，書者，又其通名，抑古時君臣之言，同名爲書，疏啓亦書之流别與？宋曰劄子，其書札之謁字與？近世以書紙之式名，或曰奏摺，因物定名，無關宏恉。兹括爲三屬，分兩章，著於篇。

（甲）政治之屬

浩然之氣，盛大流行，大抵以漢人爲長，約分四目。

（一）陳述

彥和有云：「奏之爲筆，以明允篤誠爲本，辨析疏通爲首。强志足以成務，博見足以窮理，酌古御今，治繁總要，此其體也。」録二十首。

（二）諫諍

彥和有云：「表奏確切，號爲讜言，讜者偏也。」不無過正之言，惟以矯枉爲用，所謂「王臣匪躬，必吐謇諤」者耶。録十一首。

（三）薦揚

君子之仕，進不隱賢，文子升公，武仲竊位，尼山褒貶，此爲兢兢。録四首。

（四）訟理

拳拳之忠，不能自列，交游莫捄視，左右不一言，此太史公之所爲悲傷也。拔之泥滓，濯之清泠，懇款可風，公私何忝。録四首。

第二章　表奏　下

（乙）典制之屬

應絃赴節，情生乎文，大抵以六朝人爲長。約分三目。

（一）慶賀

鏗鏘金石，後舞前歌，毋曰諛辭，取其悦耳，選言樹骨，雅重精思。世稱《封禪》麗而不典，《劇秦》典而不實，古人於此，亦云難也。録十二首。

（二）陳謝

或爲陳乞，或爲感謝，圓規方矩，限於格式，要貴婉麗明篤，娓娓動人。其在梁賢，文通、彦昇，尤擅此體，故所采選，篇幅尤多。録三十四首。

（三）上進

承明制作，茂典式存，祥異駢臻，鴻美攸紀，意古而不晦於深，文今而不墜於淺，言之有物，斯爲得也。録十五首。

（丙）雜事之屬

凡敷奏以言，無可統紀者，悉隸於此。録八首。

第三章　表奏之其餘各體

凡屬於表奏類者，體製匪一，綜述於此：曰對，曰策，曰講義，曰駮議，曰謚議，曰彈文，曰露布，曰降表，凡爲類八。

（甲）對

彦和有云：「對策者，應詔陳政，議之別體。」又按漢制，朝臣補外，天子使人受所欲言，及有事下議，均以書對。故應劭《漢儀》云：「董仲舒老病致仕，每有政議，數遣廷尉張湯，親至陋巷，問其得失，於是作《春秋決獄》二百三十二事，動以經對。」此其事也。然亦有文不條陳，但資發攄者，如中山王《聞樂對》，終童《白麟奇木對》，汪容甫《廣陵對》，亦以附焉。共録十一首。

（乙）策

策士之制，始於漢文，應詔陳言，謂之對策。後世亦有著策上進者，謂之進策。東坡之作，大抵近是。共録十二首。

（丙）講義

學校既興，沿東瀛之習，輒曰講義。其在初制，則奏御之作，以備經筵進講之用者也。格式所關，録一首。

（丁）駮議

中郎《獨斷》云：「其有疑事，公卿百官會議。若臺閣有所正處，而獨執異意者，曰駮議。馬色不純曰駮。」彦和云：「雜議不純，故謂之駮也。」録五首。

（戊）謚議

亦駮議之流也。字當作謚，説見前章謚册。録三首。

（己）彈文

彈，糾劾也，繩愆糾謬之謂。省臺中憲之職也，古者奏以按劾，故亦稱爲奏彈。録五首。

（庚）露布

《隋志》有《魏武帝露布文》九卷。《文章緣起》云：「漢賈洪爲馬超伐曹操作露布。」《通典》云：「後魏攻戰克捷，欲天下聞知，乃書帛建於漆竿上，名爲露布。」揆其初制，檄移之屬。彦和論檄云：「明白之文，或稱露布。」斯知用在令下，匪取奏御，故魏明帝有《露布天下并班告益州文》也。迄乎唐制，下之通上，其制有六，三曰露布，兵部奉以奏聞，乃爲表奏之一體矣。録四首。

（辛）降表

此亦表奏之一事也。五代時前蜀後蜀之降，皆李昊作表，蜀人夜表其門曰：「世修降表李家。」當時傳以爲笑。録二首。

第六部　辭賦雜文之屬

第一編　辭賦類

第一章　辭賦

辭本作詞。《説文》：「詞，意内而言外也。」《釋名》：「詞，嗣也，令譔善言相續嗣也。」《詩》有六義，其二曰賦。彦和云：「賦者，鋪也。鋪采摛文，體物寫志也。」屈子所作，通稱《楚辭》，劉向《七略》，列之賦家，則知辭之與賦，古實一物。宋子京有言：「《離騷》爲辭賦祖，後人爲之，如至方不能加矩，至圓不能過規。」章實齋云：「賦家者流，源本《詩》《騷》，出入諸子。假設問對，則《莊》《列》之寓言；恢廓聲勢，則蘇、張之縱横；排比諧隱，則韓非之《儲説》；徵材聚事，則《吕覽》之類輯。」是知文事總綰，厥惟辭賦。昔揚子雲教桓譚，讀千首賦。近世曾滌生，以文稱雄，要其得力，實在漢賦，六藝附庸，蔚成大國。彦和之言，不其亮與？

（甲）辭

漢武《秋風》，頗類詩歌。醇粹之體，惟淵明《歸去辭》耳。蕭《選》辭目，二文並列，兹編宗之，從其朔也。大抵古今文士，善摛辭者，咸趨騷壇。此之所存，殊不多覯。録文共五首。

（乙）騷

「離騷」之意，猶言離憂，以騷爲目，單詞不立，且《楚辭》之中，「騷」其一篇，統目爲「騷」，亦嫌弗括。然彦和有《辨騷》之篇，單辭曰騷，沿稱已舊。《辨騷》所引，并及《九歌》、《九辯》、《天問》、《遠遊》諸文。蕭樓所録，亦復同揆，則騷爲共名。又其先例，兹姑從之云爾。録文五首。

（丙）賦

方望子《文章緣起補注》，大約以古賦至六朝，變而爲俳，唐人再變而爲律，宋人又再變而爲文。賦之爲體，凡有四名，然律賦別具體裁，曰古曰俳曰文，疆界之分，殊難覿畫。兹因統以兩目，一曰古賦，一曰律賦云。

（一）古賦

賦之分類，約有兩涂，一曰分家，一曰分體。臯聞《七十家賦鈔》，源流本末，條舉件繫，法劉向之《詩賦略》，此分家之爲也。昭明太子撰録《文選》，京都、郊祀諸目，部居不雜，此分體之爲也。惜抱謂《文選》分體碎雜，立名多有可笑。兹編義取桃導，無寧分體，上師蕭樓，特曰情曰志，言之不順，從長棄短，又其所矣。爰分爲四：曰賦理，曰賦物，曰賦事，曰賦意。彥和所譏「讀千賦而愈惑體要」者，庶其免諸？

（子）賦理

彥和論賦有云：「麗詞雅義，符采相勝。」則賦理尚焉。凡此之作，可分二目。

（金）詮理　録二首。

（石）論文　録二首。

（丑）賦物

彥和論賦有云：「京殿苑獵，義尚光大。」又云：「草區禽族，庶品雜類，觸興致情，因變取會。」則賦物尚焉。凡此之作，又分七目。

（金）山水　録二首。

（石）京都　録二首。

（絲）宮殿　録二首。

（竹）苑囿　録三首。

（匏）祠廟　録一首。

（土）物景　録四首。

(革)雜物　録四首。

(寅)賦事

此《漢志》所謂「登高能賦，可爲大夫」者也。凡二目。

(金)行役　録一首。

(石)遊覽　録四首。

(卯)賦意

此《漢志》所謂「感物造耑」，彥和所謂「述行序志」者也。凡三目。

(金)寓言　録四首。

(石)情感　録四首。

(絲)哀弔　録五首。

(二)律賦

始於沈約「四聲八病」之拘，中於徐、庾「隔句作對」之陋，終於隋、唐、宋取士限韻之制，此律賦之所由名也。雕蟲小技，壯夫不爲。故録二首，以備一格。

第二章　頌　贊

彥和有云：「容體底頌，勳業垂讚。蓋四始之至，頌居其極，而贊之爲體，亦頌家之細條。」姚惜抱云：「頌贊類者，《詩頌》之流，而不必施之金石者也。」兹合爲一章述之。

（甲）頌

《釋名》：「頌，容也，叙説其成功之形容也。」彦和云：「容告神明謂之頌。」是故《那》詩、《清廟》，皆以告神，自《魯頌·駉》、《閟》，致美僖公，其體始變，則濫觴乎後世之爲矣。

（一）無韻之頌

大抵頌贊箴銘，祭弔哀誄，之八事者，韻文居多，皆爲辭賦之流。姚惜抱謂《漁父》及《楚人以弋説襄王》，宋玉《對王問》，皆辭賦類。辭賦固當有韻，然古人亦有無韻者，以義在託諷，亦謂之賦。竊本此恉，推而闡之，頌贊以下八事，均有無韻之作。故悉以有韻無韻，對舉爲目，既以審其體要，亦以盡其流變。總述於此，後不復贅也。録無韻之頌凡三首。

（二）有韻之頌

此彦和所謂「頌惟典雅，辭必清鑠，敷寫似賦，而不入華侈之區；敬慎如銘，而異乎規戒之域」者也。曰人物，曰武功，曰上儀，曰德政，曰休祥，曰雜事物。凡六目。

（子）人物　録六首。

（丑）武功　録四首。

（寅）上儀　録四首。

（卯）德政　録三首。

（辰）休祥　録二首。

（巳）雜事物　録二十一首。

（乙）贊

字亦作讚。《釋名》：「讚，纂也，纂集其美而叙之也。」《尚書大傳》云：「舜爲賓客，禹爲主人，樂正進贊。」蓋古者爲唱發之辭。故彦和云：「漢置鴻臚，唱拜爲讚，即古之遺語也。」迄司馬相如爲《荆軻贊》，其文不傳，然奬歎之言，遂同頌體，則後世之爲矣。

（一）無韻之贊

曰史贊，曰雜贊，析爲二目。

（子）史贊

其體與史論同。彦和云：「遷史固書，託讚褒貶。」蓋贊本訓助，助以發明傳意，故不論善惡，皆得曰贊，與夫壹意贊美者，稍稍殊矣。録八首。

（丑）雜贊

紀述事蹟，尚論人物，要亦颺言以明事，嗟歎以助辭者也。録二首。

（二）有韻之贊

此彥和所謂「結言於四字之句，盤桓乎數韻之辭，約舉以盡情，昭灼以送文」者也。曰人物，曰山水，曰文字，曰名理，曰圖畫，曰雜物。凡六目。

（子）人物　録五首。

（丑）山水　録三十九首。

（寅）文字　録五十一首。

（卯）名理　録五首。

（辰）圖畫　録五十六首。

（巳）雜物　録三首。

第三章　箴　銘

彥和有云：「箴頌於官，銘題於器，名目雖異，而警戒實同。箴全禦過，故文資確切；銘兼褒讚，故體貴弘潤。」其論允矣。茲合爲一章述之。

（甲）箴

箴之爲誼，與鍼略同。《説文》：「箴，綴衣箴也。鍼，所以縫也。」古時醫者，亦以鍼刺病，故諷刺救失，亦謂之箴。《夏》《商》二箴，見於《逸周書》及《吕覽》，餘句雖存，全文已佚。《虞人》一篇，備載《左傳》，揚子雲倣而爲之，於是斯體著焉。

（一）無韻之箴　録一首。

（二）有韻之箴

此士衡所謂「箴頓挫而清壯」者也。曰官守，曰學問，曰贈獻，曰雜事物。凡四目。

（子）官守　録三十五首。

（丑）學問　録十六首。

（寅）贈獻　録十首。

（卯）雜事物　録七首。

（乙）銘

《釋名》：「銘，名也。述其功美，使可稱名也。」作器能銘，可爲大夫。故彦和云：「觀器必也正名，審用貴乎盛德。」若夫被碑之作，志窆之文，已見碑文墓銘類。其僅稱爲銘者，悉入於此。蓋古人頌贊箴銘，大都刻石，凡斯之屬，事資參稽也。

（一）無韻之銘　録二首。

（二）有韻之銘

此士衡所謂「銘博約而温潤」者也。曰功烈，曰山水，曰祠廟，曰隄防，曰屋宇，曰學問，曰情感，曰雜物。凡八目。

（子）功烈　録二十首。

（丑）山水　録十五首。

（寅）祠廟　録四首。

（卯）隄防　録三首。

（辰）屋宇　録八首。

（巳）學問　録七首。

（午）情感　録三首。

（未）雜物　録二十首。

第四章　祭　弔　哀　誄

頌贊箴銘，文多刻石，祭弔哀誄，體亦有然。魏孝文《弔比干墓文》，唐太宗《祭比干文》，石墨鐫華，藝林拱璧。歐陽公《胥夫人墓誌》，云爲哀詞一篇，藏諸墓，曾南豐《蘇明允哀詞》，刻之塚上，不特《蔡中郎集·胡公夫人哀讚》爲墓銘之別稱也，則哀詞亦刻石也。誄以納石，亦稱墓誄。故彥和《雕龍》，誄碑並稱，則誄文亦刻石也。兹合爲一章述之。

轎，體亦相近，故以次焉。録八首。

（乙）七

彥和之釋《七發》也，曰「七竅所發，發乎嗜欲。始邪末正，所以戒膏粱之子也」。自後枝附影從，莫不以七爲名。要之單詞稱七，猶之稱騷，以云正名，均嫌不立。特七之爲名，原於七竅，斯知謂問對凡七，因而定名者，其説荒也。覈其文體，對問之亞。《九稽》、《九招》，亦其同流。録七家共六十首。

（丙）連珠

假喻達旨，互相發明，辭句連續，纍如貫珠，兹體所由名也。昔韓非著書，先列其目，後著其解，謂之連語。殆兹體之先河與。大抵連珠之文，律諸因果，先爲引辭，後爲結論，有似名學三段之法。詞既華贍，理復确立。故譚仲修云：「文字之用，不外事理。駢儷詞夸，每於理之精微，事之曲折，多不能盡，乃爲談古文者所鄙夷。承學之士，先習陸庾連珠，沈思㕣藻，析理述事，充之復何所滯。」録五家共一百九十首。

第二章　雜　文　下

（丁）雜頌

雜頌者，頌之流也。詠歎中雅，轉運中律，嘽緩舒繹，曲折不失節。録文四首。

（戊）雜贊

雜贊者，贊之流也。曰述曰勢曰品，凡三目。

（一）述

劉知幾云：「馬遷《自叙傳》後，歷寫諸篇，各叙其意。既而班固變爲詩體，號之曰述。范曄改彼述名，呼之以贊。」斯知述之與贊，同禾異穎。然彦和論讚，以爲摯虞《流别》，謬稱爲述。顔師古亦謂「史遷云作，班固謙不敢言作，乃改言述，避作者之謂聖，取述者之謂明」。後人呼爲《漢書》述，失之遠矣。摯虞尚有此惑，其餘曷怪。則古人於此，亦聚訟也。録十首。

（二）勢

《文章緣起》曰：「勢始於崔瑗作《草書勢》。」《説文》無勢字。古祇作埶。《考工記》云：「審曲面埶。」鄭司農訓埶爲形埶。今人言字，輒曰字形，故凡斯之作，概關書法。録六首。

（三）品

《説文》：「品，衆庶也。」《廣雅》：「品，式也」。引伸其誼，則爲品藻。鍾嶸《詩品》，其權輿矣。録二家文三十六首。

（己）雜擬

爻者效此，象者像此，故有擬議，乃成變化，或摹古人，或託物類，既有翻空之奇，復見徵實之巧，文事變通，斯盡利也。

（一）摹古

自古文人，互有師仿。揚子雲氏《太玄》擬《易》，《法言》擬《論語》。厥後蘇綽、王通，譔述亦遵往軌。章實齋云：「古人之言，所以爲公，未嘗矜於文辭，而私據爲己有也。」兹分爲擬語、擬文，以著於篇。

（子）擬語　録三首。

（丑）擬文

復析爲二目。

（金）本無之擬

此實齋所謂「假設之公」者也。録十一首。

（石）本有之擬

文章之事，天下爲公。亦自隋唐詞科，命題取士，往往賦擬相如，頌擬王褒。流風所扇，彌彬蔚矣。録六首。

（二）託物

有以見天下之賾，而擬諸形容，象其物宜；有以見天下之動，而觀其會通，行其典禮，此《易》教也，文事亦然。學鳩笑鵬，罔兩語影，莊生之作，其達觀與。録八首。

（庚）集句

《壹是紀始》引《稗史》，晉傅咸作集經詩，其《毛詩》一篇略曰：「聿修厥德，令終有俶。勉爾遁思，我言維服。盜言孔甘，其何能淑。讒人罔極，有靦面目。」章實齋云：「辭人點竄，略仿史删，譬之古方今效，神加減於刀圭；趙壁漢師，變旌旗於節度。」所謂點竄之公也。然其蹊徑，可析爲二，範圍廣者，是曰雜集；範圍狹者，是曰類集。

（一）雜集　録二首。

（二）類集　録三首。

（辛）雜體

凡别裁畸體，未設類目者，姑以文章大别，析爲有韻文無韻文二類。亦以文之駢散，原可合一，韻之有無，斯徵區别云爾。

（一）有韻文　録十二首。

（二）無韻文　録十五首。

文談

徐昂 撰

《文談》四卷

徐昂 撰

徐昂(一八七七—一九五三)字益修,江蘇南通人。歷任通州師範、南青中學、南通七中、無錫國專教師,浙江大學教授。著有《京氏易傳箋》、《周易對象通釋》、《經傳詁易》、《聲韵學撮要》、《詩經聲韵譜》、《音説》、《休復齋雜志》、《詩詞一得》、《文談》等三十九種,合編爲《徐氏叢書》。

徐昂一生歷經晚清至新中國建立初期,頗受西方及近代文學革新之思想影響,能以歷史眼光論述以往之文學現象,强調舊學新學應互相結合,重視吸取西方文化。以爲文學創作必須具有真情實感,指出「文之造乎其至者必有真性情」(《文談·内篇·性情》)。重視作品之思想内容,指出「論文首當注意於道,道本也,文末也」(《内篇·道》)。《文談》比較致力於繼承傳統,恪守家法,重視桐城派論文主張,亦以陽剛、陰柔分析文章風格。對文學之性質、特點和寫作技巧、方法作了廣泛探討,論題廣泛,涉及文字、聲韵、修辭、文學理論各個方面,闡述具體,對歷代重要作家和多種文體之分析比較,頗爲細致。

本書初印於一九二九年，後編入《徐氏叢書》，列爲第三十五種，於一九四四年出版。又有一九五二年再版本。今即據再版本録入。

（丁錫根）

序

徐益修爲《文談》十年，有所得必語我，屢示以稿，令糾正或推演之。數年前亦嘗爲列數條，旋失去，不復能記憶。今年益修以其弟子將爲付印工，屬檢校，遂復讀一遍，舉夙昔妄度之什一疥其次。生平性坦率，亦有解悟，不能時作短紙箧盈即編，如益修之勤，非益修之敦促，則亦不能大暑中揮汗爲此，可愧也。

益修《論制作》篇謂文言之歧起於周，當甚。竊謂始蓋出於史家重文，閒以自創之用字法，而辭章家則揚其波，三百篇當亦有然，楚辭更大益之。至漢人重楚辭，而所爲乃愈益盛，司馬長卿《子虛》《上林賦》之狀山水草木鳥獸以及人物服御，蓋且廣搜諸字以應奇句之用，其後甚至有尋古文奇字之類，藉展其才思弘其聲音者，而洪容齋所謂「劉歆用以入經」，猶其一例也。益修《審音》篇言音韻之和協，其所爲《詩經聲韻譜》列《月出》之詩，用字爲表，奇已。枚叔《七發》「怳兮忽兮，聊兮慄兮，混汩汩兮，忽兮怳兮，俶兮儻兮，浩瀇瀁兮，慌曠曠兮。」亦殊異。歐陽公《祭石曼卿文》之音節極佳，人知賞之者，以全文僅二百五十餘字，而用雙聲疊韻字乃至三十餘處，又益以協韻之十七字，則音韻和協之字數居三之一矣。人人有好音節之天性，安得不喜誦之。此其所本，在古歌謡，在詩，在老子、荀子、屈子，特須如益修所云「任其自然，不當屈意以就韻耳」。至所謂或每句協一韻，或間句協一韻，或换韻爲節。四言句亦有間二句爲韻者，如李斯《會稽石刻》《頌秦德》等文是。湘鄉曾氏以昌黎《江南西道觀察使太原王公墓誌銘》用韻法爲創見，蓋偶忘之。益修《創革》篇論減吴南屏《許孝子傳》字數，余亦嘗以四五小時教授此篇，曾演長之，減削之。演長之式有三四，除論贊原文爲一百五字，演最長者字倍原文，而減削至於少三十字，劉子玄所謂省句省字者，學者誠不可不知之矣。雖然，事物有以樸爲美，而亦有以華爲美者，有以不均齊爲美，而亦有以均齊爲美者。是以文之簡或繁皆美也，要在得當，要在視氣勢及神韻爲如何耳。益修於《記數》篇引《左傳》「齊舊四量，豆、區、釜、鐘。四升爲豆，各自其四，以登於釜。釜十則鐘。陳氏三量皆登一焉。」此文簡極矣，而《考工記》曰：「人長四尺，崇於戈四尺。」下曰：「殳長尋有四尺，崇於人四尺。」下又曰：「車戟常，崇於殳四尺。」下又曰：「酋矛常有四尺，崇於戟四尺。」文之奇在以人爲本，而崇於人四尺，崇於殳四尺，崇於戟四尺，則不嫌其複，不嫌多用四尺字之或傷語調。又有曰：「金有六齊，六分其金而錫居一，謂之鍾鼎之齊；五分其金而錫居一，謂之斧斤之齊；四分其金而錫居一，謂之戈戟之齊；參分其金而錫居一，謂之大刃之齊；五分其金而錫居二，謂之削殺矢之齊；金錫半，謂之鑒燧之齊。」并未云錫居六之一、居五之一、居四之一、居參之一與下兩項錯綜變化，此蓋以錫居二金錫半，自有變化，否則數句之語調當更矣。惟學者當先知簡之法，宜法《漢書·衛青傳》所謂：「校尉李朔、趙不虞、公孫戎奴各三從大將軍獲王，封朔爲陟軹侯，不虞爲隨成侯，戎奴爲從平侯。」不必如《史記》所謂：「校尉李朔、校尉趙不虞、校尉公孫戎奴各三從大將軍獲王，以千三百户封朔爲陟軹侯，以千三百户封不虞爲隨成侯，以千三百户封戎奴爲從平侯。」然太史公之所以瑣瑣者，蓋全録當時之詔，而孟堅則失去千三百户矣。至考記數之法，在《考工記》亦多異者。「梓人」節且曰：「爲飲器，勺一升，爵一升，觚三升，獻以爵而酬以旅，一獻而三酬，則一豆矣。」「觚三升」句以下，不謂豆十升，而用「獻以爵」三句，不嫌其詞之多。蓋記工之文樸實，樸實則枯燥，且若帳，非文矣。故演之以益其趣，故首段「粤之無鎛也」十二句，不簡之爲「非無鎛函廬弓車也，夫人而能爲者也」兩句，此非强爲之辯，實不必援劉子玄譏齊使「跛者逆跛者」數語而繩之也。

讀益修《記游與山水》及《審音》篇亦贅數言，柳子厚山水游記爲空前絶後之作，而其所本則在所謂八代之衰者。漢魏六朝之狀物達於至工至精，此文章進化之極致也。劉季和以辭人麗淫而繁句輕之，而以三百篇一言窮理、兩字窮形爲情貌無遺，似非確論。子厚乘文章進化之機緣，成永州諸記，雄視千古。其形式至易見者，爲「潭中魚可百許頭」數語，出於吳叔庠《與宋元思書》「水皆縹碧，千丈見底，游魚細石，直視無礙」四句。程氏《演繁露》謂本有堨字而子厚未用，此與劉夢得不題糕相等，唐人之守例然也，而大異於漢之作家。字不敷用，則務廣博閎肆；已足矣，則務謹嚴矜慎。務謹嚴矜慎，亦所以止學者末流之弊也。狀聲之善者爲歐陽公《秋聲賦》及《送楊寘序》之狀琴音，而自來善狀水者爲枚叔之寫曲江濤，木玄虛之賦海，郭景純之賦江。謝希逸《月賦》之前段，以在昔之文料鮮，故失之質，而狀月處亦可謂極能事矣。近代善狀雲有惲子居《游廬山記》，張武昌贈我范伯子先生序，實足與之頡頏。善狀被難者則爲汪容甫《哀鹽船文》，益修內外篇所陳皆極細密，章實齋則謂陸機《文賦》劉勰《文心雕龍》鍾嶸《詩品》，或偶舉精字善句，或品評全篇得失，令觀之者得意文中，會心言外，其於文辭思過半矣。主旨如此，故甚詬震川之點評《史記》，然實齋操此論於當時可，若生於今日，應亦不能偏執也。古無讀作並行之初學，讀破萬卷，下筆成文，純由自然。讀作並行起於應科舉，斯時教者不得不以形式示初學，亦不得不即令初學學爲之，爲博取計也。今日則以亟求應用，故亦須重形式。故今日謂以文學納入科學中，實可謂仍行科舉時代之教授法。

益修《論制作》篇謂「自古名哲不可磨滅之文，純其精氣積成，變化離合之處，莫不有神以馭氣。」蓋文者，精神之事也，拘形式即陋已。然欲求速成，則離形式將以何爲準？且古亦有言形式者，劉子玄《史通》是。實齋謂《左氏春秋》書人名字不爲成法，非注釋相傳有授受至今，不復識爲何如人。是以後世史文莫不鑽仰左氏，而獨於此事不復相師，此亦就形式言耳。嗚呼！當今之世，吾甚懼談文者不真知有形式，而又甚懼談形式者忘精神爲文之主也。益修喜以馬、班二書紀傳對比，是著亦及之，并舉《左》《公》《穀》相比，又取《左傳》《國語》與《檀弓》相比，余嘗編周秦漢文較，久未成，今畧舉例附焉。《左傳》記魯桓之薨，曰：「使公子彭生乘公，公薨於車。」《公羊傳》則曰：「使公子彭生送之，於其乘焉，搚幹而殺之。」公羊氏爲後世人，故詳載之，「搚幹而殺之」句非左氏所忍命筆。然此本左氏爲春秋時魯人而言，謂左氏非丘明，非著《國語》者，其語極渾厚，實已顯桓公薨之故，亦不待詳也。《左傳》記士蒍論大子申生，末曰：「不如逃之，無使罪至。爲吴大伯，不亦可乎？猶有令名，與其及也。」《晉語》則曰：「雖克與不，無所避罪，與其勤而不入，不如逃之。君得其欲，大子遠死，且有令名，爲吴大伯，不亦可乎？」《傳》以曲取勢，《晉語》則較平矣，此皆《左傳》勝者也。《左傳》記晉平公飲酒，屠蒯語工曰：「女爲君耳，將司聰也。辰在子卯，謂之疾日，君徹宴樂，學人舍業，爲疾故也。君之卿佐，是謂股肱。股肱或虧，何痛如之？女弗聞而樂，是不聰也。」《檀弓》篇則曰：「子卯不樂，知悼子在堂，斯其爲子卯也大矣。曠也，大師也。不以詔，是以飲之也。」《檀弓》「子卯不樂」三句，能括《左傳》「辰在子卯」九句，此《檀弓》勝者也。惟《左傳》於其末曰：「初，公欲廢知氏而立其外嬖，爲是悛而止。秋八月，使荀躒佐下軍以説焉。」《檀弓》曰：「公謂侍者曰：『如我死，則必無廢斯爵也。』至於今，既畢獻，斯揚觶，謂之杜舉。」一爲史家文之收法，一爲議禮家文之收法，固自不同。《檀弓》記婦人哭，曰：「昔者吾舅死於虎，吾夫又死焉，今吾子又死焉。」劉向《新序》曰：「往年虎食我夫，今虎食我子，是以哀也。」王充《論衡》曰：「去年虎食吾夫，今年食吾子，是以哭哀也。」劉、王語調皆遠遜《檀弓》，且末句皆贅，此亦《檀弓》勝者也。舉例若此，不能如益修之詳言。至曾氏因昌黎《王屋縣尉畢君墓誌銘》述先世後入主位不清，以昌黎他文之法爲準，爲易數字，則又就一人之文而較之者。

益修重視句讀，居恒言之甚精，是著《論文法》篇及之，謹爲申其大概。竊謂近代人士句讀之訛謬，始於村塾授書弗利長句，强斷之以就童子之口。「《大學》孔氏之遺書而初學入德之門也。」「孔氏之遺書」斷句，甚至口授時以「大學孔氏之遺書」作一句，而「初學」亦若作一句，「於今可見」亦若作一句，「古人爲學」亦若作一句，至可笑也。張嗇菴師譏課其少公子者不能知《孟子》「子産」章「惠」字當頓，徑與「而不知爲政」五字連讀，則更無論矣。制藝盛行時，其文中語調往往若詞章，不能爲句者亦作一句，人皆習久而不察也。詞章句法自古特殊，三百篇中「樹之榛栗，椅桐梓漆。」「彼美淑姬，可以晤歌。」皆分作兩句，「父曰嗟予子行役」作一句，「古公亶父」亦可成一句。自此以下，詩歌辭賦駢文詞曲以至所謂制藝者皆沿之。漢魏散文中亦然，如曹子桓《與吳質書》「同乘並載，以游後園」之句甚多，此語就上下文氣論，當分爲二。不然，行文時可云「同乘以游後園」矣。故講究句讀，亦應視其文之氣機神韻如何，特不知句讀者不當藉口爲説耳。由上所列諸因，即善爲文者亦往往不能點句，魏武《求賢令》：「今天下得無有被褐懷玉而釣於渭濱者乎？又得無有盜（嫂）〔嫂〕受金而未遇無知者乎？」「被褐懷玉而釣於渭濱者」，「盜（嫂）〔嫂〕受金而未遇無知者」，各爲一名詞，「得無有」三字與「乎」字關連，而於「玉」字「金」字處斷句，寧非至怪，且視兩「而」字又爲何詞也。試翻有點之書，訛謬者觸目皆是，安得盡削之滌之以正學者之識。

安度之辭，列條爲七，姑縱吾筆以報益修。生來才智不逮丁啓之，運思之精密不逮益修與顧怡生，故至今於學一無成就，秉筆殊蘧然自驚，不知四十五十之數何忽焉爲吾之年也。

中華民國十有八年七月曹文麟序

自序

予爲諸生講授文章，忽忽歷二十年，退而筆其大要，依類次之，偏而不全，聊以整理思想已耳。居恒論文字，以正字學、詞性學、修辭學三者爲本，是編首卷《起原》篇涉及形體，第三卷《審音》《狀音》《辭賦》諸篇涉及聲韻，其詳則具予專著中。三卷外篇言搆造翦裁之方，末卷言品詞性質與夫句讀區別，皆不越乎陰陽變化之道。姚姬傳《古文辭》不録羣經，以高深尊之也；不録諸子，以淆雜視之也。是編次卷所論各代文上及左、莊，蓋以此二子者，尤後世文家所出入者也。若夫羣經諸子，則論《漢書·藝文志》中稍稍及之矣。文章之運與時代遷移，而造詣之能傳者，多有精神獨至之處。不虛震詞華，不歧視宗派，於神味氣息而外，兼循求脈絡腠理，以比其疏密而辨其厚薄，詎非必要之事與。拙著既成帙，歲有增易，今年秋生徒慫恿付印，因出稿正之一二朋好。曹君勛閣爲揮汗撰序，其所徵引，足匡不逮，私心感之。彦矧范君持稿去，謂每日清晨披閱，浹月可竟業，乃未及期而没。嗟乎！予學無所底，精力衰耗，抱殘蜷伏，識見褊隘。諸師相繼殂落，知交又漸凋零，俛仰身世，嘅嘆何如！海内士君子有是正予之紕繆者，尤蘄禱之不皇也已。

中華民國十八年秋徐昂識

自序續

文之爲義，該括天文地文人文與夫萬物之文。人文兼容貌威儀動作製造語言文詞而言，今所謂文章之文，衹人文之一部分，其範圍頗狹，而致用則廣。文由字集成，論文必先論字，無論字與文，研究宜用治科學方法，澈底分析。分析須有工具，字之爲學，分形體學、訓詁學、聲韻學；文之爲學，分詞性學、修辭學、論理學。工具貴完備，不可缺一。伊古以來工於文者，多本其自然之天賦與經歷，發爲文章，而不能道其所以然。縱或論文，語多囫圇，無從摸索，此已成爲吾國文家相沿之習矣。予平日所爲文不存稿，與朋輩晤言，不喜談文。倘或有涉及者，膠守含糊習慣，爲蒙頭蓋面之詞，謂可以意會而不可以言傳，則非予之所樂聞也。文體有文法，語體有語法，塗軌相通，而時或殊異。例如語體云：「這是我的書。」文體云：「此乃我之書。」語體錯綜其詞云：「這書是我的。」文體如亦變其方式云：「此書乃我之」，即不成句。青年學子由語體躋於文體，教者非具有寳筏，學者不易渡此迷津。文有駢散，散文方法不能深切瞭解，則辭賦駢文與詩騷詞曲，更無由認識組織之變化而興起其美感。方法工具能完成，有兩種利益：一鍊目善看，批評能確有根據；二鍊手能造，變化可以從心。予嘗以爲學校教國語者當明語法，教國文者當明文法，語文方法不明瞭，則所用標點符號，舛誤必多。予在中等學校及大學教書四十餘年，多囑生徒愛護腦力，專心致志於研究分析之途徑中。嘗語學生云：「爾曹宜務實學，勿以能撰幾句詩文，即傲岸滿足，自命爲文人雅士。須知國文雖爲國學基本，而所謂國學者，非僅空文而已也。」字之性質隨句式而更動，詞之組織視章法而變遷，皆不能有絲毫之差忒，教者如或未能純熟，至運用時必不免舛謬。至於字之讀音，須深明國音聲韻拼綴之原理。演講時所操國語，倘一句中有一字聲韻未能密切，則此一句話之國音即駁雜不純。指導學生字音及用識字速成法，教者於聲母韻母尤宜根本透澈，辨認清晰。例如基、知、支三字，聲母不同，有顎音舌音齒音之別。堂之與壇，京之與金，韻母各殊，有重鼻輕鼻之别。認識或差，即貽誤他人。故欲求語體文描寫刻畫曲盡其致，須文體文先有根柢；欲求新語法與新式標點施用準確，須國文法先有根柢；欲求國音字母聲韻讀音及拼法精密無間，須聲韻學先有根柢。譬之植物，根本培壅，深厚堅凝，則枝葉自繁茂，花果自富麗，其道一也。研治新學，推究舊學本源；研治舊學，參用新學方法。今日以爲舊者，往昔以爲新；今日以爲新者，將來又以爲舊。新舊之遞禪無已時，即文化之進展無止境。學者如能於他國文字之體制義法音韻，旁通曲達，會心圓融，則其文化之水準，必益臻高峻。或云：欲一國文字深造其極，非通數國文字不可，職斯故耳。予初爲諸生講授文章，歷二十年，撰《益修文談》四卷印行。今又越二十餘年，隨録所得，補入原著。市政府審閲後，予復稍加芟易，簡稱爲《文談》云。

公元一九五二年冬月徐昂識於休復齋時年七十有六

文談目録

文談卷一　通論

徐昂　撰

通論上

起原

人之思想發於腦，由氣流傳於喉而進於顎，由顎而舌而齒而脣，復上歧於鼾，相軋相切，隨氣舒縮，遂成種種之音流，曲折宛轉以達其情意，是謂語言。語言之音寄於虛而不足以徵實，於是乎文字興焉。言其始則依類象形謂之文，形聲相益謂之字；言其既則集畫而成者曰字，集字而成者曰文。吾國由語言而進化於文字之階級有三：燧人作結繩，伏羲刻木兼畫卦，倉頡製文字是也。史稱燧人作結繩，興交易之道，當世結繩大半用於交易時。如僅用小結大結，不足以標識名物，當有種種編組方式，今無可稽考，要其體約用簡，則可推而知矣。伏羲刻木以代結繩之政，其用較結繩稍進，然僅能綜括名物，而未足以達情理。畫卦則義蘊微奧，不易通曉。至倉頡氏憂語言無以信今而示後，有感於鳥獸之跡，於是因音衍形，錯綜變化，遂成天地之文，其制作通於畫卦，說附後進化之次昭然可觀已。西儒以吾國古代文明有與他國類似者，遂多倡中國文化發源西方之說，紛雜不一。或謂卦體由巴比崙楔形文字而來，又或謂漢文出於亞西里亞文字，昂未敢附和其說。吾國開化最早，文字由漢族自創，或以中國爲世界文明之淵源地，亦夸乎其言之也。

畫卦進步而爲造字，字與卦繁簡懸殊，而其爲符號則一也。陽數奇，陰數偶。字畫與爻畫相通，獨體與三體或五體綴合之字皆屬陽數，二體或四體綴合之字皆屬陰數。六書之數與六爻之數亦同，卦有單卦重卦之別，重卦中自重者爲複卦，如乾與乾重仍爲乾，坤與坤重仍爲坤之類。獨體字猶之單卦也，合體字猶之重卦也。卦之重限於兩卦，合體字於兩體外疊至三體或四體或五體，此由重卦而進焉者也。兩同様之體相重者爲複體字，如二屮相重爲艸、二木相重爲林之類，猶之複卦自相重也。惟兩同様之卦自重，卦名不變，兩同様之字相合，間有同聲或同韻者，而音變者居多，義亦隨之而異矣。由二重而推之三重，如三屮爲芔、三木爲森之類，三重者寓三才之道，與三爻通。又推之四重，如四屮爲茻之類，此亦由重卦而進焉者也。重卦之配合，上下二位而已，下卦即内卦，上卦即外卦，別無所謂内外。合體字之位置由上下而推之内外左右，且有參錯其位置者，此亦由重卦而進焉者也。同爲二卦，而上下易位，卦即不同，如離日在震木上爲噬嗑卦，離日在震木下爲豐卦。兩體相合之字如日在木上爲杲，日在木下爲杳，上下互易，與重卦之變化相類。重卦顛倒相成，如復卦顛倒爲剥卦，姤卦顛倒爲夬卦，顛倒而成之字，如倒屮爲帀，倒亯爲㫗，與倒卦相類。卦有相反而成者，如復卦反而爲姤，剥卦反而爲夬。字體縱倒之外有横反者，如后字篆文向左反爲司，身字篆文向右反爲㐆。與反卦相類，乾坤離坎無論單卦重卦，顛倒而卦皆不變，獨體王古玉字。爻目田等字，複體玨㸚䀠畾等字，倒視而字體皆不變，此亦相類者也。重卦多會意，亦有合上下二卦而兼象形或指事者。頤卦中虚象口，頤字篆文，體亦虚中。噬嗑卦初二三五上諸爻合而象口，第四爻象物，有口中含物之形，甘字篆文从口含一，與卦形相類。小畜卦中虚較狹，故所畜小，大畜卦中虚較廣，故所畜大，亦指事類也。三字《説文》訓云：「天地人之道也。」與乾卦三爻配天地人三才相同。川字篆文與坤卦三爻相似，水字篆文與坎卦三爻相似，火字篆文與離卦三爻相似。鼎字篆文上從目，下從析木，與鼎卦下巽爲木、上離爲目相通。坤坎鼎據舊説。重卦又有兼得其聲或韻者，如蹇下艮上坎，蹇艮雙聲，蹇坎發聲同顎音，收韻同干攝。蹇即得艮與坎之音，謙下艮上坤，謙坤雙聲，謙即得坤之聲。蠱下巽上艮，蠱艮雙聲，蠱即得艮之聲。旅下艮上離，旅離雙聲，旅即得離之聲。損下兑上艮，損艮疊韻，損即得艮之韻。睽下兑上離，睽兑古韻通，睽即得兑之韻。字體會意兼形聲者，例正相合，是皆字與卦會通之證也。

區別

語言爲人意无形之代表，所以聲其意，主施者司之口，主受者司之耳，多用於直接。文字爲人意有形之代表，所以形其意，主施者司之手，主受者司之目，多用於間接。文言各盡其用，雖自倉頡已然，而當時語言與文字固未有異，特變音爲形耳。蓋未有文字之時，人心皆具自然之觀念，不假思索，自能綴合爲語句。倉頡因其音而衍形以附之，所以導民於自然，使義理昭於形而有所憑，非强其背天然綴系之語言而别馳也。自通國之人不能盡通文字，而各地自爲方言，無統一之語法以維繫之。於是載於書册之文詞有定則，而流傳於口舌者日趨於複雜，天下遂羣奉一致者以爲文詞，流變者謂之語言，文言歧爲二途，而士君子亦遂兢兢嚴文俗之分，以爲俚曲鄉歌不與雅樂倫比矣。統一國音，推行語體，洵足以矯流變也。

關係

文字爲灌輸文明統一政策之母，盛衰所伏，國家系之。世界獨立之國無不愛護祖國語言文字，國際之間必合用國文國語以表自主之實，杜蘭斯哇耳與英議和，明訂約文，保存祖國方言，良有由也。故世界之競爭首在文字，强國之謀人國也，必思消滅其文字，此與扶植民族發展其語言文字之政策適相反背。漢之天下數淪亡於異族，而文獨未亡，後之子孫讀祖國文字，痛神州之沈淪，哀種族之恥辱，鼓吹奔走，流涕攘臂，屢蹶而屢起，而漢卒以復，此豈非造作最古之文字勢力雄厚有以致之也耶？

勢力

合族而成國，謀政教之統一易，謀文言之統一難。漢字五百四十部，孳生之字增至四萬餘，滿洲字母百四十二音，蒙古一百五音，回族二十八音，有古今之别，西藏三十音，音符有四。漢字表形兼表聲，滿蒙回藏諸字皆專表聲，漢語爲獨立類，滿蒙回各部皆聯結類，藏介獨立聯結之間。文字適用之公例，舍繁而趨簡，漢文雖繁，而發生最古。伊古以來西北諸部皆慕中原文化，轉相則效，蒙文依附漢楷，滿文復取法於蒙字，藏文本於唐古特，而其字體多有與漢文之篆體相似者，回文則如吾國之蝌蚪書。比較五族文字，漢文推行之勢力最廣，滿清入關而後，皆爭趨於漢文，貴族亦罕有淹貫滿文者，各地駐防漸密合乎新羣，東三省都會市場滿人用華夏語言，回語盛行天山南路，而内地之回族亦操漢語，餘可概見矣。春秋以前吾國文字勢力之所及，黄河流域而止耳。自孔子之教興，講述經訓，諸弟子各得其所學，傳播四方，由是中華文字之勢力愈漲。自漢以來，大揚其波，字體咸備，經義日光，而文詞亦兼美，於是長江之山水既爲文藻所縈紆，而粵江流域亦寖被漢化。今則凡吾國界線所極，皆中華文字勢力所充塞之處，他若日韓采取華文，歐美兼講漢學，餘波未沫，顧不懿歟！秦漢以還，代經變易，一切政治可以更革，獨此流通於山河之文字，勢力曾不能少減。金、元、滿清皆製文字，終不能敵其勢力，而漢文乃隨版圖而日盛。迄於今日，至一字一畫之微，猶相引爲敬惜，觀於此則知國民尊敬祖國文字之感情，直銘心而鏤腦矣。遥念方來，若教育普及，參用國音字母識字速成法，更研究拉丁化新文字，四百兆人能盡通文化，我國語文之盛，其必倍蓰於往昔也與！

功用

國文者，聖哲之訓言所藉以傳，國家之政治所藉以行，東西之學術所藉以輸，天地之萬事萬物所藉以表，全體之功用不待言矣。學者深知其故，匪直可與今人間接也，上可以通千百年以前之古人之言，下可以與千百年以往之後人相語。書籍所載，古人以文字代口而遺之後世，今人以文字代口而播之海内。開卷瀏覽，神思相接。其爲言道德，言學術，言歷史之事，或自道其悲歡憂樂之情也。無古人與今人之所記，有若婉切以告我也者。遐思緜邈，至其深時，悄乎若聞其聲，而於其可歌者，可泣者，可稱道者，可師法者，各如其情以相感，直不啻與著者相對語，若其自造也。稱吾愛惡思慕之私與夫事物之情狀，皆能隨筆而馳，無間於寥遠之途及最高深之地位，而無不可曲達其意。上焉者積其堅志卓識，發爲有用之文，尤足以語千百年後之知己而不没。凡於名人之文，其情漠然不相屬，不能往復沈思以味其立言之旨，則感情既薄，功用隨失，目若蒙而手若僵矣，是豈可忽乎哉？

通論下

散文與駢文

天地生物，有奇有偶，駢散者陰陽自然之道也。我國文字基於畫卦，畫之奇者散之源，偶者駢之源，經籍之奇句偶句於以並孳焉。是不獨文章然也，詩歌不偶對之句即散文也，句之偶對者即駢文也。窮帖括之原，亦基於偶畫，由偶畫而偶字而偶句，以至關於駢偶之詩文，此偶數之變化之所極也。散文中或用駢語以整齊格局，駢文中或用散語以疏宕辭氣，陽中有陰，陰中有陽，其用固相資也。希臘文辭，重在對稱，而論歐美文章之大概，實無所謂駢，故駢儷之文爲中夏所獨，而音節之道亦以漢文爲微奥。惟偏勝之極，流於帖括，此其失也。秦漢以前，散多於駢，兩漢崇尚詞賦，駢儷日滋，東漢尤甚，蜀漢之文如武侯《出師表》，「侍中、侍郎」兩偶段，制藝之股式近之。魏晉以後，偶語盛行，齊梁而降，駢儷之法，日夸一日。新聲既發，古調日湮，而藻采典麗，音韻和協，亦於斯爲盛。其時散文勢力極衰，唐代韓、柳復古，文中仍多用偶，故兩晉六朝之文之衰，非病駢儷也，觀骨力之靡與厚，足以判其文之興衰矣。韓、歐以往，歸、方繼起，桐城大昌，散文之勢力寖强，伯言、皋文皆棄其所爲駢文而求之古文，勢力可見矣。或謂古文之名獨尊，而駢偶之文乃屏而不得與於其列，良有以也。

文體文與語體文

言譯爲文，文即言也。文言既分，遂有常語雅言之目，而羣經中紀載最古者，泰半當世之語言。《詩》三百篇皆古代新詩，國風即人民歌謡，假借表其土音，方言入之著録。譬之往古所遺缾罍缶鐺之屬，今人珍而玩之，在當時視之，皆尋常簡陋之器耳。或以推行語體文爲戾乎古，不知實復古也。語體愈盛行，文體愈高貴，或慮文體將因之式微，亦過矣。西土文字多源羅馬，厥後字形音調，遞經變化，而拉丁古文，學者羣奉爲國粹。存古適今，並行不悖，互相詆呰，奚可耶？

古文與時文

時有先後，斯文有古今。工古文者思救世俗之弊，以維其道，必反乎科舉之時文而屏黜之。

韓退之因李氏子蟠從學古文，特貽之《師説》，所以提倡古文，激勸當世也。其徒李習之、皇甫持正、孫可之輩，與徒友論文，多輔翼韓氏，宣示古道，排斥時文。蘇子瞻之世以經術取士，而其《贈吳彦律》也，亦告之以道，使其知返。其時之歐、曾以及明之歸、王，清之方、姚，所持之旨莫不爾也。自唐以降，科舉益滋，古文與時文之戰爭寖烈，而時文取士之柄操之國家，收效甚捷，海内趨之者如蠅如蟻，韓、柳輩初亦出入其途，他何論焉。古文之幟祇樹於草野一二君子之文壇，致力甚艱，而效又遲緩，附之者如晨星，如霜林之葉，其勢於是乎益孤。故戰爭之勢，古文恒窮挫，時文乃如燎火横流，不可抑止。工乎古文者，大半流離潦倒，有在上執柄者，亦必傾之使下。時文之工者則登龍附鳳，上干雲霄，以爲不可一世，仰之者若狂。而守道之君子處乎濁世，既不能行其志，權力又不足以轉移習俗，乃退而與其門人知交，抱守孤詣，獨行其是，困阨而不悔。閲數十年或數百年而後，復有明道者出，表章文學，軒輊以明，其論乃稍稍定焉，古文不絶之縷在此。夫以退之之學詔勉太學諸生，可謂親切，而諸生罕聞有勤於古文者，蓋汲汲於當時之有司，固別有在也。退之身世之鬱憤於《進學解》及《上兵部李侍郎書》兩篇中畧見之。蘇子美與其兄才翁及穆參軍伯長爲古歌詩雜文，時人多非笑，歐陽嘗慨乎言之。黎、安二生爲里人所訾，曾子固勸之之旨在篤守其道，至不能以其辭説轉移習俗，同歸於道，而終於成鄉人之大惑。當韓、歐之世，時人之耳目猶若此，況科舉時文靡靡之秋也。伊古以來所稱文盛之世，後能軼乎前者，厥惟清代，其文章有突過明代者，而桐城徒友亦較唐宋爲廣，傳者既衆，戰爭之勢少盛，要其後亦漸衰焉。

文學家之文與道學家之文

天地生人，皆賦之以道與言語之能。古時文言合一，能見道者即可爲文而傳之世。周、孔之流，道與文兼至。道者得天之獨優者也，文者本其所欲言而發焉者也，道與文二者皆不假人爲，故其至也，出於自然。後世語言去文日遠，道學與文章分歧：專志於文，則詞美失實，而爲道學家所排；專志於道，則説理不文，而爲文學家所訕。孔、孟以後，道與文兼至者少，唐宋諸家而外，如王陽明、方正學、唐荆川之文，則多有與道相稱者，而文學家視道學語録所記，往往鄙爲俚俗，而屏之不得與乎斯文，不知語録之書，文俗相參，所以爲社會皆能通曉計也。觀文學家之文，當尋其道之所在；觀道學家之文，不必以文辭繩之。就造詣言之，道難而文易，然心遠乎道，道求諸心而即得；而言遠乎文，文則求諸言而不易即成也。故論其既則道易而文難，道有大小，文有厚薄，能見乎道而不失爲文，斯亦可矣。

文家之文與詩家之文

詩亦文也，詩與文既區爲二途，禀質不同，致力亦異，各有專長，不能强勝。以文鳴者，不皆擅詩名；長於詩歌之士，亦罕有負文章盛名者。是以韓、柳雖亦爲詩，而必讓李、杜；李、杜雖亦爲文，而不能專韓、柳之美。詩家之文長於寫景，善於抒情，句調整飭，音節鏗然，境地幽絶，興致雅逸，大半以辭賦擅勝，文即詩也。文家雜記箴銘哀祭辭賦等文描寫點染處，亦多得力於詩，故治古文者必治詩，文質調劑，良有以也。

文人之文與武人之文

文人之文有陽剛陰柔之分，而與武人之文相較，則陰柔之屬也。武人得陽剛之氣尤多，漢李陵《答蘇武書》，雄壯中有悲涼之概，此太陽中有少陰之道也。儒雅之士參與軍事，文特剛健中正。諸葛武侯《出師表》乃其最著者，岳武穆《乞出師劄》《乞止班師詔》《奏畧五嶽祠》《盟題記》諸作，見《岳忠武王集》激昂慷慨之氣彌滿行間，雖古之文豪，不能逮是。蓋所歷不同，詞氣斯異耳。文人之文大半長於婉折而奥衍，武人作品能紓餘卓犖、包藴其勝者，則尤足珍矣。

祖國文與他國文

圓顱方趾，人類相同，故中外語言，喉顎舌齒脣鼻所具宮徵商羽角變宮變徵七種樂音，無不從同。語法中除助詞外，名詞代名詞形容詞動詞狀詞介詞連續詞感歎詞，皆具有此種詞性。字母首列開口喉音，純粹韻母凡五箇，大致同例。或同一字義而聲韻相符，或同一句式而排列相等，往往而然。至於創造文字，始自象形，亦近於一致。埃及古代象形文字日○月◡與吾國古文日⊙月◗相類，近代埃及掘得三千年前古文字，酷似我國科斗蟲篆，率皆象形。亞西里亞文字印於土瓦者，與我國所稱鳥跡相似，巴比倫楔形文字類於吾國卦體。東西文字行列不同，書以右手，則皆從同。漢文行列由右向左，而形聲會意分配左右之字，亦自左向右。我國往昔重外國文字者，或蔑視祖國文字，至有倡用世界語文字而廢止中文者，此種見解，詎得謂平？韓人金滄江與鍾君書力駁滬報所載天下策士論中國文章可廢之説，謂中國當以實事用文字。日本近畿評論載日人山木憲論文，大旨在斥漢字廢止與節減兩論之謬妄，且極言中國文字便利，歐美各國當採用之。巴黎大學建中國學院，闢四庫圖書館，以圖溝通中西文化，漸推之世界各國。華盛頓、紐約、哥倫比亞各大學皆講中國文學，起倫、哈佛諸大學皆設漢文專修科，檀香山大學講中國文化史，外邦之尊重中原文化如此。至於我國經籍流入海外者，亦有足述焉。德國萊白尼兹、華爾夫贊揚中國儒家學説，以《大學》《中庸》《論語》《孟子》《孝經》與《易經》爲基礎，有譯本及著述，《周易》一書則於一七〇三年由白進神父運送萊氏，萊、華二氏皆推重伏羲、文王、孔子，萊氏嘗以二元論及代數原理辯證八卦排列之順序。又一六六二年哥斯達譯《大學》，一六七三年殷鐸澤譯《中庸》，附《孔子傳記》，一七一一年諾厄爾論述中華經義，此足證明他國崇尚吾邦文化，遠在二三百年前。近代學者馬克斯與恩格斯推重費爾吧哈學術，費氏闡揚《孟》義，貴重人民，儒教淵源，亦於兹可覘矣。英國大學或專門學校，延聘德法諸國學者，講授科學，皆必用祖國文字。教科用書如理科哲學，成於德儒者尤多，而譯述必以本國人爲之，他國亦莫不然也。英人霍克氏論英語在中國教育之位置，大旨在忠告我國教育宜尊祖國文字，不宜偏重外國語。我國學校除外國文一課外，關於東西洋學術之教科書，皆當用漢譯之本，原書可用之參考，至於預儲譯本，則主教育者之急務也。東西洋之字體，皆有取自别國而轉化者，字典於新字不妨附益，音標用國音字母，或參用羅馬字。至數學符號用羅馬希臘阿剌伯字，乃世界所公定者也。

文談卷二　論各代文

總　論

文之性質

陽剛陰柔，天地自然之氣，文章所得各由於天賦。唐虞三代之文和平中正，陰陽無偏，春秋時詞令婉妙，陰柔之氣居多，戰國之文以陽剛勝。孟子雖宗孔，而其文陽剛，與孔子尚陰柔不同。至莊子、屈氏之文，一詆往代，文恣肆而無所忌；一刺當時，情鬱而詞婉，則亦陽剛陰柔之分也。漢代文章，清代已有以陽剛陰柔論之者矣。唐代韓昌黎之文醇而雄奇，得陽剛之美。柳州之文醇則至矣，峭拔遒勁處，其雄未能方於韓氏，蓋得陰柔之氣爲多。退之《潮州刺史謝上表》，氣尤雄健，精悍逼人，助字祇也字矣字各兩見。宋代王介甫得陽剛之氣獨多，少年文章易趨於剛，晚年往往歸於淡，介甫雄氣至晚而不衰，乃其陽剛之性特强也。《祭歐陽文忠公》文筆力尤極堅勁，疾趨而下，其勢莫禦，如懸崖峭壁，不可俯視。曾子固雄氣少減，而陽剛處頗亦不讓介甫，《謝杜相公》《寄歐陽舍人》兩書，陳義固高，而一氣貫注，筆力皆堅凝，《謝杜相公書》尤甚，助字祇後幅三用也字。蘇氏尚馳騁，亦以陽剛勝。歐陽永叔之文詞氣多逸，而雄實蘊於其中，是猶少陽蘊於太陰也。其《蘇氏文集序》前幅放聲爲詞，精神躍於紙上，氣極雄直，亦不盡偏於陰柔也。歐、曾皆取法於昌黎，永叔雄於神，子固雄於氣，蘇氏亦然。介甫則雄於骨，故就陽剛而言，介甫爲最，子固與蘇氏次之，永叔又差焉。明代震川遵巖多取法歐、曾，大抵以爲歐、曾並學，可以調劑剛柔，姚姬傳論歐、曾之文，以爲皆偏於陰柔，而其氣息則有得於歐陽爲多。邵位西《龍樹寺壽讌詩序》轉折頓挫處，筆力矯健，氣勢淩厲，用助字亦甚少，氣息深有得於曾、王，清文中不多見。詩歌亦分陰陽，偏於陰柔者居泰半焉。

文之區域

吾國文化起於黄河流域，聖門言氏，延陵季子，開南方文化之先聲。而周末迄秦，文之雄者多出於楚，屈原與宋玉、景差之徒，所著之楚詞尚已。李斯文特雄偉，亦楚産也。漢司馬相如、揚雄並産於蜀，楚蜀皆長江流域也。司馬遷生於龍門，班固出扶風，皆起於黄河流域。唐代韓昌黎、柳子厚繼之，與馬、班之流域同。自宋以降，文潮之播復轉爲長江流域，宋代歐陽廬陵、曾南豐、王臨川、三蘇，明代歸震川，清代方望溪、姚姬傳，是皆長江流域之産也。惟王遵巖崛起粤江，朱梅崖挺生閩江，殊爲足貴。秦以前文盛於北，迄乎兩漢，南北有焜耀之觀，而北尤勝，唐代仍盛於北。自宋迄今，則南盛而北衰。一地也，或並時而得數人，或曠世而前後相繼，或千百年來迄不得一人。山水鍾靈，代有變遷，不其然耶？

分論

清初文章首推侯朝宗、魏叔子、汪鈍菴三人，朝宗當明末以清議自持，登臨醉歌，擊手評論，其豪邁不羈之概，以氣自負。文章恰如其人，惜名心未淨耳。《答孫生》《與任王谷》兩書，言皆有物，全無負氣之態，此壯悔堂文字之不可多得者。叔子自明亡後移家翠微峯，以古文實學爲歸，謝絶徵辟，高於壯悔多矣。叔子嘗曰：「吾每遇難言事，必積誠累時，與其精神相貫注，夫然後言。」其文可知矣。鈍菴結廬堯峯，爲文務明道，亦猶夫叔子之旨也。綜而論之，朝宗文氣駿邁，勝於鈍翁，叔子嘗遍遊江淮吴越，爲文疏宕，得山水之氣，而能謹嚴有所守，則侯汪皆不能及。三家之文，揆之古文義法，雖未盡善，然非絶無可誦者，且較之海峯，亦未見其不能幾也。姬傳處其師近於阿，不録三家近於苛。

桐城文章至姬傳而大昌，而方望溪實爲之祖。望溪幼時偶竊效爲詩，其父逸巢恐其耗有用之心力，止之，後遂絶意不復作。百川文不苟作，作不苟存。望溪論文，嚴於義法，非闡道翼教有關於人倫風化者，亦不苟作。椒塗爲文，兩兄慮其無所爲而發而因以致疾，皆抑制之，此足以證文章之家法。百川與望溪以孝弟爲勖，故望溪尤篤於倫理，清苦自勵，上接震川，洵爲文家正軌。姚劉海峯繼起，爲望溪所賞，而《倪司城詩集序》摹退之、永叔、子固諸家之文，似未能脱去窠臼。姬傳受經學於其世父薑塢，且親問古文法於海峯，所得過乎其師遠矣，惟於海峯不免阿私。吳南屏初稱述姬傳之術，篤好而不厭，後《與歐陽筱岑論文派書》則痛詆桐城文派矣。桐城之傳者以方植之、姚石甫爲最，石甫克紹遺緒，尤足徵家學之淵源。劉孟塗亦姬傳弟子之最著者，姬傳嘗以復振望溪、海峯之墜緒許之，其所造可見矣。戴存莊自謂生望溪、海峯、姬傳之鄉，不敢不以古文自任，故造詣亦深，可謂姬傳弟子再傳之傑出者。桐城學之流衍最廣，江蘇梅伯言、管異之諸公皆當時卓卓者，江西則魯絜非爲之冠，廣西則吕月滄爲之冠，湖南則吳南屏爲之冠，提倡之力於以賴焉。魯絜非師朱梅崖，而渡江問道於姬傳，後又以其甥陳碩士師己爲不足，令親受業於姬傳，虚已愛道，可謂至篤。江西古文自絜非碩士相繼提倡，鄉人化之，多好文章。吳仲倫論文，必曰：「吾嘗得之姚刑部」云云，按此則仲倫亦曾問業於姬傳也。吕月滄歸嚮桐城，而與仲倫爲友，實師事之。吳子序承絜非之風，私淑姬傳，且宗梅崖，又從伯言講論。朱伯韓、龍翰臣、王定甫步趨吳、吕，而皆請業伯言。吳南屏、孫芝房、舒伯魯亦皆問道於梅氏，南屏有言曰：「當時學治古文者，必趨梅先生以求歸，方之所傳。」足見姬傳之後，伯言尤爲當時四方學者所宗仰焉。管異之與伯言同爲姬傳高弟，異之所得最先，伯言亦嘗從之受古文法，惟享年不久，徒友又寡，故伯言之名突過之矣。伯言、異之均撰《餘霞閣記》，梅起處先記江寧城，然後叙西城鉢山，管起處即記城西，梅廣而管狹。梅記西城鉢山甚簡直，管由四望磯叙入鉢山，梅直而管曲，廣優於狹，曲優於直，故論起筆則梅以廣勝，管以曲勝。梅記鉢山，即叙陶子靜，管追溯始居之朱氏，又插入四松庵，然後叙陶君，亦梅直而管曲。惟梅重在就遠處虛寫，行人比飛鳥，湖比大圓鏡，炊煙比人立，妙思遐想，管無此意境也。管重在就近處實寫，臺閣書室建築情況，爲梅所未詳。而餘霞之名稱乃桐城姚郎中所定，梅畧而管能詳，尤得體要。至於結論，梅推及文章，管説六朝故都，仍不離乎物，則亦梅廣而管狹也。桐城古文勢力之所及，江蘇爲盛，江西廣西湖南以次而降，他方則稍稍延及焉。浙江邵位西取法望溪，與伯言、伯韓相得爲文，亦以義理爲先，惟擯斥近世漢學家言，與桐城之旨不合。近世桐城治古文底於成者，以吳摯甫一老爲最著，先師范伯子先生不囿於桐城，要其傳亦系之。先生婿於姚氏，私淑姬傳之道，與摯甫尤友善，雖嘗師武昌張廉卿，而文則過之，此與姬傳師海峯而過之同也。

姬傳《古文辭類纂》不録羣經諸子史傳，與蕭統《文選》同例，惟表志序論之文，馬、班並列，《國策》采蘇秦、張儀諸人之説，此異於蕭氏者也。桐城學説，義理考據詞章與陽剛陰柔其最要者也。方望溪爲古文，兼講漢宋學，此乃桐城之宏旨也。姬傳幼時，世父薑塢問其志，曰：「義理考證文章闕一不可。」後爲《述菴文鈔序》，論義理考證文章甚詳，與望溪之旨相合。而是説也，戴東原亦嘗言之矣。姬傳所謂義理者宋學也，考證者漢學也，文章者該駢散之文而言也。或以義理兼宋學與言義理之散文，考據兼漢學與言考據之散文，情韻以駢文與詩騷之屬占多數，其説則微異矣。《易經》最古，發於義理，《禮》資考據，他經以義理爲多，惟《詩》爲情韻之所存，春秋迄戰國，詞雖漸侈，而皆尚義理。至於漢代，詞章寖滋，學者乖離經傳，巧説碎義，考據之風亦日盛。魏晉而還，詞華發揚，燦若春葩。唐代復古，迄乎五代則斯文靡矣。宋興，古文復盛，道學亦昌，至金元又日下矣。明代義理復明，古文亦以振起，迄乎清代，漢宋學各樹一幟，互相排毁，姬傳調劑之，道始大明。盛衰消長之原因不一，人之常情厭舊而喜新：義理至於極，則厭其虚而趨於考據；考據至於極，則病其僿而趨於詞章；詞章匱竭，則又趨而之他。史遷所謂一質一文，終始之變，此由於思想之變遷也。兩漢尊崇經學，名儒輩出，魏武父子才思雄駿，蕭梁諸帝皆好文藝，文華之士於是日盛，韓、歐、朱、程各抒其旨，既顯於世，海内亦莫不視之爲轉移，此由於世風之崇尚也。東吴以前建都皆在黄河流域，唐宋亦然，其時多崇尚篤實。自吴晉迄宋齊梁陳皆都大江之南，當是時俗尚多趨於浮華，學術隨之而變，此由於地理之關係也。凡學術盛時，皆必有其雄者主壇樹幟，流衍徒友，而嗜好趨向之各别者，亦雜出於其時，不能純然歸於一致也。及其敝也，亦必有傑士起而振之者，或生逢其適，或間世而出，於是海内之潮流又爲之洶涌而一變。歐美百年前，重希臘拉丁古文而輕理化諸科，今則反其所尚。十六世紀以前，英之詩歌大盛，十七世紀後漸失之淺陋，繼且趨於纖巧，迄十九世紀則又典雅復古矣，趨尚因時變遷，固匪直中土然也。姬傳《復魯絜非書》論陽剛陰柔之文及偏勝之道，《海愚詩鈔序》論陰陽剛柔之美及偏優之道，其義相通。《詩鈔序》之旨，頗以陽剛優於陰柔，而以陰爲體者，蓋自然之性之所偏也。《詩鈔序》云：「文之雄偉而勁直者，必貴於温深而徐婉。」姚氏之説如此，或謂柔和淵懿之文，必有堅勁之質雄直之氣運乎其中，兩説陰陽互濟，義實相發。韓退之於雄直之中，有以婉曲勝者，歐陽永叔於温婉之中，有以剛健勝者，即此道也。劉彦和《文心雕龍・鎔裁》篇以剛柔論文，魏叔子《文瀔序》以陰陽論文，其説尚矣，但不若姚氏所言之詳，窮其説之源，實本於《易》。《繫辭》云：「通其變遂成天地之文」，即指陰陽剛柔而言，特文之義爲廣耳。就字性而論，皆有陽剛陰柔之分。以體例言：散體陽也，駢體陰也；正言陽也，寓言陰也。文章之發或限於地，或迫於時，皆流於自然。北方之文多陽剛，南方之文多陰柔；亂世之文多陽剛，而盛世之文亦多陽剛；治世之文多陰柔，而衰世之文亦多陰柔：陰陽之分其賾矣哉。陰柔之文多委婉曲折，頻用語助以增其摇曳頓宕之神，韻致悠然不盡；陽剛之文收束往往不用語助，截然而止，其氣廉悍，其言激越，此大較也。

桐城深於法而簡嚴，得陰柔之氣爲多，質家之言也。陽湖長於才，善馳騁，得陽剛之氣爲多，惲子居爲人負氣，得力於法家，陽剛較甚，文家之言也。子居皋文皆未享高壽以竟其所造，徒友寥寥，不及桐城遠甚，文不勝質也。學桐城不善，則失之拘束；學陽湖不善，則失之泛濫。桐城、陽湖造詣各有所至，宗派不必歧視，海峯弟子錢魯思爲子居、皋文稱其師説，二人皆善其言。棄聲韻考訂之學而從事於古文，是其文章固淵源於桐城也。世人以地區文歧爲二派，殊非公言。姬傳學説謂義理考證文章闕一不可，子居、皋文皆兼講漢宋學，與桐城合。子居嘗自言其學非漢非宋，不主故常。皋文嘗曰：「文章末也，爲人非表裏純白，豈足爲第一流？」此足以知陽湖文章實無與桐城角立門户之見，惟子居稍藐視桐城，於望溪、海峯、姬傳皆不饜於其心，獨於皋文無違言。而姬傳於清文方望溪外，亦少所許可，獨美其師，不足於人而阿附其私，固不能獨尤子居也。吳仲倫服膺姚氏者也，亦與子居相切磋，當時派別之意見消融於此可見。陽湖陸祁孫嘗擇子居、皋文與望溪、海峯、姬傳之文之尤雅者，并梅崖、秋士文爲七家文鈔，此即合桐城陽湖爲一家而化宗派之見也。范伯子先生詩云：「桐城派與陽湖派，未見姚張有異同。」先生宗桐城，不歧視陽湖，足徵識量。

吾國文詞自宋以來，推長江流域爲最盛，蓋南方氣候温和，風土清嘉，故文人詞客，情思優美，多得山水之氣而長於文。朱梅崖於閩江獨闢恒蹊，遥與姬傳齊名，絜非其高弟也，吳子序亦宗之，此尤足珍異者也。

明文歸震川後起而軼乎前，神境超曠，姚姬傳以之直接八家，甚當。其淡遠之詞得力於辭賦家，學之不善，易失之虚。吴南屏嘗論歸文稍病虚，其他亦或於歸文有不足之辭，皆進而言之者也。江南文物優美，震川之高懷逸思，冷潔孤峭，爲明代文人所僅見，此則得天之獨優者。荒江老屋，淡泊明志，發爲文章，孤峭絶俗，令人讀之有遠懷，足使後學滌去塵俗，以啓其高夐之思，風塵中俚歌芻言，安得此冰雪爲之療俗腸也。震川長於記叙，雜記與傳狀尤勝，惜足跡不廣，見聞大半囿於所居之地與妻兒之間，要其神思則妙也。故歸文無大觀，如小山幽閣，境地清絶，别有逸致，寫尋常無奇之事物，能淡永而有味，唐宋以後到此境者，震川其庶幾乎！明文尚馳騁，求勝於時，震川謹嚴，無意求勝，而得自在之樂，是以能獨步一代。宋景濂當開國時，司朝廷著作，推爲文臣之首，方正學爲文學博士，詔檄皆彼爲之，當時文章推爲第一，要皆不能並乎震川也。

震川而外當推王遵巖，震川、遵巖皆取法歐、曾，震川得力於永叔而屬於陰柔，遵巖得力於子固而屬於陽剛。遵巖文之遒勁奥衍處，有爲歸文所無者，惲子居謂遵巖、震川皆有意爲古文，然求之近代，則亦不易得者矣。遵巖廢棄家居，問業者踵至，唐蕲川亦折而從之，蓋震川以前斯文之砥柱也，惜享年不高，未能竟其詣耳。明代前後七子前七子李夢陽、何景明等，後七子李攀龍、王世貞等。力捄往失，以蘄返乎古，其敝也，至於鉤句棘字，不可梳剔，此陰之極也，公安起而矯之。袁宗道兄弟公安人。疏宕放逸而流於膚浮，此陽之極也，竟陵又矯之。鍾惺、譚元春皆竟陵人。以幽峭名於時，而變爲僻澀，此又陰之極也。陰極則質勝而復入於文，陽極則文勝而復歸於質，及其既衰，必有會其適而振之者，此固運會使然，而思想變遷，不越乎陰陽相循之道，是不特明代文學爾也。上溯前禩，下推近世，旁及他國，罔或逾焉。夫士之能主壇而植幟者，皆有獨得之詣，不能免乎衰，即不可訾其敝，震川爲明代正宗，其末流亦失之空虚，更何能苛求前後七子與公安竟陵也耶。

宋代歐陽永叔提倡古文，所得士必取詞義近古者，凡詭異險怪之説皆黜之，其志雖未能盡竟，而當時朝廷下詔復古，實賴其轉移之力居多。魏晉以降，文衰道敝，昌黎起而挽之。五代以來，文體卑微，道亦淪喪，廬陵振乎其後。扶衰翼道，各爲一代之砥柱，文與道絶而復續，若合符焉。子固、介甫、明允、東坡輩皆爲永叔所汲引，當世文章勢力之厚，視乎唐代，直過之矣。永叔初得昌黎遺稿，讀而慕之，至忘寢食，遂以繼昌黎之緒，故文章之旨趣多有合焉者。退之以明道爲己任，其力振頽風輔翼聖經者，莫如《原道》一篇，《原道》篇由堯舜禹湯文武周公説到孔孟，永叔亦以明道爲亟。《本論》篇推究道之本原，述堯舜三代後言及孔子孟子，痛五代道喪，特於史書中論列一行諸人，與昌黎論道之旨相通。退之言仁義，永叔言禮義，禮即是仁。退之軒孟而輊荀、揚，永叔《答吳充秀才書》，稱述古人文章，先舉孟子，次荀卿，又次子雲，蓋本諸韓氏。退之闢佛老而贈浮屠道士以序，永叔祇闢佛而爲浮屠序其詩文集，旨趣正同。退之《送浮屠文暢師序》以柳子厚伴説，永叔《釋惟儼文集序》《釋祕演詩集序》取石曼卿作陪，皆舉知交以重其人，命意亦同。《本論》闢佛，詞意温婉，「奚必曰火其書而廬其居哉」一句，其意以爲韓氏偏激，此廬陵陰柔異於昌黎陽剛處。《本論》上篇以董生與孟子並列，視退之尊孟有别，下篇以荀子性惡之説爲謬，而《答吳充秀才書》以孟荀並稱，與退之《原道》《原性》《讀荀子》等篇不滿於荀子，而《進學解》以孟、荀並稱，亦如出一轍。《與樂秀才書》云：「聞古人之於學也，講之深而信之篤，其充於中者足，而後發乎外者大以光。」其説深有合於退之《答李翊書》。不望速成，方能深造；不誘勢利，方能篤信。充於中者足，即根茂而膏沃也；發乎外者大以光，即實遂而光曄也。《本論》大旨重在導民於自然，浸之以漸，上篇三言自然，兩言漸，下篇一言自然，四言漸，此前後貫通處。唐太宗不忍於死囚，而忍于射殺其兄建成、弟元吉，《縱囚論》中未言及。《文忠公文集》中神道碑銘、墓表、墓誌銘占多數，神道碑銘十一篇、墓表十四篇、墓誌銘六十九篇、墓碣銘一篇、墓碣一篇。傳祇載《六一居士傳》一篇，行狀祇蔡齊、許逖二公兩篇，足徵永叔於史傳外，不輕著私家之傳，交遊故舊之事行，不詳於序跋，則詳於碑志。《石曼卿墓表》後系之以論，文中有韻，《龍武將軍薛君墓表》後系之以詩，詩直銘詞也，此兩篇乃墓表體制之變者。《尚書度支郎中天章閣待制王公神道碑銘》記公享年四十有五，後叙官爵妻子與其三代，再記其卒，屬間接之逆叙式。叙三代爲避免與叙王質官爵堆疊，將妻子叙在中間，以疏通局勢，而先詳妻子，後詳三代，例究未合，曾祖與祖已詳首幅，後不過詳其封贈，猶可言也。其父未詳於前，官階與封贈並叙，因其曾祖與祖次序位置，亦不得不在妻子之後，似仍以三代叙妻子前爲宜，此義法所以嚴尊卑也。《渤海縣太君高氏墓碣》先記其夫陽夏公卒於鄧州，後又記陽夏公卒於鄧，未能變化。《高氏墓碣》云：「於是時夫人以孝力事其舅爲賢婦，以柔順事其夫爲賢妻，以恭儉均一教育其子爲賢母。」正文事實祇此渾叙數語，上文叙初公與予俱官於洛陽一段，從側面描寫，蓋女子事實大都一律，記載易於平庸，故以側寫制勝。後叙云：「夫人於其舅與夫爲婦之禮備，於其子立家之道成。」舅與夫合而爲一，三句化爲兩句，此前後錯綜之例。《六一居士傳》爲自己寫照，仿《五柳先生傳》而作，於「藏書一萬卷，集録三代以來金石遺文一千卷」，「琴一張」，「碁一局」，「酒一壺」外，以自己老翁爲一物，得齊物之趣，舊說有鶴一。傳中以問答體爲文，遭謫而寄諷，視《五柳先生傳》渾灝之氣，沖澹之神，不能及也。《畫舫齋記》中幅寫謫走江湖情況，謂「卒遭風波之恐」，下文不直窮其狀，說入來是州後，再就追思中寫蛟鼉出没波濤洶歘狀況，此剪裁之妙，局法由危說到安，復由安說到危。《有美堂記》云：「其請至六七而不倦」，謂梅公請作記。梅聖俞爲永叔摯友，其妻南陽縣君謝氏亡，丐永叔作墓誌銘，書七八至而後作，足徵永叔文事之繁冗，與當代爭欲藉文以傳者之多也。韓退之文雖工而不能盡史之文字職，永叔出而唐史以光，則廬陵之文不特足以承韓氏之遺緒，亦足以補其缺憾也。永叔篤於知交，所著序跋銘表等文，大半感慨知己之不得志與夫交游之盛衰，而多以自己身世衰老抑鬱之感迸發而出，故益覺悲感淋漓，不能自已。晚年文章以此種爲最佳，情摯味永，得秋氣爲多。友朋之悲感多在於離，永叔之悲感獨在於合，《黄夢升墓誌銘》雖未感歎自己，而將自己遷謫轉徙之情況與之夾叙，蘊蓄中尤有無限深情。風塵蓬梗，輾轉相遭，俯仰斯文，對酒慷慨，文字之感，於此可見。蘇子瞻倜儻自喜，與永叔異趣，所著《方山子傳》寫方山子不遇，兼叙己之遷謫，絶無悲感憤世之語，故文足以觀其性。

曾子固爲文，源本六經，斟酌於龍門、昌黎，善上下馳騁，得雄氣頗多。王介甫之雄氣尤過之，介甫天資高敏，學行深正，《讀刺客傳》歸重道德，足覘旨趣，惟剛愎果於自用，執意不回，文章之魄力正如其性，陽剛之極者也。其知名於時，本永叔爲之延譽，後以政見不合，毁永叔至曰：「如此人在一郡則壞一郡，在朝廷則壞朝廷。」其言違心極矣。然能不激成流血之慘禍，於異己者僅排而遠之，此亦政黨和平競爭之勢所必至。而於其死也，能滌盪胸次，激發良知，反毁爲譽，放聲陳辭，此雖獨行多阻，豪氣漸殺，而因以自揜其慾，要亦學識度量之超越尋常處。《祭文忠公文》稍有微諷虚飾之語，以視乎私黨之嫌隙無間於死生者，殆已遠甚，文中所謂「公議之是非既壓復起」，可謂自道當時排擠之情況者矣。介甫力行新法，剛果之素志與經歷之感慨，往往涵蓄於文章，如《祭文忠公文》謂事有人力之可致，猶不可期，蓋感新法之不果於行也。《遊襃禪山記》云：「盡吾志也，而不能至者，可以無悔矣，其孰能譏之乎？」又《泰州海陵縣主簿許君墓誌銘》謂「士固有離世異俗，獨行其意，罵譏笑侮困辱而不悔」云云。無悔而世不能譏之，世即譏之而亦不悔，足徵一意孤行之概。文章長於論説，所爲記載之文，大半説浮於記，記中勝處亦多在論説。《答韶州張殿丞書》因其親而論史，以推崇對待者，陳義之高，與曾子固《寄歐陽舍人書》取徑相同，而篇中不提及感報一字，脱盡恒谿，尤超於子固。《讀孟嘗君傳》一篇名爲書後，實係史論，而其夭矯盤折，具特創之格局，爲篇法中所罕見，起處先列案語，「嗟乎」以下係判詞，分爲三層，自篇首至結尾，以士與雞鳴狗盗顛倒翻騰，蟬聯而下，遞相銜接。

歷代文人多萃聚一時，如春華爭發，過時即衰。韓、柳之文雖超越於後，而宋代歐、曾、王、蘇，並世競美，不讓於有唐。一門文章，尤以蘇氏爲盛，蘇文氣勢直達，議論最擅長，記叙中亦以論説爲多，得力於從衡家言，惟平易直率處往往而見。老泉文章本於經學，詞有根柢，散斂有法，超乎二子，實開家學之先，第不免戰國策士氣習，昔賢之論允矣。東坡喜莊子，故爲文疏爽豪放，嘗自謂作文如行雲流水無定質，此足見其揮灑自如之樂。點染之文多得力於詞章，而馳騁任意處，結構翦裁却未能盡合法度，《前赤壁賦》「渺滄海之一粟」一句，「一粟」與「滄海」何涉？「渺太倉之一粟」或「渺滄海之一勺」皆可，是或坡公隨筆而未之審，或傳寫有舛耳。金代文學推重東坡，東坡不甚好遷史，陳無(已)〔己〕、黄魯直皆怪歎以爲異事。王若虚推崇東坡爲千古第一，竟謂司馬遷之法最疏，開卷令人不樂，且云：「老子所謂不笑不足以爲道，於此見之。」其評論亦異矣。子由以養氣爲主，文章汪洋中有委婉之致，惟從衡氣習亦不盡脱父風，此則與東坡同軌者也。東坡稱子由之文，汪洋澹泊，有一唱三嘆之聲。《答張文濳書》云：「子由之文實勝僕，而世俗不知。」乃以爲不如。按東坡文章之風格與興趣，視其弟爲勝，而行文局法，亦有疏漏處。《上梅直講書》篇末「此必有所樂乎斯道也」一句，「斯道」二字宜易爲「孔子之道」四字，方能與首幅言孔子處相綰，原句法度欠密。子由《上樞密韓太尉書》一篇大旨，重在養氣須求知，求知須廣見聞，篇中引《孟子》「我善養吾浩然之氣」，畧去「我知言」一句，法度亦欠密。末幅「將以益治其文」一句，當云「將以益養其氣而治其文」，原文未迴綰養氣一層，局法尤疏。

舉世混濁之時，雖幾於道喪學絶，而山谷獨行之士無時而息。歷代文章凡變風氣而復古，皆非一手足之烈一朝夕之事，其間多有階段可言，有系統可循，推本溯源，不可没也。唐韓退之排斥衆議，斯文以興，本固而幹挺，其徒李翶、皇甫湜輩左右輔翼，如枝葉之蔚然。昌黎以前志於道者，推隋之王通，所著《中説》一洗六朝駢儷之習。陳子昂未盡去排偶卑弱之體，而發憤自振，足以追古作者。元結脱盡綺靡氣習，尤超乎流俗，退之盛稱陳子昂、元結，柳子厚亦稱子昂。是皆猶之萌蘖也。退之起而續之，一線未絶，實系於此。永叔之時有尹師魯，而其先有穆伯長；姬傳之時有朱梅崖，而其先有方望溪：同一趨也。有並其世者，有開其先者，有振其後者，志趣相敵，而流衍有廣狹，或大昌或微，蓋有由也夫。

韓、柳遷貶，所遭相同，憂惶刻苦於謫中，狀況亦同，惟柳州之文成於謫，昌黎所成不係於謫也。柳州謫中與人書，不作乞憐之態，所志多在先世之緒。昌黎《潮州刺史謝上表》乞憐殊甚，其生平雖以明道爲亟，而汲汲於一己之得失，早年已然矣。故以文而論則韓勝，以道而言則柳勝。

韓退之刻苦最早，經史百家之學，勤勤搰抉，無有遺藴，享年未高，而所造已深。嘗以爲魏晉已還，爲文者多相偶對，經誥之旨不復振起，慨然提倡古文，然務去陳言，復舊而實維新。所爲文章能探厥本原，戛戛獨造，卓然成一家言。自貞元以降，後進之士有志於古者咸法之，惟於史有缺憾焉。文人以表彰警勸爲能事，工文之士於傳狀等作，尤兢兢不苟爲，其致力也，較他體爲勤，自負者亦多在乎此。孫可之《書何易于》稿經删削，自謂卒不到史。吴南屏《許孝子傳》稿十數易。李習之自許者在《楊烈婦傳》《高愍女碑》。歸震川自許者在《陶節婦傳》。皆可證。能極其詣，則可造於史。史掌於朝，不得志之士於事之足傳者，多志之私家著述，以俟史官之采擇，得其位必盡其公與是，以信今而垂後。自古能文者多有名於史，而一代之史亦必付之當世之工於文者，蓋必如此則文不空作，而史亦不至失實也，觀於左丘明、司馬遷、班固諸人之爲可知矣。退之爲一代文豪，位史館修撰，於前史未能有所表述，當代之史僅著《順宗實録》，不能網羅二百年之已事，傳之其人，俾有所承，而《答劉秀才論史書》壹意推諉，視之歐陽永叔撰次唐代與五代之史，蓋遜之矣。故以體而言，韓勝於歐；以用而言，歐勝於韓。其徒李習之《答皇甫持正書》極論唐史，深疾唐代史官才薄，言詞鄙淺，不足以發揚高祖太宗列聖明德，欲筆削國史，成不刊之書，志氣雄於其師，惟自許詞句足以稱贊明盛，以爲能不滅者不敢爲讓，矜夸太甚，師則過抑，弟則過揚矣。習之無史官之位，而所欲著述者無聞於後，行殆未能副其志焉。持正再傳弟子孫可之《與高錫望書》深論史法，詆當世史之不善，爲昌黎辨護，且自言承史法於師，其有得於史可見，惜亦無其位，而又未有私家之記録。韓門文盛，且承史法，卒無良史之著述，此其短也。退之《答劉秀才論史書》謂爲史者不有人禍，則有天刑，説不足訓。《春秋》在當世隱其書而不宣，以免時難，班氏曾言之矣。記當代之史，善惡徵實，無所忌諱，怨毒往往叢之，謂爲史者或有人禍，猶可言也。至謂有天刑，則近於迷信，左氏之失明，豈其爲《春秋》也？太史公臨刑不懼，退之未遭刑禍而憂懼，龍門、昌黎之軒輊，豈直文而已耶？柳子厚《與退之論史官書》駁詰甚力，其識見高於韓氏，惜未得其位，而遭貶後徜徉山水，以文自娱，亦未致力於史。班氏譏司馬遷不能以知自全，范氏以目睫刺班氏，後人復譏范氏，輾轉相譏，直無已時。退之於孔子及左、馬、班、范諸人，亦有疑之之意，夫史家各有精詣卓絶於天地之間，執其小者以議其大者，所見既狹，所造亦滯，班、范譏前人而不以此自沮，退之始終爲一身之得失計，惑滋甚矣。孫可之《與高錫望書》謂爲史官者，明不顧刑辟，幽不見神怪，與退之之説相反，識見高於其所祖矣。退之既没，其徒李習之、皇甫持正、李漢諸人感念遺文，稱道各極其思，謂韓氏黜邪翼聖，立説大抵相同，至於方之前人而位其先生者，則有差異焉。習之之言云：「包劉越嬴，並武同殷。」李漢之言云：「周情孔思。」持正謂「姬氏以來一人」，門弟子各持其所見而況之不同如此。就韓氏生平所自負者觀之，實以道統之傳上接孟子自任，其旨畧著於《原道》一篇，習之作行狀，謂韓公每以爲自揚雄之後作者不出，東坡稱韓文起八代之衰，其實韓氏所負不止乎此也，顧以殷周擬之，則亦過矣。宋儒之論，大半以昌黎上繼孟氏，明儒宋景濂《文原》篇謂六籍之外，當以孟子爲宗，韓子次之，此皆本韓氏生平所自負者而與之也。司馬遷作《史記》，其志在上繼孔子之《春秋》，退之固不足駕乎龍門，第史遷推崇老學，未直許孟子之能繼孔子也。退之之旨則否，故陳述道統，不稱史遷，後之論者遂亦以退之軼乎遷矣。朱子獨譏韓公先文後道，且譏韓、歐皆裂道與文以爲兩物。清代之論文者，或爲歐辨而不及韓，何也？昌黎學術著於文章者，多在軒輊古人處，大要有四端：一尊孟，一評論荀、揚，一闢佛、老，一黜班，蓋軒者少而輊者多也。戰國之世，諸子之説紛馳，孟子最雄而得其正，第其書初亦儕於諸子耳。荀子排斥孟子而欲自繼孔子之傳，史遷以孟子與荀卿合傳，而叙述孟子處多以孔子並論，蓋隱許孟子能紹孔子也。退之起而尊孟，推崇最力，時著於文，《原道》篇論列道統，特以孟子繼孔子，「孔子傳之孟軻」一語，乃本其卓識判定者，後遂據爲不磨之鐵案。《讀荀子》篇雖品評荀子，而實闢黄老以推尊孟子之作也。《送王秀才塤序》闢楊、墨、老、莊、佛，推崇孟子，《與孟尚書書》謂愈嘗推尊孟氏，以爲功不在禹下。旨皆相通，凡推尊孟子處，多先道孔子，蓋重相傳之統也。故尊孟即所以尊孔，尊孔、孟即所以自尊，退之急於仕進，干求當世之書，詞意多有卑下者，而其論道也，則自處甚高。《原道》篇闢佛老，自附於孟子之距楊、墨，《讀荀子》篇欲削荀氏之不合者，自附於孔子之删《詩》《書》，筆削《春秋》，皆以繼孔孟之道爲己任。《原道》篇感慨孟子死不得其傳，隱隱以繼續道統自屬，《與孟尚書書》謂「使其道由愈而粗傳，雖滅死萬萬無恨」，可以見其志矣。惟嘗稱儒、墨二家本相爲用，深咎末學之辨，《爭臣論》亦以孔席、墨突並列，與稱述孟子距楊、墨之旨相反，揆其意殆以墨善於楊也。《讀荀子》篇謂荀氏在軻、雄之間，似以荀卿之位置，差足接近孟子，在揚雄之上，而結句則荀與揚同一品評，初無軒輊。《原道》篇論荀揚「擇焉而不精，語焉而不詳」，以爲不能直傳孟子之統，與《讀荀子》篇軒孟而輊荀揚，其旨相通。《原性》篇則以孟、荀、揚三子之言性並列，皆有不足之意。《進學解》又稱道孟、荀皆「吐辭爲經」，「優入聖域」。《送孟東野序》稱孟軻、荀卿以道鳴。《與馮宿書》盛稱揚子雲所著之《太玄》，按此則於三子又若無大軒輊焉者，是或所見以時而遷耳。荀子雖明王道，稱孔子，而好爲異説，旨趣不盡醇粹。揚子所著《法言》《太玄》皆有深苦之思，而揆之古訓，要不盡合，且其出處見譏於君子，荀、揚之不能並於孟，揚之不能勝荀，此論固無以易也。歐陽永叔以孟、荀並稱，而不滿於揚子雲。詳《答吴充秀才書》司馬温公獨軒揚而輊孟、荀，程子則以荀、揚皆不足稱大醇，惟朱子以爲荀勝於揚，與退之之旨相合。退之尊孟，復舉孟子以降之大儒討論不置。蓋秦時荀卿弟子韓非、李斯之術大顯，漢代傳經諸老師又多秦之博士，家法大半爲荀子所傳，荀子之道著，即孟子之道微也。荀、揚之學皆力求勝乎前人，退之又務勝之，論判既定，然後以直繼孟子之傳毅然自任，方有根據，故文中評論荀、揚處，有古人復生未肯多讓之概焉。詆斥佛老，爲昌黎生平宗旨之最要者，故學説亦最勤而著。老子之言云：「失道而後德，失德而後仁，失仁而後義。」又云：「道可道，非常道。」又云：「上德不德，是以有德。」又云：「大道廢，有仁義。」退之所痛疾而力排之者在此，《原道》篇闢老較闢佛尤力，於仁義道德四字辨析特詳。《進學解》云：「觝排異端，攘斥佛老。」《原性》篇亦以闢佛老爲歸，《與孟尚書書》排斥釋氏，並及老子，而當世佛老迭興，人人、火書、廬居之志願終不能遂，第聖人之道亦未爲二氏所揜，則於名教不得謂無功也。退之痛絶迷信，而所爲文章頗多與浮屠往還，《與文暢師序》及《送令縱西游序》，一則曰墨名而儒行，可與之游；一則曰行異而情同，可與其進：殆佛其面不佛其心者與之歟！然觀其《送高閑上人序》，稱「閑師浮屠氏，一死生，解外膠。」《與孟尚書書》又稱「大顛僧外形骸，以理自勝，胸中無滯礙。」揚子之學，本諸黄老，而亟稱其《太玄》，《送廖道士序》亦多所稱道。佛老義藴深奥，皆有超世之美，孤詣自不可没，要與闢之之旨大相背戾，務撥其本而枝葉是好，何也？且不信佛老而信神鬼，旨亦相午。《周官》所謂巫祝，巫以驅鬼也，祝以祈神也，此古代迷信之萌，《論佛骨表》乃盛稱之。巡泰山，秦皇天，封禪之事流於神矣。秦皇漢武祠名山大川，後皆溺於神仙，《潮州刺史謝上表》面諛憲宗而益縱其行，流弊且愈滋於佛骨，卒以啓憲宗後日好神仙之漸，抑又何也？韓門論列古文，獨輕班氏，退之《進學解》以太史、子雲、相如並論而不及孟堅，《答劉正夫書》臚舉司馬相如、太史公、劉向、揚雄，《答崔立之書》稱屈原、孟軻、司馬遷、相如、揚雄之徒，亦皆不及班。徒友多祖其説，李習之《答王載言書》歷舉老聃迄揚雄諸人，皇甫持正《答李生第二書》臚列屈原、宋玉、李斯、司馬遷、相如、揚雄之徒，李漢《韓愈文集序》歷舉司馬遷、相如諸人，皆不列班氏，孫可之《與高錫望書》謂「又嘗熟司馬遷、揚子雲書」，《與友人書》稱道揚、馬，亦皆不言班氏，習之稱昌黎品第當在班孟堅之上，其自著之《楊烈婦傳》《高愍女碑》至謂不盡出班孟堅之下，藐視班氏蓋有由也。班氏思精而義閎，退之雖出入兩漢，而方之班氏，未見其盡當也。至謂韓氏過之，益失實矣。唐以後附和其説者殊少，孫可之雖不舉班，而《與高錫望書》謂韓吏部修《順宗實録》，尚不能當班堅，其能與子長、子雲相上下乎！品評雖未賅韓文之全而言，要足以見其不阿附師門，别有見地也。

唐文昌黎而外能並馳於世者，柳子厚一人而已。子厚得《昌黎集》，以薔薇露浣手，然後誦之。韓亦甚推重柳，稱其文雄深雅健似司馬子長，又云「儁傑廉悍，踔厲風發」。兩人相重如此。子厚初爲科舉之文，年少氣鋭，爲尚書郎時，專百官章奏，日勤勤於公牘，於所謂古文者未能深造也。既遭貶謫，憂閔戰悸之餘，求得經史諸子，苦心探賾，上下馳騁，文乃日進於古，故柳文之傳者，多遷謫以後所爲也。謫中鬱鬱之情，時表見於書牘，而遊覽山水，則通其神而不役其形，故遊記雖皆爲山水而作，而神志浩然，脱乎塵俗，有得於山水之外，與尋常遊記之拘拘於物象者迥異，此或從遷謫中艱苦刻厲，悟道有得，而入於展拓之境也。貶愈後而文愈工，故柳州諸作，視記永州山水尤勝。記叙山水，從詞章入，點染自能幽雅，惟貴乎泯絶其迹。子厚遊記整句錘鍊處，稍有駢儷之迹，蓋其初浸淫於兩漢詩騷，兼汎濫六朝，故其文若此，碑誌亦然，要之綺靡之氣，則一洗而空矣。且其遊神於虛處，幽邃夷曠，得之老莊，此境尤不易幾及。歸震川以記擅長，超脱高遠，實於柳州有深得。子厚雜記以外擅勝者，即推書牘，謫中與諸故人書，陳述情況，信手拈來，皆惻惻動人，詞意有時若近直率，而實其憂愁抑鬱，爲知己傾吐而出，不沾沾於詞藻。詩家之香山，文家之柳州，洵足稱唐代淡潔之品。遭逐嬰疾，不能盡意於筆硯，矻矻自苦，以傷危敗之魂，《與楊憑書》嘗言之。詞尚本色，發於自然，不加修飾，於此足徵，惟頽放少雄氣，此其異於韓者也。終以憂病自廢，致不能永年，以極其造，可惜者在是。

昌黎文章震鑠百世，而傳之門弟子者甚少，曲高則和寡，豈不誠然乎哉！其僅能傳者，則亦每下愈況，李習之爲韓門高弟，其文温厚和平，而爲貧所牽，未能竟其業，故雄奇處少，後絶無所傳。皇甫持正亦韓徒也，生平狂放使氣，嘗爲裴度作寺碑文，怒而索縑，文之奇而不能醇，實本乎其性。後傳於來無擇，再傳之孫可之，可之後無聞焉。退之以雄奇擅長而不離乎醇，《答李翊書》所謂醇然後肆也。醇而不肆，其成也小，而不至妨道；肆而不醇，則得道寡矣。習之得其醇，持正得其奇，持正苟能養其氣以歸於純粹，其文必加乎習之矣。人之性皆好奇求勝，而遂忘其醇也，故多失之。持正雕琢字句，已有意爲奇，可之益努力爲奇，過乎持正，愈奇則愈離其宗，文之高下以是差焉。故東坡之言曰：「學韓愈而不至者爲皇甫湜，學湜而不至者爲孫樵。」持正《答李生書》論文之工與奇怪，可之常本其説，《與友人書》論奇與工，《與王秀才書》論文亦以趨怪走奇爲言，皆以爲所聞本於師承。持正所得已非昌黎之所謂工與奇，可之所得去昌黎又遠，而思矯世之所謂工與奇，則當世之背韓子而馳者，直不知其幾千萬里，矧去昌黎之世滋遠也。持正爲《昌黎韓先生墓誌銘》，可之《書褒城驛壁》，四言整句頗多，雕琢之門逕如一，退之雖亦常用偶，而《進學解》《送窮文》等作性質屬辭賦，記叙而亦仿之，墮偶儷之習矣。退之與馮宿及孟東野書、《送孟東野序》，皆稱李翺而不論及持正，生平甘苦之言獨爲李翊而發，付託似别有所歸。《與孟尚書書》謂籍、湜輩雖屢指教，不知果能不叛去否，詞意於持正亦有深疑焉者，而令其躬不磨滅之囑乃獨期之持正，何也？習之初與退之爲友，既而師之，後壻於其兄，祭韓公文乃稱兄，異哉！

晉陶潛《桃花源記》寄託空虛，類似寓言，既言雞犬相聞，仙境中自有雞犬皆仙之概。「設酒殺雞作食」一句，但云「設酒作食」足矣，「殺雞」二字欠酌，仙源中尚有殺戮，不免露出破綻。

漢班孟堅踵龍門爲史，文章華贍，改書爲志，名異實同。而《藝文志》本劉歆之《畧》，第述學術之源流，足以補龍門之缺，開史家之先，《隋書、舊唐書・經籍志》《新唐書、宋史、明史・藝文志》皆取法班氏，位置亦多列各志之末，以爲之歸，惟《舊唐書・經籍志》位置稍先耳。洵足貴也。昂以此篇有關於文學，特次而論之。六藝以《易》爲最古，伏羲畫卦，尤爲文字之源，故首列焉。《易》之道由義理而形諸象數，由象數而推其義理，象數較義理爲有形，而幽玄之象、微渺之數，亦不能於形象求之。象數之學流爲卜筮，而蓍龜雜占泥諸形迹，寖離其宗，故別列於《術數畧》，不與《易》恩也。伏羲但有卦畫，文辭則始於《書》，《尚書》列於《易》之次，宜也。《春秋》記事，《尚書》記言，《書》本史之一，與《春秋》分列者，蓋其流各别也。伏生衰癃欬息，詞經轉譯，假字表音，漢音羼入，殆未能免。古時《詩》多入樂，孔子删《詩》，所定三百五篇皆絃歌之。《詩序》所謂「發言爲詩」，「言之不足，嗟嘆之，嗟嘆之不足，詠歌之」是也。故班氏以詩歌並列，歌通於樂，而其宗不同，故亦分列焉。《儀禮》與《周官》經相輔，載法度最多，故班氏尤詳言之。《明堂陰陽》《王史氏》《記》等篇多闡《儀禮》之義，較爲駁雜，爲二《戴禮》所本，班氏以爲《明堂陰陽》等篇愈於后蒼等所記，而不列二《戴禮》。何也？

《禮》《樂》相資，故《樂》次於《禮》。《禮·玉藻》云：「動則左史書之，言則右史書之。」班氏謂「左史記言，右史記事」，説與之異。《尚書》亦記事，《春秋》亦記言，其謂事爲《春秋》言爲《尚書》者，特舉體之較著者别之耳。史納入六藝之《春秋》，撰之於其本，未爲不明體要，後世支流繁衍，若一一盡附諸經，則未見其當。故自晉以來，别立史之一目，與經歧爲二，此猶詩賦不附諸《詩》，兵書不附諸軍禮，術數類之五行不附諸《書》，蓍龜雜占不附諸《易》也。《古論語》出孔子舊宅壁中，與《孝經》同爲古文經傳，班氏論《尚書》，附説《古文論語》，而於《論語》説齊、魯之分，不提及《古論》，此詳畧相間之例也。《孝經》爲羣經之歸，《五經雜議》《爾雅》《小爾雅》等亦總會之書，故附諸《孝經》，要其旨則有别也。小學類稱六體曰古文，兼古籀而言，即八體之大篆也。曰篆書，八體之小篆也；曰繆篆，八體之摹印也。隸書蟲書之名並與許氏所舉同，其曰奇字者，殆即括八體之刻符署書殳書而言。班氏以八體六技並列，而序中不言八體，何也？班氏本劉歆《六藝畧》，以《易》《書》《詩》《禮》《樂》《春秋》《論語》《孝經》《小學》括之於六藝。《易》始上古，故冠於首，《書》起自唐虞，《詩》自殷周始，《禮》《樂》爲周代所述，皆依時之先後而次焉。《春秋》爲孔子特筆，《論語》《孝經》皆記其言，故又次焉。《小學》爲羣經之總匯，制作迄漢而未已，故殿其後：次第配置之義蓋如此。六經之傳皆有數家之分，《書》篇備列志中，而志首祇舉《春秋》《詩》《易》，以其書較全故耳。後論及孝武之世，言書缺簡脱，禮壞樂崩，前後固相間爲文也。總論依五常爲序，其序確不可易，以五常馭六藝，則六藝中《樂》《詩》《禮》《書》《春秋》分配仁義禮知信，其序不得不隨之而遷。《易》晐五常之道而爲之源，故別言之。《書》《禮》《樂》《小學》並首引《易》說，亦所以明其源也。合而言之，六藝皆包有五常之道，不但《易》也。而每一藝各得五常之一爲最多，則不妨析言之。班氏稱羣經爲藝，而於《易》云：「劉向以中古文《易經》校施、孟、梁丘經」。於《書》云：「劉向以中古文校歐陽、大小夏侯三家經文」。於《禮》一稱《禮經》，再稱《禮古經》，《孝經》直以經名之，足見其非故別乎經而言之也。其稱爲藝者，蓋經者常也，小學變遷無常，代有作者，不得通稱之爲經。論五常之屬，不及《論語》《孝經》、小學，蓋舉最著者括之也。荀卿傳經勝於劉氏父子，但表章劉氏而不及荀子者，其以有非儒之說與。儒家之原本於六藝，孔子位置寓於六藝之中，儒家所列，別乎孔子，而實以孔子爲歸，若孟子則直列之儒家矣。或謂既列儒家於諸子，不應別著《六藝畧》，既崇儒於六藝，何復夷其子孫以儕十家，不知儒家與六藝，宜各區爲類而論之，固已。儒家以下諸家，多爲吾國學術之卓然特立者，而老、墨尤有並峙之勢，星辰不能與日月炫其明，而未嘗不同離乎天；丘垤不能與山嶽齊其高，而未嘗不同履乎地。諸子非卑卑不足道者，以儒家儕之，又何玷之有？且以之冠，則亦自有軒輊也。我國哲學，孔子而外當推老學，老學源於黃帝，班氏列老子之書先乎黃帝者，殆以其道至老子而益昌也。太史談論六家要旨，軒道而輊儒，史遷著《貨殖傳》，首列老子之言，蓋亦重道家者，而崇孔子於世家，入老子於列傳，其旨有别。班氏次道家於儒家之後，亦足以見其輕重之意。《伊尹》之政治，《太公》之陰謀兵法，入之道家；《管子》書中有爲後人羼入者，其言頗雜，有法家言，有道家言，有名家言，有農家言，獨入道家，是皆可商者。陰陽家或以爲與《術數畧》界限不清，按陰陽一家包括《術數畧》之天文、曆譜、五行、蓍龜、雜占、形法而言，陰陽家注重傳之之人，總叙其師承，《術數畧》注重傳之之書，分舉其派别，與《六藝畧》論列羣書，復於《諸子畧》論列儒家，其旨相通。同一儒家，而或通一經，或兼精數經。陰陽家亦猶是也，有工一術者，有旁通其術於他者。六藝爲本源，而衆流皆歸於儒家；陰陽爲樞紐，而支派寖歧於術數。配置貫通自有微旨。道德微而法律起，酷吏有傳，自遷《史》始，班書承之，足見漢代之況矣。遷《史・律書》言兵不言刑，班《書・刑法志》亦多言兵，蓋兵刑皆有關於民命，而兵之所關者尤大，先舉其大者言之，其餘則詳諸傳，詞不複疊，而旨可參考，其義如此。孟子爲儒家正宗，而其排斥時議，辨析毫芒，實足爲吾國名學之祖。名家所列鄧尹、公孫諸人，能純粹副實者殊鮮，鄧析之言訐而峭刻，蓋兼乎法家。尹文子之學本於黄、老，且流於墨子之兼愛，而其書言刑名，則又入於法家。公孫龍子之逞辨堅白同異，奇詭取勝，近於從衡家。道家而外與儒並峙者推墨家，墨子之説多通經達權，非可盡斥，故班氏稱之。從衡家之著者爲蘇秦、張儀，其祖則爲鬼谷子，《鬼谷子》三卷未列入，或以爲蘇秦僞託，而班氏所列諸書僞託者不一而足，何以獨遺鬼谷子，豈其晚出者歟？諸家之中惟儒家兼收並蓄，包羅最廣，故諸家書多有稱述孔子者，而崇儒術以入於它家者亦有之，禽滑釐師子夏而入墨家，莊周師田子方而入道家，韓非、李斯師荀卿而入法家是也。太史談獨推崇道家，班氏所謂雜家兼儒、墨合名、法者，談則一歸之道家。總之諸家所成，多雜有它家之學，必謂盡兼其勝則過矣。老子權謀之術爲法家萌蘖，韓非輩多宗之，從衡家兵家亦出於是。《墨子·經》上下篇多名家言，名家惠施、公孫龍子皆祖述其學而正刑名，《備城門》諸篇皆兵家言。法家李悝、商鞅皆兼農家，其學多盡地利。凡一人而有數家之著，分列於諸家者殊多，要之獨成爲一家者，各有主要之旨，其或雜焉者，特其餘而已矣。雜家則兼合諸家，勢均而義貫，與儒家之包羅萬有、純然而非駁雜則亦不同，班氏所列不盡兼儒、墨而合名、法，豈九家所無可入者盡納之雜家歟？然如尉繚書頗言刑政，劉向《别録》謂繚爲商君學，尸子爲商鞅客，鞅畫計立法，皆與之謀，則尉、尸皆法家也。又子晚子所著，顔師古注：「齊人，好議兵，與《司馬法》相似。」按此則爲兵家無疑，而皆入之雜家，抑亦其所著者異與？農家之輔曰工曰商，商業始於神農，工作明於黄帝，二者皆迄周而大備。司市考工之制與農事並詳《周禮》，秦卑商業，眡爲末利，漢代承之，抑遏商賈，工作亦未有提倡奬勵之事，其發明或製作精巧者，往往不著其名，班氏但列農家，不言工商。《書·洪範》言八政：「一曰食，二曰貨」，食謂農，貨括工商而言，既引其説而獨歸重農，豈以兩家之書不著乎？史公《貨殖傳》農工商並列，所述諸人多有足以自立者，班氏承當代之習而遺之，其識去史遷遠矣。古者設稗官，采取里巷談論而稱説之，與設采詩之官以觀民風，其旨相通。協韻者入之詩歌，不協韻者入之雜説，凡以考得失而已。小説家殿於諸家之末，謂諸子十家，可觀者九家，小説一家不得與於可觀之列，蓋於諸家中獨輕之也。然其論列諸家，於惑者辟者放者拘者刻者譥者蔽者邪人盪者鄙者皆議其失，而獨於小説家無所訾，何也？豈自漢以前之小説皆得其正乎，又何以不得列於可觀者也？諸子蠭起，由於王道衰微，時好各别，而亦天然殊異之質促於世風。巨子挺生，衆象乃著，各家所得，方之儒家，精粗各别，要皆有哲理之存，譬若正峯既崛，奇巒環起，高下不同，而大觀備矣。諸子之最古者不盡本於六藝，如《禮記》《春秋》《論語》《孝經》等書，孔子以前之諸子不及見之也，而窮其本原，則大半歸之，不獨儒家爾也。班氏論列諸家，既各推其所自出，且多稱述儒家言，其謂修六藝之術，觀九家之言，蓋會通其説也。漢武帝表章六經，屏黜百家，後之尊儒者亦或以爲諸子皆六經之棄，抑亦偏矣。楊朱與墨翟並峙，得老子厭世縱樂之意，列子特著《楊朱》篇，引其學説，班氏不一論及之，殆鄙之歟？一家而雜有他家之學者固多，而得其一體或兼數體而别爲一家者，所在多有，如游俠派得墨子之一體，滑稽派兼有從衡、小説二家性質是也。究諸家之各逞其説以馳騁於世，互相詰難，實皆有從衡家辨論之風也。秦漢以來，經史文章並炳於世，輔經者入之六藝，史體列諸《春秋》，雜著皆歸之儒家，詩賦則别列一畧，蓋詩賦雖儒家居多，而如劉向、鄒陽、淮南、東方朔等皆出入於諸子，劉道家，鄒從衡家，淮南、東方雜家。且其陳恉立言，亦頗有導源於六藝者，則以斯畧置六藝諸子之後宜也。詩缺楚風，而楚詞繼起，上嗣遺音，此文章天然之變易，世風不古，賢人君子鬱憤愈叢，非數言可以抒其幽隱，詩之變爲詞賦，抑亦人事之不得已而然也。屈原以憂鬱之思著爲《離騷》，弟子宋玉及楚大夫唐勒、景差皆效之，玉尤傑出，詞賦並麗，詞祖屈，賦祖宋，故列第一種之首，惟景差未列耳。漢文、景雖不好文詞，而文學之士頗挺生於其時，賈太傅慕懷屈子，渡湘作賦，哀思幽邈，史公以之與屈原合傳，其義良當，餘如鄒陽、枚乘、淮南、嚴忌等皆承其風。武帝尚文，文學之優美者如莊助、朱買臣、吾邱壽王、司馬相如、東方朔、枚皋諸人，彬彬其詞，而相如《上林》《子虛》諸賦，尤足魁於當世。宣帝修武帝之緒，劉向、王褒等皆以詞賦見徵，成、哀間揚雄特起，上追屈子，下擬相如，所著《反離騷》《廣騷》及《長楊》等賦卓絶一時，班氏謂宋唐枚揚司馬諸人，競爲侈麗閎衍之詞，而孟堅詞藻實亦得西京之遺，所爲《典引》篇謂相如《封禪》靡而不典，揚雄《美新》典而亡實，而其《兩都賦》未能越相如之格調，前賢已有言之者矣。周末詩賦既判，迄乎漢代，詩樂又分，古詩體制，大半四言。春秋以來，變爲七言，伯牙《水仙操》、寧戚《飯牛歌》、孔子《獲麟歌》、《臨河歎》、荆軻《易水歌》，班氏皆未列入。漢高祖《大風歌》、武帝《瓠子歌》《秋風辭》，多承周末遺風。文景時枚乘倡爲五言，厥後蘇武、李陵神韻尤多，自漢以降皆祖之。樂府始自武帝集司馬相如、枚皋等爲《郊祀歌》十九章，其制於是乎備，後世乃流爲詞曲。綜西漢之世，詩賦並茂，故《畧》中所列諸篇以漢爲最多。歌詩爲古詩字數之變，賦乃古詩全體之變，詩古於賦，班氏先賦而後歌詩，以賦多於歌詩也，當代之趣亦足以見矣。論賦首孫卿，次屈原。列其著述，則(屆)〔屈〕原賦冠第一種，孫卿賦冠第三種，蓋仍以楚詞爲最也。兵家不列於諸子而別爲一畧，亦本之劉歆。兵書分四種，則本諸任宏，形勢重地利，陰陽重天時，技巧重人事，權謀該天地人三端，故列於四種之首。陰陽類與陰陽家相通，第廣狹有別耳。兵以止亂，與法家之除暴同，而殘者且以長亂而害民生，其弊亦相等。《刑法志》本諸《律書》，多言兵事，故知兵家與法家名分而源通也。《術數畧》五行之説，亦依五德立言，前列者多陰陽書，與陰陽家相通，《泰一》二十九卷與醫經相通，東萊呂氏曰：「古之醫者觀八風之虚實邪正以治病，因有太乙九宮之説。其説具於《鍼經》。」《風后孤虚》《羨門式法》等書與蓍龜雜占相通，《翼氏風角》一書與天文相通，《五音奇胲用兵》《五音奇胲刑德》兩書與兵家陰陽類相通，雜占中所列諸書《候歲》與天文相通，《相蠶》與形法相通，耕種臧貯等法大半通於農家。形法主相，首列《山海經》，與五行之堪輿相通，《律曆》《天文》諸志本諸史公，《五行》則別爲一志，皆與術數相表裏。史公所爲《日者》《龜策》諸傳，其中義蘊，班氏蓋已寓之《術數畧》矣。《方技畧》神仙類《黄帝岐伯按摩》十卷與醫經相通，淮南王安中篇八卷言神仙黄白之術，且有外篇，見《淮南王安傳》，又《劉向傳》謂淮南有枕中鴻寶苑祕書，書言神仙使鬼物爲金之術及鄒衍重道延命方。不列諸神仙，而入之雜家，祇列内篇，何也？房中亦爲神仙派，皆源於道家神祕之學，而老、莊同死生，房中與神仙皆重在長生，其旨有別，道家與方技分列，職此之由。詩賦、術數、方技皆不稱家與流，兵家亦不稱流，此錯綜之異也，綜而論之，兵家、術數、方技皆諸子之流，晉荀勖合此三家，列於諸子，亦非無見。班氏不以之與九流爲伍，其以此數家皆各分派別而有爲之總者，故別爲畧與。原夫往聖精神，存諸書策，傳述系統，屬之儒生，秦時火土爲災，斯文掃地盡矣。漢代肇興，文化日進，太學森森，博士衮衮，荒屋古壁，掇殘拾遺，經義日光，儒術以著，是猶晦盲之際，烈日升而陰霾消也。綜觀全志，網羅古今，不特顯揚漢代宏治與夫老師宿儒而已也。蓋表章聖學，論列道統，乃其要恉。至於攟摭載籍，博求典文，或系絶而書存，或篇佚而名著，皆足以發皇前哲，啓迪方來。視之龍門僅傳《儒林》，而石室金鐀之藏黯淡不章，倜乎遠矣。

馬、班優劣，前人論之者多渾言大概，昂觀班《書》記太初以前事，多掇拾遷《史》，而有增損錯綜之處。記事之正例，正記詳而附記畧，變例則附記較正記爲詳。遷《史》多變例，班《書》多正例，沛公至鴻門與楚圍漢王三匝後之情況，紀信詐爲漢王詐楚事，漢王遣陸賈説項羽，從張良、陳平説追項羽，用張良計會諸侯，及魯最後下一段，班書詳於《高帝紀》。用陳平計間項王事，班書詳於《陳平傳》。循正例也。遷《史》皆敘入《項羽本紀》。此其大較也。史公創例構局，非班氏所能幾，采取《國策》諸書，亦頗有芟繁就簡之處。例如《國策》樂毅報燕惠王書「先王以爲順於其志，以臣爲不頓命」，以爲二字相疊，史公易爲「先王以爲慊於志」，甚簡要。班氏羅列事實較史公繁，而字句之簡要，多有加乎史公處，其病在直襲史公而不諱。事實從同，猶可言也，論贊出於記者之私意而各不相謀，班氏所爲贊有直寫史公之辭者，實不免剿襲剽竊之譏。今取《項羽本紀》與班書《項籍傳》相較，以概其餘，優劣可得而見也。史公入項羽於本紀，篇中稱項王；班書入之傳：此謀篇之不相合者。楚軍阬秦卒地，史公記新安城南，班書從畧；史公記籍長八尺餘，班氏謂八尺二寸；「人或説項王曰」云云，班書稱韓王：詳畧互見，不可勝舉。至於記述之不符者，如「江西皆反」云云，史公記「會稽守通」説梁之辭也，班氏叙入梁之言；「又聞沛公已破咸陽」一句，班書易「破」爲「屠」；「旦日饗士卒」等語，史公記項羽之言，班書謂「爲范增勸羽」所説；史公謂「有美人名虞」，班書謂「姓虞氏」；又史公叙漢元年事，而班書有屬之二年者，孰是孰非，姑弗深考。兹僅列其有優劣之分者論之：史公記羽里居後逆叙其字，班書叙其字於里居前，逆較順爲優；史公叙江西皆反，「秦」字見下句，班氏殿以「秦」字嫌贅；史公插叙「是時桓楚亡在澤中」，班氏納入項梁所言，叙法較遜；「誅雞石」一句，班書冠「朱」字，嫌贅；「乃求楚懷王孫心民間，爲人牧羊」，班書於「民間」前介以「在」字，不若遷之簡；「宋義乃諫項（梁）〔梁〕曰」云云，前文有「羽等之事」間之，班書省「項梁」二字嫌畧；「救趙」一語，史公叙「諸别將」句前，班書叙在後，不及史公之錯綜；「項羽乃悉引兵渡河」，班書於此句後加「已渡」二字；「於是已破秦軍」，班書於「已」字前加「楚」字，皆嫌贅：是皆馬優於班者也。史公疊叙項梁、項籍，或項羽。項字可省，後疊叙張良、項伯、項莊、樊噲、董翳、田榮、田角、田間、田都、田横、紀信、周苛、魏豹、彭越、樓煩、王翳，皆未省其姓。叙法：凡姓名已見上文，其後須再舉出，可畧姓而詳名，班書不合例處較少。「項氏世世爲楚將」一句，「項氏」二字可省，班書皆從省；敘項梁教籍兵法，班省去「籍」字介以「目」字；「又不肯竟學」一句，「學」字見上文；「每吳中有大繇役」，「吳中」二字見上文，班書皆從省；敘「守曰諾，梁召籍入」，班但記「籍入」，敘筆最簡要；敘門下大驚擾亂，班省「大」字「亂」字；「梁部署吳中豪傑」，直承前文項梁動作貫下，「梁」字贅；「廣陵人召平於是爲陳王徇廣陵」，「於是」二字與前文「於是梁爲會稽守」云云相疊，班書皆省去；「遂彊立嬰爲長」，班但云「遂强立之」，「少年欲立嬰便爲王」，「少年」二字見前，可省；「乃進兵擊秦嘉，秦嘉軍敗走」，「秦嘉」二字重疊可省；「將引兵而西」，「兵」字可省；「朱雞石軍敗」，「軍」字可省，班書皆省去。「還報項梁」，上文既敘「項梁前使項羽別攻襄城」云云，則還報一句「項梁」二字可省；班書「還報梁聞陳王定死」，「梁」字宜屬下句讀，蓋下句主詞不能省也。「假相田角亡走趙」，「假」字見上文；「今卒少惰矣」，「卒」字見上文，皆可省。「乃使宋義使於齊」，後一「使」字贅，班書皆省去。「章邯軍其南」，「章邯」見上句，章字可省；班書前句未點出章邯，次句不省「章」字，固宜。「陳餘爲將，將卒數萬人」，既云「將卒」，「爲將」二字便可省；「軍果敗」，「軍」字見上文；「諸別將皆屬宋義」，「宋義」蒙前文，皆嫌贅。「乃遣其子宋襄相齊」，「宋」字贅；「當陽君蒲將軍皆屬項羽」，「當陽君蒲將軍」見下文，此句可省。「楚兵呼聲動天」前句有「楚戰士」，次句「楚兵」複疊；「諸侯軍無不人人惴恐」，「人人」前加「無不」二字，嫌贅，且前文「一以當十」，下文「膝行而前」，前皆綴「無不」二字，前後相疊。「使人更代將軍」，「將軍」見上文；「置楚軍中」，

「楚」字贅;「秦吏卒多竊言曰」云云,「秦」字贅;「函谷關有兵守關」,「關」字疊。「皆阬田榮降卒」,「田榮」見前文;「鴻溝而東者爲楚」,「鴻溝」二字見前文;《高祖本紀》敘法亦然,「項王許之」一句嫌贅,班書皆減省。敘「劉賈軍從壽春竝行,屠城父,至垓下」,下文敘「皆會垓下」,後敘「項王軍壁垓下」,「垓下」二字重疊,班書敘「羽壁垓下」,前文不疊「垓下」二字,較簡要。「項王則夜起飲帳中」,「項王」二字與「夜」字皆見前文,班書但云「起飲帳中」,甚簡當。「於是項王乃悲歌慷慨」,「項王」亦承上,班書省去。史公於後路既敘「封楊喜爲赤泉侯」,其前敘「赤泉侯爲騎將」,又敘「郎中騎楊喜」,前後複疊,班書先敘楊喜爲郎騎,後省「郎中騎」三字;「騎司馬呂馬童」,「騎司馬」亦見前文,班書但於楊喜後敘呂馬童,皆較簡當。「諸項氏枝屬,漢王皆不誅」,「漢王」承前文,班書省去:字有繁簡優劣之分,於此可見矣。史公敘梁「與齊田榮、司馬龍且軍救東阿」,班書先逆敘章邯殺田儋事,以表救之之由,遷書嫌畧。「諸侯皆屬焉」一句,「諸侯」與前複,班書易以「兵」字,較有變化。「趙高用事於中,下無可爲者」,此二句係順説;班氏先説「事亡可爲者」,後説「相國趙高顓國主斷」,逆説較優。史公敘「長史欣者故爲櫟陽獄椽,嘗有德於項梁」,後又與大司馬咎並敘云:「長史欣亦故櫟陽獄吏,兩人嘗有德於項梁」,前後複疊。班書於大司馬咎長史欣並敘處,但云「欣故塞王」,班事深得變化之法;「徙趙王歇爲代王」,班書省「爲」字,以「王」字移至「代」字上,亦足徵變化之妙。「齊趙叛之」,班書作「齊梁」,與前文「令反梁地」，下文「以齊梁反書遺項羽」相應，較當。史公於「悉詣滎陽」一句後叙「楚起於彭城」云云，後又叙「項王之救彭城」、「漢王之敗彭城」云云，班書於「悉詣滎陽」一句後，直叙「戰京索間」，後直叙「漢軍滎陽」，叙法較簡要，且叙「項王救彭城」處，復叙「田横亦得收齊」，與前路叙「田榮弟田横收齊亡卒」之文相疊，班書將復叙之語一併省去。叙「彭越反梁地，絶楚糧食」，前後複疊，班書衹一見，皆甚簡潔。周苛樅公事，《項羽紀》與《高祖紀》並詳，不及班氏叙法之妥善。史公叙漢之四年，「漢王逃，獨與滕公出成皋北門。」按《高祖本紀》出成皋事在三年，班書《項籍傳》此事叙在四年前，甚當。史公述羽之言曰：「令諸君知天亡我，非戰之罪也。」與前文謂「此天之亡我，非戰之罪也。」排列相同；班書謂「使諸君知我，非用兵罪，天亡我也。」錯綜有致。史公記載王諸侯都邑特詳，而叙「封吕馬童爲中水侯」，後四句「封」字與吕馬童等姓皆嫌重疊，班氏統叙云：「故分其地㠯封五人，皆爲列侯。」句較簡括，是皆班優於馬者，而「以」字句之簡省爲尤足見班氏之能焉。篇中尚有可省處，班氏承史遷未省，如陳嬰之陳，秦嘉之秦，朱雞石之朱，章邯之章，睢水之睢，又如襄城、東阿、田榮、沛公、項羽、班書祇省項字。定陶、外黄、陳留等名字，均詳前文。而下文可省處未省，馬、班皆嫌繁。叙會稽守通，不詳殷姓，記項籍死，不詳年月，馬、班皆嫌畧。

司馬遷著《史記》以紹《春秋》，而與《春秋》有别。孔子不得其位，前無所詔，而感於世變，本其卓見，因魯史之舊，修繕筆削，垂爲常經。史遷世承史職，禀其先人遺志，撰次史文，此作史動機之不同也。《春秋》爲一國之史，所載十二公，僅二百四十餘年之事。《史記》網羅古今，自黄帝迄漢太初，世逾二千載，此史材之不同也。《春秋》編年，以年爲序，《史記》叙事，書表而外多以人爲類，此史體之不同也。《春秋》經文案而不判，寓褒貶於書法之中，《史記》系論贊於篇後，篇首與中間或復參以論説，直陳其意，無所隱諱，此史筆之不同也。若夫承先聖之緒，明是非，别善惡，以維世道而昭方來，其志趣固無異焉。本紀起自五帝，首列黄帝，由軒轅之時追溯神農氏，其取材古史，固非直斷自黄帝也。古史可徵者，首推伏羲，《太史公自序》述其先人之言，首舉伏羲作《易》《八卦》，次言堯舜之盛，《尚書》載之，禮樂作焉。此足徵五帝中堯舜之德，其淵源遠紹於伏羲，不僅起自神農與黄帝也。史公之所以首黄帝，與其父尊崇道家，或有關係，黄老固並稱焉。《史記》之作雖承其父之遺志，而尊孔過於尊老，與司馬談揚道抑儒之旨不同。《老子傳》叙老子斥孔子之驕氣多欲態色淫志，又叙孔子稱老子猶龍，一爲道家詆訾儒家之言，一爲儒家屈服於道家之言，是或出於道家之夸飾。老子除至關著書而外，祇孔子問禮一事，不得不采其説，要不以是而輕儒也，如司馬談著《史記》，鮮不世家老子而列傳孔子矣。項羽功未成，而繼乎秦皇，列於本紀，且在高祖之前，史公不避忌諱，愛惜英雄，不以成敗而降其相視之等級，此其别具卓識者也。吴於春秋爲小國，史公列吴太伯於世家之首，重其有讓國之高風亮節也，篇首叙太伯弟仲雍，後叙太伯、仲雍二人奔荆蠻。《周本紀》叙古公有長子曰太伯，次曰虞仲，又載太伯、虞仲如荆蠻。《吴世家》叙太伯弟仲雍，後叙仲雍子季簡，季簡子叔達，叔達子周章，周章弟虞仲，按此則虞仲爲太伯之姪曾孫。而《周本紀》以虞仲次太伯，何也？伯夷、叔齊讓國高風，開太伯之先，其事實不多，史公以論贊終始，組成一篇，冠於列傳之首，與世家首太伯同旨，標題衹舉伯夷而不及叔齊，與吴世家之標題衹舉太伯而不及仲雍，一也。或以史公《報任少卿書》有「家貧，貨賂不足以自贖。交遊莫救，視左右親近不爲一言。身非木石，獨與法吏爲伍」等語，以爲《酷吏》《游俠》《滑稽》《貨殖》等傳皆有感於私憤而作，亦淺之乎測之矣。八書中有與紀傳相通者，如《律書》與《酷吏列傳》，《天官書》與《日者》《龜策》等傳，《封禪書》與《孝武本紀》，《平準書》與《貨殖列傳》，皆其相發者也。標題體例約有四種，本紀世家列傳皆然。一僅舉朝代或姓，如《夏本紀》《晉世家》《管晏列傳》是也。一舉姓名，如《項羽本紀》《陳涉世家》《蘇秦列傳》之屬。一舉朝代或姓而系以爵位或尊稱，如《秦始皇本紀》《孔子世家》《李將軍列傳》是也。又或舉其名而以爵位冠之，如《司馬穰苴列傳》。一舉爵位而不言姓名，如《高祖本紀》《留侯世家》《孟嘗君列傳》是也。合傳不類列者亦有以類之，標題則以姓氏聯列，不揭明其類也。類列者標題揭明其類，篇中始一一詳出姓氏，如《循吏》《儒林》等傳是也。帝王入之本紀，帝王旁支與諸侯王宗支入之世家，諸侯王旁支與其他可録者入之列傳。本紀世家列傳體制皆有專合之别，專者記一人之事，合者記數人之事，專奇而合偶，陽陰之道也。就本紀言之,《五帝本紀》爲合體,夏殷周各爲本紀,係專體。惟此種本紀中,嫡系宗支皆論列多人,名爲專而實合,如秦始皇項羽等本紀,則皆專體也。《五帝本紀》叙上古史,夏殷周諸本紀叙中古史,《秦本紀》叙近古史,秦始皇項羽諸本紀叙近世史,漢高祖以次諸本紀則史之尤近者也。夏殷周諸本紀不合著爲三代本紀者,以其事實繁多耳。事簡則裒輯爲合載,事繁則分截爲專載,此不獨本紀爲然。至於《秦本紀》叙述秦始皇,而秦始皇别爲本紀,《漢高祖本紀》叙述吕太后,而吕太后别爲本紀,蓋以其事行閎大,非一篇所能包羅,合者分之,此專體中之又專者也。世家或衹叙後一世,或叙數世,數世之記載有分開詳叙者,如《曹相國世家》分叙五世是也。有總括渾叙者,如《蕭相國世家》總叙四世是也。有既分而後總者,如《外戚世家》先分叙,後復總束五人是也。凡世家與本紀或他世家相關,或列傳與世家相關,起處必叙其家世,與他篇聯絡,如《管蔡世家》叙管叔鮮、蔡叔度爲周文王子,武王弟,《留侯世家》叙留侯之先爲韓人,《老子韓非列傳》叙韓非爲韓之諸公子,《司馬穰苴列傳》叙穰苴爲田完苗裔,孟嘗君平原君魏公子等傳,篇首記載皆與世家聯絡,例可類推。列傳中兼臚列子孫者,亦含有世家之意,史公當時作列傳,殆先配置事實,於無可合者,然後爲專傳。《伯夷列傳》標題屬專傳,而傳文以伯夷、叔齊並列,實合傳體也。合傳有類列不類列之分,不類列者多撮合事實相關或情況相類或志趣相同者著之於篇,不類之類也。《孟子荀卿列傳》雜述儒墨道名法農陰陽諸家,實以齊爲類。孟子嘗游事齊宣王，三騶子及淳于髡、田駢、接子並爲齊産，荀卿與慎到、環淵皆顯於齊，其與齊不相涉者附之篇末，慎到、田駢、接子、環淵雖並學黄老之術，而不入之《老子韓非列傳》，類於此即不類於彼，史例如是耳。　蘇秦、張儀同師鬼谷，皆從衡家，而尚從、尚衡旨既相迕，事復繁多，且秦之後有蘇代、蘇厲，儀之後有陳軫、公孫衍，故不爲之合傳，而兩傳次第前後相續，亦不合之合也。《平原君列傳》以孟嘗、信陵、春申並論，《春申君列傳》以孟嘗、平原、信陵並論，皆所以明四傳聯絡之關係，故四傳駢列，分之而不啻合之也。　史公叙人事，首重先世，以明其本源。《五帝本紀》黄帝但叙爲少典之子，事既遐遠，舉其世之近而可徵者足矣。　至其家世可考，則輾轉窮源，不厭其詳。如帝嚳事中叙高辛父曰蟜極數句，虞舜事中叙重華父曰瞽叟數語，皆先世之特詳者也。　事末叙後嗣以明其支幹，其子之母有可稽者，多詳叙娶某氏女，無可考者從闕。　黄帝事末叙娶西陵之女，又叙昌意娶蜀山氏女，帝嚳事中叙娶陳鋒氏女與娵訾氏女，堯舜事中均叙堯妻舜二女，此史公注意内助處。　黄帝二十五子一語總括渾叙，下文玄囂、昌意二子亦兼該在内。　於其子之總數後，叙正妃嫘祖，先子後母，此逆叙之例。　嫘祖後特叙生二子云云，由逆叙而順叙。《夏本紀》夏后帝啓禹之子，其母塗山氏之女也，由子上溯其母，亦係逆叙。《夏本紀》起自禹，由禹溯其家世，是逆叙法。《殷本紀》起自契而不首湯，《周本紀》起自后稷而不首文王，皆順叙法。　由后稷至文王十數傳之事，尤繁於殷代，更非逆叙足以括之也。《殷本紀》以興衰爲對象，成湯之世爲極盛時期，叙至帝雍己云：「殷道衰」，至帝太戊云：「殷復興」，至帝河亶甲云：「殷復衰」，至帝祖乙云：「殷復興」，至帝陽甲云：「殷衰」，至帝盤庚云：「殷道復興」，至帝小辛云：「殷復衰」，至帝武丁云：「殷道復興」，至帝甲云：「殷復衰」，至帝乙云：「殷益衰」，凡五興五衰，興極於湯，而衰極於紂，極則不言，故湯不言盛，而紂不言衰也。《項羽本紀》扛鼎事，寫吳中子弟皆憚籍；斬殷通事，寫一府中皆慴伏，莫敢起；斬宋義事，寫諸將皆慴服，莫敢枝梧；擊秦事，寫諸侯軍無不人人惴恐；召見諸侯事，寫諸侯無不膝行而前，莫敢仰視：是皆史公著意形容，用包舉之筆也。《高祖本紀》初叙事稱高祖，秦二世元年後，叙事稱劉季；立季爲沛公後，叙事皆稱沛公；立沛公爲漢王後，叙事多稱漢王；即皇帝位後，叙事皆稱高祖：首尾相貫，此史體也。聯絡與錯綜二法，異篇亦以是爲最要，不特同篇然也。《周本紀》云：「其事在周公之篇」；《秦本紀》云：「其事在商君語中」；《秦始皇本紀》云：「語具在《李斯傳》中」；《管蔡世家》云：「有本紀言」，又云：「有世家言」；《陳杞世家》云：「有世家言」，又云：「有本紀言」；《蕭相國世家》云：「語在淮陰侯事中」，又云：「語在淮陰事中」；《留侯世家》云：「語在項羽事中」，又云：「語在淮陰事中」，又云：「語在項籍事中」；《袁盎鼂錯列傳》云：「其語具在吳事中」；《滑稽列傳》云：「語在《田完世家》中」：皆標明與他篇貫通之例。班書承此例，第史公於最要者偶見其例，不一一説明也。《五帝本紀》末帝禹爲夏后數語，爲後篇夏殷周諸本紀伏根，《秦始皇本紀》結處叙「項羽爲西楚霸王」，至「後五年天下定於漢」，爲後篇項羽高祖諸本紀伏根。前篇之終，即以開後篇之始，《五帝本紀》末述及三代，《周本紀》末述及秦，其例相同。蓋各篇雖分開，而實聯爲一線也。《陳杞世家》贊結句云：「其後越王句踐興」，此語係與《越王句踐世家》相應，是皆異篇聯絡之例，或同屬一事而分載數處，或其事相類而配置不同，變化諸法皆異篇錯綜者也。淳于髡事實割裂分載，蓋有不得不然者，《田敬仲完世家》載淳于髡微言，如入《滑稽傳》，便妨局法，《孟子荀卿傳》中所載者，亦不能參入《滑稽傳》，而《滑稽傳》中所記之事，如併入《孟荀傳》，則彼一傳又減色，翦裁配置，足見苦心，一事散見數處。又如《趙世家》載秦圍邯鄲及平原君如楚請救與魏公子無忌亦來救等事，衹叙其大畧，此根本之記載也。平原君、魏公子、魯仲連等傳各極其描摹，本根一貫，而支葉萬殊，詳畧之道如是而已。《張儀列傳》叙儀與蘇秦俱事鬼谷先生，《蘇秦列傳》叙秦師鬼谷先生，未提及與張儀同師，此亦詳畧之法也。《項羽本紀》項羽置太公高俎上與漢王數羽罪事，叙於項羽語曹咎等之前；《高祖本紀》項羽謂曹咎之言叙在漢王數羽之前。《田敬仲完世家》叙威王封即墨大夫、烹阿大夫等事，以九年爲界；《滑稽列傳》將賞罰叙於威王八年事之前，長夜之飲，前後相應，是皆次第顛倒之法也。《秦本紀》統記黥其傅師，補叙於鞅死之後；《商君列傳》分記刑黥，却係順叙，此顛倒兼分合之法也。《項羽紀》先叙封諸將，而後叙項王自立爲西楚霸王；《高祖紀》先叙項羽自立爲西楚霸王，而後叙封諸將。《項羽紀》封鄱君吳芮叙在義帝柱國共敖之前，燕王韓廣叙在燕將臧荼之前，《高祖紀》前後次第皆顛倒。魏王豹、韓王成、齊王田市、齊將田都、齊王建孫田安，此五人受封，詳於《項羽紀》，而《高祖紀》皆從畧。《管晏列傳》管子先叙鮑叔而後叙相齊，晏子先叙相齊而後叙越石父與御者，此兩人事實配置次第錯綜處。晏子事叙相齊至簡約，《左氏春秋傳》所載，未采入者頗多，而於越石父與御者獨加詳焉，此皆顛倒兼詳畧之法也。《楚世家》及《白起傳》拔郢與燒夷陵同爲再戰事；《平原君列傳》「一戰而舉鄢郢，再戰而燒夷陵」，以偶對之故而變其詞。事行相類，而配置不同。如《孟嘗君列傳》叙田文之言云：「今君後宫蹈綺縠而士不得裋褐，僕妾餘粱肉而士不厭糟糠」，《平原君列傳》叙李同之言云：「上略。而君之後宫以百數，婢妾被綺縠，餘粱肉，而民褐衣不完，糟糠不厭。」情況相同，而詞有變化。史公合傳貫通脈絡，不外二法：伏綰之法，以前絜後，如綱之整網；迴綰之法，由後束前，如絲之貫珠。前綰後謂之伏綰，後綰前謂之迴綰，前後互相綰謂之交綰，馭繁之法至矣。《五帝本紀》高辛於顓頊爲族子一句，迴綰上文顓頊，局勢視迴綰神農爲接近，凡綰抱之名物，距離近者勢力較小，其愈遠者勢力愈大。舜事末叙其子商均，以堯子丹朱作陪，此亦迴綰之例。「自黄帝至舜、禹」云云，迴綰黄帝、顓頊、帝嚳、帝堯，爲一篇總束之關鍵，合傳中綰例愈多。試舉《孟子荀卿列傳》與《酷吏列傳》以見例，餘可類推也。《孟子荀卿列傳》「其後有騶子之屬」一語，爲一篇之總絜，「自騶衍與齊之稷下先生」數語，爲中間之樞紐，「自如孟子至於吁子」數語，爲一篇之總束。三處脈

酷吏列傳脈絡圖

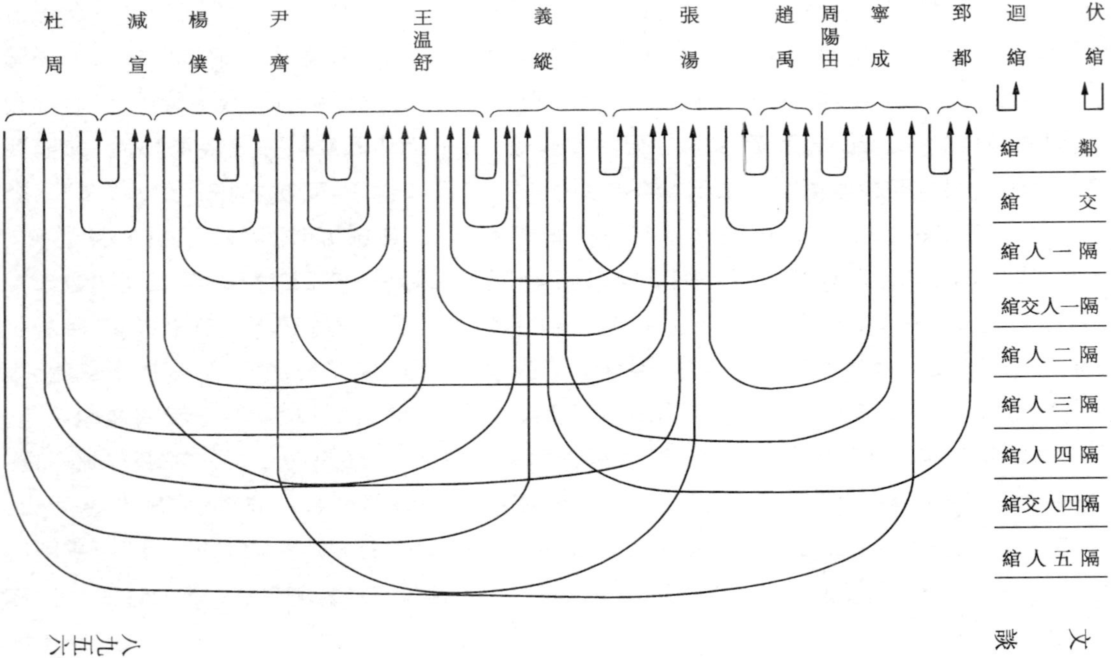

郅都
寗成
周陽由
趙禹
張湯
義縱
王温舒
尹齊
楊僕
減宣
杜周
迴縮
伏縮
縮鄰
縮交
縮人一隔
縮交人一隔
縮人二隔
縮人三隔
縮人四隔
縮交人四隔
縮人五隔
文談

絡，關係尤大。騶奭不直叙鄒忌、鄒衍後，特叙「齊有三騶子」一語，爲三段之總絜，中間總提淳于髡諸人處又提出騶奭，至叙騶奭事，先叙明齊諸騶子，與三段總絜處相應。然後迴轉騶衍，繼又迴轉淳于髡諸人，叙鄒忌、鄒衍，皆迴綰孟子。叙入荀子，迴綰鄒衍與田駢之屬，傳末附載墨翟，「或曰並孔子時」一語，與首幅叙孟子處提及仲尼相綰，法度周密，鎔成一片。《酷吏列傳》以侯封鼂錯發端，「其後有郅都、寧成之屬」一語總絜全篇諸人，「自寧成、周陽由之後」數語，總絜以後諸人。王温舒段末叙「尹齊爲中尉」，尹齊段末叙「楊僕以嚴酷爲主爵都尉」，減宣段末叙「杜周任用」：皆伏綰以爲後事之脈絡。張湯事後叙趙禹之卒，謂「後湯十餘年」，此絶妙綰法也。無此一綰，則禹事附末，便爲贅疣。義縱事亦與張湯無涉，而結末叙後一歲張湯亦死，與中間提及張湯處相應，此亦於無可綰之中而綰之也。事實不相關，則計其時期之先後，王温舒事後綰尹齊之死，法亦相同。尹齊、楊僕包羅於王温舒事中，「自温舒等」云云，爲一段總束，乃是篇局法變化處。前後綰抱之事，有相關者，例如甲乙兩人之事相關，甲事中附記乙，或乙事中附記甲；有相值者，例如甲之事結局而乙之事適起，或當甲之時而乙之事亦值其際；有相比者，例如某之暴酷等於某或甚於某，又如甲結局後若干歲而乙又結局：此亦相比法也。相關者在乎配置，相值相比者在乎穿插，或迴或伏，事繁多而不散漫，端資乎此。綜諸人之相綰有多寡之别，事實愈著則相綰處愈多，伏綰順而迴綰逆，逆較順爲要，故迴綰多於伏綰。綰抱間隔人數，至五人而極，交綰方式祇鄰近或隔一人或隔四人有之，觀《酷吏列傳》脈絡圖，自可明瞭。專傳附記亦用迴縮法，如《張儀列傳》附記陳軫，謂與張儀俱事秦惠王，後附記公孫衍，謂與張儀不善，法與合傳同。謀篇布局，變化多端，舉其要者，可依類而推也。《孟子荀卿列傳》縮抱之中兼包裹之法，大包裹中有小包裹，先以孟、荀爲首尾，包裹三騶子及淳于髡諸人，中間，復以騶忌、騶衍與騶奭爲首尾，包裹淳于髡諸人。傳中叙孟子事極簡畧，不采其言論，而叙騶衍之説特詳，此好奇生色處，亦謀篇取徑之一法。《廉頗藺相如列傳》篇首叙廉頗僅數語，分叙藺相如、趙奢、趙括諸事内兼叙廉頗事，就篇法綜觀其始終，係以廉頗爲經而諸人緯之，相如、奢、括諸事皆包括於頗事之中，此變化之特妙者。他篇合傳，傳雖合而記載仍分，大半以贊爲總束，傳中或加貫通語耳，此傳除附記李牧外乃真合也。《魏其武安侯列傳》於武安侯事中迴縮魏其，後卸入灌夫，以魏其、武安之死叙灌夫事後，實以魏其爲經，局法與《廉頗藺相如列傳》相近。《張耳陳餘列傳》畧叙張耳後即叙入陳餘，其後處處以兩人並列，蓋張陳事實大半相關，如前後各爲之記，即詳畧互見，亦不能免複，故合而爲一，乃避複之良法也。傳末以張耳之裔爲後勁，與《廉頗藺相如傳》以廉頗作結，局法畧同。《酷吏列傳》以張湯爲中樞，叙事獨詳，趙禹正文簡畧，特詳湯事中，而以禹之終始包裹湯事，亦與廉頗藺相如傳法相似。《屈原賈生列傳》屈原事甚少，如將傳中論説處除去，再將秦欲伐齊一段畧記之，正文不過數十語，事實多者使之散見，而正文反覺稀少，事實少者爲之烘托，而絶無枯寂之態，又不失之空廓，此龍門變化不可端倪處。《李將軍列傳》叙廣射虎，次叙其廉；次叙其善射，又次叙其訥；次叙以射爲戲，又次叙其愛士；後又叙其射敵。射之事既有類可尋，而以他事相間似斷而續，整者散之，散者整之，變化最妙。瑣屑之記載，不尾於廣死之後而插之中幅，蓋此段統括一切，前後之樞紐也。作傳宜擇事之最著者録之，如《廉頗藺相如列傳》撮取完璧會澠池犖犖數大事記之是也。細微之事如畢納於篇，便不免瑣碎之病，而史傳中記載偉大之事業，往往參以細瑣之事，不病其繁，蓋有所爲而然也。《蘇秦列傳》先記其妻嫂之笑侮，爲後路叙妻嫂不敢仰視伏根；《張儀列傳》先叙楚相門下疑儀盜璧，爲其後叙儀檄告楚相地步；《淮陰侯列傳》首幅雜叙亭長漂母屠中少年事，後幅一一迴應：皆有關於局法。此種記載，氣多閒逸，與氣盛處有相間爲文之妙。記叙有正記附記之分，正記中叙及他人相關之事，或一見，或數見，謂之附記。其有一節足稱者，事實不能成爲一篇，又不忍没之，亦依類而附記於他篇。附記之事，專體大半尾諸篇末，合體大半包於首尾之間。有既入正記而並見於附記者，如《陳丞相世家》附記周勃事，范睢傳中附載平原信陵事，足見一人之世家或列傳不足盡其生平也。有其事與數人相關而分見於數篇者，如公孫龍事分記《孟子荀卿傳》及《平原君傳》，蒯通事分記《張耳陳餘傳》及《淮陰侯傳》是也。別爲之文，附記多簡畧，不別爲文，附記多從詳。《項羽本紀》包羅事實繁多，須看其起落銜接穿插包綰等處，相關之事實，有並見於他篇而詳畧互見者，如田榮、章邯諸人是。有一叙即了，性質屬於附載者，如召平、陳嬰諸人是，附記陳嬰事並叙其母，此史公注重母教處。《平準書》附記卜式事，《越世家》附記范蠡事，《陳丞相世家》附記王陵事，《孟嘗君列傳》附記馮驩事：叙述皆從詳，不別爲文故也。信陵君、魯仲連與平原君相關之事，平原君傳中概從畧，別爲文故也。《管蔡世家》後列曹叔之世家，各爲之贊，《陳涉世家》以吳廣並列，局法少變：皆與附記有別。合傳類列者如《循吏》《儒林》等傳臚列諸人，皆係正記，勢力相均。世家歷舉世系，亦與附記不同。一事數見，並詳則複，正記宜詳，附記宜畧，此通例也，變例則反是。《秦本紀》叙鞅之言曰：「法之不行，自於貴戚，君必欲行法，先於太子。」其詞較《商君列傳》爲詳。鴻門留飲事重在沛公，精神尤在樊噲，班書詳叙於《高帝紀》，以均各篇之勝，實通例也。史公納入《項羽本紀》，極一篇之勝。《高祖本紀》僅載「高祖自平城過趙雒陽至長安」一語，《張耳陳餘列傳》詳叙高祖自平城過趙事。又《高祖本紀》但記高起、王陵説高祖慢而侮人，叙高祖踞見酈生事較畧，而於《酈生陸賈列傳》分述高祖溲儒冠，駡儒生，《劉敬叔孫通列傳》載漢王憎叔孫通儒服事，皆從詳。《田敬仲完世家》記田嬰擊魏及封薛事甚畧，《孟嘗君列傳》叙孟嘗君姓名後即詳記田嬰事。《張儀列傳》叙蘇秦激張儀入秦，表章蘇秦之能，《蘇秦列傳》載此事甚畧，正記畧而附記詳，皆變例也。事實頭緒繁多，須一一分述。先用提綱之筆，謂之總叙；事宜叙在後而前置者，謂之逆叙；宜叙在前而後置者，謂之補叙；兩例相資爲用，事實之中參入他一事，謂之插叙。總叙如《高祖本紀》先叙好酒，爲提綱之筆。後於貰酒後叙醉卧，於謁沛令時叙酒闌，於竟酒後叙酒罷，於送徒時叙止飲，叙被酒，叙醉，叙醉因卧。後歷叙至櫟陽置酒，置酒雒陽南宫，置酒未央前殿，於留沛時叙置酒沛宫。叙縱酒，叙酒酣，叙日樂飲，叙飲三日：脈絡皆與提綱處相貫也。《酷吏列傳》叙湯爲御史大夫七歲敗，又叙三長史皆害湯，欲陷之：皆提綱法。逆叙之例：如《項羽本紀》「初起時，年二十四」一句，叙於項籍少時事之前，《魏公子列傳》將公子歸魏事，叙於魏安釐王三十年之前：歸魏當安釐王三十年，見《魏世家》。皆逆叙法也。事實補叙處，大半用「初」字以起下文，如《項羽本紀》「初，宋義所遇齊使者高陵君顯」云云，從隔斷後遥接上文「宋義使齊，道遇齊使者」事，亦接續補叙之例。《秦本紀》「初，繆公亡善馬」一段，《平準書》「初，卜式者，河南人也」一段，又「初，式不願爲郎」一段，《外戚世家》「初，上爲太子時」數語，「先是衛長君死」數語，《曹相國世家》「參始微時」數語，《留侯世家》「子房始所見下邳圮上老父與太公書者」數語，《陳丞相世家》「始，陳平曰我多陰謀」數語，《絳侯周勃世家》「初，吏捕條侯」數語：皆補叙法。《左傳》補叙，多用初字起，史公承之。又《項羽本紀》陳嬰在東陽事，叙於陳嬰已下東陽之後，虞姬與騅不詳於渡江而西之時，至困垓下始叙出。《李將軍列傳》李陵事不叙於「當户有遺腹子名陵」句後而叙於篇末：亦皆補叙法也。錯綜記事，或逆叙於前，或補叙於後，皆所以避順叙之平衍也。如事實必須順叙，或於中間插叙他事，令前後相隔，亦足以免平衍，此絶妙局法也。史公插筆往往就當時情況拓開描寫，於紆迴之中具有汪洋之觀，龍門慣例如此。凡插叙一事，與前事所值之時相當者，大半用「當是時」，或「當此時」，或「是時」，爲之聯接。《項羽本紀》所插之事尤多，聯接疊用，「當是時」五見，「當此時」一見，「是時」四見，他篇有單用時字者。《魏公子列傳》「當是時」三段皆用此法，《廉頗藺相如列傳》李牧事無可貫，而於廉頗事中忽插叙「明年，趙以李牧爲將」，此義法絶妙處。《李將軍列傳》叙廣子處，插叙「明年，李蔡以丞相坐侵孝景園壖地」云云，其法相同。又插叙李蔡事，用「初」字起，兼補叙法。龍門記法於總逆補插四端外，又有畧叙複叙之法。複叙從詳，畧叙之對也。畧叙法記事記言中皆有之，亦有事因言詳而從畧者。《項羽本紀》叙云：「亞父者，范增也。」後叙「歷陽侯范增」，前路畧去「楚尊爲亞父，封歷陽侯」之文。又叙黥布事，改稱「當陽君之前」，畧去「封布爲當陽君」之文。《蕭相國世家》叙「悉以所有佐軍如陳豨時」，前文叙「陳豨反」，未叙相國佐軍。《范睢蔡澤列傳》叙「使舍人笞擊睢」，前文省去「置酒會賓客」一語，蓋其後叙賓客飲者醉，又叙「魏齊醉」，其事自相形而出：是皆記事後詳前畧之例。事附見於記言之中，記事處即畧去，言詳事畧，前後無定，皆所以避複也。《孟子荀卿列傳》叙「梁惠王獻馬獻謳」之言，前文省去獻馬獻謳之事。《廉頗藺相如列傳》叙「繆賢述相如畫策」，前文省去繆賢獲罪、相如籌畫之事：皆後詳前畧之例。《平原君列傳》記毛遂定從次序之言，其後叙「定從於殿上」，即不一一記歃血之序：此前詳後畧之例。《高祖惟《夏本紀》「陸行乘車，水行乘船，泥行乘橇，山行乘檋」等語，前文詳事中，後又詳言中。

本紀》叙「吕公曰：『臣少好相人』」，上文復叙「吕公者，好相人」。《司馬穰苴列傳》叙賈謝曰：「不佞大夫親戚送之，故留。」上文復叙「親戚左右送之，留飲。」皆記事與記言並詳，失之繁複。《韓王信盧綰列傳》叙綰對幸臣之言，至説吕后事截然而止，不將吕后不利於己自謀避匿之正意説出，此記言簡畧絶妙之法。複叙大半間接，或爲意之所重，或爲法之所限，亦有直接者，用以束上起下也。《高祖本紀》先叙「爲泗水亭長」，後叙「高祖爲亭長」，又叙「高祖爲亭長時」，又叙「高祖爲亭長」，又叙「高祖以亭長」云云，間接複叙，蓋狎廷吏、謁沛令、遇老父、冠竹皮冠、縱徒等事，胥以亭長爲線索也。《張耳陳餘列傳》既叙「高祖長女魯元公主爲趙王敖后」，後又叙「吕后數言張王以魯元公主故」，「以尚魯元故」，「以母吕后女故」，不避複贅，對於高祖之厚張敖，寓有微旨。《淮陰侯列傳》既叙「不聽廣武君策」，又叙「廣武君策不用」一語，此直接複叙之例，一以束上，一以起下也。既叙韓信、張耳「走水上軍」，後又叙「韓信、張耳已入水上軍」一語，此間接複叙之例。直接者可從省，惟詞氣較急耳。間接者亦有時可省，例如「軍皆殊死戰」一句，冠以「水上」二字，則複叙一語便可省，留侯世家一再叙其多病與道引，《游俠列傳》解爲「人短小，不飲酒」，二句複叙，皆失之贅。至前文所叙之事爲他事所間隔，線索已中絶，則不得不將前事重提，與之遥接。《李將軍列傳》叙「敢從驃騎將軍」，後又叙「李敢以校尉從驃騎將軍」，用複叙法，以中間插叙李蔡事故也。以上諸法大半關於錯綜，而錯綜又有分合顛倒斷續諸法。《項羽本紀》叙項羽王諸侯事，長史欣、董翳合叙，餘皆分叙。申陽爲張耳嬖臣，不依類叙張耳後，趙將司馬卬不依類叙趙王後，餘如燕王後叙燕將、齊王後叙齊將等，多以類次之：是皆分合錯綜處。《孟子荀卿列傳》叙慎到、田駢、接子、環淵，前後次第不同，騶衍之術數語亦錯綜其次第。《游俠列傳》王孟事不依總挈處次第而叙於劇孟後：是皆顛倒次第之例。《韓王信盧綰列傳》先叙里中持羊酒賀兩家，繼叙復賀兩家羊酒，此顛倒位置之例。《五帝本紀》：「其一曰玄囂，是爲青陽，青陽降居江水」，下文本可叙生蟜極、蟜極生高辛二語，如此叙法，與下文叙「其二曰昌意」一節，形式相似，史公於玄囂祇叙至「降居江水」而止，此續者斷之之法。叙其二昌意，則直説入高陽，與下文顓頊事銜接，至玄囂事，俟其孫高辛即位後，再叙云：「高辛父曰蟜極，蟜極父曰玄囂，玄囂父曰黄帝。」此斷而復續之例，而又倒捲而上之叙法也。顓頊事末叙「帝顓頊生子曰窮蟬」一筆，窮蟬之裔如何？卻忽中斷。舜事中叙「重華父曰瞽叟，瞽叟父曰橋牛，橋牛父曰句望，句望父曰敬康，敬康父曰窮蟬，窮蟬父曰帝顓頊，顓頊父曰昌意」：此乃斷續之叙法。斷於前而續於後，固非斷也，此與玄囂同一叙法，惟前後相距有遠近之别，連續與截斷處距離愈遠，則續斷之力量愈大，窮蟬既續前文，兼迴綰昌意顓頊，局法極密。《李將軍列傳》李蔡事分前中後三次叙之，李敢事先記其相關者，後路叙廣子復提其名，後再叙敢事：皆斷續記法。《酷吏列傳》叙「減宣窮竟其事」，以「未奏也」一句緩之，至詳叙三長史害湯事後，再續宣奏事：亦斷續法也。《孟子荀卿列傳》墨翟叙篇末，與荀卿事中提墨子處遥應，墨翟亦著書，不與公孫龍諸人併入總束處「世多有其書」一句綫索之内，蓋以顯其學術成爲一大家，且亦以其時期不能判定與諸子同一也。史公叙法，采取左氏，故與《左氏春秋》各例多有相合者。　迴縮斷續顛倒詳畧諸法，一篇中兼有數例者，已依類分列於前，兹復舉一篇以該其全。如《老子韓非列傳》老子事實甚少，而傳中以老萊子、太史儋作陪，便覺有浩瀚之觀。於太史儋叙云：「或曰儋即老子，或曰非也，世莫知其然否。」上文老萊子不叙「或曰老萊子即老子」云云，亦詳畧之變化也。取老萊子、太史儋作陪，皆縮住孔子，「與孔子同時云」一語，叙於老萊子之後，「自孔子死之後百二十九年」一語，叙於太史儋之前，與《孟子荀卿列傳》叙騶忌、騶衍，縮住孟子，「先孟子」一語，叙騶忌事實之後，「後孟子」一語，叙騶衍事實之前，次第皆錯綜，義法相同。傳中稱老子分三處：（一）老子修道德，其學以自隱無名爲務；（二）老子隱君子也；（三）李耳無爲自化，清静自正。按整者散之，即斷續法也。迴縮之筆有同歸一途者，有僅屬一部分者。老子後叙莊子事中，言「其要本歸於老子之言」，又叙云：「以明老子之術」，申子、韓子事中皆言「本於黄老」，此關鍵之大者；韓子事後言「申子、韓子皆著書傳於後世」云云，迴縮申子，此關鍵之小者。老子先叙事書而後詳著書，莊子先詳著書而後叙事，申子先叙事而後詳著書，韓子先詳著書而後叙事，申子先説本於黄老而後説主刑名，韓子先説喜刑名法術之學而後説本於黄老：此再三顛倒錯綜者也。莊子事中但稱老子，申、韓事中皆繫其詞曰黄老，申子但言刑名，韓子於刑名下加法術，此又一例。　叙申子事尤簡澹，寫韓子著墨極濃，是篇雖以老子爲經，而情感則重在韓子，於其《説難》諸篇一再咏嘆。叙非與李斯俱事荀卿，《李斯列傳》叙斯從荀卿學帝王之術，未提及與韓非同師，亦詳畧之法。《仲尼弟子列傳》次第殊雜亂，顔子父顔無繇，曾子父曾藏，父子不合叙一處，顔無繇事中叙云「顔回父」，曾藏事中未叙云「曾參父」。《張耳陳餘列傳》「頭會箕斂」，昂初疑「頭」字借作豆，五升爲豆也，後悟箕斗皆宿名。頭字似斗字之假借，會之以斗，斂之以箕，箕位東方七宿之尾，斗冠北方七宿之首，箕斗兩宿東北毗連。《詩·小雅·大東》篇云：「維南有箕」，又云：「維北有斗。」南字當作東，舊注以黔首釋頭字，紕繆失當。本紀八書世家列傳大半系論贊於後，惟表先之以論説耳。《陳涉世家》無贊，《伯夷列傳》《孟子荀卿列傳》贊與傳合而爲一，傳首段彷彿將傳後之贊倒置爲序。《伯夷列傳》叙入伯夷、叔齊，特用「其傳曰」一語系之，體例尤顯。《屈原賈生列傳》後有贊，傳中復參論説，是皆變例也。合傳類列者，篇首多先之以論説，總絜全篇，與贊相終始。《酷吏列傳》篇首述侯封、鼂錯，《貨殖列傳》篇首述太公、管子，皆將記叙混合於論説之中，體例少變。《酷吏傳》贊論列馮當諸人，將叙述混合於論贊之中，與《游俠傳》末綴以北道姚氏諸人局法錯綜。遷史采取載籍，特於冠首之《五帝本紀》贊揭出擇取之旨，以概其餘，與例言相近。贊有專贊合贊分贊之别，《廉頗藺相如傳》贊歸重藺相如，係專贊之例。《老子韓非傳》贊先分論四子而後歸重老子，係分贊兼專贊之例。《季布欒布傳》贊係分贊體，一云重其死，一云不自重其死，乃分之中相合處也。《循吏傳》亦用分贊式，贊詞協韻，蓋昉於此。史公叙諸家著述，大半不詳篇數，不列其得失，若以論斷公諸世人也者，其不加論斷之意往往見之於篇。《管晏傳》贊云：「至其書，世多有之，是以不論，論其軼事。」《司馬穰苴傳》贊云：「世既多《司馬兵法》，以故不論。」《孫子吴起傳》贊云：「世俗所稱師旅，皆道《孫子》十三篇，吴起《兵法》世多有，故弗論，論其行事所設施者。」按皆將著述之事輕輕撇開，顯出作傳之旨，亦以簡馭繁之法也。而局法有别，穰苴贊取材於傳中，管晏、孫吴兩贊取材於傳外，就局法高下而論，以取材傳外而不復述傳中事者爲勝。《司馬穰苴傳》末叙《司馬兵法》，爲一篇之鍵鑰，不能提置贊中，故贊中不得不復提。《老子韓非列傳》云：「申子韓子皆著書傳於後世，學者多有。」下文省不論之意。《孟子荀卿列傳》云：「自如孟子至於吁子，世多有其書，故不論其傳云。」按皆與贊意相通。傳爲天下之公言，贊爲著者之私説，《五帝本紀》贊述西至空峒等事，《孝武本紀》贊與《封禪書》皆述從巡祭事，《河渠書》述南登廬山等事，《孔子世家》贊述適魯事，《齊太公世家》贊述適齊事，《魏世家》贊與《魏公子傳》贊皆述至大梁之墟，《屈原賈生列傳》贊述適長沙事：皆以自己親歷之事置之贊中，法極嚴密，而情尤親切。《屈原賈生列傳》賈生事末「與余通書」一句，《張釋之馮唐列傳》馮唐事末「與余善」一句，皆不入之贊中。《管晏列傳》贊「方晏子伏莊公尸，哭之成禮，然後去」，此數句不叙入傳中。《樂毅傳》《田單傳》《吕不韋傳》等贊，又皆雜叙他事，此皆龍門變例。《管蔡世家》贊説明著述之由，案而不判，此上乘法也。《李將軍列傳》著眼數奇，含有感歎之意，贊中歸重忠實，無一感歎語，亦其超絶恒蹊處。《滑稽傳》贊復述傳事，《游俠傳》贊與《李將軍傳》贊格局相複，則少遜矣。自序中含有論贊性質，吴摯甫評《自序》「獵儒墨之遺文」一段云：「方侍郎謂此四語分言孟、荀，非也，皆言孟子耳。《孟子荀卿傳》以孟爲主，《魯仲連鄒陽傳》以魯爲主，《屈原賈誼傳》以屈爲主，故皆止論一人。」昂按方氏之言是也。合傳中人數有多寡之别，史公自序之旨，不外乎就多數人之中論列其最要者，以明其旨之所在，傳中所叙祇二人，乃舉一首列者論之，《魯仲連鄒陽傳》《屈原賈生傳》皆是也。人既衆多，遂以首尾二人相提並論，《老子韓非傳》《孟子荀卿傳》皆是也。孟子距墨，豈有復獵其遺文之理？儒墨二字固明明與傳相應也，惟一則先言老而後言韓，一則先言荀而後言孟，錯綜其例耳。龍門義麗於法，詞氣之緩急與事相副，神味之濃淡因文而異，而其旨趣深遠，尤足以覘其性，史家正軌基於是矣。《魏世家》記信陵君之卒，意殊有在，《魏公子列傳》重在表章信陵君之生死關於魏之存亡，與《屈傳》中注重屈原關於楚之存亡，其旨相同。張儀收連衡之效，較蘇秦爲勝，而秦主扶弱，則較儀之兼弱爲優，史公各爲之傳，先秦而後儀，蓋有軒輊之意寓乎其中，觀其贊語，可以知其微恉矣。《孟子荀卿列傳》儕以騶子諸人，而論騶衍處將孔孟身分之高揚起，足見史公胸中自有高下，且描寫騶子諸人之顯達處，即以襯出孟荀之不得志，寓有感慨之意。史公發憤而作《史記》，故傳韓非，極揄揚其《説難》諸篇；傳屈原，極稱道其《離騷》等著述，篇中叙原之識畧，不僅以騷人目之也。《李將軍列傳》備極贊揚，而於斬霸陵尉殺降者等事表而出之，《游俠列傳》極愛慕郭解，而於其陰賊作姦處不爲之隱，善惡並著，此史公本良知而發爲精義者。《酷吏列傳》中頻叙「上以爲能」、「天子以爲能」等語，皆諷刺之意義注重處。史公天性豪健，慕好奇異，於英雄豪傑驚世駭俗之事，尤放筆淋漓而不能自已。《刺客》《游俠》兩傳聲情如繪，興皆不淺，刺客、游俠兩家立志皎然，急公好義，至捐生命而不恤，其情同也。而途徑微别：刺客家重在赴國家之難，以報知己；游俠家急人之困厄，申人之不平。無論識與不識，義之所在，皆必直行其志，傾家捨身，不少遲迴，要不盡出於按劍拔刀之途，分傳之旨蓋有由也。《留侯世家》載良狙擊秦皇帝，又叙其爲任俠，是刺客而兼游俠者也。《魏公子列傳》載侯嬴、朱亥事，《范睢傳》中亦載侯嬴，《袁盎傳》中亦載劇孟，兼載梁刺客，皆游俠與刺客並具。毛遂按劍劫持楚王，載《平原君傳》中，藺相如劫持秦王，載本傳中，皆與曹沫劫齊桓公事相類，亦有刺客之風。《樊酈滕灌列傳》叙滕公脱高祖救孝惠、魯元事，又滕公釋淮陰侯，脱季布，分載淮陰侯及季布傳中，滕公之爲游俠明矣。《季布欒布列傳》與《游俠傳》相輔，季布事中載濮陽周氏與其弟心，亦游俠也，袁盎以季心、劇孟並稱，可證。見《袁盎傳》。灌夫好任俠，載《魏其武安列傳》，魏其侯以死救灌夫，亦游俠之流。《酷吏傳》叙寧成爲任俠，《汲黯傳》中載黯好學游俠，任氣節，史公於此種事實之著者，多描摹盡致，詞氣激昂，胸境固别有懷抱也。滑稽源於詩人國風之諷刺，後遂流爲小説家之寓言，滑稽之名家，乃於游説派外別樹一幟者，游説之士亦以口辯擅長，而未見其言之必信於當時，以始皇之抑制，滑稽能回之，其效著矣。史公不類舉游説，合爲特傳，而獨彙滑稽之事，蓋尤重之也。古初立言者，皆如其心意之所至，無有隱曲浮僞，唐虞三代之世，人臣勸勉其君，亦無不然也。《尚書》所載禹、皋、伊、傅諸人之辭，可以觀矣。世風遞遷，語類百變，莫可窮詰。春秋以降，人臣進言之矯異者，大概區爲危言隱語兩派，危言如驚雷之震蒙，隱語如微風之解醒，皆非三代立言中和之道，而一利用於昏庸，一利用於英敏，易地以施，則各失其用。其言論詼詭，雖不軌於中道，而詞鋒雋妙，終能達其所言之旨，以濟時變。當時人主之感其言而樂從之也，即三代從諫者亦不是過，若易以禹、皋、伊、傅等，則不能入矣，故言惟其時而已，抑亦於此可以覘語言所趨之變矣。隱語諷諫之體不一：從自己説入而畧點正文者，晏子以踊貴諫齊景公是也；罪責自己而反擊正文者，屠蒯佐尊諫晉平公是也；先説自己而後直説正文者，觸讋諫趙太后是也：之數端者皆含有滑稽之性質，第不以此名家耳。若淳于髡者則別乎正文，專論他事，優孟、優旃皆就正文旁敲側擊，頗有得於欲取故與之旨，其所言方之晏子輩，取徑畧殊，而懼干對方之忌諱，各投其藥以應當時之病，則一也。後世或譏其輕薄寡義，謬矣。上者直言，其次滑稽，滑稽而亦非之，不可藥矣。史公傳滑稽，其欲使後世在上者有鑒於此，進而上之，不遏抑其下而使流爲髡等，其次者亦當止乎此，豈第以爲後世調笑嬉戲之鏡而已耶？

楚詞以《離騷》爲主幹，其餘諸篇皆支柯之曼衍。託物寄興，恰如詩人之旨，足以補楚風之缺，太史公以國風、小雅況《離騷》，有配《騷》於《詩》之意，《離騷》之稱經有自來矣。當時懷王與頃襄之昏昧，令尹與上官之讒佞，正以醖釀騷體之發生，故文體之成多關於人事也。體制屬辭賦類，他體中如箴銘及哀誄協韻之文，亦或淵源乎此。屈子以美人香草之思，寫烈士窮途之痛，鬱極而舒，由於反顧；《離騷經》：「忽反顧以遊目兮，將往觀乎四荒。」舒極而鬱，由於下睨；《離騷》經：「陟升皇之赫戲兮，忽臨睨夫舊鄉。」情則忽喜忽悲，氣則時緩時急。如往而復，如斷而續，天地之至文也。予讀《離騷》按韻分節，析爲八十一節，合黃鐘度數。四節十三節四十二節七十四節皆先朝後夕，四十六節先夕後朝，四十四節言朝不言夕。十六節先掩涕而後哀，四十節先哀而後掩涕，四十四節先流涕而後哀。十五節「謇吾法夫前修兮，非世俗之所服。雖不周於今之人兮，願依彭咸之遺則」。前後皆以古今相較，前二句先言古之前修而後言今之世俗，後二句先言今之人而後言古之彭咸。四十八節先言觀，後言周流，分爲二句。七十節先言周流，後言觀，合爲一句：此皆錯綜之例，其前後相複者，足以徵纏緜往復之情，前後不相符者，足以悟對象交通之理。十七節言未悔，二十三節言悔，二十節言不忍，二十二節言忍，悔之中有不悔者在，忍之中有不忍者在，字句有小異而韻相複或相疊者。「阽余身而危死節兮，覽余初其猶未悔」二句，與「雖九死其猶未悔」一句相複。「世溷濁而不分兮，好蔽美而嫉妒」。又云：「世溷濁而嫉賢兮，好蔽美而稱惡」，前後韻亦相疊。

楚詞各篇字句有與《離騷》同者，舉之如下：《離騷》「指九天以爲正兮」，八節。《九章》「指蒼天以爲正」。《惜誦》《離騷》曰「黄昏以爲期兮，羌中道而改路。八節。初既與余成言兮，後悔遁而有他」。九節。《九章》「昔君與我成言兮，曰黄昏以爲期。羌中道而回畔兮，反既有此他志」。《抽思》《離騷》「願依彭咸之遺則」，十五節。《九章》「指彭咸以爲儀」。《抽思》《離騷》「固時局之工巧兮，偭規矩而改錯」。十九節。宋玉《九辯》「何時局之工巧兮，背繩墨而改錯」。第五章。《離騷》十九節「背繩墨」，見下文。「何時俗之工巧兮，滅規榘而改鑿」。《九辯》第六章。《離騷》「忳鬱邑余侘傺兮，二十節。孰云察余之中情」。三十節。《九章》「心鬱邑余侘傺兮，又莫察余之中情」。《惜誦》。《離騷》「寧溘死以流亡兮」，二十節。《九章》「寧溘死而流亡兮」。《惜往日》、《悲回風》。《離騷》「聊逍遥以相羊」，四十三節。《九辯》「聊逍遥以相佯」。第三章。《離騷》「鳳凰翼其承旂兮」，七十四節。《遠遊》同。《離騷》「屯余車其千乘兮，齊玉馱而並馳。駕八龍之蜿蜿兮，載雲旗之委蛇。」七十七節。《遠遊》「屯余車之萬乘兮，紛溶與而並馳。駕八龍之婉婉兮，載雲旗之逶蛇」。《離騷》「陟陞皇之赫戲兮，忽臨睨夫舊鄉。僕夫悲余馬懷兮，蜷局顧而不行」。七十九節。《遠遊》「步青雲以汜濫兮，忽臨睨夫舊邦。僕夫懷余心悲兮，邊馬顧而不行」。《離騷》「吾將從彭咸之所居」，亂詞。《九章》「託彭咸之所居」。《悲回風》彭咸凡三見，《思美人》章亦言彭咸。《離騷》占託之靈氛，《九章·惜誦》占託之厲神，《卜居》篇則全託之鄭詹尹。《離騷》與《九章·涉江》一章皆有神游意境，《遠遊》篇則全發此旨，注重神明精氣，虛靜無爲，與老莊相合。《離騷》各節取材香草，以蘭蕙爲多，芷茝次之。三節四節十節十三節十四節二十四節四十四節五十五節六十四節皆言蘭，五節十節十七節四十節六十四節皆言蕙，三節十節六十四節皆言芷，五節十四節十七節皆言茝，六十六節六十八節蘭指令尹子蘭。《九章》爲絶命之詞，意多激直，賦多於比。《抽思》一章，神思尤緜邈，字句有複疊者，「憍吾以其美好兮」一句，歌詞與前複，亂詞「又無行媒兮」一句，與唱詞「又無良媒在其側」一句相複。「思蹇産之不釋兮」一句，與《哀郢》《悲回風》兩章「思蹇産而不釋」一句相疊，神思所注，一再言之而不覺其複，此深情迴復所致也。《九歌》寄託鬼神，從《離騷》「百神翳其備降兮」數語推衍而出，舒多於鬱。《國殤》一歌意境沈雄，無悲苦之思，漢唐以來咏軍役者愁苦備至，視此迥異矣。君子小人兩途之趨舍無待疑問，即置答亦不難立判，《卜居》篇假設問答，故作疑詞，反復商量，答詞亦迷離恍惚，此固足徵屈子之牢愁抑塞，無可奈何，而描摹諷刺，莊諧雜作，亦以斯篇爲極至。兮字助句，大半尾於每韻前句末，亦有尾於次句末者，如九章《涉江》《抽思》《懷沙》三章亂詞。《橘頌》一章，兮字皆助後句之末，四言居多，與《離騷》體制不同。兮字又有介於句中者，如九歌之體是也。亂詞兮字大半尾次句末，亦有尾於前句末者，《九章》中亂詞有每句皆助兮字者，亂詞大半與前調畧變。《離騷》第八節「余固知謇謇之爲患兮，忍而不能舍也」。指九天以爲正兮，夫唯靈修之故也」。二十節「忳鬱邑余侘傺兮」四句，六十五節「何昔日之芳草兮」四句，兮、也兩助字皆隔協，《九章・惜誦》一章，兮、也兩助字隔用凡六見。昉於《衛風・氓》篇第三章，士之耽兮，猶可説也。女之耽兮，不可説也。《天問》篇用助字處多係焉字，《卜居》篇大半助乎字，此乃體之變者也。《大招》篇每韻次句末助只字，或謂此篇景差作，近是。只、兮二字韻同裓攝，《招魂》篇爲宋玉所著，每韻次句末助些字，此與兮發聲通轉，蓋楚音已少變矣。楚詞助兮字之體，大半七字爲句，亦有五字六字八字九字十字前後相錯綜者。助只字些字之體如《大招》《招魂》二篇，大半四字爲句。《天問》篇亦四字居多，亂詞亦大半四字，或有六字七字八字九字十字不等，句中介兮字之體，或前三字、後二字，或前後各三字，或前後各二字。宋玉《九辯》篇前數段較之九歌體制稍變，有前四字而後三字或五字者，有前二字而後四字或五字或六字或八字者，二韻爲節居多，長節甚少，蓋音哀則節促也。偶對之例，有一韻中自相偶對者，有前後兩韻相偶對者，《九章·涉江》一章「被明月兮珮寶璐」一節，「登崐崙兮食玉英」一節，皆以五句爲節，《九歌·河伯》章「魚鱗屋兮龍堂」六句，每三句爲一節，《山鬼》章「山中人兮芳杜若」三句爲一節，《禮魂》一歌五句，句數奇而不偶。九爲陽數之極，極則必復，《離騷》八十一節，九九相乘，《九歌》《九章》等篇皆取九數，蓋感國變之極至，冀懷王復其初也。宋玉《九辯》、王褒《九懷》、劉向《九歎》、王逸《九思》，皆承其數。東方朔《七諫》、枚乘《七發》，皆取少陽之數，由老陽退入也。

莊、屈兩家志行皆高潔，莊子之徜徉，屈子之徬徨，憤世疾俗之旨相同，特一發散主陽，一凝結主陰耳。《離騷》中棄風上征之詞與莊子之《逍遥遊》相類，世之工文者多《莊》《騷》並讀，以其能肆能逸，足調劑陰陽也。莊子之文如鏡花水月，虛幻當前，海市蜃樓，空濛一望，而其旨則有所在。《逍遥遊》篇述鵬徙南冥之狀况，喻其道盛行於南也。知之上者遊於物之外，其遊也以神而通於造化；下者遊於物之中，其遊也以形而拘乎迹象。能與造化遊，則周遊上下，一切無阻，窮達不易，死生不變，道之至也。《齊物論》言有無與夢覺之真理，最爲精微。希臘先哲之言性也，多曰一切世法無真非幻，英赫胥黎謂物之本體既不敢言其有，亦不得遽言其無，與《齊物論》有無之旨相通。萬物皆自無而有，復自有而無，故無爲有之始，亦爲有之終。論物體則無幻而有真，論哲理則無真而有幻。法國特嘉爾之説曰：「夢妄也，方其未覺即同真；覺真矣，安知非夢妄名覺。」與《齊物論》夢覺之旨亦合。《内篇・養生主》有入世之言，如養親盡年等説。《外篇・達生》多出世之語，《達生》重復精，兼重神全，論其道特詳。《在宥》篇論抱神保精之道與《達生》相發。《養生主》重全神，與《逍遥遊》篇神凝之説相通。生有涯而主無涯，形之生有涯，而神之生無涯。篇中提及神字，而取譬於刀，未將全神之道直截説出，用刀喻遊神入世，藏刀喻斂神出世，結處以火喻神，意尤玄奥。司馬談形神之説見史記《自序》。即推闡養生主之奥義也。《馬蹄》篇首幅取馬與埴木比喻，具有四種變化：（一）取材種類變化。馬有情物，埴木皆無情物；（二）奇偶變化。馬取一物，奇數屬陽性，埴木取二物，偶數屬陰性；（三）次第變化。馬先言性而後言伯樂之治馬，埴木先言陶匠之治埴木而後言性；（四）繁簡變化。馬一種而措詞繁，埴木二種而措詞簡：綜此四美，可以悟文章之妙用。「天放」一層重在衣食耕織以外無知無欲，而無知尤要，無知斯無欲。故後路專就知説，後幅取譬於馬之盜，正意祇説民爭歸於利，不提及爲盜。别爲《胠篋》篇次之於後，詳説民之爲盜，極言好知之害，與《馬蹄》篇相發。老子之道本諸黄帝，故世稱黄老，《養生主》篇論庖丁，《德充符》篇論兀者，皆言十九年，即指黄帝立爲天子十九年而言。黄帝見《在宥》篇。一篇中前後複疊者：如《大宗師》篇「夫大塊載我以形」數語是也；有分見兩篇相複疊者，如「安時而處順」數語，《養生主》篇與《大宗師》篇並載；「古者謂之遁天之形」一語，《養生主》篇與《列禦寇》篇並載；「泉涸魚相與處於陸」數語，《大宗師》篇與《天運》篇並載。有兩篇並論而增減不同者：如《逍遥遊》篇論「至人」「神人」「聖人」，《天下》篇增出「天人君子」，與「神人」「至人」「聖人」並論；《人間世》篇論「與天爲徒」「與人爲徒」「與古爲徒」，《大宗師》篇祇論天、人而減去「與古爲徒」一層。一義散見於數篇者甚多：《齊物論》、《大宗師》等篇論「夢覺」之道，《德充符》、《大宗師》、《田子方》、《庚桑楚》、《外物》諸篇論「忘」之道，《在宥》、《天地》、《刻意》、《知北遊》、《天下》諸篇論「一」之道，《山木》《知北遊》等篇論「物物」之道，義皆相發。

《戰國策》上繼《春秋》，《春秋》重在記事，《左氏傳》記言較記事爲詳，蓋以春秋時卿大夫詞令擅長，有關於國家故也。戰國之世辨論益雄，步驟預定，其操勝算也更易矣。《國策》記言尤詳，不名之爲史而稱爲策，蓋亦有故。謀臣説士所進之言，分立談、上書兩派，《國策》於立談則録其言，上書則載其文，文章既至此而一變，語言之學亦以斯爲盛。詞鋒控縱，而秩然不紊，能解怒爲喜，轉危爲安，實具有揣摩之學力。《國策》以周冠首，與《國語》同，其後次之以秦，又次齊、楚、趙、魏、韓、燕，大槩依國之大小爲序。先齊後楚，亦同《國語》。昂嘗欲就《左傳》、《國語》《國策》研究進言之法，以類别之，編爲《春秋戰國語言學》，而未暇也。戰國文言皆尚馳騁，雖以陽剛勝，而亦有陰陽之别，危言屬陽，隱語屬陰。《觸讋説趙太后》先隱語而後危言，當初見時太后盛氣，其氣屬陽剛，觸讋先説己之老態，以觸動太后老邁之感覺，繼説己之子，引起太后之子，繼又説未填溝壑，爲山陵崩作襯，此以陰濟陽之道也。至太后之色少解，厥後心事引起，其陽剛之氣全消，變爲陰柔。然後由燕后説入長安君，此以陽濟陰之道也。由陰而至於陽，不宜急進，其間蕴蓄之道在於漸，漸之象著於易，卦下艮上巽，艮主止，巽主進，先止而後進，觸讋得之矣。《魯仲連説辛垣衍》初見而無言，胸中有亟欲宣吐之意，先持之以靜嘿，處於被問之地位，每次答詞不盡其意，俟聽者詰問而後啟之，帝秦之害最後始説出。既以危言制勝，而乘其可入之機，徐畢其辭，亦漸之道也。古人進言以漸，非至戰國時始然也。《禮·檀弓》篇有《子問喪》一章記曾子答詞，始則曰「聞之矣」，再則曰「參也聞諸夫子也」，終則曰「參也與子游聞之」，本可作一次答曰：「參也與子游聞諸夫子也。」而故析其詞：此曾子之漸也。夫子宰中都與失魯司寇事，有子初不説明，曾子與子游談論後，以子游之言告，有子仍不説出，直待曾子詰問後始舉出爲證：此有子之漸也。

《國策》記言雖詳，而於不緊要之言亦從簡畧，《觸讋説趙太后》篇叙大臣强諫一筆，不詳强諫之言。《蘇秦以連衡説秦》篇記説秦之言從詳，而於説趙説楚之言從畧，至説燕齊韓魏更不提及，皆渾括於議論之中。《史記·蘇秦列傳》叙説秦之言甚畧，叙歷説六國之言皆從詳。史公採取《國策》諸書，鎔冶文詞，變化局法，於此可見。蘇秦妻嫂蔑視情狀與揣摩陰符事，《秦策》叙於蘇秦説秦惠王之後，《史記》叙於説惠王之前，疑太史公所采之本與今本不同。《秦策》中叙摩燕烏集闕，見説趙王於華屋之下，其後又叙將説楚王，皆不詳游説之言，至於説齊韓魏諸國，亦未提及，詳於彼則畧於此，史記亦循斯例。《秦策》於蘇秦説趙王事中記受相印，《趙策》從畧；行過洛陽事，《秦策》叙於蘇秦將説楚王之時，《史記》叙於蘇秦北報趙王之時；趙封爲武安君事，《秦策》叙於蘇秦説趙王之後，《史記》叙於蘇秦約六國從親歸趙之後；發書刺股事叙説秦前；除道郊迎事屬之周顯王，父母二字易以兄弟，不特錯綜殊異，蓋亦所本不同也。蘇秦佩六國相印，《國策》祇於説趙事叙出佩相印，於他國則不提及，史公總寫「相六國」一語，一舉其偏，一括其全，義法相通。蓋如每叙一遊説之國，皆記佩相印事，便失之繁複矣。《齊策》中馮煖或作諼，《史記》作驩。事先叙辭曰：「責畢收，以何市而反？」孟嘗君曰：「視吾家所寡有者。」後叙「以何市而反」？馮煖曰：「君云：『視吾家所寡有者。』」事實之妙趣在此。《史記·孟嘗君傳》記馮驩事，未載此語。又《齊策》記左右曰：「乃歌夫長鋏歸來者也。」《史記》亦缺此筆，丰神皆大減。《史記》於彈劍前叙傳舍長答曰：「馮先生甚貧，猶有一劍耳，又蒯緱。」此爲下文彈劍伏根，《齊策》無此語，則叙出彈劍，不免突兀。《齊策》叙梁使三反，孟嘗君固辭不往也，上文省馮煖誡孟嘗君固辭之言，此事詳於後而言畧於前之法也。又叙馮煖誡孟嘗君曰：「願請先王之祭器，立宗廟於薛。」下文省孟嘗君如其計以請齊王許之等語，此言詳於前而事畧於後之法也。顔斶不受寵禄，清淨貞正，乃道家也。《齊策》叙其言曰：「無形者形之君也，無端者事之本也」，兩語最精。又引《老子》曰：「雖貴必以賤爲本，雖高必以下爲基，是以侯王稱孤寡不穀，是其賤之本與，非夫？」按與《道德經》三十九章小異。又云：「孤寡者人之困賤下位也，而侯王以自謂。」按亦與《道德經》四十二章小異。秦文李斯《諫逐客書》用危言而不勸其不逐，最妙。漢班姬爲兄上書，篇末不强求救護其兄，而於中幅説其兄不生還之危及國家，進言之法得之《國策》。

左氏著《春秋傳》輔經，有爲經中所已見而詳其情狀者，此經傳皆有之例也；有詳經中所未書之事者，此有傳而無經者也。有經而無傳者亦有之，記纂之餘有就書法解釋者，有就事實論讚者，論讚多託辭於君子，或援孔子之言。春秋多戰爭而著詞令，故左氏叙戰事詳於他事，記言詳於記事。《左傳》記事以徵言，《國策》記言以該事，左氏記謀處即春秋策也。叙戰事以鄢陵之役爲最妙，成公十六年。城濮之役次之。僖公二十八年。鄢陵之記載變化諸法，大半寓於偶對之中，兹舉其最要者：如叙晉軍與楚軍各將間接偶對，晉下軍不詳佐，新軍不詳將，楚上下軍變稱左右：皆不詳佐。敘晉乞師，分詳郤犨、欒黶，敘鄭乞師，但云使告於楚，不言乞師，又不詳使者姓氏，祇詳與往者：皆偶對錯綜之例。子反命軍吏與苗賁皇徇師直接偶對，錯綜之例凡有六式：（一）記言之錯綜。「子反命軍吏」云云，化記言爲記事，苗賁皇徇師之言用「曰」字入口吻；（二）詳畧之錯綜。「察夷傷」一層，前詳而後畧，「修陳、固列」一層，前畧而後詳，甲車二端亦前詳後畧；（三）分合之錯綜。卒乘前合而後分，兵馬前分爲二句，後合爲一句；（四）次第之錯綜。卒乘兵馬四端，前後次第皆不同；（五）詞之錯綜。「雞鳴而食」與「蓐食」一也，「唯命是聽」與「申禱」之意相通，而詞有變化；（六）句式之錯綜。前有四句用三言式，後化爲四言式。楚子使工尹襄問郤至以弓，晉侯許欒鍼攝飲于子重，亦係間接偶對，一敘於養由基、吕錡相射之後，一敘於養由基射擊叔山冉投人之後，皆於紛擾中參以雍容文雅之事，百忙中著閒筆，此緩急相濟之妙法也。近者使之遠，遠者使之近，皆間斷其事以錯綜布置者也。敘晉厲公筮得復卦後，本直接射楚共王事，而先敘入他事，此即遠之之例。「晉師將佐御右」分三處記載，此事繁而散開之法，散開不病堆疊，又不失之散漫，亦遠之之例也。「彭名御楚共王」四句，本與晉師陷淖事相遠，而插敘中間，即近之之例。凡近者使之遠，遠者即近之，遠者使之近，近者即遠之，其例相因也。一篇以范文子爲綫索，陷淖記欒氏之爭執，本與文子無涉，而敘欒氏「以其族夾公行」處帶出范氏，脈絡因之貫通。「旦而戰，見星未已」二句，具有三美：（一）概括。一日中戰況以養由基吕錡之射、叔山冉之投人爲最著，故特詳焉，其餘情形渾涵於概括之中。（二）錯綜。前路敘「及戰」，時未詳出，旦字補敘其時，與記楚壓晉軍順點晨字敘法變化。（三）牽搭。二句束住前事，引起後事，係左氏牽上搭下之妙法。有關於篇中脈絡，文兼數美，不可多得。錯綜敘法又如鄢陵之役，記楚申叔時德刑詳義禮信之説，晉郤至六間之説，前後照應，次第皆錯綜。城濮之役先記侵曹伐衛，下文先敘伐衛，後敘侵曹，此綱目次第顛倒之例。許復曹衛，執宛春，記言與記事次第不同，先敘原軫將中軍，胥臣佐下軍，後敘胥臣敗楚右師；原軫橫擊楚師，先敘子西將左，子上將右，後敘楚右師潰，楚左師潰：前後次第皆錯綜。鄢陵之役敘「晉入楚軍三日穀」一語，與城濮之役敘「晉師三日館穀」一語，事實同而句式異，此異篇錯綜之例。此例與同篇錯綜之例對待。鄢陵之役敘子反自殺事，與城濮之役敘子玉自殺事，係異篇偶對之例。子玉事用初字起，係追敘法；子反事用順敘法，亦異篇錯綜之例。簡畧記法，如鄢陵之役不詳鄭軍，惟記御右，其後亦不詳鄭師遁歸，蓋楚既助鄭，則重在楚也。城濮之役敘先軫使宋賂齊秦告楚之説，後畧去宋賂齊秦等事，此言詳事畧之例。敘子上將右後省陳蔡屬之一語，敘楚師敗績後省獲楚俘一語，犯陳蔡，獲楚俘，俱見下文：此前畧後詳之例。簡畧中寓有錯綜法者，如鄢陵之役於晉侯將伐鄭時，記欒武子反對范文子之言從詳；於晉師濟河，記武子反對文子之言，但記「不可」二字，係畧敘法；晉楚遇於鄢陵，記范文子釋楚之説，其後畧去郤至反對之言，係全畧法：三次記法不同。城濮之役敘伐衛畧而敘侵曹詳，「胥臣以下軍之佐當陳、蔡」一句，與「子玉以若敖之六卒將中軍」一句偶對爲文，將狐毛、狐偃以上軍當子西一事畧去，而但寫其夾攻：是皆詳畧錯綜之例。補叙亦錯綜之端也，城濮之役叙「鄉役之三月，鄭伯如楚致其師」，係補叙於事實之中，叙「楚子玉自爲瓊弁玉纓」與「晉中軍風於澤」兩事。又鄢陵之役叙「戰之日，齊國佐高無咎至於師」等語，皆補叙於事實結束之後。書法釋例，兩端並舉，多錯綜爲文，莊公二十八年傳「凡邑有宗廟先君之主曰都，無曰邑，邑曰築，都曰城」。都邑先後次第顛倒。昭公八年傳「書曰『陳侯之弟招殺陳世子偃師』，罪在招也；『楚人執陳行人干徵師殺之』，罪不在行人也」。一言罪在招也，而不言罪不在偃師也；一言罪不在行人也，而不言罪在楚人也：此前後變化之例。全傳義法變化多端。《左繡》之論文詳且盡矣。左氏以文采勝，僖公二年傳「猶外府也」一句，以四字了之。《公羊》、《穀梁》兩傳皆繁其詞而用排句，足徵左氏之文不盡浮於《公》、《穀》。

《春秋傳》屬編年體，以年爲序，《國語》屬記事體，以國爲類。內傳重在記言，外傳尤不啻春秋策，故名曰《國語》，蓋當時語言之功效關係於國家至大也。《左傳》以魯爲主，而尊重周室，本諸經義。《國語》以周冠首，魯次之，義例相發，周魯而外，僅列齊晉鄭楚吳越諸語，餘如秦宋衛陳等國，亦付闕如，固非完帙也。《左傳》僖公三十年，鄭燭之武説秦伯以退師，最後言「闕秦以利晉，唯君圖之」，不哀求退師而師自退，其要訣在以利害動秦伯耳。成公二年載齊賓媚人致賂之言，本求晉罷兵，卻云「請收合餘燼，背城借一」。昭公十二年載子革諫楚子之言，先順從楚子以起其興，後因左史倚相趨過，舉祭公諫穆王事，極説左史之不能知，又不説己之能知，引起楚子疑問。然後將詩詞説出，藉以諷諫，最易入聽。左史趨過之事非子革所能預知，妙在會逢其適，臨機應變耳。若非左史趨過，子革必别有妙言也。《左傳》僖公九年，載齊侯受胙事，「下拜」二字五見，丰神雋妙。《齊語》載此事，「下拜」二字祇三見，趣味減少，惟《齊語》叙桓公召管仲而謀，與管子對答之言，視《左傳》詳明。《左傳》襄公四年，穆叔如晉事中，記「金奏《肆夏》之三，不拜。工歌《文王》之三，又不拜。歌《鹿鳴》之三，三拜」。記法特詳。《魯語》但叙樂及《鹿鳴》之三而後拜，樂三一句畧去之金奏《肆夏》工歌《文王》，皆詳於下文記言之中，此言詳事畧之法，《左傳》所記則遜此美矣。《魯語》記言處「今伶簫咏歌及鹿鳴之三」數語，與記事處叙「樂及鹿鳴之三」一語前後相疊，《左傳》畧去，又較《國語》爲簡。《左傳》載穆叔説《皇皇者華》之詩，解釋諮、詢、度、諏、謀，而總之曰「五善」，不釋「每懷」二字與「周」字，《魯語》載穆子釋每懷、諏、謀、度、詢、周，而總之曰「六德」，不釋咨字，《魯語》諏、謀、度、詢次第與《詩經》同，《左傳》錯綜次第，兩書所釋字句亦小異。《吴語》載諸稽郢行成之言，就利而言，女執箕帚男奉槃匜與春秋貢獻，吴勝越後何求而不得？就名而言，封殖越國雖曰美德，然吴既侵畧，必不恤此，其所以操必勝之券，能令吴王不信親近謀臣申胥之言，而從仇敵疏遠行人之説者，即在「雖四方之諸侯則何實以事吴」一語，先卑約其辭以侈吳王之心，然後聳動其大欲，參以危言，以爲吳不許越則諸侯見疑，必不利於吳。言甘而味辣，如無此一層，吳王即貪貢獻臣妾之利，未見其不爲子胥之諫言所動也。吳王既深信不疑，惟恐左右勸沮，故預告諸大夫曰：「無拂吾慮」，此足徵諸稽郢詞令之力量。《春秋傳》哀公元年，載大夫種因大宰嚭以行成，與《越語》畧合，揆之《吳語》則大異矣。足徵内外傳非一人所作，而《吳語》與《越語》有不相符者，則《國語》亦非成自一人。《左傳》《國語》同記一事，有詳畧之殊，即有高下之判，而較之《禮・檀弓》篇，則多有不及之處。《左傳》僖公四年，太子曰：「君非姬氏，居不安，食不飽。我辭，姬必有罪。君老矣，吾又不樂。」《檀弓》篇世子曰：「不可，君安驪姬，是我傷公之心也。」用一安字，「君非姬氏，居不安，食不飽」等語，皆包括在内，但云「傷公之心」，而我辭姬必有罪等語不言而喻，此詳後句而畧前句之妙也。《晉語》叙申生之言曰：「伯氏不出，奈吾君何？」《檀弓》篇「伯氏不出而圖吾君」，下文不加斷語，直接「伯氏苟出而圖吾君」一語，此詳前句而畧後句之妙也。晉殺申生事，《晉語》叙驪姬受福，乃寘鴆於酒，置堇於肉，《左傳》但用一毒字，叙云：「毒而獻之。」筆法極簡老。《晉語》叙「召申生獻」，《左傳》獻字動作屬於驪姬，此記事不同處。《左傳》叙「與犬，犬斃。與小臣，小臣亦斃」。《晉語》叙「與犬肉，犬斃。飲小臣酒，亦斃」。此亦稍異。《左傳》於「小臣亦斃」一句後，叙姬泣曰：「賊由太子。」描寫入神，《晉語》少此一筆，意趣便索然。《左傳》叙「或謂太子」云云，《晉語》叙「人謂申生曰」云云，記法皆畧。《檀弓》

叙「公子重耳謂之曰」云云，視《左》《國》爲詳。《左傳》《檀弓》皆叙言與行兩層，言即言志，行即去。《晉語》但記其去之問題，較爲簡畧。《晉語》於申生死後逆叙將死之言，較《檀弓》順叙爲勝。昭公九年記屠蒯事，於趨入後即叙佐尊之言，取徑甚直。《檀弓》記杜蕢事，杜蕢即屠蒯。由外來而入寢而升階，於平公詰問後逐次叙其答詞，此以曲取勝者也。惟左氏叙屠蒯之言，婉曲而澹(岩)〔宕〕，自飲一段，音調尤美。

文談卷三　論制作

文字之制作，古人得自然之樂，而後人不勝其艱苦。何言之？古代文言合一，表諸聲者託之於形，文字即語言也。詩歌協韻，亦任自然之天籟而發之。羣經所載皆道德之言，記者筆之於書，非如後世文家執筆苦思而爲之也。孔門以文學與言語分科，孔子有言云：「言之無文，行而不遠。」其時文與言已歧矣。第孔子之所以教門弟子者，多載道之言，其曰「行有餘力，則以學文」者，衹使求道於詩書禮樂而已。子貢所謂「夫子之文章」，亦僅指尋常訓示之語而言。門弟子所質於孔子與同堂所互相討論者，亦多重道德，未嘗斤斤於文字之修飾也。春秋尚辭令，戰國時游説繼以上書，日求其工，文章之事乃進，諸子蠭起，多自名其篇而馳説於世。漢代文詞寖趨華麗，而其以文著者，除有專名之著述外，大半數篇而已。自唐以降，著者或累數十百篇，而古意幾希之存，一代中衹一二人，海内望風者往往馳書執贄，詢文章之法，以求合於古人之轍，文章之師承與宗派於以出焉。顧論文者僅舉其大概或取譬以喻之耳，韓退之《答李翊書》、柳子厚《答韋中立書》、蘇明允《上歐陽内翰書》、惲子居《大雲山房文稿初集》自序，歷述生平學文次序，皆甘苦自得之言。退之述其平心養氣之道，子厚謂爲文章時不敢有輕心怠心昏氣矜氣，蘇氏以氣爲主，子居爲文遵其先人攝心專氣之法，諸家所得不同，而自其所從入之途而幾於成，大抵一致。至於法也者，古人未始沾沾於是，而自合於法。文之所謂法者，本諸自然而生，故無法之中卻亦有法。作文先取材，或屬當前事實，或就空虛中構成境象，所得者不盡能納之於文。故次須選擇，選擇既定，又次須翦裁配合，繁簡順逆，前後布置，有關局勢，撰著修飾之功殿焉。法與義相貫，義貴廣而法貴密，此其大較也。謹本心得，列內外篇。

內篇

道

論文首當注意於道，道本也，文末也。道德既進，則文字之思想自因之而高，古人一篇精義所萃之處，皆道之所在。論一細微之事物，必推見其大，凡以闡道而已。時代愈古，明道愈多，文章愈厚。載道者質也，非美術也，道衰，文斯薄矣。道之要者曰誠、曰謙，治古文者於徒友宜持之以謙，韓退之《答李翊書》，朱梅崖、姚姬傳《復魯絜非書》，詞氣皆謙。於古今之同志者，尤不宜菲薄以蹈文人相輕之習。古文尚真誠，以僞爲大戒，其異於科舉時文之粉飾虛浮者在此。孔子有言：「修辭立其誠」，治古文學者必至誠流露，無一毫虛僞，始能深造其域。除游戲寓言外，記事皆宜徵實，持論皆必由衷。至於家庭難言之隱，立言固須得體，亦不宜文飾失實而欺世。范伯子先生《先母述畧》直寫其父輕絶其母，而亟寫父孝其祖，以遇母益和爲歸宿，直寫其母因父恤貧而辨爭，而亟寫母待諸父族黨之義，以末命成父志爲歸宿。於難言之行不飾不隱，至誠無僞，莫斯爲甚，而仍不没其父母之美，立言之得體至矣。

性情

文之造乎其至者必有真性情，姬傳謂文之至者通乎神明，人力不及施也。通神明即從真性情得來，性情之懇摯不至乎其極，雖有功力無益也。古人懇摯之文不事修飾，遣詞布局無不中節，固由於功力，而其感觸而發，不待窮思竭慮，多本於性情。功力宜磨礪，性情宜培養，能如是也，則情文並至。感情不厚，自造之能力必因之而減。性靈虛明，神志澄澈，必能抒其至性，發其妙思，洞究微茫，窮盡情狀，而組成極優美之文字也。

理想

思想高下，視平日積理之深淺以爲差。天才優而積理不深，思想雖敏而必不高。積理深者，天資或滯，臨文之先必經營慘淡，窮極思想，曲如其理而後得之。是故天才優而積理又深者，其思想必高，文特完美。以左、莊諸公文章之精美，當時所憑藉者，亦僅《易》《禮》《詩》《書》諸經而已，未有如今日圖籍之充也，而其所以能制勝者，不外乎理想之高。天地之精理妙文，雖大半爲前人所宣洩，而無窮義藴散布於蒼蒼，任人以思想招致之。宋謝皋羽每執筆時瞑目遐思，身與天地俱忘，嘗語人曰：「用志不分，鬼神將避之。」其苦思有如此者。思想之時遊神於漠，意紛至而羣集，須憑智識中確有見及之定理，以擇之而後著於形，方有當也。奇幻之思想，有不可以常理衡之者。曹子建《與吳季重書》云：「當斯之時，願舉泰山以爲肉，傾東海以爲酒，伐雲夢之竹以爲笛，斬泗濱之梓以爲箏。」又云：「思欲抑六龍之首，頓羲和之轡，折若木之華，閉濛汜之谷。」其思想皆就虚空摹寫，窮天極地，奇幻不可方物，深得楚騷意趣，如出諸習俗之口，則鮮不詫爲癡騃語矣。

神氣

文字猶形骸也，至其成章則神氣爲之也。韓、柳諸家論氣，前既詳之矣，神即麗於氣也。姬傳祖述海峯，後儒推闡桐城，多重神氣。海峯《論文偶記》云：「神氣者，文之最精處也。」姬傳《古文辭類纂序目》云：「神理氣味者，文之精也。」或著家訓，謂文章之雄奇，其精處在行氣，諸家之説同歸。自古名哲不可磨滅之文，純其精氣積成，變化離合之處，莫不有神以馭氣，此其所以可貴者也。學者須於此求之，摹古不化而有形迹可尋者，皆神氣未洽也。文之工者或溯源於周秦，或得力於漢唐，祇其氣息神味與古相合而已，非深有會於古人之神氣者，亦不足以知之。神涣氣促，徒琢飾其貌，支離散漫之病有不勝言者矣。曹丕《典論·論文》云：「氣之清濁有體，不可力强而致。」意謂氣之清者不可强致於濁，濁者不可强致於清也。蘇子由《上樞密韓太尉書》云：「氣可以養而致。」意謂氣之得乎天者，可以養而致於清；得乎地者，可以養而致於濁也。一云不可致，一云可致，意實相發而不相戾。

遊　覽

求神氣之全，非徒於讀書時凝之養之而已。讀書既有得矣，側身天地，遊覽名山大川，以曠其神而王其氣，則所造必達。故推其藴蓄，多根柢於載籍，而充其涵養，則得力於遊覽。山水俯仰之間，追思古人名勝之記載，於當世身之所遭，心之所觸，時之所遷，境之所值，一一曲體而微會之，若有古代之華藻彌布於其際。夫如是則其心地常寥廓而神思能超敻也。士苟伏處不出，遊跡少而知交又寡，胸襟不拓，感情絶少，詞雖甚高，情趣與神氣必索然。故自孟、遷以降，文之名於世者，莫不得力於山川人物之經歷。今日世界大通，遊地廣博，豪傑方滋，事物情狀益多可喜可感，而材料愈富，使古之作者復馳騁於今日，其文之奇妙當更不可端倪也。

事業

天地間絶大事業，無經世之文章以表揚之，不足垂之久遠。事業既富，一旦由感觸而發抒其經驗，自有經緯萬象之觀。故文章視乎事業，雖以韓、歐學力之勤，不能强爲發皇也。惟夫士之不遇者，有功德之志而無所藉手，胸中所磅礴鬱結，不得已而託之於文，以明其道而見其志，則亦與立德立功者無異。

處境與享年

文人不容於世，多以此益肆力於文。故窮不獨詩人，窮而後工，文人亦然也。左、莊、屈、遷多懷抑鬱，而莊爲最達，屈則自戕矣。韓、柳、歐、蘇，皆遭貶謫，而柳之得成其學尤繫於此，韓、柳在謫中多鬱鬱，享年皆不高。退之年五十七，子厚年四十七。歐陽永叔悲感雖多，常置酒一壺自隨，號爲醉翁，胸襟殊豁達，視蘇子美、石曼卿、黄夢升諸人以酒自傷，迥異矣。蘇東坡謫中亦俯仰自樂，故壽皆較永。歐、蘇年皆六十六。退之與子厚年雖未極，而所造獨深，皆由其天賦既優而刻苦亦至，使再假之年，造詣當更進也。近代如侯朝宗、張皋文輩，享年皆促，所造以阻。望溪、姬傳享年皆逾八十，海峯文雖稍遜，而享年亦與之埒，故壽者之文恒工焉。古之作者傳世最美之文，得之晚年居多。蓋閱世既深，身經世變，感情既多，忽有感觸，發爲至文，自能得天然之妙。後人未至其時，未有古人之閱歷，執筆强襲之，不能幾也。而文章之道不至，性天之培養未純，年齒雖高，閱歷雖多，感觸之情鈍薄，則又不能曲達於文字而傳之後世，故文章必學行與閱歷相輔而後能有成。古今文人或際太平壽考，或中道夭殂，甚者遭擯斥摧挫而死。境之否泰，壽之修短，固有天焉。要之治古文者必寡嗜欲，淡名利，和平其氣，磊落其心，不以富貴動其心，不以潦倒傷其天，於人世毁譽得失與夫匹夫匹婦嫉妬怨毒之私皆破除一切，然後足以優游天年，盡萬事萬物之情而造乎其極。故文以壽之修而愈工，壽亦以文之至而愈永。

傳世

作文不能有意於傳，吴南屏《與朱伯韓書》謂願發揮文字，有傳於後，失之有意。而傳者實爲道之所必至，生平事行已見重於世，文亦隨之。古人道德文章之美者，當其生前，或有與之角立門户而嫉忌之，甚則詆毁者。及事去時移，嫉忌詆毁者消滅，故人弟子披其遺編，感慨流衍，其精采固已稍稍見矣。而無後之有識者爲之表揚論定，則其見信於世也必不深，至於窮退之士困阨流離，生不得志於時，死不得列於史册，其文章之表見於海内，多賴世之工於文者爲之顯揚。或其遺集就湮，而其姓名與志趣之大概，猶託於名公碑銘序跋之文章而傳，觀於歐陽公所爲交游故舊之文可見矣。然如歐陽公輩，間數百年而後有之，或數百年而迄無有，則此數百年間所可傳之人，無傳世行後之文以表揚之，則亦歸於湮滅，於以歎文章之不可以已也。有其人焉，即婢僕之屬，下及鳥獸，甚至一微小之物，凡有足記者，皆可託之而傳；無其人，則奇偉非常之行之可傳者，亦就沈淪。其所以傳者固皆視乎其實，而傳之與否則有幸不幸，亦可感也已。惟或有可傳之事與其人，其子孫徒友不能慎所擇，而託於不能傳之人，亦終於不傳。或工文之士於不足傳者而輕發其詞，則文亦難必其傳，皆可惜也。

外篇

概論

創革

直取他人之詞羼入文章，别乎援引而據爲己有者，謂之剿襲。讀古人之文，非求襲其辭句，摹其窠臼，摭拾唾餘而自棄其立言之權也。剽竊極妨文品，作文時須將平日所誦習者屏絶記憶。

至於摹仿爲文，乃初學必經之階段。文能成章，當力戒摹仿，再進則當守無意爲文之旨。無意而爲之者，乃道充於中，不得已而後發之者也。魏叔子《研鄰偶存序》以無意於傳之而非無意於作之，解釋古人文至無心乃傳之言，殊欠精當。惲子居《上曹儷笙書》深論有意爲古文之失，見地極高。范伯子先生《與蔡燕生論文》第一書云：「布帛粟菽平實說來，不必矯揉造作以求詖峭。」又伯子先生詩云：「文章應時出，撫擬喪天真。」又句云：「刻意爲文亦損真」，皆有感於晚近之失而言之也。古人生平所取法而最得力者，求之於其文而合之，祇神味氣息而已，欲尋其痕迹而不可得，所謂化也。其次則有痕迹矣，下焉者則相襲矣。伯子先生詩云：「君知桐城否？所學一身創。」又論文章深造之法，有句云：「獨笑惟蜘蛛，容身必自創。」創者即不襲之謂也。爲文不宜襲人，且不宜襲己。古人文集中或有同一宗旨而散見於數篇者，要之詞貴不複，而意可表裏。柳子厚《與楊京兆憑書》云：「中心之悃愊鬱結，具載所獻《許京兆丈人書》，不能重煩於陳列。」即避自襲之嫌。詞複者亦間有之，出於無意者居多。《莊子》中複疊者，見論各代文内。《太史公自序》論著作處與《報任少卿書》畧同。韓退之《原道》篇與《讀荀子》篇並用「火於秦」「黄老於漢」二語。又《上兵部李侍郎書》「學成而道益窮，年老而智益困」二語，《答竇秀才書》復用之，惟易「益」字爲「愈」字。刪意爲詞，落墨後不再事修飾，惟功夫純熟者能之。古人往往振筆直書至千百言，或有一二言未安者，必力求其安而後已。至有一藝經數年或數十年數易其稿，而猶若未慊於心者，則更革之功固不可少也。曹子建《與楊德祖書》云：「僕嘗好人譏彈其文，有不善者，應時改定。」歐陽永叔爲文，黏稿齋壁，卧興閱之，屢思屢改，《相州晝錦堂記》起二句本云「仕宦至將相，富貴歸故鄉」，已呈韓魏公矣。後數日復加兩「而」字，别以本遣介持去。或謂文成已付遞，累騎追還，加兩「而」字。《醉翁亭記》首段本列環滁諸山名，後改爲「環滁皆山也」五字。范希文作《嚴先生祠堂記》，文成，以示李泰伯。泰伯請將「先生之德」一句，改德字爲風字，范希文凝坐頷首，殆欲下拜。姚姬傳有所作，以示吴殿麟，殿麟所不可，輒竄易至數，必得當乃已。孫可之《書何易于》篇自謂首末千言，見《與高錫望書》。今是篇存者六百數十言，蓋幾經删削矣。吴南屏《許孝子傳》自記謂此文經數年，稿凡十數易。昂按傳文一百零五字，贊不計。尚可省三十四字。「許孝子巴陵人，縣之學生，名伯泰，康熙間人也。」人字重疊，「巴陵人」「縣之學生」兩句，可云「巴陵縣學生」；「康熙間人也」「歲大疫」兩句，可云「康熙間大疫」；「伯泰之父聖行客長沙而病」一句，「伯泰」二字可代以「其」字；「伯泰馳侍疾」一句，可云「馳侍之」，「父病已」「而聞母在家病急」兩句，可云「病已」「聞母病急」；「時官有施藥者」「其藥良」「急求得之」三句，可云「亟求得良藥」；「犯風下湘」「溺死洞庭中」兩句，「死」字可省；「其夕母見伯泰來」「飲已以藥」「頃而汗出」「病大蘇」四句，「飲已以藥」四字可易爲「藥已」，汗出之「出」字可省；「呼伯泰」「家人告未至」「始言夢已」「乃知伯泰死也」四句，「家人告未至始言夢」八箇字可省，「伯泰」亦可代以「其」字。

辨異

古文好處不明其分際，學之多有弊病。文貴詞簡而意深，不得其當則或失之晦。凡詞意之淺者，不思而即得，深者數思而後得，百思而不得者晦也。精華内斂者，文境多閒淡，不易領其神味。詞藻斐然，一望而即識其文采者，乃精華外溢者也。如遣詞無節，則失之浮矣。盤折奥衍之文條分縷析，如山之蜿蜒而不亂其脈，水之紆迴而不紊其源，此其美也。條達之文視之，則詞氣易竭而局勢平衍矣。顧曲折貴乎自然，功夫未純者爲之，便覺喫力。羊腸鳥道，善於攀登者如猱升隼奮，弱者强之行，斯氣吁足蜷矣。如枝節其詞，即不免艱澀之病，與其荆棘自苦，寧入平直一路，軌道既熟，漸趨曲折，庶有游行之樂。疏淡能見風韻，與精深處相間，如奇峯怪巒之際，忽有平岡夷阪，益覺高妙，此文之美者也。而或無精義充於其間，儘説不著緊要之語，意趣索然，無風韻可言矣。至於學發揚者妄測古人之文，盡去其塗軌，横馳泛鶩，自以爲不可一世，此恣肆之病也。學謹嚴者朝夕揣摩，規規於繩墨，篇摹格，句摹字，甚或全襲其窠臼，直剽其文詞，以爲合於古，此拘束之病也。拘束爲初學所不能免，如小兒初學步，必有依倚，不得即謂之病，終身依倚，斯爲不仁者矣，故終於拘束乃爲病耳。恣肆之病如小兒步履未安，便學躍踊，其不顛越者有幾？若夫艱深其字，拗折其詞，貌爲高古，其病尤大也。雄健而不失之暴，温婉而不失之弱，濃厚而不失之冗，閒淡而不失之薄，斯皆得之矣。文之上者，意餘於言，言盡意不盡。意不盡其詞，謂之意嗇句；詞不盡其字，謂之句嗇字。渾涵包孕，當於無文字處求之；其次，詞如其意而止，意與言俱盡；至於言浮於意，意盡言不盡，則下焉矣。古文簡而蓄，今文繁而盡，簡而蓄則不磨，繁而盡則易湮，文不勝質也。繁簡二端有意義與形迹之别，意義甚多而無蕪雜之病，雖累數千言，亦可謂之簡。《離騷》詞句甚多，史公稱其文約，可證也。意枯窘而詞繁冗，即數句亦不得謂之簡，此就意義而判之也。就字句之形迹而論，委婉貴繁，涵蓄貴簡。紆曲者詞繁而氣緩，急直者詞簡而氣促，簡而能曲更足貴，如詞繁而無紆曲之美，則病冗矣。詞繁者旨多簡，文聯綴多至千萬言，大旨或僅一二字，讀者勿震於其詞之富，當尋繹其旨。古代高深之文，後人以爲簡畧而不詳，而當其時視之，固甚詳也。後之能幾古人之地位者，亦未始以爲不詳。有物於數里弓外，目力不能及者以爲難辨，其及者甚瞭然，是安能强不能及者而使之及耶？莫如引而近之，故簡奥之文宜於古不宜於今。

審　音

聲韻爲文字訓詁之原，亦爲文章詩歌所本。古者言以詩教，詩以聲教，故自經傳諸子，下迄俚諺，泰半韻語，而發聲相協，又錯綜其間，音調之美冠於世界，此蓋含有歷史關係，非偶然也。

欣賞詩文，但注意藻采，而不知音調，與聾者觀劇何以異乎？　韓昌黎言聲之高下，桐城論文，亦從聲音證入。　范伯子先生詩云：「大哉文字域，奥絶真難窺。　茫茫九等味，純以聲和之。　絃將一二竅，薄發有藏遺。」亦以聲音之道論文，與桐域合轍。　組篇遺句，皆關音節，而狀音協韻之文，尤爲聲音之所寄。　古代協韻，天籟流露，皆任其自然。　後世拘拘於韻書，或情已止矣。　而迫於不偶，復綴詞以贅韻，或意未宣也，而限於不協，遂屈意以就韻，若是者皆汩其真。　音節之美備以《詩經》爲最，例詳拙著《詩經聲韻譜》。《易經》次之，經傳無意協韻或協聲者不一而足。　音之變化大半與《詩經》相符，皆宜依古音讀之，方能和協。《論語》「石門」章自、氏、之等韻，「擊磬」章衛、知、已、厲、揭、音器哉、將黎反矣等韻，「楚狂接輿」章兮、複韻衰、追、已、複韻殆養里反等韻，「長沮桀溺」章是、之、士複韻等韻，「丈人」章之、複韻子、至、矣、複韻仕、複韻廢複韻等韻：　此五章皆寫當時隱逸，同協齊齒韻，有噫嘻之音。　子路與晨門應答，孔子與荷蕢者應答，同協一韻，如聯吟然，亦一妙也。「孟子謂齊宣王曰：『王之臣有託其妻子於其友而之楚遊者，比其反也，則凍餒其妻子，則如之何？』王曰：『棄之。』曰：『士師不能治士，則如之何？』王曰：『已之。』曰：『四境之內不治，則如之何？』王顧左右而言他。」子妻子，疊韻。　棄棄之，疊韻。　士治士，疊韻。　已已之，疊韻。　治協韻，何三疊他協韻，與聯句續韻相類，天然妙文也。　韻有陰陽之別，陰聲單純，齊齒有噫嘻之音，屬少陰；　合脣或撮脣有嗚呼吁之音，屬太陰。　陽聲入鼻，重鼻音屬太陽，輕鼻音屬少陽，陰陽之變化隨乎意境。

宋玉《風賦》説雄風處，意境發皇，由陰而陽，陽聲多於陰聲；說雌風處，意境蕭索，由陽而陰，陰聲多於陽聲。雄風一段先用口、古音苦。下、古音户。怒、迮、莽古音姥。五韻，協陰聲，後用衰、離、移、夷、幃、欷六韻，間隔相協，氣字亦協韻。亦屬陰聲，楗、爛、間、人四韻收音入輕鼻，風、降、城、宫、精、衡、楊、陵、芳、庭、堂、房、泠、酲等韻，收音入重鼻，上字亦協韻。岡、庚、二、攝皆協陽鼻，岡、攝陽之極者也。雌風一段先用間、塵、冤、門四韻，協陽聲，後用堁、音魁灰二韻。餘、廬二韻，皆協陰聲，最後用邑、溼、熱、蔑、獲、卒六韻協入聲，亦陰之極者也。鮑照《蕪城賦》前幅描寫盛況，協韻用陽聲，中幅描寫衰況，協韻用陰聲，後幅協韻轉爲陰聲，此陰極生陽之道也。「崩榛塞路，崢嶸古馗」，馗字换韻，路字本非韻，而與上文所協塗、驢、狐、趨、雛、膚諸韻相合。「若夫藻扃黼帳，歌堂舞閣之基，璚淵碧樹，弋林釣渚之館」，館字换韻，基字本非韻，而與上文馗、衰、威、飛、依、夷、頽、埃、摧諸韻相合，此乃天然之妙籟。潘岳《秋興賦》、陶潛《歸去來辭》皆述歸田之志，而陶託興在春，其氣舒而音揚，協韻皆取平聲，潘託興在秋，其氣鬱而音抑，篇中仄韻居多，所託攸殊。音隨時變，人籟與天籟相應，豈不然乎？綜觀古代韻文，由意成音，發揚者大半用陽聲，抑鬱者大半用陰聲，鬱極者用入聲，悉發於自然。後人就韻造意，不明音理，喜樂而作哀者，悲戚而有懽聲，失音籟之真矣。歐陽修《祭石曼卿》文末句一氣貫注甚長，情字韻協陽聲，與上文之韻距離稍遠，句中「理此涕」三字協陰聲，自爲一韻，此音調妙處。哀祭之文，幽思沈鬱，悲音嗚咽，氣凝而詞緩，如淒風之動木，危石之撼潮，自成音節。辭賦哀誄箴銘頌贊之屬，或每句協一韻，或間句協一韻，或換韻爲節，與詩騷音例畧同。

分論

記叙論説

文體之原，記叙與論説二者而已，猶之陰陽兩儀也。記叙主攝納，屬陰性；論説主發抒，屬陽性。記叙系以論説，太陰中有少陽也；論説中參叙述，太陽中有少陰也：此兩體實可以記概之，猶之太極混沌也。記叙者，記事物之文也；論説者，記言之文也。叙論攸分，諸體皆從此兩體孳生。古代文字最初之適用，記叙爲先，純粹之記叙不參論説。論説愈後愈繁，參論説之記叙，或記浮於説，或叙論參半，甚則説浮於記。説愈浮者愈變其本，精神既側重在論説，其記叙處淡淡畧寫大概，祇爲論説處作案耳。名爲記而實與雜説相近，記叙材料少，不得已而説浮於記。如有虛實相間之法，足以濟其窮，將事物散開，前後分列爲案，與論説相參，此陰陽調劑之道也。如無可分列，將事物叙於後路，較之先實後虛者少勝。記叙論説筆法判然不相侔也，而作法亦有相同者：（一）總提總束。叙事或論事，頭緒紛繁，皆宜先提大綱而後分舉細目，其後宜有總束。

《論語》載孔子教言，有綱目者多先綱後目，《禮・儒行》篇歷記孔子之言，皆先目後綱，如第一條，先舉四目而後揭自立二字爲綱，餘類推。此例之錯綜者也。（二）撮要總括。事物繁多，一一列出，詞必病冗，而僅著其畧，又不能盡致，有疏漏之嫌。故撮要之外須用總括之筆，以概其餘，既不病繁，又不病疏，法極周密。韓退之《畫記》較著者稍詳，餘多簡畧，而「莫有同者焉」「皆曲極其妙」等收束語，以簡該繁，未盡之記叙皆包括在内，義法之精妙在此。柳子厚《與韓愈論史官書》就退之《答劉秀才論史書》所舉孔子諸人，或論列或否，其餘皆不出此一語，亦該括之筆也。（三）揭由。文爲他人請求而作，皆宜記著述之由，位置前後無定，由自己感觸而發者，或將著述之由揭出，位置大半在篇末。（四）避複。記叙無論直接間接，皆忌複疊，其錯綜避複之法有數端：（甲）變换字面。主要名物字面無可避其同，則動静狀等字須變化，如亦無從避，則須善用介字連字以變化之。《周禮・大司馬》篇鼓或云三鼓，或單言鼓，或言鼓戒三闋，或言鼓行，或言鼓進鐲，或言振，或言攏，前後動作避其同，皆錯綜之例。（乙）錯綜動作次序及排列之位置。分合之法，或前分後合，或前合後分，變化主動受動二式或正説負説二式，皆屬是類。（丙）變化句讀。（丁）增減字數。（戊）前後詳畧相間。或前詳後畧，或前畧後詳。以上諸法，論説與記叙相通，分合詳畧與次第之錯綜尤數數見也。《禮・内則》篇言父母、舅姑、子婦，或分舉，或合舉。《明堂位》篇兼言服物，或虞夏商周四代並舉，或夏商周三代並舉，四代或分舉，或合舉，例可參考。事物兩端對照，此詳則彼畧，自相形而出。或詳言而畧事，或詳答而畧問，或詳果而畧因，或詳賓而畧主。賢愚共論，詳説賢者，愚者即可簡約。盛衰並陳，詳説衰況，盛處即可簡約。餘如詞意之正負，事理之是非，意境之廣狹，詳其一端，對照之一端皆不必並詳，以免堆疊。《書·金縢》篇「二公及王乃問諸史與百執事」，省問詞「曰信乎」一語，此答詳而問畧也。對曰「信，噫！公命，我勿敢言」。前路叙祝告處省周公戒史臣勿言之詞，此後詳而前畧也。記成王之言曰：「惟朕小子其新逆」，後記「王出郊」，省去「逆周公歸」一語，此言詳而事畧也。《禮·内則》篇「女子十年不出」以下，專就女子説，特説明女子。上文「十年出就外傅」云云，不説明男子，此詳彼畧，其界畫自相形而出。《儀禮·士相見》篇「君答壹拜」一句，後省去「不答拜庶人」一語，蓋君對於士大夫祇答一拜，不答拜庶人，自可意會。士相見辭摯之文甚詳，士見大夫與大夫於嘗爲臣者辭摯之文皆甚畧，主人送於門外再拜一句後省「賓答再拜」一語，蓋「賓答再拜」之文已詳於出迎時，此亦前詳後畧之例也。《莊子·逍遥遊》篇中説大年處省「此大年也」一語，上文有「此小年也」一語，前從詳則後從畧，其例相同。《馬蹄》篇「夫殘樸以爲器，工匠之罪也」。與上文相應，畧去「毁白玉」「亂五色」「亂五聲」三層。「毁道德以爲仁義，聖人之過也」。與上文相應，畧去「離性情以爲禮樂」一句，舉一端以概其餘，亦前詳後畧之例。《儀禮·士相見》篇「如士相見之禮」，《周禮·大司馬》篇「如振旅之陳，其他皆如振旅」等語，皆省畧中迴綰之例。「中冬」段不曰「如振旅之陳」，而謂「如戰之陳」，與「中春」段相複，是又變化之例也。

「中冬」段叙述進行之第一次云：「皆坐，車徒皆作」。第二次省「車徒皆作」一語，第三次云：「坐作如初」，詳畧變化中亦參以迴縮之法。《易·乾·文言》篇先以天地日月四時鬼神並列，後歸重天字，單提鬼神，又先以進退存亡得喪並舉，後説進退存亡而畧去得喪。《禮·中庸》篇載孔子論天下之達道五，以君臣父子夫婦昆弟朋友之交並列，前文論君子之道四，但言父子君臣兄弟朋友，父子位於君臣之前，易昆爲兄，朋友下省之交二字。不言夫婦，而前文「夫婦之愚」「夫婦之不肖」「造端乎夫婦」等語，又特將夫婦提出，是皆前後詳畧錯綜之例。《月令》篇仲夏、仲冬兩月言陰陽爭，兩象並舉。仲夏言死生分，死生對待。仲冬言諸生蕩，言生不言死。仲冬又言以待陰陽之所定，陰陽對待。仲夏言以定晏陰之所成，言陰不言陽，此亦詳畧錯綜之例。《孟子》「伯夷」章「治則進，亂則退」，兩端對待，上文「非其君不事，非其民不使」，下文「横政之所出，横民之所止，不忍居也」。皆就亂退一端説。所謂「是其君則事，是其民則使，良政之所出，良民之所止，則樂居之」。概從省畧，治進一端不言而喻，此中間詳而前後畧之例也。歷舉數端，前後相同，次序以錯綜爲貴。《禮·月令》篇春夏秋冬四時，孟仲季各三月，所行失時之令，先後次第循環錯綜，文之變化避複有兼數美者。柳子厚《梓人傳》云：「或執斧斤，或執刀鋸。」又云：「揮其杖曰斧，彼執斧者奔而右；顧而指曰鋸，彼執鋸者趨而左。俄而斤者斲，刀者削。」不云「或執斧，或執斤，或執刀，或執鋸」。斧與斤並舉，刀與鋸並舉。下文斧斤刀鋸一一分述，此分合之錯綜也。下文先斧，次鋸，次斤，次刀，與上文次第不同，此顛倒之錯綜也。「俄而斤者斲」二句，不云「揮其杖曰斤，彼執斤者奔而前；顧而指曰刀，彼執刀者趨而後」。而於斤者後系以斲字，刀者後系以削字。上文執斧者不言斲，執鋸者不言截，此詳略之錯綜也。文貴簡要而忌繁複，而循環詮解之文則有往復迴環之妙，惟複疊之中須有錯綜。《易·乾·文言》用循環法，分爲六節，亦即合者分之之法也。首節與第五節皆釋卦辭，二三四六節皆釋爻辭，元亨利貞等字與潛龍勿用等語前後複疊，而或分或合，首節分論元亨利貞，第五節元亨與利貞分說，又提出利字。或詳或略。次節不詳用九，第六節兼詳釋九三九四爻體。節式或問答，或案判，次節問答式，餘皆案判式，或先案後判，或案後於判。句式或整或散，其變化如此。《禮·檀弓》篇「石駘仲卒」一節「沐浴佩玉」四字，記事與記言並詳，連用四次。《公羊傳》宣公十五年，記宋人及楚人平，字句複疊尤多，說詳記言法。是皆以複爲妙者。《史記·酈生陸賈列傳》附記朱建事後復記酈生，與前複疊，記法頗劣，疑是後儒羼入。敘入後一事，重提前一事，以明其相承，亦不謙複。《國策·魯仲連說辛垣衍》篇「會秦圍趙，聞魏將欲令趙尊秦爲帝」，此二句係過遞中直接復述之例。《史記·屈原傳》「屈平既絀」「是時屈平既疏」等語，係過遞中間接復述之例。第二卷史傳複敘例可參考。論說於意之珍重者，用複語一再言之，直接用兩複，間接或有三複者，寫急促之語，以複疊傳其神，如《戰國策》「燕太子丹質於秦」篇，左右乃曰「王負劍，王負劍」，是也。《詩經》楚騷重往復，尤以複爲妙，皆在避複規律之外。（五）化偶。記敘前後直接處，忌頻用字數相同或排列相同之句，尤忌頻用偶句。字數與排列皆同。論説中參以偶句，足令詞氣舒緩，局勢整齊。而事物兩端並舉，不止一處，則宜參用化偶爲奇之法。格局偶者如通篇主賓對列，尤宜變化。有意偶而詞奇者，有形偶而氣奇者，有頓讀偶而句奇者，駢偶之句參錯變化，不求工整，此法不獨詩歌爲然。《大戴禮·勸學》篇「玉居山而木潤，淵生珠而岸不枯」，《荀子·勸學》篇、《文子·上德》篇居作在，木作草木。《荀子》岸作崖。《文子》淵生珠作珠生淵。前句「玉居山」不言「山蘊玉」，後句「淵生珠」不言「珠生淵」，前後主賓顛倒，《文子》作「珠生淵」，則蹈尋常谿逕矣。陸機《文賦》「石韞玉而山輝，水懷珠而川媚」。此二句修飾工整，而胎息前人，不免唾餘矣。《大戴禮》前句「木潤」，主詞語詞各一字，後句「岸不枯」，主詞一字，語詞兩字，前句不言「木不燥」，後句不言「岸光」，曲盡錯綜之美，是非囿於工整者所能知也。偶句用鼎足式，形偶而數奇，《戰國策》不可勝舉，漢魏文章亦然。《史記·蘇秦列傳》「連袵成帷，舉袂成幕，揮汗成雨」。魏吴質《答東阿王書》「至乃歷玄闕，排金門，升玉堂」。又云「雖恃平原養士之懿，愧無毛遂燿穎之才；深蒙薛公折節之禮，而無馮諼三窟之效；屢獲信陵虚左之德，又無侯生可述之美」。引證古事，獨遺春申，是皆排偶之用鼎足句者。

記叙

文人所記經歷之境地與見聞之事實，不盡奇異，富幽遠之思而運以雅逸之筆，本諸靜觀，抒爲文藻，雖境地平淡，事實尋常，亦能超越凡俗。異時異地之人誦之，恍乎其有所見，忽乎其有所聞，不啻攝影留聲，此記叙之美也。描寫事物，不加點綴，則嫌枯瘠，而點染稍多，又嫌肥臃。以簡爲宜，擇其重要處，著墨宜濃，餘則以疏淡出之，自有相間之妙。記叙以傳狀碑誌爲最要，故先列焉。餘如記姓氏記言記時記方位記數狀音諸法。紀傳與雜記相通，雜記中記遊與山水亦法之要者，以次列後。

傳狀碑志

傳狀之義在表揚亡者生前以保存其遺行，墓誌碑表之義在愛護身後以保存其遺骸。傳與碑誌先之以論説，陳著述之顛末，或發於感情，或由於請求，皆有序意。凡著述中已將一人之事實詳記於傳狀或墓誌，又或關於一家之記録，其世系等已詳於一篇，他文皆宜從略，但説明其由。歐陽永叔《資政殿學士文正范公神道碑銘》云：「及其世次官爵，誌於墓譜於家藏於有司者，皆不論。」又《胡先生墓表》云：「其世次官邑與其行事，莆陽蔡君謨具誌於幽堂。」又《尹師魯墓誌銘》

云：「嘗銘其父之墓矣，故不復次其世家焉。」宋景濂《朱葵山文集序》云：「其歷官政事見余所撰墓銘，故不著。」簡要而不繁複，其法得自史遷。有傳狀兼有碑誌，事實寧詳於傳狀，而碑誌不妨稍畧，石刻言簡而字大，垂世較久也。記亡者事實，有從幼時記起者，有就某一事爲斷者，至於依其時期之次序，由生前説到没後，惟年譜如是耳。傳狀布置，於生前記其事之較大而著者，於卒後補叙其較輕者，此常例也。述忠孝節義之行，尤當先其大者。碑誌或先記亡者没後情況，然後叙其生前事實，再説到没後，哀祭之文亦有如是者。局法錯綜，便不平衍，傳狀墓誌等作，事行無多而又平常，記載能擅勝，尤爲可貴。蘇東坡《方山子傳》事行不多，文特盤折奥美。歸震川《筠溪翁傳》事實更少，且絶無奇行，淡淡寫來，卻有雅逸之觀。兩篇皆用追叙法，東坡追叙方山子少時及前十九年狀況，震川追叙見翁時與歸後情景，局勢皆不平。黄夢升無奇才偉業，一潦倒文吏耳，歐陽永叔爲墓誌銘，就其潦倒奔走時描寫，精氣逼人，是皆文之以神勝者也。墓誌之義近於傳，銘之義近於贊，而法不盡同。傳之義公，就正例而言，著者之私意祇可入之贊。誌銘之義私，著者與亡者相關之事實可與正文並叙，記葬地以明死者之所歸，記葬之年月日以詳其時，此墓誌所宜獨詳者。餘如姓氏里居生卒世系等叙法，傳狀墓誌畧同，是雖平淡無奇，擅勝不在乎此。然溯其本源，每記一端，皆寓有意義，或疏漏一二，或位置不當，即爲一篇之玷。此種記載宜前後相間爲文，不能併叙一處，以免呆實。記所産之地，遷徙者詳先後所籍，山川鍾毓，地靈人傑，於此足徵。籍地叙名字後，或介於名與字之間，或補叙於後，叙尊輩所以明其本也。史傳衹或舉先世之最著者，墓誌三代較傳狀爲詳，或從曾祖叙起，或從祖叙起，簡畧者或僅記父母以詳其所自出。德之藴積，學之淵源，禀賦之相承，擇要録之，足資印證。其最著者遠逾數世或數十世，必表而出之，以明其源之遠而未絶，亦歸美先世之意也。祖或父有嗣繼者多詳於本生之前，行狀三代有叙於篇首者，墓誌三代有別列於誌前或逐次分開別列於後者，簡單之記載以仕不仕分，没者稱諱，或直名之。先世不可得而詳者從闕，或有叙及其兄弟之賢者，乃連類附記之例，記娶某氏以明其配，亦或詳氏之父祖及先世之著者。柳子厚初娶楊氏，柳子厚《與楊京兆憑書》云「獨恨不幸，獲託姻好而早凋落。」繼娶某氏，韓退之爲著墓誌銘，未詳，似疏於法。史傳之及其配者，必其有行可稱，或附記其子之賢，因明其所自出焉。記子女所以明其後也，如有再娶者，子女宜表明某氏出。宗譜世表記法相通，名字依次詳出，或及其職業，叙子女大極先子後女，次第變化則反是。韓退之《尚書庫部郎中鄭君墓誌銘》「初娶吏部侍郎京兆韋肇女，生二女一男。長女嫁京兆韋詞，次嫁蘭陵蕭儹。後娶河南少尹趙郡李則女，生一女二男。其餘男二人女四人皆幼」。前叙子女，女先於男，後則男先於女，不詳副室某氏生，以符舊例，此變化之式也。女適某或字某，宜詳出。未字者但詳其名，或云待字，或畧。數女皆已適人。不宜統叙云適某甲某乙，可云婿曰某某。分記法如下：（一）長適某甲，次適某乙；（二）長適某甲，次某乙之室也；（三）長適某甲，某乙其亞婿也。第一式前後句同樣，第二式長次皆以女爲主詞，第三式錯綜最妙，女三人以上皆已適人，可參用三式變化。有名可記者不必詳行次，有孫子女者亦宜詳出，所以表章亡者遺澤及其後人也。婿之姓名里居職業皆可附詳，尊輩叙在前路，配氏及子孫以次叙於後路，此先尊後卑之定例。傳狀於其人没後撮其生平，著之於篇，墓誌銘則益感乎其人之没而爲之，故皆注重其死，史傳或詳其死之年，遷《史》書卒不詳年者，或因已詳於年表等文耳。唐以來傳狀墓誌或并其月日而詳之，清代文章或生卒並詳，此則後詳於昔矣。記生死以明一生之終始，記享年之數，與事實相消息，年之促者足以引起未盡之感，壽之永者足以考見閱歷之深。或先記卒，後再詳其年月日，或不詳其生，祇記卒之年月日與享年之數，可藉以推及其生之年，蓋書卒重於書生也。享年之數，位置大半列書卒之後，或直接，或間接。生卒年月日並舉，或先生後卒，或先卒後生，記法宜錯綜，式如下：（一）生於某年某月某日，以某年某月某日卒；（二）以某年某月某日生，卒於某年某月某日。先卒後生，變化類推。夫婦之卒與享年並詳，亦宜錯綜，不必詳其生，式如下：某君卒於某年某月某日，享年若干。某氏春秋若干，以某年某月某日卒。氏之卒或記前若干年，或後若干年，不詳月日。亡者著作之書名及卷數，傳狀與墓誌皆宜記載，蓋其人生平所負之志趣與其精神，胥託於此，數十百年後有追懷前哲搜采遺文者，猶可藉傳狀墓誌中所附見之書目而求之山澤之間，因以不没。不幸遺文汩於塵壒，而其書目猶寄於故人之文字以留其殘影，故表章人之事實者，對於其著述不稍忽畧，其旨尤深厚。晉唐以前，文藝多附見於史傳，而私家獨成文集者殊少，觀史漢列傳中所附載之文章可知矣。迄後詞華日富，積篇累帙，附載不勝包舉，於是傳記中亦僅載其文集之名及卷數而已。傳狀碑志中叙先世，有稱某者，書卒書葬年月日，亦或皆以某字記之，叙子女有僅叙若干人而不詳數目者，是皆由於乞文者不知陳述行狀之體制，著者遂簡畧其詞矣。

傳狀

史遷創列傳，有專合之分，例詳第二卷。合傳實源於孔孟。《論語》「微子去之，箕子爲之奴，比干諫而死。孔子曰：『殷有三仁焉。』」不啻合傳後系以贊也。「逸民」章先叙伯夷、叔齊、虞仲、夷逸、朱張、柳下惠、少連諸人，而後記孔子之言論。《孟子》「伯夷非其君不事」章，先分述伯夷、柳下惠之行，而後分論。「禹稷當平世」章，先分叙禹、稷、顔子之行，而後系以論説。「曾子居武城」章，先分叙曾子、子思之行，而後系以論説。「伯夷目不視惡色」章，先分述伯夷、伊尹、柳下惠、孔子之行，然後分論四人，以孔子爲主：皆有傳贊性質。傳本職之史官，士君子祇能爲人作行狀，以供史氏之采擇。自史家之本旨失，僅及達官顯人，而山曲名節之足稱者不與焉。於是私家著録，於世之可傳者直爲之作傳，傳狀記載亡者一生之事實，若其人未没或已没，而其事之足稱者僅一二端，則可入之雜記。如書某事。傳狀表章人，雜記表章人與物。文體變遷，有傳生存者，名傳而實雜記，如韓退之《圬者王承福傳》是；有傳物而飾爲人者，如韓退之《毛穎傳》是；有直傳物者，如柳子厚《蝜蝂傳》是。傳贊分開爲正體，贊或謂之論。與行狀之叙論混合有別，傳公而贊私，論贊中材料以取之傳外爲貴。方望溪《書韓退之平淮西碑後》頗抒此義。取材傳外有數端：（一）提出亡者事實，不入之傳，留爲論斷作案；（二）著者述自己對於亡者事實之見聞；（三）著者自陳其與亡者相關之事實；（四）著者自己之經歷，取作襯托，與之並傳；（五）著者述作傳之顛末：是皆上乘也。關於至善之事，著者無特別見地，人人同一贊美之判斷，以不判爲妙。其次，以不復述傳中之事而直施簡要之判斷爲宜。如判斷之意分數端，不得不復取傳中之事爲案而分論之，宜撮其大要，詞不繁複，此又其次也。文體變化，傳贊混合，先記事而後附以論説，此體制之少變者。或先之以論説，或夾叙夾論，皆變之極者。亡者事實如大半與著者相關，傳與贊不妨混合，雜記中書某事，論斷多與記叙合并。子孫記先世行畧，不必其事之可傳，尋常瑣屑情況曲折寫出，自能懇摯，此情之可傳者也。詩人託物，後通其變，一爲子家寓言，物類託之以言，如莊子《逍遥遊》篇述蜩與鸒鳩之笑言是也。一爲文家遊戲，物類隱其名而託以人事，即《毛穎傳》是也。遊戲之文寄其感慨，亦含有寓言之意。傳物較傳人難，重在變化，使痕迹泯然。遊戲文作法約有六端：（一）隱物之原名而用其別號，或依傍形狀，變換名字；（二）變物爲人，將人類動作變爲物之動作，受動多變爲主動；（三）用人物公共相關之字；（四）假託其事於古人；（五）取舊説附會；（六）就尋常之事烘托。

碑志

碑志原於秦漢刻石，歌頌功德，節韻之詞曰文，曰辭，曰詩，曰頌，曰銘，體裁不外詩騷兩派。自唐以來，哲人烈士及里巷一節之足稱者，於其没也，多託於當時作者之文，以傳而襲刻石之製，爲碑爲表爲碣皆是也。節韻之詞多曰銘，碣或銘或否，表無銘，碑大半有銘，惟壙志葬誌權厝誌等篇則否。預營兆域而爲記以刻石者，謂之壽藏碑，前代傳者較少，其銘義大半與箴相近。誌之前有冠以序文，而叙其著述之顛末者，又或謂誌爲序。所謂神道碑銘者，其人大抵皆列高爵，功業或表見於史册，至於抱志以没，爲史官所不録。其碑或存之墓上，或見自土中，後人瀏覽碑誌，往往足以動其感慕而爲之愛護。其或石泐字蝕，而發古人之文集，讀其誌銘，亦足以考見亡者身世也。銘義有三端：（一）稱頌，對於其才學或道德文章發抒欽仰之思；（二）感歎，對於其際遇發爲感慨；（三）祈祝，願後世愛護骸骨，墓壟永固。或因以及其後人之吉利，涉及風水，意義少狹。世風澆薄，諛墓之文日多，尋常匹夫匹婦，哀輓者輒儕之古哲人古賢女，言者不本諸誠，見者不以爲浮，虚僞成習，不能信今，遑云傳後。雜記中題壁等文，亦或刊石，與碑志類之山石廟觀等碑相通，惟無銘詞耳。碑碣每三句協韻者，惟秦製有之，如《泰山》《之罘》《會稽》諸碑詞石門碣文，皆三句協韻，具詳《史記・秦始皇本紀》中。

記姓氏法

傳之正體，篇首就標題所舉之人叙起。標題舉姓名，起處即首叙姓名；如標題舉別號，篇首宜先叙別號，後叙姓名，姓名或補叙篇末亦可。如標題僅詳其姓而系以職業或爵秩，篇首亦如之，然後叙其名字，名字或補叙篇末亦可。歸震川《筠溪翁傳》未補詳姓氏，似不合法。行狀或從姓氏叙起，墓誌如冠以序，誌多從姓氏叙起，作法相通。記正文相關之人，先詳官職而署其名，如《史記・屈原傳》先記上官大夫，而於後一事詳靳尚之名。《李將軍列傳》先記大將軍右將軍，而於後一事詳青與食其之名，皆變例也。《史記》妙文有先頻詳人數而後舉其名者，《留侯世家》記四皓事，四人二字先凡十見，所謂東園公、角盧谷切，俗作角。里先生、綺里季、夏黄公者，直至四人前對各言名姓時，始將名字從其口中傳出，字字有聲。如四人名字直叙於留侯「天下有四人」一語之後，便無精采矣。凡與正文相關多數人公共之動作，可入後一一補叙姓名，次第先疏後親，先尊後卑。各冠以籍地，同籍者連類記之，以一籍統貫數人。補叙人數詳記數法内。與正文相關之人，姓名詳於前，如欲記其性情或職業，宜撮要補叙篇末，附記之人亦可先舉姓而後補詳其名。遊記敘同遊之人，遊覽中有特別動作者，姓名大半敘於前。記相關之事，涉及不善者，宜隱其姓名。其稍著者，或但詳姓而不記名。至於大奸大惡，舉世皆知，不妨直暴其姓名，惟文中亦有隱諱，以避當世之忌者。

記言法

記敘以記事記言爲最要，其次第大概言從事出，即先事而後言；事由言生，即先言而後事。言詳則事畧，或前詳而後畧，或前畧而後詳：皆避複之要法。前畧後詳，尤有逆置之勢，至於前後並詳，而字句變化，此法之次者也。韓退之《圬者王承福傳》後路述不有妻子之説，前路省去不蓄妻子一語，即言某於後而事畧於前之例。記敘難於論説，記言貴簡而肖，較記事爲難。《史記·留侯世家》云：「留侯從上擊代，出奇計馬邑下，及立蕭何相國，所與上從容言天下事甚衆，非天下所以存亡，故不著。」此史公記言擇要之妙法也。傳述語言稍繁，宜不呆敘，以避繁冗平直之病，其法約有四端：（一）省畧。述二人問答之言，自第二問起，凡問者之「曰」字皆可省，問答語氣相承，自可意會。《禮·檀弓》篇記晉平公問杜蕢之言，第二問詞「爾飲調何也」，第三問詞「爾飲何也」，皆省「曰」字。記晉叔譽再商之詞，「其舅犯乎」一句，商之中含有問意，亦省「曰」字。《樂記》篇記孔子問賓牟賈之言，第二問詞「咏嘆之，淫液之，何也」；第三問詞「發揚蹈厲之已蚤，何也」；第四問詞「武坐致右憲左，何也」；第五問詞「聲淫及商，何也」，皆省「曰」字。《左傳》成公十六年，叙楚子與伯州犁問答之言，楚子第二問詞「皆聚於中軍矣」；第三問詞「張幕矣」；第四問詞「撤幕矣」；第五問詞「甚囂，且塵上矣」；第六問詞「皆乘矣，左右執兵而下矣」；第七問詞「戰乎」；第八問詞「乘而左右皆下矣」，皆省「王曰」二字。除戰乎一語外，皆省「何也」二字，免與第一問詞相複。《論語》「孟武伯問仁」章「求也何如」，「赤也何如」；「子路曾皙冉有公西華侍坐」章「求爾何如」，「赤爾何如」，「點爾何如」；《孟子》「梁襄王」章「孰能一之」，「孰能與之」；《公孫丑》章「既曰志至焉，氣次焉；又曰持其志，無暴其氣者，何也」，「敢問夫子惡乎長」，「敢問何謂浩然之氣」，「何謂知言」；「宰我子貢善爲説辭，中畧。然則夫子既聖矣乎」，「昔者竊聞之，中畧。敢問所安」，「伯夷伊尹於孔子若是班乎」；「許行」章「許子必織布而後衣乎」，「許子冠乎」，「自爲之與」；《告子》章「白羽之白也，猶白雪之白，白雪之白猶白玉之白與」；「孟季子」章「鄉人長於伯兄一歲，則誰敬？酌則誰先」，問詞前皆省「曰」字。《史記・孟嘗君列傳》記田文與其父嬰之問答，田文第二問詞「孫之孫爲何」，第三問詞「玄孫之孫爲何」，皆省「曰」字。此例以極簡之問詞用之爲宜，亦有問答詞皆省「曰」字者。《論語》「唯求則非邦也與」，問答兩層「曰」字皆從省。又有應答或反詰或援引之詞省「曰」字者。《論語》「陳亢」章「不學時，無以言」，「不學禮無以立」；「六言」章「居吾語女」云云；「宰我」章「女安則爲之」云云；「子貢」章「惡徼以爲知者」三句；《孟子》「許行」章

「然則治天下獨可耕且爲與」云云；「孟子之平陸」章「然則子之失伍也亦多矣」云云；《告子》章「然則犬之性猶牛之性，牛之性猶人之性與」；「孟季子」章「所敬在此，所長在彼，果在外，非由内也」，其前皆無「曰」字。《公孫丑》章「告子曰『不得於言』」云云，孟子先述告子之言而後加論斷，亦省「曰」字。又《公孫丑》章「或問乎曾西曰」云云，孟子先引曾西與或人之問答，而後發抒議論，曰字不系於稱引之前而系於後，此又一例也。（二）繁複。語言本發自一人，而入口吻處分爲數次，前後重疊曰字。或因發言者詞氣紆緩之故，或因傳述繁多，分開記載，適合於化實爲虚之法，是皆與簡要之説相反，而要足貴也。《書經》誥命諸篇，記一人之言，往往重疊曰字，皆更端之辭。《無逸》篇載周公之言，重疊曰字，入口吻分數次。進言之意，蓋深慮其所言既非一端，詞氣稍促，即不能動幼主之聽，故逐次停頓，以感歎出之，予以體會之機，而徐竟其辭，記言者遂亦如其詞氣而析之矣。《論語》「子路曰：『桓公殺公子糾，召忽死之，管仲不死，曰未仁乎？』」《孟子》「莊暴見孟子曰：『暴見於王，王語暴以好樂，暴未有以對也。』曰：『好樂何如？』」《史記・留侯世家》：「父已先在，怒曰：『與老人期，後，何也？去！』曰：『後五日早會。』」下文叙「復怒」云云，仍疊兩「曰」字。《孟子荀卿列傳》「太史公曰：『余讀孟子書，至梁惠王問何以利吾國，未嘗不廢書而歎也。』曰『嗟乎！』」下畧。《魏公子列傳》：「侯生笑曰：『臣固知公子之還也』。曰：『公子喜士』」。下畧。韓退之《圬者王承福傳》「又曰」：下畧。「又曰」：下畧。歐陽永叔《真州東園記》：

「歲秋八月，子春以其職事走京師，圖其所謂東園者，來以示予曰，下畧。又曰：下畧。」以上所舉，皆直接記言前後重複曰字之例。侯朝宗《管夫人畫竹記》：「曹州余尉出畫竹一軸以示余曰：下畧。尉又云：下畧。」係間接記言前後重複曰字之例。《史記·屈原傳》：「平伐其功曰：『以爲非我莫能爲也。』」「曰」字後系「以爲」二字，殊嫌複疊。記言不分敘，亦有用曰、云二字相疊者。《禮·曾子問》篇：「吾聞諸老聃曰：下畧。老聃云。」「老聃曰：下畧。吾聞諸老聃云。」皆先用曰字入口吻，後再用云字束住，如括弧然，此方式之極周密者。甲言於乙，乙再言於丙，謂之轉述。甲言於乙，又言於丙，謂之復述。轉述與復述，宜視傳述爲簡畧。《公羊傳》宣公十五年，叙述「宋人及楚人平，易子而食之」二句，記言轉述處與前文傳述處並詳。「軍有七日之糧爾」一句凡三見，司馬子反告莊王與告華元相同，記言復述處既與傳述處並詳，記言且與記事處並詳。《戰國策》「燕太子丹質於秦」篇「今太子聞光壯盛之時」云云，田光爲荆軻復述，與答太子丹之言相疊，「燕秦不兩立」「願先生留意也」二語，田光爲荆軻轉述，與太子丹語田光之言相疊，皆以複疊爲文，異乎常例。《史記·孟子荀卿列傳》「子之稱淳于先生，管、晏不及」云云，記惠王讓客之辭，轉述從詳。上文記「客有見髡於梁惠王」一句，畧去客稱淳于之語，下文記「客以謂髡」一句，復畧去客轉述惠王之語，中間詳而前後皆畧，錯綜最妙。《張儀列傳》叙張儀使者述其辭告齊王，直將前文張儀告秦武王之言復述一大段，似失之繁複。（三）順逆錯綜。分記一人之言，或並記二人之言，入口吻前後錯綜，方不平衍。篇中宜先逆後順，口吻銜接，界限截然；篇末宜先順後逆，逆敘處用云字結末，兼有頓挫之妙。韓退之《張中丞傳後序》後幅先記張籍曰：下畧。後記張籍云，即先順後逆之證。記張籍言中，述于嵩之言，用云字入口吻，係轉述之例。方苞《左忠毅公逸事》篇首敘云：「先君子嘗言鄉先輩左忠毅公視學京畿」，下畧。篇末敘云：「余宗老塗山，左公甥也，與先君子善，謂獄中語乃親得之於史公云。」忠毅公逸事，望溪得自其父，其父得之方塗山，塗山得之史可法，一再轉述，文分列首尾，法度極密。姚姬傳《快雨堂記》云：上畧。「禹卿之論書如是。」下畧。「禹卿之言又曰：下畧。」即先逆後順之法。張皋文《書左仲甫事》云：「嘉慶四年十二月，霍丘有吳生在京師，爲余説如此。余同年友仁和湯吉士金釗告余曰：下畧。」亦先逆後順法也。（四）變化。記言化爲記事，與入口吻處相間爲文，有錯綜之妙，亦有無關於相間之例者。《史記・商君列傳》：「募民有能徙置北門者，予十金。」「募」字從「令於民曰」四字變化而出，下文「復曰」云云，「復」字承接前文所省「曰」字，此即化記言爲記事之例。《張中丞傳後序》「其老人往往説巡遠時事云」一句，用「云」字束住，其後所記，即采取老人之言而不入口吻，記泗州船上人語，亦不入口吻，未敘明所説何語。《圬者王承福傳》「王其姓」等語，本由王承福傳述而出，文亦化爲記事，與後路入口吻處錯綜。《管夫人畫竹記》「時尉方求補官」云云，仍係余尉説，文亦化爲記事：以上所舉，皆與入口吻處相間爲文。《史記・孟子荀卿列傳》「以爲儒者所謂中國者」云云，化記言爲記事。《屈原傳》

「懷王稚子子蘭勸王行，奈何絶秦歡」，中間省曰字，亦化爲記事之例： 是皆無關於相間之例者也。 文中援引陳言，用云、曰等字，或謂某書有之，省去云、曰等字。 所引之説皆不宜增減字句，如詞繁不勝舉，而撮其始末之大要，則以用言字，或謂字，或所、謂二字，綴系於所引之前爲宜。亦有不説明某某曰而直舉其詞者，論説中傳述語言，大半用謂字，有用或曰二字者，或得自傳聞而不能確指，或係假託。自問自答式詳論説法内。 傳述野人與孺子語言口吻，須質樸而後能肖，又必不失之俗而後可以爲文，過俚則不辭，過文則不類。

記時法

叙事貴記時以徵實，表章最著之事實，尤宜詳記年月日，其尤詳者，年月日各系以干支。歐陽永叔《(隴)〔瀧〕岡阡表》月不詳干支而兼記朔日之干支。 如月日無可考，則僅記其年，年亦無從詳，可渾記其時，加云某代初或中葉或末季是也。 無從渾記，寧闕署，不宜虚擬，亦有用某字渾記之者。 史家編年體依時爲序，記事體記時多有錯綜者。 詳記年月日，或合或分，皆有順逆之别。 就錯綜而論，分勝於合，逆優於順。 合記中順記式，先記某年某月某日，然後記事。 逆記式，記事完畢，再補叙其時爲某年某月某日。 分記則年月日不合記一處，分前後叙出，將事實介乎記時之間。 順記式先記年而後記月日，如姚石甫《來孝女傳》，後記月日，先記年，因其年并表示女年十四所值之歲也。逆記式先記月日而後記年，或先記日而後記年月。如柳子厚《始得西山宴遊記》先記月日，後詳記年，因其年爲遊與記所共者也。遊覽與記載同年不同月日，遊覽之月日既詳於前，如須詳記載之月日，即與年同敘於篇末，如不詳記載之時而衹詳遊覽之時，以補敘篇末爲常法。凡動作同在一日内者，日與年月多補敘篇末；同在一月内者，先詳日而後補敘其年月；同在一年内者，先詳月日而後補叙其年。如其事非一年可竟而經歷數年者，年即分詳於前，敘人事或記幾何年，如云某元年。或記年之干支，如云歲甲子。或記年齡若干，歷記其年，例詳記數法内。《春秋》書法，首重記年，記年視時代而定。《項羽本紀》陳涉事，記秦二世元年七月，沛公立爲漢王後，叙事用漢之年月。初叙漢之元年四月，繼叙漢之二年冬，又叙漢之三年，漢之四年。《高祖本紀》秦二世未死時，叙高祖事，皆用秦記年，如記秦二世元年秋、秦二世二年、秦二世三年，皆是。大破秦軍以後，即用漢記年。

記方位法

地圓而稱爲方。《河圖》之數列東西南北四方，《洛書》之數列東西南北東南西南東北西北八方，《禮・大學》篇「所惡於上」十二句，前後即南北，左右即東西，合上下二方，即六合方式，釋家合八方、上下爲十方。文家就游觀之視線記叙，多擇十方中最著者詳之，無有十方遍叙者。上方屬仰視，下方屬俯視，其餘諸方或屬遠視，或屬近視。柳子厚記山水，變化方位，有極妙處。詳記遊與山水法。左右二字表示物之方位，魏學洢《核舟記》用之最多，前後迭見，而錯綜有方。「旁開小窗，左右各四。」先左後右；「閉之，則右刻『山高月小，水落石出』；左刻『清風徐來，水波不興』。」先右後左。「東坡右手執卷端，左手撫魯直背。魯直左手執卷末，右手指卷，如有所語。東坡現右足，魯直現左足」。叙手則東坡先右後左，魯直先左後右；叙足又先右後左。下文叙佛印「卧右膝，詘右臂支船，而豎其左膝，左臂掛念珠」，次序雖仍先右後左；而東坡、魯直皆先叙兩手而後叙其足；佛印則先叙足部而復叙手部，且易足爲膝，易手爲臂，又先叙右膝與右臂，而後叙左膝與左臂：是皆錯綜之妙也。「檝左右舟子各一人」，先左後右；「居右者椎髻仰面，左手依一横木，右手攀右趾，若嘯呼狀。居左者右手執蒲葵扇，左手撫爐。」先右者，後左者。居右者居左者皆冠句首，與前文「佛印居右，魯直居左」二句，居右居左皆置句末，配置不同。居右者先左手而後右手，居左者先右手而後左手，次第固有變化，且與前文東坡先右手後左手，魯直先左手後右手，次第卻亦錯綜。

記數法

事物之數有數端，宜取上文所記之數爲基本，比較而記之，以避堆疊。數目相等，後數用迴縮法，如云視某數或如其數是也。或用統叙法，如云某某各若干是也。統叙簡而直，迴縮繁而曲。前後數不同，後數用差比法。或增加幾何，或減少幾何，或倍之，或半之，或有贏縮，或幾分之幾，或某數之差。古文尚簡，此則以繁曲爲美矣。《書·吕刑》篇「其罰惟倍」，依據上文「其罰百鍰」一句，倍之爲二百鍰也。又云：「其罰倍差」，倍而又差，即五百鍰也。《禮·王制》篇：「庶人在官者，其禄以是爲差也。」依據上文食九人至五人，渾言遞減之數。又云：「中士倍下士，上士倍中士，下大夫倍上士，卿四大夫禄，君十卿禄。」上文「制：農田百畝，百畝之分，上農夫食九人」，百與九皆數之基也。又云：「諸侯之下士視上農夫」，田之畝數與食之人數亦百與九也。中士二百畝，「食十八人」；上士四百畝，「食三十六人」；下大夫八百畝，「食七十二人」。遞積而倍其數，卿三千二百畝，「食二百八十八人」；君三萬二千畝，「食二千八百八十人」。一積而四之，一積而十之也。下文「次國之卿三大夫禄，君十卿禄；小國之卿倍大夫禄，君十卿禄。」數可遞推。《王制》又云：「其有中士下士者，數各居其上之三分。」謂中士之數三倍於上士，下士之數三倍於中士，蓋上士二十七人，有明文也。《周禮·大司馬篇》「百步則一爲三表」，一謂一倍，即倍於百步爲二百步也。文不云二百步爲三表，免與下文「又五十步爲一表」句式相同。《考工記》：「戟廣寸有半寸，内三之，胡四之，援五之。」謂内長四寸半，胡長六寸，援長七寸半也。上文：「戈廣二寸，内倍之，胡三之，援四之。」例相同而數較簡，是皆增加計數之例。又記殳云：「參分其圍，去一以爲晉圍，五分其晉圍，去一以爲首圍。」下文記酋矛句式相同，是皆減少計數之例。《考工記》中類此者頗多。《左傳》昭公三年：「四升爲豆，各自其四，以登於釜。」不云「四豆爲區，四區爲釜」，亦以倍數遞相乘也。又云：「陳氏三量，皆登一焉。」不云「五升爲豆，五豆爲區，五區爲釜」。又不云「五升爲豆」，各自其五以登於釜，此亦記數增加之法，與前文相錯綜也。《史記·貨殖列傳》「棗栗千石者三之」，不直云「棗栗三千石」，亦與前文記數相錯綜。柳子厚《柳州山水近治可遊者記》「倍常而上」，與前文「常有四尺」一句相應，「常有四尺」，采取《考工記》。倍尋爲常，常有四尺即二丈，倍常即三丈二尺，此皆加倍之記法。韓退之《畫記》「驢如橐駝之數，而加其一焉。」亦用增加之法。《禮·玉藻》篇「其殺六分而去一。」謂笏殺處視中博三寸，析爲六分而去其一，廣二寸半也。又云：「參分帶下，紳居二焉。」謂大帶之下四尺五寸，析爲三分而紳居二，長三尺也。一占六分之五，一占三分之二，皆析其數而記之也。記數如前後專用一法而不變化，則有複疊之病，以錯綜爲宜。宋景濂《王冕傳》：「種豆三畝，粟倍之。樹梅花千，桃杏居其半。芋一區，薤韭各百本。」先用加倍記法，繼用減半記法，後不用比較法，錯綜有致。如云「種粟六畝，豆居其半」；或云「樹桃杏五百，梅花倍之」；或云「芋若干本，薤韭倍之，或半之」：前後記法便重疊無味矣。歷記數目，依次順記，則失之平直，亦宜錯綜。《書·無逸》篇「或十年，或七八年，或五六年，或四三年」，次第逆數，四復倒置三之前。分子從分母而出，無論定數或不定數，不舉分母，但詳分子，皆可由子以得母。《史記·貨殖列傳》「貪賈三之、廉賈五之」《滑稽列傳》「飲可八斗而醉二參」，三與五爲定數，二參爲不定數，觀兩分子所占之數，皆可以推知其分母爲十數。又有詳分母而不詳分子者，亦可由母以推子。《史記·孟子荀卿列傳》「騶奭者，齊諸騶子」，句末省「之一」二字。分子省者，其數一；分母省者，其數十，例相因也。幾分之幾，分母與分子皆爲單數，必介以「之」字，如二之一。分母爲成數，分子定數或不定數，皆可與分母直接。定數如什一，不定數如十二三，見莊子《馬蹄》篇。十八九，見韓退之《應科目時與人書》。成數後有零數，介「有」字於其間，即又字之假借。總數後詳消去之數，即略其餘存之數，詳餘存之數，即略其消去之數：蓋上下文自相映而出，無庸並詳也。傳記補叙姓名，如衹一人，不必詳其數，歷叙多數人之姓名，其前總數，可詳可略，略則數自在也。柳子厚《至小丘西小石潭記》篇末補叙同游者姓名，前文略去總數「四人」二字，而於四人中叙崔氏二小生，則詳出人數，此亦詳略相間之例。韓退之《畫記》前半幅叙八數，自一人至十人，參差錯綜，不依多寡爲次，人數大半尾於句末。「一人騎執大旗前立」，不云騎而執大旗前立者一人，「一人杖而負者」，不云杖而負者一人。人數皆冠句首，即首尾錯綜之例。牛、橐駝、驢、隼，皆逐物分記數目，「犬羊狐兔麋鹿共三十」一句，將諸物合記總數而不分記。下文叙器具之數亦然，即分合錯綜之例。魏學洢《核舟記》末段云：「通計一舟，爲人五；爲窗八；爲篛篷，爲楫，爲爐，爲壺，爲手卷，爲念珠，各一。」總計之法，與昌黎《畫記》同，惟遺漏雕闌、蒲葵扇兩物。物數繁多而無從計者，以渾記爲宜。記器物之數，以事計，或以枚計，習俗以枚爲圓形之物數所獨具，見殊狹小。衣或以襲計，此常例也。取物之特徵或較著者記其數，最有雅致，如鸜鵒以喙計，雄鷄以冠計，鶴以頂計，橐駝以峯計，魚以尾計，是皆就單數記之者。鳥以翼計，鵝鴨以蹼計，牛羊麋鹿以角計，蟹以螯計，魚或以鰓計，皆一化爲二。馬以蹄計，彘以足計，魚或以鬐計，皆一化爲四。魚以胸鬐、腹鬐計，如并計脊鬐、臀鬐、尾鬐，則一化爲七。《史記·貨殖列傳》「牛蹄角千」，一化爲六。一百六十七頭蹄角共一千零二，原文約舉成數，不限一百六十七頭也。僮僕以手指計，《貨殖列傳》「僮手指千」，一化爲十。如計食指則一化爲二。記雙數或與個數同式，《禮·曲禮》篇「户外有二屨」，二屨謂屨二雙也。記次第之數，與記個數法不盡同，要亦以錯綜爲貴，嘗設一問題答之，以明個數第數性質之别。有甲聞時鐘十二鳴，報曰十二時矣。乙但見時鐘長短針均達十二時，報如甲之數，問甲乙二人所報十二之數同性否？則答曰甲報據所聞，爲個數；乙報據所見，爲第數，乃第十二時也。漢文記第數，往往於數目字前畧去第字，與記個數同式，而性則有别也。記年歷次遞叙，先詳記某年，其後記年，或順推。如越數年，或後數年，或逆溯。如前數年，不必如編年法呆舉某年某年，餘可類推。年數記法分合有别，《五帝本紀》舜事中先分記年數云：「舜年二十，以孝聞。三十，而帝堯問可用者，四嶽咸薦虞舜，曰可。」中畧。「舜得舉用事二十年，而堯使攝政。攝政八年而堯崩。三年喪畢，讓丹朱，天下歸舜。」後連記年數云：「舜年二十以孝聞，年三十堯舉之，年五十攝行天子事，年五十八堯崩，年六十一代堯踐帝位。」按前後記年數，除年二十、三十複疊外，皆有變化。前者之數爲二十，爲八，爲三，皆分別記數。二十與八，將堯事中所叙堯辟位凡二十八年而崩一語分析其數。後者之數爲五十，爲五十八，爲六十一，用遞加法。年五十，以三十與用事之二十年兩數相加；年五十八，以年五十與攝政之八年兩數相加；年六十一，以五十八與堯崩三年兩數相加。前分記之數用斷續式，其詞繁；後連記之數用聯綴式，其詞簡：此不同之點也。

狀音法

風雨雷霆之天籟，潮流山谷之地籟，與夫動物器官鼓膜所發之音，及物類觸動種種之聲浪，多有合乎純母音或聲韻之拼綴者。狀音之字有以母表義而附音以狀之者，例如暑，呼痛聲；鏜，擊鼓聲；鏗鏗，金石聲；淅瀝，雨雪聲。有因音成文者，全無意義，但取其音之相切，與譯音相似，足以濟諧聲字之窮。其字可任書，以同音字之筆畫較簡單者爲宜。凡音急疾一發而止者，以一字狀之，如搜，矢行聲。凡雙音相疊者，以同樣之字狀之，如丁丁，伐木聲；登登，築牆聲；節節足足，鵲鳴聲；膈膈膊膊，鷄鳴聲。單音或以然字尾之，如填然，鼓聲；嚗然，放杖聲；鬨然，闔扉聲。雙音後亦或狀以然字。凡音之複雜者，以不同樣之字狀之，如邪 ä 許 hu，舉重聲，邪收韻喉音，口腔張開，今舉重聲口腔收籠而入鼻，音如哼，許收韻合脣，今舉重聲轉爲開口，音如呺。欸 ao 乃 ai ，蕩櫓聲；鉤輈格磔，鷓鴣聲。多數之複雜音類推。《莊子·齊物論》狀風聲，極盡其妙。李陵《答蘇武書》寫悲風胡笳牧馬等邊聲。木華《海賦》「浤浤汩汩」，中畧。「灌济濩渭」，郭璞《江賦》「漰湱㶁瀹」，皆狀波浪之聲。王褒《洞簫賦》「嚁霵曄踕」，馬融《長笛賦》「啾咋嘈啐」，中畧。「充屈鬱律，瞋菌碨柍。鄧琅磊落，駢田磅唐」，嵇康《琴賦》「縹繚潎洌」，潘岳《笙賦》「泓宏融裔，哇咬嘲喈」，各狀樂器之聲。成公綏《嘯賦》：「砏硍震隱，訇磕䃨嘈。」狀呼嘯之聲。王維《山中與裴迪秀才書》叙犬吠聲與村舂疏鐘聲及麥隴朝雊，晁無咎《新城遊北山記》叙泉聲鳥聲雞聲鈴鐸聲，歐陽修《秋聲賦》狀秋聲，《送楊寘序》狀琴音，朱梅崖《谿音集序》描寫谿音，是皆文之注重狀音者。文能就無聲之物狀出聲音，尤爲微妙，魏學洢《核舟記》叙魯直如有所語，又叙舟子若嘯呼狀，若聽茶聲然。語聲嘯呼聲茶聲，皆於無聲中傳出，此文之尤妙者。

記遊與山水法

記山水叙遊之年月日，以自己之遊蹤爲線，性質屬遊記，以遊者爲主，山水爲賓。如不記己之遊蹤與遊之年月日，專記山水，則性質爲山水記。記遊義私，而文情較親，必有超絶之思運之，方能擅勝。記山水義公，而局度較廣。遊記記地記物，尤重在記人記時，故有不記景物，而僅記遊之時與其遊之人題刻於山壁者，蓋名勝或可長存，而時光與人跡一遷而不可復尋，古人珍重記之而留於天地間者在此。雜記中記叙景物，如於人事有關，亦宜重在人事，景物畧點染足矣。表章名勝，不專以描寫爲貴，命名之原，變遷之跡，前人記載之闕佚，習俗相傳之訛謬，考正搜補，著之於篇，皆足以保存往跡而資來者之考覽。故夫有道之君子當遊覽時，多勤求古蹟，攀蘿披棘，摩挲碑碣，滌其泥蘚，考其片畫，稽古證今於風雨摧殘之餘，與尋常留連適觀之景物而點染詩文，其意自異也。記遊或記山水，皆有追記隨記之分。追記者就過去見聞之景象，默想冥搜而記之也。隨記則槖筆挾册，臨流倚石，即當前所經歷，觸處記之，如寫生然。境地簡約者，不妨追記，景況繁雜，以隨記爲宜。詞不能即工者，可先就名稱位置約畧記之，息影後再潤色焉。記叙以簡爲貴，而就局法言之，有宜簡者，有宜繁者，大概境簡則記繁，境繁則記簡。記一山一水，于崖巒岡阪巖洞潭澗泉石橋梁亭臺屋宇鳥獸草木諸狀態，與夫天之氣候，地之方向，可一一描摹盡致，以充其幅。境地繁多，每一端皆詳記之，則局勢易於繁冗，故宜擇其最勝者詳之，與簡記處相間爲文。柳子厚《鈷鉧潭記》《鈷鉧潭西小丘記》《至小丘西小石潭記》《袁家渴記》《石渠記》《石澗記》《小石城山記》諸篇，皆根西山説，本與《始得西山宴遊記》一篇相貫，可合爲一篇。子厚分列，各寄以閒情而擅其勝，即化繁爲簡之妙也。如妙義無多而强分之，則病枯寂矣。遊覽有按月日而記者，境地愈繁，則記法益宜求簡，李習之《來南録》之足法者在此。後世文浮於古，境繁而詞亦隨之，遊記往往有累卷者，情趣頗勝，不復如古人斤斤於尺紙寸幅片言隻字之間矣。記遊可從望遠叙入，記山水大半以所治地爲根，以山爲幹，以水爲支，而取其大者爲歸，以泉石屋宇草木鳥獸等爲點綴之華葉。山水之名稱與狀況及其方位，皆有順記逆記之别。狀況繁多，可用順記法，先詳名稱而後記其狀況。狀況簡少，可參用逆記法，先描寫狀況而後詳其名稱。柳子厚《柳州山水近治可遊者記》仙弈山及石魚山，皆用順記法，餘則參用逆記法。方位爲記叙山水貫串之線索，方位簡直，可用順記法，先名稱而後方位；方位曲折，可參用逆記法，先方位而後名稱。柳子厚《鈷鉧潭記》「鈷鉧潭在西山西」一句，即順記法。《鈷鉧潭西小丘記》「得西山後八日，中畧。梁之上有丘焉」，即逆記式也。後一端方位與前一端同，加又字承之，如再後一端方位復同，非變化位置，無以濟其窮，第又不免複疊名稱，柳州能兼兩美，極可矜資。《柳州山水近治可遊者記》云：「在多秭歸西」，又云：「在立魚南」，既不記於前云，「又西曰石魚之山」，「又南曰雷山」，以避前路又南又西之複。又不云「在仙弈山西」，「在石魚山南」，以避仙弈、石魚等名稱之複。取仙弈山段「其鳥多秭歸」一句，以多秭歸三字代表仙弈山，又取石魚山段「其形如立魚」一句，以立魚二字代表石魚山，各詳其方向之所在，真奇妙獨創之句也。晁無咎《新城遊北山記》同遊二三子，從感觸鈴鐸梅竹時寫之；遊之時爲九月，從感觸露月星斗時寫之，皆覺下筆有神。如記於前路云：九月某日，予與二三子遊於北山，便平衍矣。

論説

文之構成，不外案判。以體而言，記叙案也，論説判也。記叙類之傳與誌皆案也，論贊與銘辭皆判也。純粹記叙，有案無判。孔子《春秋》書法案而不判，判即蘊蓄於案之中。凡事理之顯見者，不加判斷，僅列其案。或徵引語句，如其言而止；或援舉事實，如其事而止。不加判詞，皆有涵蓄之妙。《史記·屈原傳》「張儀聞，乃曰：『以一儀而當漢中地』」，下文省「計甚得也」一句，此亦案而不判之證。判必依乎例，對於事物發抒之意見，或先乎判斷，或後焉，此即所持以判斷之例也。故例案判三端有鼎峙之勢，判詞所依者，如爲人人共曉之公例，不必舉出。凡文之僅列案判者，其中多含有例在也，意義稍深，即須援例。《公羊傳》宣公十五年「外平不書」一句，例也。「此何以書」一句，案之屬於疑問者也。「大其平乎己也」一句，判也。《穀梁傳》隱公元年「殺世子母弟目君」一句，例也。「以其目君」一句，案也。「知其爲弟也」一句，判也。論説判詞之高下，不判爲上。傳狀中論贊例相通。從廣處渾論，涵蓋一切，將正文評判籠罩在内，此法次之。評判正文，用推量擬議詞氣，不涉呆實，又其次也。窮盡其詞，絶無涵蓄，則下焉矣。正文切定本題，其義狹；旁文推説一切，其義廣。正文實而旁文虚，虚實相資，亦陰陽之道也。或先説旁文，引起正文，或已説正文，忽然掉開，推勘旁文，視其宜而驅遣之可也。論説擅勝大半在虚處遠處，即旁文也。

所謂虚者，旁敲側擊，針對正文，不脱不粘，非落空也。所謂遠者，就近處一線推衍，掉轉時仍以正文爲歸，非與本題隔絶，泛騖高遠，一往而不返也。正文意義易竭，縱之使離則不犯實，操之使合則不拋空，本欲説正意，而詞意之詳盡反在推論處。説入正文，則詞簡而意渾，若覺平淡，而回顧前文，實有無窮之醖釀。歐陽永叔《江鄰幾文集序》説交游零落文字僅存之悲感，皆從空中著筆，正文亦籠罩在内，至叙入鄰幾正文，不復加以悲感之詞，文之妙處在此。議論之文有結束處始説到正文，而前路全從空中推論者，如開篇便從正文説起，或起處畧推論數語，便説入正文，其後尤須從對面側面頻用操縱之法。善於操縱之文，不輕説正意，反復推勘。其變化相生之妙，如風之噓雲，於其將合也，忽使之飈開，於其將離也，又忽使之迴轉，再三吞吐作勢。又如老將之盤馬彎弓故不發，怨婦之千呼萬喚始出來，至無可推盪時，猶必先逐漸透露正文消息，然後顯出真面目。經層崖重巒，山迴路轉，而後達到奥處，筆盤折而氣幽邃，此其美也。判斷貴抑揚，抑主退，屬陰；揚主進，屬陽。或先抑後揚，或先揚後抑，或既抑而揚，又復抑之；或既揚而抑，又復揚之。如波濤之漲落，峯巒之起伏，抑揚愈多，氣機愈妙。就最古之文觀之，含蓄有之，操縱則少，蓋其詞多簡要而意尚直達也。後世詞繁而曲，操縱之法益滋，此關於姿勢之修飾，以繁爲勝，以曲爲美，揆諸達意適用之本旨，則稍浮矣。范伯子先生《與蔡燕生論文第一書》云：「隨手包裹，不礙於奔放。」奔放者縱也，包裹者操也。操與正意接近，縱與正意離開，若即若離，文境尤妙，縱由於天才，操由於人功。少年才華自喜，類能爲展拓之文，至馳騁中有控御之法，非功夫純熟者不能。王遵巖《碧梧軒詩集序》、魏叔子《送孫無言歸黄山序》，皆盡操縱之能者也。一氣直達，疾趨而下，無復餘蘊，氣易急促，調劑之法，或迴轉前文，或翻騰前說。迴轉之法，與前路相應，或明應，或渾應，皆有關於脈絡之貫通。一篇結處，此法尤要，所謂點睛法也。翻騰之法，多假設其詞，或將前文正說變爲負說，或變負說爲正說，如水之直瀉而忽折其流，山之將盡而忽迴其峯，文之氣勢多在此。至於用振筆以防精神之懈弛，用提筆以防氣勢之窮蹙，用撇筆揚開以折入他說，用伏筆爲後路插入之說伏根。論列現在之事物，或追溯過去，或推及將來。事理繁多，或散開而生波瀾，或集合而免散沙。整者散之，散者整之，分合縱横，各相其宜：是皆論說行文之要法也。旁文推衍，首重陪襯，著者取自己經歷之事伴說，或相關者，或相類者，情皆較爲親切。陪襯關於感情者，有交遊之感，有家世之感，有身世之感。推論宜遠，取鑑宜近，遠則極諸天地，近則取諸己身。因狹而推廣，則文義宏深，廣義包羅狹義在內。因人而推己，則詞意親切。文義由廣而逼入於狹，文情必由疏而入於親，文義由狹而推及於廣，文情必由親而轉爲疏。蓋義以廣而充，情以狹而親，故就義而言，狹不如廣，愈廣則愈充；以情而論，廣不如狹，愈狹則愈親。證佐或徵取事實，或援引陳言，使所論之事理確而有據，或明舉，或渾舉，皆陪襯之波瀾也。證佐之文，主賓伴說，由主說到賓，復由賓說到主，中間過遞處，掉主卸賓或掉賓卸主。須結構渾融，方不突兀。勸勉者，文之上者也，其次稱美，下者推崇失實。正告激直，旁告委婉。正說多勸善以言其效，詞意主導而多婉語，使之知勉。負說多懲不善以抉其病，詞意主激而多危害言，促其警戒。警勸兼施，責備處宜渾涵。判斷之識見，貴中正而不貴奇異。問答式始於《易・乾・文言》篇。「子曰」雖非假設，而爻辭之致疑，則爲設問之詞。《儀禮・喪服》子夏傳、《禮記・問喪》篇、《三年問》篇，皆設爲問答。《禮運》篇：「何謂人義？」中畧。「十者謂之人義。」此假設問詞答詞皆不簡畧之例。上文「何謂人情？」中畧。「七者弗學而能。」其後省「謂之人情」一句。此問詞不簡畧而答詞簡畧之例。下文「講信修睦，謂之人利。」其前省「何謂人利」一句，「爭奪相殺，謂之人患。」其前省「何謂人患」一句，此問詞簡畧而答詞不簡畧之例。錯綜之法具備，此自然妙文也。《公羊》、《穀梁春秋傳》推闡經義，盛用自問自答法。問答蟬聯式，問詞逐次從答詞而出，有剥蕉抽繭之妙，條理攸分，斯義理益顯也。後之文家效其體制，答詞前或系以曰字，問詞前亦有加曰字者，逐次問答，問詞何字、曷字可錯綜用之。問詞中舉名物，何字多後置；參以動字，何字多前置。假設或人之言，就空中發爲議論，並非疑問，後入自己口吻，爲辨駁之辭，亦問答類也。柳子厚《梓人傳》或曰云云，余曰云云，可證。至於次第層數部位錯綜變化諸法及比喻法，例非一類，以次列後。

次第錯綜法

文有數層，次第先後錯綜，或兩層，或三層，或四層，或五層，或八層。倒捲參錯，又有兩層或三層兼四層者，逐層銜接，反復錯綜。倒捲者疾馳而上，蟬聯者迅驅而下，盡其美矣。兩層倒捲，如《書·禹貢》篇，冀州先言賦而後言田，兖、青、徐、揚、荆、豫、梁、雍諸州，皆先言田而後言賦，甸服侯服二百里，皆順叙於三百里之前，綏服要服荒服二百里，皆逆叙於三百里之後。《禮運》篇「吾得夏時焉」，中畧。「吾得坤乾焉」。又云：「坤乾之義，夏時之等，吾以是觀之。」上文先夏時而後坤乾，下文先坤乾而後夏時。《學記》篇論四興六廢，先言教者之得而後言其失，於學者則先言四失而後言察於三者與察於四者之得。《樂記》篇：「樂由天作，禮以地制，過制則亂，過作則暴。」上二句先言作，後言制；下二句先言制，後言作。《公羊》昭公二十年傳云：「君子之善善也長，惡惡也短。惡惡止其身，善善及子孫。」上二句先言善善，後言惡惡；下二句先言惡惡，後言善善。《論語》：「法語之言能無從乎？改之爲貴。巽與之言能無説乎？繹之爲貴。」先説從改，後説説同悦。繹；下文「説而不繹，從而不改」，先説繹，而後從改：是皆兩層次第前後顛倒之例。《詩·鄭風·大叔于田》篇次章：「叔善射忌，又良御忌。」此二句先咏善射，後咏良御，下文：「抑磬控忌，抑縱送忌。」此二句先咏磬控，形容良御；後咏縱送，形容善射：此本章次序顛倒之例。末章：「叔馬慢忌，叔發罕忌。」此二句先咏良御之馬，後咏善射所發，與次章後二句次第相同，前二句次第顛倒：此隔章變化之例。《孟子》：「得道者多助，失道者寡助。寡助之至，親戚畔之；多助之至，天下順之。以天下之所順，攻親戚之所畔。」多助、寡助二層，畔、順二層，先後次第銜接顛倒：此倒捲中蟬聯式也。三層倒捲者，如《孟子》「民爲貴」章，首說民，次說社稷，又次說君，下文先說君輕於社稷，後說社稷輕於民，由君而社稷而民。《莊子·逍遥遊》篇引許由辭天下事，爲聖人無名作證；引連叔述神人事，爲神人無功作證；引堯喪天下事，爲至人無己作證，次第與前文「至人無己」「神人無功」「聖人無名」三句倒捲。《史記·老子傳》：「鳥，吾知其能飛；魚，吾知其能游；獸，吾知其能走。走者可以爲罔，游者可以爲綸，飛者可以爲矰。」先由飛而游而走，後由走而游而飛：是皆三層次第倒捲之例。三層一再顛倒，前後倒捲，中間參錯。如《孟子》：「設爲庠序學校以教之，庠者養也，校者教也，序者射也。夏曰校，殷曰序，周曰庠。」先首庠，次序，又次校；中間首庠，次校，又次序；後首校，次序，又次庠：此三層蟬聯錯綜之例。四層倒捲者，如宋濂《送東陽馬生序》前幅述自己情況，首書，次師，又次奔走，終之以衣食。後幅述諸生情況，首衣食，次奔走，又次師，終之以書，次第倒捲。四層次第一再錯綜，如《墨子·非樂》篇：「且夫仁者之爲天下度也，非爲其目之所美，耳之所樂，口之所甘，身體之所安，以此虧奪民衣食之財，仁者弗爲也。是故子墨子之所以非樂者，非以大鐘鳴鼓琴瑟竽笙之聲爲不樂也，非以刻鏤文章之色爲不美也，非以犓豢煎炙之味爲不甘也，非以高臺厚榭邃野之居爲不安也。雖身知其安也，口知其甘也，目知其美也，耳知其樂也。然上考之，不中聖王之事；下度之，不中萬民之利。」先以美樂甘安爲序，次以樂美甘安爲序，後以安甘美樂爲序，此於倒捲中兼有參錯之致。五層倒捲者，如《禮記·經解》篇：「故朝覲之禮，所以明君臣之義也；聘問之禮，所以使諸侯相尊敬也；喪祭之禮，所以明臣子之恩也；鄉飲酒之禮，所以明長幼之序也；婚姻之禮，所以明男女之别也。」又云：「故婚姻之禮廢，則夫婦之道苦，而淫辟之罪多矣；鄉飲酒之禮廢，則長幼之序失，而爭鬬之獄繁矣；喪祭之禮廢，則臣子之恩薄，而倍死忘生者衆矣；聘覲之禮廢，則君臣之位失；諸侯之行惡，而倍畔侵陵之敗起矣。」後五層次第與前文五層倒捲，惟覲聘與君臣諸侯，前分而後合耳。八層倒捲者，如《大學》篇「古之欲明明德於天下者，先治其國」一節，由天下而國而家而身而心而意而知而物，先末後本，下文「物格而后知至」一節，由物而知而意而心而身而家而國而天下，先本後末，層次倒捲之繁多，至斯而極矣。此外有兩層兼四層倒捲者，如《國語》晉孫談之子周適周一節，周語。記事處先叙「立無跛」四句，後叙「言敬必及天」十一句，記言處先釋「言敬必及天」十一句，後釋「立無跛」四句。先後次第倒捲，下文先分言「正端成慎」四端，後統言「慎成端正」，亦倒捲式，惟一分一合耳。有兩層顛倒兼七數減爲六數次第參錯者，如《論語》「逸民」章，首伯夷、叔齊，次虞仲、夷逸，又次朱張、柳下惠、少連，後記孔子之言，首伯夷、叔齊，次柳下惠、少連，又次虞仲、夷逸，畧去朱張，七人變爲六人：此次第參錯中兼省畧之例。論伯夷、叔齊，先贊而後稱名，柳下惠、少連與虞仲、夷逸，皆先稱名而後贊，次第顛倒。又有三層倒捲兼四層參錯者，如《文子·道德》篇：「老子曰：『學問不精，聽道不深。凡聽者將以達智也，將以成行也，將以致功名也。不精不明，不深不達。故上學以神聽，中學以心聽，下學以耳聽。以耳聽者學在皮膚，以心聽者學在肌肉，以神聽者學在骨髓。故聽之不深，即知之不明；知之不明，即不能盡其精；不能盡其精，即行之不成。』」耳心神三層次第倒捲，精深明成四層先後錯綜。至於同一事實，兩篇並載；或同一因果，兩篇並論，此篇與彼篇先後次第不同，此乃隔篇錯綜之例。視鄭風隔章錯綜，又有別矣。兩篇判因果次第不同者，如《易經》《既濟》次《小過》後，《小過》象傳云：「柔得中，是以小事吉也。」《既濟》象傳云：「初吉，柔得中也。」得中是因，吉是果，《小過》先因後果，不云小事吉，柔得中也。《既濟》先果後因，不云柔得中，是以初吉也。此隔篇錯綜之法。兩篇同載一事而先後攸殊者，具詳史記例中。見第二卷。

層數變化法

義理有三層者，先兩層，後一層，此一二之變化也。有五層者，先三層，後兩層；或先兩層，後三層，此二三之變化也。有七層者，先兩層，後五層，此二五之變化也。有八層者，先五層，後三層，此三五之變化也。至於詞意有四層者，句數增減，此變化之又一例也。鍾嶸《詩品序》云：「一曰興，二曰比，三曰賦」三層屬奇數。下文云：「若專用比興，則患在意深，意深則詞躓。若專用賦體，則患在意浮，意浮則文散。」先三層分舉，後將前兩層比興合而爲一，後一層賦體單獨相對，此一二之變也。《曲禮》篇「卜筮者，先聖王之所以使民信時日、敬鬼神、畏法令也，所以使民決嫌疑、定猶與也。」信時日至定猶與，凡五層，文分爲兩讀，先三層，後二層，此二三之變也。《孟子》「齊桓晉文」章「爲肥甘不足於口與」五句，先用爲字貫下肥甘、輕煖兩層，後用抑爲二字貫下采色、聲音、便嬖三層，此以五數析爲二數與三數，亦二三之變也。蘇明允《族譜》引前幅問答凡七層，七層屬奇數，文分爲前二層，用不顯明之問答式。第一層「蘇氏族譜譜蘇氏之族也」，蘇氏族譜後省爲何二字；第二層「眉之有蘇氏自此始，而譜不及者，親盡也。」者字後省何也二字，是皆問答式之不顯明者。後五層用顯明問答式，是謂二五之變，五與二，一奇數，一偶數也。後五層，一層句中用曷爲二字，四層句末皆用何也二字，此又一四之變也。屈原《卜居》篇問詞凡八層，前五層說正意，後三層說比喻，是謂三五之變。《易・繫辭傳》所謂「參伍以變，錯綜其數」也。韓愈《送高閑上人序》云：「堯舜禹湯治天下，養叔治射，庖丁治牛，師曠治音聲，扁鵲治病，僚之於丸，秋之於弈，伯倫之於酒」云云，引證八層，方式前五後三，亦參伍以變之證。《戰國策》樂毅報燕王書「臣聞」云云凡四處：第一處臣聞六句；第二處臣聞四句；第三處臣聞二句，逐次減縮，六減至四，四減至二；第四處臣聞云云，無可再減，迴轉增加，仍爲四句：此句數變化之妙。

部位變化法

數端前後三疊，變化腹部，次第最妙，尾部變化次之。首尾次第相同而變化腹部者，如《鄭風·風雨》篇首章夷字，《集傳》云：「平也」，按與怡通，心怡則氣平。末章喜與夷同意，次章瘳字就解憂説，憂是喜悦之對象。《魯頌·有駜》篇首章「駜彼乘黄」，末章「駜彼乘騆」，黄、騆皆咏其色。次章「駜彼乘牡」，牡咏其性。《孟子》：「故士窮不失義，達不離道。窮不失義，故士得己焉；達不離道，故民不失望焉。」先言窮，後言達，古之人得志澤加於民，不得志脩身見於世。得志是達，不得志是窮，此先言達而後言窮也。「窮則獨善其身，達則兼善天下。」先言窮，後言達。楚詞《卜居》篇蟬翼喻小人，千鈞喻君子，先小人而後君子。黄鐘喻君子，瓦釜喻小人，先君子而後小人。讒人説小人，賢士説君子，先小人而後君子。《史記·司馬穰苴列傳》叙「齊景公時，晉伐阿、甄，而燕侵河上。」先晉後燕，又叙「將兵扞燕、晉之師」，燕先於晉。又叙「晉師聞之，爲罷去。燕師聞之，渡水而解。」先晉後燕。韓愈《原道》篇「爲之君」一段，至「士處而病也，然後爲之宫室」，凡五層：皆先患害而後防備。「爲之工以贍其器用」，至「爲之刑以鋤其强梗」，凡八層：皆先防備而後患害。「相欺也，爲之符璽斗斛權衡以信之；相奪也，爲之城郭甲兵以守之」：此二層皆先患害而後防備。下文「害至而爲之備，患生而爲之防」，總束前文十五層。《原毀》篇「古之君子，其責己也重以周，其待人也輕以約。」此二句先己後人。下文「今之君子則不然，其責人也詳，其待己也廉。」此處先人後己。下文「不亦待其身者已廉乎！」又云：「是不亦責於人者已詳乎！」此二句又先己後人。《諱辨》篇中幅引證，先周公、孔子，後曾參；後幅一再推論，先曾參，後周公、孔子；又先周公、孔子，後曾參。歐陽修《縱囚論》「信義行於君子，而刑戮施於小人。」先君子而後小人。又云：「此又小人之尤甚者也。」中畧。「此又君子之尤難者也。」先小人而後君子。又云：「是以君子之難能期小人之尤者以必能也。」中畧。「是君子之所難，而小人之所易也。」先君子而後小人。《送楊寘序》云：「是其心固有不平者，且少又多疾。」先説心，後説疾。又云：「以多疾之體，有不平之心。」先説疾，後説心。又云：「然欲平其心，以養其疾。」先説心，後説疾。蘇轍《上樞密韓太尉書》：「其居家所與游者，不過其鄰里鄉黨之人，下省無賢豪可交游一層。所見不過數百里之間，無高山大野可登覽以自廣。」前文叙述太史公行天下，周覽四海名山大川，與燕、趙間豪俊交游，先説游覽之地，後説交游之人，文於史公前引孟子養氣之言，畧去孟子周流列國交游豪俊之事，此又一變化也。説人自己家居情況，先説交游之人，後説所游之地。下文「過秦漢之故都」四句，先地後人，「至京師」兩層，亦先地後人：是皆首尾次第相同而腹部變化之例。變化尾部而首腹次第相同者，如《詩・小雅・鶴鳴》篇鶴喻君子，魚喻小人，先君子而後小人。檀喻君子，擇穀穀字從木，訓惡木。皆喻小人，亦先君子而後小人。石喻小人，玉喻君子，攻錯即攻玉。先小人而後君子。《莊子·馬蹄》篇「及至聖人，蹩躠爲仁，踶跂爲義，而天下始疑矣。澶漫爲樂，摘擗爲禮，而天下始分矣。」先仁義而後禮樂。又云：「道德不廢，安取仁義；性情不離，安用禮樂？」亦先仁義而後禮樂，惟一分言，一合言耳。又云：「及至聖人，屈折禮樂以匡天下之形，縣跂仁義以慰天下之心。」先禮樂而後仁義：是皆前兩層次第相同，而後一層變化之例。

比喻法

比喻之例，原於詩義，衍諸經傳，而盛於周秦諸子及戰國游説之士。取物設譬，以闡明深奥之義理，或一端，或數端，或正比，或反比。有喻言即有正意，正喻並用，大半先比喻而後顯正意，亦有先正意而後設譬者。至於前後皆譬喻，將正意納於中間者亦有之。比喻詳盡，而正意祇一二語者，較之正喻並詳爲妙。若全用喻言，正意無一言透露消息，令人推測，更爲幽默。比喻之作用約有二端：（一）事理深曲難明，取淺近之事物爲譬，易於促其感悟而引起興趣。（二）意義有所寄託，隱晦其辭，意刺言諷，鋒鋩斂抑，委婉而易入。意氣不刻露，既增加對方感化之力，且免怨毒。廋隱之詞，專取譬喻，是謂寓言。《春秋》申叔展麥麴、鞠窮、河魚腹疾之言，詳《左傳》宣公十二年。申叔儀佩玉、旨酒與公孫有山氏首山庚癸之呼，詳《左傳》哀公十三年。皆廋辭隱語也。《論語》有「美玉於斯」一章，子貢以寓言詢問，孔子即以寓言應答。《孟子》設譬更多，淳于髡嫂溺手援，舌戰鋒厲。遷《史》所載滑稽之徒，益形詼詭矣。春秋以上設譬立喻，所取事物多在常理之中。迨至列國，事變繁興，辨才紛起，思想愈幻，比擬軼倫，小之至於無閒，大之極於無垠，聞者往往爲之愕然而動魄也。《孟子》之譬秋毫，《莊子》之譬芥舟，皆取材於纖細。《墨子・兼愛》篇取譬「挈太山越河濟」，又變其詞爲「挈泰山以超江河」之喻，集合兩種萬不可能之事，取材宏偉，思想極奇。孟子距墨，而「挾太山以超北海」之喻，似襲墨説。《荀子》「焦僥而戴泰山」之喻，《正論》篇。細大不倫，亦越乎尋常理想。莊子取譬於「使蚊負山」，《應帝王》篇、《秋水》篇。蚊不能與焦僥比，其理想視荀卿益幻。韓愈詩「蚍蜉撼大樹」，思想則退矣。《列子・湯問》篇、《莊子・逍遥遊》篇皆取譬鯤鵬。其後胎息莊子者，如宋玉《對楚王問》變鵬爲鳳凰，《淮南子・覽冥訓》變鯤爲螭虬是也。《戰國策》莊辛論幸臣，以蜻蛉、黄雀、黄鵠爲喻，劉向《新序》蜻蛉作青蛉，黄雀作爵，黄鵠作鴻鵠。《吴越春秋》載太子友諷諫吴王夫差之言，以秋蟬、螳螂、黄雀爲喻，《韓詩外傳》載孫叔敖進諫楚莊王之言，以蟬、螳蜋、黄雀、童子、坑窟爲喻，劉向《説苑》載舍人少孺子諫吴王之言，以蟬、螳螂、黄雀與臣爲喻，取譬由小遞推之大，形式相同。至於狀物取他端平比，此又一例，平比多用如字，間用若字。根諸《詩經》。詳拙著《詩經形釋》第六卷。而物狀繁複，非一端可盡，須連續比擬，或前後所叙之物均取他物摹擬，句式皆以變化爲貴，如所狀之物前後相同，則宜有詳畧之分。

柳子厚《柳州山水近治可遊者記》狀流石處，用如字凡五。蘇明允《仲兄文甫説》狀風水處，用如字十有二。蘇平仲《瞽説》論文處，設問凡二十，或狀一物，或狀數物，用如字都三十有九，配置有奇偶之别。姚姬傳《復魯絜非書》論文處，用如字凡二十有六，狀一物居多，句式有長短，文氣之舒促隨之。

序跋贈序

序詩文集，關於送别或祝壽等作，皆含有贈言之意，如歐陽永叔《釋祕演詩集序》爲送别而作，邵位西《龍樹寺壽讌詩序》爲獻壽而作，皆是也。贈序本爲詩歌而作，韓退之《送楊少尹序》、侯朝宗《送何子歸金陵序》，皆序送别之詩歌集，猶之序跋之序也。故序跋與贈序體制雖分，而義實相通，古人行世之文，大半於其没後子孫或徒友搜集遺稿，刊而傳之，故銘墓多先於序文。歐陽永叔《江鄰幾文集序》以聖俞、子美諸人陪襯，皆謂先銘其壙而後序其文，蓋著述次序本如是也。序弁前而跋履後，皆不以贊美爲貴，古人贊歎處多不過數語，重在考求事行，披覽全集，抉其生平精神與志趣所寄託者，表章著述之所從出。如有戚族或交游之感情，或爲之搜訂著述，文尤親切有味，書一篇之後，較易於跋全書，最上者評論義法，其下者判斷事實。書史傳後，論斷其事，性質與史論相通。傳銘等文前或系以序，雖不别列，亦序跋之性也。文體因人事而孳生，惲子居《答蔣松如書》以唐宋贈送序、明之壽序等文爲不經，其後有《復吳南屛書》者，亦以送人序、壽序等文爲不古。窮一切著作之始，體制皆自無而有，經與古之合不合，在言之見道與否，而不在乎文體名稱之異同也。送人序臨別贈言，直接用文字，蓋以語言寄於空虛，時遷境易，痕迹泯然，著爲文字，可永其相告之意，且可爲別時之紀念。若夫驪歌未動，鴻文忽抒，非送別而亦詶以序，使對待者置之座右，他日或散處，檢誦故人文字，可迴溯曩昔風雨諄諄之意，藉以印證往跡，故雖非送別而亦含有其意。韓愈《師説》爲贈李蟠而作，題屬論説，而體實贈序。送別序要義重在勸勉，鮮有往復爲惜別之語者。詩歌則惆悵徘徊，一再言之，而益見其情之深至，駢文亦有如是者，此其異也。要之勸勉以德，詩歌中亦以是爲精義，蘇武、李陵離別倡和五言古詩，互以崇德相勉，蘇武詩「願君崇令德」，李陵詩「努力崇明德」。其道在是，不僅以言情勝也。壽序采録事實，以擇其與情意聯絡者爲宜，能以情意驅遣事實，文自可觀。如專臚舉事實，堆砌滿紙，斯與小史無異矣。

書牘

秦漢以前，君臣往復，朋好酬答，間接用文字，皆謂之書。厥後書奏異制，遂別爲兩體。專制既革，上書倫於書牘，復其初矣。書牘分與書、復書二種：與書陳述意見或情狀；復書則就來書答復其諮詢之事物，或就其所陳述者，表示贊同或辨駁之意，詞宜温婉，而義宜廣大。上名公大人書，以不卑下爲貴，韓退之干求當世書，文詞雖工，而義多卑隘，不足貴也。古文中之書牘，寒暄語不多見，與簡牘鋪張套語迥別，而簡牘之文亦不可忽也。古人造文字，祇以爲適用之符號，經籍之文在當世多爲適用，後世以美術視之，日趨浮華，遂失其旨，而專事揣摩華美之文辭，侈爲無益之論説。至授筆草一檄，批一牘，輒謝曰不能，則又安取乎文？文之精者載道義，其行之也久遠，粗者達事情，其行之也切近，金玉錦繡與布帛菽粟相資爲用，庶得其當也。清代有《復汪梅村書》者，盛稱公牘之文，其言尚可采。畧謂文章之可傳者，惟道政事，較有實際。董江都春秋斷獄，胡安定經義治事，皆不尚詞華。淺儒謂案牘之文爲不古，見有登諸集者，輒鄙俗視之，不知經傳固多簡牘之文。近人會稽章氏，嘗謂古無私門著述，六經皆官守之書，官先其職而後書，師弟子傳之，以爲學業，論者韙之。黄公度論日本文學，其言有曰：「近世章疏移檄，告諭批判，明白曉暢，務期達意，其文體絶爲古人所無。」斯説也，蓋亦深念斯文之適用於今，而通行於俗也。共和告成之速，賴檄文函電之力居多，自今以往，文字之用愈多，一切振興之事，自上率下，自下達上，與夫平行旁流，何一不需公牘爲導綫。往昔體例繁多，起止有定式，鋪次有成轍，行款之單雙，葉面之陰陽，繕摺封緘，用硃蓋印，程式極嚴，今則簡要矣。江陵工於文藻，陽明精於性理，而其不朽者，一在籌邊論事諸牘，一在告示條約諸篇，公牘之不可忽也有如此。

箴　銘

箴與銘别爲二類：箴大半重在懲戒，銘則懲惡與勸善並施爲多；箴多直陳其義，銘或託物陳詞，或無所託而立義，託物者大概就其體質或狀態或功用著想。銘之簡單者如湯之《盤銘》是，武王器械諸銘屬於繁複類，要皆施諸服用之器物，或刻諸金玉，或録之楮帛，厥後則推及居處之屋宇矣。繁複之銘，標題貴先總而後分，篇首宜有總序，王禕《器物銘》有序。箴亦然也。韓退之《五箴》有序。

頌　贊

頌始於詩，贊源於書，體雖有别，而褒美其意，贍麗其詞，固相同也。頌大半揄揚國家，贊多稱譽人事，義别廣狹，此微異耳。頌、贊稱美之詞須當其量，不宜溢分，如推崇極至，輕發而妄施，則虚浮無徵矣。頌、贊皆或先之以序，有叙述者，有參以議論者。贊與傳贊相通，惟傳贊體由散句而整句而協韻，頌贊之贊或四言整句，或散句，無不節以韻者。頌詞亦然。駢儷之體或不協韻，如漢王褒《聖主得賢臣頌》是也。

哀祭

文字之制，本求適用於人，後乃浮其用而及於神鬼。秦人之哀三子，衞人之哀二子，《黄鳥》《乘舟》，乃哀祭之體所由始，至唐宋而文盛矣。哀辭誄文祇以鳴悲哀之情而已，祭文則直接對於亡者，讀之而告其靈，焚之而示諸幽。揆之於理，似近杳冥，而衡之於情，尚非敞罔。遣詞之意與泣訴同，哀情鬱於中，掬淚而出，誠摯樸實，無一毫虚僞容於其際，不假修飾，無意爲文，而自不失之俚俗。如竭力雕琢，堆砌事實，有意表異於生者；或迫於酬應，本無感觸，强襲空語，填溢滿紙，則詞薄而情漓，失真甚矣。

辭賦

賦由騷而變，而皆源於《詩經》。騷復系以歌詞或倡詞或亂詞，賦後系以歌詞，皆所以變换一篇之節奏而舒宕其辭氣，復其初矣。賦爲《詩經》三用之一，賦之體由用而變。曹丕《典論·論文》於七子中首稱「王粲長於辭賦」，又《與吳質書》亦稱「仲宣善於辭賦」，曹植《與楊德祖書》於諸子中獨評論孔璋「不閑於辭賦」，則當世之重辭賦可見矣。晉宋偶儷之美雖弗逮秦漢而亦有足觀者。潘岳《秋興賦》序文中，「譬猶池魚籠鳥，有江湖山藪之思」一句，係化偶爲奇之例。前後句字數與字性之排列皆同，謂之偶句。字數同而字性之排列不同，謂之整句。偶句整句並用，參以奇句，整齊中有疏宕之致。序文之意謂池魚有江湖之念，籠鳥有山藪之思，材料本相偶對，而句式則變爲奇矣。事物數端分舉，有總挈於前者，有總承於後者，駢儷縝密，尤重此法。《秋興賦》「四運忽其代序兮」一語，爲總挈下文冬索春敷夏茂秋落之筆，「彼四感之疚心兮」一語，爲總承上文送歸遠行臨川登山之筆。「感冬索而春敷兮，嗟夏茂而秋落」，由冬而春而夏，然後說到秋：此順配之例。又云：「憀慄兮若在遠行，登山臨水送將歸。」此二句引《九辯》之文。下文云：「夫送歸懷慕徒之戀兮，遠行有羈旅之憤。臨川感流以歎逝兮，登山懷遠而悼近。」先說送歸而後說遠行，先說臨川而後說登山，與上文先遠行而後送歸，先登山而後臨水，次第皆顛倒，此一美也。是篇體制因襲楚騷，兮字前後多六言，「夫送歸懷慕徒之戀兮」四語，兮字前後皆七言，字數變化，此又一美也。文以避複爲貴，下文承上，復舉其詞，無可避複，而變化其次第或字句，能該二美，益臻妙境矣。鋪陳景物，於狀態或光采而外，可兼寫其聲音，文字之勝於圖畫者在此。「蟬嘒嘒以寒吟兮，雁飄飄而南飛。熠燿粲於階闥兮，蟋蟀鳴乎軒屏。聽離鴻之晨吟兮，望流火之餘景。」此數語皆兼重寫聲，而次第不同，前二語先寫聲而後寫狀，次二語先寫光而後寫聲，後二語先寫聲而後寫光，有循環錯綜之妙。前後事物對待相疊，須有變化，方盡其妙。謝惠連《雪賦》「眄隰則萬頃同縞，瞻山則千巖俱白。」先寫低處，後寫高處。「於是臺如重璧，逵似連璐。」先寫高處，後寫低處。「庭列瑶階，林挺瓊樹。」先寫低處，後寫高處：前後高低疊寫，有錯綜之美。《滕王閣序》「臨帝子之長洲，得仙人之舊館。」先低後高。「層巒聳翠，上出重霄；飛閣流丹，下臨無地。」先高後低。「鶴汀鳧渚，窮島嶼之縈迴；桂殿蘭宫，列岡巒之體勢。」先低後高。錯綜與《雪賦》同例，狀物詳密，纖毫顯著，貴有渾灝之氣旋轉其間。《雪賦》「始緣甍而冒棟」，以下描寫形色，刻露極矣。而先爲之辭曰：「其爲狀也，散漫交錯，氛氲蕭索，藹藹浮浮，瀌瀌弈弈。聯翩飛灑，徘徊委積。」此數語以渾灝之筆覆其先也，既又爲之辭曰：「至夫繽紛繁鶩或作騖，非。之貌，皓汗皦潔之儀，迴散縈積之勢，飛聚凝曜之奇，固展轉而無窮，嗟難得而備知。」此數語以渾灝之筆載其後也。鮑照《蕪城賦》起處由平原推到蒼梧、漲海、紫塞、雁門，係從遠處説。「柂以漕渠，軸以崐岡。」説入近處。「重江複關」，「四會五達」，復推到遠處：此遠近相參之例。中幅從「澤葵」寫到「塞草」，所載動植物皆寫實境。「棱棱霜氣，蔌蔌風威」，就空中描寫。「孤蓬自振，驚沙坐飛」，雖寫實物，卻呈虚空之象：此虚實相參之例。虚實皆就近處描寫，「灌莽杳而無際，叢薄紛其相依。」又云：「直視千里外，唯見起黄埃。」皆從遠處描寫：此亦遠近相參者也。歌詞「邊風急兮城上寒，井逕滅兮邱隴殘。」先虚寫而後實寫：此亦虚實相參者也。「蒼梧漲海」，「重江複關」，皆在一句中以水陸對待。「柂以漕渠，軸以崐崗」，「孳貨鹽田，鏟利銅山」，「劃崇墉，刳濬洫」：皆係偶句以高下比儷。或先就低處説而後説高處，如前四句是；或先説高處而後及低處，如後二句是。「廛閈撲地，歌吹沸天」，亦先低後高。「廛閈」實説，屬陰性，「地」屬陰性，「撲」字動作亦屬陰性，此陰承陰也。「歌吹」虚説，屬陽性，「天」屬陽性，「沸」字動作亦屬陽性，此陽承陽也。高下對待，亦係虚實相參，高虚屬陽，下實屬陰也。專就實處説，實之中亦寓有虚實之法。是以「版築雉堞之殷，井幹烽櫓之勤」，皆就實處説。「崪若斷岸」一句，係從低處實比；「矗似長雲」一句，係從高處虚比。「通池既已夷，峻隅又已頽」，高下並列，與前路渠、岡、江、關、墉、洫對舉處相應：此篇中迴綰之例。古賦奇偶句並用，前段用偶句收，下文用奇句起；或前段用奇句收，下文用偶句起，承接便有變化。「重江複關之隩」二句偶對，下文「當昔全盛之時」一句雖屬狀詞，要係以奇語起者，故能侈秦法。中畧。「圖修世以休命」，用奇句束住，下文「是以版築雉堞之殷，井幹烽櫓之勤」等句，用偶句承接。「出入三代，五百餘載，竟瓜剖而豆分。」用奇句束住。下文「澤葵依井，荒葛罥塗」，用偶句承接。「直視千里外，唯見起黄埃。凝思寂聽，心傷已摧。」句整而意不偶，亦含奇性。下文「若夫藻扃黼帳」云云，承以排偶，奇陽而偶陰，此陽承陰與陰承陽之道也。餘可類推。「車絓轊」，即轂擊；「人駕肩」，即肩摩：此足徵鎔冶之法。如云：「車擊轂，人摩肩」，便饐餲無味。予嘗以爲用熟語以二字爲限，如逾此畛域，即不免唾餘，詩歌亦宜注意。五言句或用三字熟語，七言句或用四字熟語，即難有可觀，所貴乎創者此也。造句以動字爲最要，動字有力，則全句皆振。「廛閈撲地」，撲字最妙。初學綴句，由無解説造成有解説，及其化也，由有解説進爲無解説。所謂無解説者，透過一層或數層，就實際説，不必其盡然也，而神志中則確有不可思議之感想，令人猝思之而不得其解。新奇之字仍係尋常所應用者，而他人千萬思之，卒不能得此一字，妙手拈來，遂嘆奇絶，此理通於詩歌。「歌吹沸天」，沸字本狀音響之震揚如沸，「糊頳壤以飛文」，飛字本狀文采之流動如飛，若作「歌吹震天」，「糊頳壤以流文」，便遠遜矣。「伏虣藏虎，乳血飡膚。」乳血言吮血當作乳，飡膚言齧膚當作飡，不云吮血齧膚，亦動字透一層用法也。「驚沙坐飛」一句，飛字之動作本平易，而狀以坐字，便覺新奇，形容飛沙布滿空中，上下聯續，勢雖飄散，而形若凝定，此非尋常所能思而得之者也。舊注無故而飛曰坐飛，似失真趣。 中幅描摹衰況，崩榛、白楊、衰草不與澤葵、荒葛併寫一處，分前後寫出，將虺蜮、麏鼯等動物包孕於植物之間。對偶句式忌前後相同，「澤葵依井，荒葛罥塗。」句首主詞皆二字，句末副賓詞皆一字，第三字表示動作，下文「壇羅虺蜮，階鬬麏鼯。」句首主詞皆一字，由副賓詞轉來，句末賓詞皆二字，由主詞轉來，第二字表示動作，如將虺蜮麏鼯置句首，格式便與前二句相同。虺蜮麏鼯皆分寫，下文「木魅山鬼，野鼠城狐，風嘷雨嘯，昏見晨趨。」係合寫，如作「木魅風嘷，山鬼雨嘯，野鼠昏見，城鼠晨趨。」即與下文「饑鷹」二句主詞前置同式。「饑鷹厲吻，寒鴟嚇雛。」係分寫之句，「伏虣藏虎，乳血飡膚。」係合寫之句，如作「伏虣乳血，藏虎飡膚」，便與上文「饑鷹」二句同式。「崩榛塞路，崢嶸古馗。白楊早落，塞草前衰。」「白楊」「塞草」與「崩榛」皆置句首，句式畧同，而從路字中寫「崢嶸古馗」一句，便有變化之妙。感物重在感人，中幅寫物之衰況，純爲後幅寫人衰況之烘托。「直視千里外，唯見起黄埃」，已含有不見人之感想。寫動物先寫植物，寫美人先寫居處，文理與畫理相同。扃帳堂閣與妙姬麗人皆用合寫之法，堂閣林渚系以歌舞弋釣等字，已透露感人消息。感人有專感，有雜感，是篇專感美人，以概其餘。若江淹《恨賦》《别賦》，便是雜感矣。中幅：「凝思寂聽，心傷已摧。」此二句對於前文所寫視察之景況發揮深摯之動作，「思」字將前文所未寫出之意該括在内，「聽」字將前文所未寫出之聲該括在内，由有聲而至無聲，聽字尤妙。寫感情只「心傷已摧」一語，「摧」字分量甚重，詞約而義精。古人於可感之景況，但描寫盡致，足令人人閲之興感，著者不必堆疊悲感之詞，詩文妙境多在此處。「薫歇燼滅，光沈響絶」，「埋魂幽石，委骨窮塵」等語，皆錘鍊有聲，自含有哀惻之意。篇末「千齡兮萬代，共盡兮何言！」結語更覺悽絶，要皆不贅言心意之悲感也。古賦排句少，間有排句，平仄之配置不求盡調。「璿淵碧樹，弋林釣渚之館」，與前二句爲排，若在律賦，則「碧樹」當置「璿淵」上。「釣渚」當置「弋林」上。下文「吴蔡齊秦之聲，魚龍爵馬之玩」，齊秦後乎吴蔡，爵馬後乎魚龍，與律賦協音之例亦異。

文談卷四　論文法

律寓之於詩，法寓之於文。古人之文顛倒省畧，非故爲是艱深之詞，蓋本其自然之感而發爲文章。根諸語言，未嘗預設成法而法自在，後世卒未有能越其範者，則文法之變化固同於語法而出自天然也。就其天然而分析之，以爲文家之軌，於是乎文法生焉。華文品詞性質與東西文字相較，惟西文無助字，日文混介字於助字，其餘則大畧相同。悲哀喜悅歎賞等感歎字，發音尤如出一轍，可見人類之情意與天地萬物之觀念所感觸而組成文言者，其性質無異也。吾國句法之排列，與東西文互異者雖多，然如感歎字冠句首，主詞名字或代字先乎動靜等字，主受疑問代字誰何等字。置他動字或介字之前，主動字置主位名字或代字之後，靜字先乎名字或後乎名字，狀字先乎動字靜字，連字系於兩名字或句讀之間，莫不皆然。「是以」「所謂」等詞，是以本云以是，即因此。所謂本云謂所，即謂之。代字皆倒置，同於日文。蒙古與日本動字皆置賓詞後，漢文受動句式亦然，動字有倒置介字後者。如《左傳》昭公十九年「諺所謂室於怒市於色者，楚之謂矣。」「室於怒市於色」不云「怒於室色於市」，尤與日文同例。小兒初學語言，動字亦往往置賓詞後，如吃飯云飯吃，開門云門開，點火云火點，此種排列不能判其爲孰逆孰順，祇因比較而謂之相反耳。他動字置賓詞前，自動字置副賓詞前，介字介於名字或代字前，助動字助於動字前，大半與西文同例。代字「誰」專用於人稱，與英文who不通用於事物，其例一也。世之論中華文法者，品詞分類，各因所據東西文之性質而異，要皆殊途而同歸也。研究之始，字性與句性若何，詞類與位次若何，若不勝其煩苦，納之於文，轍惟恐越軌，矢惟恐差的，凝神壹志，不敢肆也。及其久而化也，一有感觸，思與情結，發爲文章，浩乎如奔流驟雨，不自知其然，而文法自無差謬，始於艱辛而終於渾化，自然之道也。高等文法不外省文、逆文兩種，文愈古者省逆愈多，名字省畧約有三例：（一）主詞統貫以後之動作，其後主詞皆可省，賓詞或副賓詞爲歷次動作所直接施及或間接施及，亦忌複疊。（二）主詞見於前文，其後轉爲賓詞或副賓詞，可酌省；或以代字代之，賓詞或副賓詞見於前文，其後轉爲主詞，亦可酌省。（三）記甲乙相關之動作，甲乙名字皆已見於前文，其後記動作，可省甲名，或省乙名，或甲乙之名皆省。凡句中有轉化之字，必有省文，亦時有逆文，表詞前之動字，如「爲」「是」等字多從省，其餘則無一句無主動字，故動字尤要。動字分自他二性，自動中或有受動性質，他動中或有使動性質，惟無語尾之變化。其由名字或靜字或狀字轉化爲動字者，大半有省逆，而由名字轉化之例較爲複雜。動字與名字同形而如其字以用之者，如《論語》「賢賢易色」，《孟子》「幼吾幼以及人之幼」。省原動字而以名字轉爲動字者，他種字或連及省去。如楚詞《湘夫人》

「洞庭波兮木葉下」，波字後省自動字「起」，波字由主詞轉爲自動字。《孟子》「涕出而女於吳」，女字由賓詞轉爲自動字。其前省他動字嫁。《論語》：「孔子時其亡也而往拜之。」本云「孔子瞰於其亡之時也，而往拜之。」「瞰」字省去，後復省介字「於」，「時」字由副賓詞中之正次轉爲自動字倒置。《左傳》哀公七年「宋百牢我」，「百牢」二字前省他動字「饋」，後省介字「於」，「百牢」二字由賓詞轉爲他動字。謂宋以百牢饋我亦可。《史記・項羽本紀》「范增數目項王」，「目」字前省「以」字，後省他動字「視」，句例同上。《孟子》「不可以風」，猶云不可以爲風所侵，「風」字亦由副賓詞轉爲自動字，句中動字後間接「爲」字，「爲」字他動字。或一併省去，而以「爲」字後之賓詞轉爲動字，如《左傳》宣公十二年「使臣妾之」，本云「使爲之臣妾」。哀公二年「櫝可材也」，本云「櫝可取之爲材也」。《孟子》「好臣其所教，而不好臣其所受教。」本云「好以其所教者爲臣，而不好以其所受教者爲臣。」韓愈《原道》篇「廬其居」，本云「改其居爲廬」。他動字「以爲」二字連用，其後所接靜字可轉爲他動字，而省「以爲」二字。如《史記・袁盎傳》「諸公聞之，皆多袁盎。」多袁盎者，本云「以袁盎爲足多」。「以爲」或省「爲」字。省他動字而以狀字轉爲他動字者，如《中庸》「子庶民也。」本云「視庶民如子也。」「如子」二字狀「視」字。因動字之省畧而連及他種字一併省去者，前既詳之矣。至於有假設之意而省「如」、「若」等字，有順承之意而省「而」字，用「雖」字推闡，而其後省「然」字，含有轉折之意，用「況」、「矧」等字跌入，而其前省「猶」、「尚」等字，含有推勘之意，是皆連字之省畧也。

倒置之例，約分五類：（一）疑問代字誰、孰、何、奚等字，及聯接代字所字爲賓詞或副賓詞時，皆倒置於他動字或介字之前。（二）凡有否定字莫、不、未、無等字，在他動字前者，賓詞代字居多皆倒置於他動字之前。（三）動字倒置，中間系斯字或是字，或介以「之」字，《詩・公劉》篇「于京斯依，于豳斯館」。《左傳》僖公四年「豈不穀是爲？　先君之好是繼」。《論語》「吾斯之未能信」：依、館、爲、繼、信等字皆倒置。　狀字倒置，亦或介「之」字，《莊子・養生主》篇「技經肯綮之未嘗」，未嘗二字倒置。（四）助字「與」同歟。　倒置，《國語》「何辭之與有？」猶云「有何辭與」？（五）賓詞字數稍多，倒置句首，轉爲主詞，句式由主動變受動，亦有字數不多而倒置者。　如《論語》「聖人吾不得而見之矣。」聖人二字本爲見字之賓詞，倒置變主詞，吾字亦主詞，句式係受動兼主動。　詞賦詩歌之屬，限於偶字協韻，顛倒省畧多有出於散文法則之外者，字類不一，意義既殊，而性質遂判，類之中又有類焉。　一字有數用，名稱視乎位置之變化而定，非可拘於一隅也。　其、彼、此、是等代字直接名字前轉爲靜字，「其」字直接名字前，含有「彼之」意，故其後不能介「之」字。「其」字用以推量，係狀字，意之商量分數層，用作連字。　殿句末者係助字，讀如基，與只、止等助字同性。或字代表一人，或連用分代數人，皆爲代字。　一人有數動作，連用或字，分系於動作之前，係連字，表示未定之意義者爲狀字。「之」作茲字解，係代字，接自動字後，含有於此二字之意，故其前不能介「於」字。　作至字解，係自動字，其後亦不能介「於」字。　置名字或代字之間爲介字，若如等字接名字或代字前爲主動，係同動字中屬自動性者，其後皆不能介「於」字。等、同二字後皆可介於字，義通而例異。接靜字動字前或後者爲狀字，用以類舉事物或假設者爲連字，亦又且復等字前文有所承，即尚猶等字下文有所繼，皆係連字，如無所繼承，皆係狀字。猶字或用作同動字，即字用作狀字，或用以假設而與苟、若等字同性，爲連字。蓋、第、但、特、獨等字，用於句中爲狀字，用於句首爲連字。非字接動字前爲狀字，其後省動字而接名字或代字前爲判斷之負説者，係同動字，假設掉開。用非字接名字或代字前，係介字性質，用於前讀而其間動字不轉爲他種字者，非字係連字，微字用作介字或連字同例。與字作參預之預字解，係自動字，讀去聲，作許字解，或與給予之予字通，係他動字，介於兩名字或兩代字之間。前主詞，後副賓詞，與字爲介字，前後皆爲主詞，或皆爲賓詞，則與字爲連字。與其二字或省作與，亦爲連字，讀上聲，殿句末與歟字通，係助字，讀平聲。以字貫下爲字者，係他動字，系於副賓詞前者爲介字，有因爲二字之意，或承接前後動作，與「而」字順承同性，皆係連字。前後承接名字，亦係連字，有而且二字之意，如《書·金縢》篇「天大雷電以風」，或冠於主詞前，亦爲連字，《公羊傳》宣公十五年「以區區之宋，猶有不欺人之臣」句例可證。爲字用作他動字，讀平聲，用作介字或連字，讀去聲。章句之學明於漢，迄乎唐代，韓退之讀古人之文，反覆乎句讀，見《上兵部李侍郎書》。《師説》篇亦論及「句讀之不知」，則句讀之見重於古也可知矣。讀與頓有别，除時間狀字感歎字冠句首皆爲頓外，凡名字或連續多數名字，或雜有他種字變爲名字，置於句首而直接其後之代字或他種名字者，皆謂之頓。賓詞倒置，其後不直接代字或他種名字者，亦屬之頓。動字性質未變而詞意未完者謂之讀，詞意已具而可以獨立者謂之句，此大較也。舊式句讀之分析視乎文法，新式標點之分析視乎語法，語法與文法字體或異，而字性多同。字性不明，則分析無所依據，易有舛謬，體制無論文言，讀法首重分句。停頓休止，本有定則，當斷而能斷，當續而能續，無俟觀讀者之作品，其程度已可推而知矣。

跋

吾師徐先生益修主學校講席，日爲其徒講論文章，退則筆其精微，積十數年乃稍比次，都爲四卷，題曰《益修文談》。近之桐城，遠之八家，上溯馬、班、莊、屈，推之《春秋》《國策》，罔弗論列，擷其體要，析其義例，而於歷代文章變化蟬蜕之跡述之尤詳。夫論文之言著爲專書，始於劉勰之《文心雕龍》、任昉之《文章緣起》，後之論者僅於書牘内舉其大概，或取譬以喻之耳，詞簡而旨奥，初學往往莫能識也。先生以明顯之筆，發文章之祕，評騭不苟不阿，闡微如燭如炬。學者揣摩此編，隨其材質之高下深淺，必將有所得焉。先生嘗誨臨曰：「古人文章之傳者，皆其畢生精力之所寄，讀其文須考審其性情，探討其組織，玩其神味，索其氣息，反復思之，融會於心，乃有所得。由明清諸家上及唐宋兩漢周秦之文，參合而觀，則識其雄深淵懿與雖若雄深淵懿而不至焉者，昭昭然如懸衡之銖兩矣。」臨讀是編，以證原文，推例衍義，靡不如車合轍，如契合符。誠可謂後學之津梁，舉一反三，則文章之道思過半矣。臨每往謁先生，見其燕居雍穆，和藹從容，輒爲肅然。斯編論處境與享年，諄諄以知命爲言，然後知先生之自得也深，而誨人也切，學者〔苟〕〔苟〕能淡薄名利而優游自造，庶不失先生之旨也夫。既付印工，命臨任校讎之役，爰以向所見聞於先生者，謹識其大畧如此。

己巳新秋門人東臺楊臨謹跋

讀漢文記

胡樸安　撰

《讀漢文記》一卷

胡樸安　撰

胡樸安（一八七八——一九四七），學名韞玉，字仲民，又字頌民，改字樸安，後以字行，室名樸學齋，安徽涇縣人。幼習經史，清末在滬任《國粹學報》編輯。參加中國同盟會及南社。曾在中國公學、復旦公學、暨南大學等校任教授。著有《離騷補釋》、《中國文字學史》、《中國訓詁學史》等百餘種。

此書以隨筆形式詳論兩漢學者之文。認爲漢人讀書富，更事深，見理明。其文據事直書，無翻空之意，無轉折波瀾呼應起伏之作態，無意於文，自然雅好。大體言之，西漢文渾厚，東漢文浮麗。西漢文人首推兩司馬，東漢首推班、張。並認爲賈誼係漢文之雄者，若舍文而言理，則又董仲舒而已。「高文典册用相如，飛書羽檄用枚皋」，故胡氏謂文章體裁至西漢已大備。作者論文上承韓愈「氣盛言宜」論，以理爲行文之本，曰：「劉向諸疏直言無含蓄，而不見粗疏之跡者，經術之氣有以舉之也。」

有一九二三年《樸學齋叢刊》本，今即據以録入。

（聶巧平）

讀漢文記序

韞玉初束髮讀書，先大人授以唐宋八家文，心竊好韓、歐，以爲韓斂氣於骨，歐運氣於神。及稍長，常疑韓、歐作文太費氣力，而韓尤甚。又疑韓、歐之文中空無有，僅其表耳。於是記遊文好子厚，論事文好子瞻，經術文好子固，以其習氣少也。中年出遊，從事於文字音韻之學，參考嘗及漢人文字，覺其渾穆之氣，無意於文，自然爾雅。始知學積於中，辭流於外，富潤屋，德潤身，不可强而致也。兩漢學者無不讀書富，更事深，見理明，故其爲文也，據事直書，無翻空之義，無題外之言，無轉折波瀾呼應起伏之作態，即辭、賦、箴、銘之屬，亦浩灝流轉，樸與華兼，由是好之綦至，暇輒諷誦以益神思。久之，甘苦徐疾，略知一二，隨筆記之，聊以自課云。胡韞玉自識。

讀漢文記

胡樸安　撰

《漢書·藝文志》賈誼五十八篇列在儒家，賈誼賦七篇列在詩賦，漢時文章之類別亦可知矣。誼文存於今者，《新書》五十六篇，《問孝篇》亡，僅五十五篇。《賦騷》六篇，《虛賦》二篇，似皆斷章，則誼賦亦有亡篇矣。諸疏載於《漢書·藝文志》，不列篇數，後人合諸賦、諸疏、《過秦論》等篇而爲《長沙集》，蓋取其文之爲人常誦者而集之耳。《隋·經籍志》既列《賈子》十卷於子類，集類又列《賈誼集》四卷，則誼文又不僅《漢志》所列之七篇矣。今之《新書》分目雖五十六篇，大半散論時政，《請封建子弟》、《諫立淮南諸子》諸疏，另立篇目爲之，所謂割裂其章段，顛倒其次序，瞀亂無條例也。然其書儘多條達之言，且敷陳古典具有本源，亦可貴也。

長沙諸賦，辭清而理哀，《離騷》之遺韻也。《弔屈原》、《鵩鳥》二賦尤多騷意，所謂驚才風逸，壯志烟高，非僅以「體物瀏亮」爲能事。「詩人之賦麗以則，辭人之賦麗以淫。」長沙乃騷人之賦，清而不麗，哀而多思也。

《陳政事疏》後有闕文。真西山引《新書》諸侯官名制度同於天子者補之。姚姬傳謂：「此一段爲《論積貯》，載於《食貨志》者是。」近時吳摯父謂：「可謂長太息者六，六乃三之誤，無闕文。」然顔師古註：「誼上疏言『可爲長太息者六』，今此至三而止，蓋史家直取其切要者耳。故下贊云掇其切於世事者著於傳。」則是實有闕文也。

太史公曰：「長卿賦多虚辭濫説，要歸節儉。」所謂繁類成豔，新而有質，揉而有本也。《傳》曰：「如孔氏之門人用賦也，則賈誼登堂，相如入室矣。」然長沙致辨情理，文園競爲侈麗閎衍之辭，雖麗而不靡，繁而不縟，擬之長沙似稍遜已。長卿風流曠誕，固宜情見乎辭，雖《子虚》、《上林》歸本於規諫，上符風人之義，然讀其自序，琴心善感，好女夜亡，生平必多綺靡之辭，惟今不傳耳。《琴歌》二首即其類也。

《子虚》、《上林》、《長門》三賦載於《文選》。論者謂《子虚》緊峭，《上林》衍博。余謂二賦浩氣内轉，精光外溢，譬之長江巨河，大波堆銀，細沫噴雪，心駭目驚，莫可名狀。千里一曲，自成波瀾，特人不見耳。《長門》悲而不傷，善於寫怨者也。

《美人賦》脱胎《登徒子好色》，後半篇暗用柳下惠坐懷不亂之意。然其辭曰：「弛其上服，表其褻衣，皓體呈露，弱骨豐肌。時來親臣，柔滑如脂。」則視宋玉之「眉如翠羽，肌如白雪，腰如束素，齒如含貝」者，褻多矣。況乎琴心之挑，既美感夫卓女，而乃謂：「脈定於内，心正於懷。信誓旦旦，秉志不回。」其誰信耶？

《漢書·藝文志》司馬相如賦二十九篇，存於今者，《子虛》、《上林》、《大人》、《長門》、《美人》、《哀二世》，僅六篇耳，亡者多矣。《子虛》、《上林》、《大人》、《哀二世》賦載於本傳。《子虛》、《上林》實爲一賦，以「亡是公」以下爲《上林》，乃《文選》分之。《長門賦》載於《文選》，《美人賦》載《古文苑》，然則長卿賦實亡二十四篇也。其他文章之可見者，書二篇，檄一篇，難一篇，符命一篇，歌二首而已。《諫獵書》、《諭巴蜀檄》、《難蜀父老》、《封禪文》皆載於《文選》。效古不襲，刱獲有源，氣彊辭妍，句屈意密，是真能爲炳炳烺烺之文，惟深於辭賦者能之。

膠西《天人三策》正誼明道，粹然儒者之言，文亦儒者之文也。其勝於《治安》者在此，其不及《治安》者亦在此。長沙年少氣盛，其《陳政事》也稱心而出，略無回顧。故其文浩浩渤渤，英邁之氣，精悍之色，溢於字句之間。既事覈而言練，復氣偉而采奇。膠西敷陳經義，於事言似稍迂緩，於文言亦乏精鋭。長沙，其漢文之雄者也。若舍文而言理，則又膠西尚已。

膠西深於《春秋》，著爲文章多《春秋》義，今之《繁露》是已。《天人三策》亦推本《春秋》之旨。漢儒每本所學以言事。申、韓之學，盛於秦，流行於漢，當時論政者每多慘刻之談。膠西獨治《春秋》，本《春秋》之義，以陽居夏，陰居冬，明天之任德不任刑，以闢申、韓之説。後世士子學問雜，故文章亦雜。雜則不精，必然之勢也。

膠西治《春秋》好言災異，如《高廟殿災對》及《雨雹對》是已。《殿災對》文筆廉厲，不似《三策》思精而語奇，意刻而氣鋭也。史稱：「草稿未上，主父偃竊其書奏焉，上召視諸儒。仲舒弟子吕步舒不知其師書，以爲太愚。」則是膠西此文大異平日之所爲文，雖弟子亦不識也。

《漢書·藝文志》不言膠西有賦。膠西賦今存者有《士不遇》，造句極爲古樸。惟託意不深，言之太盡，無風人旨。《漢志》龍門有賦八篇。《藝文類聚》有《悲士不遇賦》，造句亦與漢諸賦異科，視膠西爲含蓄，悲乃過之。膠西憤世之辭多，如曰：「彼實繁之有徒兮，指其白而爲黑。目信嫮而言眇兮，口信辨而言訥。鬼神不能正人事之變戾兮，聖賢亦不能開愚夫之迷惑。」龍門悲己之辭多，如曰：「恒克己而復禮，懼志行而無聞。諒才韙而世戾，將逮死而長勤。」憤世之辭易盡，悲己之辭多幽，此膠西之賦不及他文之可誦也。

《漢書·董仲舒傳》稱「公孫弘治《春秋》不如仲舒，而弘希世用事，位至公卿。仲舒以弘爲從諛」。公孫曲學，宜乎膠西疾之。然讀其《詣丞相公孫弘記室書》，其所以爲弘告者，一本古君子之道，仁義至誠，言之諄諄，正中切弘之病也。

龍門之文，自《史記》外，有《報任少卿》一書。邑前輩包慎伯謂「二千年無能通者」，特迻録其説。今世讀史公此文者，尚不乏人。其説之是否有當，願一研究之。慎伯《復石贛州書》曰：「推賢薦士，非少卿來書中本語，史公諱言少卿求援，故以四字約來書之意而斥少卿爲天下豪儁以表其宽。中間述李陵事者，明與陵非素相善，尚力爲引救，況少卿有許死之誼乎？實緣自被刑後所以不死者，以《史記》未成之故。是史公之身乃《史記》之身，非史公所得自私。史公可爲少卿死，而《史記》必不能爲少卿廢也。結以死日是非乃定，則史公與少卿所共者，以廣少卿而釋其私憾。是故文瀾雖壯，而滴水歸源，一線相生，字字皆有歸著也。」

《伯夷列傳》乃傳之變體，議論多，事實少。「天道無親」以下純是怨憤之辭。善不得福，惡不獲禍，天心夢夢，古今同慨。雖爲善有令名，而名稱不可必，結語尤悲。

《管晏列傳》論曰：「至其書，世多有之，是以不論，論其軼事。」此史傳之極則。今之爲人作傳者，巨細不捐，通篇填塞，等於列肆。史傳文字有所取必有所棄，取棄標準不以事之巨細。《管晏列傳》不述相齊政績，第述鮑叔、越石父、御者之事，真能知所棄取者也。

史稱曼倩爲滑稽之雄，今讀其《應詔》、《上書》，真可謂滑稽者矣。然文殊顯露，無深意存焉。《客難》極佳，上承宋玉《對楚王問》之遺，下開《解嘲》、《答賓戲》之始，鋒芒競起，詼諧横出，信乎滑稽之文。後之抑鬱不得志者，或起而效之，篇章疊見，其體不尊，然非曼倩之過也。

虞舜治氏謂：「《客難》嫌於豐腴，《賓戲》過於摹擬，唯《解嘲》真金相玉質之文。」《解嘲》格倣東方，詞加整飭，且子雲善賦，所以其文尤可讀也。然因者易爲力，創者難爲巧，未可以此而薄東方。

《非有先生論》亦設爲問答，王子淵《四子講德論》效之，其體遂卑。蓋詞鋒易盡，設爲問答易以馳騁也。劉向言：「時稱朔口諧倡辨，不能持論。」讀此文愈信。《班史》稱「朔之文辭，此二篇最善」，言《答客難》及《非有先生論》也。然則朔固長於口説而不擅文辭者矣。

《班史》列東方文辭有《封泰山》、《責和氏璧》、《皇子生禖》、《屏風》、《殿上柏柱》、《平樂觀賦獵》，八言、七言上下，《從公孫弘借車》，今皆不見。《從公孫弘借車》寥寥不過三十字。其曰：「木槿夕死而朝榮者，士者亦不必常貧也。」亦極滑稽。

《誡子》詩極佳，「首陽爲拙，柳下爲工。飽食安步，以仕代農。」處濁世、與世浮沈者無可如何之語也。《班史》謂其「非夷、齊而是柳下」，非然，其《嗟伯夷》詩曰：「與其隨佞而得志，不若從孤竹於首陽。」固不非夷、齊矣。

褚少孫亦漢室之能文者，惜著作不能多見。讀其所續《史記》，雖才力薄弱，未足追步龍門，要亦有法度可觀。《日者》、《龜策》二傳，竟有時與龍門不辨。司馬貞謂「少孫誣謬」，不以文字論也。

顔師古注引張晏曰：「遷没後，亡《景紀》、《武紀》、《禮書》、《樂書》、〔《兵書》〕、《漢興以來將相表》、《日者列傳》、《三王世家》、《龜策列傳》、《靳成列傳》，凡十篇，元成間褚少孫補之，文詞鄙陋，非遷原本也。」少孫文詞自不如史公，然論者亦就顯見者言之耳。少孫所補不止十篇，惟此十篇確知爲少孫所補，故覺其文詞鄙陋。其他散見於各篇者甚多，趙甌北言之甚詳，且甚確。然而自來未聞以其文詞鄙陋而認爲少孫之作也。嗟乎，知文甚不容易！今人動曰某文美，某文惡，既知作文之人即有先入之主，未必果能就其文判之也。

史稱元帝爲太子時，忽忽善忘不樂，朝夕誦讀奇文及所自造作。喜褒所爲《甘泉》及《洞簫頌》，令後宫貴人皆誦讀之。元帝醉心子淵之文，可謂極矣。《洞簫》善於狀物，若乃「徐聽其度曲兮」以下，備述簫聲之妙，言必纖密，聲極瀏亮。季長《長笛》祖述子淵，似稍遜矣。《甘泉》辭雖簡潔不入華侈，典野清鑠未能備美，擬之《聖主得賢臣》，尚遜其揄揚以發藻，汪洋以樹義也，元帝與《洞簫》同好之，竊所未喻。

《聖主得賢臣》開東漢文派之先聲，矯健之氣不足故也。造句遺辭，聲理有爛，惟氣弱力散，血不足以華膚，筋不足以固骨。然而開合有法，補叙井然，雖未盡美，亦佳搆也。

《僮約》、《責髯奴》辭不足觀，理無足取。或者謂略備一格，詎知滑稽之無當於實用乎？子淵諸文，《洞簫》最善。《四子講德》不僅力絀，且亦理窮。辭雖跌宕，膚革而已，視《聖主得賢臣》遜之遠矣。

東方《七諫》，子淵《九懷》，王逸以後論騷者多不及之。驚采絶豔，擬之《招隱》猶有遜色。騷體自宋玉後惟長沙爲善，南方之謫，具有同悲。文不可以僞爲，無遷客之思，作悲秋之賦，終不類也。

《報任少卿書》與《報孫會宗書》並爲千古絶調。文由情生，情摯而文自摯，不可僞爲。《答蘇武書》雖聲淚俱下，而哀不生。知者識爲假託，惟悲憤不平之氣鬱之既深，即笑言亦不減其痛。龍門滿腹牢騷，借二千四百年之事以抒之，有觸即發，不僅《伯夷》、《屈原》、《游俠》、《貨殖》列傳而已。子幼酷肖外祖，《報會宗書》又得禍以後所爲者，所以尤可誦也。

西京文章，子政多經術氣，雖爾雅不及膠西，俊厲則直追長沙。言事諸疏尤慷慨可誦，理充氣足，義正辭通。《災異封事》引用經典，歸結於用賢退不肖。事既切實，語亦暢達，執謇謇之節，盡諤諤之誠，《極諫外家封事》更爲激切，直抒胸臆，毫無遲疑。劉、王不兩立，可謂能慨乎言之矣。成帝阸於王氏，不見用，惜哉！

子政諸疏直言無含蓄，而不見粗疏之迹者，經術之氣有以舉之也。作文以理爲本，理直則氣盛而言宜。子政憤外戚之專，傷漢室之微，慷慷論列，固不必他求，而文辭之奔赴於腕底者，遂滔滔汩汩而莫止。退之《上宰相書》極力摹仿《災異封事》，僅有其表耳。

《漢書·藝文志》載向賦三十三篇，今合《請雨華山賦》及《九歎》，計之不足半數。《請雨華山賦》佶屈不可讀。《九嘆》擬《騷》，微乏麗雅。詩非咏草木鳥獸無以爲詩，《離騷》之香草美人亦猶是也。子政邃於經術，推論事理精微朗暢，莫或先者。若夫《風》、《雅》之裁，子雲、相如尚已。美不兼具，理或然乎？

子〔雲〕〔政〕文，諸疏外，諸序極可讀，《上戰國策序》尤佳。蓋此不關乎文辭之事，乃學問之事也。即以文論，亦皆博物洽聞，通達今古，正於子雲，純於相如矣。

子駿淵源子政，校理祕書，多見古籍。操筆爲文，典實詳贍，不爲浮辭。《移書太常博士》原原本本，上探星宿，下注滄海，巨浪細波，皆成文理。斷潢支港，胥朝於宗，事通達而辭峻潔，擬之子政，尤少枝葉也。

《班史》稱綴文之士自孔子而後，孟軻、荀況、董仲舒、司馬遷、劉向、楊雄。余謂《孟子》雄論横辨，語近《國策》，持論不以功利，故人爭重之。《荀子》平正，辭理通達。董子優游，粹然儒雅。馬遷悲憤，語多激昂。楊子著作極富，頗存於今。《太玄》擬《易》，《法言》擬《論語》，論者謂其别有用心。然一有摹擬，遂成刻楮。若夫鋪采摛文，體物寫志，數子皆非其倫。子政平正不及荀，優游不及董，既無史遷之激昂，亦無子雲之摹擬。予之私意論之，《孟子》，辨士之文也；《荀子》，法士之文也；董子，儒生之文也；子政，經生之文也；馬遷、子雲，皆文人之文。馬遷以述史爲文，子雲於擬經爲文，其長處在文，究不在史與經也。

子雲少爲靡麗之辭，長而悔之曰：「雕蟲小技，壯夫不爲。」又曰：「詩人之賦麗以則，辭人之賦麗以淫。」今讀其《太玄》、《甘泉》、《羽獵》、《長楊》諸賦，洵乎其麗則矣。《甘泉》辭氣宏肆，音節抑揚，如周鼎商彝，自然大雅。《羽獵》、《上林》之遺，奇崛過之。《長楊》又一格矣。《太玄》，昭明不録，體近《離騷》，理兼《莊》、《老》，造句遺辭雅近古質。《逐貧》體稍卑矣，然采絶浮藻，聲無繁絃，事雖游戲，辭可法則。余讀子雲諸賦，以《逐貧》長於《客難》，《太玄》亞於《鵩鳥》也。《解嘲》麗矣，非子雲佳作，整勑弘潤，焕乎有文，惟古意漸亡，少淳厚之氣。蓋文有所摹，即氣有所傷也。史稱子雲恬於勢利，三世不徙官，然《劇秦美新》已貽後人口實。即《解嘲》之作，亦作熱中太甚，以滑稽之辭抒憤懣之氣。身將隱矣，又焉用文？既默默守玄，復囂囂置辯，誰謂其能泊如也？

《漢・藝文志》載楊雄賦十二篇，《本傳》云作四賦。子雲少好辭賦，所作必多。《傳》云四篇，以其精者言之也。《志》云十二篇，以其存者言之也。子雲之賦存於今者，《羽獵》、《長楊》、《甘泉》見於《文選》，《太玄》、《蜀都》、《逐貧》見於《古文苑》，合之共六篇。核之《漢志》，亡其半矣。或曰《解嘲》古亦謂之賦陶紹曾説，《解嘲》、《解難》今存，然則亡者僅四篇矣。又《漢志》屈原賦二十五篇，即今之《離騷》，子雲有《反騷》一篇，當亦在此十二篇之中也。

子雲諸箴，挫頓可誦，後有作者不能及已。《太玄》辭奥而思幽，《法言》語平而理邃，惟多斧鑿之迹，而無自然之姿。陳氏素村謂余於《太玄》則著其靈，此則不以文論也。

韓退之云：「和平之音淡薄，愁思之聲要妙。懽愉之辭難工，窮苦之言易好。」非愁思窮苦之文易爲，持聲不悲不足以動人耳。聲之悲者，吾于漢得三文焉，楊惲《報孫會宗書》也，中山靖王

《聞樂對》也，鄒陽《獄中上梁王書》也，讀之皆足令人悲而不能自已。楊之意怨，故其悲也憤；勝之思深，故其悲也哀；鄒之情急，故其悲也痛。楊雖自傷，不足動聽。鄒雖動聽，過于嗚咽。《小雅》之思，中山有焉。

中山此文憯悽，陳意哀豔動人。儷事遣辭，微婉而盡變西京之樸醇，開東漢之麗藻。鄒陽情迫，急不擇詞，語出倉皇，意彌誠摯，片言斷簡，譬喻多方，重語疊辭，惟恐不曉。至情所注，雖辭旨不屬，自成片段。綴文之士，不當求之於字句之間，易水之歌而聲變徵，豈在文耶？

西京綴文之士嚴安、吾丘壽王、朱買臣、徐樂、主父偃、兒寬之徒，皆能淳穆其氣，敦厚其辭，令人讀之想見其風俗樸質，章甫縫掖，有儒者氣象也。徐樂、嚴安，言世務書，陳議精慎，悉有條理，即舍事言文，彬蔚凝重，寬裕優游，雖精鋭之處亦無矜持之迹。兒寬之《對封禪議》辭即不華，理亦不粹，醇樸之氣，自然可誦。此蓋時代爲之，不可勉强。周鼎商彝，固可爲寶，即三代之頑鐵，苟傳之至今，亦必熵煌有光也。吾丘壽王《禁民挾弓弩對》語極切明，古雅並不以是而減。或曰其文襲長沙之處太多，曰精粹語悉不在是邪。「人挾之而吏不能止，良民以自備而抵法禁，是擅賊威而奪民權也。」此數語極剴切詳明，而又無往而不止之弊。西京文字可寶處在是，不得以多運用前人語而病之也。

漢諸帝之詔皆爾雅可誦，後世勿及也。文、景尤佳，淳古遒勁，詞簡潔而意誠摯。武、宣風神稍遜矣，然無後世官家文章氣，此所可以貴也。或曰諸帝之詔非帝自爲之，漢世多儒臣，且皆深於經術，故吐辭可觀。然則後世豈無侍從執筆者耶，何以無佳文也？

薄昭《與淮南厲王書》，論者推爲絶調，危言痛論，彌覺其親愛仁慈。雖詰責之文，實忠告之語，義正辭嚴，情深文摯也。文之佳者，或以情，或以事，情能生文，事能潤文。有情有事，雖布局造句、用字遣辭稍有疵累，無傷大雅。若夫既無沉摯之情，又無練達之事，僅以布局造句、用字遣辭爲能事，讀者未終卷合眼思睡矣。西漢文最佳處在於不以文爲文。以文爲文，縱有佳作，不足觀也。

西京之世有不以文名，其文廉厲可誦者，鼂錯是也。錯文以《言兵事書》最佳，知己知彼，棄短用長，言極精刻，文極清剛。陸上衡云：「論精微而朗暢。」斯之謂矣。《入粟拜爵疏》議同長沙，更暢乎言之。其他如《請太子知術數書》言當世急務，《賢良對》等篇皆辭達理鬯。論事之文，長沙而外，吾取鼂氏，語無枝葉，辭必扼要，即膠西猶遜其精到也。

趙充國《陳兵利害疏》與《屯田奏》論事曲盡，遣辭鋭利不亞鼂氏。《安邊疏》尤有卓識，有體有用，不作空疎之談。漢人文字勝於唐宋人者，即在於是。一事推論至數百言而又無精意存其間，此種文字漢人無有也。

以經術爲文章，膠西、子政而外，吾得一人焉，曰匡稚圭。稚圭善説《詩》，其文優游彬蔚，雖精深不及子政，爾雅不及膠西，然讀其《言政事得失疏》則淳厚茂密，《正後宮崇經學慎威儀疏》則疏通暢達，皆足爲綴文之士楷式。

梅子真《論王氏書》恣意而言，不守繩墨，雖乏醇雅，然頗特奇，唐順之稱「如野戰之兵」，蓋亦有見。元、成以後，綴文之士類多委靡，王氏專權，羣臣緘口。子政以懿親之故，不惜盡言，忼慨激昂，文極可誦。子真疎遠之臣，不顧忌諱，於舉世默默之時獨抗疏論之，寧不傳誦一時乎？《班史》稱「梅福之辭，合於《大雅》，雖無老成，尚有典型。殷監不遠，夏后所聞」，蓋非美其辭，美其事也。

文章體裁至西京備矣，彦昇言之最詳，「高文典册用相如，飛書羽檄用枚皋」。不僅備體，且有能獨擅其體者。彦昇謂論始於《四子講德》。彦和《文心雕龍》則云：「莊周《齊物》，以論爲名。」此彦和之失。《莊子·齊物論》，物、論，並列也。物者，物也；論者，言也。物萬不同而齊之，論萬不同而齊之，彦和誤於前，後人緣彦和之失，《齊物論》遂不可讀矣。彦昇著《文章緣起》，取《四子講德論》，識見過於彦和遠矣。

西京進上之文，名稱頗煩，曰表、曰上書、曰上疏、曰對策、曰議、曰謝恩、曰奏。若就其用區分之，大概表多陳情之語，書乃諍諫之辭，書、疏同類而異名。對策上有所諮詢，下有所陳述。議同於策，多駁擊，少陳述，此其異也。謝恩即章，其用較狹。奏則諍諫之總稱，漢始定之也。漢定禮儀有四品：一曰章，以謝恩；二曰奏，以按劾；三曰表，以陳情；四曰議，以執異。觀之各文，又不盡然。漢人進上之文題奏者絶少，不過標題皆後人所爲，不可據爲定論也。

東京之文，蘭臺體最緜密，以《漢書》擬《史記》，雖乏龍門之奇，而核實過之。《兩都》典麗堂皇，平子、太冲擬之皆有遜色。《西都》極衆人之所眩曜，《東都》折以今之法度，賓主開合，極有抑揚。所以《西都》不見鋪排之迹，《東都》不知議論之多。核其大體，一脱胎相如《上林》，一脱胎子雲《長楊》，縱横排奡，不見摹擬之痕，是真能善於學古者也。

西京渾厚，東京流麗，此指大體言之也。如以賦論，蘭臺之賦渾厚不減西京，《兩都》尚已，《幽通》亦《離騷》之遺。平子《思玄》雖亦上擬《遠遊》，視《幽通》已無其樸茂。惟《幽通》多詰屈之詞，亦是一蔽。

蘭臺《與人小牋》極爲可誦，寥寥數十字，含有無限之情，讀之不覺其盡，情餘於文，可以字句間求之也。其尤簡者僅數字，當有脱文矣。

相如之《封禪》，子雲之《劇秦美新》，孟堅之《典引》，皆可無作。古人尚規不尚頌，孟堅所處之時雖異子雲，然亦不宜有此。觀其自言「相如《封禪》靡而不典，楊雄《美新》典而亡實，然且游揚後世，垂爲舊式」，則其作《典引》之意可知矣，故曰可無作也。昭明皆録之《文選》，或者以備一體乎？《典引》擬《封禪》、《賓戲》擬《解嘲》，此孟堅文辭之累。《賓戲》雖無關得失，究無與於閎旨，東方倡之於前，子雲擬之於後，孟堅復爲之遺意設辭，皆無以過，徒令後人歎爲疊床架屋而已。論者謂「孟堅之《典引》、《賓戲》爲優孟衣冠」，其以此乎？

敬通諸文慷慨可誦，觀其《説廉丹》、《説鮑永》、《與田邑書》，侃侃而論，直抒所懷，非所謂事理通達者耶？不得志於世，偃蹇驕矜，文人常態，不獨敬通也。自陳一疏，憤懣之意能以平易之言出之，致爲難得。「富貴易爲善，貧賤難爲工」，有多少感慨，衹有兩語，而又不激昂。昔人謂此書「骨重神寒」，即以此也。

《顯志》擬《騷》，頗有怨而不怒之旨，惟不能鎔經取意，自鑄偉辭，哀而不豔，悲而不雅，枚、賈得其麗，馬、楊得其奇，敬通更下矣。其《自論》一篇整齊縟密而無凝滯之弊，此固東京之佳文也。

敬通棄婦，論者指爲慙德。今讀其《與武達及宣孟書》，蓋亦有不得已者焉。然其書云：「醉飽過差，輒爲桀紂。房中調戲，布散海外。」得毋過甚其辭？即以文論，儷事亦不論，閫威雖張，奚能桀紂？婦言不謹，何至海外？敬通不得志于時，發憤于中冓，怒言多溢辭，故不覺過于情也。然其際遇亦可悲矣。

史稱肅宗雅好崔駰文，謂竇憲曰：「公愛班固，而忽崔駰，此葉公之好龍也。」此一時稱心之言，不足爲定論。亭伯自具美才，然擬之蘭臺尚有遜色。藉曰右崔，當亦雁行，何至有真龍畫龍之喻，反《都賦》之作，用意亦如蘭臺，不廑辭藻不及，氣促義儉，略無可觀。《大將軍西征》及《臨洛觀》二賦悉視此已。東京能賦之士，吾之私意以班爲最，其次則平子也。

亭伯文章見稱於肅宗者，乃以《四巡頌》。史稱駰上《四巡頌》以稱漢德，辭甚典美，今取而讀之，亦無優游彬蔚之觀。《范書》喜載文辭，獨於《四巡頌》曰：「多故不載。」然核其篇章，不及《達旨》之半，與《誡憲書》彷彿修短。范於亭伯文録《達旨》及《誡憲書》而遺《四巡頌》，范之棄取，一準於辭。脱非然者，當録《四巡頌》而遺《達旨》。

《達旨》氣息漸乏遒勁，而辭藻茂密，雅近《西都》。通體雖擬《解嘲》，獨能自抒偉辭，不見雕刻。惟中有兩處，如：「子苟欲勉我以世路，不知其跌而失吾度也。」「子笑我之沈滯，吾亦病子屑屑而不已也。」則不免效顰之過。且全篇嚴謹，此數語亦不類，能棄之易以他語方稱佳搆。亭伯通古今訓詁，百家之言，文章彬蔚，極可誦觀。其屢諫竇憲，人品更足尊也。

東京綴文之士，孟堅、平子尚已。昔人所謂「東漢之有班、張，猶西漢之有兩司馬也」。乃若祖孫父子世擅文辭，則莫過崔氏。篆品獨高，牽於兄母，未克自伸，慰志自悼，殊可傷已。亭伯之文，雖辭藻不及平子，核實不及孟堅，然而竇氏驕恣，屢獻規諫，不辭忤意，肥遁自甘，立身處世有足多者。子玉尤善書、記、箴、銘，説閻顯一事，不欲辨白於事後，觀其答陳禪之語，豈非藹然長者之言乎？子真政論掃盡浮辭，獨抒正議，明於體用，並世莫儔。言辨而確，仲長統亟稱之。《范史》稱：「崔氏世有美才，兼以沈淪典籍，遂爲儒家文林。」又曰：「崔爲文宗，世禪雕龍。」不誠然哉？

史稱平子《兩京》精思傅會，十年乃成。非搆思之艱，實集材不易。《兩京》體製彷彿《兩都》，《西京》心侈體忲，鋪張過之。《東京》典實詳覈，亦不稍遜。則凡山川城郭，宫室都市，典章制度，文物衣冠，叙之彌詳，言之彌盡。古無類書，搜集維艱。朝夕咨諏，慇懃考校，置筆硯於户牖，得則書之。若夫集材既訖，相其先後，妃以辭藻，敲音辨義，朞年三月已耳，奚必十年之久哉！以此可見古人作文之難。惟其難也，所以有稱心之作。若朝命筆夕脱藁，倉卒成篇，反之於心尚未安，奚能問世哉？

平子諸賦，微有輕靡之致。《二京》尚質厚，《南都》遂不逮矣。《南都》「游宴」一段麗而不雅，辭近浮標，變西京之氣，開晉魏之風。然核其大體，宏富而不雜，纖密而不碎，頌辭尤高，譬諸美玉，不以瑕而掩也。

《思玄》擬《騷》，有其麗雅，乏其詭俶；有其哀豔，乏其憂愁。平子所處，雖近窮約，擬之靈均，不可並論。效《遠遊》之意，爲幽愁之辭，本非實境，借以遣懷，固不能纏綿悱惻，憯悽感人也。然視孟堅《幽通》，亦殊無遜色，且覺孟堅摹擬之迹較多於平子也。

短賦之格難於長篇，尺幅之中，展布山水，非目空江海，胸羅華岱，縱勉强成幅，雖非土阜斷潢，而氣寒局促，必無千里之勢。惠連賦雲，希逸賦月，同一格調，極其清新。然而轉折太明，丘壑易盡，雖氣象清廉，是爲山林之客，邊幅謹飭，而非廊廟之觀。平子《歸田》寥寥二百字，而有無盡之藏。「眇滄海於一粟，小泰岱於秋毫。」而滄海之洋溢，泰岱之崢嶸，未嘗稍減。論者謂其「辭藻清麗，短而彌工」。吾則謂其氣宇寬洪，小而彌大也。不明此意而爲短篇小品，縱有佳搆，究不足與於作者之林也。

史稱平子所著詩、賦、銘、七言、《靈憲》、《應閒》、《七辯》、《巡誥》、《懸圖》凡三十二篇，又云後之著述多不詳典，今所傳《河間集》，賦十三篇，誥一篇，《七辯》七篇，《應閒》一篇，説三篇內《靈憲》一，銘一篇，贊一篇，誄四篇，樂府兩篇，七言四篇，則是平子文章蔚然具成，且已過三十二篇矣。豈有所謂後之著述耶？

禰正平《弔平子文》云：「下筆辭繡，揚手文飛。」又云：「河水有竭，君聲永流。」傾倒可謂至矣，然猶不如崔子玉也。子玉《平子碑文》云：「數術參天地，制作侔造化。」蓋正平祇美其辭之工，子玉兼頌其術之巧也。今人常言科學、文學兩不相兼，專機巧者乏辭藻，擅文章者無技能，此今人才拙，非果能事不相兼也。平子之渾天儀可謂機巧之至，而文章彬蔚，苟無蘭臺，平子即當獨步。既以纖密之心思爲機巧，復以優美之心思爲文章，皆臻其極，嗚呼盛已！

平子耽好《太玄》，常致書子玉，云「宜幅寫一通藏之，以待能者」，又云「子雲妙極道教，乃與五經相擬，非徒傳記之屬」。平子亦好道家言，宜乎傾心於玄經也。

曼倩《答客難》後，綴文之士多爲此體。平子《應閒》驅役羣言，微乏流動，蓋附會太多，而厥旨不振，是以六轡雖張，一轂轉弱，衆榮雖布，孤梗未强。東京文章大概如是，不獨平子。然理繁而不亂，言雜而不棼，雖體擷東方，而辭絶摹仿，洵足尚焉。

賈逵薦伯仁有相如、楊雄之風，今讀其《函谷關》、《平樂觀》、《德陽殿》、《東觀》、《辟雍》諸賦，才情辭藻相去(爰)〔奚〕翅倍蓰。長卿、子雲譬諸禽中之鳳，矯矯多姿，氣宇清高，羽毛美麗，伯仁則瓦雀而已。《函谷》義儉，文不舉題，《平樂》氣平，語多拘滯，其他更急促也。古人稱人每有溢辭，未可以賈逵之薦語，遂謂伯仁媲美長卿、子雲也。

伯仁諸賦，雖未可上擬長卿、子雲，然義儉而不纖，氣平而不靡，尚存西京矩矱。賈逵所以稱之者，亦以此耶？諸賦而外，銘特稱多，八十餘首，可以謂富。意匠所及，時有弘潤之作。惟多則不能盡美，亦勢使然也。

《范史·文苑傳》稱：「伯仁所著詩、賦、銘、誄、頌、《七歎》、《哀典》，凡二十八篇。」伯仁之文存於今者，計九十三篇，豈有後出之文爲范所不知耶？以體區分，今所存文無誄、頌、《哀典》，則又有亡篇矣。有《七欸》而無《七歎》，意者欸即歎之誤字耶？然其體殊不類七，起收皆無法度。或曰：此闕文也。理或然矣。

季長《長笛》述祖《洞簫》，加以鋪排，詞更條鬯，文繁理富，層次井然，論記其義一段詞雖俊偉，而言之太盡，轉形淺露。矜才使氣，季長或不盡免。《范史·論》曰：「馬融辭命鄧氏，逡巡隴漢之間，將有意於居貞乎？」讀其文知其人，季長《長笛》亦有意於矜炫也，然其才氣已不可及已。

季長有文無行，爲梁冀奏李固一書頗爲正直所羞，文人執筆固可輕乎？史稱季長：「達生任性，不拘儒者之節。居宇器服，多存侈飾。」所以前則有意於居貞，後則貶節以自污。東京多節義之士，季長非其人也。

《廣成頌》雖意存諷諫，然而無容雍之度，乏清鑠之辭，縟藻繁弦而氣不振。度其大體，尚遜《長笛》。季長諸文以《長笛》爲最，《圍碁》、《樗蒲》更無論已。

東京文章，仲豫多暢達之作，語本經術，文無浮辭。《申鑒》諸篇雖未足上追長沙，要亦體用兼備，質有其文也。《漢紀》事詳辭約，諸論贊尤彬彬可誦。悁懷西京，志存獻替，每於一篇之中三致意焉。荀氏多賢，文若自污，仲豫託疾隱居，不爲閹豎所羅致，嗚呼，高已，其文之傳也宜哉！

劉子奇慷慨論事，文極俊偉。今讀其《言災異疏》、《鑄錢議》諸文，仿佛西京，惟氣息稍遜耳。史稱子奇著書數十萬言，又作《七曜論》匡老子，反韓非，復孟子，今皆不得見，殊可惜已。

伯喈曠世逸才，失身於董卓，遂令千古文人氣短。壯年遯迹江海，衰老屈事權臣。血氣之强，雖强易絶。孔子云「戒之在得」，伯喈不戒矣。然座上之歎，未可深非。既已感卓之私，卓之死也，又復作快心之語，此小人之尤者。卓非其人，故不肯爲，擬之季長，似勝一籌。文人生不逢時，身名俱喪，如伯喈者亦可哀矣。

方徐璜、左悺之用事也，聞伯喈善鼓琴，假朝庭之命召之，伯喈託病不往，著《述行賦》以見志。今讀其賦，意決而辭婉，思深語長，非僞爲也。不屑不潔之意，根於心性，見於文辭，不可以後日失身而疑之。

文之真者，慷慨而陳，至性畢見，委婉以訴，深情若彰，不必以辭藻也。譬之翦綵雖華，不如化工之妙；優孟雖似，不逮自身之真。《述行》辭不藻麗，情彌藴深，真故也。

歷代文章論略

胡樸安　撰

《歷代文章論略》一卷

胡樸安　撰

本書論述歷朝文章之變遷，起自晚周，迄於近今。極力推崇文章之地位，稱文章乃一代之治、之學之所寄，今人之知古，後人之知今，皆要求之於文字。而言之無文，行之不遠，故爲文亦應講究瑰瑋奇麗之美。文運與國脈息息相關，如「永嘉以後，地分南北，夷狄交馳，文章殄滅」。文風與世風密不可分，如有唐代興，一時文士巍巍榛榛。迨至五代，詩書毁，禮樂崩，天下幾不知有文字矣。至宋代道學日盛，文字日衰。明八股取士，文學遂衰。清兵入關，藉文字收人心以固皇位，而文網日密，奇才異士以注疏爲文章，以考據爲實學。近世士子更無論矣。以故作者慨嘆國學淪亡，無人能振，頗爲憂憤。

有一九二三年《樸學齋叢刊》本，今即據以録入。

（聶巧平）

歷代文章論略序

吾國文章範圍頗廣，舉凡政治、哲理、歷史、輿地，苟藉文字以見者，悉包括於文章之中，所謂經史諸子皆文是也。以此之故，古之號爲能文者，不以辭藻見美，而以經術爲歸。即非然者，亦必有高尚出世之志，其文始見重於時。靈均之《騷》，淵明之詩，此其選也。學不爲人所重，品不爲世所尊，雖有彬蔚之文，而非儒林之選矣。所以歷代文章無不與學問、人品相關。若吐棄一切，專以思想之穎異，辭采之脩飾爲事，縱有佳文，亦優俳之所爲，無關閎旨。茲篇所述，起自晚周，迄於近今，略論文章變遷之迹。而學問之盛衰，人品之隆汙，悉於是乎見之。世之覽者，亦可以知吾國文章之價值矣。胡韞玉自識。

歷代文章論略

胡樸安 撰

一代之興，即有一代之治；一代之治，即有一代之學；一代之學，即有一代之書。立一王之法而播之天下者，謂之治；研究其立法之意者，謂之學；舉所學而載之文字垂之久遠者，謂之書。龔自珍《著議》曰：「有天下，更正朔，與天下相見，謂之王。佐王者謂之宰。天下不可以口耳喻也，載之文字謂之法，即謂之書，謂之禮，其事謂之史。職以其法載之文字而宣之士民，謂之太史，謂之卿大夫。天下聽從其言，稱爲本朝。奉租稅焉謂之民。民之識立法之意者謂之士。士能推闡本朝之法意以相誠語者，謂之師儒。王之子孫大宗繼爲王者，謂之後王。後王之世之聽言語奉租稅者，謂之後王之民。若王、若宰、若大夫、若民相與有成者，謂之治，即謂之道，若士、若師儒法則先王先冢宰之書以相講究者，謂之學。」是文章者，一代之治、之學之所繫焉者也。且世間之故，非文弗宣；人生之道，非文弗著。今欲考國勢之强弱，察民氣之盛衰，述學派之流別，論政治之得失，縱有通今達古之才，而無瑰瑋奇麗之筆，言之無文，行之不遠。當時聞其議者，既無感動之誠，後世讀其書者，每多掩卷之歎。聖人知其然也。垂之言者，既條達而疏暢，載之筆者，復反覆而詳明。「《周誥》、《殷盤》，佶倔聱牙」，是當時之方言，後世所以難解。至如《堯典》、《舜典》、《禹貢》、《洪範》之類，明白顯達，無一僻語。可知垂之言者，或有艱深；載之筆者，無不曉暢。因言見道，因道立法，因法行政，因政成治。王袒《經義制事異同論》曰：

「聖人慮後世末明乎道之故也，垂之言，筆之書，且其所爲筆於書者，反覆詳焉而不厭。俾後世因吾言以求夫道，因夫道以制夫事，而聖人之道已大白于天下。」「故曰：『不疾而（遠）〔速〕，不行而至。』今之所以知古，後之所以知今，其斯之謂也。」《隋書・經籍志序》。求聖人之道而不先求之於文字，是猶渡江者不以舟檝，致遠者不以車馬，其可得乎？匪特此也，往來之序，紛賾之交通，彼我之情達，上下之意，大之經緯、乾坤、彌綸、中外，次之布政、宣化、利國、福民，下至閭巷之歌謡，賢士之詩賦，亦所以寫其人情風俗之態，寄其思鄉愛國之忱。文字之用，至爲廣矣。《隋書・文學列傳序》曰：「文之爲用，其大矣哉！上所以敷德于下，下所以達情志于上，大則經緯天地，作訓垂範，次則風謡歌頌，匡主和民。或離讒放逐之臣，途窮後門之士，道轗軻而未遇，志鬱抑而不伸，憤激委約之中，飛文魏闕之下，奮迅泥滓，自致青雲，振沈溺于一朝，流風聲於千載，往往而有。是以凡百君子，莫不用心焉。」「古者諸侯、卿大夫交接鄰國，以微言相感。當揖讓之時，必稱詩以喻其志。蓋以别賢不肖而觀盛衰焉。」《前漢書・六藝總〔序〕》。周室衰微，世風頽敗，國士云亡半。利禄之輩，斯文已喪，多鄙倍之言。使令之辭，無暇修飾。宴會之際，不賦詩歌。顧炎武《日知録》曰：「春秋時猶宴會賦詩，而七國則不聞矣。」又曰：「觀夫史之所録，無非功名勢利之人，筆札喉舌之輩。」于是朝廷贈答之風衰，草野憂時之言作矣。屈原既放，傳香草之篇；賈誼哀時，上痛哭之策。然而敦厚温柔，本風人之旨，疏通知遠，得書教之深。他如司馬著《史》，劉向傳經，賈山上言，仲舒對策，斯固經術之懿，儒者之選。至若枚乘、司馬相如、楊子雲輩，競爲侈麗之文，已失風喻之義。然而和其聲以鳴國家之盛，蓋亦有不可少者。《前漢書・六藝總〔序〕》曰：「漢興，枚乘、司馬相如及楊子雲，競爲侈麗閎衍之文，没其風諭之義。」「自孝武立樂府而采歌謡，於是有代趙之謳，秦楚之風。」《前漢書・六藝總序》。文字雖盛，大義未明。故新莽居攝，頌德獻符者徧于天下，世風自此而壞，文學亦自此而衰矣。光武、明、章，尊崇節義，敦勵名實，風俗爲之一變，而文學亦爲之一新。故東漢之文，類多深明治體之言，崖實之政論。荀悦之《申鑒》，仲長統之《昌言》，本由中發外之誠，成有體有用之作。至其末造而黨錮之流，獨行之輩，議論激昂，文辭俊厲。「故權强之臣，息其闚盗之謀；豪俊之夫，屈于鄙生之議。」《後漢書・儒林傳論》。雖桓榮矜稽古之榮，蔡邕多碑頌之作，顧炎武《日知録》曰：「東京之末，文章盛而氣節衰，自蔡邕始，觀其集中濫作碑頌，則平日之爲人可知矣。」要其大致，蓋彬彬文學之盛矣。三國分立，戰爭最烈，生民不見俎豆之容，黔首唯覩戎馬之跡，雖承漢末儒術之盛，已乏實地講習之人，學之不明，文無足采。孟德既有冀州崇獎跅弛之士，於是後生小子不以學問爲本，專以交遊爲業。董昭疏。雖其時，三祖叶其高韻，七子分其麗則，《翰林》總其菁華，《典論》詳其藻絢，然而采庶子之春華，忘家丞之秋實，有文無學，無可觀者。迨至正始之際，一二浮誕之徒，騁其智識，蔑周、孔之書，習老、莊之教，棄禮法而崇放達，競風流而尚虚無。論者謂講明六藝，鄭玄、王肅爲集漢之終；演説老、莊，王弼、何晏爲開晉之始。顧炎武《日知録》。有晉一代，朝政廢弛，學風敗壞，衣冠禮樂，掃地俱盡。《晉書・儒林傳序》曰：「惠帝纘戎，朝昏政弛，釁起宫掖，禍成藩翰。惟懷逮愍，喪亂弘多，衣冠禮樂，掃地俱盡。」「雖尊儒勸學亟降于綸言，而東序西庠未聞于弦誦。」觀夫史之所録，「張載擅銘山之美，陸機挺焚硯之奇」，「吉甫、太冲，江右之才傑；曹毗、庾闡，中興之時秀」。《晉書·文苑列傳序》。無非功名勢利之人，筆札喉舌之輩，禮義不明于天下，辭藻徒佐其清談，何怪其相率臣于異族，觀故主青衣行酒而不以動其心者乎？「始自中朝，迄于江左，莫不崇飾華競，（異）〔祖〕述虛玄，擯闕里之典經，習正始之餘論，指禮法爲流俗，目縱誕以清高，遂使憲章廢弛，名教頹毁，五胡乘間而競逐，二京相繼以淪胥。」《晉書·儒林列傳序》。文運之衰，國脈隨之，可不懼哉！永嘉以後，地分南北，夷狄交馳，文章殄滅。「高才有德之流，自彊蓬蓽；鴻生碩儒之輩，抱器晦（亡）〔己〕。」《魏書·儒林列傳序》「或遁跡江湖之上，或藏名巖石之中。」《南史·隱逸列傳序》。總覽南北，文派略分，南朝則士尚浮華，主好風雅。賦詩而賜金帛，獻頌而位公卿。《梁書·文學列傳》云：「高祖聰明文思，光宅區寓，旁求儒雅，詔采異人，文章之盛，焕乎其集。每所御幸，輒命羣臣賦詩，其文善者，賜以金帛。」《陳書·文學列傳》云：「後主嗣業，雅尚文詞，旁求學藝，焕乎俱集。每臣下表疏及獻上賦頌者，躬自省覽，其有辭工，加其爵位。」流風所播，天下從之。于是放誕之徒，才華之士，淫靡成俗，流蕩忘返。「其意淺而繁，其文匿而彩，句尚輕險，詞多哀思，律以延陵之聽，蓋亦亡國之音。」北朝則略趨厚重，韻氣高遠，故「章奏符檄，則粲然可觀；體物緣情，則寂寥于世」。《北史·文苑列傳序》。一時作者，深沈鬱于泉淵，逸響振于金石，英華奮發，波瀾浩蕩，筆有餘力，文無竭源，北朝文人，于斯爲盛。《北史·文苑列傳序》曰：「有魏定鼎河朔，南包河、淮，西吞關、隴。當時之士，先後之間，聲實俱茂。」「齊自霸業啓，廣延髦俊，開四門以賓之，頓八紘以掩之，鄴都之下，煙霏霧集。」「周氏創業，運屬陵夷，纂遺文于既喪，聘奇士如弗及。」論者謂「江左宮商發越，貴于清綺；河朔詞義貞剛，重乎氣質」。《隋書·文學列傳序》。要之，文不關于世道人心，則爲無用之文；文不根於三德六藝，則爲無本之文，雖有《風》、《雅》之名，而無明道之實。故曰：「爰自漢、魏，碩學多清通；逮乎近古，巨儒必鄙俗。」《隋書·儒林列傳序》。文章不本于學問，無足觀焉。隋興，混一南北，文學亦由分而合。「高祖初統萬機，每念斲彫爲樸，發號施令，咸去浮華。」《隋書·文學列傳序》。於是博雅之儒，請開獻書之路；牛弘以典籍遺逸，表請開獻書之路。方聞之士，劾免蔑禮之臣。《隋書·柳彧傳》：「應州刺史唐君明，居母喪，娶雍州長史(庫)〔厙〕狄士文之妹。柳彧劾之曰：『不義不暱，《春秋》載其將亡，無禮無義，詩人欲其遄死。請禁錮終身以懲風俗。』」雖時俗詞藻猶多淫麗，而草茅言論漸歸醇正。煬帝嗣位，「外事四夷，戎馬不息，師徒怠散」。《隋書·儒林列傳序》。績學之士，擇地而逃，故二劉劉焯、劉炫。說經，未縣隋祚；王通教授，實開唐基。房、杜、魏、薛悉唐代之佐命。有唐代興，鋭意文字。「解戎衣而開學校，飾賁帛而禮儒生，門羅吐鳳之才，人擅握蛇之價。」《舊唐書·文苑列傳序》。一時之士，巍巍榛榛。始自開創，迄於末年，三百年間，文凡三變。高祖、太宗，大難始夷，雖網才俊之士，尚沿江左之風。故論道經邦，言歸實用，而雕章琢句，辭尚鏗鏘。律呂和諧，宮商輯洽，則王、楊爲之伯。玄宗雅尚儒術，崇實黜華，羣臣亦厭虛浮，還醇返樸。攄雲淵之抑鬱，繼《雅》《頌》之嗣音。義炳《詩》《書》，句戛金玉，則燕、許擅其宗。大曆、貞元，美才輩出，排逐百家，自成一體。

嚅嚌道術，涵泳聖經。掃六朝之餘習，追二京之遺風，法度森嚴，氣勢雄厚，則韓、柳倡其始。統觀一代之文，不名一體，各有專長。侍從酬奉則李嶠、宋之問、沈佺期、王維，制册則常袞、楊炎、陸贄、權德輿、王仲舒、李德裕，言詩則李白、杜甫、白居易、劉禹錫，論學則李翺、皇甫湜，對策則元稹、劉蕡。濟濟多士，郁郁斯文。制策取士，得人雖多，及其末流，空言應試，學非所用，用非所學。胡致堂論唐代制策取士曰：「制策亦以空言取人，然其來最古，得人亦多。至其末流，應科者既未必英才，而發問之目往往摘抉細隱，窮所難知，務求博洽之士，而直言極諫之風替矣。」故宦官秉政，臺閣少直諫之風；藩鎮擅權，將相乏討賊之策。歇後鄭五作相，時事可知，天地閉，賢人隱，禮樂崩，詩書毁，陵夷至於五代，而天下幾不知有文字矣。「藝祖革命，首用文吏而奪武臣之權，宋之尚文，端本乎此。太宗、真宗其在藩邸，已有好學之名。及其即位，彌文日增。自時厥後，子孫相承，上之爲人君者，無不典學；下之爲人臣者，自宰相以至令録，無不擢科。海内文士，彬彬輩出焉。」《宋史·文苑列傳序》然著書立説，獨得賢聖不傳之學。《宋史·道學傳序》云：「宋中葉，周敦頤出於春陵，乃得聖賢不傳之學。」文從字順，或闕修飾潤色之功。楊用修云：「文，道也。語録出而文與道判矣。」「君子之出辭氣必遠鄙倍，語録行而儒家有鄙倍之辭矣。有德者必有言，語録行則有德不必有言矣。」嘉定錢氏語。道學日盛，文字日衰，故名節相高，廉恥相尚，盡去五季之陋，而發言爲論，下筆成文，遠遜兩漢之風。廬陵輩出，力求反古。臨川、眉山、南豐起而和之，以成一代之文，特是論學者多俚俗之言。姚刑部曰：「唐之世，僧徒不通於文事，書其師語以俚俗之語録。宋世儒者弟子，蓋而過效之。」談文者少見道之作，學問、文章分爲二事矣。「遼起松漠，以兵經略方内，禮文之事固所未遑。」《遼史·文學列傳序》。「金初未有文字，及太宗繼統伐宋，取汴京圖籍，宋士多歸之。世宗、章宗之世，儒風丕變，庠序日盛。」《金史·文學列傳序》。「元興百年，上自朝廷内外之臣，下及山林布衣之士，以通經能文顯著當世者，彬彬焉。」《元史·儒學列傳序》。嗚呼，外夷入主，神州陸沉，而一時文學之士如姚樞、許衡、金履祥、吳澄、虞集、揭傒斯之徒，靦然拜手稽首于異族之前，而又各出所學以媚之，鋪張宏休，揚厲偉業，君子痛焉。嗚呼！「于裕皇之仁，而見不可留之四皓；以世祖之略，而遇不能致之兩生。」歐陽玄《劉因像贊》。斯何人與。君子曰：「宋以後不以文學媚世者，劉因一人而已。」明興，以八股取士，而文學遂衰。一時講學之徒，高談德性，恥言文章。顧炎武《日知録》曰：「後之君子於下學之初，即談性道，以文章爲小技而不必用力。」經學非漢、唐之專精，性理襲宋、元之糟粕，而制科諸公雖倡言文體，然而伏几面墻，困守帖括，文不徵實，語多蹈虛，以講章爲聖經，以類書爲賢傳。統觀二百七十餘年間論學之書，既繁蕪而瑣碎，應試之作，又譾陋而空疏。而一時號爲能文者，或以摹倣擅長，或以趨時取巧。其間變遷之跡，約略可尋。開國之初，宋濂、王禕、方孝孺以文雄，高、楊、張、徐、劉基、袁凱以詩著。永、宣以還，作者遞興，而氣體漸弱。李東陽乃由宋、元以溯唐代。李夢陽、何景明輩更上追西京，力求復古，矯枉過正，文字艱深。于是王慎中、唐順之復近法歐、曾以救其弊，而李攀龍、王世貞又高言秦、漢，與夢陽、景明相倡和。歸有光出，以司馬、歐陽自命，力排李、何、王、李。至啓、禎時，錢謙益、艾南英準北宋之矩矱，張溥、陳子龍擷東漢之芳華，各樹一幟以召學者。嗟夫，儌倣得古人之皮毛，揣摹窺主司之好尚，論者謂科舉盛而文學衰，殆其然乎！顧炎武《日知録》曰：「近代文章之病，全在摹仿。即使逼肖古人，已非極詣，況遺其神理而得其皮毛者乎？」滿洲入關，假託文學，藉收人心，以固皇位，纂六經，兼收諸儒之說，開「四庫」，網羅歷代之書。又復設鄉會之科，創鴻詞之舉。康熙己未，開博學鴻詞科。乾隆丙辰，開博學鴻詞科。輦轂之下，煙霏霧集。或徒步而取公卿，或累旬而膺台鼎，於是有文無學之士靡然向風。雖然，名雖滿清之名，而文實漢人之文也。自入關迄於遜位二百六十餘年，文字遞變，分爲四期：順、康之世，故老遺逸越在草莽，承東林氣節之盛，爲經濟有用之學。今讀其遺書，莫不慷慨激昂，俊厲瑰偉。他如易堂諸子，力治古文，易藻麗爲縱橫，運才華于氣韵，雖非經術之盛，要亦國策之遺，此第一期也。乾、嘉之世，文網日密，而奇才異士自無以見。爭言漢學，析辯異同，以注疏爲文章，以考據爲實學，瑣碎割裂，莫知大體。方苞、姚鼐之徒，尸程、朱之傳，仿歐、曾之法，治古文辭，號曰「宋學」，明于呼應頓挫，諳于轉折波瀾，自謂因文見道，別樹一幟。海内人士，翕然宗之，至謂「天下文章，莫大乎桐城」。此第二期也。道、咸之世，桐城之文風靡一時，一傳而爲陽湖、金陵，再傳而爲湘贛、西粵。及其末流，以空義相演，以仿摹擅長。于是常州人士倡言西漢今文之學，雜采讖緯之書，旁及曲詞之音，故多新奇詭異之辭，綿邈哀思之作。方耕、申受爲此派之開宗，定庵、默深爲此派之巨子。此第三期也。近歲以來，作者咸師龔、魏，放言倡論，冒爲經世之談；襲貌遺神，流爲偏僻之論。文學之衰，至于極地。日本文法因以輸入，始也譯書撰報以存其真，繼也厭故喜新，競摹其體，甚至公牘、文報亦效東籍之冗蕪，遂至後生小子莫識先賢之文派。此第四期也。嗚呼，文學至四期，遂無復文法之可言！更三數十年，其淺陋空疏尚可問耶？觀往時之盛，撫今日之衰，不獨文字之感，亦多世運之悲矣。統觀吾國二千餘年之文學，其沿革變遷之迹如是而已。當其盛也，揚葩振藻，爲敲金戛玉之音；及其衰也，感事哀時，多憔悴憂思之作。即至中原板蕩，天地覆傾，而績學之士，吟咏空谷之中；勝國之臣，躑躅荒江之畔。世有治亂，文無絶續，所以廢而復興，決而未潰。今也後生入學，東書不觀，風氣所趨，誚文無用，户肆大秦之書，家習佉盧之字，三倉之典籍，舶載而東。日本岩琦氏靜嘉堂文庫以十一萬八千圓，從歸安陸氏子孫之手，將其先人剛甫先生所藏之皕宋樓、十萬卷樓、守先閣之書悉數購去。六藝之精言，人誰過問？嗚呼，斯文已喪，誰爲繼起之人？國學淪亡，能無胥溺之懼？此吾之所以欷歔而不能自已也。

論文雜記

胡樸安　撰

《論文雜記》一卷

胡樸安　撰

本書簡論各類文體之特點，行文之技巧，作者之文風，意在示初學國文者以門徑。以爲文章分爲有韵之文與無韵之文，後者又分爲平正通達與精微譎誑之文。認爲一國之民情、風俗、學術、技藝，皆寄之於文，不可掉以輕心。文有時代而無家數，古多渾噩之語，後世尚綺麗之辭。批駁「天下文章，其在桐城」之論，但肯定姚鼐「義理、考據、詞章三者，闕一不可」之觀點的合理性，並説其文自有根柢，不僅以轉折、波瀾、呼應、頓挫爲能事。認爲桐城文派肇於方苞，成於姚鼐，「明之震川，宋之半山，唐之退之，漢之司馬遷，皆桐城派所由出，具有淵源，寧可厚非」。作者以「辭達」二字爲行文之極致。讀書多，積理富，養氣足，鬱藴於中，磅礴於外，方可爲辭達之文。由此觀侯方域之文，雖才大氣盛，然功力不深，不免有叫囂之習。胡氏將包世臣論文之法，即「奇偶、疾徐、墊拽、繁複、順逆、集散」六法演爲講義，以教學子。

有一九二三年《樸學齋叢刊》本，今即據以録入。

（聶巧平）

論文雜記序

韞玉旅居滬上，嘗執教鞭於學校。莘莘士子以文章相詢者，日或數起。論文之書自《雕龍》以後，少有專作，而古昔文人單言隻語散見于著述者，所在多有。然各自道其得力之所由，持論往往不同。欲立一標準以爲學者之導徑，其勢有所不能。蓋中國文章無一定之格式，其佳者變化更不可測，是在學者心領神會而已。所以余之荅問只能就其發問之端，以各如其人之所希冀而止。日月既淹，積稿遂多，汰其不必存者，得若干條。雖謭陋無甚深恉，然初學閱之，或亦可爲啓發之助。以其無條例也，故題曰「雜記」云爾。胡韞玉自識。

論文雜記

胡樸安 撰

友人尹石公能讀古書，不善爲通俗文，嘗從余問文章派别及用功之法。余曰：「文章大别有二：曰有韻，曰無韻。無韻之文又分爲二：曰平正通達之文，曰精微譎誑之文。用功之法：爲有韻之文，於經讀《詩》，於史讀《後漢書》、《晉書》、《南北史》，於子讀《淮南》，於總集讀《文選》，於專集讀《離騷》、徐、庾。爲平正通達之文，於經讀大、小戴《禮》，於史讀《前漢書》，於子讀《管子》、《荀子》，於專集讀陸宣公、蘇東坡、陳龍川；爲精微譎誑之文，於經讀《左傳》，於史讀《史記》、《新五代史》，於子讀《莊子》，於總集讀姚選《古文辭類纂》，於專集讀韓退之、柳子厚、歐陽永叔、王半山。」余雖能爲是言，未曾下過切實工夫。是否謬誤，不敢自信也。

吾邑包慎伯先生論文以奇偶、疾徐、墊拽、繁複、順逆、集散六者爲行文之法，此論已較桐城派爲高。然文之至者，究竟不能以法繩之。水到渠成，江回流轉，行乎不得不行，止乎不得不止。然而初學作文，必於法始。以規矩正方圓，以六律正五音。範圍於法之中，然後能神明於法之外。故余教初學不廢桐城，稍進則用慎伯之法。並世士子有守一桐城皓首不變，吾未見其能文也。

王壬秋云：「文有時代而無家數。今所以不及古者，習俗使之也。」此論極確。古人之文篇無虚句，句無虚字，後人以其陋也，文之以藻繪；以其直也，文之以波瀾。文愈勝則質愈漓。所以上古多渾噩之語，後世尚綺靡之辭。

「天下文章，其在桐城」，乃程魚門一時興到之語，未足爲定論，即姬傳亦未嘗承認也。後人推波助瀾，遂以「桐城派」三字相標榜，文人依傍門户以自重，非確有見地也。姬傳云：「義理、考據、詞章三者，闕一不可。」姬傳之文自有根柢，不僅以轉折、波瀾、呼應、頓挫爲能事。滌生之文出自桐城，非以桐城爲歸宿，此真能學姬傳者也。若不讀書，僅於字句間仿佛似之，而曰「瓣香姬傳」，吾知姬傳亦不受也。

近世之文，容甫最爲雅馴，學之極難。定庵微傷雜，易於摹仿。無定庵之才而學定庵，終鮮譎誑之氣。壬秋亦純正，曲園略有習氣，籀廎文格極高，金石説經之文，允推合作。慎伯通達，善於狀事。茗柯以經術爲文，不華藻，不支離，自是可貴之。數子之文雖不同，要非不讀書者所能爲，此所以爲桐城派者多也。

漳浦藍玉霖志識高遠，文震蕩有奇氣，善序事，筆無不達，言無不周。以慎伯擬之，有其明顯，無其俊偉。然今閩南之士多言梅崖，梅崖之文取法韓、柳，起伏照應皆有榘矱。其弟子新城魯九皋又嘗問業於姬傳，桐城派之於梅崖嘗欲引而近之。林琴南以桐城派自命，所以閩人皆言梅崖，雖玉霖瑰瑋譎誑之文，無人道及矣。

近人作文亦有喜學侯朝宗者，朝宗之才甚大，氣亦盛，然工力不深，叫囂之習太重。其刊文集也，文未脱藁者一夕補綴成之，宜乎未免有淺薄之譏。朝宗生長富貴之家，一時所交皆意氣之士，下筆千言，不復措意。故其爲文也，傳記多小説筆。其餘或欠鍛鍊，氣過豪而神不能攝，才有餘而學不足以赴也。今人之才氣，斷不能如朝宗，規而撫之，愈不足觀矣。

慎伯論文獨具隻眼，其言曰：「侯朝宗隨人俯仰，致近俳優。汪鈍翁簡默瞻顧，僅足自守。魏叔子頗有才力，而學無本原，尤傷拉雜。方望溪視三子爲勝，而氣仍寒怯。儲畫山典實可尚，度涉市井。劉才甫極力修飾，略無菁華。姚姬傳風度整秀，邊幅急促。張皋文規形撫勢，惟説經之文爲善。惲子居力能自振，而破碎已甚，碑誌小文乃有完璧。」慎伯之文以平正通達爲歸宿，學人之文非文人之文，故于諸人少所許可。僅以文論，朝宗失之粗，叔子失之雜，望溪失之儉，姬傳失之促，亦不易之言也。

余生平論文最喜「辭達」一語，要知辭達極不容易。積理不富，辭不能達；養氣不充，辭亦不能達。爲淺鮮語者，非達也；爲磊落語者，亦非達也。

謝山熟於掌故，碑、銘、傳、狀極有可觀，然火氣略重，好爲抑揚語，似非良史材。碑、銘、傳、狀之文，爲之極宜斟酌，一字輕重致使面目改觀。意氣用事者爲之，褒之則德過堯舜，貶之則罪逾桀紂，失古人之實，啓後人之惑，最不可也。故曰：惟蓄道德能文章者能之。

愚山之文，雅有歐陽神韻，心恬則意遠，神暇則氣和也。魏叔子謂：「愚山之文，意朴氣靜。細繹之，意味深長，往復而不厭，然而嗣音不續。後之文人無有能似之者。」秋錦清婉悠揚，愚山之亞，與竹垞互相砥礪，世稱「朱李」。以予論之，李勝于朱。今者竹垞文名鼎盛，秋錦則寂寂無聞。伯言、異之、翰臣、南屏，擬諸秋錦，相去奚啻什伯。一則以有派別而存，一則以無派別而湮滅，莫爲之後，雖盛而不傳，文章亦有焉。

次侯之文極有奇致，《李雲田紀年稿序》一首尤奇，然非正宗，不善學者奇將傷雅。甯世筆亦峭厲，辨論乃有善作。二人皆以八股著名。脱專致力於古文辭，其成就必更有可觀者。

鄭日奎次公與子姪論文謂：「他人數十百言未盡者，予以數言了之。他人數言可了者，予以數十百言排蕩摇曳出之。」與初學論文，衹宜作此等語，鄙爲無足道者，非也。守爲枕中秘者，更非也。

同邑朱味誠往日與余論文，輒不合。後余歸自閩海，重晤味誠於海上，味誠握余手言曰：「吾今始知君往日之言可信也。」蓋味誠論文專言法，余則謂法不足以盡文。味誠往日讀文不讀書，故非余之言；今日讀書不讀文，故是予之言。

亭林不以文名而文實不可及。讀書多，積理富，鬱於中，磅礴於外，峙之爲泰岱，流之爲江河。其著於物也，亦爲柏爲松。以起伏觀山，以波瀾觀水，以爛縵繽紛觀樹木，渺乎小矣。

余不能爲駢儷文，偶一爲之，效顰而已。顧朋輩中多謂余擅《選》體，實足汗顏。《選》體文極不易爲，儷事欲其確，造句欲其高，布局欲其疎散而警策。並世能爲《選》體文者，以予所知，李審言尚有工夫。樸存亦佳，但不常作耳。

陳其年爲徐、庾，遂傷敷夸。學陳者更無論已。彝軒、北江頗佳，石笥尤峻。厲家、墨莊深於《毛詩》，以說經之筆爲《選》體，浩氣内藴，精光外鮮，匪僅無愧石笥而已。惜存文不多，選家無有及之者。余往年曾擇二三篇刊之《國粹學報》，爲《選》體者一時爭道之。

駢文選本，蔣氏之《四六法海》不如李氏之《駢體文鈔》，蓋蔣氏不選漢文，李氏選漢文較多也。

往時余嘗以慎伯之法教人，將奇偶、疾徐、墊拽、繁複、順逆、集散六法，本慎伯之說演爲講義，文繁不備載，節録如下：

一曰奇偶。單句爲奇，雙句爲偶。凝重之文多出於偶，流麗之文多出於奇，此一定之例也。然文雖駢，必有奇以振其氣；文雖散，必有偶以植其骨。奇偶互用，駢體之文不板滯，散行之文不薄弱。但奇偶變化不可一端，善用奇者必偶，《左氏》是也；善用偶者必奇，《離騷》是也。

二曰疾徐。文之形式在乎奇偶，文之氣韻在乎疾徐。無疾徐則無頓挫之妙，無徐疾則無沈鬱之致。疾者急遽，取勢不疾則文不緊；徐者悠揚，取神不徐則文不寬。疾如懸崖之水，徐如回風之雪。有疾無徐，則音節急促；有徐無疾，則體勢散漫。疾徐者，作文之節奏，不可不察也。譬如音樂，其聲有高低；譬如繪事，其色有濃淡。高低一，不足以成聲；濃淡一，不足以成色。文之疾徐亦猶此也。有疾而徐者不紓，有徐而疾者不激。善用疾者得勢，善用徐者得神。然必交互爲用，不可偏廢也。

三曰墊拽。墊者，墊襯也，立説之不足聳聽也，故墊之使高。拽者，拽長也，恐抒議之未能折服也，故拽之使滿。墊高則其落也峻，拽滿則其發也疾。有墊拽則有抑揚頓挫，而用筆不平；有墊拽則有婉轉高低，而行文不滯。得之蹈厲風發，失之樸質寥落。古今文字盡墊拽之妙者，莫如《孟子》。《孟子》之文，往往旋墊旋拽，備上下反正之致而入化境矣。

四曰繁複。繁複與墊拽相需而成，爲用尤廣。非繁無以助文之波瀾，非複無以鬯文之趣旨。長言之不足，則詠嘆之，繁複謂之也。複以助力，繁以助勢。繁如捲風之雲，複如鼓風之浪。雲深而釀霖雨，有千里之遠；浪厚而盪萬石，比一葉之輕。故文不複則意不顯，適形薄弱；文不繁則機不暢，殊覺枯寂。善用複者有再接再厲之精，善用繁者有如蓬如勃之氣。繁之弊在於雜，複之弊在於重。能去雜與重，而於繁複致力焉，此古來文家之所以情茂美而發越也。

五曰順逆。文勢之振在於用逆，文氣之厚在於用順。順逆之於文，如陰陽之於天地，奇正之於攻守也。逆如鷙鳥將飛而斂羽，順如流水行舟而得風。逆者反面之謂，非僅反面也，其來無端，其去無迹，驟然而起，戛然而止。順者正面之謂，非僅正面也，其氣浩瀚，其勢磅礴，望之無窮，即之不盡。後之善用逆者莫如韓。所謂韓潮也。潮之來也，常逆。善用順者莫如蘇，所謂蘇海也。海之去也，常順。氣不雄而逆，小潮不能驚人；氣不厚而順，小水不能載重也。

六曰集散。集散者，或以振綱領，或以爭關鍵，或相比附，或示牽連，或錯出以見全神，或補述以完風裁。故集則有勢、有事，散則有縱、有横。集散者，碑板之要例，史傳之正則也。古之善用集散者莫如《史記》，《史記》集散之例見於合傳，尤爲詳明。此所以爲良史，亦所以稱佳文也。

往年掌教中國公學，同學諸生往往相從問文，既爲陳慎伯之法。諸生更進而問致力之方，乃草一篇示之。其文云：

文字者，致用之具也。一國之民情、風俗、學術、技藝，皆寄於文。國文根柢淺薄，則國内情形殊不明瞭，雖有良法，不近人情，推而行之，捍格不通。且也議論政事，宣布教令，推陳學説，發表意見，縱有博通中外之才，而無條達疏暢之筆，言之無文，行之不遠。文字之用至廣。揚子雲云：「彌綸天下之事，記久明遠，著古昔之㖧㖧，傳千里之忞忞者，莫如書。」爲他日致用計，不可不以國文植其基也。惟是文體有二：曰駢、曰散。駢儷之文，爲美術之一種，無當於實用。散行之文，以平正通達，詳實雅順爲歸。桐城之文風靡一時，桐城文派肇於望溪，成於姬傳。由方、姚上溯之，明之震川，宋之半山，唐之退之，漢之司馬遷，皆桐城派所由出，具有淵源，寧可厚非。惟空疎多間架，非致用之文。今之賢者傷文字繁蕪，欲以桐城救之，殊不爲然。竊謂吾國學術至於今日，惟文學最爲適用。散行之文，於用尤巨。振興文學，當剗除一切文字之陋習。幽深之理以顯豁之筆出之，繁賾之事以簡明之語括之。致用之文無過於此。夫言者，心聲也。書者，心畫也。文字所以代言語之用，取足達意而止。然積理不富，見事不明，胸中無文，僅於腕底求之，宜乎非空虛即拉雜也。文章之本在於養氣，養氣之功有二：一則養其義理之氣。《孟子》所謂「富貴不能淫，貧賤不能移，威武不能屈」。文文山、史道鄰之文是也。一則養其文詞之氣。多讀古人理明詞達之文，矯除華麗虛浮之習，文必徵實，語必曉暢是也。養義理之氣，當謹之出處、辭受、行止、語默之間，以誠爲本，以知恥爲用。養文詞之氣在於讀書。讀書無徑途，則泛覽無歸宿，用力多而成功少。定書數種，藉爲養文詞之氣之助焉。《小戴禮》選讀，《禮運》、《學記》、《樂記》、《大學》、《中庸》、《經解》、《哀公問》、《孔子閒居》、《坊記》、《表記》、《緇衣》、《儒行》當讀，餘不必讀。《大戴禮》選讀《夏小正》、《投壺》，《公符》不必讀。《論》、《孟》全讀。《前漢書》，《帝紀》當閱，《表》不必閱，《禮樂志》、《刑法志》、《食貨志》、《藝文志》當讀，《地理志》、《溝洫志》當閱，《律曆》、《郊祀》、《天文》、《五行志》不必閱，《列傳》全閱，選讀。《通鑑》當閱，宜注意於治亂興衰之故。三《通考》當閱，宜注意於典章經制。《管子》全閱，選讀。《荀子》全閱，選讀。《新書》全閱，選讀。《申鑒》全閱，選讀。《中論》全閱，選讀。《陸宣公集》選讀。《蘇東坡集》選讀。《陳龍川集》選讀。《顧亭林集》選讀。《日知録》當閱。《安吴四種》當閱。《二十四史文鈔》備檢查，亦可選讀。段注《説文解字》當閱。六書爲中國文字之源，雖不必鑽研極深，然從事國文者不可不一閲此書也。

予草此篇，乃專爲同學諸生而發。因中國公學係法政大學預科，允宜爲平正通達之文，及今思之，亦不甚謬。

往年見《囊雲文集》，一鈔本小册，明末周唯一先生所著。唯一名齊曾，字思沂，浙江人。崇禎癸未進士，官廣東順德知縣。國亡後削髮爲僧。其文清澈見骨，如長吉、閬仙之詩，特幽憂，多悲語，乃古井之泉，非銅盤之露。有《霜聲小序》一篇，尤爲清澈。節録中段如下，讀者亦可見先生文之一班也：「苦寒凍裂中，獨聚一夜氣，因衰艸秃木瓦石平田沙岸以爲質，齒齒然如怒目怒，如解頤笑，如攢眉顰，泣泪痛，使人對此，忽聞從目入不必以耳者，霜聲也。宜寒月山色，古佛燈邊，冷鐘數下，令潔光幽響，凄寂泌人。又宜在曉，松梅竹柏今蕭索中别出骨韻，獨不宜桃李使豔削色，不宜隨風柳使摇摇者僵不起。」其胸懷之潔流露於筆墨之間，至今猶可想見。李杲堂謂：「先生方寸湛然，未嘗有所擬議，故其下筆能判削一切，單言片句不蹈前人。」洵至論也。

仁和許邁孫，選清人文四册，石公攜之示余，蓋未刊本也。抄字極工整，校亦精細。所選之文，容甫、靈芬、子高、復堂爲多，桐城派之文無一篇收入焉。邁孫讀書頗多，選文固宜别有見解也。

梨洲先生既訂《明文海》，又擇明文之卓可讀者約千篇，釐爲六十二卷以授百家，題曰《明文授讀》。每篇有圈點批抹，皆先生手筆，讀明文者當以此爲善本。

近世士子文語不分，至有抑駢揚散之論。予嘗考之，二者不可偏廢也。三代以上，刻簡漆書，傳録不便，學術授受但憑口耳之傳，于是言語分爲兩種：一爲方言，一爲文言。方言者平常日用之語，文言者傳受學問之語。自是以後，方言謂之語，文言謂之文。其見于書簡者，《堯典》、《舜典》、《禹貢》等篇，意多顯豁，屬于文者也。《盤庚》、《多士》、《多方》等篇，辭甚佶屈，屬于語者也。此專論一書，若總論之，大抵經近於文，史近於語。秦漢以降，賦、頌、箴、銘由文而出，論、辨、書、疏由語而出。至六朝，文與筆分，有韻者謂之文，無韻者謂之筆。唐韓愈氏，希蹤經史，號爲古文，然時人衹稱韓筆，不謂之文也。至宋始分爲駢體之文、散行之文，於是文語混矣。晚近以來，空疏者奉桐城爲大師，甚且以散行爲文之正宗，駢體文爲之別派，庸詎知駢體始可謂之文，散行衹可謂之筆與語乎？近三數年，學者更爲昧然。梁啓超以演説之語而亦竊能文之名，甚無謂也。夫文爲美術之一種，筆則屬於語而便於日用者也。故文貴麗藻，悠揚不盡。語貴簡括，理明而達。文以感人，語以通意。名雖不可混淆，實則不能偏廢，必明二者所由分而致力焉，則庶幾矣。

六經爲文章之祖，後之言文者莫外焉。三代以上之文，政在是，學在是，道亦在是，不可以文論。戰國時策士高談雄辯，抑揚頓挫以逞辭鋒，反覆譬喻以達意旨，文之萌芽實始於此。然篇名未立，體裁未備。文之緣起當溯源於兩漢之世，「高文冊典用相如，飛書羽檄用枚皋。」欲作文，先辨體，論、説之文以理爲主，氣欲盛，筆欲鋭。書、策之文以事爲經，辭欲達，旨欲明。傳肖其人，記詳其事。詩、賦之語不可施於箴、銘，哀、誄之詞自不同乎祭、弔。辨之不精，率爾命筆，匪特文不雅馴，而體自先淆。至於典雅華麗之分，緩急疾徐之異，頓挫曲折之法，徵實應虛之殊，尤宜相題取勢，循體生情也。